清华大学世文院国别与区域研究：
跨文化视野下的早期现代英国系列

主　编　颜海平（清华大学）
副主编　何伟文（上海交通大学）　　Martin Puchner（哈佛大学）

追慕与忧惧：英国的远东想象（1600—1730）

This is a simplified Chinese edition of the following title published by Cambridge University Press:

The Far East and the English Imagination, 1600-1730
ISBN: 9780521126953
© Robert Markley 2006

This simplified Chinese edition for the People's Republic of China (excluding Hong Kong, Macau and Taiwan) is published by arrangement with the Press Syndicate of the University of Cambridge, Cambridge, United Kingdom.

© SDX Joint Publishing Company, 2023

This simplified Chinese edition is authorized for sale in the People's Republic of China (excluding Hong Kong, Macau and Taiwan) only. Unauthorised export of this simplified Chinese edition is a violation of the Copyright Act. No part of this publication may be reproduced or distributed by any means, or stored in a database or retrieval system, without the prior written permission of Cambridge University Press and SDX Joint Publishing Company.

Copies of this book sold without a Cambridge University Press sticker on the cover are unauthorized and illegal.

追慕与忧惧

英国的远东想象
1600-1730

［美］罗伯特·马克利 著

王冬青 译

生活·讀書·新知 三联书店

Simplified Chinese Copyright © 2023 by SDX Joint Publishing Company.
All Rights Reserved.

本作品简体中文版权由生活・读书・新知三联书店所有。
未经许可,不得翻印。

图书在版编目（CIP）数据

追慕与忧惧：英国的远东想象：1600—1730 /（美）罗伯特・马克利著；王冬青译. —北京：生活・读书・新知三联书店，2023.1
ISBN 978-7-108-07289-4

Ⅰ.①追… Ⅱ.①罗… ②王… Ⅲ.①英国文学 – 文学研究 – 1600-1730 ②世界史 – 研究 – 1600-1730 Ⅳ.① I561.064 ② K141

中国版本图书馆 CIP 数据核字（2022）第 052249 号

责任编辑	周玖龄
装帧设计	薛　宇
责任校对	陈　明
责任印制	宋　家

出版发行　生活・讀書・新知 三联书店
　　　　　（北京市东城区美术馆东街 22 号 100010）
网　　址　www.sdxjpc.com
图　　字　01-2019-5189
经　　销　新华书店
印　　刷　河北鹏润印刷有限公司
版　　次　2023 年 1 月北京第 1 版
　　　　　2023 年 1 月北京第 1 次印刷
开　　本　635 毫米 × 965 毫米　1/16　印张 29.25
字　　数　301 千字
印　　数　0,001-5,000 册
定　　价　69.00 元

（印装查询：01064002715；邮购查询：01084010542）

目 录

重写现代性：
《英国的远东想象》与文学的世界史 i

中文版序 xxxvii
致　谢 xli

导　论　｜　明末清初的英国文学 1

第一章　｜　远东、东印度公司和英国想象 41

第二章　｜　中国和欧洲中心观的局限：
弥尔顿、耶稣会士和开封的犹太人 93

第三章　｜　"敬呈常贡"：
文雅、礼仪和欧洲在清朝中国的角力 141

第四章 | 商人英雄：
德莱顿剧作《安波纳》中的贸易、
民族主义和屈辱叙事 189

第五章 | "我说完了我的岛，以及有关的种种故事"：
鲁滨逊的远东漂流记 235

第六章 | "这般取之不竭的金库"：
笛福、信贷和南海传奇 277

第七章 | 格列佛、日本人和欧洲受辱的想象 319

尾　声 | 贸易的意识形态 357

参考文献 365
索　引 394
译后记 417

重写现代性：
《英国的远东想象》与文学的世界史

颜海平　寿天艺

一　书名与中译

就具有文学性的中译书名《追慕与忧惧：英国的远东想象（1600—1730）》，以及书中对英国作家弥尔顿、德莱顿、笛福和斯威夫特的再阐释而言，这是生活·读书·新知三联书店为中文读者提供的一本与中国暨亚洲相关联的英国文学研究专著。就英国剑桥大学出版社 2006 年原版书名 *The Far East and the English Imagination*，*1600–1730* 而言，作者罗伯特·马克利（Robert Markley）标出所使用的大量原始文献的时段来源，指明这是涵盖 130 年时空脉络的文学断代史。有意味的是，原书名直译是"远东与英国想象"。我们知道，"远东"这一名词术语源起早期现代的欧洲，经勘探者、商人、旅行者、宗教或政治精英由东进路线，抵达相对于老欧洲而言的遥远的东部世界而得以流行❶；及至 19 世纪中后期，它特指构成东部世界的三部分中，在"近东""中东"之外最遥远之东方❷。在英帝国的广泛使用中，这一术语在一般地理意义上指向英属印度以东的地区；同时在广义文化学意义上指涉着异教他邦多重面向的复杂维度。❸ 作者对此术语以英伦欧洲为出发点的"东方主义"视角及其历史不仅自觉，且本书是对此视角的一种处理。而选择将其作为实存置放在"东方主义"想象主体的"英国"之前，与其构成一对并列的名词，同时示意出的是一个被后者命名又超出后者把控范围的时空，一个由不同形态的地理、人口、资源、技术、环境、经济、文化、社会、宗教、政治等诸多方面构成的生活世界。在充满张力的动态关系中，这一生活世界的结构性在场，使得后者通常示意的国别文学断代史超出了国别的范畴而跨区域化乃至世界化。简言之，作者以英国经典文学文献为主要分析材料的书写，指向了跨区域世界史的多重脉动，由此不仅多方位打开经典化的英国文学世界及其一系列既定话语，并且遒劲地延伸和扩展了文学乃至人文领域本身。在此过程中，作者旨在揭示英伦东方主义殖民性主体建构的不确定性及其如何全面问题化，在一些案例中，其程度抵达"挑战或瓦解17和18世纪欧洲的自我认知"（322）。作者对此给予了鲜明的同情和期待，并将此作为21世纪人类世界想象更新可行性的见证和资源（15-16）。❹ 作为一家之言，其适用范围自有限度，有待读者的各种参与和解读。❺ 人们对极为复杂的现代人类历史的人文探索与认知，正未有穷期。

二 语境与立论

作者认为，就历史史实而言，16世纪欧洲对美洲的压倒性技术-军事优势、殖民征伐及其"民族力量、普世君主制和基督教必胜等欧洲中心论观念"的强力叙事，在1600—1730年的远东无法拷贝（3-5）。本书所表征的时间段中的远东，以其错综复杂的内容与"英国想象"交遇，示意出这一"想象主体"是险象丛生的湍流，而非帝国秩序所期待的那样驯顺。本书梳理并重组了从"欧洲英伦"到"远东中国"的诸多虚构和非虚构文献，开启了一种对传统国别文学史书写进行跨国别、区域乃至洲际，跨语言、文化乃至文明观念的再书写。这一再书写的驱动力之一，是在向包括而又跨越欧洲属地的生活世界之各种面向的开放，并在对各种面向相互关联的重审中，与由19世纪的欧洲艺术、文学、宗教或政治精英话语为主脉的现代人类史观拉开距离，吸纳加州学派彭慕兰（Kenneth Pomeranz）等为代表的以自然资源和海外贸易为着力点、以历史生态学为分析手段（21-23）开辟的对"早期现代世界复杂历史"的解读视野（4）❻，与博达伟（David Porter）等的跨文化研究领域的成果相呼应（6），在对17—18世纪英国文学史领域既定命题及其阐释话语的更新中，尝试一种研究范式的转移。❼

这"转移"的时空内涵之一，是作者对自身书写语境和研究对象语境的关系的自觉。本书面世时的英文语境的特征之一，是战后又一轮世界格局的重组，在知识、技术、经济等所有领域带来了剧烈变动和挑战。就高校人文社会科学而言,"二战"期间从纳粹德国(法西斯欧洲)流亡美国的优秀学人(自然科学界最著名的是爱因斯坦)所推动兴起的批判哲学、文化理论及其包括后殖民研究在内的各种流派,在1980年代覆盖全美主要高校人文学教研设置,并在其影响力在世界范围(含中国学界)处于高峰期的同时被经典化。经典化的另一个维度,是知识生产的机制化以及机制化导致的重复性;它使得人文学经由"呼啸的90年代"的经济全球化而置身包括科技革命在内的湍流中,遭遇其在学理界定、命题设置、认知开创和社会动能等各方面的局限性。比如,有学者评论,德里达聚焦形而上学对欧洲中心主义进行的解构,其充满洞见的批评"延异",同时延续着被解构对象的认知中心地位。❽萨义德对欧洲"东方学"的深刻揭示,留给后人相近的悖论——"在他停步的地方,没有前行的道路。他的'对位法阅读',即将一份西方的或殖民者东方主义的文本和一份同时期被殖民者的文本对照阅读,以后者批判或者纠正前者的方法,在重复性的使用中趋向于将文学世界的时空化约为一种二元对立,而这正是萨义德起初意在超越的逻辑;东方学没有为如何不为殖民与被殖民两分逻辑所捆绑、多样性地处理不同文化之间的障碍留下更富于生产性的可能",文斯·佩克拉(Vince Pecora)如是说。❾早在1997年,阿里夫·德里克(Arif Dirlik)曾于《后殖民氛围》(*The Postcolonial Aura*)一书中批评后殖民理论——包括广义批判哲学的当代繁衍——对经济现实的历史回避,他将这种倾向称作文化主义(culturalism)。德里克提出,后殖民理论的生产者大都是由第三世界移民至第一世界的学者，其思想往往被作为知识生产机制的英美大学吸纳后僵化，而不再触及更切实的物质社会问题，因此失去了在原有语境中的批判性和创新性。❿无论是否认同德里克的学理评判或政治观点，近年来持续的"理论热潮退却论"相关参与者广泛呼应德里克对"批判理论问题"的把脉诊断，即认为是"抽象理论"与"具体历史经验"的"断裂"使得前者陷入逻辑悖论和思辨误区，而以"原始档案"或"田野经验"为根据的"历史转向"成为走出"断裂"的方案。⓫同时，包括后殖民批评理论流派在内的广义批判哲学的思辨延续，对此"历史转向"的叩问挥之不去："档案制"的"事实"，"原始"乃至"田野"材料的鉴定及其组织，都不是不言自明的过程；欧洲中心主义的历史书写，并不就等于或限于自然化的地理区分和族裔属性意义上的"欧美"；作为现代以来世界范围知识生产的结构性维度，其逻辑在全球人文学领域中的变奏复制，即阿米亚·穆夫提（Aamir Mulfti）所说的"英制英语"机制，是当下知识生产必须面对的边界条件之一。⓬"回到历史"的历史书写方案，如何能够在实践中不重蹈欧洲中心认知覆辙这一问题无可回避：比如，哈贝马斯悬置阿多诺"否定的辩证法"的路径，向着"未完成的现代性"之"历史经验"的标志性转向，与"欧洲主义"的隐性返潮乃至显性再造，即便不是同源驱动，至少是相互交织的。⓭

抽象理论与历史经验的复杂关系是现代性母题之一，论述众多。本书的启发性在于作者对其在特定语境中呈现的特定问题性的具体处理，即在学理上理论化地指出这一问题的同时，对欧洲中心主义得以复制运行的书写路径做出具体分析，从而推动认识更新。一方面，作者在理论层面与包括"新古典主义经济学"及其数学观、"世界体系理论"及其结构性、"历史生态学"及其唯物论在内的诸多"现代性理论"思辨对话。开篇提出，尽管不同的研究者有着明确表达的政治分歧，如传统派欢呼"文明"向非欧洲世界的扩张，修正派批评欧洲帝国主义的暴力和对社会经济的破坏，但两个阵营对现代历史的理解在根本上都持欧洲中心观。双方依赖的历史叙事和分析模型——无论是殖民主义的还是后殖民主义的，无论是文明扩散理论的支持者，还是殖民暴力的谴责者——都将由观念建构而统辖世界的意义上的"欧洲"，看作人类现代化进程中的唯一能动主体。这使得欧洲中心主义的现代性（**有别于实存欧洲极为复杂的现代进程本身**）不仅被确立为事实，更使得其唯一性成为不言自明的必然。另一方面，作者进而指出这些历史叙事和分析模型得以展开或复制的路径依赖，即在既定观念建构所主导的一统性话语语境预设中，来认知并处理无可化约、无穷流变的生活世界。就本书的聚焦点而言，作者指出，关于18世纪及之后文学文化的一流后殖民研究"揭示了帝国意识形态如何以矛盾的方式来填补社会政治体制以及殖民者主体性这一不稳固概念的缝隙"，但这些对帝国历史的批判，将1800年后帝国对世界的控制性腾挪至"亚洲主导"的17—18世纪英国与远东的时空，"按照19世纪欧洲统治印度的模式来解读17世纪和18世纪早期的欧亚交往"（12-13），在"时代错置"（anachronistic）中展开对"欧洲中心主义"批判，其悖论是将"欧洲中心"再次建构为某种超历史、一统性的抽象结构。❹马克利写道:"欧洲中心论赋予了 1800 年后的帝国、技术、科学和经济观念——也就是现代性的意识形态——一种超历史的地位。现在,欧洲中心和美国中心的现代性可能受到无尽的修正和质疑,但这类讨论反而强化了其背后的价值观、预设和信念",为这些价值观、预设、信念所制约的"问题意识"和所导引的"命题构成",以及由此因循积淀于其中的"话语、叙事和思维习惯"(29)。❺换言之,"时代错置"在书写中的路径形态是一种"语境预置"(contextual presumption),而"语境预置"和内在其中的"命题构成"(presumed thematics),则携带着去语境乃至有强制性的移植性。"时代错置"作为"语境预置"的一种现象,"语境预置"及其所带来的"命题移植"作为"时代错置"的内涵,就其实质是一种结论先行、价值选择的语境化行为(an act of contextualization)。这进一步表明,在人文历史书写中,"语境"内在地是一个具有多重关系的动词,其时间性因此亦内在地具有复数的空间性。作为以言行事的动态过程,语境化包含书写者对自身所处时空及其特征的审视,对书写对象时空内涵在自我审视中的界定,和对两者关系的把握与自觉,从而涉及书写者对何为命题界定的认知判断、如何设置命题的价值选择、怎样由价值认知而把握包括自身在内的历史书写与生活世界的关系。❻在这个意义上,本书作者在批评"时代错置""语境预置""命题移植"的负面功能时,表现出某种感知时空多维互动的取向。其表现出的创意和雄心,是反思、叩问由既定观念主导的、超历史的线性语境预设机制。现代以来分科知识生产中以"跨学科"的方法对此

vii

预设机制进行多方考量而予重构,以之作为"走出欧洲中心"(29)研究命题和范式转移的杠杆路径,并由此处理理论与历史的"断裂"或区隔,而打开与生活世界——也就是多重空间及其时空关系——再连接的命题之域。⑰

这一"再连接"创意雄心的书写,首先要求对"时代错置"暨"语境预置"之时空框架的跨越和重组。就现代世界的时间性研讨而言,尽管当代学界对现代性线性时间概念的理论批判层出不穷,但在普遍的学术书写中,语境交错极为复杂的"现代"历史仍然基本被看作一个相对连续的时间过程。具体如文艺复兴、宗教改革、启蒙运动等节点,宏观如从古典到现代的梳理,乃至更为精致的关于早期现代(early modern)、现代(modern)与后现代(postmodern)的权宜区分和交叠使用,其中对"欧洲历史"的考察仍然离不开一条整体脉络即一统性语境设置,即便这种考察有时从批判乃至否定的角度展开。⑱马克斯·韦伯是近年来多被评析的例子。⑲现代历史书写中,这些以及与这些相似的诸种立论,深度影响着包括中国在内的世界范围人类经验的书写模式和断代想象。对马克思历史唯物主义的简约式理解,甚或是非语境化的粗暴移植的结果之一,是将古代中国与近代中国全然切割。与此相对,以"中国自身发展规律"为道统之本,试图在某种中国历史的一贯脉络中发掘中国独有的"替代"(alternative)现代性,乃至"非现代性",亦很难不成为同一逻辑的"文明性移情"和"复制性驱动"。⑳如哈鲁图尼安(Harry Harootunian)所批评的,这类复制性驱动"强化了一个假定的'元概念'和现存'替代物'之间的时间差异,仿佛第一个概念将永远保持优先、完整和主要,而其后的'修正'只能凭借某种植根于时间和空间差异的'不同'自我安慰"㉑。詹明信写道:"(现代性)断代不可避免。"㉒而如何进行断代,如何命名时间,是如何不复制"语境预置"欧洲中心逻辑无可回避的核心问题。就现代世界空间性的人文学研讨而言,如何重访或发展对空间范畴的认知,从康德以降始终是,在后冷战全球化时期的当下尤其是亟需面对的重要问题。克里斯多夫·葛吉德《西方的发明》(*The Invention of the West*)㉓一书,对"欧洲"与"西方"作为广义"西欧"的复杂嬗变的过程进行追溯,旨在揭示一种空间性的政治构想如何演变成并被接受为文化、历史和政治的"现实"图景。在《西方及其他》一文中,斯图尔特·霍尔(Stewart Hall)提出"西方"这一专有名词并不只是指向一个作为地理概念存在的客观事实,其同时是现代知识生产话语运作的产物:"在一开始,世界已被象征性地划分为好 – 坏,我们 – 他们,有吸引力的 – 令人厌恶的,文明 – 未开化,西方 – 其他。"㉔类似地,在对德国国际法学者卡尔·施米特(Carl Schmitt)著作的批评阐释中,酒井直树(Naoki Sakai)指出"国际公法"(European public law, *jus Publicum Europaem*)建立在将世界划分为内域(欧洲或欧洲式民族国家) – 外域(非欧洲民族国家)的基础预设之上,由此划定前者为主权外交法则载体,后者为"自然"丛林逻辑之域。二者均认为,如此现代空间观的构成性,作为一种被预先赋予了认知正确乃至伦理价值的运行机制,迄今仍作用在以"客观中性"为预设属性的对"现实世界"的诸多叙述中。㉕简言之,当"现代"历史被看

追慕与忧惧
英国的远东想象（1600—1730）

作一个线性连续的时间主导过程，在其化约甚至碾压包括具体实存的英伦欧洲在内的生活世界无限多重差异空间的过程中，隐藏着一个静态锚点：即"欧洲"和广义的（西欧）"西方"作为现代世界的起源处和目的地，以及作为超历史抽象结构的不言自明。

不言自明的静态锚点有另一个说法，即空间上的唯一性和时间上的永恒性。本书的指向是对唯一性、永恒性的质疑。❷⁶ "明末清初的英国文学"这一可能引人诧异的导论标题，因此有别于一般的标新立异，而是作者开宗明义表达的对既定观念主导的"时空错置"暨"语境预置"的批评。在《大分流》等诸多史学研究基础上，通过对大量不同类别的档案的考察与具体文本的分析，马克利提出：在18世纪以前，面对庞大的亚洲市场，英国乃至整个欧洲实际上扮演着相对次要，乃至无足轻重的角色，世界的重心在亚洲。就本书聚焦的1600—1730年，这一"亚洲主导"的特征是"中华中心"（4，12，16）。这本"亚洲主导世界中的英国文学史"（5）以世界主导中心的朝代名命名时间断代，以其符合欧洲公元纪年制的谓词逻辑的悖论性，反思性地表现出自然化了的公元纪年时间乃至作为认知范畴的一切时间，是人间界定的世界秩序的组织机制：作为现代世界开始的表征系统，时间在人所构建的人类世界及其秩序差等中开启，在对不同个体群体的关联，及在对关联中的属性进行调制定位中流动运行。作者由此提供一种意在跨越欧洲中心式的现代世界版图及其认知设置的边界的语境化，或可简称为"跨边界语境化"。比如书中对17世纪中期的一段概括：

在 17 世纪中期，中国已经成了诸多领域争论和猜测的焦点：中国编年史质疑了玛索拉（Masoretic）《旧约》抄本中大洪水日期的可靠性，引发了关于《圣经》纪年几乎无休止的争论；1644 年明朝的覆亡以及满族统治者的"汉化"带来了对中国文化适应性充满仪式感的称颂；中华帝国的面积和财富引发了对其自然资源和勤奋人民的赞美；当然最重要的是，中国的财富刺激着对中国货品无尽的欲望，对许多西方商人来说，这是利润无穷的贸易。正如博达伟（David Porter）证明的，中国千年传承的文化、语言和儒家观念成为父系统治合法性的象征；对于许多 17 世纪的亲华者，这个"中央王国"象征着欧洲精英推崇的社会政治稳定和跨文化的道德观。（6）

引文中对"中国"一厢情愿式的"赞美"，折射出欧洲东方主义的欲望及其强度。作者在行文中一方面对此"欲望"予以示意，一方面将现代认知生产中长期归于不同学科界域的信息，如中国编年与《圣经》时间、物质世界（如生态资源）经济现实（如商业贸易）与象征性价值体系（如儒家道德观或欧洲父系法）、传统（东方）与现代（欧洲）等，处理成差异交互（differentially intertwined）的复杂同在。在时间认知的意义上，这一贯穿全书文字的"复杂同在"，改写或者说重置了"传统"（东方）和"现代"（欧洲）时间化关系中的欧洲中心单线性逻辑，表明"传统"是如何在多重世界历史与不同文化形态的关联中（这关联充满张力），同时成为"传统"并"现代"的，反之亦然。只有作为现代时语境中的构成

xi

部分，才有"传统"称谓本身。同时，有别于对欧洲中心的复制，即将"中国"固化为一种非历史超验结构的认知驱动㉗，本书作者主要着力于"远东中国"和"英伦欧洲"是如何在或交汇连接或冲撞交锋的动态中，成为既有别又交互的现代实存，并以其复杂同在的动词属性，指向作为人类差异交互的行为过程本身的世界历史。㉘"明末清初"因此不是对旧帝制"过去时"的宣称，而更多地指向对现代史"时间差"的认知。换言之，在空间认知的意义上，"时间差"唤起了时间内含的空间范畴及其动态嬗变，而有别于詹明信针对的相对主义重叠、以复数时间折叠取消空间差异的认知意图。㉙如上引文中，1644年明朝的覆亡以及满族统治者的"汉化"是横跨"华夏"、覆盖"九州"的大变动，显示着"中华中心"的动词性。书中的"亚洲远东"亦不是世界地图上一片静止的区域，而是在现代世界不同动能相互作用的过程中，充满着不确定性甚或生成性变数。如第一章中作者笔下的英国在远东的贸易推行过程，遭遇的是对其自我认知定位的挑战，揭示出的是欧洲地图绘制的局限。与19世纪末吉卜林（Rudyard Kipling）《白人的负担》（The White Man's Burden）等书中上帝选民"文明开化"（civilizing mission）的使命叙事大相径庭，英女王致亚齐苏丹的信件援引神学修辞，曲折勾连当地宗教信仰并呈现其与基督教的共通性，以促进两国间的"互惠贸易"（51–55）。又如在第六章中，马克利将自由主义经济学及其话语发展史与远东贸易的历史相衔接，具体揭示了是英伦欧洲与亚洲各处的贸易逆差促使"南海"成为其商业前景构想的投射对象和各种意象的交汇之地（280）。

自由主义及其经济学不再作为一种超历史的抽象意志出现，而是世界语境里一系列调整与反应的集合与流变过程。如此对时空差异动态交织的把握，对欧洲中心认知预设进行多维度跨边界的历史语境化，以其涵盖不同地方、区域、人群与活动复杂同在的书写，打开了不为任何唯一全权宣称所辖制或固化的生活世界，这生活世界是多维流动的时空视域。在这样的视域中，以塞缪尔·亨廷顿"文明冲突论"为代表的阐释框架，显露出其以对抗性将全球区隔为不可调和的地方主体的"分裂"逻辑属性，而其笔下的"文明主体"，正是19世纪以来的"现代欧洲"。同时被揭示的，是以单一的"地方性"（local）作为对抗单一的"全球性"（global）的固化对立，与上述的分裂逻辑及其变奏的某种同构。❸

"跨边界语境化"表现出一种对现代以来知识生产分科规定的实质性拓展的冲动。这是一种高强度的认知劳动。对语境预置的反思和跨边界重构，意味着需要克服分科建制中的因循压力和利益依赖（22）。❸而马克利不仅对"明末清初"和"英国文学"这划归于中文和英文两个不同语系的现代学科建制与学理规定做出了跨越，并且对文字书写意识界的"英国想象"和社会经济现实界的"远东实存"这划归于人文和社科两个不同领域的分类进行了融会。延展并转换战后兴起的以文学艺术为前沿、人的意识为重心的批判哲学暨批评理论跨学科驱动，马克利的书写还进一步横跨了地理图志、植物土壤、资源人口、密集型生产措施、环境生态、航海记录、跨洋贸易等涉及认知生产中不同知识体系的问题，在跨学科、领域、体系的动态中，打开他所批评的以"观念、话语、意识形态和哲学"为轴心的历史书写，从而揭示其由 19 世纪"观念的欧洲"（Europe as a concept）为内在锚点的"时代错置""语境预置""命题（因循）移植"的局限或误区，以处理其与"经济现实、物理社会、历史经验"的各种"断裂"。[32]面对"断裂"而向马克思主义唯物史观致意时，作者没有回溯"经济基础和上层建筑"的两分表述，而是在大量吸纳、融会和使用社会科学和自然科学的认知资源中，对由阐释人文经典而揭示人类生活的人文领域和书写做出新的理解，并由此对人文学认知版图做出强势拓展。作者对此雄心的表达并不含蓄。比如对经济学的处理：

> 经济学不应局限于决定论式的因果叙事，或是"现代"世界体系发展和成熟的进步史叙事。在 1600—1730 年，经济学的话语蕴含在对贸易、神学、战争、传教活动、技术传播、生态和外交的讨论中——简而言之，体现在意识形态中：这些实践、信念与对价值和意义的商讨，在动态中重新定义和限制了我们会期待什么，能理解什么。（23）

"经济学"在作者的认知中既关乎于经济现实界，更关乎于价值意识界；既关乎于实践，更关乎于理念；既存在于铁与血的战争现场，更存在于非物质的期待之域。作者由此开辟的是作为物理的生活世界与作为意识的书写世界，在相互有别而又相互交织中展开人文价值导向的历史认知路径。科技制造学、地图志、外交学、贸易学，均是如此。再比如贯穿本书的"远东"区域。一方面，远东是欧洲诸国想象的载体："英格兰和其他地区认为可以从整体上描述'远东'：一个由港口、农业区和商机组成的复杂网络"（7）。与欧洲的匮乏相对，中国被构想为"繁荣富足的亚洲帝国"，同"日本""南海"等多个意象一起构成了商业资本主义经济学的基本元素。另一方面，欧洲与远东包括贸易在内的诸多往来实践，在各类文字中出现而又以其超文字的变动实存，构成"对欧洲中心式的史学、神学和民族身份的挑战"（23）。换言之，在环境、经济、科技、贸易等多元驱动、不同地缘区域交错生成的生活世界及广义人类社会史的脉络中，1600—1730年的"远东""亚洲""英伦"与"欧洲"，乃至"小说""游记""论说"与"想象"，获得了一种既与现代话语机制交织，又不可为其化约的复合动态：作为自然与文化（nature and culture）、实存与虚构、生活与话语、物质与想象的交互体，在复合动态中互为观照。作者援引生态文化唯物论者（eco-cultural materialism）的立论，将此称为"广义的（历史）生态世界"；由此将他要处理的"17和18世纪文化和观念变迁的阐释"引入"历史生态学勾勒的新视野"。在这新视野中，一种既能实证又始终开放的历史书写得以出现，揭示着人间生态世界系统的演进变迁；历史生态学将人类纳入生态系统本身，指向超出文字而包容地球历史和人类及其他物种的社会性和物理性的"过去"和"现在"。生命世界"所有风景都体现了'人类行为和自然行为之间的互动辩证关系'。自然和文化不是截然分开的，而是来自同一个复杂的母体，包含了多元的因果路径和反馈回路"

(21)。认知的宗旨,是综合所有知识资源去理解一个具体的复合实存的过去,以智慧善待它的现在和未来。㉝

如果说如前文提出的,"跨边界语境化"包含书写者对自身所处时空和书写对象时空两者关系的自觉把握,从而构成对命题界定的认知判断、命题设置的价值选择,那么马克利"跨边界语境化"指向的认知判断和价值选择,是本书出版后15年间文学界更多了解的这一由史学界开启并全面影响了现代认知生产的立论:在现代世界的演进史中,包括地球、人类和其他物种的交互活动的广义的生态因素,比社会自由化、金融资本主义及其技术创新更为重要。对此立论及其内涵外延迄今有着多种解读和不同判断。本文关注的是,当作者在时空范畴和认知体系的意义上"跨边界语境化"的交互脉络中,重读弥尔顿、德莱顿、笛福和斯威夫特等英伦作家时,他们分科制经典化的"英国"书写与"远东"的实存,在互为构成中的内涵开启、认知后效:

> 相比传统的"思想史",(这样的分析手法)能够解释更广阔的现象,并能够用跨学科影响下的更高标准来看待17和18世纪的文学文化。弥尔顿、德莱顿、笛福、斯威夫特及其同时代人可能写他们时代的危机,包括宗教话语、古典先例、社会经济和男性特权,但他们的文本,借助其已有的分析语言,也在极力试图理解当时的密集化经济危机,国际贸易的愿景,远东对欧洲中心式的史学、神学和民族身份的挑战,以及这

些问题之间的复杂关系。(23)

作者以导论之后七章的篇幅，以规模可观的文献梳理和张力饱满的文本分析，使得定型的经典作为学科范畴的载体，获得了结构性延伸的时空和系列性增幅的命题。一旦呈现在"跨边界语境化"的多重连接、世界动态中，这些经典书写和书写者们的内涵外延，都远远超出了"英国文学"这一国别性的边界限定。不同于欧洲中心思维定式大英帝国认知辖制的不言自明，这些1600—1730年的英文书写和书写者们，作为现代帝国叙述的早期踪迹，可以同时是其不确定性、问题性的动态载体，并和他们笔下的"远东"一起全面复杂丰富化了，反之亦然：远东书写不仅是帝国自我建构所需要、所制造的镜像或他者，而且可以揭示这一建构及其两分逻辑的非必然性、可能的流产性，乃至最终不合理性。如果说后启蒙理论（包括后殖民主义批评）的重心，在于从话语系统层面考察揭示欧洲中心的现代帝国如何通过对外在他者的建构而塑造自身主体（现代强权的运作特征），马克利则将此建构对"外在他者"（如作为实存的远东）的不断需求和塑造过程的不确定性及其历史属性作为焦点，揭示出诸如"追慕""忧惧""焦虑"乃至"危机"等各种话语形态，实际上指向的，是强权运作在生活世界中的时空限度及其根本上对"制造他者"或隐匿或显形的依附性。依附性是全权神话的现代本质和历史宿命。在对萨义德后殖民批评认知判断和价值选择的深化延展中，马克利的书写可以被视为对《东方主义》（*Orientalism*）❷重心的生产性转移，由跨边界语境重构而置换命题聚焦所获得的跨人文社科、认知体系、跨国别区域、语言文化，乃至跨意识与实存界域的认知开拓，结构性扩展了文学研究的领域。㉟

三　重写现代性：文学与跨区域世界史

这一知识扩展，体现在行文中的特征之一，是虚构的文学故事与现实的生活世界在差异中交互的历史性书写。文学想象斑驳陆离中揭示的可以是经济现实，地图账单尘土弥漫中隐匿的可以是历史斡旋。涵盖范围很广的世事信息铺陈中，忽以点睛之笔提炼出长期遭到忽视的细节及其信仰价值含义；一份没有落款的函件，在多重脉络行文中打开长期封存的航行误区及背后覆灭的人群；语言修辞多维度的解读，可以引出对社科实证立论的叩问甚或对其基石学理的悬置；历史性理论性的概括思辨，可以与史诗戏剧小说游记具体分析互为对话。简言之，在想象世界中把握生活历史，在生活世界中认出历史想象，使两者在相遇中相互审视，推动着读者在故事性可读性高的行文中，进入高强度的综合性理论性思考。

本书的第一章"远东、东印度公司和英国想象"以英属和荷属东印度公司在远东地区的早期商贸竞争为线索，通过地图、游记、官方信件、经济学出版物、商业宣传史诗等材料，在中产阶级兴起、香料从奢侈品转变为必需品的背景下，勾勒出现代欧洲商业冒险在全球历史语境中的流变时空,以及流变中裹挟的极为多样的人财物在跨界活动中的沉浮。在章节开篇,马克利以林希霍腾的亚洲游记作为切入点,通过分析荷兰文版(1596)和英文翻译版(1598)的亚洲地图,探讨欧洲对远东货品和商业的欲望:"半岛的面积被夸大了,这表明这一地区在欧洲想象中的重要性,也表明了对其政治和战略复杂性的理解的局限性。林希霍腾的地图布满了地名:城市、港口、河流和海路。地图上的距离按照透视法原则被缩短了,这样一来,东南亚看起来像一个空间紧凑而极为富裕的地区,仿佛有着无穷的贸易点,吸引着欧洲商人来经营。"(46)而同时与此种想象相对,在切实的贸易实践中,"东印度不是面目模糊、毫无差别的地带,也不是引人猜测和神话般的遐想世界;它表现为巨大的网络,包括贸易港口、商人、海关官员、生产中心和农业地区,早在葡萄牙人16世纪开拓之前就建立了与欧洲市场的联系";简言之,这一半岛区域对英伦欧洲而言,不仅并非或美妙或野蛮的他者,而且是需要竭力交涉,乃至以让步来争取并无法预设如此争取之成败的谈判对象(60)。章节中对伊丽莎白女王致亚齐(Aceh)苏丹信件的使用是具有代表性的例子。马克利一方面以文学和史学学者丰富精致的话语来分析揭示其中用神学为经济服务的修辞策略和历史内涵,同时由此将修辞策略的历史内涵引至经济学学理的核心命题并指出,今天在经济学领域内常常似乎不言自明的、"冻结历史时间"的国际市场普遍法则,实则是对一段复杂历史的抽象化建构,乃至在某种意义上是一种为宣传贸易而采取的策略性说辞,即托马斯·孟(Thomas Mun)1621年《贸易论,从英格兰到东印度》中所阐述的:"新兴的理性化的经济学……与自洽的'市场'普遍法则互相构造……经济计算的抽象空间营造了一种绝对精确和规则的幻觉,仿佛进口、批发和零售的价格十分确定,可以不受船只损失、市场饱和与价格下跌的影响。"(62)从对文学性修辞策略及其历史内涵的处理到对经济学学理基石的评判,这一跨界转换的顺利,是贯穿本书的行文特征。

第二、三两章着重讨论了中国在英国想象中的多种效能。第二章的考察始于《失乐园》(*Paradise Lost*)作者在多重经济、政治、观念的历史脉络交错语境中,对中国的复杂态度:远东"贸易繁荣"的潜在利益,是弥尔顿眼中"实现民族兴盛梦想的基础"和国家发展的重要部分,这使得他对东方贸易进行辩护并给予期待。同时,弥尔顿在16—17世纪耶稣会士对中国经济之繁荣与物产之丰饶的赞美式叙述、结交儒家精英的路径方式中看到了同化隐忧;在利玛窦、卫匡国以及约翰·韦伯等对"中央之国"的赞美中,看到了君主制支持者的走向;在开封犹太人接纳儒家文化的历史中,看到了对犹太-基督教一神论以及摩西式救赎史观元叙事的挑战;在欧洲国际贸易的实际进行中则看到无数战争、海盗劫掠和残酷竞争,尤其是荷属与英属东印度公司的一系列争端(他同时参与了第一次英荷战争前的外交斡旋)。在马克利对跨现实界和意识界、跨国别族裔、跨知识体系的贸易、政治、战争、神学、外交、科技、地理诸种文献的交互使用中,史诗《失乐园》及其作者的所有书写,成为时空更新的历史踪迹和思辨之域(110-

130）。马克利从中揭示的，是"远东"的中国在欧洲的英国"民族命运"寓言诗人的书写和生活世界中全方位的存在和作用。**㊱**第三章以同样的复调行文，转而讨论 1655—1656 年和 1690 年间两次欧洲使团请求清帝国开放贸易的外交历史。通过详尽的文献和过程考察，马克利揭示出的，是扬·纽霍夫（Jan Nieuhoff）等人在 1655—1656 年抵达中国时的意识世界及其语汇特征：以权力精英为内核的"文雅"（civility）语汇作为与中国士大夫交往的行为媒介，**假想性**地跨越语言、宗教与种族的藩篱，（错误地）说服自己，欧洲商人和满汉政权能够相互理解对方的经济、社会和军事利益。行文中，与对"假想性"揭示形影相随的，是对此假想性的历史内涵及其历史属性的揭示。

在此基础上，第四章围绕德莱顿 1672 年的剧作《安波纳》（*Amboyna*）展开，在裹挟多方国际商贸冲突的脉络中，追溯了英国"民族性"有别于欧洲性的神话的建构历程，并以对神话建构的深入解析，揭示出历史场景的现实意味。通过与同时期荷兰宣传册的对比分析，马克利将这部"商业道德剧"看作一系列跨国别区域矛盾演化及对此复杂使用的聚合体：剧作将 1623 年发生在安波纳这个东南亚岛屿的"安波纳屠杀"搬上舞台（这一事件标志着荷兰与英国在此区域利益均沾的终结和荷兰的崛起），通过英国商人被荷兰商人施以酷刑折磨的剧情设置，英国在贸易推进中的弱势被转化为追求"自由贸易"的道德优越性，正与荷兰垄断东印度贸易的罪恶相对。马克利追溯了德莱顿剧中对诸多历史脉络的处理：通过隐去东印度苏丹和商人、日本商人等"当地"在场，以把冲突限制在"欧洲"范畴内部；隐去欧洲内部对立于天主教（西班牙、葡萄牙）的英荷清教同盟在商业利益争夺中的瓦解过程，以及与拥有法律、政治和军事大权的荷属东印度公司相比，英属东印度公司权限较小且"更忠于的不是理想化的民族观念，而是伦敦的公司董事们"（192）的实际行为，德莱顿把复杂的利益冲突化约为英荷之间的二元道德对立，将英国内部阶层阶级冲突的怨怼转嫁至与荷兰之间的国家矛盾上来。这一"商业道德剧"因此可以被视为一系列去语境化的文类建构：书写历史似乎成为去历史的想象。马克利转而进一步对德莱顿在1673年第三次英荷战争前夕上演此剧的意图及其自我阐明、对其塑造英国民族意识重要性的激情主张，通过深入把握剧本的内部动能及其舞台特征加以解读：德莱顿的舞台凸显英国商人遭处决的经历，以将其演绎为一次屈辱的创伤体验，又凭借这种身体化的屈辱将商人们塑造成高尚的民族主义英雄。马克利精准地指出，"这部剧想象的民族身份体现在民族代表人物遭受折磨的戏剧化表现中。德莱顿必须展现英国人受刑的景象，因为这一场面以其暴力性，使得民族成了想象性的构造物，并造成了实际后果——民族成了一个实体，会痛苦、记忆和实施复仇"（228）。德莱顿的激情主张和如此戏剧场景，记录了如何将民族利益和追利行为统一起来，是英伦欧洲早期现代的历史难题（195）；其深处是"英格兰经济实力和政治意志——实际上是国家统一——的深刻危机感"（192）。在马克利交互式书写中，史实信息可以见证去历史的想象建构，而意识时空的场景舞台，可以成为抵达深层现实的历史呈现。

作为全书最为着力的部分，五至六章将话题转向了对丹尼尔·笛福的再解读，关注这位经典的英语作家在《鲁宾逊漂流记》(*Robinson Crusoe*，1719)之后撰写的两部作品,《鲁滨逊漂流续记》(*The Farther Adventures of Robinson Crusoe*, 1719。以下称《续记》)和《鲁滨逊沉思录》(*Serious Reflections*, 1720。以下称《沉思录》)，乃至《新环球航行记》(*A New Voyage Round the World*, 1724)。在马克利看来，被文学领域传统研究边缘化的《续记》是重要的，其中对中国的关注是笛福书写生涯的一个关键转折点；鲁滨逊离开被改造为"他的"种植园的海岛，意味着笛福不再讲述"欧洲必胜的殖民主义寓言，而是描述和反抗一个敌对世界中困扰英国身份的梦魇"(238)。《鲁宾逊漂流记》经典化的价值观——清教式内省、经济自立、"野蛮人/食人族"对基督教的皈依——远非笛福书写的终点；德莱顿的《安波纳》在《续记》中以曲笔时隐时现，鲁滨逊遭遇了"自由贸易"和"异教文明"的双重挑战。而相对于三十多年前德莱顿的处理,《续记》远为复杂。马克利援引实证性的历史叙述，指向这梦魇包含的三重历史现实：殖民地贸易的经济利益竞争；天主教徒、新教徒和异教徒之间的冲突；政治权威面临的挑战(244)。其中还交织了笛福关注的从美洲至亚洲的跨区域、海洋、洲际边界的历史湍流，驱动历史湍流的早期金融资本及其当时无人知晓、迄今仍被探究的属性(240-241)。在世界幅度的跨国别、区域、语言、族群、社会、经济、政治的交互脉络中,马克利揭示出"鲁滨逊三部曲"如何是诞生于或者说笛福式地铭刻了"英国开拓新市场和争论东印度贸易的价值的关键时期"(251)。就具体史实而言,这一"关键时期"的内涵,包括笛福长期批评的英国贸易结构上的经济负面性("输出白银,买进奢侈品和棉布,与英国的羊毛作坊形成直接竞争"),与中国和印度的持续贸易赤字所标示出的弱势地位,对此弱势地位超克的迫切需求导向快速启动英国太平洋贸易的狂热。通过将对此历史态势的度量引到对《续记》和《沉思录》文学书写特征的考察,马克利先是指出其中一种奇异的几乎是失控性的强横:笛福对中国的谴责在此前讨论的对华记载中是没有先例的(252),"对中国的苛责远甚他对其他文化的批评……是他唯一一次挑出一个国家加以直接点评"(255-256),"在《沉思录》中,他两句话就交代了蒙古帝国的情况,用几页纸打发了整个伊斯兰世界,但花了23段,其中许多段落长达一页多,来批评中国"(256);接着马克利以症候文学分析法递进,将《续记》的叙事示意为一种带有补偿性质(compensatory)的"自卫"幻觉:如果说与荷兰商贸竞争失利动摇了建立在经济扩张基础上的民族认同,那么"远东他者"的繁盛对英制殖民资本主义则构成对其财富观、身份观、神学观的限制,由此"威胁着英国自我中心式的对无穷利润、宗教热忱和稳定民族身份的向往"(251)。简言之,远东作为英制殖民心智构成其自我预设之梦想内核的资源和证据,同时是这一梦想实现、内核稳定的实存障碍——"这些地区既是梦想中利润无穷的宝地,也是(殖民性)个体和民族身份面临瓦解的梦魇之地"(252)。在将虚构叙事和史实书写交互对照的行文中,马克利揭示了1720年代英伦欧洲中心"主体"梦想性、梦魇性的历史属性(244-248),并由此指向了宿命般到来的"南海泡沫"事件及其金融信贷观的幻觉性和毁灭性。㊲同时被打开的,是两大学科领域被固化的欧洲中心的逻辑因循:当"现代性历史、身份、小说的兴起和金融资本主义兴起"互为促进的小说研究学理基石(26)不再具有不言自明的超时空语境性,"视欧洲'重商主义'为16—18世纪世界经济引擎的传统史学"(4)亦由此被根本悬置。这一悬置,牵引、吸纳和连接着人文学科、社会科学、自然科学内部和相互之间跨学科、体系的脉动,指向文学与人文学,包括现代知识生产本身多重时空再重构和命题范畴再界定的可能性,其动态开放中的延伸拓展,可以是广阔而深远的。

本书的第六章延续前面各章"文学的跨区域世界史"书写特征,在打开和跨越多重时空边界的历史脉络中探讨笛福关于南海资本投机的想象,带来一种故事性、可读性和历史性、理论性,乃至人文性与社科性在有别交互中的弹性契合:从笛福关于南海资本投机的想象书写到他长期支持英国在南海贸易、投资的经济学论说,从南美到澳洲囊括太平洋地区的土地、岛屿、人口、资源的现实状况到《新环球航行记》所展开的对无尽利润的幻想,18世纪经济世界与意识世界的交织转换,在作者笔下既具有各自作为虚构与事实的不同属性,又互为生活世界的历史构成。㊳马克利敏锐地指出,英伦欧洲中心"主体"梦想的双重性,悖论性地继续存在在晚年笛福的写作思路的转向中,即从清教作为"匮乏"之自然朝向神与人类之约的作为"无限"之自然的转向。长期以来与亚洲的贸易逆差使英格兰向尚未发现的太平洋岛屿投射了新的商业前景;远东的沃土将有取之不竭的自然资源供资本进行财富生产,这就使得国家长久繁荣发展的蓝图构想得以延续。此种以虚构叙事回避现实生态和商贸竞争的策略在《新环球航行记》中反映为对无尽利润的允诺,"叙事者和船员们一路顺风,从胜利走向胜利,几乎令人不安"(303)。换言之,此种虚构性回避,亦是对历史的隐匿性记载。而笛福式以虚构记载现实的悖论,指向的是对贸易利润无限增长的"笃信"同时如何又是"笃信"中险象丛生的"焦虑";由无限"笃信"而无限"焦虑",反之亦然。当"笃信"之无限遭遇限制,无限"焦虑"以及解决"焦虑"的形式——包括文学和政治经济学——可以是无止境的。马克利将此作为"西方思想的关键特征"(297),追溯自17—18世纪初的源于《圣经》的英国自然观,成为一切认知书写的大逻辑(297-298)。进言之,如果说《新环球航行记》承载了"帝国主体"驱动之梦想的二元结构,那么中国他者则成为解决这一矛盾内核的书写症候,第七章"格列佛、日本人和欧洲受辱的想象"以乔纳森·斯威夫特《格列佛游记》(*Gulliver's Travels*,1726)第三卷关于日本经历的叙述作为全书的结尾,在马克利笔下则是对此双重性的讽喻复合体(allegorical complex)。在斯威夫特的讽喻故事里,日本扮演着一种复杂的中介角色:在格列佛与口吐"叽里呱啦"言语的荷兰海商和文明仁慈的日本船长(340-341)遭遇的场景中,在与天皇联手智胜荷兰人的情节设计里(348–351),叙事者再次将史实上英国在日本的失利(343)、欧洲对日本的"顺服"转译为平等和互惠,以建构自我中心的历史叙事;而日本作为富庶之地的实存,同时动摇了这样一种自我陶醉的经济与文化想象。马克利写道:"《格列佛游记》第三卷结尾展现了这样一种可能:在江户和北京,'为害的'红毛'虫豸'遇到了一个异类,其对欧洲自我认知的冲击甚于巨人和能言的慧骃"(351)。作为"西方思想的关键特征"(297),这一"自我认知"主体预设的重心即"经济权力、民族身份和道德优越"三位一体,其道统锚点即欧洲中心的"贸易观、历史观和神学观"(322),在与"异类"的相遇中,遭遇限制,而呈现出其不稳定、可动摇,乃至可全面问题化的历史局限性。

重写甚或再造现代性就此发生,一如现代以来所有被命名为"过去""当下"和"未来"时空重组的历史关头。而如何重写、怎样再造,则是重写和再造的命题核心。在跨区域世界性复数生活的交汇、交锋、流变中进行的重写或再造,揭示的是或可能是怎样一个还远未被认知的人间及其历史本身?远东的在场、亚洲材料的结构性引入(不只是涉及性地提起)㊴,对处理抽象理论思辨和具体历史经验之"断裂"的效能属性如何衡量,在认知判断和价值选择两个层面上的意义如何界定?"书写亚洲主导世界中的英国文学史",作者意在以亚洲这一时空范畴和区域实存作为支点,向读者呈现一幅早期现代世界的复杂时空和历史图景。但如果以动词"主导"及其谓词逻辑作为研究框架,如何处理另类的西方式中心主义,即变奏的思辨复制宿命?作者对欧洲中心主义和美洲中心主义的否定立论,如何未成为前者二元对立的变奏复制;如何对"早期现代"及其与"漫长的19世纪"极为复杂的变动关系和历史内涵在重审中把握吸纳扬弃,都有待于不懈的研讨。㊵作为更新和转移现代知识生产范式的一次路径初探,本书引导我们回到了批判哲学与生活世界、现代性与世界性、殖民与帝国研究提问的初衷:在批判"中心-边缘"模式的基础上,我们需要讲述怎样的人类历史和世界故事?马克利的创意和雄心引领着他在将文学作为基本文献讨论的同时,以跨知识体系的高强度智性劳动和文体创新的书写路径,勾勒并重估复杂的跨区域世界文化与经济史,并在历史湍流的脉络中重新打开和界定文学的范畴本身。在此基础上,我们需要持续追问文学与作为人类活动的历史和作为观念人类(智人)特征的理论的交互关联,及其关联的属性,讨论作为"跨区域世界史"的文学阐释与书写,如何成为一种方法论对话和路径学探索反哺人文社科乃至自然科学的学理资源,超越现代知识生产分科建制的因循限制,以绵延思想生活和实践创造的生命之力。继1980年代的后启蒙批评兴起以来,学科内部亦已涌现大量反思和批判,不仅在内容上开始重新关注此前被忽略的区域——如方兴未艾的跨太平洋研究和对整个20世纪上半叶尤其是"二战"前后历史的重新关注——在方法论上也有所更新。骆里山(Lisa Lowe)2015年于杜克大学出版社出版的《四洲记》(*Intimacies of the Four Continents*)一书以殖民帝国扩张、奴隶与契约劳工(indentured labor)贸易为线索,串联起横跨亚、欧、美、非四大洲的全球历史㊶:通过考察,骆里山追溯了"人"(the human)这一人文主义主体的建构是如何充满矛盾和张力地交织在殖民扩张的历史进程之中的,而与这种普遍性人文主义价值相伴而生的种族化维度和社会差异,如何同样是互为内在而不能遗忘的人类经验和价值遗产。阿米塔夫·高希(Amitav Gosh)在2008—2015年所撰写的"朱鹭号"(Ibis)三部曲——《罂粟海》(*Sea of Poppies*,2008)、《烟河》(*River of Smoke*,2011)和《烈火洪流》(*Flood of Fire*,2015)——则通过历史小说的方式,通过虚构的小人物群像重新梳理了作为史实的国际鸦片贸易,从全球而非单个(前)殖民地/民族国家的视角对殖民主义历史做出整体性开放性的反顾。作为想象世界和更新生活的方式,包括本书提供的跨区域世界史书写在内的人文学,如何兼具历史的深广和思想的高度,如何在承载理论的同时反思理论,在栖居历史的同时越出历史,是中外知识界和广义的阅读共同体共同研讨探索的方向之一。对于面对世界范围巨变而身处领域更新处境的当下中国人文学界而言,特别是就外文领域自2017年建立以多语能力为核心的比较文学与跨文化研究,以语言文学为根基的(多)国别(跨)区域研究,乃至以人类认知构成更新为驱动的生活世界及其世界史的研究而言,这部2006年面世的英文专著,不啻在路径乃至方法上可以有所助益的参考,并以其迟来而又及时的中文版,邀请读者们一起见证、把握、批评和善待当下充满差别而又内在交互的全球范围跨边界流变的时空和生活、挑战和可能。对于将在世界变局湍流中绽放数十年人生的中国青年学人、读者而言,本文所阐释的马克利们由"国别文学"跨时空重组而开启的"跨区域世界史",在对经济现实界和价值意识界区别处理中的交互贯通而抵达的生活书写之域,提供的是一份支持性的挑战,助力我们在纵横交错的复数时空里,尝试展开主动的生活,以及如此生活所亟需的跨边界认知能力、跨语境驾驭能力、跨文化想象能力和跨时空书写能力。在后冷战全球化迈入第四个十年之际❷,面对在世界范围内涌现的动荡、分歧、挑战与困惑,以言行事的我们,仍需坚持追问想象世界的方式和讲述世界的诸多可能,这亦是想象和讲述我们每一个人。

    本书英文版出版之时,本文作者之一在加州大学洛杉矶分校执教,置身于加州学派的氤氲语境中,初读英文版的记忆至今犹存。16年后,这篇文章在清华大学和康奈尔大学的交互时空中完成。❸世界广袤无垠,而又近在咫尺。生命在跨区域意识时空和世界史生活实存中更新绵延,互为关联,而如何更新、如何相联的命题,与生命同在。感谢三联书店的丛书动议、中译学者的智性付出、译丛编委的学术友谊,它们使得这现代以来世界史上多维相联以及如何相联的命题,成为现代性再书写的可能。

注 释

❶ 作为术语出现的具体年代有不同提法。较早相关英文文献参见 Matteo Ricci and Louis J. Gallagher, *China in the Sixteenth Century: The Journals of Matthew Ricci 1583-1610*（New York: Random House, 1953）; Thomas Roe, *The Embassy of Sir Thomas Roe to the Court of the Great Mogul, 1615-1619*（London: Printed for the Hakluyt Society, 1899）, 113。另参见 John Henry Newman, *The Second Spring: A Sermon*, first edition published in London by Thomas Richardson and Son in 1852, second edition published in New York by Longmans, Green Co. in 1911; George Nathaniel Curzon, *Problems of the Far East: Japan-Korea-China*（London and New York: Longmans, Green Co., 1894）; Archibald John Little, *The Far East*（Oxford: The Clarendon Press, 1905）。

❷ "中东"与"近东"以"远东"为锚点，以相对于英伦欧洲的距离而得名。较早关于"近东"的英文文献参见 "Communications with the Far East," *Fraser's Magazine*, vol. 50, no. 323, November 1856; J. S. Mackenzie, "The English Character," *Saturday Review*, vol. 130, no. 3390, October 1920; George Nathaniel Curzon, *Problems of the Far East: Japan-Korea-China*（London and New York: Longmans, Green Co., 1894）。较早关于"中东"的英文文献参见 D. Sherman, "Newman's Babylon and Nineveh," *Zion's Herald*, 11 May 1876; "Talk about New Books," *Catholic World*, vol. 64, no. 383, February 1897; Valentine Chirol, *The Middle Eastern Question; Or, Some Political Problems of Indian Defence*（London: John Murray, 1903）。参见 Larry Fields, "The Eurocentric Worldview: Misunderstanding East Asia," *Asian Studies* 19 (1981): 40。

❸ 澳大利亚和新西兰与"远东"的关联内涵复杂。参见 Benjamin Mountford, *Britain, China, and Colonial Australia*（Oxford: Oxford University Press, 2016）; Ian Milner, *New Zealand's Interests and Policies in the Far East*（New York: International Secretariat Institute of Pacific Relations, 1939）; Robert Menzies, "Security First: Ideal of Justice," *Sydney Morning Herald*, 27 April 1939; Archibald John Little, *The Far East*（Oxford: The Clarendon Press, 1905）; Harold M. Vinacke, *A History of the Far*

East in Modern Times, first published in New York by Alfred A. Knopf in 1928, its 6th edition was published in New York by Appleton-Century-Crofts in 1959；等等。"二战"及战后美国学界对"远东"命名的相关评论参见 George B Cressey, *Asia's Lands and Peoples: A Geography of One-Third the Earth and Two-Thirds its People* (New York and London: Whittlesey House, 1944); Edwin O Reischauer and John King Fairbank, *East Asia: The Great Tradition* (Boston: Houghton Mifflin, 1960)。近期相关研讨参见 Rotem Kowner, "Between Contempt and Fear: Western Racial Constructions of East Asians since 1800," in Walter Demel and Rotem Kowner eds, *Race and Racism in Modern East Asia : Western and Eastern Constructions* (Leiden and Boston: Brill, 2013)。

❹ 在"导论"中，作者写道："如果认识到西方的统治是世界历史的非典型现象，后殖民批评家就有更为坚实的理由认为，我们当下的'全球经济'，就其历史条件和环境条件而言，均具有限定性或偶然性——因此比欧洲中心论（及 21 世纪的美国中心论）所告诉我们的更易改变或遭遇抵抗。"(15-16)

❺ 在"尾声"(361-362)中，马克利对 1740—1810 年和 1800 年之后的"远东与英国想象"如何考察的重视和慎重，折射出他对此问题复杂性的意识。

❻ 参见 Kenneth Pomeranz, *The Great Divergence* (Princeton and Oxford: Princeton University Press, 2000)。

❼ 参见 David Porter, *Ideographia: The Chinese Cipher in Early Modem Europe* (Stanford: Stanford University Press, 2001)。

❽ 参见 Paula Moya and Micheal Hames-Garcia, *Reclaiming Identity* (California: the University of California Press, 2000)。

❾ Vince Pecora, 2022 年 1 月 7 日邮件。

❿ 参见 Arif Dirlik, *The Postcolonial Aura: Third World Criticism in The Age of Global Capitalism* (London & New York: Routledge, 1998)。

⓫ 从文化研究角度出发对德里克的反驳，参见 Stuart Hall, "When Was 'the Post-colonial'? Thinking at the Limit," *Selected Writings on Marxism*, ed. Gregor McLennan (Durham: Duke University Press, 2021)。

⓬ Aamir Mulfti, *Forget English!* (Cambridge and London: Harvard University Press, 2016).

⓭ 参见 Naoki Sakai, "Modernity and Its Critique: The Problem of Universalism and Particularism," *The South Atlantic Quarterly* Summer 1988; *Harermas and the*

Unfinished Project of Modernity, eds by Maurizio Passerin d'Entreves and Seyla Benhabib (Cambridge, Massachusetts: The MIT Press, 1997); Vol. 87, No. 3; 仰海峰,《否定的辩证法与批判理论的逻辑终结》,《学习与探索》2010年第2期。

⑭ 关于视欧洲重商主义为16—18世纪世界经济引擎的（欧洲中心）传统史学，见本书中译第4页。关于15世纪起的欧洲殖民扩张，参见 Norm Chomsky, *Year 501, The Conquest Continues*（Boston: South End Press, 1993）。

⑮ 见注释10—12。另参见 Dominick LaCapra, *Rethinking Intellectual History: Texts, Contexts, Language*（Ithaca and London: Cornell University Press, 1983）。

⑯ 参见 Dominick LaCapra 对犹太屠杀研究中对犹太人自我迫害的过度关注的评析，*Writing History, Writing Traumas*（Baltimore and London: The Johns Hopkins University Press, 2001）；当代数十年中国文学研究中，面对现代中国的文化动荡，如何对以欧洲民族国家构建为思路重心乃至求其最终通约的方案的逻辑进行梳理（其对立面即以"中国道统"为要的逻辑，是其逻辑的变奏复制）当是另一个具有生产性的命题。

⑰ 马克利与学界诸多关于时间和空间的更新著述形成某种有张力的对话：如打破既定的断代规定（periodization），将被线性逻辑化约的"未来"与"过去"再次引入"当下"以构成复数时空的努力；参见詹明信（Fredric Jameson），《未来考古学：乌托邦欲望及其他科幻小说》（*Archaeologies of the Future: The Desire Called Utopia and Other Science Fictions*, London & New York: Verso, 2005）；大卫·斯科特（David Scott）对特立尼达和多巴哥历史学家 C. L. R. 詹姆斯（C. L. R. James）经典之作《黑色的雅各宾派》（*The Black Jacobins*）的再解读，"The Theory of Haiti: *The Black Jacobins* and the Poetics of Universal History," in *Small Axe*（2014）183（45）: 35-51。再如叩问"现代化理论"内部隐藏的越过一切空间差异、"通过时间消灭空间"以抵达"地球是平的"的逻辑驱动，主张将空间重新开启为开放的互动网络、重新搭建时间与空间的关联性理解，反对"时间主导空间"或"空间取代时间"的单向度论证；参见大卫·哈维（David Harvey）《后现代的状况：对文化变迁之缘起的探究》（*The Condition of Postmodernity: An Enquiry into the Origins of Cultural Change*, New Jersey: Wiley-Blackwell, 1991）；多琳·马西（Doreen Massey）所著的《保卫空间》（*For Space*, London: Sage, 2005）。

⑱ Michel Foucault, *The Order of Things: An Archaeology of the Human Sciences*（London and New York: Routledge, 1989）。

⑲ 作为与马克思、涂尔干并列的社会学奠基人之一，韦伯的《新教伦理与资本主义精神》及其对现代性的定义构成了20世纪中期社会学现代化理论的基石。将欧洲现代化举措普遍化并应用于不同的历史时空，他提出的问题只能始于"断裂"而终于"否定"。

⑳ 参见沟口雄三《作为方法的中国》中针对"近代与前近代连续性"的论叙；Paul Cohen, *Discovering History in China*（Columbia: Columbia University Press, 1984）。

㉑ Harry Harootunian, "Some Thoughts on Comparability and the Space-Time Problem," *Boundary 2* 32, no. 2（2005）: 36.

㉒ Fredric Jameson, *A Singular Modernity: Essay on the Ontology of the Present*（New York: Verso, 2013）, 29.

㉓ Christopher GoGwilt, *The Invention of the West: Joseph Conrad and the Double-Mapping of Europe and Empire*（Stanford: Stanford University Press, 1995）.

㉔ Stuart Hall, "The West and the Rest: Discourse and Power," in *Essential Essays, Volume 2: Identity and Diaspora*, ed. David Morley（Durham: Duke University Press, 2018）.

㉕ Naoki Sakai, *The End of Pax Americana*（Durham and London: Duke University Press, 2022）。酒井总结，施米特在《大地的法》一书中提出，现代国际法的基本设计依赖于一套系统性的空间想象；而这一空间秩序建立在将世界划分为"稳固的领土"（solid land）和"开放的海洋"（open sea）——欧洲和非欧洲、欧洲与世界其他地区——的结构性区别之上。通过将战火限制在"其他地区"，欧洲各国得以在宗主国自身的领土之内维持相对和平——这被施米特理解为世界和平——而20世纪初的第一次世界大战，则标志着这套自17世纪中叶以来的国际法律体系的首次崩溃。酒井指出，在许多方面，施米特在20世纪中叶的分析与40年后霍尔对现代世界的理解不谋而合，但霍尔的诊断与施米特的诊断截然相反：霍尔谴责现代世界的殖民形成，而施米特则热情地拥护乃至怀念这种欧洲中心主义"治下"的和平。《大地的法》的德语原文出版于1950年。作为一个相信欧洲的特殊地位的纳粹分子，施米特即使在第三帝国崩溃之后仍然表达了他对欧洲特殊主义的信念。原文参见上引书尾注7, 305页。

㉖ 参见注释17。

㉗ 对"文化保守主义"在中国人文学领域的诸多流派及其复杂性的探索，是一个重要命题。

㉘ 关于国际学界这方面的近作，参见 Afsaneh Najmabadi 关于中东区域现代化的研究：Afsaneh Najmabadi, *Women with Mustaches and Men without Beards: Gender and Sexual Anxieties of Iranian Modernity*（Oakland: University of California Press, 2005）。

㉙ 这样的超验意图或历史相对主义是另一个重要命题。马克利对 1740—1810 年和 1810 年之后的"远东与英国想象"如何考察的重视，折射出对此问题的某种自觉。

㉚ Samuel Huntington, *The Clash of Civilizations and the Remaking of World Order*（New York: Touchstone, 1997）.

㉛ 就作者而言，分科建制中的因循压力和利益依赖是欧洲中心得以延续的现代认知机制条件。本书的书写及其阅读对象的涵盖幅度超出了分科建制的因循利益。

㉜ 历史书写中的"延续"与"断裂"与意识书写和生活世界之间的"延续"与"断裂"，是不同而又关联的重要命题。本书作者处理的是"结论先行"的命题设置，在他所聚焦的 1600—1730 年研究中带来的认知误区。

㉝ C.L. Crumley, "Historical Ecology: A Robust Bridge between Archaeology and Ecology," *Sustainability*, 13, 8210, 2021, 1.

㉞ 一译《东方学》。

㉟ 马丁·普赫纳（Martin Puchner）评价道："作者对殖民主义欧洲中心的否定，和对后殖民批评范式局限的批评，这一共存的双重叙述，使得这部 16 年前出版的专著，至今具有其重要性，或者说比以往任何时刻都显得更为重要。"2022 年 10 月 22 日邮件。

㊱ 这提示了内在相关的另一个命题，即如何对"中央之国"的人文书写，在跨学科和跨体系的知识吸纳使用中，在 1600—1730 年、1740—1810 年，乃至漫长的 19 世纪和 20 世纪跨区域世界史脉络中进行再解读。

㊲ 关于"南海"一词的定义，见本书 277 页译注。

㊳ 见注释 37。

㊴ 参见颜海平《"互为的转写"让现代世界相联》，《社会科学报》2022 年 9 月 22 日。

㊵ 参见书评：David Davies, *Markley, The Far East And The English Imagination, 2006*, a review of the book for H-Albion, 2007. https://china.usc.edu/markley-far-east-and-english-imagination-2006; Published by H-Albion@h-net.msu.edu（July, 2007）。

㊶ 其他领域内也有密切相关的讨论，参见 Ann Stoler, *Carnal Knowledge and Imperial Power: Race and the Intimate in Colonial Rule*（Oakland: University of California Press, 2010）。

㊷ 见注释 25。
㊸ 清华大学基础学科人才培养学堂计划首个文科班创办于 2015 年，全称"清华大学学堂计划世界文学与文化实验班"，简称"世文学堂班"。本文第二作者为"世文学堂班"首届毕业生。

中文版序

20世纪90年代初,当我刚开始着手本书的相关研究时,主导17—18世纪初的中欧关系研究的是故步自封的欧洲中心主义(lazy Eurocentrism),这点让我吃惊。虽然一小部分专治明清中国研究的学者清楚,荷兰、葡萄牙、西班牙和英国商人来中国是觐见而非征服,但传统史家和马克思主义史家大体接受了西方崛起的神话,常常宣传完全欧洲中心主义的现代性观念。20世纪90年代,很多史家和批评家还在使用19世纪40年代马克思和恩格斯在第一次鸦片战争后写的批评清朝的报刊文章中所用的语言。我记忆犹新的是,2000年左右,我在一场学术会议主旨演讲中讨论了弥尔顿、安德鲁·马维尔和笛福所处的中国中心世界,而在场观众连最基本的问题都提不出来。

幸运的是,在过去二十年中,我们有了长足的发展。写作本书时,历史学家(如彭慕兰)和文化批评家(如何伟亚和博达伟)发表了影响深远的研究,对欧洲中国观的研究做出了修正。《追慕与忧惧:英国的远东想象(1600—1730)》于2006年在剑桥大学出版社出版后，许多学者对本书的论述进行了重要的补充、争论和扩展，如杨驰明（Chi-ming Yang，音译）、尤金妮娅·祖洛斯基·詹金斯（Eugenia Zuroski Jenkins）、刘玉（Yu Liu，音译）、迈克·基瓦克（Michael Keevak）、陈正国（Jeng-quo S. Chen）、博达伟（David Porter）、彼得·基特森（Peter Kitson）、伊丽莎白·张（Elizabeth Chang）、阿什利·伊瓦·米勒（Ashley Eva Millar）和闵恩敬（Eun Kyung Min）等。我与这些批评家的对话进而影响了近期我探讨中国和英属东印度公司的相关论文。我尤其要感谢露辛达·科尔（Lucinda Cole）、童庆生（Q. S. Tong）、威尔·克里斯蒂（Will Christie）、乔纳森·兰姆（Jonathan Lamb）、亨贝托·加西亚（Humberto Garcia）、拉贾尼·苏丹（Rajani Sudan）、苏威尔·考尔（Suvir Kaul）、贝尔南德特·安吉（Bernadette Andrea）和已故的斯利尼瓦斯·阿拉瓦穆丹（Srinivas Aravamudan）。最要感谢的是本书译者王冬青，他这一代的中国批评家和历史学者对共同反思现代性、摈弃常见的欧洲中心论偏见做出了重要贡献。

  不过，在某些方面，我在20世纪90年代开展的针对东方主义式的英国文学史（1600—1740）的挑战仍未完成，尤其是在西方。如果听听2020年美国总统对中国气势汹汹的讲话，就会感受到鸦片战争后西方对晚清中国特有的恐惧、排斥和不解。今天，在中美两国面临的一切复杂问题的背后，是西方大部分人无法理解的一个事实，中国正在迅速重新崛起，恢复其历史上的世界大国地位（虽然未必是**唯一**的世界大国）。我引用的许多文本，包括笛福的小说，自2006年以来已有新版问世，我的注释也有待更新，以便体现上述学者的著述,但我仍然认可十多年前的这本书中大部分的论述。本书的导论题为"明末清初的英国文学",我想今天读来,这个标题的讽刺意味应该没有当年出版时那么强了。方今之世,中国再次推动着全球经济,在嫉妒、欲求、恐惧、误解,以及对未来繁荣和可持续发展的希冀中行进。

罗伯特·马克利

2020 年 8 月

致 谢

本书成形于十余年前。在漫长的酝酿过程中，我有机会就部分观点与许多人探讨，他们以不同方式影响了本书最终的模样。在研究和著书期间，我得到人文学科国家基金（the National Endowment for the Humanities）、耶鲁大学贝内克图书馆、亨廷顿图书馆、华盛顿大学和西弗吉尼亚大学的资助，因此在"早期英语书籍在线"和"18世纪目录在线"数据库尚未建立之时，我便得以在福尔杰莎士比亚图书馆（Folger Shakespeare Library）、大英图书馆和亨廷顿图书馆开展研究。我真心感谢他们的支持。我曾应邀在不同大学的讲座或主旨演讲中报告了本书各章的不同部分，包括华盛顿大学、奥克兰大学、国立澳大利亚大学人文研究中心、新西兰坎特伯雷大学、新西兰奥塔哥大学、墨尔本大学、普林斯顿大学、芝加哥大学、匹兹堡大学、麦克马斯特大学、埃克塞特大学、卡内基·梅隆大学、纽约州立大学石溪分校、福德姆大学主办的18世纪研究纽约研讨会（the New York Eighteenth-Century Seminar at Fordham University）、奥特本大学和俄克拉荷马大学。

本书这样的著作都是在合作中诞生的。过去十年中，我与众多人士有过交流并从中受益。我想感谢的有（排名不分先后）：拉贾尼·苏丹（Rajani Sudan）、汤姆·迪皮埃罗（Tom DiPiero）、帕特·吉尔（Pat Gill）、辛西娅·克莱卡（Cynthia Klekar）、瑞秋·拉姆斯（Rachel Ramsey）、汉斯·特里（Hans Turley）、提塔·齐克（Tita Chico）、阿莱克松德拉·郝奎斯（Aleksondra Hultquist）、简妮·达坡托（Jeannie Dalporto）、博达伟（David Porter）、马歇尔·布朗（Marshall Brown）、保罗·热姆利（Paul Remley）、罗纳德·施莱佛（Ronald Schleifer）、汤姆·洛克伍德（Tom Lockwood）、让·马斯登（Jean Marsden）、苏威尔·考尔（Suvir Kaul）、安妮亚·伦巴（Ania Loomba）、理查德·维勒（Richard Wheeler）、布鲁斯·伯乐（Bruce Boehrer）、丹·维特克斯（Dan Vitkus）、伯纳德特·安吉亚（Bernadette Andrea）、布鲁斯·克拉克（Bruce Clarke）、斯利尼瓦斯·阿拉瓦穆丹（Sirinivas Aravamudan）、保拉·巴克施德（Paul Backscheider）、凯瑟琳·英格拉西亚（Catherine Ingrassia）、芭芭拉·福克斯（Barbara Fuchs）、大卫·贝克（David Baker）、巴拉钱德拉·拉詹（Balachandra Rajan）、伊丽莎白·索尔（Elizabeth Sauer）、黛博拉·潘恩·菲斯克（Deborah Payne Fisk）、露辛达·科尔（Lucinda Cole）、安德鲁·迈克雷（Andrew McRae）、桑德拉·麦克弗森（Sandra McPherson）、尼尔·查德加（Neil Chudgar）、托尼·布朗（Tony Brown）、辛西娅·沃尔（Cynthia Wall）、谢夫·罗杰斯（Shef Rogers）、谭雅·卡德维尔（Tanya Caldwell）、布雷吉·奥

尔（Bridget Orr）、乔纳森·兰姆（Jonathan Lamb）、莫娜·纳润（Mona Narain）、吉莲·罗素（Gillian Russell）、伊安·迈克卡曼（Ian McCalman）、大卫·沙姆威（David Shumway）、弗朗西斯·娄睿（Frances Loughrey）、布莱恩·迈克黑尔（Brian McHale）、保罗·阿姆斯特朗（Paul Armstrong）、海迪·哈特纳（Heidi Hutner）、克里斯蒂娜·斯特劳布（Kristina Straub）、扎卡里·莱瑟（Zachary Lesser）、劳里·纽寇姆（Lori Newcomb）、托尼·珀洛克（Tony Pollock）、迈克·基瓦克（Michael Keevak）、海伦·汤普森（Helen Thompson）、艾琳·马吉（Erin Mackie）、玛莎·科勒（Martha Koehler）、安德鲁·迈克冈（Andrew McGann）、迪皮卡·巴里（Deepika Bahri）、伊安·唐纳德森（Ian Donaldson）、安·卡普兰（Ann Kaplan）、彼得·瓦姆斯利（Peter Walmsley）、丹尼·凯瑞（Daniel Karey）、苏珊·纳昆（Susan Naquin）、伊懋可（Mark Elvin）、陈正国（Jeng-Guo Chen）、闵恩敬（Eun Kyung Min）、劳拉·罗森塔尔（Laura Rosenthal）、伊丽莎白·约翰斯通（Elizabeth Johnston）、玛丽莲·弗朗克斯（Marilyn Francus）、杜安·奈里斯（Duane Nellis）、乔纳森·伯顿（Jonathan Burton）、珍妮·哈明（Jeanne Hamming）、海伦·伯吉斯（Helen Burgess）、布鲁斯·马兹力什（Bruce Mazlish）、劳里·芬克（Laurie Finke）、斯蒂芬·马克利（Stephen Markley）和汉娜·马克利（Hannah Markley）。

　　书中有几章的论点和例证曾撮要在别处发表。在撰写本书时，这些文章都已扩充、删节、改写，有时也受到批评，但我感谢杜克大学出版社授权我重印第四章、第六章和第七章的部分内容，原刊于《18世纪生活》期刊（*Eighteenth-Century Life*，1993，1998）以及《南大西洋季刊》（*South Atlantic Quarterly*，2004）；感谢布拉克威尔（Blackwell）出版机构授权我改写第一章中的两节，原刊于《文艺复兴研究》（*Renaissance Studies*，2003）；感谢联合大学出版社（Associated University Press）授权我修改（有时已经改动得面目全非）此前发表过的第三章，原刊于安妮·麦乐（Anne Mellor）和马克西米兰·诺瓦克（Maximilian Novak）主编的文集《情感时代的激情邂逅》（*Passionate Encounters in a Time of Sensibility*，2000）；感谢迪凯纳大学允许我重印第二章的一些零碎论述，原刊于巴拉钱德拉·拉詹和伊丽莎白·索尔主编的文集《弥尔顿和帝国主义》（*Milton and Imperialism*，1999）。

　　著作的献词总是难免言不尽意。献词是致敬，也是一种姿态。不论如何，本书献给我的父亲亨利·E. 马克利，以及我的继母，妮基·马克利。

导 论

明末清初的英国文学

当那些我想象的人物,银河系博物馆的管理员,千万年后从宇宙的边陲公允地回顾我们的过去,他们会把中国摆在展览的中心,而把西方文明塞进角落里的一间小橱窗。

菲尔利普·费尔南德斯-阿梅斯托
(Felipe Fernández-Armesto)❶

欧洲中心论及其不满

对许多学者而言，17—18世纪英格兰与远东的交往及对远东的理解，是一个充满模糊设想和误解的研究领域。尽管研究者有着明显的政治分歧，如传统派欢呼"文明"向非欧洲世界的扩张，修正派批评欧洲帝国主义的暴力和对社会经济的破坏，但两个阵营对早期现代历史的理解在根本上都持欧洲中心观。双方依赖的历史叙事和分析模型——不管是殖民主义的还是后殖民主义的——都在讲述一个旧故事：东方文化的技术弱势、经济落后和政治保守导致其必然被欧洲殖民者击败。就此而言，许多学者按照19世纪殖民主义的预设去解读17世纪的历史，认为英国和其他欧洲国家相比他们接触的非欧洲民族而言，国家和种族是优越的；他们认为欧洲对美洲的压倒性技术-军事优势也适用于亚洲；他们还认为西欧与日本、中国及东南亚苏丹之间的知识、宗教、文化和金融接触在早期现代历史中不太重要。这些假设都是错的，而要摆脱这些假设，就要反抗视欧洲"重商主义"为16—18世纪世界经济引擎的传统史学。❷ 许多批评家用"万能"的后殖民主义模型去理解西方商人、外交使节和海员（一方面）和亚洲当地统治者、税务官员、供货商和译者（另一方面）之间变动不居的关系，这样做固然颠覆了欧洲中心论的道德感，但讽刺的是，这同时也复制了欧洲中心论的前提、价值和阐释。

《追慕与忧惧：英国的远东想象（1600—1730）》对欧洲中心式现代性的一些根本性前提、价值和阐释进行了历史性和理论性批判。在书中，我对1600—1730年虚构和非虚构文本的解读建立在批判欧洲中心论的基础之上，近年来开展相关批判的学者包括乔杜里（K. N. Chaudhuri）、杰克·戈德斯通（Jack Goldstone）、布劳特（J. M. Blaut）、弗兰克·佩林（Frank Perlin）、保尔·巴洛克（Paul Bairoch）、王国斌（R. Bin Wong）、安德烈·冈德·弗兰克（Andre Gunder Frank）、彭慕兰（Kenneth Pomeranz）和杰弗里·冈（Geoffrey Gunn）等。❸ 这些历史学家以不同方式表明，直到1800年，融合中的世界经济尚处在中国的统治下，影响居其次的是日本和莫卧儿时期的印度。要理解这种统治，我们需要从根本上重新评价新古典主义和马克思主义对西方经济"崛起"的描述。在现代早期的日本和中国，情况看起来几乎和常识相反。克劳迪娅·施努曼（Claudia Schnurmann）指出，"与远东的医学、工业和知识生活的进步相比，即使是在欧洲人看来十分成熟的荷兰，在亚洲人眼中也至多算得上是'第三世界'"。❹ 这一论述透露出早期现代世界的复杂历史。

书写亚洲主导世界中的英国文学史,并不是要淡化始于16世纪的征服美洲过程中近乎种族屠杀的暴行,也不是淡化此后欧洲对亚洲、非洲和澳洲的殖民。许多后殖民批评家(下文会有所论及)对挑战传统的早期现代文学、经济、社会和文化史有着重要贡献,但他们的论述往往集中在欧洲与奥斯曼、波斯和莫卧儿等帝国的交往上。本研究则聚焦于印度次大陆以东的国家,这是为了突出17和18世纪西方对伊斯兰文化的反应——一个熟知并恐惧的文化——和对日本与中国的反应的区别。❺这类作品数量庞大而分布广泛,是理解早期现代世界和西方在其中位置的关键。

约翰·弥尔顿、约翰·德莱顿(John Dryden)、丹尼尔·笛福和乔纳森·斯威夫特的作品,以及彼得·黑林(Peter Heylyn)、托马斯·孟(Thomas Mun)、利玛窦、卫匡国(Martino Martini)、扬·纽霍夫(Jan Nieuhoff)、埃弗勒·伊斯布朗特·伊台斯(Evret Ysbrants Ides)等人撰写的地理志、游记和历史,就欧洲在远东帝国统治下的全球经济中的边缘化地位,表现出了形形色色的补偿性的书写策略。亚洲或被忽视,或被描述成亟待救赎的庞大异教地区;或者援引欧洲在美洲的技术、军事和政治权力来否认荷兰、葡萄牙、西班牙和英国在东亚的局限。如果说新大陆殖民叙事强化了民族力量、普世君主制和基督教必胜等欧洲中心论观念,那么欧洲人在中国、日本和1716年前的莫卧儿印度的经历则彻底挑战了这类意识形态建构。

当时,西欧的受教育阶层不可能对英格兰和中国的差别(如疆域、财富和自然资源等）一无所知。在17世纪中期，中国已经成了诸多领域争论和猜测的焦点：中国编年史质疑了马索拉（Masoretic）《旧约》抄本中大洪水日期的可靠性，引发了关于《圣经》纪年几乎无休止的争论；1644年明朝的覆亡以及满族统治者的"汉化"带来了对中国文化适应性充满仪式感的称颂；中华帝国的面积和财富引发了对其自然资源和勤奋人民的赞美；当然最重要的是，中国的财富刺激着对中国货品无尽的欲望，对许多西方商人来说，这是利润无穷的贸易。❻ 正如博达伟（David Porter）证明的，中国千年传承的文化、语言和儒家观念成了父系统治合法性的象征：对于许多17世纪的亲华者，这个"中央王国"象征着欧洲精英推崇的社会政治稳定和跨文化的道德观。❼

书中引用了两百种左右的原始材料，这只是18世纪读者所能接触的关于远东的文本的一小部分。按照唐纳德·拉赫（Donald Lach）和埃德温·范·克雷（Edwin van Kley）的统计，1500—1800年欧洲出版的关于亚洲的作品达1500部，他们认为这只是保守的估计；广泛重印和编选的报道（如萨缪·铂切斯［Samuel Purchas］编纂的文集）在地图集、游记、经济著作和博物学著作中流传。❽ 对于这类材料，我集中讨论那些经过多次修订（通常有多语言版本，采用奢华的大开本印刷）的作品。编者在这类作品中搜罗关于远东民族和文化的信息，并把一手记载改换成看似权威的评述。迄至1750年，这类作品的数量令关于美洲殖民的文献数量相形见绌。

欧洲对远东的迷恋说明，中国、日本和香料群岛以复杂的方式影响了早期现代的经济理论。英格兰和其他地区认为可以从整体上描述"远东":一个由港口、农业区和商机组成的复杂网络。1600—1740年,对打开亚齐(Aceh)、广州、长崎和亚格拉(Agra)等地市场的期待对欧洲经济思想有关键影响,作者们往往借此把国内问题——从高税率到环境退化,以及一些部门的生产滞后和其他部门产品的滞销——转移到对不违反宗教原则的高利润贸易的期待上。由于英格兰与印度以东的贸易基本无缘,于是中国、日本和香料群岛满足了两个关键的想象性角色,既是可供欧洲出口的无限市场,也是庞大而取之不竭的仓库,供应着香料、奢侈品(从茶叶到纺织品)和原材料。如果中国、日本和印度代表着文明的巅峰 —— 完美体现了持续增长的贸易所需的社会政治秩序和成熟文化 —— 那么印度尼西亚群岛和未知的澳洲大陆则代表着异域风情,可供英属东印度公司(the East India Company,简称EIC)轻松采集货品或是和愿意合作的土著做划算的买卖。于是,远东成了商业资本主义的幻想空间,因为那里可以实现严格的成本外部化:计算利润(或预期利润)可以不计入(且举两例)生命、船只和货物的损失,或是当地生态的破坏,比如为英国海军和英属东印度公司造船所需砍伐的森林。❾

《追慕与忧惧:英国的远东想象(1600—1730)》批判性地考察了这种贸易造福社会的信念。约书亚·柴尔德(Josiah Child)曾任英属东印度公司总裁并长期担任公司董事,他在1681年写道:"对外贸易生产财富,财富带来权力,权力保护我们的贸易和宗教;他们相互作用,并相互保护。"❿这一逻辑的关键词是"生产"

(produceth);就像许多同时代人一样,柴尔德认为,贸易创造的财富超出了长年航海耗费的劳力和资本,因此对(文明的)贸易双方都有好处,而同时始终有利于英格兰经济。这种互惠的逻辑支撑着17世纪欧洲对贸易的辩护,并且隐含着一种期待:东亚既是所需商品的生产商,也是英国商品尤其是纺织品的不知足的消费者。不过同时,他们也知道,在亚洲市场进行的是一场与欧洲对手和本土势力你死我活的竞争,自伊丽莎白时代过来的英国作家为了证明柴尔德的观点,说服了许多盟国来对付英国的商业对手(如荷兰)。如本书以下各章所述,这些作家以不同方式使用排他的三角模型来理解政治、交流和商业,以便(在想象中)孤立英国的对手,巩固英国的意识形态,永无止境地追求无限的财富、不受挑战的权力、扩张的贸易和纯正的宗教。

伴随着对无限的生产力和利润的幻想,还有一种彻底反生态的观念,即认为资源是不竭的,可以无限开发。很大程度上,1500—1800年的贸易观念回应了西欧和北欧的生态和人口危机。17世纪上半叶,人们普遍认为英国的自然资源不足以支撑其人口,或是认为大自然已经被人类的原罪腐化,从而把重担交给了国际贸易,指望它解决复杂的生态、人口和经济危机。⓫这场17世纪的"总体性危机"事实上引出了戈德斯通、彭慕兰和佩林等学者以不同方式指出的生态文化视角——这一视角质疑欧洲中心现代性的经济学预设。在导论的余下部分,我将介绍欧洲中心论的预设以及后殖民批评家的相应批判,并简述如何从生态唯物主义的视角看待早期现代世界。

经济学、数学和后殖民主义

欧洲中心论的基本信念是，自17和18世纪开始，由英格兰率领的欧洲西北部迅速发展为19世纪以煤炭能源为基础的工业经济。英格兰的独特性来自哪里？这一辩论还在持续。大量经济史研究在考量英格兰经济的哪些特点造就了其世界强国的地位。总的来说，在追溯英格兰例外论的来龙去脉时，历史学家侧重于强调不同因素的共同作用。❷英格兰银行等机构改善了企业经营和投资的环境，这场金融革命增加了本国的基础设施投资，并带来了有利于贸易、交通和通信的新技术。同时，英国的公务员体制得到壮大，以增加税收并用于欧洲大陆和美洲的战争。复杂财政-行政国家的发展促进了经济衙署、从业者和学者的职业化。民族的陆海军事财政开支的增加又反过来刺激了采矿、纺织业和能源开采等一系列技术的发展。几乎与此同时，农业革命增加了农作物种植效率，可以满足英格兰1720年后人口迅速增长的需要。1688年以后，一面是自由主义或"启蒙"价值观的出现，一面是财产权的确立以及政治权利（仅对少数男性有产者而言，但这一群体人数在不断增长）的确立，双方互相促进。许多经济史学者认为，这些因素在观念上和物质上的共同作用，使英格兰率先启动了工业化，这场工业革命也标志着现代世界的诞生。❸

人们通常就是按照这种盎格鲁中心式的19世纪早期工业化模式来评价东南欧、亚洲、南美和非洲的其他国家和地区。如果英格兰是全球经济社会进步的源头和模范，那么其他民族必然处于经济发展过程中更原始的阶段。顺理成章地,中国在这类欧洲中心的历史中成了输家,因为作为曾经的富国,中国未能现代化,只能忍受失败的屈辱,事实上的殖民。晚清的衰败证实了中国失败论,进步主义史学的分析也强化了早期现代西欧经济统治的宏大叙事。

但正如格雷格·邓宁(Greg Dening)提示的,"历史学家总是从过去所不存在的角度看待过去"。对英格兰和西北欧崛起的传统叙事总是默认技术、科学、农业和工业生产以及金融的进步是17和18世纪或多或少自觉推动的。❹位于现代性崛起和发展叙事核心的,是新古典主义经济学的原则——人们常常离开语境,奉其为超历史的"真理"。新古典主义经济学认为,所有经济活动都可以表述为一种理性计算,并以此将复杂行为简化为关于选择和效用的关键变量,这带来两大重要影响:一是将真实世界的交易和协商理解为深层数学法则的表达;二是确立了推动技术创新、资本积累和整体增长的现代准则,从而与导致停滞和阻碍竞争的倒退的、原始的实践区分开来。❺由于选择和效用可以建立模型并普遍化,新古典主义经济理论创造了一个虚拟的计算空间,其中资源汲取和环境退化可以并且必然被视作市场经济法则的功效。❻个人经历和命运可能千差万别,但新古典主义经济学的数学法则提供了一个普世的度量标准:纵使变量的数值以及后续的解不同,等式的**形式**是永恒的。

多位历史学家都指出,对于研究16和17世纪欧洲的经济学家来说,数学成了关键工具,但菲利普·米洛斯基(Philip

Mirowski）从历史和理论角度挑战了新古典主义经济学的价值预设，其论点具有深远影响。⓱米洛斯基证明，新古典主义经济学对数学的热衷来自19世纪和20世纪初对第二热力学定律的误读。当时，经济学和能量物理学都面临着（以数学形式表达的）理论和实证观察之间的根本矛盾。出于复杂的原因，两个学科都试图将数学理论的"进步"（表现在逻辑自洽）和实际观察与实验分离开来。为了给这样大胆的行为找到依据，各自领域的研究者都把对方学科的结构性比喻当作客观事实，并运用这些所谓的公理为其自身的理论辩护。简言之，数学一致性——悖论在于，它并不符合人们对物理现实的感知——成了目的本身。如此一来，经济学与社会和生态关怀分割开来了，而在自然被数学化之前，这些关怀正是经济学话语的标志。⓲因此，经济思想和表述的虚拟空间可以无限延伸，跨越全球，也跨越时间：在地图的空白处筹划潜在的利润——在亚洲、非洲和美洲——并以此预测未来。对于二者来说，对新经济科学的信念都可以把资源枯竭的环境和社会后果转移到无尽利润和无限开发的数学计算中去。任何无短期效应的问题——如森林退化，土壤退化，水污染——都可以无视。弗兰克认为，早期现代史学的一个问题在于，马克思主义史学家也抱有欧洲中心论的看法，这表现为技术和社会发展的进步论以及相应的价值论，即大自然只是有待人力开发的资源仓库。马克思主义认为，进步就是按照劳动价值论公平分配物品和服务，让工人而非资本成为技术、工业和社会发展的引擎，但这并不能保证人类摆脱资源枯竭和污染的困扰。⓳吊诡的是，为了宣传这种社会经济进步论,马克思必须接受约翰·洛克的观点,认为使用价值理论上是可以无限挖掘的:集体主义的未来取决于永远丰富的资源。

现代经济理论是欧洲中心的,无论是新古典主义还是马克思主义都呈现了一部资本主义"兴起"的历史及其史学。在这个意义上,追溯亚洲的西方"帝国主义"的"根源"受制于进步主义和自我循环的叙事:寻找西方式经济"进步"的根源,结果是将分散的实践、数据和文本固化为这种进步的证据,即使从马克思主义角度,布尔乔亚的资本主义的具体事例也最终遵循社会经济进步的必然规律。于是,后殖民主义对早期现代帝国的批判陷入了悖论,一方面谴责欧洲军事、政治和经济帝国主义,另一方面又依赖自由主义或马克思主义关于殖民者主导地位的叙事。从这一角度而言,欧洲中心论成了我们的经济、社会、政治、科学以及技术史的文化DNA,我们接受和复述欧洲中心论,将这当作帝国谱系惨痛的信史。

讽刺的是,许多后殖民研究有赖于新古典主义或狭隘的马克思主义经济史,而这二者都强化了欧洲技术、经济和军事优越性的神话。其他有价值的著作,如山卡·拉曼(Shankar Raman)2001年的著作和巴拉钱德拉·拉詹(Balachandra Rajan)1999年的著作,在描述欧洲在印度的贸易时遵循的是斯卡梅尔(G.V. Scammell)的欧洲中心式历史,但没有讨论(或在注释中参考)弗兰克、佩林、戈德斯通和白洛克的著作,而这几位批判欧洲中心论的主要著作都出版于1997年前。[20] "传统"的后殖民主义无法解释中华中心世界,因而常常忽略日本和中国,或是按照

19世纪欧洲统治印度的模式来解读17世纪和18世纪早期的欧亚交往。㉑聚焦于欧洲与奥斯曼帝国、波斯帝国和莫卧儿帝国的联系,许多批评家和历史学家认为远东处于地中海和近东的贸易圈、语言联系和宗教交往之外。例如约翰·迈克尔·阿克(John Michael Archer)认为,"中国、日本和摩鹿加群岛①……事实上位于古代地中海区域的史地路线与早期现代贸易的交集之外"。㉒这一说法可能还是有争议的:黑林、约翰·韦伯和威廉·坦普尔爵士等许多作者(这点我会在后续章节中论证),明确地将古代世界的帝国和中国比较,发现希腊和罗马逊色于明清王朝。有一点很能说明问题,那就是大卫·阿米蒂奇(David Armitage)《英帝国的意识形态起源》和安东尼·佩金(Anthony Pagden)《举世之主:西班牙、不列颠和法兰西帝国的意识形态,1500—1800》都未讨论中国和日本。在文集《帝国和他者:英国和土著的交往,1600—1850》中,中国和日本也缺席了。㉓最后,这种忽视间接反映在这些作者和编者,当然还有读者的眼中——铂切斯和黑林的文库中哪些材料是最具吸引力的。我的研究强调欧洲和远东的交往,我认为英国作家和中日的遭遇促使他们认识到欧洲帝国的话语是一场意识形态的建构——部分是自我宣传,部分是愿望满足②,部分是用计量经济学的外推法来维持商业繁荣的幻想,或许还有帝国征服的想象。

尽管如此,一些关于18世纪文学文化的一流后殖民研究,还是揭示了帝国意识形态如何以矛盾的方式来填补社会政治体制以及殖民者主体性的不稳固概念的缝隙。在她挑战性的关于英属印

---

① 摩鹿加群岛位于今印度尼西亚。(书中脚注均为中译者注,后不一一标示)——中译者注
② "愿望满足"(wish fulfillment)是弗洛伊德提出的著名概念,他认为一切梦境都是现实欲望的变形和伪装。

度科学、生态、种族和殖民的研究中，卡维塔·菲利普（Kavita Philip）令人信服地证明了"来自帝国边缘的地方知识构成了大都市中心的科学的形式和内容"，因此，构成了现代自我定义的关键形式之一：普遍科学知识的进步是自洽的和内生的，这一知识随即用于贬低"原始"信念体系及其信奉者。㉔拉贾尼·苏丹（Rajani Sudan）认为，殖民者相信自己拥有文化和政治权威，这已内化为无意识，因此殖民者主体性必然导致仇外情绪——对他者的恐惧反而强化了欧洲对自身种族纯洁性和社会政治权威的近乎歇斯底里的强调和肯定。她认为，抑制种族他者的威胁，只能靠不断压抑"深刻的不安全感"，这种感觉始终伴随着欧洲中心观及其对作者式主体性的信念。㉕这种殖民者主体性的去中心化的镜像则是被殖民者参与、抵抗和重塑帝国主义实践过程中建构的混杂的自我身份。斯利尼瓦斯·阿拉瓦穆丹（Srinivas Aravamudan）提醒我们注意"隐喻之民"（tropicopolitans），也就是那些"在殖民隐喻统治下，通过对代表殖民合法性的语言、空间以及空间语言进行抗争，获得主体性的人们"㉖。因此，隐喻的抗争空间表明英国作者和读者参与了家庭和公共空间的语言、空间和政治经济学层面的角力。在这一方面，贝蒂·约瑟夫（Betty Joseph）提醒我们关注无数"帝国日常文化空间的转变"的重要意义。在对1720—1840年英属东印度公司档案的研究中，她指出，殖民计划强化了公共和私人领域的分离，以便强化关于英国殖民权力的生命和文化再生产的意识形态。㉗菲利普、苏丹、阿拉瓦穆丹、约瑟夫和费莉思蒂·纳斯鲍姆（Felicity Nussbaum）等许多学者以不同方式，通过对殖民者世界观的集体考古，从道德、政治和实证层面反抗欧洲中心论的历史和史学。不过，这些重要研究没有回答以下问题：1600—1750年西欧和非热带世界的关系是怎样的——亚洲大城市北京、广州、东京和长崎，以及许多其他国际和地区中心。要回答这些问题，必须在非欧洲中心的全球经济文化语境中重新审视后殖民研究对欧洲和远东交往的批判。

世界体系理论

过去十五年，戈德斯通、弗兰克和彭慕兰等历史学家同时从事实和理念层面挑战了看似坚实的欧洲中心观——金融资本主义和工业资本主义在欧洲西北部联袂"兴起"。他们以不同方式驳斥或大幅修正了这样一种观念——在1500—1800年出现的世界体系中，欧洲占据着中心。他们也质疑了沃勒斯坦和布罗代尔等历史学家用于描述欧洲中心世界的进步论历史的一套分析语汇。㉘这一修正论冲击了关于早期现代全球经济中农业和原始工业生产力的基本设想，对学界如何对待"后殖民历史观"（postcolonial past）有着深刻影响。尽管他们的观点在马克思主义经济史学界引发了争议，但我认为，对早期现代史的进步论叙事保持怀疑，对后殖民研究的帝国批判是利大于弊的，并且，认真对待这些历史学家的观点为我们在新的视野下看待早期现代的文学和历史提供了一个关键方法。㉙正如这篇导言的题词中菲利普·费尔南德斯-阿梅斯托所说，如果认识到西方的统治是世界历史的非典型现象，后殖民批评家就有更为坚实的理由认为，我们当下的"全球经济"，就其历史条件和环境条件而言，均具有限定性或偶然性——因此比欧洲中心论（及21世纪的美国中心论）所告诉我们的更易改变或遭遇抵抗。

彭慕兰、戈德斯通和佩林的观点不是简短的提要所能概括的，因为其著作针对的是欧洲中心论和现代观念所依赖的经济原则，旨在从内部拆解这些原则。他们极其简练地汇总了广泛的材料——分别来自中国、日本、印度、波斯、奥斯曼帝国及西欧——以证明鲜有历史证据能说明欧洲例外论，即英格兰、尼德兰和法国在16世纪成了世界强国，并在17和18世纪稳固了他们的显赫地位。弗兰克最为坚定地认为，在1800年以前，"整个世界经济秩序——事实上——都是中国中心的"，而这一观点也得到了其他研究中国的历史学家的支持。㉚所谓"亚细亚生产方式"和"东方专制主义"并未限制或减缓中国成为早期现代世界的经济引擎——1800年前人口最多、最富裕的国家，技术水平也位居世界前列。中国对白银（其基础货币）的无限渴求驱动了三百年来欧洲海洋强国的长途贸易。欧洲人未能提供太多远东需要的产品，因此他们大部分的出口——1800年前英属东印度公司和荷属东印度公司80%的出口——是银锭，用于购买奢侈品：印度的棉布，中国的丝绸、瓷器及渐增的茶叶，以及东南亚和印度的香料。㉛除了占据印度尼西亚群岛的几处小岛，欧洲列强在东亚追求的是贸易特权，并未成为殖民者；事实上,用"殖民主义"来描述欧洲在亚洲的商馆（海外贸易点）是成问题的，因为通常这些商馆同时容纳的欧洲居民不足百人。我在本书以后各章会说明，讨论欧洲想象的远东，需要认识到欧洲力量和影响的这些局限。

彭慕兰挑战了欧洲中心的经济史，认为中国，而非英格兰或尼德兰，比任何欧洲国家都更接近亚当·斯密眼中的新古典经济。他援引清朝的经济数据研究（大部分数据在20世纪80年代前都未开放）证明，正是按照支持英格兰例外论的评价标准，人口稠密的中国沿海省份恰恰在许多方面相当于或超过了欧洲西北部的"发达"经济。中国和日本的劳动力市场比英格兰和法国更自由；清政府和德川幕府都致力于通过农业创新和小手工业的技术进步来增加生产力。中国农民和城市劳动者的饮食水平不低于同期西欧；事实上，在1500—1800年，欧洲人均肉类消费量是下降的，在英格兰、法国和德意志部分地区，劳工阶层的生活水平停滞不前，可利用资源压力增加。中国人口寿命比西北欧更长，婴儿死亡率相当。在外出务工女性集中的纺织业，男性和女性的工资差别，中国要远低于英国。❷清政府有着成熟有效的粮食仓储体系，以应对洪涝、干旱和歉收。在1743—1744年，厄尔尼诺影响下的华北旱情期间，清朝官员的英勇举措使两百万农民免于饥馁；①而1740—1743年的爱尔兰、法国和中欧，因粮食歉收死于饥饿和疾病的农民可能多达三百万人。❸简而言之，没有多少证据支持传统观点，即西欧劳动者比同时期中国和日本的劳动者寿命更长或生活水平更高。显然，在1800年前，欧洲相对中国和日本没有决定性的技术优势——这是几乎所有在17和18世纪到过中国和日本的欧洲商人和传教士公认的事实，他们赞叹中国和日本多样、优质和低价的货品。❹

---

① 1743—1744年（乾隆八年至九年），华北大旱，农作物歉收，引发饥荒，直隶、河南、山东三省灾情最为严重。

为了回答"为何工业革命发生在英国而非中国"这一关键问题，彭慕兰认为生态因素——广义上的——比社会自由化、金融资本主义及技术创新重要得多。通过对环大西洋贸易的细致研究，他认为美洲殖民地的单一文化，主要依赖奴隶劳动力和成本较低的蔗糖和棉花种植，为英国输入了"实实在在的资源"，当时英格兰的农业和森林已经无法满足人口迅速增长的需要。彭慕兰的研究思路可以称作"生态文化唯物论"（eco-cultural materialism），而这一理念的重要例证是糖。在1800年，如果我们放宽估计，每个男性劳动者每天摄入2500卡路里，那么糖约占英格兰劳动者饮食的4%（1900年达到18%）。尽管4%看上去并不起眼，但我们需要考虑这一饮食变化的代价和生态影响：一亩热带蔗糖能提供四亩土豆和九至十二亩小麦所含的热量。在1800年，如果英格兰不进口糖，那就需要增加130万至190万亩的农田才能供应与之相当的食物——这些土地要么没有，要么已被占用，或是不适合耕作。㉟这些"影子用地"说明了美洲进口蔗糖对英格兰的价值，其价值不在于贡献了百分之几的经济总量，而在于减轻了英格兰的资源压力。

1800年后，从美洲进口的棉布和木材也迅速增加。彭慕兰援引约耳·莫吉尔（Joel Mokyr）和萨缪·明茨（Samuel Mintz）等人的研究计算出，如通过牧羊产出羊毛来代替进口棉布的话，根据1815年的人口将需增加900万亩用地，而1830年则需新增2300万亩用地——这一数字已经超过了英国的耕地和草场总和。迄至1815年，英格兰煤炭的年度产能相当于1500万亩森林，但棉布、糖和木材总共节约了两倍的"影子用地"——也就是本来用于供应英国人口增长所需衣食和燃料的农牧用地。㊱ 如果没有这些从加拿大和新生的美利坚合众国进口的货品，没有自身大量的煤炭储量，英格兰将与中国一样面临着结构性人口和生态危机。彭慕兰对戈德斯通、弗兰克和王国斌的观点有所补充，他们以不同方式论证煤炭点燃了英国的工业革命，而与此同时，其他国家——最典型的是中国——需要投入大量，或许是空前的时间、劳力、资本和资源才能开发煤矿并运输到人口稠密地区。对英格兰而言，自美洲廉价进口的货品让其能以较为低廉的成本回避困扰中国的劳力密集型经济瓶颈。在19世纪初期，中国能源密集型产业受到资源短缺的限制，而这是与东亚腹地的贸易无法解决的。这些腹地的人口和产量猛增，向长江三角洲布匹生产地区的资源出口减缓，中国在18世纪被迫依赖劳动密集型、低能耗的农业和小手工业发展路径。

经济学和历史生态学

彭慕兰的著作准确描述了16世纪来华的欧洲人所描述的状况。如果说到了18世纪，中国的富庶和远东贸易的好处成了陈词滥调，那是因为作者们都受到当时意识形态的影响，相信与亚齐、广州和长崎的贸易有着神佑的光荣。在弥尔顿、德莱顿及其同时代人的作品中，英国对远东的迷恋来自一个多世纪以来渐增的人口和生态压力，危机最终导致了动荡的内战和王位空缺期。在1500—

1650年，英格兰人口增加了一倍多，达到五百多万人；原本不得拥有或继承财产的"边缘"群体人口的增加（如中上层阶级的幼子、姐妹、女儿；无产阶级中，失业的农业劳工涌向伦敦，或退居沼泽和森林中的荒地）是总人口增长的7倍。在这一个半世纪中，谷价增长了600%，但薪水只增长了200%。我们只能想象——或是通过阅读17世纪40年代激进作家的记述来间接体验这种不平衡给人们造成的痛苦。固定地租，失业工人较多，士绅家庭的小少爷们吵嚷着索要政府职位，这一切进一步迫使王室提高税赋以平衡开支，特别是军事费用。考虑到通货膨胀、地租及其他收入增长跟不上食物价格增长，戈德斯通估算，1640年政府开支是亨利七世时期的12倍。查理一世的国库收入仅比1580年伊丽莎白执政时高出10%，但英格兰的人口在这半个世纪间已经增长了三分之二，而"一直依赖国家保护"的士绅人数是原先的3倍。㊲值得注意的是，这些结构性的和人口的变迁并不限于英伦三岛：戈德斯通认为，除英格兰外，至17世纪中叶，法国、奥斯曼帝国和中国的政府开支问题令精英阶层分裂，刺激生活水准急剧下降的劳工们发动叛乱，并导致了传统国家机构和税收体制无法解决的财政危机。这些国家旧秩序一度崩溃，直到战争、民众骚乱、疾病和生育率下降令数十年来的人口增长停步。对许多经历了英国内战、王位空缺期、复辟时期以及二十年间三次英荷战争的作家来说，克服国内的经济、政治和环境危机的理想方式是通过远东贸易来开辟未来商业帝国的财源。在17世纪早些时候，杰拉德·马林斯（Gerald Malynes）和托马斯·孟等讨论经济的作家就已经围

绕贸易、生产和信贷之间的关系展开辩论,而与此同时,商人和政府官员试图创造条件来舒缓一场普遍的经济危机。㊳

像彭慕兰的分析一样,戈德斯通的"人口/结构"式历史观,把看似晦涩的17世纪政治经济学辩论带入了近期历史生态学研究勾勒的新视野。用卡罗尔·克朗普利(Carole Crumpley)的话说,这一跨学科领域强调的是,所有风景都体现了"人类行为和自然行为之间的互动辩证关系"。㊴自然和文化不是截然分开的,而是来自同一个复杂的母体,包含了多元的因果路径和反馈回路。在这一语境下,要理解弥尔顿等作家对看似棘手的经济和生态问题的深入思考,我们需要抛弃各类剥削式经济学普遍认同的一种观念——自然世界可以无限开发,随意控制。17世纪的危机推动了英国对国际贸易的想象,这场危机可以概括为密集化(intensification)。马文·哈里斯(Marvin Harris)认为,密集化指"单位时间和区域内,土壤、水、矿物质和能源投入的增加",这是人类"为维持生活水平做出的周期性反应"。㊵虽然这样可以暂时提高生活水平,但密集型的生产措施——从增加伐木到增加建房,从抽干沼泽到增加农田——长期来看都会适得其反,因为用哈里斯的话来说,"增加的投入迟早都会用于更偏远、更不可靠、产量更低的动物、植物、土壤、矿物质和能源储藏"。当能源渐趋稀缺,甚至完全枯竭,生活水平便会下降,动乱蔓延,最终或是文化秩序崩溃,或是"发明出新的更有效的生产方式并最终再次导致自然环境衰竭"。㊶哈里斯的描述关注的是社会因素之间复杂的互动,包括人口压力、技术发展、资源获取率、环境退化、生活水平波动、食物和水的输送网络、通信、劳力、政治权力、税收结构，以及创造象征性价值体系以巩固政治权威。相应地，这些互相影响的要素也不能和更大的生态因素分开。当英格兰受益于自身的煤炭和相对廉价的美洲进口货物时，中国正面临着日益增长的生态问题，却找不到资源来缓解危机。㊷

彭慕兰、戈德斯通、哈里斯和克朗普利以不同方式抨击了那种事后诸葛亮式的将社会历史变迁归结为"观念""话语""意识形态"和"哲学"的做法，概而言之，这种做法就是把人类的意愿加诸女性化的自然世界。对17和18世纪文化和观念变迁的现代阐释显然低估了技术发展、人口压力和密集化造成的未曾料到的后果。格雷格·邓宁提出，这是因为"学科总是遵循惯例"，而跨学科和跨文化研究要抵制这种诱惑，不能退回到学科化的思考，要质疑学科所习以为常的准则和叙事。㊸欧洲中心式的经济理论常常诋毁非西方的评估和协商交换价值的方式，而这种方式是复杂商业活动所需要的。佩林认为，"过去经济活动的组织特点并不一定比今天的方式低级或简单"，他主张我们应该认识到一系列前工业交换体系中"差异化"（differentiation）的重要性：生产的除了手工制品还有各类植物，这提高了"微差异化"以适应供需。佩林没有接受马克思那种将货币形式的价值视为商业交易根基的看法，而是提出，价值的分类法是复杂的，包含了众多货品，这促进而非妨碍了农业社会把各类品种的植物和种子变成其他替代物，即使这些植物有着"可预见的集体身份"，构成了动态稳定的社会经济实践。㊹例如，培育的印度尼西亚胡椒品种表明，早在欧洲贸易者到达前——甚至早在印尼半岛文化有文字记录之前——农业经济便能够成熟应对市场需求、消费习惯和生态差异。佩林的研究像戈德斯通和彭慕兰一样,证明了经济学不应局限于决定论式的因果叙事,或是"现代"世界体系发展和成熟的进步史叙事。在1600—1730年,经济学的话语蕴含在对贸易、神学、战争、传教活动、技术传播、生态和外交的讨论中——简而言之,**体现在意识形态**中:这些实践、信念与对价值和意义的商讨,在动态中重新定义和限制了我们会期待什么,能理解什么。

我描述的生态唯物论提供了强大的分析手段,相比传统的"思想史",能够解释更广阔的现象,并能够用跨学科影响下的更高标准来看待17和18世纪的文学文化。弥尔顿、德莱顿、笛福、斯威夫特及其同时代人可能写过他们时代的危机,包括宗教话语、古典先例、社会经济和男性特权,但他们的文本,借助其已有的分析语言,也在极力试图理解当时的密集化经济危机,国际贸易的愿景,远东对欧洲中心式的史学、神学和民族身份的挑战,以及这些问题之间的复杂关系。

章节概述

尽管《追慕与忧惧:英国的远东想象(1600—1730)》大体上以时间为序,但本书研究的欧洲对中国、东南亚和日本的论述常常重演。在17和18世纪英国关于远东的作品中,资料来源、历史事件的记载以及套话不断重现:例如,荷属岛屿安波纳

（Amboyna）上十几位英国商人遭折磨和杀害，这引发了17世纪20年代英国和荷兰政论作者们的争辩；此事又被约翰·德莱顿改编为悲剧，在1672年发表；笛福在虚构和非虚构作品中反复提及此事；格列佛在小说第三卷末尾从日本返回英格兰所乘坐的船也名为"安波纳"。历史、文学和经济史的交织表明，政治革命、技术创新和社会经济变迁以复杂而吊诡的方式使得广为不同的作者更加强烈地认同柴尔德关于财富、权力、贸易和宗教的统一论。

第一章考察了17世纪早期关于东南亚的商业冒险的文献。扬·惠根·范·林希霍腾（Jan Huighen van Linschoten）的旅行日志、伊丽莎白女王和亚齐地区苏丹之间的通信、约翰·萨里斯（John Saris）赴香料群岛和日本航程的自述，以及彼得·黑林著名的地理志，表明了该地区复杂的政治状况以及欧洲军事和经济力量的局限性。这些记载并未以东方主义的预设来看待东印度地区，而是描述了欧洲各国和地区势力之间联盟的变动，东南亚的内部冲突，以及贸易机会的变化。这些文本证明了欧洲对当地经济、农业、气候和文化实践无穷的迷恋，欧洲来客将自身的欲望和恐惧投射到当地各民族身上。对东印度公司官员托马斯·孟来说，远东确认了商业资本主义的原则；香料群岛、日本和中国的贸易提供了生产无穷财富的幻想空间。在《贸易论》（*Discourse of Trade*）中，他利用国际贸易的复杂性，塑造出动态的意识形态，主张香料贸易能够让欧洲贸易公司、商人以及整个民族致富。黑林的《宇宙志》（*Cosmographie*）受这些先见的影响，把第一手记载改编为关于东方的种族、民族身份和文明的套话。

第二章结合耶稣会士护教学和中国对欧洲的书写,分析弥尔顿对远东贸易的关注。对弥尔顿和他的同代人来说,中国能带来财富,从而帮助欧洲人摆脱原罪和匮乏的诅咒,不过与此同时,中国也对欧洲的历史、政治和神学观念造成了严峻的挑战。弥尔顿的唯意志论(voluntarist)神学和共和主义立场使他和利玛窦、卫匡国等耶稣会士以及约翰·韦伯(John Webb)等英国保皇派的中国观保持距离,这些人士称颂中国的财富、社会经济稳定性及想象中的一神教。中华帝国的发展有悖于弥尔顿从唯意志论立场出发对僭政、原罪和偶像崇拜的批判,这迫使弥尔顿将远东贸易的潜在利益与中国对神意史观的挑战(包括开封的犹太人被中国文化同化的危险)区分开来。在这个意义上,弥尔顿拒绝耶稣会士的调适策略——即来华传教士尽力缩小和抹除基督教与儒家道德哲学之间的差异——说明了对中国的态度如何参与塑造17世纪的英格兰政治上和神学上的自我认同。

第三章集中讨论两次赴北京的贸易使团:1655—1656年荷属东印度公司(VOC)使团,由扬·纽霍夫记载,以及1690年沙皇特使埃弗勒·伊斯布朗特·伊台斯率领的俄国使团。两份记载都很快译为英文和其他欧洲语言,作者笃信,只要诉诸上层社会共享的、超越文化的礼仪,清朝便会给予优惠的通商权利。纽霍夫和伊台斯把他们自己贸易的期望投射在满汉官员身上,却在应对宫廷权谋中遇到了麻烦——如北京的耶稣会士从中作梗。尽管他们没能获得想要的贸易特权,两位作者再次强调了对17世纪贸易观念的信念;离开中国时,他们相信荷兰和俄国能够建立有利的对华贸易关系。相应地，清朝官员对欧洲使团的反应也提供了思考满汉官员对贸易和礼仪看法的线索。清朝大臣们拖延和挫败了荷兰和俄国使团的计划，这表明他们自有一套价值观，和"红毛夷"认定的文明人共享的价值观大相径庭。

第四章以约翰·德莱顿的两部作品为例，讨论英国和荷兰为争夺东南亚财富展开的动荡的暴力冲突。在1666年的诗歌《奇迹年》（*Annus Mirabilis*）中，德莱顿认为英格兰的崛起取决于能否保住香料群岛的贸易。歌颂着战果未定的第二次英荷战争，诗人庆贺大瘟疫后伦敦的复苏，用炼金术的意象预言英格兰的未来系于东印度贸易的复兴。几年后，他创作的悲剧《安波纳》将1622年英格兰的耻辱重塑为一个崇德、自由和高贵民族的殉难记。德莱顿把复杂的国际竞争史简化为一出商业道德剧，掩盖了英荷冲突的起因和性质。吊诡的是，他的悲剧表明他公开推崇的民族主义、自由贸易和绅士风度等话语是不稳固的。在这个意义上，德莱顿把对英格兰经济力量和政治意志的极度不自信转移到了政治殉难的剧场演出中。

第五章重点讨论丹尼尔·笛福的鲁滨逊三部曲的第二部《鲁滨逊漂流续记》（*Farther Adventures of Robinson Crusoe*，简称《续记》），挑战18世纪研究中的一种看法，即现代性历史、身份、小说的兴起和金融资本主义兴起是互相促进的。《续记》中鲁滨逊半途弃岛表明作者自觉地拒绝那一套"心理现实主义"、经济自立和欧洲殖民主义的组合话语。尽管远东贸易许诺了无尽的利润，但中国也挑战了西方对身份和神学的认识。非基督徒的威胁导致主人公（和作者）极度强调不列颠和新教之于中国和西伯利亚鞑靼地区的优越性。从这一角度，鲁滨逊的商人职业是一种心理补偿，是为了建立一种宗教和民族身份，既是描绘也是对抗凶险的世间英国身份危机的梦魇。

第六章探讨笛福为何长期支持英国在南海（South Seas）的贸易投资。笛福没有被南海公司泡沫事件吓退，他的最后一部小说《新环球航行记》(A New Voyage Round the World)仍在宣传英国在东南亚和尚未探索的南美内陆的殖民计划。该书以故事传达此前游记作家的观念——如果投入资本充分开发，太平洋地区的土地和人口可以创造出超额回报。但小说却是对这种信念的戏仿：笛福笔下不具名的主人公和船员来到未知的澳洲大陆，用小玩意儿换得大量黄金，并运往葱郁而无人居住的南美洲，结果却发现那里遍地黄金，只等人去捡。《新环球航行记》隐去了18世纪太平洋航海的艰苦状况和高得可怕的死亡率，依托鲜为人知的大陆和想象的岛屿，展开对无尽利润的幻想，这种幻想驱动了远赴南洋的投机贸易以及笛福的经济学理论分析。

第七章分析了格列佛的西太平洋历险中一个往往被忽视的关键事件：第三卷中格列佛和日本当地居民的相遇。在卷首，格列佛被日本海盗头目抓获，而在卷尾，格列佛觐见日本天皇。借此故事，斯威夫特叱骂荷兰，并证明了他所处时代的欧洲中心论的局限。格列佛的日本之行取材于三类重要文献：英国驻平户的短期贸易点（1613—1623）的记载；日本驱逐耶稣会士和压制天主教的历史；荷兰人靠践踏十字架换取贸易特权的故事。格列佛的游日经历融合了想象和现实,记录了对英国经济力量、民族身份和道德局限性的焦虑。像中国一样,日本从根本上冲击了欧洲帝国主义的逻辑:让·克拉塞(Jean Crasset)的《日本西教史》和恩格伯特·坎普夫(Engelbert Kaempfer)的《日本史》反映了欧洲评论家的一个共识——与英国、法国和荷兰相比,日本在生活水平、技术水准和军事技能上不相上下,甚有过之。格列佛觐见天皇的经历则讽刺地说明,欧洲中心论的预设、价值和逻辑是**无足轻重**的。

尾声:美国中心主义

"历史",邓宁提醒我们,"不是过去:历史是为当下服务的关于过去的意识"。[45] 重要的是,对早期现代历史的意识同时被用来证明和质疑19世纪萌生的世界秩序所信奉的价值和准则,但它并未促进对帝国主义的比较研究。[46] 我在研究对17和18世纪欧洲与远东交往的文学和文化反应时,我有自己的目标,那就是质疑一种观念——欧洲中心的现代性现在是,并且自哥伦布发现美洲以来一直是必然和持续的现象,我们生活在看不到尽头的西方统治的时代。与弗兰克和彭慕兰描绘的欧洲中心史的两百年小周期相比,沃勒斯坦和布罗代尔提出的五百年现代世界体系历史看似是永恒不变的。对大部人来说,五百年的距离遥远得难以想象:1505年的建筑很少还屹立着;16世纪早期的书籍、文件和地图极为稀有。相对而言,两百年的距离则游移在历史重构的边缘,虽然或许无法完全复原。我的墙上挂着17—18世纪的亚洲地图；像许多学者一样，我只有少量18世纪前出版的藏书。我出生在康涅狄格州的小镇，镇上几座建于独立战争时期的建筑犹存，现在还有人住着。在美国，为了弄清18世纪商人、奴隶主和印刷商秘密拼凑出的美国宪法条文和措辞所含的意图，律师们聚讼不止。彭慕兰和其他历史学家将欧洲现代性的起源锁定在18世纪末和19世纪初的英国煤田，显得中国中心的世界图景离我们如此之近，以我们当今的价值观、预设和意识形态来看，近得令人不适。

最终，尽管部分读者可能不同意，早期现代研究可能正开始一场范式转移，走出欧洲中心话语、叙事和思考习惯；欧洲中心论赋予了1800年后的帝国、技术、科学和经济观念——也就是现代性的意识形态——一种超历史的地位。现在，欧洲中心和美国中心的现代性可能受到无尽的修正和质疑，但这类讨论反而强化了其背后的价值观、预设和信念。在《早期现代世界的革命和叛乱》一书中，戈德斯通论述了他关于17世纪总体危机的修正论的核心观点，这也适用于更广义的"周期性危机"，这类危机"能够动摇僵硬体制和经济,但往往不能带来根本性变化"。他认为，如果说"大部分社会理论都彻底误解了早期现代社会的动态性"，那么他所说的"自私的精英"便在固化这种误解，强制推行立法，而立法基于一种可疑的观念，认为经济增长是无限的，少数富人资源的增加是不可避免的，不现实的税收结构是繁荣的关键。❼他为美国设计的方案是增加税收以应对增加开支的实际成本，我感觉这点，怎么说，过度乐观了，尤其是在面对生态危机和不受限制的资本主义的致命组合的情况下。迈克·戴维斯（Mike Davis）认为，正是这一组合催生了现代世界。[48] 作为思想实验，可以参考查尔莫斯·约翰逊（Chalmers Johnson）的著作《帝国的哀伤：军国主义、秘密和共和国的终结》，该书冷静观察了美国帝国似乎无可避免的衰落所带来的政治、军事和经济后果，可以和黄仁宇的经典著作《万历十五年》对照阅读。[49] 两部作品有着奇妙的相似，这表明我们需要用新的方式思考早期现代世界和过于现代的今日世界之间的关系。

注 释

❶ Felipe Fernández-Armesto, *Civilizations: Culture, Ambition, and the Transformation of Nature* (New York: Free Press, 2001), 22-3.

❷ 爱德华·萨义德的《东方学》(London: Routledge, 1978)是关于19世纪文化的，但却影响了许多对更早时期欧亚关系的论述。萨义德聚焦中东，他的论述和英国与奥斯曼帝国以及波斯关系的研究（见后文引述）紧密相关，而和本书研究则没有那么密切。关于19世纪东方主义概念被套用到早期现代世界的问题，见 Janet Abu-Lughod, *Before European Hegemony: The World System A. D. 1250-1350* (New York: Oxford University Press, 1989)。

❸ K. N. Chaudhuri, *Asia before Europe: Economy and Civilisation of the Indian Ocean from the Rise of Islam to 1750* (Cambridge: Cambridge University Press, 1990); Jack Goldstone, *Revolution and Rebellion in the Early Modern World* (Berkeley: University of California Press, 1991); J. M. Blaut, *The Colonizer's Model of the World: Geographical Diffusionism and Eurocentric History* (New York: Guilford Press, 1993); Frank Perlin, "*The Invisible City*": *Monetary, Administrative and Popular Infrastructure in Asia and Europe1500-1900* (Aldershot: Variorum, 1993); Perlin, *Unbroken Landscape. Commodity, Category, Sign, and Identity: Their Production as Myth and Knowledge from 1500* (Aldershot: Variorum, 1994); Paul Bairoch, *Economics and World History: Myths and Paradoxes* (Hemel Hempstead: Harvester/Wheatsheaf, 1993); R. Bin Wong, *China Transformed: Historical Change and the Limits of European Experience* (Ithaca: Cornell University Press, 1997); Andre Gunder Frank, *ReOrient: Global Economy in the Asian Age* (Berkeley: University of California Press, 1997); Kenneth Pomeranz, *The Great Divergence: China, Europe, and the Making of the Modern World Economy* (Princeton: Princeton University Press, 2000); and Geoffrey Gunn, *First Globalization: The Eurasian Exchange, 1500-1800* (Lanham, MD: Rowman & Littlefield, 2003).

❹ Claudia Schnurmann, "'Wherever profit leads us, to every sea and shore …': The VOC, the WIC, and Dutch Methods of Globalization in the Seventeenth Century,"

Renaissance Studies 17（2003），483.

❺ 关于英格兰和奥斯曼帝国的关系，见 Nabil I. Matar, *Islam in Britain, 1558-1685*（Cambridge: Cambridge University Press, 1998）; Matar, *Turks, Moors, and Englishmen in the Age of Discovery*（New York: Columbia University Press, 1999）; Daniel Vitkus, *Turning Turk: English Theater and the Multicultural Mediterranean, 1570-1630*（London: Palgrave, 2003）; Bernadette Andrea, "Columbus in Istanbul: Ottoman Mapping of the 'New World'," *Genre* 30（1997），135-65; Kenneth Parker, "Introduction," in *Early Modern Tales of Orient: A Critical Anthology*（New York: Routledge, 1999），1-35; Gerald MacLean, *The Rise of Oriental Travel: English Visitors to the Ottoman Empire, 1580-1720*（London: Palgrave, 2004）; Jonathan Burton, *Traffic and Turning: Commerce, Conversion, and Islam in English Drama*（Newark: University of Delaware Press, 2005）。在18世纪文学想象和全球经济中，印度是一个极为复杂的问题，超出了本书的讨论范围。就此问题，读者可参考 Balachandra Rajan, *Under Western Eyes: India from Milton to Macaulay*（Durham: Duke University Press, 1999）; Shankar Raman, *Framing "India": The Colonial Imaginary in Early Modern Culture*（Stanford: Stanford University Press, 2001）; John Michael Archer, *Old Worlds: Egypt, Southwest Asia, India, and Russia in Early Modern English Writing*（Stanford: Stanford University Press, 2001）。

❻ 关于《圣经》记载的争议，见 Edwin J. van Kley, "Europe's 'Discovery' of China and the Writing of World History," *American Historical Review* 76（1971）：358-85; van Kley, "News from China: Seventeenth-Century Notices of the Manchu Conquest," *Journal of Modern History* 45（1973），361-82; Paolo Rossi, *The Dark Abyss of Time: The History of the Earth and the History of Nations from Hooke to Vico*, trans. Lydia G. Cochrane（Chicago: University of Chicago Press, 1984），141-67。关于中国思想对17世纪欧洲的影响，见 Yuen-Ting Lai, "Religious Scepticism and China," in *The Sceptical Mode in Modern Philosophy: Essays in Honor of Richard H. Popkin*, ed. Richard A. Watson and James E. Force（Dordrecht: Martinus Nijhoff, 1988），11-41。

❼ David Porter, *Ideographia: The Chinese Cipher in Early Modern Europe*（Stanford: Stanford University Press, 2001）。

❽ Donald Lach, with Edwin J. van Kley, *Asia in the Making of Europe*, 3 vols. (Chicago: University of Chicago Press, 1965-93).

❾ 关于森林退化,见 Andrew McRae, *God Speed the Plough: The Representation of Agrarian England, 1500-1660* (Cambridge: Cambridge University Press, 1996), and Robert Markley, "'Gulfes, deserts, precipices, stone': Marvell's 'Upon Appleton House' and the Contradictions of 'Nature,'" *in The Cultural Life of the Country and City: Identities and Spaces in Britain, 1550-1860*, ed. Donna Landry, Gerald MacLean, and Joseph Ward (Cambridge: Cambridge University Press, 1999), 89-105。

❿ Sir Josiah Child, *A Treatise Wherein is Demonstrated . . . that the East-India Trade is the Most National of All Trades* (London, 1681), 29.

⓫ 见 Kenneth Knoespel, "Newton in the School of Time: The Chronology of Ancient Kingdoms Amended and the Crisis of Seventeenth-Century Historiography," *The Eighteenth Century: Theory and Interpretation* 30 (1989): 19-41, and Robert Markley, "Newton, Corruption, and the Tradition of Universal History", in *Newton and Religion*, ed. James E. Force and Richard Popkin (Dordrecht: Kluwer Academic Press, 1999), 121-43。

⓬ 关于英国例外论,见 François Crouzet, *A History of the European Economy, 1000-2000* (Charlottesville: University Press of Virginia, 2001), 110-16。

⓭ 这类代表性历史著作有:Geoffrey Holmes, *The Making of a Great Power: Late Stuart and Early Georgian Britain 1660-1722* (London: Longman, 1993); John Brewer, *The Sinews of Power: War, Money and the English State, 1688-1783* (Cambridge, MA: Harvard University Press, 1990); C. G. A. Clay, *Economic Expansion and Social Change: England 1500-1700*, 2 vols. (Cambridge: Cambridge University Press, 1984); Larry Neal, *The Rise of Financial Capitalism: International Capital Markets in the Age of Reason* (Cambridge: Cambridge University Press, 1990); Joel Mokyr, *The Lever of Riches: Technological Creativity and Economic Progress* (New York: Oxford University Press, 1990); Robert Brenner, *Merchants and Revolution: Commercial Change, Political Conflicts, and London's Overseas Traders, 1550-1633* (Cambridge: Cambridge University Press, 1993); David Hackett Fischer, *The Great Wave: Price Revolutions and the Rhythm of History* (New York: Oxford University

Press, 1996), 91–106。

⑭ Greg Dening, *Performances* (Chicago: University of Chicago Press, 1996), 58.

⑮ 见 Donald N. McCloskey, "The Economics of Choice: Neoclassical Supply and Demand," in *Economics and the Historian*, contributions by Thomas G. Rawski, Susan B. Carter, Jon S. Cohen, Stephen Cullenberg, Peter H. Lindert, Donald N. McCloskey, Hugh Rockoff, and Richard Sutch (Berkeley: University of California Press, 1996), 122–58。

⑯ 关于数学的影响，见 Brian Rotman, *Ad Infinitum: The Ghost in Turing's Machine. Taking God Out of Mathematics and Putting the Body Back In* (Stanford: Stanford University Press, 1993)。本节的批评得益于 Bruno Latour, *We Have Never Been Modern*, trans. Catherine Porter (Cambridge, MA: Harvard University Press, 1993)。

⑰ Philip Mirowski, *More Heat than Light: Economics as Social Physics, Physics as Nature's Economics* (Cambridge: Cambridge University Press, 1989); Richard W. Hadden, *On the Shoulders of Merchants: Exchange and the Mathematical Conception of Nature in Early Modern Europe* (Albany: SUNY Press, 1994), 46–56; Susan Buck-Morss, "Envisioning Capital: Political Economy on Display," *Critical Inquiry* 21 (1995): 434–67; Alfred W. Crosby, *The Measure of Reality: Quantification and Western Society* (Cambridge: Cambridge University Press, 1997), 199–223.

⑱ 见 Joyce Oldham Appleby, *Economic Thought and Ideology in Seventeenth-Century England* (Princeton: Princeton University Press, 1978)。

⑲ 我此前分析过 17 世纪思想界对劳动价值论及其生态影响的讨论。见 Robert Markley, "'Land Enough in the World': Locke's Golden Age and the Infinite Extensions of 'Use'," *South Atlantic Quarterly* 98 (1999): 817–37。

⑳ Rajan, *Under Western Eyes*; Raman, *Framing "India"*; G.V. Scammell, *The First Imperial Age: European Overseas Expansion, c. 1400–1715* (London: Unwin Hyman, 1989); and Scammell, *The World Encompassed: The First European Maritime Empires, c. 800–1650* (Berkeley: University of California Press, 1981).

㉑ Jyotsna G. Singh, *Colonial Narratives/Cultural Dialogues: "Discoveries" of India in the Language of Colonialism* (London: Routledge, 1996); Singh, "History or Colonial Ethnography: The Ideological Formation of Edward Terry's *A Voyage to East*

India（1655 & 1665）and *The Merchants and Mariners Preservation and Thanksgiving* (1649)," in *Travel Knowledge: European "Discoveries" in the Early Modern Period*, ed. Ivo Kamps and Jyotsna G. Singh（London: Palgrave, 2001）, 197-210; 以及同书收录的 Ivo Kamps, "Colonizing the Colonizer: A Dutchman in *Asia Portuguesa*," 166-84。

㉒ Archer, *Old Worlds*, 19.

㉓ David Armitage, *The Ideological Origins of the British Empire*（Cambridge: Cambridge University Press, 2000）; Anthony Pagden, *Lords of All the World: Ideologies of Empire in Spain, Britain and France c. 1500-1800*（New Haven: Yale University Press, 1995）; Martin Daunton and Rick Halpern, eds., *Empire and Others: British Encounters with Indigenous Peoples, 1600-1850*（Philadelphia: University of Pennsylvania Press, 1999）.

㉔ Kavita Philip, *Civilizing Natures: Race, Resources, and Modernity in Colonial South India*（Rutgers: Rutgers University Press, 2004）, 6.

㉕ Rajani Sudan, *Fair Exotics: Xenophobic Subjects in English Literature, 1720-1850*（Philadelphia: University of Pennsylvania Press, 2002）, 1, 16.

㉖ Srinivas Aravamudan, *Tropicopolitans: Colonialism and Agency, 1688-1804*（Durham: Duke University Press, 1999）, 6. 亦参见 Felicity Nussbaum, *Torrid Zones: Maternity, Sexuality and Empire in Eighteenth-Century English Narrative*（Baltimore and London: Johns Hopkins University Press, 1995）。

㉗ Betty Joseph, *Reading the East India Company, 1720-1840: Colonial Currencies of Gender*（Chicago: University of Chicago Press, 2004）, 92. 即使在印度, 1700年的形势也和一个世纪后大相径庭。约翰·基耶记述了1690年, 英国及其盟友在莫卧儿战争中战败后, 莫卧儿皇帝折辱英属东印度公司的情形。基耶称: "从政治上说, [荷属和英属东印度] 公司 [在南亚] 无足轻重, 长期都将如此"（*India: A History*[New York: Grove Press, 2000], 323）。

㉘ Immanuel Wallerstein, *The Modern World System*, vol. 1: *Capitalist Agriculture and the Origins of the European World-Economy in the Sixteenth Century*（New York: Academic Books, 1974）; *The Modern World System*, vol. 2, *Mercantilism and the Consolidation of the European World-Economy, 1600-1750*（New York: Academic Books, 1980）; *The Modern World System*, vol. 3, *The Second Era of Great*

Expansion of the Capitalist World-Economy 1730–1840 (New York: Academic Books, 1989); Fernand Braudel, *The Wheels of Commerce*, vol. 2 of *Civilization and Capitalism: 15th–18th Century* (Berkeley : University of California Press, 1982); *The Perspective of the World*, vol. 3 of *Civilization and Capitalism, 15th–18th Century* (Berkeley : University of California Press, 1992) .

㉙ 对弗兰克《白银资本》的马克思主义批评,见 Ricardo Duchesne, "Between Sinocentrism and Eurocentrism: Debating Andre Gunder Frank's *ReOrient: Global Economy in the Asian Age*," *Science and Society 65* (2001–02): 428–63。

㉚ Frank, *ReOrient*, 127; 关于这一时期的中国社会状况,见 Timothy Brook, *The Confusions of Pleasure: A History of Ming China (1368–1644)* (Berkeley: University of California Press, 1998); Madeleine Zelin, *The Magistrate's Tael: Rationalizing Fiscal Reform in Eighteenth-Century China* (Berkeley : University of California Press, 1984); S. A. M. Adshead, *Material Culture in Europe and China, 1400–1800: The Rise of Consumerism* (London: Palgrave, 1997); Gao Xiang, "On the Trends of Modernization in the Early Qing Period," *Social Sciences in China* 22, 4 (2001): 108–27; and John E. Wills, Jr., *1688: A Global History* (New York: Norton, 2001)。

㉛ Frank, *ReOrient*, 159.

㉜ Pomeranz, *Great Divergence*, 92–93; 105–06. 和欧洲相比,日本也具有优势。见 Susan B. Hanley, "Tokugawa Society: Material Culture, Standard of Living, and Life-Styles," in John W. Hall and James L. McCain, eds., *Early Modern Japan*, vol. 4 in *The Cambridge History of Japan* (Cambridge: Cambridge University Press, 1997), 660–705; Hanley, *Everyday Things in Premodern Japan: The Hidden Legacy of Material Culture* (Berkeley: University of California Press, 1997); Hanley and KozoYamamura, *Economic and Demographic Change in Preindustrial Japan, 1600–1868* (Princeton: Princeton University Press, 1977)。

㉝ 见 Mike Davis, *Late Victorian Holocausts: El Niño Famines and the Making of the Third World* (London: Verso, 2001), 281–85。

㉞ 李约瑟的多卷本巨著 *Science and Civilization in China*,是理解东西技术复杂交流史和了解中国的科学、技术和工程成就的重要参考。例如,对造船技术的探讨,见 Joseph Needham, with Wang Ling and Lu Gwei-Djen, *Science and Civilization in China*, vol. 4, part 3 (Cambridge: Cambridge University Press, 1971), 433–

695. 参见 Mark Elvin, *The Pattern of the Chinese Past* (Stanford: Stanford University Press, 1973); Michael Adas, *Machines as the Measure of Men: Science, Technology, and Ideologies of Western Dominance* (Ithaca: Cornell University Press, 1989); Joanna Waley-Cohen, *The Sextants of Beijing: Global Currents in Chinese History* (New York: Norton, 1999); Francesca Bray, "Technics and Civilization in Late Imperial China: An Essay in the Cultural History of Technology," *Osiris* 13 (1998), 11–33; Mokyr, *Lever of Riches*, 209–38。

㉟ 彭慕兰的著作《大分流》(*Great Divergence*, 274–76) 参考了许多历史著作, 如 Sidney Mintz, *Sweetness and Power: The Place of Sugar in Modern History* (New York: Penguin, 1985); Mokyr, *The Lever of Riches*; Gregory Clark, Michael Huberman, and Peter H. Lindert, "A British Food Puzzle, 1770–1850," *Economic History Review* 48 (1995): 215–37。

㊱ Pomeranz, *Great Divergence*, 276–77.

㊲ 见 Goldstone, *Revolution and Rebellion*, 93–100; 引文出自 97 页。

㊳ Gerald Malynes, *Consuetudo vel Lex Mercatoria, or the Ancient Law-Merchant* (London, 1629); Thomas Mun, *England's Treasure by Forraign Trade* (London, 1660).

㊴ Carole Crumley, "Historical Ecology: A Multidimensional Ecological Orientation," in *Historical Ecology: Cultural Knowledge and Changing Landscapes*, ed. Crumley (Santa Fe: School of American Research Press, 1994), 9.

㊵ Marvin Harris, *Cannibals and Kings: The Origins of Cultures* (New York: Random House, 1977), 5.

㊶ Harris, *Cannibals and Kings*, 5.

㊷ 关于晚明至清朝的环境压力, 见 Peter C. Perdue, *Exhausting the Earth: State and Peasant in Hunan, 1500–1850* (Cambridge, MA: Harvard University Press, 1987); Robert B. Marks, *Tigers, Rice, Silk, and Silt: Environment and Economy in Late Imperial South China* (Cambridge: Cambridge University Press, 1997); 相关论文收录在 *Sediments of Time: Environment and Society in Chinese History*, ed. Mark Elvin and Liu Ts'ui-jung (Cambridge: Cambridge University Press, 1998), 见 Anne Osborne, "Highlands and Lowlands: Economic and Ecological Interactions in the Lower Yangzi Region under the Qing," 203–34; Eduard B. Vermeer, "Population and Ecology along the Frontier in Qing China," 235–79; Robert B. Marks, "'It Never Used to Snow': Climatic Variability and Harvest Yields in Late-Imperial

South China, 1650-1850," 411-46; Li Bozhong, "Changes in Climate, Land, and Human Efforts: The Production of Wet-Field Rice in Jiangnan during the Ming and Qing Dynasties," 447-85; and Helen Dunstan, "Official Thinking on Environmental Issues and the State's Environmental Roles in Eighteenth-Century China," 585-615; Pierre-Etienne Will and R. Bin Wong, *Nourish the People: The State Civilian Granary System in China, 1650-1850* (Ann Arbor: University of Michigan Press, 1991); Pierre-Etienne Will, *Bureaucracy and Famine in Eighteenth-Century China* (Stanford: Stanford University Press, 1990)。

❹❸ Dening, *Performances*, 39.

❹❹ Frank Perlin, "The Other 'Species' World: Speciation of Commodities and Moneys, and the Knowledge-Base of Commerce, 1500-1900," in *Merchants, Companies, and Trade: Europe and Asia in the Early Modern Era*, ed. Sushil Chaudhury and Michel Morineau (Cambridge: Cambridge University Press, 1999), 146. 关于价值问题，见 James Thompson, *Models of Value: Eighteenth-Century Political Economy and the Novel* (Durham: Duke University Press, 1996); and Jean-Joseph Goux, *Symbolic Economies after Marx and Freud*, trans. Jennifer Curtiss Gage (Ithaca: Cornell University Press, 1990)。

❹❺ Dening, *Performances*, 72.

❹❻ 关于帝国主义不同模式的比较，见 Balachandra Rajan and Elizabeth Sauer, "Imperialisms: Early Modern to Premodernist," in *Imperialisms: Historical and Literary Investigations, 1500-1900*, ed. Rajan and Sauer (London: Palgrave, 2004), 1-12; 以及同书中收录的 Nabil I. Matar, "The Maliki Imperialism of Ahmad al-Mansur: The Moroccan Invasion of Sudan, 1591," 147-62; Dorothea Heuschert, "Legal Pluralism in the Qing Empire: Manchu Legislation for the Mongols," *International History Review* 20 (1998), 310-24; Laura Hostetler, *Qing Colonial Enterprise: Ethnography and Cartography in Early Modern China* (Chicago: University of Chicago Press, 2001); Felicity A. Nussbaum, "Introduction," in *The Global Eighteenth Century*, ed. Nussbaum (Baltimore: Johns Hopkins University Press, 2003), 1-18。

❹❼ Goldstone, *Revolution and Rebellion*, 484, 496.

❹❽ Davis, *Late Victorian Holocausts*; 参见 Alfred W. Crosby, *Ecological Imperialism: The Biological Expansion of Europe, 900-1900* (New York: Cambridge University Press, 1986)。

㊾ Ray Huang, *1587, A Year of No Significance: The Ming Dynasty in Decline*（New Haven: Yale University Press, 1981）[中文版由生活·读书·新知三联书店出版。——编者]; Chalmers Johnson, *The Sorrows of Empire: Militarism, Secrecy, and the End of the Republic*（New York: Henry Holt, 2004）.

第一章

远东、东印度公司和英国想象

对苏门答腊岛的侦察和外交

　　1580年,即弗朗西斯·德雷克爵士(Sir Francis Drake)环球航行归来的同年,葡萄牙的王位传与了西班牙的腓力二世。这场王朝统一戏剧性地改变了西欧的政治和商业局面。英葡联盟骤然终结,胡椒等香料的价格显著上涨;香料贸易是由一群跨国银行家和商人垄断经营的,他们直接和里斯本交易,随后再以高价将香料转售给欧洲各地的供货商。腓力二世禁止英格兰和荷兰的船只停靠里斯本,因此两国的香料供应几乎被完全切断了。❶这场禁运导致香料短缺和价格高涨,改变了欧洲北部许多富人的饮食结构,对贸易、经济和奢侈品观念有着复杂影响。两千年来,香料是欧洲极为重要的奢侈品,靠商队不辞劳苦地从亚洲运来;但到了16世纪,香料成了城市精英、士绅和欧洲中产阶级消费者的标志性用品,用于给许多食物调味,也为腌制肉类所必备。绕航好望角的葡萄牙人1511年抵达爪哇,开始从摩鹿加群岛运出丁香和肉豆蔻核仁，这些香料仅产于印度尼西亚群岛东端的那些火山群岛。❷ 香料是一种近乎理想的货品：丁香、胡椒、肉豆蔻皮和肉豆蔻核仁很轻，便于运输，可以晒干、去皮、装袋后储存，经过长途海路运输，其后分装为小份销售。班达群岛（the Banda Islands）出产的肉豆蔻核仁，10磅售价为半便士，10磅肉豆蔻皮仅需不到5便士。在欧洲，同等重量的货品售价分别可达1镑12先令和16镑，增值了320倍。❸ 这些产品的增值表明，买得起异域商品的富人们迷恋的是其转喻意义。香料象征着剩余价值的不断变迁：对于海洋国家而言，国际贸易是其税收结构、财政计划、劳动力市场、投资策略和意识形态自我认同的关键要素，因此香料不只是奢侈品，而且日益成为一种必需品。英格兰、荷兰（尼德兰联省共和国）和葡萄牙的商人面临的挑战是，确保胡椒、肉豆蔻核仁、肉豆蔻皮和丁香的高价足以抵付运送人员、金钱和船只环绕半个世界的成本与风险，其利润足以支持今后的贸易活动。

　　1579年，德雷克停靠在特尔纳特（Ternate）①，这是苏丹统治的一个小岛国，位于苏拉威西岛以东，盛产丁香。他的成功点燃了来自伦敦的黎凡特公司和莫斯科公司投资者的想象，这些商人对于复杂的国际贸易经验丰富，渴望设法绕开葡萄牙主导的香料贸易。公司很快安排重返特尔纳特，但船未能绕过好望角到达印度洋。随着西班牙和英格兰之间的关系渐趋紧张，英格兰用上了他们对外的主要手段——在公海上进行海盗活动。1587年，德雷克俘获了一艘葡萄牙的多桅大帆船，货物价值达10万英镑，这

---

① 特尔纳特是印度尼西亚摩鹿加群岛的第二大城市，曾是丁香的主要产区。《特尔纳特论》（Ternate Essay）是1858年由著名自然学家阿尔弗雷德·拉塞尔·华莱士在岛上写成的自然选择进化理论的开创性文章，查尔斯·达尔文也曾结合自己的理论对论文予以回应。

第一章
远东、东印度公司和英国想象

促使腓力二世出动"无敌舰队",最终在英吉利海峡被击败。参加1588年英吉利海峡保卫战的英国舰队中,有一位黎凡特公司的船长詹姆斯·兰开斯特(James Lancaster),他曾在葡萄牙学习航海。3年后,他被伦敦投资团选中,指挥3艘船结队前往香料群岛。此次任务之艰险充分体现了派遣船只不远万里获取香料的高昂代价。受坏血病困扰,其中一艘船尚未抵达好望角便返航英国;旗舰及全舰人手在非洲海岸失踪;兰开斯特的30名手下被科摩罗群岛的土著所杀。①由于所剩货物不多,无法开展贸易,兰开斯特转为海盗,劫掠马来海岸附近的葡萄牙、缅甸和印度船只。于是,该船艰难地返渡印度洋,而未前往西印度群岛;绕过好望角的两艘船上的198人中,只有25人活着回到了英格兰。❹对欧洲航船来说,这种恐怖的灾难直到18世纪都很寻常;除了个别幸免,此后的远东之行往往充满险阻,包括风暴、海难、坏血病、海盗、亚非当地居民的袭击,就连船只也会在水手们的脚下一点点烂掉。❺

虽然黎凡特公司无意资助又一次航行,但一伙阿姆斯特丹投资者组建的"远地公司"(Far Lands Company),资金和信息都比英国人充足,他们有来自扬·惠根·范·林希霍腾的一手消息,后者1583—1588年任葡萄牙驻果阿大主教期间曾在亚洲航行。1595年,荷兰船队首航东印度,两年后返航,带回的香料仅够投资人保本。这场一次性的冒险,令四分之三的船员丧生,但证明了可以绕过葡萄牙控制的自果阿至菲律宾群岛的狭长地带,葡萄牙自诩的帝国只不过断断续续控制着欧洲和远东之间的几条海路而已。1601年,8家公司资助了15支舰队共65艘船进行东方贸易,激烈的竞争导

---

① 科摩罗是印度洋西部岛国,位于非洲东南莫桑比克海峡北端入口处,东、西距马达斯加和莫桑比克各约500公里,英国海员于1591年抵达群岛。

追慕与忧惧
英国的远东想象（1600—1730）

致荷兰市场上的香料供大于求。❻1599年，担心被拦在香料贸易门外的英国商人向尚在与西班牙谈判的伊丽莎白女王上书，请求组建公司与葡萄牙和西班牙尚未涉足的港口和国家，如中国、孟加拉、日本进行贸易。❼女王拖延了一年，直到与西班牙的谈判破裂，才签发许可给这218位请愿者，他们均成为英属东印度公司（EIC）的原始股东。1601年，兰开斯特受命指挥该公司首次赴苏门答腊的远航。次年，荷属东印度公司（VOC）获许建立，自此，英格兰、葡萄牙和尼德兰之间的贸易战真正开始了。①

在其第二次航行中，兰开斯特对东南亚的政治和经济情形比十年前更清楚了。1596年，荷兰文版的林希霍腾亚洲游记出版，英译本于1598年出版。❽这本极其重要的书部分是航海记录，部分是地理志，还是商业谍报教程，描述了葡萄牙在印度尼西亚群岛的薄弱环节。英文版和荷文版都配有细致的东亚地图，象征着荷兰商人和印刷商对制图的重视。半岛的面积被夸大了，这表明这一地区在欧洲想象中的重要性，也表明了对其政治和战略复杂性的理解的局限性。林希霍腾的地图布满了地名：城市、港口、河流和海路。地图上的距离按照透视法原则被缩短了，这样一来，东南亚看起来像一个空间紧凑而极为富裕的地区，仿佛有着无穷的贸易点，吸引着欧洲商人来经营。如此看来，这幅地图标志着欧洲对远东货品和商业的欲望。有林希霍腾的地图集在手，向伊丽莎白女王请愿的投资人认为这是一个上好机会，可以在这一地区找到合作伙伴：苏门答腊岛亚齐地区的苏丹。兰开斯特携有伊丽莎白女王致苏丹阿拉丁·利雅得·思安·阿尔木坎米尔（Ala'ad-din

---

① 为区分英属东印度公司和荷属东印度公司，本书中译文一般按全称译出。为避免译文累赘，当某些章节或段落集中讨论英属东印度公司，不易产生歧义时，中译文采用简称"东印度公司"指代"英属东印度公司"。"荷属东印度公司"则一律以全称译出。

Ri'ayat Syan al-Mukammil）（1588—1603年在位）的信，这封信表明了是怎样的逻辑驱动英格兰与当地重要势力结成贸易联盟，以便在回报丰厚的香料贸易中争得一席之地。

林希霍腾对亚齐的记载证明了亚齐的战略地位。亚齐既是国际贸易中心，也是对抗葡萄牙驻马六甲商馆的军事堡垒。亚齐位于苏门答腊岛的西北海岸，踞于马六甲海峡入口，可用武力弹压轻武器装备的各国贸易船队。亚齐在政治和经济上控制了苏门答腊岛许多地区，能够制衡葡萄牙人。"葡萄牙人"，林希霍腾写道，"因此不能在［苏门答腊岛］随处驻扎，而是在很少的几个地方交易和往返，因此当地居民会把许多商品带到马六甲出售"。（32）他记载了城市的精确位置——亚齐"位于陆地的一角，北偏西4.5度"——这对商人和海员来说是宝贵的路标，可以引导他们沿着陌生的海岸线摸索，驶过地图中粗劣测绘的水域和险流。同样重要的是，他勾勒了苏门答腊政治形势，清楚表明了当地的紧张局势，以及葡萄牙的势力范围和局限：

> 岛上有许多国王，为首的是亚齐国王（the king of Dachem）①……这位国王势力庞大，是葡萄牙人的大敌。我客居印度期间，他曾围困马六甲，造成巨大损失。他禁止一切食品和其他货物运入马六甲，并占据马六甲和苏门答腊之间的海峡通道，导致中国、日本（Iapen）和摩鹿加群岛的船只不得不绕道而行，多费不少时日，大大妨碍了商旅。（32）

---

① 此处林希霍腾的拼写可能有误，Dachem应为d'Achem，作后置介词短语——"亚齐的"。

林希霍腾的记载修正了商业宣传性史诗中对商业冒险的颂歌，这类作品的创作，如《卢济塔尼亚人之歌》(Lusiads)，部分是为了争取资助和未来的扩张，而非为了探讨商业竞争、经济谈判和欧洲强国的相对弱势地位。❾ 他简述了亚齐和葡萄牙在马六甲的冲突，证明了苏丹国的强大：苏丹国海军强大，足以封锁伊比利亚人在马来半岛的关键港口，并破坏其海上贸易。自16世纪起，亚齐的香料贸易已颇为繁盛，他们绕过葡萄牙的印度据点，直接与非洲和阿拉伯的红海港口交易；至少到16世纪中叶，亚齐运输的香料数量和葡萄牙人运至里斯本的数量持平。❿ 身为葡萄牙在香料贸易上的头号竞争者，亚齐在政治上和经济上挑战了欧洲贸易在东南亚的扩张。经安东尼·瑞德（Anthony Reid）论证，苏丹和葡萄牙人在马六甲和果阿形成对峙，除经济和军事矛盾外，还有宗教因素，这些冲突对理解兰开斯特的处境至关重要。

伊斯兰教已经在印度尼西亚群岛的商人和海员中扎下了根，成了重塑文化和精神身份的凝聚力。和忠于家庭、祖先、村庄以及依赖周边环境的泛神论不同，伊斯兰教不是地方性的，而是普世信仰，其祷告和道德律适用于全世界。那些在东南亚活动的人，或自愿或被迫，离开熟悉的环境来到一个别样的世界，这里有着波涛汹涌的大海、一望无际的地平线、陌生的港口、不熟悉的人群以及古怪的语言。对于他们而言，伊斯兰道德和伦理强调商业美德，如实干、节欲、敬畏宗教权威，同时还可引导个人身份走向形而上学的绝对理念，融入跨文化的信众共同体。⓫ 16世纪60年代，随着土耳其和亚齐之间建立商业和外交关系，泛伊斯兰主义构成了亚齐、特尔纳特、文莱（Brunei）及其他苏丹国对葡萄牙当局的重要抵抗形式，葡萄牙多少也把殖民探险视为对异教徒的十字军东征。

　　亚齐的海权使得这个苏丹国成为自16世纪90年代起抵达苏门答腊的英国和荷兰舰队眼中的要地。16世纪，这一地区像亚齐这样的皇室中心的财富不断增长，继而被投入建设更大的海军舰队，而非货船队；东南亚当地舰队的军事化使葡萄牙、日本、古吉拉特（Gujarati）和中国商人得以利用"地区间贸易"（country trade）①的商机。❷欧洲人不像我们想象的那样，能够凭借武力优势随意支配当地人，而是卷入了长期的对抗和时断时续的敌对冲突中；就像亚齐等当地苏丹国一样，葡萄牙人俘获船只、封锁港口、纵火焚烧城镇和贸易中心，这些成了他们的政治策略。林希霍腾讲到了这样一个葡萄牙人发动袭击的故事，袭击旨在破坏亚齐和柔佛（Johor）皇族的同盟。颇有趣的是，这段简述夹在一段关于苏门答腊矿藏的记载中：

　　　　这座岛富含金、银、黄铜（他们用黄铜制造火炮）、宝石和其他金属矿藏：有各种香料、月桂（sweete woode）、根茎等药草和药材……岛上也出产大量丝绸。在最近一次马六甲被围陷入困境之际，亚齐国王派出了一门基督教世界罕见的大炮，这是他女儿与柔佛国王成婚的嫁妆，柔佛城位于马六甲附近。大炮和运送大炮的船只均被葡萄牙人俘获，随后[柔佛]被围，最终城池被攻陷，夷为平地，从此荒芜下来。葡

---

① Country trade 是欧洲对远东贸易的常用术语，指亚洲各地之间的区间贸易，在明清时期史料中往往称为"港脚贸易"，"港脚"指鸦片战争前英属印度的商埠码头。

> 萄牙人在城中发现了 150 具大小不一的黄铜部件……铸有花朵和名人的精巧纹饰。我特意立此存照，以便你们知道他们有其他种类的金属，并且知道如何处理。（33）

林希霍腾记载的袭击穿插在葡萄牙和亚齐之间的一系列袭击和海战之间。柔佛首当其冲是因为该国参加了 16 世纪六七十年代针对葡萄牙人的"一系列圣战"。❸ 但这段记载也证明了那一时期东南亚的冶金业和军用火炮的社会、政治、技术和象征意义。作为嫁妆，这门巨炮及其 150 个部件都代表了先进技术；这些武器表明亚齐工匠的冶金技术能够设计并制造足以与欧洲军事装备抗衡的武器。这类军事技术在苏门答腊、爪哇和马来半岛的流通，意味着里斯本和果阿酝酿的殖民征服的宏伟谋略将面对该地区权力、利润和王朝联盟的政治现实。林希霍腾评价道：

> 很久以前葡萄牙的国王和[果阿的]总督就决定要征服苏门答腊岛，目前国王们已经授予一些船长以将军、大校或是"先遣官"（Adelantado）①的头衔，但仍然一无所获，他们还是光说不做。（32—33）

尽管国王和总督们征服远东的说辞延续了西班牙征服疾病蔓延的新大陆时所持的宗教和军事话语，但他们策划、吹嘘和资助的谋略却从未成功。和《卢济塔尼亚人之歌》理想化的英雄颂歌适成对照的是，林希霍腾的记载不断表达着类似上述的质疑。征

---

① Adelantado 为西班牙语，意为"前进"，是西班牙王室在开拓美洲殖民地初期授予远征队首领的官职称号。

服苏门答腊以及消灭商业对手亚齐的计划成了纸上谈兵；绅士冒险家们空有头衔，却没有开拓疆土的军事手段，无法像17世纪末至18世纪的荷兰那样对苏门答腊实行殖民。

伊丽莎白女王和她在亚齐的"爱兄"

伊丽莎白致信亚齐苏丹之举表明了她深谙如何在东南亚拓展英国商业势力：建立一批商馆，巩固与统治精英的良好关系，建立有效的港口网络，发展贸易伙伴，以及一批从阿拉伯到印度、东南亚，甚至远至日本和中国的盟友。亚齐在政治战略上和经济上都对英国至关重要：亚齐活跃着阿拉伯和印度群体，控制着苏门答腊西部的一大部分胡椒贸易，并且如林希霍腾注意到的，亚齐制约着葡萄牙人的扩张计划，扰乱了他们在马六甲海峡的船运。这种情况下，伊丽莎白致亚齐苏丹的信是一件小小的外交杰作，证明了她对政治、神学、经济和生态等相关问题的敏感，这些问题主导了1600—1800年欧洲对东亚的认识。这封信以对兄弟王室的礼节性的、颇具象征性的问候开头，而后从神学上对国际贸易做出了辩护：

> 伊丽莎白，神佑的英格兰、法兰西和爱尔兰女王，基督信仰和宗教的守护者。谨向苏门答腊岛亚齐王国的伟大的王，我们钟爱的兄弟，致意。永恒的上帝，以神圣的知识和护佑对他的赐福和好的造物做了安排，以供人类使用和滋养，其法如下：尽管世间造物长于不同的王国和地域，但靠着人的

> 勤劳（这是全能的造物主激发的），它们散布到世间最遥远的地方。为此，对于所有国家，他对美妙的造物做了安排，使得各地互相依赖。因此，不仅要促进产品和作物的流通和交换，因为它们在一些国家盛产，另一些国家缺乏，而且也能够增进全人类的友爱，这是一件天然神圣的事。❹

为了给她和千里之外伊斯兰王室的联盟打下基础，伊丽莎白诉诸了彼此共享的一神教传统：共同的文化、商业和政治利益将英格兰和亚齐联合了起来。信的开篇倡导一种双赢的贸易，"天然神圣之事"，这既是确保英格兰和亚齐之间"友爱"的手段，也符合神安排人世的目的。用自身"盛产"的货品交换所缺的货品，两国均可弥补自身资源的不足，并靠交换"产品"来享用对方勤奋和智慧的劳动力——对英国来说，理想状况是用欧洲布匹来交换丝绸和香料。贸易，至少在理论上，能克服人类自被逐出伊甸园以来便饱受困扰的问题：原罪和匮乏。在物质意义上和神学意义上，这一"货物和农作物的交换"都是对堕落世界的救赎。

在勾勒出共同的宗教基础后，伊丽莎白继续致力打造两国之间的政治和经济纽带。为了吸引苏丹向东印度公司开放亚齐贸易，伊丽莎白需要把自己塑造成和苏丹类似的权威。她运用绝对王权的话语——皇室血脉——把东印度公司商人说成是她的"臣民"，暗示她对英国商人的权力和苏丹对本国商人的权力是一样的。但伊丽莎白知道，事实并非如此；她的洽谈目标是保证英国商人在亚齐享有英格兰普通法保障的财产、货物和人身的自主权，而非

第一章
远东、东印度公司和英国想象

听命于绝对王权。在 17 世纪的印度尼西亚群岛，正如捷雅拉玛·卡斯里珊比·威尔斯（Jeyalamar Kathirithamby Wells）所论，对贸易、税收和海关收入的控制以及投资都完全掌握在王室手中：财产的所有和销售受到严格控制，没有独立的商人和行政官员阶层，只有宫廷宠臣。如此，外国商人——不管是中国、荷兰、葡萄牙还是英国商人——都对该地区的国际贸易至关重要。❺因此，伊丽莎白需要亚齐的苏丹运用绝对权威为她的臣民创造有利的贸易条件。虽然她淡化了东印度公司商人的独立性，但事实上，由于这些商人位于始自女王和英国政府的漫长的供给和通信链的末端，他们享有一定自由。

不过，伊丽莎白信中的主要修辞策略，是利用通信、商业、政治同盟和海上对抗所塑造的英格兰、荷兰和葡萄牙商人与印度尼西亚群岛的苏丹们之间的动态关系。女王隐去了基督教和伊斯兰教的宗教差异，以突出新教主导的英格兰和天主教主导的伊比利亚地区的神学、政治和经济对抗，强调她和苏丹为挫败西班牙和葡萄牙的东印度计划而享有的共同利益。

> 苏丹陛下，您本应获得更好的侍奉和享受，但您遇到了我们的敌人，葡萄牙和西班牙：在这些地区，唯有他们常常造访你的王国和其他东方王国，再无其他。他们不承认其他国家也有来访的权利，自居为这里诸国诸邦的皇帝和绝对主宰：他们著作里高调的头衔表明，他们视此地为其战利品和遗产。与此相反，我们最近得知，陛下以及皇室、父亲和祖父（感谢上

帝的恩典以及英勇之士），不仅保卫祖国，也在葡萄牙的占领区对其开战，例如在马六甲，在救世主诞生的第1575年，在陛下英勇船长拉加马科塔（Ragamacota）的指挥下，令对方损失惨重，给陛下冠冕和王国带来永久荣光。（Ⅱ：154）

伊丽莎白并未将欧洲的"自我"与非欧洲"他者"对立起来，而是用三角关系来描述贸易话语——致力于与"他者"结盟以对抗第三方的阻挠和威胁。米歇尔·塞尔（Michel Serres）认为，由于"他者"是唯我论式身份的负面属性的投射，一切交流都离不开"第三者"或是寄生物，寄生物创造了噪音，在且仅在噪音的背景下，意义才得以浮现。❻就此而言，英格兰和亚齐之间的关系不应理解为对立文化的冲突，而是排斥"第三者"的行为。葡萄牙和西班牙这类"第三者"成了英国和苏门答腊关系的关键：伊丽莎白倡议两国结为友邦和展望双边互惠贸易，俱是建立在排斥葡西的基础上。

亚齐方面熟谙这种通信和政治的三角模式。兰开斯特1602年抵达时，苏丹祝贺他击败了西班牙舰队。据兰开斯特说，苏丹"似乎很满意"女王的信，回信表示他与女王所见略同，愿意建立长久友谊，共同对抗伊比利亚半岛的天主教势力。在致伊丽莎白的回信中（信由当时英语世界最著名的阿拉伯语作品译者威廉·贝德维尔［William Bedwell］从阿拉伯语译为英语），苏丹准许东印度公司商人自由进入亚齐并在当地贸易；保障其对自身财产的绝对自主权，包括对土地、动产和存货的所有权、销售权和继承权；

保障"苏丹臣民契约和付款的稳定性",并授予公司对亚齐全体英国国民的司法管辖权。苏丹在给伊丽莎白的信中写道,通过这一协定,"吾辈更快乐,社会更稳定",因为英国抵御了葡萄牙和西班牙对亚齐贸易的侵蚀:伊比利亚人"是我们此世之敌,也是来世之敌,所以我们要叫他们灭亡,无论何地遇见他们,都要公开处决他们"。(Ⅱ:160)像英格兰皇室一样,苏丹运用了超越历史的修辞:他的国家与西班牙和葡萄牙在争夺马六甲海峡和印度洋的香料贸易战略控制权中的冲突将永远持续下去,甚至延续到一神教允诺的来世。伊丽莎白称"这一开端将永久确认我们双方臣民之间的爱"(Ⅱ:54),她叫停了变迁的历史时间,期待货物源源不断自东方而来,同时未来英国国内生产可以稳稳供应东南亚市场的潜在需求。由于这一互惠的商贸是用身体性隐喻,如融合、循环和秩序来表述的,唯一的障碍是邪恶敌人的阴谋——正是这些敌人构成了两家王室缔结友谊的基础。❼

　　伊丽莎白将神学和经济学相结合,依据的是英格兰和亚齐对物质和道德世界的共同感知,一套共享的概念语汇。收支表、价格、汇率、信贷以及契约精神嵌入了一套政治价值和神学律令的话语。他们都不信任西班牙和葡萄牙,这让伊丽莎白得以利用苏丹的恐惧,即女王的欧洲对手对苏丹的政治地位和亚齐的贸易构成了威胁;她知道苏丹及其父的胜绩,借此奉承他,并迎合绝对王权的主要担忧——篡位。伊丽莎白指控西班牙和葡萄牙在东南亚的所作所为是不合法的。她控诉西葡僭称东南亚地区主权,似乎是为了呼应必须时刻警惕外敌入侵和内廷阴谋的亚齐王室。女王强调天主教势力的威胁,借此将东印度公司商人的野心化为苏丹在西班牙、葡萄牙和孟加拉航运之外的盈利手段:将英国金条和(她期待的)羊毛销往印度,将印度货品销往苏门答腊和摩鹿加群岛,并将胡椒、肉豆蔻核仁、肉豆蔻皮和丁香运回欧洲分销,利润可观。如此看来,她的信精明地将羽翼未丰的东印度公司埋伏在早期现代印尼群岛特有的"对人口、贸易和地区中心的无穷争夺"之中。❽ 伊丽莎白关于缔结友谊的声明或许出于诚心,但其诚意只是表达了英国对"永久贸易"和双边友好关系的欲求,英国希望这种关系不致沦为自利、怀疑和唯利是图,就像英国与欧陆的商业关系那样。

寄出他的信后,兰开斯特启程了,他的航程后来成了东印度公司船只最初多次航行的常用航路。他在马六甲海峡截获了一艘葡萄牙的西班牙式大帆船,载着印度棉花;他用这批货物换购了香料,派两艘较小的船运回去,然后继续前往爪哇岛西海岸的班塔姆。爪哇的商业机遇挑逗着英国人和荷兰人;爪哇人口多,市场广阔,但岛上却没有葡萄牙的商馆,于是兰开斯特留了少数人手在班塔姆建立商馆。1603 年 9 月,他带着 500 吨干胡椒回到英格兰,但当时伦敦陷于瘟疫,东印度公司销货困难。❾ 瘟疫退去后,胡椒在伦敦已没有太大市场,因为新王詹姆斯一世将一大批胡椒发给少数富商和宠臣,这些胡椒显然劫自一艘葡萄牙货船,早已忙坏了伦敦的批发商,而荷兰前往东印度的商旅则喂饱了阿姆斯特丹的市场。兰开斯特手上的大部分胡椒滞销达一年多——这表明,无论香料的要价多么高昂,也只能售给相对少数人。香料如要大规模销售,有赖于英国男女的饮食、食谱和口味的转变,直到奢侈调料变成必需的食品。❷⓪ 这次东印度公司远航的投资者，得知他们需要重新注资 200 英镑，以便进行第二次贸易。事实证明，后来的远航利润更高，但这种单次的跨洋贸易资助方式迫使公司在最初几十年中疲于募款，以提高在香料贸易上对荷兰的竞争力。

东方贸易：实践与理论

英属东印度公司和荷属东印度公司的早期商业冒险是在全球海上贸易的复杂环路中诞生的。❷① 17 世纪欧亚贸易的前提，是新大陆的白银从阿姆斯特丹、里斯本和伦敦运往印度和中国以换取成品和奢侈品，通常是直接和欧洲产品形成竞争的纺织品。伴随着恐怖的种族屠杀，非洲、美洲和西欧之间的奴隶贸易融入了更广阔的经济网络。非洲奴隶在南美采掘贵金属，在加勒比海和卡罗来纳地区①种植经济作物（烟草、糖和糖浆），后运往欧洲换取工业制品，包括从亚洲进口的奢侈品（陶瓷、胡椒和衣物）。金银从南美洲和中美洲运往西班牙，以供维持殖民帝国的开销，再从伊比利亚运往欧洲北部，从荷兰、法国和英国商人手中购买布匹、工业品、原材料和更多非洲奴隶。❷② 白银也向西流动，从阿卡普尔科（Acapulco）②到菲律宾群岛，西班牙和葡萄牙正是用白银打通关节，往往通过遍布东亚的中国侨商，进入中国和日本的有限开放的市场。这些社群的贸易网络颇为复杂，欧洲人常常难于洽谈，因此荷属和英属东印度公司常常以高价买入货物，以便在亚洲内部贸易或地区贸易中占有一席之地。银锭从荷兰和英格兰向东输

---

① 卡罗来纳地区：大致位于今天美国的南卡罗来纳州和北卡罗来纳州。

② 阿卡普尔科：今墨西哥南部港口城市，曾是西班牙殖民舰队往返亚洲，尤其是菲律宾殖民地的重要港口。

出，一般是通过奥斯曼帝国和波斯抵达印度，从而得以进入历史悠久和复杂的南亚市场。印度布匹和工业品销往东南亚，换取丁香、肉豆蔻核仁、肉豆蔻皮和胡椒；香料在全亚洲转运，具体取决于当地及国际的需求变化；中国商品（瓷器、茶叶、丝绸）吸引了这一地区的不少白银和铜币；香料被运往欧洲，负担荷兰商业帝国的开支。㉓和英属东印度公司官员的宣传不同，英格兰和荷兰购买时人眼中的奢侈品时，支付的是现金。

17世纪的记载描述的世界，是由中国对白银的需求主宰的，这是讨论欧洲至远东的商业冒险所不可或缺的语境。当时最重要的世界贸易记载也是对17世纪上半叶东印度公司的最厚颜无耻的辩护，托马斯·孟的《贸易论，从英格兰到东印度》（以下简称《贸易论》）初版于1621年，而后重印，收入铂切斯1625年版《朝圣》。㉔孟（1571—1641）曾在意大利和土耳其经商多年，1615年成为东印度公司董事。尽管他的《贸易论》和身后发表的论著《英格兰的外贸财富》被经济史学家视作重商主义理论史上的经典文本，但他对国际贸易意义的论证受到他的实际经历影响，也取决于他对1621年东印度公司财富的认识。㉕值得注意的是，孟写作《贸易论》时，正值东印度公司早期发展的巅峰，当时认为亚洲贸易有助于国家繁荣和安定的呼声颇高。1620年，东印度公司运营船只达30—40艘，许多是公司自有的，在戴普福德（Deptford）和布莱克沃（Blackwall）的船厂建造。这些船厂雇用200名工匠，由于每年都要配备几艘船出航印度和远东，需要新增人手，这使得东印度公司成了伦敦最大的雇主之一。此外，公司的官员和代表与全欧洲的金融市场都有联系。公司的一部分财富来自引资：1613—1616 年的首次募股只筹集了 41 万 8000 英镑，但 1617—1622 年出航的募股金额飙升至 160 万英镑。㉖ 1623 年，东印度公司几乎被逐出印度尼西亚群岛的香料贸易（见第四章），航运量剧降。在 1611—1620 年，公司共派出 55 艘船前往东方，利润回报率达 155%。不过在 17 世纪 20 年代，出航船只数量跌至 46 艘，第二次募股的回报率仅 12%，且投资周期更长。在这一时期，胡椒占公司船运量和进口额的大头。1613—1616 年，伦敦的胡椒均价为每磅 26 便士；至 1627 年，已降至每磅 17 便士。㉗

《英格兰的外贸财富》写于 1630 年，在孟去世后发表。书中对国际贸易的描述更为宽泛和抽象。这种语言可能让人想起正在兴起的"现代"经济学话语，但更重要的是，由于东印度公司近十年来发展受挫，经济困难，这迫使孟进行更普遍的思考。他此前的《贸易论》应对的是对东印度公司的抨击，其中最严厉的指责就是公司将白银运送到东方（规定每船最多可载价值 3 万英镑的白银）换取"不必要的器物"。为反驳这种指责，孟指出"药品、香料、丝、靛蓝（Indico）和印花棉布（Callicoes）"比其他进口货物更有价值，如美洲的烟草和欧洲大陆生产的细麻布等布匹，因为亚洲货物利润更高，更适合转销至欧洲和美洲殖民地（I: 733）。他嘲笑那些认为贸易追逐新奇且危险的批评者，同时从历史现实和理论上进行辩解：

> 有些人认为东印度至欧洲贸易始于环绕好望角航线的发现，这是错的。在此之前很长一段时期里，东印度各地一般

是每年用船将其货物运到红海中的穆哈（Mocha）和波斯湾的巴尔塞拉（Balsera）。然后土耳其人从这两处用骆驼花50天时间把商品转运（费用很高）到叙利亚的阿勒颇（Aleppo）和埃及的亚历山大（这是两个集市城镇）。来自各国的商人，其中包括土耳其人和基督教徒，再从这里继续把货物经海路运往欧洲各地。这使基督教世界的共同敌人——土耳其人成了这项贸易的主人。它为土耳其苏丹的臣民提供了大量就业机会，使他们变得非常富裕。此外，高关税充实了他们的海关金库。然而，万能的上帝授意我们发现绕过好望角前往东印度的航线（英国人、葡萄牙人和荷兰人已经经常使用这条航线，基督教世界的其他国家也打算这么做）。这不仅极大打击了印度人和土耳其人在红海和波斯湾进行的大贸易（给土耳其人造成很大损失，同时有力促进了基督教国家的贸易），而且还给整个基督教世界，尤其英格兰带来了更多福祉，英国货物的需求量由此增加。（Ⅰ: 734）

孟的记述表明，他熟谙欧洲赴东方贸易的历史，了解陆路商队贸易的成本和困难。东印度不是面目模糊、毫无差别的地带，也不是引人猜测和神话般的遐想世界；它表现为巨大的网络，包括贸易港口、商人、海关官员、生产中心和农业地区，早在葡萄牙人16世纪开拓之前就建立了与欧洲市场的联系。孟描述了两类国际商贸的主要来源：一是异教徒控制的贸易和港口，二是可通行的航路，即能让"英国、葡萄牙和荷兰"绕过土耳其人控制的陆上贸易线和红海。英格兰的问题不在于香料和丝绸能否继续涌入欧洲，而在于东印度公司，作为国家整体利益的代表，能否获准在"东印度至欧洲的贸易"的巨大利润中分得一份。尽管孟以宗教团结和民族身份来包装其观点，但这一身份是以否定的方式来界定的：突厥异教徒不仅是基督教世界的敌人，而且强迫采购货物的欧洲商人支付天文数字般的提价，偏离了合理价格。这些税收、关税和营销成本被转嫁到了孟的英国读者身上。土耳其人把一般消费品变成了奢侈品。

45

孟的论点的核心是对阿勒颇香料和丝绸价格的细致比较，一是土耳其人额外征收运输费和关税之后的价格，一是同样商品在"东印度各港口"的价格。在1621年版的《贸易论》中，这些比较用图表呈现，让读者对东印度公司贸易给顾客带来的好处一目了然，同时引导读者思考国家贸易的总体原则。书中对"香料、靛蓝和波斯生丝的数量（欧洲每年都要消费这些物品）"，"在阿勒颇采购这些商品所需额外费用，以及从东印度各港口购买同样物品所需费用"等相关数据的计算精确到先令和便士。在阿勒颇，600万磅胡椒要价为每磅2先令（含当地费用），总价60万英镑；在东印度，同样数量的胡椒价格为每磅2.5便士（也含当地费用），总价62500英镑。阿勒颇45万磅丁香的价格是每磅4先令9便士，总价106875英镑10先令；在东印度，单价是每磅9便士，总价16875英镑。在阿勒颇，15万磅肉豆蔻皮价格为35626英镑，但在香料群岛只需5000英镑；同样是40万磅肉豆蔻，阿勒颇定价46650英镑13先令4便士，而东印度离岸价为6656英镑13先令

61

4便士。类似情况也推高了靛蓝和波斯生丝的价格，而且由于生丝数量达100万磅，使得阿勒颇（每磅12先令）和波斯湾（每磅8先令）的价格差距达到了新的数量级。在阿勒颇，这些货物的总价是1465001英镑10先令；而在产地，价格为511458英镑5先令8便士（I: 734-35）。每年可节省953543英镑4先令4便士。这些数字近乎图腾，在孟看来，可以量化东印度公司对欧洲消费者的价值。

孟比较了东印度当地的批发价和阿勒颇商人的要价，用抽象和普遍的数学符号展示了东印度公司的生意经。他的统计是用新兴的理性化的经济学来理解贸易，这种经济学与自洽的"市场"普遍法则互相构造；这些法则和传统的"道德经济"观念不同，不再将经济因素视为复杂社会构造的一部分。㉘孟的经济计算的抽象空间营造了一种绝对精确和规则的幻觉，仿佛进口、批发和零售的价格十分确定，可以不受船只损失、市场饱和与价格下跌的影响。从这个意义上说，1621年版的表格以及铂切斯收录版中长列的数据让孟得以冻结历史时间，宣传他主张的国际市场的普遍法则。㉙

即使是在概述东印度和阿勒颇的货物相对损失时，孟也把消费和消费欲望视作常量，可以纳入量化和计算体系。孟讨论了东印度公司出售价值10万英镑的进口胡椒、丁香、肉豆蔻核仁和肉豆蔻皮、靛蓝、"中国生丝"和印花棉布如何增加了英格兰的财富，他把复杂的经济交易变成了抽象的数值。输入英格兰的250万磅胡椒定价是每磅2.5便士，总价26041英镑13先令4便士，转销价为每磅20便士，总计208333英镑6先令8便士。因为丁香、肉豆蔻核仁和肉豆蔻皮进口至伦敦的数量少，其转销的增值可观。

第一章
远东、东印度公司和英国想象

以每磅9便士购入的15万磅丁香（总价5626英镑）转销价为每磅6先令（总价45000英镑）；同样重量的肉豆蔻核仁，进价每磅4便士（总价2500英镑）以2先令6便士转手，可获18750英镑；5万磅肉豆蔻皮（进价每磅8便士，总计1666英镑13先令4便士）零售价为每磅6先令，总计15000英镑。107140磅中国生丝，在东方进价每磅7先令，耗资37499英镑，在英格兰的售价为每磅20先令，总计107140英镑。5万磅印花棉布，均价每磅7先令，在东印度进价总计15000英镑，在英格兰可以卖到每磅20先令，共计5万英镑。总计来看，根据孟的估算，用价值10万英镑的白银在东印度购入的香料、靛蓝和丝绸，在英格兰可以卖到494223英镑6先令8便士（I: 737-38）。他对这些价格的详论指出了英国赴东印度贸易的多重收益：通过创造关税收入、一般税赋以及造船商、水手和"粮食供应商"等在职雇员的工资，东印度公司的进口增加了"国富"。孟认为，香料和丝绸的进口促进了经济增长，刺激了就业，并且增加了价值50万英镑的国家财富。为了计算这一价值，他把对这些产品的需求量化为他列举的价格的功能：成本和售价的比率是对民族财富和物质水平的数字化。

在《贸易论》中，孟将数据视作经济现实的客观表现，借此他轻易反驳了批评家对东印度公司的其他指责。他认为伐木造船有利于就业、国富和国防：对于橡树而言，"有什么比制造贸易和战争所需船只更高贵和有利的用途呢？橡树不正是我们财富的仓库，保卫我们和平与幸福的墙垒吗？"（739）他解决木材短缺的办法是增加贸易和投入：从爱尔兰进口木材，或用船从汉普郡、

47

63

埃塞克斯、肯特和波克郡补给木材。㉚为反驳赴东印度航行过于危险、回报不确定的看法，孟列举了迄至1620年东印度公司资助的79艘商船的命运："34艘安全地满载而归"；4艘因长期服役而损坏；2艘正在修缮（ouer-whelmed in the trimming there）；6艘遭遇海难；12艘被荷兰人夺走或袭击；21艘仍在东印度。他详细计算了进口和损失的成本以及收益：尽管英格兰出口了价值将近55万英镑的白银，以及价值293300英镑的商品，但返航的船只带回了价值356288英镑的商品，根据其多重收益的看法，这意味着东印度公司"为英格兰生产了1914000英镑，另有40万英镑正在从东印度运来"（741-42）。尽管他愿意扣除荷兰的袭掠导致的85000英镑的货船潜在收益，但其对长途贸易的概括表明了他的计算能力能够以精确的量化方法推导出东印度公司和英格兰的光明未来，表现在"国民总资产"增长达1914600英镑，分别来自胡椒、丝绸和其他香料在全国的销售。只有推进东印度公司主导的国际贸易，英格兰才能确保其繁荣和安全。

孟的著作将英属和荷属东印度公司描绘成全球商务的引擎，但悖论在于，他宣传的原则却在两个方面否定了他的东印度贸易增进国力论：荷兰在开发香料贸易致富方面比英格兰更为成功，而1620年英属东印度公司在进入中国和日本这两个远东主要市场上收效甚微。正如孟的评论，荷属东印度公司已取代葡萄牙成为英属东印度公司董事们致富梦的主要障碍。在17世纪的最初20年中，荷兰人巩固了他们在销往欧洲的香料贸易中近乎垄断的地位：他们把葡萄牙人赶出了特尔纳特和蒂多雷（Tidore），击败了来自菲律宾群岛的西班牙船只的入侵，并在资金和谋略上更胜英属东印度公司一筹。❶自建立始，英属东印度公司便困于诸多矛盾，长达一个多世纪都未解决，而詹姆斯一世1609年重新制定公司的许可令，使之成为无限期的垄断企业，则激化了矛盾。冲突一方是大多数股东，他们追求利润；另一方是印度总督、副总督和24名董事，他们更想建立西起阿拉伯、东至日本的商馆和盟友网络。尽管单次航行通常利润颇高（互有重叠的第三次和第五次远航于1611年结束，利润率高达234%），但公司无法实现无限扩张和财富增长的梦想。公司最后一次能给荷兰人致命一击的机会是在孟出版《贸易论》两年前。在1618年12月和1619年1月，一支英格兰舰队在托马斯·戴尔（Thomas Dale，前弗吉尼亚总督）指挥下在雅加达困住了一支较小的荷兰舰队；但英国船只由不同船长指挥，他们所奉指令和理念各自不同，在来东印度是为了击败荷兰人还是购买香料这一点上意见不一。英国人浪费了进行决定性打击的机会，这场无果的战役令英国舰队受挫。戴尔及其旗舰败走印度，这一地区的英国商馆的贸易和影响力都输给了荷属东印度公司。❷

幻想和商馆

约翰·弗莱彻的剧作《岛国公主》在1621年上演时，荷兰对英国远东计划的威胁已经颇为明显，以至于此前伊丽莎白致亚齐苏丹信中的大恶棍葡萄牙可以得到平反，成为英雄。弗莱彻改编巴托洛梅·莱昂纳多·德·阿亨索拉（Bartolome Leonardo de Argensola）的《摩鹿加群岛征服记》以取悦英国观众，用对传奇、利润和土著皈依的想象代替了荷兰的军事征服和经济统治的历史。正如约翰·维利埃斯（John Villiers）所论，阿亨索拉欲借史书颂扬伊比利亚的强权掠夺，他"敢于宣布该书主旨是称颂西班牙人［1605年］征服摩鹿加的光荣事迹"。㉝这场面对伊斯兰和新教异端的短暂胜利很快被荷兰人逆转，后者赶走西班牙人，重新控制了特尔纳特和蒂多雷。这次失利削弱了葡萄牙在香料贸易中的地位；迄至1640年，荷兰以直接或间接的方式有效控制了大部分销往欧洲的摩鹿加群岛香料的分配、销售甚至种植。在弗莱彻的剧作中，按照安妮亚·伦巴（Ania Loomba）所说，葡萄牙船长阿姆西亚（Armusia）和丹·瑞思（Dan Ruys）成了英国人"殖民占领和性占有的幻想"的替身。㉞伦巴的讨论侧重"幻想"而非"占有"：当《岛国公主》上演时，当孟的《贸易论》许诺无尽的繁荣时，东印度公司却被逐出了伦岛（Run）和安波纳岛（Amboyna）等摩鹿加岛屿。

可能许多观众都瞧出了弗莱彻的花招：借着神化葡萄牙人，剧作家唤起了对殖民仁政的传统幻想，这点在剧中赢得了美丽的印度女王的爱，并获得了她的身体代表的贵重商品。㉟结果，弗莱彻的主角们成了"好"殖民者，摆脱了天主教，重新上演荷兰人未竟的征服，这呈现了一幅未来英国的幻景，英属东印度公司压倒了荷属东印度公司。在一封1613年送抵英格兰的信中（后来刊载于铂切斯《朝圣》），身处日本平户的理查德·考克斯（Richard Cocks）写道，东印度公司官员"会很难相信，荷兰人早已吓跑了

第一章
远东、东印度公司和英国想象

这个地区的葡萄牙人和西班牙人,尤其是在摩鹿加群岛,他们日日侵扰西班牙人,西班牙人无力抵抗,而且现在还担心菲律宾也很快会被夺走"。考克斯接着写道,荷兰人"海上力量很强,他们根本不把西班牙人或葡萄牙人放在眼里"。㊱对于这位英国驻日本商馆的负责人而言,荷兰人的威胁意味着希望,因为伊比利亚贸易的混乱正是东印度公司的机会。当弗莱彻将征服摩鹿加群岛戏剧化,变成"殖民占领和性占有的幻想"时,考克斯突出的是荷兰胜利的实际后果:破坏葡萄牙的航运,威胁西班牙在菲律宾的势力范围,同时也是英格兰的机会。

即使是资金相对充裕的荷属东印度公司,也处于通信、物资供应和商业链条的末梢,这一链条绵延数千英里,传递往往需要数月、数年,一直指向(憧憬的)未来。西班牙在美洲对被征服后投降的原住民实施种族灭绝,但荷兰不是那样的殖民势力。1600年前,肉豆蔻核仁和肉豆蔻皮只在班达斯地区种植,包括斯兰岛(Seram)以南的6个岛屿,面积仅17平方英里。特尔纳特岛和蒂多雷岛是哈马黑拉岛(Halmahera)西海岸附近"微不足道的火山岛屿",是亚洲丁香经济种植的主要产地。16世纪,分别统治两座岛的两位苏丹对这些商品实行战略控制,以求在周边散布的岛屿中扩大自身影响。㊲这些苏丹国位于爪哇以东1000英里处,统治靠的是王室结盟、海关税收和朝贡,而非军事力量。不过,奥斯卡·斯佩特(Oscar Spate)注意到,一两艘武装精良的船只便可给这些太平洋上的小岛和孤港带来灾难,地方武装和欧洲闯入者的海上入侵在香料群岛时有发生。㊳荷兰1621年占领班达,

50

把岛屿建成了奴隶制种植园，控制了肉豆蔻核仁和肉豆蔻皮的生产，用所得利润扩张他们在当地的海军力量。1656年，荷属东印度公司毁掉了特尔纳特岛和蒂多雷岛上种植的丁香，以限制其控制区的丁香产量。这两次行动，荷兰人都是通过战略军事行动逼迫无力组织大规模防御力量的小岛就范，获得了可观的经济收益。㊴尽管东南亚的荷兰船只远多于英格兰，但荷属东印度公司只拥有该地区一小部分货运贸易：东南亚的全部欧洲船只加起来，也只有同等载货量的中国舢板的十分之一；1638年后每年有8艘荷兰船只停泊在日本，这和定期来往于中国和日本海面上的80艘中国舢板相比，微不足道。㊵

  17世纪英格兰对香料群岛的记述没有采用帝国征服的语言，而是突出了欧洲人和本地人之间冲突和联盟的多边性和不确定性。东印度公司1612—1613年远航的船长约翰·萨里斯（John Saris）发现，特尔纳特岛和蒂多雷岛——荷兰垄断香料贸易的要地——在欧洲人到达前，陷于内战数十年，发展停滞：

> ［在16世纪］最初发现［这些岛屿］的葡萄牙人发现，特尔纳特岛和蒂多雷岛进行着激烈战争，其他岛屿都站在这两位国王的其中一边，或投靠，或结盟。葡萄牙人为了从中渔利，不站在任何一边，而是与双方都结为友邦，因此在特尔纳特和蒂多雷两岛都建立了要塞，这样对葡萄牙大有好处，可以把整个丁香贸易掌握在手中，他们统治着丁香贸易，直到1605年被佛兰德人①靠武力赶跑：但佛兰德人实力不足，

---

① 17世纪佛兰德地区属尼德兰（即后来的荷兰）管辖，属于书中讨论的荷兰势力。

对危险没有准备，次年西班牙人从菲律宾来犯（当葡萄牙人在该地区时，教皇和西班牙国王指示不得介入），把佛兰德人赶出了这两个岛，囚禁了特尔纳特国王，将其流放至菲律宾，控制了特尔纳特和蒂雷多。后来，佛兰德人重返，我在那里的时候，他们建造了［几座］要塞……这些内战令本地发展荒废，大量丁香枯萎，因无人收割而烂在地上。（铂切斯，《朝圣》Ⅱ: 363）

萨里斯的记载表明了欧洲势力在这一地区的局限，并且描述了葡萄牙、西班牙和荷兰如何运用谋略竞逐丁香贸易的控制权。载负 100—150 人的一两艘远征船只，便足以在小岛抢滩登陆，欧洲人的首要目标是完成"政治"潜伏，利用当地王室争端和民间冲突挑动各方互斗。欧洲人建造的要塞常常不能抵御封锁和炮轰。在 17 世纪的香料群岛，由商人、官员和士兵组成的欧洲社群往往只有几十人，尽管有时可以征调更大的武装力量，如西班牙远征队，参加一次性的海上军事行动。欧洲各国能做的是有策略地介入，靠出高价购买特尔纳特岛的丁香来取悦当地势力，或是像萨里斯抵达班塔姆时所做，"以 3 倍于进价的价格"买下 700 麻袋胡椒（Ⅱ: 353）。虽然萨里斯清楚"货品价格巨大（而突然）的变化"，但他情愿接受提价，以此换取英格兰进军利润丰厚的当地市场的入场券，尽管荷兰人警告他不要在摩鹿加贸易。

这一地区的政治变迁不像阿亨索拉和弗莱彻描写的关于爱情和征服的英雄故事，既不美好也不高尚。1605—1606 年，就在荷兰人围困岛上的葡萄牙要塞之时，英国仍在安波纳购买肉豆蔻核仁，在蒂多雷购买丁香，这激怒了荷兰人，英荷关系渐趋紧张。把葡萄牙人赶出特尔纳特和蒂多雷后，荷兰人声称"摩鹿加的全体人民已经与他们签订了永久契约，将所有丁香［以固定价格］出售，因为他们将摩鹿加从西班牙人的奴役下解放了出来"。人数和武器都不如人的萨里斯又用上了自由贸易的说辞，向荷属东印度公司保证："我们不会干预他们的生意，我们来这儿只和那些愿意和我们交易的人交易。"荷兰人则申明了垄断权，"他们用剑征服了这个国家，便拥有这个国家"（II: 354）。5年后，英格兰在班达群岛发起最后一搏，纳撒尼尔·考特霍普（Nathaniel Courthope）占领伦岛，击败了荷兰势力。奉荷属东印度总督扬·皮特祖恩·科恩（Jan Pieterszoon Coen）之命，荷兰人决定将英国人赶走并强制大班达岛和内拉岛（Neira）的岛民签署单边贸易协定，他们封锁了伦岛，折磨囚犯，处决持不同意见者。面对极其艰难的处境，考特霍普坚守岛屿近三年（1617—1620），最终在冒险离开伦岛去往大班达岛途中被出卖和处死。在英国人看来，荷兰的怒火积压了多年：英国人直到1664年才宣布放弃对伦岛的控制权，他们承认荷兰的控制权，条件是荷兰将新阿姆斯特丹①让给查理二世。❹

然而，欧洲人对东南亚在经济上和军事上的战略介入，并不能成为欧洲在造船、火炮和贸易上拥有先进技术的铁证。荷兰人经常向当地资金紧张的冲突各方提供白银或同等价值军需品和物资补给，以此打开市场。在这种情况下，值得注意的是，萨里斯用银币在班塔姆购买胡椒；他并未在丁香遍地腐烂的特尔纳特卸

---

① 英国接管新阿姆斯特丹后，将其更名为新约克（New York），即今天的纽约。

下胡椒，因为他的军事和经济资源不足以渗入荷兰主导的贸易活动。1613 年，荷兰人还不能强迫武备不足的当地人收割丁香；他们还没有成为殖民势力，只是垄断了贸易，强制推行"永久契约"来维持固定的收购价格。荷属东印度公司想将利润最大化，已经开始采取策略，最终在 18 世纪后期完成了对印尼半岛大部分地区的实际控制：在必要时会使用武力，经常使用当地雇佣军；介入当地王室间冲突以巩固当地盟友势力，促进贸易的开展；进攻欧洲竞争对手，确保对生产、定价和运输的控制权。即使在其商贸帝国达到巅峰的 1688 年，荷兰在东南亚的主要占领区也只有不到 5000 人的部队驻扎，此外有 1900 名海员、工匠和商人；特尔纳特和蒂多雷的要塞只有不到 300 名士兵驻守。❷ 萨里斯认识到，荷兰在远东的胜利源于他们极为谨慎地选择对手和盟友。

平户的英国人

萨里斯携胡椒离开香料群岛后，向北驶向日本，既是想在那里"碰一碰"贸易的运气，也是受到威廉·亚当斯（Williams Adams）来信的影响。当时，亚当斯的来信寄到了荷属东印度公司在巴塔维亚的商馆，该港口当时向英国船只开放（I: 353）。亚当斯是荷兰船的英国领航员，曾在日本被拘押数年。他的信被铂切斯重印出版（I: 125-32），强调了英属东印度公司或许会在平户发现贸易机会。起初，耶稣会士不信任亚当斯，力劝幕府将军监禁并处死亚当斯及其荷兰船员，但这位英国人最终说服日本人他的来访是和平的，并且他的国人不像天主教徒想要传播一种日益引起怀疑和压制的信仰。当他致信巴塔维亚时，他已成为将军信任的译者和参谋，并且已被擢升为武士阶层，被赐予土地、仆从和一位日本妻子。㊸ 亚当斯在信中俨然是一位英格兰贸易的代言人。他告诉将军："我们这个民族是寻求和所有国家缔结友谊的民族，在所有国家交易产品……贸易双方都更加富有。"（Ⅱ: 127）他对日本的记述也很令人鼓舞，是给可能途经巴塔维亚的英属东印度公司官员看的。亚当斯说：

> 日本这个岛国的人民性情善良，极为礼貌，作战英勇：他们执法严格，对违法者毫无偏私。他们的治理十分文明，我想世界上没有任何地方的政策更文明了。（Ⅱ: 128）

亚当斯此信显然是把日本人理想化为可能的贸易伙伴，促使自己尽快获释。日本人尽管黩武，但"礼貌""文明"，严格奉行公平执法的原则，政府运作有效而"文明"。简而言之，日本人民表现出英格兰人眼中自身所具备的文明特质。亚当斯不讳言他和日本朝中天主教传教士的冲突，以及幕府将军对西班牙和葡萄牙的猜忌给英格兰人制造的机会。他告诉我们，将军"问了很多关于西班牙和葡萄牙之间战争的情况，以及西葡和我们之间战争的情况，并且询问了原因：他似乎颇乐于听我介绍这些，详细询问了相关细节"（Ⅱ: 127）。据亚当斯的记载，英国海员和日本天皇①都在寻找"第三方"来抗衡西班牙和葡萄牙的影响。对萨里

---

① 当时英国文献中"日本天皇"这一称谓有误，实指幕府将军。详见第七章注释。

斯和东印度公司而言，日本这个秩序井然的国度极具诱惑。它远在北方，英格兰的羊毛在那里的市场前景很好，同时，它明显愿意接洽一个和信奉天主教的伊比利亚势力有冲突的潜在贸易伙伴。

到达平户后，萨里斯允许一群日本女人登上他的船，随后他意识到船舱中挂着维纳斯和丘比特不雅形象的画作，担心这或许会冒犯客人。接下来他笔下的一幕表现了文化翻译的复杂性，而由于贸易的意识形态急于把西方的商业和宗教观念投射到潜在贸易伙伴身上，这种复杂性往往被掩盖了：

> 我同意一些较有教养的女人进入我的船舱，舱中挂着维纳斯及其子丘比特的画像，形象略显放荡，呈现在大幅画框里。她们认为这就是我们[英国]的女士和儿子，悄声告诉我们她们是基督徒（她们的同伴有些不是基督徒，这么做是为了不让那些人听到）：因此我们知道她们是在葡萄牙耶稣会士影响下皈依的基督徒。（II: 367）

这一段表明宗教皈依既有精神意义，也有政治和经济影响。日本女人把基督教的神性翻译为自己的语义系统和道德规则：她们对维纳斯和丘比特的放荡形象的看法和英国船长不同。这样不加掩饰、无所顾忌的形象和这些日本女人的宗教信仰并无冲突：母亲和孩子的亲近——无论是在闺房还是马槽，也无论其姿态如何——都代表了一种精神的权威，这超越了父权制和封建制所要求的顺从。萨里斯船上的女性基督徒可以膜拜有着美发的神祇形象，但她们对维纳斯和丘比特的跪拜，体现了对西方的宗教信仰观念的两个挑战——一是外部迫害，一是跨文化接触的不稳固性。萨里斯对女性登船的记载表明，基督教自身已经归化为文化语义学，在这个过程中，日本的语境重塑了西方信仰体系。女人们低语并不是因为基督教在观念上对本土信仰造成了威胁，而是因为在幕府时期的日本，对任何主人之外的权威表示臣服和虔敬，在政治上都是危险的。

英国商馆随后在平户的10年历史（1613—1623）表明，这些文化误读的方式阻碍了东印度公司取得他们所期待的商业利润。英国人力争在日本贸易中占得一席之地，但与长期主导对日贸易的中国人、葡萄牙人和新近崛起的荷属东印度公司商人相比，显然处于弱势。和其他东印度公司贸易一样，萨里斯的船载来日本销售的是英格兰的布匹，主要是羊毛制品。因为日本气候类似北欧，伦敦的官员认为，将军会愿意用白银和奢侈品交换英格兰羊毛。不过，在平户登岸的英国商人并没有穿着他们想卖给日本人的羊毛衣物，除了萨里斯，他们很快意识到，用亚当斯的话说，"［萨里斯］带来的这些物品不是太好卖"，因此，"鉴于尊贵的公司这次远航的庞大规模，我看不出来这个地方有什么途径能够弥补如此高昂的成本"。❹ 留下管理英国驻平户商馆的考克斯在1614年致信伦敦董事会，确认他们卸载的货物几乎毫无价值："当地产的大量亚麻布比基督教世界任何地方的都要便宜很多；锡的售价低于英格兰的成本价；当地的铁和英格兰相比，既好又便宜。"❺ 考克斯说得很明确，日本亚麻布产量丰富，比同类欧洲布料便宜很多；经常在英国船上用来压舱的锡，在日本极其便宜；日本的铁比英国卖得便宜，质量也更好。日本非但不是一个敬畏欧洲工艺的封建国家，而且其自身就是一个商业强国，面对英国开拓贸易的计划，日本表现得不在意、困惑和轻蔑。

荷兰、葡萄牙和英格兰视日本为开拓远东贸易的关键。当新西班牙的白银产量下降，横跨太平洋运往菲律宾及远东地区的白银减少时，日本银矿产量增加；鉴于当时世界第一大经济体中国对白银有着无止境的需求，获得日本白银成为欧洲贸易公司供应该地区商馆以及进一步打开对中国大陆贸易的手段。㊻作为行政官员和商业代表，考克斯精明地意识到了荷属东印度公司驻日本商馆的战略意义：

> 如果［荷兰］失去日本，他们也将无法控制摩鹿加，因为日本是他们的货仓，商品供应应有尽有，包括小麦、大麦、豆类、米、牛肉、猪头、干鱼、产区葡萄酒和白兰地，价格比基督教世界的任何地方都要低；这里有大量的铁和铜，可用于制造火炮和弹药，如果需要的话，有娴熟的工匠来制作和铸造。我在平户看过试验，是荷兰人雇用的，目前他们有一艘600—700吨载重量的大船，装满了军火和粮草，准备运往摩鹿加，以对付那里的西班牙人。㊼

荷属东印度公司投资当地产业，并和日本造船业建立商业关系，这些活动是将军及其幕府允许的，因为荷兰可以制衡葡萄牙。荷属东印度公司没有试图销售当地不需要的商品，除了贸易外，他们靠适应日本的经济需求来获利。尽管少数在平户的英国人意识到日本白银能够支持英国在东南亚的发展，但此时的英属东印度公司资金不足，在谨慎观望，因而在捕捉贸易拓展的机遇时相对迟缓。这群人的商业情报也不太充足。当萨里斯1614年回到英格兰时，他呈交公司官员一份异想天开的商品清单，声称这些货物在日本能卖出去，包括绘画（一种是情色的，一种是描绘海陆战争的，尺寸越大越好）、钢、糖果、蜡烛的用蜡、象牙、蜂蜜、胡椒和丝绸——其中，只有丝绸让考克斯和他的同伴商人找到了买家。❹经过一番辩论，公司在通常的白银、布匹和铅等外销品基础上，增补了萨里斯建议的许多商品。3年后，这类商品在平户大部分滞销。在致公司董事的信中，考克斯说得比1614年更为明确：如果要"用日本的白银供应东印度的所有其他商馆，那么实话说，就必须要有比现在从英国和班塔姆运来的更多更好的商品；因为我们英格兰的商品需要一年时间行销，除了铅"。❹日本人对欧洲的工艺品、绘画和布匹兴趣不大，在其后一个世纪，东印度公司商人一直在解释，英国想出口的货物在远东没有市场。

　　班塔姆的英国商馆主席（该商馆也是东印度公司在东南亚的行政总部）乔治·鲍尔（George Ball）批评了公司伦敦总部的决定。鲍尔1612年和萨里斯同行，并留在了班塔姆，直到1618年11月他被召回，以解释他大量未入账的私人贸易。❺鲍尔是一位精明、善于投机的商人，他意识到如果平户的英国商馆"找到正确的货品，不是用英格兰的商品，而是用附近区域的商品"，就会成功。

第一章
远东、东印度公司和英国想象

商船可以在赴日本途中,用金银在阿拉伯、印度和东南亚购买丝绸和香料,再用这些商品获利,换取更多的日本白银,以购买胡椒、丁香、肉豆蔻核仁和肉豆蔻皮返程。但平户的商馆"供应的是陶制药罐(gallypot)、图画、望远镜、全页乐谱书(table-book)、线、眼镜等华而不实之物",因而注定失败。"理性地看,我们能指望什么?"鲍尔问道,"除了令商馆蒙羞,令工厂失信,令我们对谈判灰心?"❺鲍尔关于改善现状,使商馆免于破产的建议主要有三点:效仿荷兰人,放下考克斯那样的幻想,不要认为中国中间人能帮助英属东印度公司参与平户和中国之间的互贸,改用屡试不爽的赚钱招数:海盗。当"考克斯先生的想象已经飞出了月球之外",等待着幻想中的机会打开对华贸易,而积压的货品躺在英属东印度公司的"仓库"腐烂之时,还有一种办法可以赚钱,就是把商馆建成海盗基地,袭击中国海域的中国舢板和葡萄牙货船:"越早开始用武力(我是指抢占)对付[中国人]越好,这是对付他们的最明智之举,也是我们在荷兰人面前守住市场的上策。"❺对鲍尔来说,海盗活动不仅是保证商馆货源的捷径,还能迫使中国人开启贸易谈判。虽然在荷兰人对华通商的实践中,此法还未奏效,但鲍尔的继任者们命令考克斯应荷属东印度公司之请,派一艘船加入自卫舰队(the Fleet of Defence),此即1619年英荷条约规定的联合海军舰队。在1621—1622年,以日本为基地,两家东印度公司的船只封锁了马尼拉,劫掠中国舢板,直到英荷冲突导致条约破裂,联合海盗活动也告终。尽管以日本为据点的海盗活动获利40000英镑,但平户的商馆还是在1623年解散了,因为考克斯等商人被控"一大把年纪……还可鄙地纵情声色",他们盗窃、渎职,不能应托马斯·孟等公司董事的要求提供准确的账目。❸海盗活动所得冲抵了部分英国尝试开启对日通商的花费,但比不上稳定贸易的收入,无法得到继续投资。撤出日本和对英国商人的安波纳大屠杀标志着,20年前伊丽莎白女王致亚齐苏丹信中寄托的希望破灭了。

黑林的《宇宙志》

当英国读者翻阅铂切斯主编文集的五卷对开本时,他们能读到考克斯、萨里斯、亚当斯等人信件的校订版,还有许多人选择了更短的单卷摘要本,介绍关于欧洲以外国家和地区的历史、地理、自然资源、商品和贸易习俗。外国地图集,如皮埃尔·德·阿维蒂(Pierre d'Avity)《全球庄园、帝国和公国》和乔万尼·博泰罗《游记摘编》被译为英文;在17世纪早期,最流行的手册是彼得·黑林的《小宇宙志:大世界小记》(*Microcosmos: Or, A Little Description of the Great World*,简称《小宇宙志》),1621年初版,1639年出至第8版。❹乍一看,黑林不像是那种执意用地理知识来论证贸易扩张政策的作者。黑林写作《小宇宙志》时在牛津求学,后来成为知名的保皇派和英国国教牧师。17世纪30年代,他是大主教劳德的得力臂膀,劳德被处决后,他撰写传记称颂这位恩主。因为撰写著作捍卫国教,1642年他被剥夺牧师职位,并且据他自述,流亡了几年,藏身于不同的保皇派家庭,大量发表反对英国共和政府的言论。17世纪40年代后期,他决定"回顾我的地理志［即《小宇宙志》］；加以完善，裨益英国读者”，这可能部分是经济需要，但黑林将一本导览口袋书彻底改造为全面详尽的历史地理志，扩充了全部词条，并更新了一部分，反映出30年来英国和“广阔世界”的交往。[55]

作为17世纪下半叶最为流行的历史地理志，黑林的《宇宙志》汇总了英国对其他文化的态度，标志着对远东的描述所包含的复杂矛盾和欲望。《宇宙志》没有什么原创性。虽然黑林称他是在共和政府夺走他的藏书后所写，但整页都是从此前的著作如德·阿维蒂的《全球庄园、帝国和公国》和博泰罗的《游记摘编》搬来的，缩编和改写了哈克鲁伊特和铂切斯的书。书的体例——普世地理志——汇编亲历者记录，简单描摹了有着贸易持续增长前景的世界。这类汇编本的市场颇为可观，贸易的意识形态鼓舞着从约翰·弥尔顿（他计划将铂切斯的游记缩编为一卷本）到黑林等各色各样的作者，这证明远东的吸引力超越了17世纪英格兰的党争。[56]

黑林的《序言》是一番慷慨激昂的爱国陈词，表明作为英国人和牧师，他“抓住每一个微小的机会，记录他故土的英雄之举，让英格兰人民的英勇表现永垂史册”（A3r）。在伊丽莎白女王眼中，堕落的此世要靠贸易来拯救，黑林紧扣这一点，重新确立了英雄民族身份，超越了令英国面目全非的17世纪40年代那“血与死 59
的悲剧”（B1r）。黑林淡化了他本人强烈的君主制思想，重提熟悉的通过贸易实现社会繁荣的神学观点：“没有什么更能增进全能上帝的权柄和智慧”，他宣告，“除了互通有无，上帝借此将世界各地统一起来，融入持续的交往和贸易”（4）。黑林和伊丽莎白女王一样，认为"持续的交往"是人类克服后伊甸园时代匮乏状况的根本之计。此外，在1652年首次英荷战争前夕，这种包容性的贸易意识形态给英格兰以希望，可以搁置内战分歧，团结起来应对荷兰、法国和西班牙的威胁。《宇宙志》的结构表明，黑林希望他的著述能对贸易事业有所"裨益"。单卷本分为四章（每章分别论述欧洲、美洲、亚洲和非洲），论述亚洲各国的篇幅和欧洲相当，是美洲部分的三倍。黑林关于亚洲的条目证明了他和读者们对远东贸易的热情，但鉴于亚洲贸易尚未实现预期的利润和繁荣，黑林在记述"英格兰人民的英勇表现"时必须十分小心。

在整部《宇宙志》中，黑林对他笔下各民族的评述不取决于肤色、宗教或距英格兰的远近，而是一种欧洲欲望的考古学。对于远东主要的贸易国，他很少抒发己见，而是重复论述他认为读者期待的贸易前景。黑林呼应了已经多次重印、翻译和改编的耶稣会士关于中国的记载，不吝赞美中国人"天生勤劳，精于制造和机械"，重复当时流行的观点——中国"生活必需品充裕"，因而是政治稳定和经济繁荣的堡垒（865，866）。因为英国对华通商的努力收效甚微，黑林没有"英勇表现"可谈，也没有安波纳式悲剧可供解释。因此，他的中国条目论述克制、平淡，是以转述为主的百科全书词条，中国成了欧洲贸易欲望的理想化身。

相形之下，荷兰统治香料群岛给《宇宙志》的爱国情怀带来了重大挑战。尼德兰联省共和国展现了王位空缺期的英国可能的走向，令人不安：一个既繁荣又有强大商贸的共和国，拥有相应的特权，而这正是劳德曾经毫不留情地驳斥的。黑林称，英格兰

第一章
远东、东印度公司和英国想象

的对手只不过缺了"一位仁慈的君主,统一的宗教,和顺的政府(a quiet government):如果全能的上帝乐意赐予他们这些,他们将在财富、势力、满足感和世俗幸福等方面超过一切邻国"(396)。他的忠君观念带来了分裂的逻辑,回避了这样一个问题:没有皇室、正式教会和专制政府的国家能够如此繁荣。例如,黑林笔下的阿姆斯特丹是这样的:"一座很漂亮的港口城镇,一次潮来,可见千艘各色船只进出……人们因此富了起来,例如一支有300艘船的船队抵港,满载各类商品,那么五六天工夫,他们就谈妥了全部货物的售卖事宜。"(383)这座城市的繁荣体现在量化的购物欲上。虽说《宇宙志》的著作性质和托马斯·孟的《贸易论》大相径庭,但却继承了《贸易论》的冷静观察和数字化考量方式。黑林行文简练,几近电报风格,常常略去主要动词;他使用被动语态(引文中的"可见",原文为 have been seen)引出抽象的计算,让他得以肯定,不到一周,阿姆斯特丹的居民和商人便买下了300艘来船的全部货品。与这种崇尚客观性的说辞形成对照的,则是进行社会、道德和政治判断的道德化语言。在国际贸易和金融的塑造下,这座城市"住着来自各国、信仰各种宗教的人士;这些宗教不仅私下活动得到宽容,而且可以不受厌弃地公开自由活动。(我觉得)这比巴别塔之变还要混乱,因为这是宗教的混乱,巴别塔之变只是语言的混乱"(384)。巴别塔是文艺复兴时期的万能隐喻,代表了语言的腐败、对话的不稳定,以及政治和社会的碎片化。❺而对黑林而言,宗教宽容比巴别塔事件中语言的混乱更糟。这种宗教"混乱"将导致英格兰在17世纪40年代经历自相残杀的梦魇。

但这并未发生。他对阿姆斯特丹的记载取决于两种对立的话语和道德言辞，让读者面临着棘手的悖论：一个邪恶的民族通过理应神圣的贸易繁荣起来。

尽管黑林注意到荷兰的工业和航海实力，但他并未就此得出荷属东印度公司超过英属东印度公司的结论，也未提及一点：迄至 1620 年，东南亚的荷兰船只数量是英国的 8 倍。他没有解释英格兰为何无力打破荷兰对香料贸易的垄断，却拿摩鹿加当替罪羊。在论述亚洲各国的条目中，黑林一贯认为种族特征、民族身份、社会行为和道德取决于其与英国通商的意愿和能力。在他笔下，没有香料的岛民是"偶像崇拜者……说着几种当地不同的语言，但普遍奸诈、背信弃义、残忍，臭名昭著。很少有人着衣，也没有多少人意识到要遮羞。他们没有同更谦逊和文雅的民族一起生活，因此没有开化"（918）。黑林肯定的语气让这段只能算是二手的论述显得颇为客观可信。未引用任何史料，也没有引述，譬如，对班达岛居民的具体描述，班达居民曾抵抗荷属东印度公司并袭击被困于伦岛的考特霍普。在这些词条中，黑林将萨里斯和考克斯记载的三方角力、内战和欧洲竞争纳入了民族性的本质主义论断。这些岛民曾向詹姆斯一世求援以对付葡萄牙，但按照黑林的逻辑，他们归顺荷属东印度公司便是天生德性有亏。摩鹿加人似乎是道德和文明的化外之人，因为在黑林看来，他们接受了荷兰人的统治。

另一个"拜偶像者"组成的，由穆斯林统治的亚洲国家则受到了较好的评价。黑林谨慎地将英属东印度公司的主要贸易伙伴——莫卧儿帝国——纳入了文明的体系。❺于是在他笔下，南

第一章
远东、东印度公司和英国想象

亚人——

  身材高大，身体强壮，肤色接近黑人；仪态文雅，聪明，交易不会使诈，严守承诺。普通人衣衫褴褛，大半身子裸着，只遮羞即可。但那些更为富裕显达之辈（其中许多自古便是贵族世家）的男女侍从和服饰都气派不凡，衣服上抹着香油和香水，配着珠宝、花瓣等饰品。他们不食肉，吃的是大麦、稻米、牛奶、蜂蜜等非动物类食品……他们最初是诺亚的子孙，后来其中一支离开东方去了不幸的示拿山谷。（881）

  印度人没有像摩鹿加人那样受到污蔑，因为英国在莫卧儿帝国的贸易利益攸关；印度供应的货物从英格兰转销到欧洲和美洲市场。值得注意的是，南亚人可以纳入对其有利的《圣经》历史叙事：他们是诺亚的高尚子嗣的后代，当他们邪恶的兄弟远赴示拿建造巴别塔之时，他们留在了东方。这里黑林沿用了沃特·雷利爵士的说法，暗示大洪水之后，诺亚后代中继承其美德的一支迁徙至印度。如果说摩鹿加人的裸体是堕落的明证，那么印度的裸体只是下层社会的表现，可以一笔带过，转而赞美精英阶层的"气派"。肤色、宗教差异及素食主义等看似古怪的习俗可以纳入特定阶级的跨文化文明：印度上层阶级展现的文雅、诚实甚至审美趣味反映了英国眼中的理想美德。印度和英国情感经验的互认起到了传播文明的作用，这也是黑林眼中国际贸易的作用。贸易带来文明：贸易产生并重申英国欲求和南亚利益之间的共识。

黑林的《宇宙志》将贸易认作文明社会的道德准则，随之打破了该书建构的诸多欧洲与远东之间的区分。虽然黑林提到种族等级，捍卫欧洲技术，抨击中国和印度政府对贸易的限制，并且频频谴责"异教"习俗，但他最为尖刻抨击的则是英国的欧洲贸易竞争对手，如荷兰，或是阻碍英国进入中国和日本市场的国家。在这一点上，他沿用他阅读的材料，主要是博泰罗和德·阿维蒂，长篇辱骂俄国人。㊴至17世纪中叶，借道俄国寻访东方财富的探索已经失败。英格兰和沙皇间的贸易颇为棘手，黑林罗列了一长串不满：俄国与英国商人在波罗的海地区竞争；俄国人每每试图推高其木材和皮毛价格，要求以白银偿付；他们不断尝试开启对华陆路贸易。接下来便是一段对俄国背信弃义的三手或四手记载，说明沙皇的臣民虽是白人基督徒，但完全是异类。

> ［他们］做买卖一贯失信、狡猾、虚伪，和所有人打交道都耍花招，言而无信，盘算的都是如何逃避合同约定。他们臭名昭著，因此他们和陌生人交易时，隐瞒自己的国籍，谎称来自别国，以免招致对方不信任。人情淡薄，有悖常理，父亲侮辱儿子，儿子又侮辱父母；人人恶言相向，以致有人藏己物于仇人家中，而后告其盗窃。（511）

黑林借用了博泰罗和德·阿维蒂书中所载邻人互相诬盗之事；他将此事推而广之，变成一幅描摹地方奸恶风气的民族肖像。贸易中常见的混乱和欺诈成了国家粗暴和专制的表现。黑林对俄国的谴责可以追溯到 16 世纪末,伴随莫斯科公司财富减少而来的误解和疑虑,其时,俄国要求英国购买原材料以白银支付,并且没有提供至远东的捷径,这给莫斯科公司商人出了难题。

对于莫斯科公司的出征,文艺复兴时期的评论家有着明确期待。例如,铂切斯介绍公司 1553 年首航的"意图"是"发现契丹(Cathay)等诸多地区、领地、岛屿和未知地方"(Ⅲ: 212);罗伯特·帕克(Robert Parke),门多萨《大中华帝国史》的译者,在前言中提到,莫斯科公司努力"发现契丹(Cathaia)和中国"的动力"部分是年轻的明君[爱德华六世]要推广基督信仰,部分是为了在那些地区找到英国布匹的广阔市场"。❻⓪黑林笔下的俄国人令人想起一个世纪后英国商人遭遇的挫折,他们要和在俄国的德国、荷兰、瑞典、丹麦、波兰和土耳其商人竞争,同时还要讨好试图严格管控本国大部分国际贸易的俄国朝廷。❻①黑林和博泰罗、德·阿维蒂一样,认为文明体现在"承诺"和"契约"的观念中,是维系民族、家庭、友谊和利益的纽带。俄国人沦为化外,因为他们的贸易欺诈象征着缺乏道德自省和勤奋精神。他们是印度人的反面,但是同样突出了贸易意识形态的同一套价值观:肤色、服装、习俗甚至宗教都不是文明行为的根本特征,贸易才是。

结语:宇宙志

17 世纪,黑林《小宇宙志》和《宇宙志》的流行表明他的读者有着根深蒂固的意识形态成见,这既体现在关于远东的知识积累——或者说其实是一连串陈词滥调上,还体现在神圣且获利颇丰的贸易上。这些成见影响了共和派和保皇派等17世纪中叶的不同政治派别,尽管他们对外国奢侈品的不良影响和白银外流仍心存疑虑。从1620年到1657年克伦威尔延长经营许可,东印度公司运转艰难,只派遣了少数船只到几个被困的印度沿海据点,与苦苦支撑的远东英国商馆维持时断时续的联系。公司被迫借款给查理一世和共和国政府,两笔借款都未偿还,此外在1652—1654年的首次英荷战争期间,一边英国和荷兰海军在加勒比海、地中海和大西洋血战僵持不下,另一边公司目睹英国舰队在波斯湾遭遇惨败。虽然1642年和1660年政局两次剧变,但东印度公司肩负着一种信念,认为贸易发展可以创造似乎无穷的利润,孟眼中的香料销售便是如此。意识形态往往能压倒经验,因为失望和挫败似乎要求重新表述传统的,似乎根深蒂固的民族、宗教和道德观念,而非全盘否定过时的观念。1657年,英属东印度公司股票发行价为100英镑,20年后售价245英镑,1683年高达500英镑,随后因17世纪80年代末莫卧儿战争爆发①而暴跌。㊷虽然东印度公司集中开拓古吉拉特、孟买和马德拉斯的贸易,但也一直在努力恢复远东贸易,孟在1621年面临的反对意见重新浮出水面。对于不同政治立场的作者,中国和日本成为欧洲人的终极目标,他们寻找足够富裕的商业伙伴购买大量西方商品,刺激对于追逐剩余价值的想象。在17世纪下半叶,中国热吸引了许多西欧知识分子,自耶稣会士16世纪入华以来,经典英国文学便开始争论这一话题,其中就有约翰·弥尔顿的作品。

① 1685—1689年,英属东印度公司与莫卧儿帝国谈判,希望获得英国在帝国各邦的贸易许可。谈判破裂后,东印度公司试图策动孟加拉邦独立,战争爆发,最终英国败北,承担巨额罚金。

第一章
远东、东印度公司和英国想象

注 释

❶ John Keay, *The Honourable Company: A History of the English East India Company* (London: HarperCollins, 1991), 4–7.

❷ 关于16世纪葡萄牙在摩鹿加群岛的活动，见 Jerry Brotton, *Trading Territories: Mapping the Early Modern World* (Ithaca: Cornell University Press, 1998), 119–50。

❸ 数据来自 Keay, *The Honourable Company*, 4–5; 参见 K. N. Chaudhuri, *The East India Company: A Study of an Early Joint Stock Company, 1600–1640* (New York: Kelley, 1965); Neils Steensgaard, *The Asian Trade Revolution of the Seventeenth Century: The East India Companies and the Decline of the Caravan Trade* (Chicago: University of Chicago Press, 1974); Steensgaard, "The Growth and Composition of the Long-Distance Trade of England and the Dutch Republic before 1750," in *The Rise of Merchant Empires: Long-Distance Trade in the Early Modern World 1350–1750*, ed. James Tracy (Cambridge: Cambridge University Press, 1990), 102–52; Kenneth Andrews, *Trade, Plunder, and Settlement: Maritime Enterprise and the Genesis of the British Empire 1480–1630* (Cambridge: Cambridge University Press, 1984), 256–79; Anthony Farrington, *Trading Places: The East India Company and Asia 1600–1834* (London: British Library, 2002)。

❹ Keay, *Honourable Company*, 10–13. 关于伦敦各类公司出资开展海外贸易的历史，见 Andrews, *Trade, Plunder, and Settlement: Maritime Enterprise and the Genesis of the British Empire*; and Robert Brenner, *Merchants and Revolution: Commercial Change, Political Conflicts, and London's Overseas Traders, 1550–1633* (Cambridge: Cambridge University Press, 1993)。关于法国与亚齐通商的尝试，见 François Martin, *Description du Premier Voyage Facit aux Indes Orientales par les François en l'an 1603* (Paris, 1604)。

❺ 关于这一时期海难的风险和船上可怕的生活环境，见 Josiah Blackmore, *Shipwreck Narrative and the Disruption of Empire* (Minneapolis: University of Minnesota Press, 2002); Mike Dash, *Batavia's Graveyard* (New York: Crown, 2002)。

❻ Els M. Jacobs, *In Pursuit of Pepper and Tea: The Story of the Dutch East India*

87

⑦ Keay, *Honourable Company*, 13–14.
⑧ Jan van Linschoten, *Iohn Huighen van Linschoten his Discours of Voyages into ye Easte and West Indies*(London, 1598). 该书的全部引文都出自这一版本。
⑨ 见 Rajan, *Under Western Eyes*, 31–49; Raman, Framing "India"。
⑩ 见 Charles Boxer, "A Note on Portuguese Reactions to the Revival of the Red Sea Spice Trade and the Rise of Acheh, 1540–1600," *Journal of Southeast Asian History* 10(1969), 416–19, 及 Anthony Reid, "Islamization and Christianization in Southeast Asia: The Critical Phase, 1550–1650," in *Southeast Asia in the Early Modern Era: Trade, Power, and Belief*, ed. Anythony Reid(Ithaca: Cornell University Press, 1993), 151–78。
⑪ 见 Reid, "Islamization and Christianization," 159; Janet Hoskins, "Spirit Worship and Conversion in Western Sumba," in *Indonesian Religions in Transition*, ed. Rita Kipp and Susan Rodgers(Tucson: University of Arizona Press, 1987), 144–58。
⑫ Pierre-Yves Manguin, "The Vanishing *Jong*: Insular Southeast Asian Fleets in Trade and War(Fifteenth to Seventeenth Centuries)," in Reid, *Southeast Asia in the Early Modern Era*, 197–213.
⑬ Reid, "Islamization and Christianization," 165.
⑭ Samuel Purchas, *Purchas his Pilgrimmes*(London, 1625), 2:154. 该书全部引文都出自这一版本。
⑮ Jeyalamar Kathirithamby-Wells, "Restraints on the Development of Merchant Capitalism in Southeast Asia before c. 1800", in Reid, *Southeast Asia*, 123–48. 参见 Reid, *Southeast Asia in the Age of Commerce, 1450–1680*, vol. 2: *Expansion and Crisis*(New Haven: Yale University Press, 1993), 17–26。
⑯ Michel Serres, *The Parasite*, trans. Lawrence Scher(Baltimore: Johns Hopkins University Press, 1982)。
⑰ 关于兰开斯特觐见苏丹的情形, 见 Giles Milton, *Nathaniel's Nutmeg: Or, the True and Incredible Adventures of the Spice Trader Who Changed the Course of History*(New York: Penguin, 2000), 83–93。
⑱ Reid, "Introduction: A Time and a Place," in *Southeast Asia*, 5。
⑲ Keay, *The Honourable Company*, 12–25; Milton, *Nathaniel's Nutmeg*, 93–101;

Andrews, *Trade, Plunder, and Settlement*, 263-4; K. N. Chaudhuri, *East India Company*, 115-17, 153-54.

⑳ 关于外国产品和英格兰食品消费的关系, 见 Keith Sandiford, "Vertices and Horizons within Sugar: A Tropology of Colonial Power," *The Eighteenth Century: Theory and Interpretation* 42 (2001): 142-60。

㉑ 见 Fernand Braudel, *Civilization and Capitalism*, vol. 2: *The Wheels of Commerce*, trans. Sian Reynolds (1982; rpt. Berkeley: University of California Press, 1992); Chaudhuri, *Asia before Europe*; Bairoch, *Economics and World History*; Frank, *ReOrient*; Pomeranz, *The Great Divergence*; and Gunn, *First Globalization*。

㉒ 见 Joseph Roach, *Cities of the Dead: Circum-Atlantic Performance* (New York: Columbia University Press, 1996); Keith Sandiford, *The Cultural Politics of Sugar: Caribbean Slavery and Narratives of Colonialism* (Cambridge: Cambridge University Press, 2000); Charlotte Sussman, *Consuming Anxieties: Consumer Protest, Gender, and British Slavery, 1713-1833* (Stanford: Stanford University Press, 2000)。

㉓ 关于这些贸易往来的详情, 见 Frank, *ReOrient*, 及 Gunn, *First Globalization*。

㉔ Mun, *A Discovrse of Trade*. Reprinted in Purchas, vol. 1, book 5:732-47. 所有引文都出自铂切斯编辑的版本。

㉕ 例如 Eric Roll, *A History of Economic Thought*, 5th edn (London: Faber and Faber, 1992), 63-74。

㉖ Keay, *The Honourable Company*, 112-13; Andrews, *Trade, Plunder, and Settlement*, 256-79. 关于公司募股情况, 见 Chaudhuri, *East India Company*; W. R. Scott, *The Constitution and Finance of English, Scottish and Irish Joint-Stock Companies to 1720*, 3 vols. (Cambridge: Cambridge University Press, 1910)。

㉗ Chaudhuri, *East India Company*, 125-40. 自 17 世纪 30 年代至王位空缺期结束, 公司状况明显恶化。见 Keay, *The Honourable Company*, 120-28。

㉘ 见 Joyce Oldham Appleby, *Economic Thought and Ideology in Seventeenth-Century England* (Princeton: Princeton University Press, 1978), 37-41。

㉙ 关于早期现代经济学的数学化表述, 见 Hadden, *On the Shoulders of Merchants*, 46-56; Buck-Morss, "Envisioning Capital", 434-67; Crosby, *The Measure of Reality*, 199-223。

㉚ 关于 17 世纪的木材状况, 见 Andrew McRae, *God Speed the Plough: The Representation* of Agrarian England, 1500–1660 (Cambridge: Cambridge University Press, 1996); Markley, "Gulfes, deserts, precipices, stone", 89–105。

㉛ 这一时期英属和荷属东印度公司的数据，见 Steensgaard, "Trade of England and the Dutch before 1750," 109–10。

㉜ 关于1618—1619年英荷敌对关系，见 Milton, *Nathaniel's Nutmeg*, 281–306；关于17世纪早期英荷在东南亚的争夺，见 Keay, The Honourable Company, 25–39; Kristof Glamman, *Dutch-Asiatic Trade 1620–1740* (1958; rpt.'s-Gravenhage: Martinus Nijhoff, 1981); Holden Furber, *Rival Empires of Trade in the Orient, 1600–1800* (Minneapolis: University of Minnesota Press, 1976); O. H. K. Spate, *The Pacific Since Magellan*, vol. 2, *Monopolists and Freebooters* (Minneapolis: University of Minnesota Press, 1983), 87–91; Steensgaard, "Growth and Composition of the Long-Distance Trade of England and the Dutch Republic before 1750," 102–52; Larry Neal, "The Dutch and English East India Companies Compared: Evidence from the Stock and Foreign Exchange Markets," in *The Rise of Merchant Empires*, 195–223; David Armitage, *The Ideological Origins of the British Empire* (Cambridge: Cambridge University Press, 2000), 100–24。

㉝ John Villiers, "'A truthful pen and an impartial spirit': Bartolomé Leonardo de Argensola and the *Conquista de las Islas Malucas*," *Renaissance Studies* 17 (2003), 457.

㉞ Ania Loomba, "'Break her will, and bruise no bone sir': Colonial and Sexual Mastery in Fletcher's *The Island Princess*," *Journal for Early Modern Cultural Studies* 2 (2002): 68–108. 参见 Michael Neill, *Putting History to the Question: Power, Politics, and Society in English Renaissance Drama* (New York: Columbia University Press, 2000), 311–28; Raman, *Framing "India"*, 155–88. 阿亨索拉（Argensola）的历史著作直到1708年才译为英语。

㉟ Heidi Hutner, *Colonial Women: Race and Culture in Stuart Drama* (New York: Oxford University Press, 2001).

㊱ Anthony Farrington, *The English Factory in Japan 1613–1623*, 2 vols. (London: The British Library, 1991), 1:262.

㊲ Lynda Norene Shaffer, *Maritime Southeast Asia to 1500* (London: Sharpe, 1996), 32–33.

㊳ Spate, *Monopolists and Freebooters*, 90.

㊴ 关于荷兰在东南亚的情况，见 Philip D. Curtin, *Cross-Cultural Trade in World History* (Cambridge: Cambridge University Press, 1984), 158-66; C. R. Boxer, *The Dutch Seaborne Empire 1600-1800* (1965; rpt. London: Hutchinson, 1977); Leonard Andaya, "Interactions with the Outside World and Adaptation in Southeast Asian Society, 1500-1800," in *The Cambridge History of Southeast Asia*, vol. 1: *From Early Times to c. 1800*, ed. Nicholas Tarling (Cambridge: Cambridge University Press, 1992), 345-401, 以及同卷收录的 Anthony Reid, "Economic and Social Change, *c.* 1400-1800", 460-507; Jan M. Pluvier, *Historical Atlas of South-East Asia* (Leiden: Brill, 1995), 25-27; Schnurmann, "'Wherever profit leads us, to every sea and shore'," 474-93。

㊵ Frank, *ReOrient*, 165.

㊶ 关于考特霍普的情况，见 Keay, *The Honourable Company*, 43-8, and Milton, *Nathaniel's Nutmeg*。

㊷ Jonathan Israel, *The Dutch Republic: Its Rise, Greatness, and Fall 1477-1806* (Oxford: Clarendon Press, 1995), 939-43.

㊸ 见 Giles Milton, *Samurai William: The Adventurer Who Unlocked Japan* (London: Hodder and Stoughton, 2002), 及 Derek Massarella, *A World Elsewhere: Europe's Encounter with Japan in the Sixteenth and Seventeenth Centuries* (New Haven: Yale University Press, 1990), 71-130。

㊹ Farrington, *English Factory*, 1:103.

㊺ Farrington, *English Factory*, 1:225-26. 括号中的内容来自考克斯 1614 年 12 月 10 日所寄信件的另一版本。

㊻ 见 Ward Barrett, "World Bullion Flows, 1450-1800," in *The Rise of Merchant Empires*, 224-54。

㊼ Farrington, *English Factory*, 1:262.

㊽ Farrington, 1:6. 萨里斯完整的商品清单，见 1:209-11。

㊾ Farrington, *English Factory*, 1:553.

㊿ 关于鲍尔的情况，见 Farrington, *English Factory*, 2:154-56。英属东印度公司起诉他，要求其赔付 7 万英镑，直到 1625 年他身亡，官司仍未了结。["未入账的私人贸易"：东印度公司船只除装载公司货物外，往往还会搭载船员的私人货物，以便其沿途交易，这是他们收入的重要来源。——中译者注]

(51) Farrington, *English Factory*, 1:665.

(52) 同上。

(53) Farrington, 1:12; 2:925.

(54) Pierre d'Avity, *The Estates, Empires, & Principalities of the World*, trans. Edward Grimstone (London, 1615); Giovanni Botero, *The Travellers Breviat, or an Historicall Description of the Most Famous Kingdomes in the World* (London, 1601; five editions by 1626); Peter Heylyn, *Microcosmos: Or, A Little Description of the Great World* (Oxford, 1621).

(55) Peter Heylyn, *Cosmographie*, 2nd edn (London, 1657), A2r. 所有该书引文都出自这一版本。关于黑林编修该书的情况，见两部黑林传记的不同记载：George Vernon, *The Life of the Learned and Reverend Dr. Peter Heylyn* (London, 1682)，及 John Barnard, *Theologico-Historicus, or the True Life of the Most Reverend Divine, and Excellent Historian Peter Heylyn* (London, 1683)。

(56) 见 D. S. Proudfoot and D. Deslandres, "Samuel Purchas and the Date of Milton's *Moscovia*," *Philological Quarterly* 64 (1985), 260–65。关于 17 世纪的中国热，见 Lach, *Asia in the Making of Europe*, 1:730–821。

(57) 关于巴别塔的形象，见 Robert Markley, *Fallen Languages: Crises of Representation in Newtonian England, 1660–1740* (Ithaca: Cornell University Press, 1993)。

(58) 关于 17 世纪欧洲对印度的认识，见 Sinnappah Arasaratnam, *Maritime Trade, Society and the European Influence in Southern Asia, 1600–1800* (Aldershot: Variorum, 1995); Keay, *India: A History*, 320–69。

(59) 见 d'Avity, *Estates, Empires, & Principalities of the World*, 690–91. 在《小宇宙志》中，黑林对俄国的记述（183）附有编注，这出自博泰罗的 *Travellers Breviat*。

(60) Gonzalez de Mendoza, *The Historie of the Great and Mightie Kingdome of China*, trans. R[obert]Parke (London, 1588), A2r.

(61) 见 Mark Mancall, *Russia and China: Their Diplomatic Relations to 1728* (Cambridge, MA: Harvard University Press, 1971).

(62) Keay, *The Honourable Company*, 170.

第二章

中国和欧洲中心观的局限：
弥尔顿、耶稣会士和开封的犹太人

救赎史学和中国问题

《失乐园》第十一章中,人类堕落后的神启揭开了序曲,迈克将亚当带到天堂最高峰,让他"一览""最伟大的帝都"的方位(XI:384-85)。❶在西进之前,这一系列事件始于远东,

> 从契丹可汗(Cathaian Can)的都城汗八里(Cambalu)①
> 命定的城墙,
> 从帖木儿的王座所在,奥萨斯河边的撒马尔罕
> 到中国诸王的北京,
> 从那里再望向伟大的莫卧儿的亚格拉和拉合尔,
> 直下金色的马来半岛[。](XI:387–92)

传统上,考据家们认为这一连串地名证明了弥尔顿痴迷于当时的地理学。❷实际上,这些诗行明显是错置了时代。迄至17世

---

① 汗八里:契丹可汗所居大都。

纪中期，欧洲的知识阶层认为中国（China）和契丹（Cathay）是一个地方，而满族人在"契丹可汗"的率领下，17世纪40年代入侵中原，击溃明朝后定都北京，接纳了中国文化传统和价值观。❸弥尔顿写《失乐园》时，清朝正逐步"汉化"，在中国和欧洲，这被当作一个历史长达4600年的帝国的传统美德的证明。❹虽说弥尔顿的诗行和当时地理知识关系不大，但他将汗八里和北京、契丹和中国对举，这突出了他那个时代对中国的持续关注。就像诗人引用的游记集一样，第十一章的诗行是对欧洲欲望的考古——这是一份商人、投资者、政府官员的愿望清单，中国这个异域挑逗着他们对无限贸易利润的渴望。《失乐园》像17世纪和18世纪早期其他经典作品一样，表明了欧洲对赴中国和远东贸易的迷恋超出了文艺复兴时期的商人指南和闭门造车的地理志。对华贸易的期待让弥尔顿时代的人——保皇派和共和派——想象回归社会繁荣和社会稳定的黄金年代，尽管富裕安定的东亚帝国的理想化图景冲击了基督教文明的一些根本预设和价值观。"汗八里/命定的城墙"——对弥尔顿而言——起着复杂的双重作用：城墙指代着能够帮助欧洲克服原罪和匮乏之诅咒的财富，同时也对欧洲中心的历史、政治和神学观念提出强大挑战。

在本章中，我想还原弥尔顿如何理解中国对其历史观的挑战的语境，同时让这一语境陌生化。弥尔顿对意志论神学和共和派政治的坚定信仰，使他和16、17世纪耶稣会士对中国财富、社会经济稳定、良好政府和想象的一神教的赞美保持距离。但没有哪个英国人在思考"汗八里/命定的城墙"时不会想起英格兰的中国情结，特别是萨缪·铂切斯编撰的游记，以及耶稣会士的著作，包括利玛窦、曾德昭和卫匡国等。关于中国和日本的文献得到广泛流传，尽管弥尔顿可以唐突地无视这一点，但这仍然困扰着（甚至嘲弄着）英格兰对伟大民族和纯洁道德的自诩。与天主教主导的欧洲大陆和斯图亚特王朝治下的英格兰的腐败皇室和压迫性教会不同，共和主义评论家发现中国是个难于非难的目标：它是一个古老的帝国，摆脱了地中海和近东的异教政权的覆灭命运，维系着繁荣；中国有文字记载的历史的古代部分，其叙述完整性和廉洁道德完全可以与《旧约》相比；并且似乎在许多耶稣会士之外的评论家看来，在社会政治秩序和经济繁荣方面，中国是无懈可击的模范。尽管弥尔顿同意同时代人对中国和东印度贸易潜力的看法，但他不赞同利玛窦、卫匡国以及约翰·韦伯（John Webb）等英格兰保皇派将理想化的"中央之国"作为欧洲学习的模范以及由此得出的政治经验。帝国的前景与他对暴政、原罪和偶像崇拜的意志论批判相悖，这迫使弥尔顿将远东贸易的潜在利益和中国对救赎史观的挑战区分开来。

如果说弥尔顿零散的中国论述没有汇聚为对中国偶像崇拜的谴责或是对耶稣会士热情的批驳，那么这些论述仍然可以让我们衡量他的焦虑——既有个体的也有文化的——这些焦虑威胁着他的紧密相连的信念，即对摩西式史观、意志论神学和通过国际贸易救赎世界的可能性的信念。为捍卫他的救赎观和共和品德，弥尔顿必须绕过或忽略 17 世纪的三大关键性知识传统：普遍历史（Universal history），一种将犹太 - 基督教史学相对化的体裁；

耶稣会士和耶稣会士影响的文本认为中国的物质财富证明了其社会政治秩序和道德哲学堪称典范；对西方被中国文明同化的记载，特别是开封的犹太人被儒家同化，以及耶稣会士传教士吸纳他们试图归化的中国士大夫的生活方式。面对这样的挑战，弥尔顿还要应对另一个对英格兰民族身份的威胁：荷兰人试图夸大中国、香料群岛和日本的财富。正如后来的笛福，弥尔顿对东方奢侈品贸易的辩护和他对奢侈品腐化英格兰共和美德的担忧构成了悖论。

弥尔顿和普遍历史

在《失乐园》的最后数章中，弥尔顿重述摩西式历史，重新调整了17世纪对普遍历史叙事的预设，以支持英格兰共和国（Commonwealth）①解体后的政治和神学原则。尽管第十一章和十二章与其他历史学家的努力类似，都想发现神意之手在道德败坏、政治混乱和经济困难的千年循环中的角色，但弥尔顿却置身于"神话源于历史"的阐释传统之外，他认为这一传统在神学上和政治上是不可靠的。"神话源于历史"（Euhemerism）学说通常用于回应异教的古代历史记载对《圣经》的历史和道德权威的冲击，但它也被用于论证摩西历史观的历史和观念优先性，以对抗中国的威胁。沃休斯父子（Gerard and Isaac Vossius）、沃特·雷利爵士（Sir Walter Ralegh）、亨利·伊萨克森（Henry Isaacson）、乔治·洪（Georg Horn）、约翰·韦伯、马修·黑尔

---

① "英格兰共和国"，指英格兰内战期间，查理一世被斩首后建立的共和国政体。全名为"英格兰、苏格兰与爱尔兰共和国"。

（Matthew Hale）、伊萨克·牛顿（Isaac Newton）、弗朗西斯·塔伦茨（Frances Tallents）和让·勒克莱（Jean LeClerc）用不同方式回应了这些历史记载造成的史学危机，拼凑出编年史框架以便将古埃及、迦勒底、古希腊和中国的编年史纳入一个权威的犹太-基督教元叙事中。❺这些作者记载的历史模式，源于他们对人类原罪灾难性后果的关注：如雷利所言，历史自身的目标变成了"比较其他人群过去的痛苦和我们自己类似的错误和受到的惩罚"。❻这样一来，研究异教历史有助于这些历史学家将伊甸园后的历史解释为一个"对义人不公，对恶人友善"的世界（《失乐园》XII: 538）。

对弥尔顿来说，普遍历史意味着《旧约》的编年史和道德完整性需要异教史料的佐证，这贬低了摩西叙事的地位。在《论主教制》（*Of Prelaticall Episcopacy*）中，他抛开"神话源于历史"的阐释传统，不依赖"那些对不确定和不可靠的古代历史的陈旧无用的记载"。❼尽管不止弥尔顿在捍卫《圣经》的权威，但在他博学的同辈中，他可能是唯一蔑视文艺复兴时期的历史研究杰作的人。在他出版的著作中，没有引述当时广为传阅和引用的普遍历史：没有参考沃休斯，没有参考他在教会中的对手大主教阿舍（Archbishop Ussher）的编年史，只是在笔记簿中（论刚果的一妻多夫制）有一条引述雷利的《世界历史》，但弥尔顿实则对雷利颇为关注，并在1658年出版了雷利的《内阁会议》手稿。他对"神话源于历史"论的轻视，最可能来自他对普遍历史叙事的抵制，普遍历史学说认为堕落的人类必须靠教会和皇权来制约。

尽管弥尔顿自视为摩西式真理的捍卫者，抵抗政治、神学、阐释学的强制，但他也清楚意识到第十一章和第十二章中救赎历史和衰败历史之间的张力反映了史学传统中更大的不稳定性。❽最重要的是，普遍历史执着地认为人类的精神退化是困扰着堕落人世的经济和环境危机的原因和表现。

在描述被逐出伊甸园的人类的命运时，弥尔顿和同时代人一样，延续着基督教的传统，认为亚当的原罪与自然的堕落有关。在整个17世纪，像戈德弗雷·古德曼（Godfrey Goodman）这样的神学家援引上帝对亚当的诅咒——"大地因你而受诅咒"（《创世记》3.17）——来表明亚当的悖逆败坏了自然，上帝诅咒自然来惩罚亚当。如果原罪标志着堕入匮乏，那么霍布斯式的对稀缺资源的争夺就既是人类腐化的肇因，也是其结果。这种人类退化的观念把道德原因和环境效应混同起来。古德曼称，自然"给人无限的欲望，暗示她有着无限的宝藏；但我们的欲望了无止境，因为我们无法得到满足，一直欠缺，一直充满欲望"。❾他的意思是说，如果自然有"无限的宝藏"，那么匮乏、竞争和环境退化就可以得到控制，但古德曼认为自然没有"无限的宝藏"，并且堕入了"普遍的匮乏和贫困"："我们似乎经历着持续的饥荒，不管是在和平时期，还是经过（为生活所迫的）努力劳作；因此我们只能怪罪自然，我们也不认为自然只是一时紊乱……因为我们看不到任何复苏的标志、信号或是迹象。"（370）古德曼描述的退化现象——投入增多，产出减少——是普遍历史的默认状况，是对自然的虚假许诺的谴责，这种谴责在道德上标志着古德曼及其所代表的文化认识到了密集型经济发展（intensification）带来的后果：价格上涨、物质匮乏以及边际收益递减。❿当自然的败坏表现为经济困难、疾病和饥饿，"无限"资源的期许让人类的欲望受挫，这种受挫的欲望噬咬着内心，内化为私人的恶念，在外则以暴力、反叛和无序的形式爆发出来。⓫

对犹太-基督教的后伊甸园历史叙事的捍卫者们来说，中国提出了独一无二的问题，因为所有欧洲记载都认为这个中央之国逃脱或克服了无序、匮乏和通货膨胀，而这些被视作人世败坏的无法抹杀的标志。古代异教编年史可容谴责，因为这来自那些已经消逝的帝国，而在17世纪历史学家眼里，这些帝国都是自取灭亡的。在《宇宙志》的序言中，彼得·黑林认为"庞大帝国的文明政权衰败的原因"在于"他们的原罪：巴比伦人的骄傲、波斯人的阴柔、希腊人的奢侈，而罗马人（或西欧基督教徒）则集这些罪恶于一身，直到野蛮民族闯入，这成了基督教世界的耻辱"。⓬和这些帝国不同，中国存活了下来，同化了征服者，其繁荣持续了四千余年之久。耶稣会士安文思（Gabriel Magalhães）在他颇有影响的中国记载中，描写了传教士如何运用话语策略避免直接挑战中国主人们的信念，但他同意，"必须承认，世界上没有一个国家有如此古老、如此绵延的王室传承。亚述人、波斯人、希腊人和罗马人都有起起落落；然而中国像一条大河，自最初源头流出后，便奔流不绝"。⓭中国避免了黑林描述的撕毁文明的原罪，因为它摆脱了道德、政治、经济和生态的"荒芜"：中国打破了欧洲历史的退化或救赎叙事背后的神学逻辑。

在 16 和 17 世纪欧洲，中国的繁荣家喻户晓。在弥尔顿生前，一手和二手的中国记载出现在拉丁文和多种方言的作品中，都在强调读者可以"将［中国］比作一枚珍宝……其间财富多过整个地球上别处财富的总和"。⓮安文思宣称"在一个储有各种商品的国度，贸易的两大源泉是航海技术和丰富物产。中国享有这两大优势，没有任何国家能超越"（133—34）。这类描述数不胜数。如果说在欧洲，堕落的自然挫伤了人类"无尽的欲望"，导致经济困难和社会政治动荡，那么中国则拥有"无尽资源"的前景。在早期 17 世纪的标准地理志中，皮埃尔·德·阿维蒂认为中国"万物丰足，除了供应本国人之外，其余既供给邻国，也供给遥远的国度"。⓯这种天赐的财富不仅巩固了耶稣会士对中国自然资源和本土产业的评价，更佐证了其对中国文明的道德和社会政治品格的评价。古德曼和黑林的叹惋似乎和这片有着天赐富足资源的土地无关。

如果弥尔顿可以断然谴责那些颂扬教会和皇室权威的"陈旧无用的记载"，那么他拒斥耶稣会士的中国历史记载则暗示着他已经觉察到耶稣会士提出的问题。在 1656 年 6 月 25 日的一封信中，弥尔顿回应了亨利·奥登堡（Henry Oldenburg）对卫匡国出版的《中国上古史》的期待，弥尔顿不认为这部详细的历史——卫匡国此书写于中国，在他回到欧洲后付梓——能对救赎历史提供什么新见解："你说的那个耶稣会士卫匡国即将出版的那些大洪水以来中国人的古代编年史，无疑很受期待，因为颇为新奇；但我不觉得这些能提高'摩西五书'的权威性和可靠性。"⓰弥尔顿不认可中国"古代编年史"的意义，这是出于神学立场；

他认为，卫匡国历史著作激动人心是因其"新奇"，这样他就绕过了卫匡国和利玛窦等耶稣会士（弥尔顿肯定是在铂切斯的作品中读到了他们）直面的中国古代的影响力。❼如果中国继承了大洪水以来的文化和道德遗产，如果中国的经济繁荣加强了其合法性，那么其"古代编年史"则有可能证实——但也可能削弱（compromise）——"摩西五书"的权威。为了避免让历史书写面临这种问题，弥尔顿干脆否定了中国-耶稣会士史学扮演的"佐证"的角色。

弥尔顿对奥登堡的回复话里有话；他暗暗在批评传教士记载中国古代和中国美德的政治和神学动机的批评。如果说耶稣会士书写的中国史意在调和基督教信仰和儒家观念，那么其他欧洲作家则进一步引申利玛窦的调和论，将他们自己理想的预设和价值投射到中国的社会政治体系上。❽在英格兰，中国既召唤着斯图亚特王朝的支持者，也是寻求升迁的保皇党人的热门话题：耶稣会士著作的译者和纸上谈兵的中国史研究者，悉数是君主制的积极支持者。我们看到，黑林是既有教会体制的坚定捍卫者。约翰·韦伯，著名的建筑师和保皇党人，把他论中国的著作题献给查理二世，倡议英格兰学习中央之国的榜样。伊萨克·沃休斯在查理二世的宫廷中度过晚年，约翰·奥格尔比（John Ogilby）在1669—1673年翻译了五大卷关于亚洲的文献，他是爱尔兰王室内廷主事（Master of the Revels for Ireland），后任多个宫中职务。

在这种情况下，弥尔顿对"那个耶稣会士卫匡国"的不屑表明了他拒绝政敌们从传教士记载中得出的意识形态结论。按照博达伟的论述，17世纪对中国文化和语言权威的描述用产权和神授权利来论证跨文化的社会历史合法性。❶约翰·韦伯在《试论中华帝国语言或为原始语言的历史研究》一书中将中国文化理想化，认为其体现了君主美德，但这种理想化也介入了关于《圣经·创世记》记载和中国历史的复杂辩论。顺着沃特·雷利、黑林等人士的类似观点，韦伯认为，大洪水之后，诺亚方舟停靠在了今天印度而非美洲的边界。他引申卫匡国的推测，认为中国的先民就是诺亚方舟的后代。据他分析，定居印度后，诺亚及他的几位儿子东迁到中国，于是和那些西行到示拿，随后建造巴别塔的后代永远分道扬镳了。因此他推论，在中国的诺亚后代摆脱了傲慢之罪和巴别塔后语言混乱之罚，保留了亚当和夏娃在伊甸园中所说的"原始语言"。韦伯进而认为诺亚就是中国文化始祖"尧"（Jaus/Yaus）。他的《历史著作》布满详尽的边注，广泛引证了各类作品：文艺复兴时期的古代历史研究，如雷利的《世界历史》；耶稣会士的中国报告，包括利玛窦和卫匡国的历史和语言研究；以及伊萨克·沃休斯和阿塔纳修斯·基歇尔（Anthanasius Kircher）对中国史学纸上谈兵的推测。❷这是一种走向中国中心论极端的"神话源于历史"论。

韦伯叙说诺亚的中国之旅，这一对古代历史看似异想天开的重写，与其说是关于《圣经》地理学的争论（17世纪解经学的重要门类），不如说是把道德政治合法性和父系传承的理想投射到一个盛世帝国的身上。大洪水荡涤世间之恶后，中国保存着世界焕

第二章
中国和欧洲中心观的局限

然一新的品德,从而也保留了全新的道德准则,而博达伟的研究表明,这体现为被理想化的"原始语言"。中国特意孤立自己,不与其他文化接触,这是为了拒绝外界的侵蚀,依靠自身财富来保持自身的道德品格和社会经济优势。弥尔顿不以为意的"古代编年史"成了韦伯心中的宝库,传承着纯正神学和未曾中断的正统。受耶稣会士影响的中国形象成了韦伯的尺子,用来衡量其他国家是否有好政府,是否有道德:

> 如果世界上有哪个皇室是依据政治准则和恰当理性组建的王室,那么我们敢说,中国就是如此。在那里,万物都遵循伟大的秩序;由于一切事务都由他们的文人或智者来管理,整个帝国中,没有哪样事情不取决于他们;如果一个人不是在文章或学识方面极有成就,就不可能获得任何荣誉。一句话,他们的王可以说是哲人,而他们的哲人是王;[哲人]管理一切事务……以促进善政、和谐、和平,家庭和睦,以及践行美德[。]㉑

对韦伯而言,中国成了保皇党人憧憬(wish fulfillment)的世界,遵循一套环环相扣的社会政治理想:王室权威、父系正统、古典学识以及个人和家庭名望。皇帝通过专权的精英阶层治国,这些精英是通过严格考试体制选拔出的通晓"文学和科学"的贤者。韦伯未能如愿成为王室收藏管理员(Surveyor of the Works),因此对他来说,选贤任能的统治精英选拔机制而非恩庇制下异想天开

78

的用人方式，似乎戏剧化地证明了中国，不像英格兰，遵循的是"正确理性的律令"。在这一体制下，个人荣誉体现在一套依附性的效忠君王、阶级和家庭的体系。韦伯利用他的耶稣会士文献来宣传理想化的皇室秩序，保证社会稳定并提供一种中立的、去政治化的方式来认可和奖掖博学和贤德的个人。简而言之，韦伯没有像弥尔顿那样把诺亚的公义和节制原则归于纯正的基督教，而是寄托在永恒的儒家伦理-政治体制上。

如果中国的范例成了英格兰保皇党人支撑其社会政治观念的手段，中华帝国的繁荣则唤起了更多人的希望，长久以来追寻的未曾堕落的——因而可无限开发的——自然界的梦想，不再是逝去的理想，而是有望实现且有利可图的现实。据林希霍腾记载，中国部分地区与许多南亚和东南亚地区实行一年两熟耕作制，雷利以此推断，认为东方就是曾经万物丰盈的失乐园的遗存。雷利认定"天堂是一处地上的花园"，他在《世界历史》中经长篇讨论，将伊甸园定位在亚美尼亚以南的地区，那里即使在人类堕落后，土地依然保持着原先肥沃的痕迹："土地如此肥沃，以至于人们被迫两度收割玉米地，并且放牧羊群将地里的作物吃完。"❷ 如果说人类的堕落催生了历史时间①，那么伊甸园就只能说是以倒推的方式想象出来的——是对人类堕落后的充满经济竞争和生态破坏的自然界的**否定**。这片沃土让读者遥想失落的伊甸园，也可以证实雷利的历史-神学叙事。

但对无数纸上谈兵的 17 世纪地理志作者和他们的读者来说，对中国沃土的光辉记载标志着一种可能，天堂没有一去不回，而

---

① 在人类堕落之前，上帝创造、人类居住的伊甸园是天堂般的永恒乐土，不会随时间变化，也就没有历史可言。

是移植到了远东。这种替换把先知信仰的说辞化为了恐惧和欲望的辩证法。这些记载在美化中国美德的同时，也意味着对欧洲罪恶的严厉批评，并由此激发出一种信念，那就是对华贸易可以让中国财富泽被欧洲市场。为了歌颂中国的沃土，德·阿维蒂借用耶稣会士的记载，唤起重返天堂的希望，这让人想起雷利的伊甸园："土地一年三熟或四熟，……各种绿色生命，大量各类果实在西班牙生长，还有其他许多和我们这儿不同的、从没见过的物产，所有这些果实（据他们说）都极好。"❷德·阿维蒂重构了文艺复兴神话的"地上花园"概念，从消费角度来界定天堂。"大量各类果实"促使人们不再哀叹人类堕入原罪和匮乏，而是去追求不为欧洲人所知的"极好的"物产。

在德·阿维蒂这类叙述中，中国可能要超越《失乐园》及无数其他欧洲文本的道德观所依据的神学和社会政治理念。对弥尔顿而言，资源分配不均源于野心、贪婪和奢侈。即使在逐出伊甸园后，天使米迦勒仍然告诉亚当，"大地所产将多于所需／节制之道将受到考验"（XI 804-05）。节制是贤者应对腐化和匮乏的办法。但当一个帝国"所有可以生长带种子的果实的土地都已耕种"，"人人享受自己的劳动果实"，消费欧洲眼中的奢侈品就成了生活在一个丰沃和繁荣国度的"天然"福利。❷就此而言，为了追寻另一个伊甸园，坐落在远东的半个天堂，韦伯开始思考哪个国家——充满冲突的英格兰还是宁静和富裕的中国——最符合上帝在世俗层面和精神层面救赎人类的手段。对弥尔顿来说，尤其是1660年英国王政复辟之后，一个似乎不受原罪和腐化影响的异教帝国最好不予考虑，权且视作他先知式历史视野之外的谜团。事实上，中国没有被完全抛弃，就是因为弥尔顿以及大部分欧洲受教育阶层都相信，经济救赎之道几乎都将通向"汗八里/命定的城墙"。

贸易与对抗

对许多17世纪英格兰作家而言，东方贸易好过殖民，因为贸易不需要大规模军事或行政开销。对托马斯·孟这样的东印度公司官员来说，混乱的葡萄牙海上帝国是高投入低产出式使用暴力的反面教材。英格兰在远东的经济和军事力量有限，这让许多观察家直到18世纪都建议采用和平贸易的策略与欧洲对手在一些亚洲市场上展开竞争，并在另一些亚洲市场上出奇制胜，这样可以以最小的金融和军事风险取得最大利益。延伸到汗八里和东南亚的英贸易帝国并没有遵循常见的史诗传统，用军事技术、自制（self-discipline）和无条件服从来建构民族身份，而是另辟蹊径来成就伟业。英格兰未来的繁荣取决于亚洲贸易，这一观念超越了17世纪中期英格兰的众多政治和宗教分歧，成为一种共识。

后伊甸园时代是暴力的，"无尽的/杀戮"成为堕落世界中"人类荣耀的/最高峰"，（XI 692-4）在这种情形下，弥尔顿更青睐和平贸易而非残暴的殖民。自早年起，他就着迷于远东贸易的机遇。早在1626年，当时他可能在撰写《莫斯科大公国简史》，弥尔顿承认，这些作家虽然令人厌倦，"但却吸引着我，带着几分欢悦追随着他们,从俄罗斯的东疆一直到契丹的长城"。㉕尽管《莫斯科大公国简史》只是重组了哈克鲁伊特和铂切斯书中所载的著名记述,但其重要性在于,它表明弥尔顿与时人一样,只是把俄罗斯当作去往中国途中的一站。例如,铂切斯认为,1553年莫斯科公司首行(弥尔顿在书中做了概述)的"目的"是"发现契丹等许多未知的地区、领地、岛屿"(《朝圣》Ⅲ:212),罗伯特·帕克——胡安·贡萨雷斯·德·门多萨(Juan Gonzalez de Mendoza)《大中华帝国史》的译者——补充道,这一"探索契丹和中国"的行动"部分因为年轻的明君[爱德华六世]想要传布基督教信仰,部分是为了在那些地区开拓可以出口英格兰布匹的大市场"。㉖两个世纪后,这种愿望还在推动英国企业赴太平洋地区闯荡。尽管弥尔顿在《莫斯科大公国简史》中花了不少工夫改写英国开拓莫斯科贸易的故事,但关于1618—1619年俄国赴华使团的长篇记述则是从铂切斯书中节录的,这段记载扼要地呈现了他心目中关于中华帝国的关键信息:

> 人们膜拜偶像;国家极其富足……长城旁边坐落着锡喇喀勒噶(Shirokalga)城①……有丰富的商品、天鹅绒、锦缎、金丝绸缎(cloth of gold and tissue),以及多种糖……[北京的]人们貌美[fair],不好战,以贸易繁荣为重(Ⅷ: 509-10)。

这一悖论——偶像崇拜和经济繁荣——影响了弥尔顿后来的

---

① 锡喇喀勒噶:即今日之张家口市。锡喇喀勒噶为蒙古名,后在英语文献中常称为 Kalgan,或为蒙古名简写。1909年,詹天佑主持修建的京张铁路通车,张家口站匾额上的英文名即 Kalgan。

远东论述。值得注意的是，即使是这个修订版，弥尔顿仍然抹去了我们现在认定的西欧人和中国人之间的种族差异，突出的是其财富和贸易的欲望，而不是其军事力量。这位年轻的历史学家用北京"贸易繁荣"激励国人追求"丰富的商品"，这是实现民族兴盛梦想的基础。这似乎也有利于远洋贸易。

弥尔顿的《莫斯科大公国简史》是意识形态的简化版，该书删述17世纪的地理志和游记以宣传熟知的关于贸易的意识形态：商人在从事上帝的事业，并且由此为自己和国人获取可观的利润。这恰好通俗概括了亚洲贸易对英格兰共和国的价值。1648年，萨缪·哈特利布（Samuel Hartlib）在手账上记道："弥尔顿写的不仅是英格兰的普遍历史，也是铂切斯所有卷帙的缩影。"❷这则有趣的笔记的关键词是"所有"。铂切斯五卷对开本中大部分的记载汇编了欧洲人开拓新航道与亚洲、非洲和美洲新市场的报告；一半以上的记载是关于中国或远东的，并且铂切斯收录了耶稣会传教士的全部已出版著作。❷倘若弥尔顿在1648年重读铂切斯，会在书中找到足够证据来证明国际贸易可以让内战后的英格兰团结和富裕起来。值得注意的是，铂切斯《朝圣》的开篇便是从神学上为贸易辩护，认为贸易是民族兴盛和世界和睦的命脉：

> 民族间的相互需求是互相贸易之母……一国之富余，可补别国之不足，同时交换本国需要而别国盛产之物；如此，举世人类可融为一体，各国都是其中一员，通过贸易来调剂、

分配、获取和除去各国富余资源……一国之富余可解别国之匮乏，双方都不乏获益（Ⅰ:5）。

铂切斯的身体隐喻召唤着一个协调的、整全的、自我调节的国际贸易体系。他所说的"过剩"暗含着的信念是，贸易能带来"双赢"，所有国家都能和别国交换自身的"富余"以获取"必需品"。贸易的"国家"，至少在理论上，都平等列为互相依赖的"成员"，这样国际竞争就被改换为理想的互惠局面。简单来说，对"过剩"再分配即通过日益繁荣的贸易追求财富，这是克服人类堕落后物质匮乏的手段，同时也是合乎神学准则的。

不过，在实践中，正如上一章所论，弥尔顿在世时，国际贸易引发了无数的战争、海盗劫掠和残酷竞争，既赚取了巨额利润，也损失了大量人员、船只和资本。17世纪50年代早期曾任拉丁文秘书（Latin secretary）的弥尔顿参与了第一次英荷战争前的外交斡旋。①他代表英格兰共和国撰写的信函说明了英格兰想重新参与东南亚香料贸易。任职期间，弥尔顿两次提议对荷兰1623年占领安波纳并处决岛上英格兰商人的行为索取赔偿，他谴责道："那种残忍和血腥之举……还没有得到任何解决。"㉙英格兰共和国冒着巨大风险；整个17世纪，东印度公司官员都这样宣称："欧洲的所有其他对外贸易，都极大依赖于东印度商品；如果我们不能将东印度商品进口到欧洲，我们的其他对外贸易和航运都会减少；那时荷兰人的贸易就会迅猛增长。"㉚虽然克伦威尔像此前查理一世一样，未直接支持东印度公司，但人们一直相信，英格兰

---

① 在17世纪，拉丁文仍是欧洲的国际通用语，因此外交事务秘书（Secretary for Foreign Tongues）也称为拉丁文秘书，主要负责翻译各类外交文件。

追慕与忧惧
英国的远东想象（1600—1730）

的经济和军事安全取决于它在转口贸易（re-export）中保持适当的份额。①1652年6月，弥尔顿详述了英国对荷兰的赔偿要求，"我们自……1622—1650年在摩鹿加群岛、班达和安波纳损失的物品。在这28年中，岁入从25000镑（lib.）上升到700000：00：00"。如果算上英格兰在印度洋的损失，总损失达1681816英镑，他补充道："从那时起计的利息则会远超本金数额。"㉛通过这些数据，可以大致了解东印度公司希望从香料群岛贸易的"应得份额"中获取的利润，不过他们的统计忽略了这一地区农业和气候的不稳定性，国际政治冲突，以及复杂的价格博弈，这些都被简化为抽象的预计利润。在1652年的外交谈判中，这些岛屿还不是铂切斯笔下的独立国家，而是朝贡体系下的弱小邦国，它们的命运预示着18和19世纪殖民主义的到来。荷兰拒绝了英格兰的要求，在1652—1653年，爆发了首次英荷海战，此后20年间共有三次海战。㉜

英格兰担忧荷兰垄断东印度贸易，这表现在《失乐园》的一处关键段落中。这一处经常被误读为对东方的东方主义式谴责，实则可以看作对欧洲主要对手的略为隐晦的声讨。在第二章中，撒旦从地狱"孤独地出逃"，这里用了史诗式明喻来表达：

　　如在海上遥望，见一缥缈船队，
　　群帆高挂云端，乘着赤道的季风
　　从孟加拉或特尔纳特和蒂多雷诸岛，
　　就是商人们运送香料之处：冒着季节性潮水

① 这里的转口贸易指英国从东印度进口商品，再转售至欧洲其他国家。

第二章
中国和欧洲中心观的局限

> 越过茫茫的埃塞俄比亚海，驶向好望角，
> 连夜向南极方向挺进。仿佛就是这样，
> 那魔王高飞远去。（II: 636-43）①

巴拉钱德拉·拉詹认为，诗中的"香料""喻指着整个炫耀性消费现象"，这是弥尔顿所谴责的。❸这个看法是对的，但即使是在第一次英荷战争后，荷兰仍垄断着东印度的香料贸易；按照17世纪读者的理解，诗中的"商人们"从特尔纳特和蒂多雷运走的香料，是运往荷兰联省共和国的。船队西渡印度洋，绕过好望角，这条航线既代表了荷属东印度公司的经济实力和炫富消费，也代表了英国未能参与这一贸易的挫折。因此，诗中此处的撒旦并非指这两个小岛的居民（岛民曾请求詹姆斯一世保护他们摆脱荷属东印度公司垄断），而是指英格兰的商业对手，这个贪婪的帝国主义敌人犯下了"安波纳的残忍和血腥行径"。荷兰人把神圣的商业用于腐化且腐蚀的目的。

弥尔顿一边斥责炫富消费，一边指责荷兰对香料贸易的垄断，这一悖论颇为重要，它表明了弥尔顿对东印度贸易态度模糊。他的外交通信表明，民族繁荣颇多取决于从铂切斯所说的"过剩"物品的国际贸易中获利。按照铂切斯对"互贸"和"互惠"的描述，远东的奢侈品——胡椒、丁香、肉豆蔻、瓷器和茶——成了欧洲的"必需品"：香料用来腌制肉类并调味，茶成为药用提神剂。**只有通过国际贸易，只有通过满足其他国家的"需求"**，方可将"过剩"转化为剩余价值和资本，用于投资船只、基础

---

① 此处中译文参考朱维之译本，并据弥尔顿原文略加改动。

设施和军事要塞。贸易具有炼金术般的诱惑：贸易可以让英格兰摆脱自身的"过剩"——例如，莫斯科公司1553年想兜售的羊毛——用来交换别国的剩余货物。不过，这些货物一旦到了英格兰，就成了满足本土"需求"的"必需品"，或是按照17世纪的趋势，"需求"来自转销欧洲和美洲殖民地的市场。剩余价值变成了使用价值。按照铂切斯的身体隐喻，贸易增长不会导致奢侈和过度消费，因为理论上使用价值是弹性的：英国出口得越多，能吸纳的进口商品就更多（或再出口），因此"无尽的欲望"始终是一边被激发，一边得到满足。但实际上，就像弥尔顿在《失乐园》中表明的，民族振兴之路是交易那些促进"奢侈和放纵"的商品（XI: 715）。对英格兰来说，国际贸易的利润构成了一个悖论，贸易增加了英格兰的国富，却让它沾染了罪恶和不稳定，这是"奢侈"的副产品，是世界堕落的标志。如果交换"过剩"物产能拯救民族，同时导致"一切皆堕落，一切皆腐化"（XI: 806），那么弥尔顿近乎在说，贸易大潮中英荷对抗成了一场零和游戏，一国之得建立在别国之失的基础上。

  在17世纪欧洲想象中，中国意味着商品的"过剩"超越了匮乏的冷酷逻辑。加斯帕·达·克鲁兹（Gaspar da Cruz）描述16世纪贸易的方式诱使铂切斯的读者们想象自己带着"些许欢愉"跨越明帝国"命定的长城"："葡萄牙人运送的货物"，克鲁兹说，"以及暹罗人运送的货物，跟这个国家巨大的贸易相比是微不足道的、感觉不到的……这个国家物产丰富，足以自给自足"

（Ⅲ: 173）。中国的自给自足——这是中欧之间超越象征性贸易的障碍——吸引着欧洲设法打开中央之国的市场，开启"互贸"。㉞德·阿维蒂援引利玛窦日记，列数了运往澳门的葡萄牙贸易点的中国商品：

> 当地人从各种矿产中采出大量金银和其他金属，他们从中国运出许多珍珠、瓷器、皮毛、亚麻、羊毛、棉布和各类物品，如许多糖、蜂蜜、腊、大黄、指甲花、朱砂、印染用的靛蓝，以及象牙，这些都有盛产。㉟

这份天然物产和人工制品的清单证明了国家的富裕和人民的勤劳。如此巨大的财富无一例外地被欧洲作者换算成等价货币：在门多萨1585年著作后出版的，论述中国的所有主要作品都列出了皇帝的税入，通常按省份和支付方式分列。安文思说，在这样一个国家，"山中发现的黄金如此之多，不需要铸币购买必需品；黄金本身就是商品"（133-134）。德·阿维蒂据此认为，中国皇帝的"岁入""达到了1.2亿金币（crowns of gold），即使是伟大而节俭的罗马皇帝维斯帕先（Vespasian），终其一生也未积攒如此巨额的财富"（727）。来自5800万成年男丁（除去士大夫、政府官员和皇族亲眷）的中国皇室收入，令欧洲王室的税收相形见绌。在17世纪的史地著作中，如奥格尔比翻译的奥夫特·达帕（Olfert Dapper）的《中国地图集》，英格兰读者在想象中接触到了一个更为富庶，大过任何欧洲国家的帝国。

但中国置身于理想化的虚拟空间里,没有来自固定地租、负债、宫廷腐败和皇室财政困难的困扰,而是一幅拥有无限资源、无限财富和无限利润的图景。对弥尔顿而言,"最庞大帝国的中枢"受到一个世纪以来的游记文学的影响,认为对华贸易能带来无尽繁荣。想象圣徒的革命在某种意义上意味着一个梦想:这个无限富裕和肥沃的国家的"命定的长城"就在贤德和敬业的商人触手可及之处。

晚明的犹太人和耶稣会士

书写"缩影"意味着略去大部分原作,弥尔顿既然熟知铂切斯的作品,他肯定看到过一些资料,既不能轻易纳入他的救赎史观,也无法忽视。在铂切斯摘录的利玛窦的记述中,弥尔顿及同时代人发现了一段难以用来宣扬英格兰海外贸易的历史——这就是开封的犹太人归宗中国文明的故事。这段记载在许多方面浓缩了欧洲对中国中心的世界中自身边缘化的焦虑,因此有必要在这里完整引述:

> 一位北京(Pequin)的犹太人得知有耶稣会士在京,便认为他们也是犹太人,前去晤谈。这位犹太人生于开封府,河南省的首府,姓"艾"(Ngai),他的面容不像中国人;他不信奉犹太教,潜心于中国学问,现在赴京参加科考,希望获封进士头衔(Doctor)……看着希伯来文《圣经》,他认识

字母，却读不懂内容。他告诉耶稣会士，开封府有十到十二个以色列家庭，一座漂亮的犹太教堂，是他们最近花了一万克朗（Crownes）①建成的；那里有成卷的摩西五经，已经极为虔敬地保存了五六百年。他确认，在浙江省会杭州，有更多犹太家庭，他们也有自己的教堂；其他地方也有许多犹太人，但没有教堂，正在不同程度地消逝……他说他的兄弟精通希伯来文，而他喜爱中国文化，淡忘了希伯来文，因此受到教堂主事者严厉斥责。

……此后，三位犹太人从开封赴京，几乎被说动要归宗基督教。这些犹太人抱怨，由于忽视希伯来文，其教衰颓，他们可能很快都会变成阿拉伯的穆斯林或是儒者……犹太教确乎正趋衰亡，这表现在他们不仅膜拜天主教教皇，还抱怨在犹太教堂里和家中没有教皇的画像。（Ⅲ：399–401）

上帝选民的堕落当然是17世纪神学的常见话题。但这位"艾氏"（即在华犹太人艾田）及其同胞的同化过程（assimilation），在文中并非象征着堕入自我毁灭的原罪。㊱据利玛窦及其后造访开封并观察在华犹太人的耶稣会士的记载，这是一个文化融入（acculturation）的缓慢过程，是犹太基督教信仰"消亡"的过程，尽管聚居的犹太人"极为虔敬地"将其生活方式保持了几个世纪之久。《旧约》的经卷仍然完整，犹太人群体也颇为兴旺；但至少在利玛窦看来，他们信仰消亡，以至于膜拜"教皇形象"（这句是铂切斯加上的）。在这段同化的记载中，艾田"痴迷中国学问"某种

---

① 克朗（Crown）是亨利八世时期发行的货币，1克朗=5先令。

意义上可以理解为警示基督教不要背弃真正的信仰。另一方面来看，尽管铂切斯想贬低耶稣会士"顺从儒家伦理与中国文献、习俗、名号和官方礼仪"的政策（III: 401），但艾田融入一个繁荣和高尚的文化表明，犹太-基督教一神论以及摩西式救赎史观的元叙事在中国的影响都是有限的。

像利玛窦等耶稣会士对接触的中国人的许多记述一样，他们对这位开封犹太人有所误解。艾田在1573年考中举人，可能曾任督学和地方官。他赴京是为了晋升官职；他被关于京城中的欧洲人的记载所吸引，把耶稣会士当成犹太人并找到了他们。艾田的兄弟们是拉比，他在1605年邀请利玛窦返回开封出任拉比，这件事有其前因后果：1489年在开封的犹太人中至少有七人用希伯来文字母ר（resh）代表，意指其为"拉比"，即"他们精通律法，劝人向善"。㊲艾田可能是在邀请利玛窦加入学者行列，而非接受神职头衔。开封犹太人并不像利玛窦和其后的耶稣会士所描述的那样，是十来个放弃了自己语言和传统的家庭，而是保持着部分宗教和文化传统，同时融入明末清初中国的法度、思想传统和社会政治形势。尽管1642年开封的犹太教堂毁于洪水，此后20年未再重建，但大概有200—250个家庭延续到了20世纪初。这个群体的存续展示了跨文化交往的辩证模式——一个兼具文化融合和宗教身份的动态网络——这对于欧洲反宗教改革时期的宗教和思想传统来说是陌生的。因此，耶稣会士只能用背弃虔诚信仰的模式化叙事来描述他们遇到的犹太人。

曾居开封的耶稣会士艾儒略（Julius Aleni）和曾德昭（Alvarez

Semedo）继承了利玛窦对在华犹太人群体的最初刻画。三人都把文化互动和融合的复杂过程简化为一神论信徒放弃父辈信仰的故事。曾德昭宣称，尽管"古时［在华犹太人］更多，但日益消减，许多成了摩尔人①"。在他笔下，这个待在开封的小群体颇有意思，因为"他们完全不知道耶稣基督，因此看起来他们是在耶稣降世之前就来到了中国；就算他们听说过耶稣，这段记忆也差不多埋没了：因此了解他们的《圣经》是非常重要的，因为可能他们没有像我们这里的犹太人一样篡改《圣经》，埋没了我们救世主的荣耀"。㊳这是老调重弹，认为欧洲犹太人曾改写《旧约》，抹除关于耶稣基督降临的明确记载，为此，耶稣会士一度想找到中国版摩西五经阅读，希望光大"真经"，以支持自身信仰，驳斥新教异端。但艾田这样的犹太人也带来了耶稣会士无法解决的难题：开封的犹太教堂存在了几个世纪之久，而耶稣会士多年寻觅的传说中的大规模在华基督徒群体却不见踪影，基督教据称是由圣托马斯引入中国的，但却没能扎根；犹太教至少小规模地延续了下来。

更麻烦的是，如许理和（Eric Zürcher）所言，对于耶稣会士及其读者来说，在华犹太人的境况表明基督教只是"中国社会里的边缘宗教"，就像犹太教和伊斯兰教一样。17世纪中国皈依的基督徒，至少那些文人基督徒，无一例外"是坚定的儒家，在皈依基督教后依然如此"。基督教只是让他们的儒家信念"别开生面"。㊴耶稣会士试图给复杂和多面的中国思想传统戴上紧箍，套上一些单一概念，从而可以纳入其自身的意识形态。艾田等中国犹太人

---

① 摩尔人是北非的穆斯林群体。

的思维远没有那么死板，更能跟上当地社会和伦理准则的步伐。在开封犹太教堂外的石碑上，有一段1489年的铭文这样写道：

> 其儒教与本教，虽大同小异，然其立心制行，亦不过敬天道，尊祖宗，重君臣，孝父母，和妻子，序尊卑，交朋友，而不外于五伦矣。❹

这篇碑铭透露出，调适（accommodation）是维系族群和宗教身份的策略，具体来说就是个人行为及部分个人信念向重视道德、职责、稳定和孝悌的儒家思想靠拢。在这个方面，艾田等在华犹太人有意识地运用策略，像更为庞大的穆斯林群体一样，保持对国家和宗教体制的双重认同。在这种情况下，他邀请利玛窦加入开封犹太人群体，并不是由于他长年和西方世界隔绝而变得无知，恰恰是因其深谙晚明的宗教差异。

颇为关键的是，耶稣会士关于16世纪晚期在华定居犹太人的叙事不能用英国宣传开拓对华贸易的套路来解释。犹太人变成满大人的形象可以说逆转了救赎历史叙事中至为关键的义人形象。许多论者都注意到，在《失乐园》第十一章和十二章，诺亚是"唯一的义人"（one just Man）的原型，他信从上帝之言，拒绝"骄胜和奢富"（XI: 818，788）。❹弥尔顿自比为这位"黑暗时代里／唯一的光明之子"（XI: 808-09），这使得诗人和罪世保持距离；很大程度上，他的救赎历史观的关键在于个人能够超然于腐败体制之外。亚当从天使米迦勒学到的重要一课是，没有什么世俗分析和道德图景能够克服历史中的"享乐、安逸和懒惰／贪食和淫欲"（XI: 794-95）。唯有信仰能抵御必将面对的堕落。如果像阿莫罗斯（Amorose）所说，"先知式历史论述的真正目的是让人类超越历史"，那么"唯一的义人"这一典型形象象征着激进的新教观念，相信置身历史时间之外的未来启示。㊷

在铂切斯选编的利玛窦著作中，中国的士大夫与这种克己的义人形象形成了竞争。和弥尔顿的偶像破坏者原型诺亚不同，士大夫立身处世凭的是遵从道德体系和社会等级制度。士大夫精通古典学问，他们保存和拥护长达千年的传统，依靠的是死记硬背的考试而非个性化阐释。他们没有沾染常见的世俗败坏之恶，在富足的状态下践行着节制和公义。由此观之，韦伯把诺亚视作中国的始祖是将弥尔顿的"唯一的义人"从摩西式历史叙事中抽离出来，转而将千百年后艾田"迷恋"的中国哲学的起源认作他心目中公义的榜样。照着雷利的方式，韦伯归纳出了他心目中文明的要义："万物的知识始于东方，世界的东方最先开化，诺亚即是导师，因此迄今为止，世界越往东就越文明，越往西就越野蛮。"（21）中国以其古老和繁荣，重塑了美德和救赎的根基；中国把每一位"义人"都纳入了"文人"精英的博爱胸怀。㊸

调适论的政治：中国视角

悖论在于，弥尔顿（就像60年后的笛福）要想否认中国对其救赎史观的威胁，必须借助耶稣会士带有调适论观念的著作。

像其他英格兰人士一样,他认为耶稣会士对其中国传教活动的自述是在致力于将儒家融入基督教,这是一种讽刺:天主教传教士放弃自己的根本信仰来迎合偶像崇拜者。不过,这种情形带来了复杂的双重反应:一方面自命不凡地鄙视耶稣会士的愚蠢,另一方面又担忧西方基督教趋于当地化。这一点上,弥尔顿觉察到开封犹太人及耶稣会士编年史作者带来的危险:二者都在融入中国。耶稣会士的同化表明了两个可能的隐忧:要么韦伯和保皇党人是对的,中国代表的美德,英格兰只能学到皮毛;要么中国代表着后伊甸园时代的终极诱惑,"命定的城墙"将把敬畏上帝的新教徒引向奢侈、罪恶的生活,令其放弃个人信仰,接受全盘世俗化。正如铂切斯,弥尔顿是反过来解读耶稣会士记述的,他认为传教士在华易服随俗的策略意味着放弃了一切宗教身份,成了拜偶像者。

某种意义上,这样的新教怀疑论体现在利玛窦、卫匡国等人对华接触的模棱两可的特质。虽然耶稣会士称他们主导着对华思想交流,但他们对调适策略的辩护暴露出了深深的焦虑,这焦虑来自他们自身脆弱的地位和被同化的风险。安文思在1688年写道,他承认,中国的财富、史学传统和"其他优势……造就了中国人那种令人无法容忍的骄傲。他们对自己的帝国及其一切给予至高无上的赞誉;但对于外人,他们则无比蔑视"。[44]面对如此坚定的信念,耶稣会士努力说服潜在的信众,基督教不完全是外来信仰,它在许多方面和中国自身观念是吻合的。在利玛窦用中文撰写的面向新近皈依信众的教义指南《天主实义》中,他为自己的传教策略辩护，说明他"没有攻击"儒家哲学，而是试图"将儒家向上帝观念转化，因而我们不是在遵循中国观念，而是通过阐释，让中国作者遵循我们的观念"。㊺虽然他在为自己辩护，他也承认这种简化跨文化交流复杂性的做法有其不足。早在1595年，利玛窦承认他的"名声"来自一系列非神学因素：他神奇的记忆术①，带来的钟表和棱镜等器物，中文读写能力，数学知识和炼金术的本领。正如谢和耐（Jacques Gernet）所说，这样的"西学"达成了"科学、技术、哲学和伦理的无间融合"，超过了基督教神学的影响力；利玛窦写道：他的访客中，"前来"听其布道和传授教义的中国人"是最少的"。㊻晚至17世纪，安文思表明，中国人对西方神学的冷淡令他沮丧：

> 我屡次发现，当我和中国士人谈及基督教及欧洲科学时，他们会问我有没有他们的著作？我回答没有，他们殊为惊异、犹疑、震怒：如若欧洲不了解我们的著作和文章，你们能有什么学问和科学呢？……我无法想象，不论是伟大的侯爵和学者，还是俗众都如此高看自己的帝国。㊼

安文思认为，这种自我陶醉的唯一解释是七宗罪之一：傲慢。但他承认中国人对欧洲没有"他们的书"难以置信，这证明了耶稣会士在"与士人交谈"时遭遇的困境。皈依基督教的中国士人相对较少，从这个角度来看，耶稣会士的在华活动和他们在欧洲发表的记载可谓大相径庭。讽刺的是，中国方面对他们如何理解

---

① 记忆术：利玛窦曾向中国士子传授文艺复兴晚期欧洲流行的形象记忆术，助其科考赢取功名，进而扩大天主教的社会影响。1595年，利玛窦在江西南昌期间，撰写了《西国记法》一书，赠予了时任江西巡抚陆万垓及其踏上科举之途的三个儿子。

基督教的记述证明了铂切斯、弥尔顿和笛福等英国新教作家的疑虑：基督教正在被当地传统同化。

中国人是在中国哲学的既定观念框架下看待耶稣会士和其他基督教传教士的。耶稣会士取得的有限成绩似乎是因为他们站在中国既有的思想和伦理传统一边，助其抵御佛教的冲击。许之渐①为《天学传概》（1663）作序，称耶稣会士所传教义“莫非吾儒之学也”，传教士是在详细阐发儒学主旨：天主教“以昭事不堕为宗旨，克己爱人为工夫，悔过迁善为入门”。㊽1637年，一位来自福
92 建的基督徒面对地方长官的质询，对耶稣会士的辩护颇为典型：“中国自仲尼之后，人不能学仲尼。天主入中国，劝人为善，使人人学仲尼耳。”㊾②总括一系列糅合耶稣和孔子的论述，谢和耐有力证明了中国人眼中的基督教不是末世论的、精神性的，甚至不是形而上学层面的，而是一种传统价值体系，包括伦理义务、社会奉献、节制和自律。利玛窦和耶稣会士没有引进新的救赎观念，在其“信众”看来，他们所倡导的是回归中国文化和民族身份的价值根基。传教士们恰好传达了明清易代之剧变前后的文化怀旧心理。㊿

迄至1610年，耶稣会士称其在华信众已达2500人，但到利玛窦去世的1615年，基督教已经日益引发士人的敌视。谢和耐认为，1620年后，已经没有“重要文人或高官”皈依基督教。(51)明末清初著名训诂学家张尔岐（1612—1678）认为传教士辟佛助儒有功，但批评③“其言天主，殊失无声无臭之旨”，且认为他们言及“天堂地狱”之时，相较佛教，“荒唐悠谬殆过之”。(52)许多同

① 原书人名为Xu Zhijiang，应为Xu Zhijian。

② 原书引文为英译文，中译本采用中文原文，引自谢和耐著，耿昇译《中国和基督教：中国和欧洲文化之比较》（上海古籍出版社，1991年），第56页。

③ 原书引文为英译文，中译本采用中文原文，中文原文引自谢和耐前引书第60页。

情者甚而认为基督教的根本教义——信者得永生——是无稽之谈。张潮与安文思等几位传教士合作编译了《西方要纪》(1697)，在序言中，张潮肯定耶稣会士通晓"星历医算"，品格"忠信耿直"，但又表示"惜乎以天主为言，则其辞不雅驯，流于荒诞。……苟能置之不谈，则去吾儒不远矣"。㊼这些评述令人怀疑耶稣会士所称的"皈依"到底意味着什么。

利玛窦运用基督教的圣像和绘画来吸引向化之人，导致中国人普遍将圣母玛利亚认作犹太基督教的上帝；利玛窦未能让中国友人理解耶稣受难的意义，很多人觉得十字架受刑的形象令人生厌，甚至有施虐狂倾向。㊾因此，他传布的教义缺了基督教的一些核心观念——复活、三位一体——在解释其余的天主教神学观念时，他也要借用"新儒家或佛教语汇，这有悖于永恒救赎的义理"。㊿开封犹太人用"道"——"自然的行为方式"——来翻译《旧约》中的 God，并将 Jahweh [耶和华] 译为"上帝"，而非耶稣会士的译名"天主"。归化的犹太人比耶稣会士更了解，文化意义的细微差别，取决于调适过程中所运用的类比手法。中国的耶稣会士，如詹启华所论，"是自我构建的知识群体"：他们在用西方一神教词汇来翻译中国典籍时，也把自身译入了明代中国复杂的文化语义学中，这是"一种汉化，一种融入中国的方式"，靠的是"小心翼翼地在文化上模仿"中国士人。㊽

按照利玛窦等耶稣会士自己的说法，显然轻易便可将宗教事业与从文化上融入明代中国的日常生活区分开来。但这种区分带着对其融入的误解，尤其是误解了中国方面对他们的看法。在南京时，以及1601年到达北京后，利玛窦跻身"没完没了的宴会，一日三次以上"，宴席间参与神学讨论，疲于应酬。❺❼在他看来，中国社会的认可是一种手段，就像所有亟待融入当地社会的外来者，利玛窦等耶稣会士用其自身秩序来阐释"儒"所代表的复杂社会和思想地位。詹启华认为，"儒"有着多重意义，既指个体（参加科考的士子、为官的士大夫、民间书院的门生、地方知识群体以及部分士绅），亦指中国文明的一些根本特征（文雅、传统价值和伦理、合法性的实践和维护、根本性习俗、礼仪和原则的正统阐释）。❺❽1584年，利玛窦入华不久，便剃发，着僧服，尚不了解佛教是为一般中国文人鄙弃的。10年后，他在信中向一位在澳门的友人描摹自己的外貌："我们蓄起了胡子，头发留到齐耳长；同时，我们也穿上了文人交际时的装束……这袍子是紫色丝绸的料子，褶边，领口和衣边镶有一掌宽的蓝绸；垂袖的镶边也一样，另有一条宽大的蓝色镶边的紫绸腰带……系在袍上。"❺❾利玛窦关注绸袍的细节，表明他已经接纳了他想劝化的人们的文化观念。他认为发型、服饰和轿子只是装点门面，真正的目的是促进传教，这么想未免太天真了。对于英格兰的新教读者而言，这些虚礼是屈从于另一种近乎教皇派的偶像崇拜。①铂切斯归纳了许多信仰相同者对耶稣会调适做法的态度，认为耶稣会士只是迎合中国的"礼节和好奇心"，指责传教士试图靠"商品、金钱、礼物、数学和记忆术"传布福音。时人推崇的神圣商业，在耶稣会士那里成了畸形的戏仿："互换许多物品，用天主教物品交换中国物品，包括玻璃粉、剃刀、背心、歌本、拉丁文祷词（mumsimus）、小蜡烛、

---

① 教皇派：这是新教徒对天主教徒的贬称，讽刺其只尊崇教皇，不敬上帝。

香炉、圣像、神话、僧尼、行列、朝圣、修道院、祭坛、男女圣徒等无数物件，大多与无所神益的身体活动相关，而非神圣事体"（Ⅲ: 401）。重要的是，身着儒服的耶稣会士成了一景，标志着他们正被中国文化同化，而中国对自说自话的（monologic）"天主"形而上学未甚着意。

像17世纪其他欧洲对华交往的经历一样，耶稣会士的融入过程没有捷径可走，要经过一套复杂网络，包括技术、物体、语言传统和社会行为。这些互动不能简单纳入欧洲中心式现代性必胜的叙事，这种叙事认为欧洲及相关技术制度的优越性是不证自明的；相反，耶稣会士的经历表明，他们一厢情愿地认为仿效中国精英的发型、服饰和仪态是有效的。在卫匡国论述明朝覆亡的历史记载中，既有耶稣会士组织的历史叙事，也记录了他本人的宝贵经历。与胡安·德·帕拉福克斯·伊·门多萨（Juan de Palafox y Mendoza）这种从未去过中国的纸上谈兵的历史学家相比，卫匡国对17世纪40年代中国情形的记载大相径庭。❺⓿卫匡国详细记述了他如何改头换面，从中国士大夫摇身一变为满人的家臣。

我住在温溪的美宅中，全镇大乱，人心惶惶，大多逃难而去。我一得知鞑靼人要来，立即在正门门楣贴上一张长而宽的红纸，上书"泰西天学修士寓"。我曾留意到，中国官员出巡往往在居所门上张贴这类告示，以示屋内有大人物下榻。在堂屋入口，我摆出最大、装订最精美的书籍，以及数学仪器、望远镜和其他光学镜头，还有我觉得颇为显眼的种种物件；

95

最后将救世主圣像放在专门陈设的祭坛上。这个办法颇为见效,我不仅免受一般士兵的粗暴劫掠,鞑靼统领还好意邀请款待我:他问我愿不愿诚心换下中国服装,剃发。我欣然同意,于是他让我当场剃光头发。我告诉他,光头不宜着中式服装,他便脱下自己的靴子,让我穿上,把他的鞑靼软帽戴在我头上,并设宴款待我,发给我通行证,遣我返回杭州大城的旧宅,我们在那有一座宏伟的教堂和学校[。]❻

卫匡国在清军铁蹄下求生,靠的是中国习俗(门楣悬招贴)、科学仪器和书籍等他心中近乎图腾般的物品。但统领更看重的显然不是基督教圣物和西方科技,而是传教士的中式服装和发型。为了保住性命以及传教事业,这位耶稣会士"欣然"同意"诚心"剃去头发,换去服装,穿上满族靴子,戴上"鞑靼软帽"。虽然卫匡国乐于改头换面是为了在新立的清朝治下继续传教,但在清军统领眼中,他愿意顺从满族服饰表明了他**在政治上**效忠中国的新主。尽管卫匡国留意到统领的友善姿态,但他并未强调他默认服从的代价,也未考虑他展示圣像所传达意义的不确定性。对满人来说,卫匡国陈设祭坛展示基督像代表的是上帝之子,还是被当作满汉的祖先崇拜?可以猜得到铂切斯如何回答这个问题。弥尔顿那代人在政治上和宗教上认同英格兰共和国对平易服饰的主张,耶稣会士身着绸装的景象意味着传教士已经认可了这个游戏,融入到新的异教徒政权中去了。

第二章
中国和欧洲中心观的局限

一部"更大更准"的地图册

致信奥登堡批评"耶稣会士卫匪国"之举数月后,弥尔顿请当时身在阿姆斯特丹的彼得·亨巴赫(Peter Heimbach)找一本"最便宜"的新地图册。亨巴赫的答复让想讨价还价的弥尔顿颇为踌躇:

> 你来信说他们要价 150 荷兰盾(florins):那我想,一定是毛里塔尼亚山区地图册,不是一本普通的书,否则不会像你说的这么昂贵。如今印刷商印的书成了奢侈品,布置一座图书馆似乎已经和布置一座别墅一样贵了。对我这个盲人而言,绘制的地图没什么用了,我只能徒然打量地球周身,因此恐怕我买的地图册越贵,就显得我对残躯的哀痛越深。如果你愿意,麻烦你回来时能告诉我,全集有多少卷,布劳(Blaeu)的地图册和詹森(Jansen)的地图册,哪一部更大、更准。❷

通常认为,弥尔顿终生对地图和地理的热爱是纯粹的,与政治无涉。例如考利留意到弥尔顿的诗歌与黑林的《宇宙志》之间拼写的几处巧合,他认为虽然二人政治立场不同,但黑林是这位诗人"最爱的地理志作者"。❸如果说弥尔顿不太可能青睐一位保皇派主将和顽固的劳德式宣传家,那么鉴于黑林的著作只配有四幅地图(欧洲、亚洲、非洲、美洲各一幅),考利推断的这位盲诗人写作《失乐园》时曾参考《宇宙志》一说就更无可能了。弥尔顿对亨巴赫的请求很明确：找出哪一本地图册"更大、更准"。布劳和詹森的地图册为多卷本，惊人地复杂，成本极高。布劳的《大地图集》出至十二卷，最终完成于1663年，是17世纪出版的最昂贵的书。[64]这套书的一大卖点是第十一卷的卫匡国的《中国地图集》（阿姆斯特丹，1655），这是卫匡国奉皇命多年游历中国各地，修订传统中国地图的成果。[65]虽然弥尔顿哀戚地取笑书价（约80英镑），他还是想要买得到的最好的地图册。

在著名的第19首十四行诗中，弥尔顿论及他的眼盲，他总结道："上帝不需要/人的服侍或是他的礼物"，因为"听他派遣的成千上万/不息地奔波于海洋和大陆"。[66]这里"成千上万"不能仅仅当作是传递圣言的天使；他们没有在空中飞行，或是呼啸着直上天堂，而是"奔波"于海陆之上。实际上，这首看似个性化的十四行诗贯穿着贸易和通信的意象，这正是国际贸易的关键。他的"灵魂愿多多/侍奉我的造物主，并算清/我的账"，弥尔顿将他的写作比作记账，而听从上帝差遣的众人很容易便可想象成从事上帝许可的贸易的商人。自16世纪以来，这些人所图的正是中国代表的财富。

弥尔顿"徒然打量地球周身"，他写作生涯的中期似乎关注的既有地理问题，也有经济问题。1656年，英国还被挡在香料群岛的贸易之外，当荷兰、葡萄牙和俄国向北京遣使希望打开大规模对华外贸之际，英国还在旁观。细致精确的地图和亚洲国家的最新消息，诸如卫匡国的《中国地图集》超越了德·阿维蒂和黑林的百科全书式汇编所提供给弥尔顿的信息。荷兰地图在英格兰尤为奇货可居,证明了荷兰通过国际贸易控制欧洲市场的香料进口,始终不渝地追求繁荣。弥尔顿致亨巴赫的信体现了诗人毕生对东方异域风情的兴趣,也表明他在眼盲后仍决心继续学习实用知识。不过,以其一贯的风格,弥尔顿并未细说为何要顶级地图册。但如果结合他咨询亨巴赫的信来重读他对涉及远东的论述,可以发现,中国的"古史"和富有的偶像崇拜者们回荡在弥尔顿著作中。后面两章将讨论,17世纪末"汗八里/命定的城墙"表明了欧洲对其历史、文化宗教影响和经济前景的想象力的限度。

注 释

❶ John Milton, *Paradise Lost*, ed. Merritt Y. Hughes (New York : Odyssey Press, 1962). 本书中《失乐园》的引文都引自该版本。[此处夹注引文页码有误，应为 XI: 386-387。——中译者注]

❷ 例如 Robert Ralston Cawley, *Milton and the Literature of Travel* (Princeton: Princeton University Press, 1951)。约翰·迈克尔·阿克同意考利的看法（在我看来这是错的），认为黑林是弥尔顿参考最多的地理志作者，见 Archer, *Old Worlds: Egypt, Southwest Asia, India, and Russia in Early Modern English Writing* (Stanford: Stanford University Press, 2001), 77, 88。

❸ 关于中国的记载在 17 世纪流传颇广，见 Lach, *Asia in the Making of Europe*, 1: 730-821; Jonathan D. Spence, *The Chan's Great Continent: China in Western Minds* (New York: Norton, 1998), 19-80; Julia Ching and Willard Oxtoby, eds., *Discovering China: European Interpretations in the Enlightenment* (Rochester, NY: University of Rochester Press, 1992)。

❹ 关于满人精英的"汉化"，见 Robert Oxnam, *Ruling from Horseback: Manchu Politics in the Oboi Regency 1661-1669* (Chicago: University of Chicago Press, 1975); Lawrence Kessler, *K'ang-Hsi and the Consolidation of Ch'ing Rule 1661-1684* (Chicago: University of Chicago Press, 1976); Frederic Wakeman, Jr., *The Great Enterprise: The Manchu Reconstruction of Order in Seventeenth-Century China*, 2 vols. (Berkeley: University of California Press, 1985); Timothy Brook, *The Confusions of Pleasure: A History of Ming China (1368-1644)* (Berkeley: University of California Press, 1998)。

❺ 见 Gerard Vossius, *De Theologia Gentili et Physiologia Christiana* (1641; rpt. New York: Garland, 1976); Isaac Vossius, *Dissertatio de vera aetate mundi* (The Hague, 1659); Sir Walter Ralegh, *The History of the World* (London, 1614); Matthew Hale, *The Primitive Origination of Mankind, Considered and Examined According to the Light of Nature* (London, 1677); Henry Isaacson, *Saturni Ephemerides* (London, 1633); Georg Horn, *Arcae Noae sive historia imperiorum et regnorum a condito orbe ad nostra temporum*

(Leiden, 1666); John Webb, *An Historical Essay Endeavoring a Probability that the Language of the Empire of China is the Primitive Language* (London, 1669); Francis Tallents, *A View of Universal History* (London, 1695); and Jean LeClerc, *Compendium Historiae Universalis: A Compendium of Universal History from the Beginning of the World to the Reign of Charles the Great* (London, 1699). 关于牛顿对这一问题的立场, 见 Kenneth Knoespel, "Newton in the School of Time: The Chronology of Ancient Kingdoms Amended and the Crisis of Seventeenth-Century Historiography," *The Eighteenth Century: Theory and Interpretation* 30 (1989): 19–41。

❻ Ralegh, *History of the World*, A2r. 关于普遍历史观, 见 Arnaldo Momigliano, *On Pagans, Jews, and Christians* (Middletown, CT: Wesleyan University Press, 1987), 11–57; Arthur B. Ferguson, *Utter Antiquity: Perceptions of Prehistory in Renaissance England* (Durham: Duke University Press, 1993); Paolo Rossi, *The Dark Abyss of Time: The History of the Earth and the History of Nations from Hooke to Vico*, trans. Lydia G. Cochrane (Chicago: University of Chicago Press, 1984); Donald Wilcox, *The Measure of Times Past: Pre-Newtonian Chronologies and the Rhetoric of Relative Time* (Chicago: University of Chicago Press, 1987); Kenneth Knoespel, "Milton and the Hermeneutics of Time: Seventeenth-Century Histories and the Science of History," *Studies in the Literary Imagination* 22 (1989), 17–35; David Katz, "Isaac Vossius and the English Biblical Critics, 1670–1689," in Richard H. Popkin and Arjo Vanderjagt, eds., *Scepticism and Irreligion in the Seventeenth and Eighteenth Centuries* (Leiden: Brill, 1993), 142–84。

❼ *Complete Prose Works of John Milton*, ed. Don M. Wolfe, 8 vols. (New Haven: Yale University Press, 1953–82), 1:624.

❽ 关于弥尔顿的历史观, 见 David Loewenstein, *Milton and the Drama of History: Historical Vision, Iconoclasm, and the Literary Imagination* (Cambridge: Cambridge University Press, 1990); Thomas Amorose, "Milton the Apocalyptic Historian: Competing Genres in *Paradise Lost*, Books XI–XII," *Milton Studies* 17, ed. Richard S. Ide and Joseph Wittreich (Pittsburgh: University of Pittsburgh Press, 1983), 141–62; Knoespel, "Milton and the Hermeneutics of Time," 17–35; Achsah Guibbory, *The Map of Time: Seventeenth-Century English Literature and Ideas of Pattern in History* (Urbana: University of Illinois Press, 1986), 169–211; Marshall Grossman, *"Authors to Themselves": Milton and the Revelation of History* (Cambridge:

Cambridge University Press, 1987); Gary D. Hamilton, "The *History of Britain* and its Restoration Audience," in *Politics, Poetics, and Hermeneutics in Milton's Prose*, ed. David Loewenstein and James Grantham Turner (Cambridge: Cambridge University Press, 1990), 241-55; Jeffrey S. Shoulson, *Milton and the Rabbis: Hebraism, Hellenism, and Christianity* (New York: Columbia University Press, 2001), 189-95, 200-02; Archer, *Old Worlds*, 63-99。

⑨ Godfrey Goodman, *The Fall of Man, or the Corruption of Nature* (London, 1616), 369.

⑩ 关于知识界如何运用普遍历史观来应对劳动密集型经济的危机，见 Markley, "Newton, Corruption, and the Tradition of Universal History," 121-43。参见 Harris, *Cannibals and Kings*, and Goldstone, *Revolution and Rebellion*。

⑪ Blair Worden, "Politics and Providence in Cromwellian England," *Past and Present* 109 (1985): 55-99; Laura Lunger Knoppers, *Historicizing Milton: Spectacle, Power, and Poetry in Restoration England* (Athens: University of Georgia Press, 1994); Michael Lieb, *Milton and the Culture of Violence* (Ithaca: Cornell University Press, 1994); David Norbrook, *Writing the English Republic: Poetry, Rhetoric, and Politics, 1627-1660* (Cambridge: Cambridge University Press, 1999); David Loewenstein, *Representing Revolution in Milton and His Contemporaries: Religion, Politics, and Polemics in Radical Puritanism* (Cambridge: Cambridge University Press, 2001); John Coffey, "Pacifist, Quietist, or Patient Militant? John Milton and the Restoration," *Milton Studies* 42 (2002), 149-74; Sharon Achinstein, *Literature and Dissent in Milton's England* (Cambridge: Cambridge University Press, 2003).

⑫ Peter Heylyn, *Cosmographie* 2nd edn (London, 1657), B1r.

⑬ Gabriel Magaillans [Magalhães], *A New History of China* (London, 1688), 60-61. 安文思的情况，见 Donald Lach with Edwin van Kley, *Asia in the Making of Europe*, vol. 3: *A Century of Advance* (Chicago: University of Chicago Press, 1993), 362, 424。拉赫和范·克里称安文思的记载"可能是17世纪下半叶发表的最全面、最有洞察力的对中国的描述"(242)。该书最初在1688年以葡语写成，由在华耶稣会主事人菲利普·卡普勒特带回欧洲，后译为法文（1688年出版，1689年和1690年重印），并由约翰·奥格比译为英文，不过奥格比未在扉页署名。参见 David E. Mungello, *Curious Land: Jesuit Accommodation and the Origins of Sinology*

⑭ [Olfert Dapper], *Atlas Chinensis*, trans. John Ogilby (London, 1671), 465. 奥格比误将达帕的作品认作阿诺德斯·蒙塔努斯的了。

⑮ d'Avity, *The Estates, Empires, & Principalities of the World*, 727.

⑯ *Works of John Milton*, ed. Frank Allen Patterson, *et al.* (New York: Columbia University Press, 1931–38), vol. 12, ed. Donald Lemen Clark, 79.

⑰ 见 Edwin J. van Kley, "Europe's 'Discovery' of China and the Writing of World History," *American Historical Review* 76 (1971): 358–85, 及 Rossi, *Dark Abyss of Time*, 141–67. 关于中国思想对 17 世纪欧洲的影响，见 Yuen-Ting Lai, "Religious Scepticism and China," in *The Sceptical Mode in Modern Philosophy: Essays in Honor of Richard H. Popkin*, ed. Richard A. Watson and James E. Force (Dordrecht: Martinus Nijhoff, 1988), 11–41, 此外，关于欧洲对中国传统的再现和误读所包含的复杂意涵，见詹启华《制造儒家：中国传统与全球文明》[Lionel Jensen, *Manufacturing Confucianism: Chinese Traditions and Universal Civilization* (Durham: Duke University Press, 1997)]。

⑱ 关于耶稣会士的调适论，见 Mungello, *Curious Land*; Bernard Hung-Kay Luk, "A Serious Matter of Life and Death: Learned Conversations at Foochow in 1627," in Charles E. Ronan S. J. and Bonnie B. C. Oh, eds., *East Meets West: The Jesuits in China, 1582–1773* (Chicago: Loyola University Press, 1988), 173–206; Yu Liu, "The Jesuits and the Anti-Jesuits: The Two Different Connections of Leibniz with China," *The Eighteenth Century: Theory and Interpretation* 43 (2002): 161–74; and Franklin Perkins, *Leibniz and China: A Commerce of Light* (Cambridge: Cambridge University Press, 2004). 关于耶稣会士如何改编、宣传和改写异质的几套文本和实践来制造一个西方式的删节版"儒家"，詹启华在《制造儒家》中做了重要分析。见 *Manufacturing Confucianism*, 77–133。

⑲ David Porter, *Ideographia: The Chinese Cipher in Early Modern Europe* (Stanford: Stanford University Press, 2001).

⑳ Rachel Ramsey, "China and the Ideal of Order in John Webb's *An Historical Essay*," *Journal of the History of Ideas* 62, 3 (2001): 483–503; Mungello, *Curious Land*, 127. 关于沃休斯，见 Katz, "Isaac Vossius and the English Biblical Critics 1670–1689," 142–84. 见阿塔纳修斯·基歇尔，《中国图说》[*China Illustrata* (Amsterdam, 1667)]。卫匡国曾师从基歇尔，后于 1643 年离开罗马，启程前往中国。

㉑ Webb, *An Historical Essay Endeavoring a Probability That the Language of the Empire of China is the Primitive Language*, 92–93.

㉒ Ralegh, *History of the World*, 56.

㉓ D'Avity, *Estates, Empires, & Principalities of the World*, 719.

㉔ Gaspar da Cruz, *A Treatise of China*, abridged in Purchas, *Pilgrimmes*, 3:175. 所有关于铂切斯的引文均出自这一版本。

㉕ *Complete Prose Works*, vol 8., ed. Maurice Kelley (New Haven: Yale University Press, 1982), 475. 关于《莫斯科大公国简史》的撰述时间，见 D. S. Proudfoot and D. Deslandres, "Samuel Purchas and the Date of Milton's *Moscovia*," *Philological Quarterly* 64 (1985), 260–65. 也有学者认为，成书时间是在 17 世纪 40 年代末，见 William Riley Parker, *Milton: A Biography*, 2 vols. (Oxford: Clarendon, 1968), 1:325–26; Nicholas von Maltzahn, *Milton's "History of Britain": Republican Historiography in the English Revolution* (Oxford: Clarendon Press, 1991), 28–31; Barbara Lewalski, *The Life of John Milton: A Critical Biography* (Oxford: Blackwell, 2000), 212. 参见 John B. Gleason, "The Nature of Milton's *Moscovia*," *Studies in Philology* 61 (1964): 640–49.

㉖ Gonzalez de Mendoza, *The Historie of the Great and Mightie Kingdome of China*, trans. R. Parke (London, 1588), A2r.

㉗ 转引自 George Henry Turnbull, *Hartlib, Drury, and Comenius: Gleanings from Hartlib's Papers* (Liverpool: University Press of Liverpool, 1947), 40–41.

㉘ 见 David Armitage, *The Ideological Origins of the British Empire* (Cambridge: Cambridge University Press, 2000), 65–95.

㉙ *A Declaration of the Parliament of the Commonwealth of England, Relating to the Affairs and Proceedings between this Commonwealth and the States General of the United Provinces of the Low-Countries, and the present Differences occasioned on the States part*, in *Works of Milton*, ed. Patterson et al., 18:13.

㉚ Sir Josiah Child, *A Treatise Wherein is Demonstrated... that the East-India Trade is the Most National of All Trades* (London, 1681), 26.

㉛ *A Summary of the particular real damages sustain'd by the English Company, in many Places of the East-Indies, from the Dutch Company in Holland* [June 1652], *Works of Milton*, ed. Patterson et al., 13:133–35.

㉜ 关于第一次英荷战争，见 Charles Wilson, *Profit and Power: A Study of England and the Dutch Wars* (London: Longmans, 1957), 25-47; Jonathan I. Israel, *Dutch Primacy in World Trade, 1585-1740* (Oxford: Clarendon, 1989), 174-76, 209-13. 关于安波纳事件，见第四章的相关注释。

㉝ Rajan, *Under Western Eyes*, 53-4. 参见 Pompa Banerjee, "Milton's India and *Paradise Lost*," *Milton Studies* 37 (1999), 142-65。

㉞ 关于与清朝贸易遇挫的情况，见 John E. Wills, Jr., *Pepper, Guns, and Parleys: The Dutch East India Company and China, 1662-1681* (Cambridge, MA: Harvard University Press, 1974), 及 Wills, *Embassies and Illusions: Dutch and Portuguese Envoys to K'ang-hsi, 1667-1687* (Cambridge, MA: Harvard University Press, 1984)。

㉟ 达维蒂引述了利玛窦的记载，列举了17世纪之交清朝皇室的税入，见 d'Avity, *Estates, Empires, & Principalities of the World*, 728。利玛窦的中国日志的摘录，见 Purchas, *Pilgrimmes*, 3:370-411。

㊱ 关于利玛窦和艾田的交往，见 Michael Pollak, *Mandarins, Jews, and Missionaries: The Jewish Experience in the Chinese Empire* (1980; rpt. New York and Tokyo: Weatherhill, 1998), 1-12。关于艾田其人的来历，见 D. D. Leslie, "The Chinese-Hebrew Memorial Book of the Jewish Community of Kaifeng," part 3, *Abr-Nahrain* 6 (1965-66), 1-52. 参见 陈 垣 (Chen Yuan), "A Study of the Israelite Religion in Kaifeng," in Sidney Shapiro, ed. and trans., *Jews in Old China: Studies by Chinese Scholars*, ed. and trans. Sidney Shapiro, rev. edn (NewYork: Hippocrene Books, 2001), 15-45, 以及同书中收录的 Yin Gang, "The Jews of Kaifeng: Their Origins, Routes, and Assimilation," 217-38。生活在阿姆斯特丹的著名拉比，玛拿西·本·以色列 (Manasseh ben Israel), 运用开封犹太人的记载向克伦威尔和议会呼吁, 要求其批准犹太人合法返回英格兰。他1650年完成的著作《以色列的希望》(*Spes Israel*) 由摩西·沃尔 (Moses Wall) 译为英语, "促成此事的, 据说是约翰·弥尔顿" (Pollak, *Mandarins, Jews, and Missionaries*, 43)。

㊲ 转引自 Leslie, "Chinese-Hebrew Memorial Book of the Jewish Community of Kaifeng," 45。

㊳ Alvarez Semedo, *The History of that Great and Renowned Monarchy of China* (London, 1655). 关于曾德昭的情况，见 Mungello, *Curious Land*, 74-90。

㊴ Erik Zürcher, "Jesuit Accommodation and the Chinese Cultural Imperative," in *The Chinese Rites Controversy: Its History and Meaning*, ed. D. E. Mungello (Nettetal:

Steyler Verlag，1994），31–64.

㊵ 转引自 Zürcher，"Jesuit Accommodation and the Chinese Cultural Imperative，"33。［中译本采用陈垣整理的碑铭。——中译者注］

㊶ 见 Mary Ann Radzinowicz，"Man as a Probationer of Immortality'：*Paradise Lost* XI–XII，" in *Approaches to Paradise Lost：The York Tercentenary Lectures*，ed. C. A. Patrides（London：Edward Arnold，1968），31–51；Michael Cavanagh，"A Meeting of Epic and History：Books XI and XII of *Paradise Lost*，" *ELH 38*（1971）：206–22；Michael Wilding，*Dragon's Teeth：Literature in the English Revolution*（Oxford：Clarendon，1987），243–48；William Walker，"Typology and *Paradise Lost*，Books XI and XII，" *Milton Studies* 25（1989）：245–64；Claude N.Stulting，Jr.，"New Heav'ns，New Earth'：Apocalypse and the Loss of Sacramentality in the Postlapsarian Books of *Paradise Lost*，" in *Milton and the Ends of Time*，ed. Juliet Cummins（Cambridge：Cambridge University Press，2003），184–201。

㊷ Amorose，"Milton the Apocalyptic Historian，"145.

㊸ 见林金水（Lin Jinshui），"Chinese Literati and the Rites Controversy，" trans. Hua Xu and ed. D. E. Mungello，in Mungello，*The Chinese Rites Controversy*，65–82。

㊹ Magalhães，*New History*，61.

㊺ 转引自 Jacques Gernet，*China and the Christian Impact：A Conflict of Cultures*，trans. Janet Lloyd（Cambridge：Cambridge University Press，1985），27。

㊻ 转引自 Gernet，*China and the Christian Impact*，18。

㊼ Magalhães，*New History*，63–4.

㊽ Gernet，*China and the Christian Impact*，36.［中译本此处采用《天学传概》序言原文。——中译者注］

㊾ Ibid.

㊿ 见 Ray Huang，*1587，A Year of No Significance：The Ming Dynasty in Decline*（New Haven：Yale University Press，1981），以及相关记载的英译文，收于 Lynn Struve，ed.，*Voices from the Ming-Qing Cataclysm：China in Tigers' Jaws*（New Haven：Yale University Press，1993）。

(51) 转引自 Gernet，43。

(52) 转引自 Gernet，39. 关于张尔岐的情况，见 Arthur W. Hummel，ed.，*Eminent Chinese of the Ch'ing Period（1644–1912）*，2 vols.（Washington，D.C.：Government Printing Office，1943），34–35。

(53) 转引自 Gernet，39–40。

(54) Jonathan Spence，*The Memory Palace of Matteo Ricci*（New York：Penguin，1984），245–47.

(55) Gernet，48.

(56) Jensen，*Manufacturing Confucianism*，35，40，41.

(57) Spence，*Memory Palace of Matteo Ricci*，160.

(58) Jensen，52–53.

(59) 转引自 Spence，*Memory Palace*，115。参见詹启华的相关讨论，39–48。

(60) Juan de Palafoxy Mendoza，*The History of the Conquest of China by the Tartars*（London，1671）.

(61) Martinus Martini，*De Bello Tartarico Historia*（Amsterdam，1655），相关记载翻译并纳入了曾德昭的书中，见 Semedo，*History*，255–308。引文出自第 284 页。

(62) Letter to Heimbach，November 8，1656，in *Works*，ed. Patterson *et al.*，12:83，85. 对第 82 和 84 页的拉丁文原作的译文，我做了改动。

(63) Cawley，*Milton and the Literature of Travel*，13，22–23.

(64) 关于布劳，见 Cornelius Koeman，*Joan Blaeu and His Grand Atlas*（Amsterdam：Theatarum Orbis Terrarum，1970）。

(65) 见 Theodore N. Foss，"A Western Interpretation of China：Jesuit Cartography，" in Ronan and Oh，eds.，*East Meets West*，209–51，及 Walter Mignolo，*The Darker Side of the Renaissance：Literacy，Territoriality，and Colonization*（Ann Arbor：University of Michigan Press，1995），219–26。

(66) *The Complete Poetical Works of John Milton*，ed. Harris Francis Fletcher（New York：Houghton Mifflin，1941），134.

第三章

"敬呈常贡":
文雅、礼仪和欧洲在清朝中国的角力

文雅和文明在中国

"文雅"(civility)一词在早期现代研究的批评术语中影响不大,但在 17 和 18 世纪对社会和个人身份的讨论中,这个词几乎无处不在。"文雅"标志着上层阶级的自我展示和自我认同的成就,涵盖了诸多促进现代身份观念形成的特质和行为,尽管这一过程充满争议和矛盾。❶ 关于长 18 世纪的"感性"(sensibility)和"性格"(character)涵盖了一个环环相扣的知识结构,包括思想、情感、感官和感知,这一领域的许多新近研究尤为关注的是,西欧和北美的文学、医学和哲学文本所呈现的自我经验(the experiential self)中蕴含的性别和阶级关系。❷ 虽说这些文本常常带着自觉的内省,但同时在文化上和心理上也是封闭的。讽刺的是,许多后殖民批评家常常复制这封闭的一面,认为世界其他民族出现在早期现代的小说、戏剧和非虚构作品中时,只是舞台道具,用来片面地展示欧洲的殖民征服。应该承认,许多这类作品,对美洲原住民的描绘的确是很典型的，他们要么是高贵的野蛮人，其品德对欧洲压迫者构成了戏仿（典型的有萨瑟恩剧中的奥洛诺克），要么成为遭白人背叛的可怜的受害者（雅丽可［Yarico］被她的情人印克［Inkle］抛弃并被拐卖为奴）。❸ 这些批评家突出了欧洲帝国主义如何令其受害者失语，这是对的，但他们忽视了早期现代读者接触的大量关于中国的文献——这些作品不论是在 17 和 18 世纪还是在 21 世纪的今天，都挑战了启蒙运动或现代性的欧洲中心叙事，因为这类叙事常常忽视那些无法轻易纳入自身框架的文本。❹ 悖论在于，即使是旨在揭露阶级、性别和种族等意识形态的批评家，即使他们认识到殖民主义受害者处于"女性式的"弱势地位，但他们有一点仍未改变，那就是欧洲中心主义的情结，关注欧洲霸权内在的失（自我道德批判）与得（因我们拥有对痛苦的敏锐感受力而自鸣得意）。❺

我在上一章指出，在 16 世纪末—17 世纪初，中国成了重返繁荣富足的黄金时代的逐梦之地。我想做的是让 17 世纪 50 年代及其后的欧亚关系图景丰满起来，为此，我将探讨文雅如何成为调和——以及遮蔽——语言、种族和国籍差异的关键手段。当时，正值清朝入主中原，顺治帝即位，欧洲使臣们长途跋涉至北京请求清朝开放贸易，他们的行纪中记载了这些差异。这一外交行动，不论是对 17 世纪还是 21 世纪的读者来说，都对欧洲中心式的文化观念、个人与民族身份，以及进步史观与救赎史观构成了重要挑战。本章讨论的关于中国的记载有助于探讨文雅观念的意识形态作用，因为记录者扬·纽霍夫和伊台斯所属的贸易使团奉命和中国谈判,而中华帝国当时是一个陌生的文明,不信奉基督教但却无疑比欧洲列强富庶。纽霍夫和伊台斯正是运用文雅的符号体系(semiotics)来跨越语言、宗教和文化差异,力图证明欧洲商人和满汉政权能够理解对方的经济、社会和军事利益。文雅的复杂符号体系包括基于阶级和性别观念的实践、价值和成见,这塑造了互信互谅的想象共同体,可以超越宗教、语言、肤发色泽、时尚、饮食、建筑和艺乐风格之间的种种差异。文雅是行为性的(performative):它(向使者自己、他们的雇员和欧洲读者)传达的是一种观念,即志趣相投的绅士们,不论来自哪里,在关乎阶级和性别特权的根本价值观上所见略同。

在纽霍夫和伊台斯的笔下,文雅表现在仪态、服饰、举止、礼节、好客、内部秩序和应有的尊严上,欧洲人把这些视为跨文化"理解"的重要表现——这种理解可以调和宗教差异,或者按照利玛窦等耶稣会士的调适策略,也可以有意误读这些差异的性质和范围。❻由此观之,这些作者发现的中西差异并不是来自他们对华的文化或种族优越感,而是上流社会共同利益和欲望形成的文化身份"本质"的不同变种。接待、指引和对抗欧洲来客的满汉上层阶级恰似这些作家自己:他们像一面镜子,照出了欧洲对贸易、利润和政治联盟的欲望,同时——因为欧洲认为中国文明有着自身内在利益——中国也在对抗和挫败欧洲的欲望。于是,纽霍夫和伊台斯笔端浮现的中国成了一套复杂社会准则的理想化投射,这些准则有着微妙的差别,但都体现了欧洲的自我认知、欲望和焦虑。两位作者以不同方式拥护一种基于上层阶级荣誉和文雅的跨文化身份，他们讳言中欧文化差异，也讳言建立绅士互信的种种价值之间的互动是不稳定的。

欧洲的中国观

纽霍夫关于中国的记载借鉴、利用并常常模仿耶稣会士著述的丰富传统。按照孟德卫（David Mungello）、詹启华和博达伟所论，耶稣会士在华传教活动是复杂的文化交流过程，基督教传教士和满汉士人对此各执一词。就像第二章所论，为了传布基督教，耶稣会士淡化了天主教和儒家思想的分别，把维护社会秩序稳定的相关理念理想化，与此同时，把他们在华所见的异质的学说和实践糅合成统一的描述："儒家。"❼正如我们所见，利玛窦和卫匡国运用调适策略来推动富而好学之士接受圣言，为此不惜采纳中国的服饰、发型和饮食习惯。❽在天主教影响下的欧洲，调适策略是冒险的。耶稣会士的对手，方济各会士和多明我会士指责耶稣会士明里把儒家包装成类似基督教的一神教，实则是纵容偶像崇拜；这些指控导致了礼仪之争，最终引发教皇介入来裁定哪些中国习俗可以为基督教传教士所容，哪些则不行。❾如果说礼仪之争令欧洲读者中各类关于中国的记载愈发流行，这场纷争也凸显了这些传教士著述在世俗和文化层面的内涵。

在17世纪，荷属东印度公司和沙皇派遣的使者受到耶稣会士式文化人类学的调适原则的影响并加以发展，他们希望找到和清朝满汉精英阶层之间的共识，以建立稳定的对华贸易关系。这些使团的记载,如纽霍夫《荷兰东印度公司使团赴京觐见鞑靼可汗暨中国皇帝行纪》(伦敦,1669;据1665年荷兰文版英译),①以及伊台斯《从莫斯科经陆路入华三年行纪》(伦敦,1706;据1704年荷兰文版英译),大量借鉴了卫匡国的著述,热情地描绘了中国的资源、人口等状况,相关信息最终都源于利玛窦的中国札记。❿悖论在于,相比他们的传教士同胞,这些世俗的商人批评"异教"庙宇和"无信仰"的风俗时更无顾忌,因为他们无须操心如何让中国人皈依基督教;但这类批评似乎都是套话。直到1719年笛福的《鲁滨逊漂流续记》出版(尤其是第五章),才对中国的经济结构、宗教、文化、技术和政治给予苛评,认为中国在这些方面远远不如欧洲。欧洲急切希望建立稳定的对华贸易,这促使他们不仅顺应满汉习俗,而且顺从朝贡礼仪,对皇帝行磕头礼。这种象征性的臣服,两位作者详加描述,但却不甚理解。纽霍夫和伊台斯希望能取得对华贸易特权,因此将觐见清帝描述为平等互敬的活动,但实际上朝贡仪式象征着他们的政府成了清帝国的朝贡国。⓫

经耶稣会士著述的传播,欧洲愈发渴望打开似乎拥有无尽财富的中国市场,耶稣会士们或隐或显地表示,对饱受宗教战争和王朝冲突的欧洲而言,中国虽为满人征服,仍然不失为公正和繁荣的榜样。在这些作者笔下,这种由哲人和学者治理的秩序井然的帝国的理想形象掩盖了明末中国复杂而血腥的历史,这样才能在复杂和残酷的现实面前维系大规模扩大基督教信众和赚取无穷贸易利润的梦想。⓬正值英格兰堕入混乱之际,中国展示了一幅理想的图景:一个复杂社会如何能顺利运行,而不犯下毁

---

① 中译本按通行译法,简称为《荷使初访中国记》。

灭其他帝国的罪孽。⓭ 正如彼得·黑林所说，中国人以其"天生的勤奋，生产和机械的熟练"而闻名，中国自身"十分富裕肥沃，许多地方实行一年两熟制，一些地方实行一年三熟制：精垦的土地播撒各类谷种，种植上佳品种的作物；这些作物不仅成熟快，而且比西方作物更加优质和完善"。中国所受大自然的恩赐为黄金时代以来别国所无。因为中国"生活所需之万物丰盈"，因而能养活难以置信的高达2亿的人口。⓮ 对黑林来说，中国物产"丰盈"既给欧洲带来了贸易机遇，也标志着社会政治稳定性，这确立了中国的文化和政治权威地位。这种理想化形象有赖于一种政治经济学的想象，刺激了17和18世纪欧洲使团奔赴北京：人们相信，人类通过贸易能够取得指数级别的社会增长，弥补原罪造成的破坏并超越这个后伊甸园世界的生态资源约束。

这种理想化的经济观念无视了中国当时的历史。约翰·韦伯基本忽略了明朝的覆亡，重申一个世纪以来的陈词，认为中华帝国的繁荣系于其沃土：

> 我们可以看到，中国有着无数极为繁盛的城市，如果说中国浑然一体，我想并不为过。在中国许多城镇、城堡、村庄和地方，迷信流行；如果那道长达300里格（leagues）的长城为后世所铭记，一路绵延，从东海岸到西海岸，那么整个中国上下，无论多么宏伟，就好比是一座城市，城中人类生存所需之物应有尽有，无限丰富；大自然的造化播撒在世界各国的，独有此地得以尽揽。⓯

中国如此富有，因而无须像欧洲人那样将财富的梦想系于国际贸易。韦伯对中国历史源起的描述是对中国的赞美，也概括了他的文明史观，恰恰和弥尔顿相反："万物的知识始于东方，世界的东方最先开化，诺亚即是导师，因此迄今为止，世界越往东就越文明，越往西就越野蛮。"❻对韦伯而言，文雅体现了国际化的道德准则，体现了一种道德和伦理心态，保存了关于诺亚式正义的"最初知识"。他淡化了持调适论的耶稣会士在反击欧洲批评者时所坚持的区分：儒家代表着一个开明有序文化的世俗价值观，而基督教代表着上帝的启示，为个人和社会道德提供了终极的神学依据。韦伯则不同，他认为中国是欧洲皇室理应效仿的榜样。❼

显然，对韦伯之外的其他作家来说，中国的"无尽物产"奠定了社会秩序的基础，可以使其设法超越因竞逐稀缺资源带来的冲突。中国成了文明的榜样，即使在满人征服之后，仍然保持着道德和文化传统继承者的形象——这是因为它有着似乎无尽的资源，而当时欧洲大部，尤其是英格兰，正值动荡时期。沃特·雷利爵士、戈德弗雷·古德曼等作者将原罪和匮乏画上了等号，而中国逆转了这一等式：中国的物质财富与中国的道德、政治和社会秩序互相促进。❽对欧洲读者来说，这是一笔惊人的财富。纽霍夫行纪的第二版收入了后续的使团记载，该版本的荷兰编者奥夫特·达帕就像50年前的利玛窦那样，描绘了中国的巨大财富：

来自15个省的庞大岁入均缴纳给皇帝；境内未有一寸土地不纳贡：不，据说，除了用于士大夫、地方督抚和士兵的通常开支,皇帝的国库岁入达 6000 万金币,总岁入达 1 亿 5000 万克朗(Crowns)。⑲

当时,英格兰的岁入和开支不到中国的十分之一,这样的数据重新定义了什么算财富。明帝国财政收入(达帕的数据引自利玛窦,统计始自明朝末年)按照行省和商品分列,以便欧洲读者准确了解帝国经济的规模:

  15 个省每年共纳贡 32207447 袋米,每袋足供百人一天之口粮;409949(袋)生丝,712436 匹麻布,630770 捆棉花,191730 匹丝织品,1794261 韦①盐,一韦计 124 磅,总计 187688364 磅 [计算疑误——编者]。2418627 捆干草和稻草,是御马的草料。有人估算,帝国岁入达 50000000。⑳

相信 21 世纪的读者大多会觉得这串数字中少了逗号,读来略为不便;50,000,000 比起"50000000"来更为一目了然。我们不难想象,对 17 世纪的英格兰和荷兰读者来说,这些数字就显得愈加古怪而诱人。当查理一世和法国签订密约,以支撑其空虚的国库时,达帕笔下明朝末年的数据令欧洲自惭形秽——尽管此时明朝财力已不足以支撑北境和西境的防御战事:"末代汉人皇帝为崇祯帝,1623—1640 年的岁入如下:黄金 4756800 两,一两黄金合十两白银;白银 3652120 两;珍珠,价值合 2926000 两白银;宝石,价值合 1090000 两白银;象牙和龙涎香,价值合

---

① "韦"是英格兰旧时重量单位,多用于度量奶酪、羊毛和盐。

1215000 两白银"，这些还不包括皇室名下庄田的岁入。㉑这组数据列在三页大幅对开页结尾处，记录的不过是预期岁入，是把中国朝廷奏议中的数据呈现给欧洲读者。这些数字代表的极度庞大的财富，带来了一种经济和社会层面上的崇高感——难以甚至超出理解的财富。由此观之，这些数字不是对具体数量的客观描述，而是协调双重需求的符号，一面是精确量化统计的要求，一面是这般天文数字激发的无穷欲望。㉒

对黑林、达帕等时人而言，对华贸易意味着一种可能：稳定的贸易关系让欧洲人开发中国不竭的财富，进而借助这些财富恢复社会政治稳定。但悖论在于，这种理想化描述恰好不符合欧洲对互惠贸易的想象。如果中国如这些作者所说的那么繁荣，那么君主又为何要向欧洲敞开其巨额财富呢？荷兰和俄国使团力图解答这一疑问，这也体现了 17 世纪关于贸易的意识形态的深层裂痕，有赖跨文化的文雅观念来弥合。

纽霍夫使团和文雅的政治

1655—1656 年，扬·纽霍夫随两位荷属东印度公司大使访华，公司安排此行目的是觐见顺治皇帝，商议对华的"自由双边贸易"。㉓这支使团从一开始就计划明确。1622—1624 年，荷兰人袭击了福建海岸，在澳门遭遇葡萄牙人，因而受阻，无法将台湾的贸易基地扩展到大陆。1652 年，荷属东印度公司遣使赴广州会见藩王尚可喜与耿继茂洽谈通商事宜，得蒙鼓励，但次年北京官员拒绝让荷兰人登陆。㉔尽管遭遇挫折，但经过两年前的失败，荷兰人可谓深谙京城政治，他们认识到必须以朝贡国的身份才能开启贸易谈判，尽管当时他们已经把自己定位为潜在的、富裕的贸易伙伴以及清朝的强大盟友，助其打击拥护南明政权的郑成功（英文名为Coxinga），郑氏袭击台湾附近水域的荷兰和中国船只，并于1661—1662年攻占台湾岛。因此，他们携诸多"礼物"赴京"进献伟大的可汗"，包括"一些昂贵的商品，如羊毛制品、细麻布、肉豆蔻皮、肉桂、丁香、肉豆蔻核仁、珊瑚、透视镜、望远镜、窥镜、大小宝剑、枪炮、羽毛、盔甲及其他几种物品"（25）。这份看似纷繁的目录表明了荷兰人眼中怎样的礼物适合清帝和廷臣。㉕献礼可分为三类：低地国家出产的纺织品，来自荷属东印度公司治下的摩鹿加群岛的香料，以及欧洲生产的供精英阶层消费的工艺品。在诸多欧洲工业器具的礼单中，"羽毛"显得颇为突兀，这恰恰有助于我们理解欧洲向中国赠送宝剑、火炮、望远镜和盔甲等礼品的用意。这些武器并非用来体现西方的先进技术，而是当成一种玩意儿，作为展品或是贡物，表示服膺清朝征服中原的武功。㉖荷兰人希望他们的礼物能够协调平等国家之间的外交和商贸关系。对较低级别的官员而言，细麻布和其他布匹似乎是要证明欧洲商品的潜在价值；丝绸和香料宣传了荷兰船运的威力，显示出他们载货量大，是中国和东南亚之间地区贸易的高效运输方式。简而言之，这些"进献伟大的可汗"的礼物表明了商人如何理解新立的清朝的观念和需求。

不过，荷兰使团还要对付驻澳门的葡萄牙人及驻京的耶稣会士，二者都想破坏豪伊尔（Goyer）和凯瑟尔（Keyzer）的出使。

在 17 世纪早些时候，荷兰人曾将葡萄牙人逐出香料群岛，袭击华南沿海，并在 1622 年袭击了澳门的葡萄牙据点。1615 年，在日本，天主教传教士或被逐离，或转入地下活动。1638 年，数千名日本基督徒遭折磨、处决或被迫放弃信仰，荷兰人帮助将军镇压了基督徒参与的农民起义。㉗由此，澳门和日本间获利颇丰的贸易中断了，荷兰成了唯一获得对日贸易特权的欧洲国家，尽管这种特权也是极为有限的。迄至 17 世纪中期，远东的葡萄牙贸易依赖于澳门：来自印度的香料和金银在广州交易，换取中国奢侈品，尤其是瓷器、丝绸和茶叶，再以高价在果阿、中东、西欧甚至巴西售出。澳门作为中转港，有赖于广州的明朝汉人政权及其后清朝当局的许可，因此 17 世纪 50 年代的荷兰使团对葡萄牙的经济和传教士利益构成了重大威胁。

1653—1654 年，荷兰使团初访清廷，由弗里德里克·施合德尔（Frederik Schedel）①率领，受到葡萄牙人阻挠，并因未能呈交清朝认可的公文而受挫；他们携有位于今天印度尼西亚的巴塔维亚总督的公函，而非尼德兰总督的公函，并且对清廷要求朝贡使团所行的礼仪未做准备。不过对此次失败，纽霍夫毫不含糊地归咎于耶稣会士的阴谋：

> 澳门的总督和议会，想把此次出使扼杀在摇篮中，他们不只收买了海军将领［haitonu］，送礼并游说，他们同时也派遣较大规模的使团赴广州……告诉总督［荷兰人］生性狡诈，没有祖国和定居之所，靠秘密行动和海盗为生：他们有一些

---

① 在清顺治朝关于荷兰使团的文书中，荷使人名译为初璘。

> 船和炮,海上势力颇大,如今他们想在中国站稳脚跟,如此便能发财……他们与海盗郑成功缔结和约,因此理当是鞑靼皇室眼中的敌人。(22)

纽霍夫模仿葡萄牙人和耶稣会士的常见指责,为他下面介绍豪伊尔和凯瑟尔使团面临的困难做好了铺垫。经过施合德尔的失败,荷兰人要澄清他们不是海盗,说服满族和汉人政权他们有值得交易的货物,和广州与北京的官员建立信任。悖论在于,他们部分得依赖朝中的耶稣会士作为中间人,虽然他们想避开传教士的影响,特别是最具影响力的耶稣会士汤若望(Johann Adam Schall von Bell)。耶稣会士和葡萄牙驻澳门势力联合,从一开始就试图阻挠荷兰与新立的清朝开展贸易。欧洲宗教冲突的复杂政治在帝都北京的觐见室和茶室中上演了。

在全书的开篇,纽霍夫表示要"更准确地呈现中国人的天才和仪态,中国的习俗——所有地理志作者都认为中国是世界首富——以及发现那些外人此前未至之处"(3)。在他的记述中,纽霍夫详述调查数据和税收,力求一种近乎数学般的精确,但是他本人对中国的描述穿插在使团行纪之中,大量参考了此前耶稣会士的作品。纽霍夫老调重弹,认为中国作为一个帝国"拥有最罕见的建筑和最富有的城市,超过了世界其他地方的总和;全欧洲人口最多的国家也不能及"(8)。为了证明他的记载精确,纽霍夫详述了人口数据——据官方人头税统计,成人男性达58940284人,这不包括学者、大地主、在朝官员等——皇室总收入,岁赋,这些以稻米、干草等形式缴纳（8）。㉘这些数据证实了荷兰人的看法：无论从哪个角度看，中国的财富都是取之不竭的。相比之下，17世纪50年代英格兰人口不足600万。如果中国的富足吸引了荷兰使臣并刺激了他们对贸易利润的渴望，中国的自然资源则像是丰裕的宝藏。纽霍夫认为，中国能够养活人口，并满足欧洲对各类货物和产品的无穷欲望：

  这可谓是普遍真理，人类生存和享乐所需的一切，在中国都很充足，人们不需要觊觎邻家。因此，以一己之见，我颇敢断定，欧洲有的，无论是什么，在中国也能找到；如果他们真的缺什么，大自然也对这唯一的缺陷有所补偿，提供了其他各种欧洲所没有的物品。（244）

  卫匡国和曾德昭的著述中也有与这段类似的记载，而这两位作者都继承了金尼阁编撰的利玛窦札记。㉙纽霍夫出于"一己之见"的老生常谈，表明欧洲作者不愿将他们的文化直接与中国相比，也不愿用中国来反衬欧洲经济和军事力量的局限。因此，他们眼中的中国财富是消费层面的——关乎"享乐"，而非军事力量，在他们想象中，6000万户家庭是"细麻布"和廉价羊毛的巨大潜在市场。

  17世纪40年代满族入主中原，荷使访华期间清廷平定南方，击败明军残部，并阻止郑成功势力进犯。按照纽霍夫的叙述策略，这一历史进程引发的重要道德和思想问题被淡化了。㉚尽管他对平定中国所论甚少，但他对满族入主中原的后果的认识透露出新兴的清朝对欧洲评论者的观念影响。据纽霍夫所言,"古希腊人和古罗马人曾征服了许多国家,但从未像这些无情的鞑靼人这样野蛮地对待那些被征服者。鞑靼人最近入侵中原,手段残酷,不仅摧毁了显赫的城镇和村庄(现在沦为鸟兽栖居之所),而且还让当地最好的人士沦为奴隶"。(49)将清朝和希腊罗马帝国相比突出了中国新主的野蛮,但也证明了其军事力量和组织效率:一个世纪以来,在英国人的梦想中,"中国当地民众"代表着未激活的消费欲望,如今沦为强权手下的"奴工"。

如果说满族的入主可能破坏了晚明来华的耶稣会士描述的中国形象,那么清朝的扩张却并未打破荷兰对贸易的期望,而是让纽霍夫想象北京有着对立统一的两种力量在运作:传统中国美德,辅以对国际贸易更为友好的态度。清朝的胜利让荷兰人期望他们能抓住这次政权更迭,开展更广泛且有利可图的贸易。作为相对新兴的世界列强,荷兰人发现他们自己和入主中原的满族人的地位大致类似——荷兰也是一支活跃的政治势力,渴望在击败富裕但僵化的帝国(西班牙)之后乘胜发展。从这一意义上说,在荷兰追逐合法地位、权力和利润的过程中,清朝是荷兰的镜像,尽管纽霍夫谨慎地强调了清朝被汉化的表现。纽霍夫认为,满人会融入主流的汉文化,同时赞同与荷属东印度公司在东南亚的商馆开展贸易。

正如早先来华的耶稣会士,纽霍夫强调了中国的内敛性格和防御性的军事战略:中国对荷兰在亚洲扩张不构成威胁,前者半是货仓,半是潜在的贸易伙伴。值得注意的是,正是"大自然"赐予了中国超过欧洲的"丰裕"财富,这种丰裕塑造了它对上层阶

级的文明秩序和文雅举止的理解。纽霍夫花了不少时间记录他对彼国彼民的观察。纽霍夫描写荷兰人在地方首府受到的款待,他说:

> 几乎没人会相信(若非亲眼所见),这些偶像膜拜者和异教王公的生活是如何富丽堂皇,他们的子民受到怎样良好的治理;在总督府上(两三千名)大小官吏都能安静而高效地处理公务,一切事务安排,就像处理家务一般迅捷。在席间用餐的还有总督的孩子,他们很有教养,在欧洲我从未见到胜过他们的。(41)

国与家的类比把布尔乔亚的家庭美德延伸到社会和政治领域。纽霍夫惊叹总督府衙的"富丽堂皇",部分是因为府邸的面积。政治仪式的规模令欧洲的类似仪式相形见绌;两三千人按照等级高低组织起来,以示他们对藩王和皇帝的顺服,这表明了清代中国和欧洲的治国方式在质和量上都有区别。为了保持如此"安静而高效"的秩序,总督以及更广泛的精英阶级必定有足够资源才能养得起上千名家臣。秩序的关键不是暴力,而是调配资源来保持礼制,这种礼制涵盖了政治忠诚、行政效率、顺服,甚至孩童的礼貌。在这个方面,"文雅"这样的修饰语喻指着关于文雅的主导意识形态——等级制的家庭和政治秩序,可以把督抚和他们的家庭以及肃然起敬的荷兰客人团结起来——这种共情可以"自然地"跨越语言和文化差异。广州和北京的满汉官府,都满足了荷兰对秩序和财富的渴望,悖论般地一方面体现了节俭的商业美德(这里转换成了"效率")保证极度高利润的贸易,另一方面又超越了这种伦理。

中国的秩序、财富和潜在的利润颇为文艺地体现在纽霍夫《荷使初访中国记》中上百幅全页插图中。通过细节和老练的技巧,这些插图描绘了社会-自然秩序,体现了中国人的勤劳和新立清朝的权威。关于广州的版画描绘了荷兰船只停泊在港口,被数十艘小船环绕着,这些小船似乎是用于贸易和运输的。重要的是,这些舢板和小艇象征着"人类生存和享乐所需的一切",因为他们代表了生产和商贸的内在网络———一幅河滨"大丰收"(cornucopia)①景象,不断穿梭于广州港。1703年,苏格兰商人亚历山大·汉密尔顿(Alexander Hamilton)宣称"一年到头,每天城外都停着不下5000艘货运舢板,此外还有做其他买卖的小船"。❸插画的后景,广州的城墙横贯画面;地基和土城墙的平行线似要伸出页面之外,仿佛在用视觉语言诉说着欧洲最爱用来形容中国贸易的词:无穷。城墙背后除了瓷器、茶叶和丝绸这些荷兰求购的物品之外,还藏着"无穷"的可能,这就是中国对欧洲和日本白银、南亚纺织品及东南亚香料的消费需求。广州平面图展现了城墙"背后"的空间,用标准的几何图式呈现了一座巨大而有序的中国城市。这幅图既不是用现实主义方式呈现城市景观,也不是地图:平面图采用了超现实的几何图形和怪异的视角来塑造一个人口、经济和社会政治生活的榜样。从面积和匀称的形态来看,这座陌生的城市是一个"他者",这不是因为它不符合欧洲观念,而是因为它的形态表明,当地民众坚持践行儒家仁政理想。汉密尔顿"通过

① "Cornucopia"指装满花果和谷穗的羊角,典出古希腊神话中哺乳宙斯的羊角,象征着丰饶。

第三章
"敬呈常贡"

日均消耗的粮食数量"计算18世纪初广州人口,他的报告称,据当地商人估算"每天进口谷物10000担。另据估算,按3个月内人均消耗粮食1担计,城中人口达90万以上,城郊人口为城区人口三分之一"。㉜按照面积和粮食消费量,广州堪比伦敦和巴黎,数字统计把广州居民变成了一台消费机器,可以消化荷兰、葡萄牙和(自17世纪末开始)英格兰争相兜售的产品。

从广州到北京,纽霍夫及其同胞造访的每一个地方,商人们的对华印象似乎总是和理想的社会政治秩序及消费需求相关。例如,英德(Yngtak)①有着"宏伟的屋宇,富丽的邪神庙(Idol Temples);围绕着美丽的山峦,风景怡人,郊外整洁而开阔"(51)。这类描述的潜台词是,在建筑美感、城市规划、宗教祭祀场所的意义和风景美学方面,中国和荷兰有着共同的根本理念。尽管纽霍夫不像利玛窦这样的耶稣会士或韦伯,他不相信中国人信奉一神教,但他提到了"邪神庙"(Idol temples)和"异教牧师",这淡化了中国宗教的异质性(otherness);文明的拜偶像者和欧洲基督徒在根本上是一致的,而异教和偶像崇拜的记载只是在描述上加以修正(adjectival modifications)。在这一意义上,中国文化反映并强化了欧洲的自我认知;他们认为上层阶级身份是超越文化差异的,因此好客、高贵、奢侈都是贵族和特权的根本特质,是不同文化共有的。㉝"异教文明"这个自相矛盾的概念制造的麻烦在纽霍夫那里得到了调和。纽霍夫认为宗教差异是次要的,他最渴望的是用文雅的话语来证明满汉精英在关于经济特权和"自由贸易"问题上所见略同。

① 今广东省英德市。

更通俗地说，纽霍夫在描述文化差异时遇到了麻烦——我们一般认为这些差异体现了民族和种族身份的差异。耶稣会士的调适论强调基督教和儒家的相似性，这让17世纪作家和旅人倾向于寻找上层社会的满汉和欧洲人士的相似性，包括身体特征和社会行为。出人意料的是，尽管当时欧洲已经经历了几个世纪种族主义制度的影响，但纽霍夫及几乎所有谈论中国的17世纪欧洲作者，都没有记录我们通常所说的种族差异：

> 中国人……肤白近乎欧洲人；尽管一些生活在南部乡村，接近赤道的人，由于受到日照炙烤，肤色变得黝黑……他们眼睛小，略长但近圆形，黑色。其鼻小，鼻梁不甚高，然耳极大；但面部的别处与欧洲人几乎无异。

值得注意的是，白色未被当作种族的决定性因素；我们通常认为中国人独有的眼睛形状亦然。纽霍夫认为，肤色是气候造成的，因此北方中国人白皙的"肤色"意味着他们不是另类种族。相反，如果纽霍夫认为所有文明民族都是白肤，那么白色就代表着服饰、品位、礼仪和财富——这是一种认可，可以用于评价任何文明社会。❸ 除了大耳朵（在21世纪的种族观念中，这个特征不重要），中国人似乎和欧洲人区别不大。或者可能更准确地说，19和20世纪主导华人刻板印象的差异在当时不是社会文化认同的决定因素。种族特征包含在其他认知方式、象征体系中，共同塑造了商界精英、地方长官和吏员之间的跨文化认同。

如果文雅是中欧之间的共同点,那么纽霍夫对上层女性的描述则激发并戏剧化地表达出一系列或隐或显的社会政治价值观,使得中欧之间的贸易变得顺理成章,近乎历史的必然。很大程度上,中荷两国权贵阶层的共同点被加诸中国女性之身。纽霍夫告诉他的读者,她们"大部分漂亮、柔顺、聪慧,身体之美超过一切其他异教女性:她们的肤色接近白色,有着棕色的眼睛;一切自然之美和独特的优点,由黄金和绘画衬托出来"(208)。这些女性是不同文化共有的男性欲望的对象,她们体现了中荷品位的一致性:珠宝和绘画的人工之美确立了共同的文化价值体系——女性魅力的观念。像欧洲女性一样,中国人知道如何化妆和搭配服饰,在外人面前表现得"柔顺";她们体现了纽霍夫及其欧洲读者眼中顺理成章的女性化行为和观念。不过,作者不只描写了女性的身体特征,还提及了性别关系的变化——她们顺从男性——以及内在思维特质;这些女性既美丽又"聪慧",这证明这个近乎典范的文化的成熟程度,并进一步反映了纽霍夫所属社会的男权观念。换言之,这些女性的外貌和行为让他确信,她们和欧洲女性之间的差异不是绝对的;她们"接近"白色的肤色恰恰抹去了其阶级和性别身份的文化特殊性。就此而言,作者在这段描述中的限定语——"大部分""异教""接近白色"等——说明他不完全痴迷于中国女性的"独特优点",不完全觉得她们超过了欧洲女性。参照中欧文化其他层面的对比,这种关于上层女性的叙事构建了利益共同体——互相呼应(mutually reflected)的价值观在多种因素影响下进行"交流"——这个共同体是相对其他群体即"其他异教女性"而言的,这些女性缺乏北京和阿姆斯特丹的女性共同拥有的美丽和优雅。

在观察优渥的上层阶级文化时,为了把握文化差异的细微差别,纽霍夫只能通过寻找第三方共同敌人的意识形态叙事,试图将荷兰使团界定为清廷的盟友,共同对抗米歇尔·塞尔所说的"第三方"或寄生者(parasite)。这便是塞尔所说的噪音悖论,成功的交流必须排除噪音干扰,但同时,只有在噪音衬托下,意义才能产生。㉟寄生者总是不稳定的、调和的产物:各方努力找到和满汉精英共享的商业和社会利益,这一活动既是"第三方"势力促成的,同时也制造出了不同的"第三方"。在这种论述中,"第三方"威胁着理想中的语言、文化和经济的顺利交流。对纽霍夫而言,在不同阶段和语境中,寄生者呈现出不同的形态;他对欧洲人和汉人的比较,以及欧洲人和满人之间的比较——无论男女——都是通过不同的寄生者完成的:乞丐、普通人、被满人俘获为奴的汉人,以及荷兰使臣要对付的欧洲竞争者。

在京的荷兰人和耶稣会士

为了和清廷达成贸易协定,荷兰使臣遭到葡萄牙人暗中阻挠,他们形容荷兰人"生性狡诈,没有祖国和定居之所,靠秘密行动和海盗为生"(23)。为了开启谈判,荷兰人要对付这种种族和商业偏见,但他们又受到了任清廷御用翻译的耶稣会士汤若望的阻挠。汤若望生于德意志,1619年抵达澳门,帮助澳门成功抵御了 1622 年荷兰的围攻。㉞明朝末年,他成了耶稣会在华事业的关键推手,运用他的天文学知识和工匠手艺推动了中国的历法改革。汤若望推算日食月食比中国和伊斯兰天算家更精确,因而迅速赢得了新立之清朝的支持,1644 年被委任为钦天监监正。此外,汤若望还获得其他封赏,自年轻的顺治帝 1651 年亲政起的十年间,深得宠信。1658 年,汤氏擢升光禄大夫,主管朝中典礼宴饮,成为"正一品大员,品衔与议政大臣及最显赫的亲王相当"。㉟由于汤若望致力于扩张葡萄牙在澳门的势力以及耶稣会士的利益,他成了荷兰人的劲敌。

耶稣会士充分吸取了施合德尔使团失败的教训,他们着手通过各种方式送礼和行贿,以此赢得至少部分清朝官员的好感。纽霍夫把出使的失败归咎于葡萄牙人和耶稣会士的联合阻挠,这证明了"第三方"想象引发的焦虑;有意思的是,耶稣会士也带着同样的疑虑和敌意打量着荷兰。奥格尔比 1669 年的《荷使初访中国记》的英译本的扉页标明,该译本附有"荷兰的对手神父约翰·亚当斯关于谈判过程的书信",这部分单独编排页码,教士们以此反击荷兰人批评。"由一位耶稣会士执笔","我们四位朝中的耶稣会兄弟,决心尽一切手段破坏荷兰人的计划,对其行动保持警惕,尽力阻止"。(2)就像荷兰人谴责葡萄牙人行贿一样,作者也谴责荷兰行贿,强调荷兰人"到处劫掠",说他们背叛了"法定的君王"(这也是约翰·德莱顿等英国作者在三次英荷战争期间的指责)和教会正统(4)。耶稣会士制造的恐惧不是来自征服或殖民,而是来自海盗活动;他们不断回顾荷属东印度公司 17 世纪 20 年代侵扰福建沿海的历史，称驻台湾的荷兰势力是袭击沿海各省十余年的郑成功的援军。为阻挠荷兰使团，耶稣会士抓住荷使携自东印度的觐见礼做文章，称荷兰人的礼物不是自己所产而是掠自别处，这证明他们是"四海之内海寇之首"。(4)讽刺的是，荷兰海上帝国的霸业却成了他们漂泊无定、背离农耕定居文明秩序的证据。

为了反驳汤若望含沙射影的指控，荷方开始编造谣言，诋毁在澳葡人。他们显然深信中国拒不开放贸易是因为荷兰的欧洲对手们在暗中捣鬼。纽霍夫称"使臣们十分清楚汤若望神父等耶稣会士的计划和行动，他们受葡萄牙人贿赂，反对荷兰人推动在华自由贸易；因此耶稣会士对鞑靼人进言，称荷兰人以经商为名，实际只为进入中国，而后掠走一切能拿的东西"(123)。纽霍夫相信文雅能够服人——也相信他和国人能展现他们的关怀和友谊——这让他忽视了一点：清廷对与荷兰开展长期贸易兴趣不大，或者推而广之，清廷对荷兰奉为文明社会标志的商业价值也兴趣不大。通商的雄心遮蔽了荷兰人的眼睛，没有意识到汤若望可能比他们更清楚清廷的复杂性。汤若望身着士大夫的袍服，和顺治皇帝交好，相信顺应祭祖等儒家礼仪是布道事业的必经之路。他中文流利，了解明清中国的社会复杂性，这是荷兰使臣无法企及、自叹不如的。

荷兰和中国对礼貌行为的形式和影响有着不同看法，这从荷兰方面的外交往来信函和清廷1655、1656年的奏折中可以看出来。荷属东印度公司想找到跨文化谈判的意识形态基础，而满汉官员则依据他们对权力、文雅和欲望的看法来理解荷使的行为。荷使携荷属东印度公司驻巴塔维亚总督约翰·马祖克（John

Maatzuiker)致顺治帝的表文,把对华贸易需求包裹在欧洲常见的对国际贸易的神学辩护中:

> 造物主造成大地,分有万国。或土产,或手制。此之所有,彼之所无,彼之所有,此之所无。造物主之意,盖欲人民彼此有无交易,因而相爱相和。所以我们多有飘海远游,各方皆到,到处即得与国主相与。
>
> 闻得大清国皇帝每得大胜,做了中国之主。此皆天主简任之恩。我们要来奉贺,并求凡可泊船处,准我人民在此贸易。一者是天主所定,一者各国规矩皆然。❸

马祖克的表文主张,贸易是解决人类被逐出伊甸园导致的资源匮乏的手段。马祖克希望借此发展对华关系。他的说辞令人想起半个世纪前伊丽莎白女王给亚齐苏丹的信,他的论证十分接近萨缪·铂切斯对国际贸易的颂歌。❸巴塔维亚总督认为,上帝准许贸易,因为唯有贸易方能弥补人类堕落带来的损失;货物的自由交易能让我们重返黄金时代,那时一国之富余可补别国之不足。远途贸易的利润——即剩余财富的互易——说明这得到了上帝的许可。在神佑贸易的意识形态下,清帝像其他欧洲皇室一样,成了上帝遣至世上的使者。正是这一神学承诺促进了互惠贸易和平等交易——一种有赖于互相需要的平等。

荷兰人当时明知他们必须向皇帝和广东省的藩王进呈"贡礼",却坚持己见,称贡礼是为了准备开启实质性"互贸"谈判。他们把贸易需求看作绅士礼仪的"天然"——而且是根本性的——标志，因此无法理解他们参与的清朝仪式的意义。纽霍夫不断地将朝贡礼仪——对皇帝磕头——解释为文雅的表现，表达了双方协商荷兰贸易特权的共同意愿。就此而言，马祖克表达的"自由贸易"意识形态支撑着纽霍夫的信念，超越文化的文雅观念能让荷兰人和有关官员面对面协商，用毫不含糊、有外交效力的语言，确保荷兰获得5年来京一次，对华海港贸易不受限制的权利。❹

然而，皇帝和朝臣对荷使的反应证明了双方观念的差异。北京方面是从承自明朝的朝贡体制角度来理解欧洲的需求的。尽管顺治帝似乎明白荷兰人可以成为盟友，助其剿灭郑成功势力，但在1656年8月和10月的上谕中，荷兰只是被当作普通的贡国加以安抚：

> 惟尔荷兰国……僻在西陲，海洋险远，历代以来，声教不及，乃能缅怀德化，效慕尊亲……至所请朝贡出入，贸易有无，虽灌输货贝，利益商民，但念道里悠长，风波险阻，舟车跋涉，阅历星霜，劳勤可悯……着八年一次来朝，员役不过百人，止令二十人到京……尔其体朕怀保之仁，恪恭藩服，慎乃常赋，只承宠命。❹

顺治帝把互贸的神学说辞变成了朝贡体系的等级制语言。使臣们的贸易需求变成了在政治和文化上顺服中华"德化"的诚意。荷兰人的形象是不断前来的"次等"民族，他们效慕发达文明的

第三章
"敬呈常贡"

观念和智慧。尽管顺治帝限定荷兰"八年一贡"似乎是要限制欧洲进入中国市场,避免交通、住宿和接待使团的花销,但他关于礼仪的套话却表明清廷对发展欧洲贸易兴趣不大。在荷兰和英国的想象中,对华贸易是全球贸易的关键,关乎本土消费及对欧洲和美洲的转口贸易。而对清廷而言,可以向荷兰出口瓷器、丝绸和茶叶换取白银。

在紫禁城,朝贡使臣觐见清帝的磕头礼是一项关键仪式,正式表明外夷从文化和政治上认同和顺服中国。虽然这种象征性政治剧场在朝臣中引发重要分歧,争论如何对应欧洲的要求,对满汉官员来说,文雅被视为"治国良俗"的体现和延伸(41)。纽霍夫不能或不愿承认的是,就像清宫内侍者、家臣和兵卒一排排按序列队一样,荷兰使团也受制于等级制。他们对中国礼仪和政治所知有限,结果便误解了御前人员的站位。靠着给广州官员慷慨相赠,他们得以上达天听。在耶稣会士的使团行纪的译本中,奥格尔比附上了马祖克进呈顺治帝的表文。据称,该信"起初并未封缄,就像[马祖克]写给好友与平辈的书信;但经广州的中国人裱饰后,显得尊贵而气派"(12)。即使有人相助,荷兰人还是难以领会宫廷礼仪的用意:朝廷允许荷兰人进京,不是因为皇上想发展双边贸易,而是因为使臣愿意自此开始长期进献贡礼,这在清廷看来是外夷行使朝贡礼仪的前奏,无视这些礼数就不得进入紫禁城。纽霍夫在京时,俄国使团抵达开展贸易谈判,与礼部交涉。但俄国大使没有像荷兰使臣那样做,他"坚持使用本国仪节……未曾跪拜和磕头"。由于"来使不谙朝礼",①按官谕记载,

---

① 《清世祖实录》卷135,顺治十七年五月丁巳。

"不宜令朝见,却其贡物,遣之还"。㊷荷兰人的待遇也没好到哪去。一位在京耶稣会士,神父巴里昂(Balion)称荷使和俄国人一样"大为失望":"荷兰人未能觐见皇帝(俄国人也没成功),因为他们不愿遵从当地习俗行使敬礼。他们初来乍到,情况不明,固执地拒绝顺应中国习俗"(17)。耶稣会士在华多年,对中国礼仪的理解和荷兰人大相径庭,他们认为文化融入是传教成功的关键。

经过一番努力,荷兰人发现双方的观念分歧很难克服:荷方期待的是"互贸",而清朝君臣认为定期贸易足以安抚红毛夷人,令其不生觊觎中华之心。纽霍夫认为,诸多官员提出的问题在他们看来无关紧要,外加行程中不必要的拖延,这令使团颇为困惑。使团花了不少工夫,只为了向主人证明他们不是海盗:

> 官员们……不相信荷兰人生活在陆上,认为他们出没海洋或居于海岛;因此,为澄清此事,他们决定展示我国地图;因此大使绘制了七联省共和国(the Seven United Provinces)的地图,标明了相应疆域,携图进呈皇帝。(115-116)

结果,如上谕所言,就是将荷兰从欧洲中心式贸易体系的中心挪到了中华世界的西陲。荷兰使团运用制图学把自己塑造成有价值的贸易伙伴,但遇到了更多困难,当清朝官员——

> 又询问荷兰政府的情况,以及什么人派他们来华时;大使回答,荷兰不受任何个人统治,而是由一群长官管理。他

第三章 "敬呈常贡"

们详述了管理荷兰的议会的名字,并说除了高级议会外,最高议会和君主还授权另一个议会管理东印度事务……

但钦差们不太能理解我们的政体(因为鞑靼人和中国人不知道君主制之外的政体),他们也不明白君主名衔的含义;使臣们在宣传我们国家良好形象时遇到了不小的麻烦,因此他们被迫这样解释:他们是奥兰治亲王(Prince of Orange)①派来的……

这些绅士[朝臣们]认为如果来使不是君主所遣,安排觐见便会有损陛下的威严。(116)

荷使发现满汉官员不理解议会治下的共和国制度,也不理解荷属东印度公司的股份公司性质,于是他们拼凑捏造出虚虚实实的说辞。在他们口中,奥兰治亲王是独掌大权的君主,来自巴塔维亚的荷商成了皇亲国戚。"对鞑靼人和汉人来说",荷兰人所说的"君主"(Prince)一词象征着更大的跨文化翻译问题,原以为可以超越文化差异的文雅观念也不能解决这一点。纽霍夫称呼京官为"绅士",尽管这并没有把京官纳入荷兰人谈判所需的同一套话语体系,但却表明纽霍夫(以及奥格尔比)试图把外来的等级制度翻译成熟悉的概念。

这种误解贯穿了荷使在京活动。觐见皇帝之后,使团本期待全面谈判就此启动,但令他们失望的是,上谕将贸易限制为八年一次来朝,使团规模不得逾百人。尽管清廷已令其离京,使团仍然逾期滞留,希望继续开展他们期待的谈判。但很快使团两位译

---

① 威廉三世,1650 年出生继位为奥兰治亲王,1672—1702 年任荷兰等省执政官,1689 年光荣革命后继英格兰、苏格兰和爱尔兰王位,成为英国和荷兰两国共主。

员之一,保罗·杜莱蒂(Paul Durette[或拼作 Duretti]),在其住所遇害。失去一名译员后,荷方发现与衙门及朝廷的沟通愈发困难了。清朝当局未能查明并惩处参与谋杀之人,花费 160099 荷兰盾后,使团告退,返回巴塔维亚。据纽霍夫统计,使团此行总计耗费贿金 5555 英镑,其他花销 4327 英镑(145)。曾在印度尼西亚群岛推行商业帝国主义霸权的荷属东印度公司,现在风光不再,使团回到巴塔维亚基地,不知道对华贸易是即将打开大门,还是已经被朝中的党争挤到一边。

使团遇挫,前途未卜,但纽霍夫依然无惧。他认为,"要推进贸易,必须行动,再向皇帝进献一些礼物;几位京城王公多次提醒我们的大使:大汗正与大海寇郑成功开战,如果我们能出动船只援助,我相信他会很快同意荷兰在中国开展自由贸易"(146)。中方意在保持朝贡关系("再向皇帝进献一些礼物"),但纽霍夫认为这是一个机会,可以讨好皇帝,让他授予荷兰类似贸易最惠国的待遇。他的政策建议——进献更多礼物并结盟对抗郑成功——延续了前次荷兰使团为推行"自由贸易"而采取的失败策略。尽管这些建议看上去不太可靠,但纽霍夫却不是外交新手。他履历丰硕,曾在巴西任职,他在美洲和亚洲别处的游记以多种语言翻译出版。❸1659 年,他代表荷属东印度公司会见郑成功,试探这位"大海寇"是否会与台湾的荷兰商馆为敌。因其是公司老将,经验丰富,他对中国贸易的预想正好是荷属东印度公司的董事们想听到的消息。

纽霍夫赴京行纪的结尾颇为乐观,这是由于他决定回避这样一种"自由贸易"所需的经济和政治代价。荷兰人要想获得部分对华贸易特许权,似乎就要卷入与在华耶稣会士以及葡人的纷争,就要参与以皇帝和清廷为中心的朝贡经济——清朝对国际贸易的绝对控制挫败了荷属东印度公司对免税自由贸易的期待。纽霍夫确信中国会开放贸易,相比他的在京经历,他的信心更多来自贸易和文雅的意识形态的召唤(interpellation),把使团的挫折归咎于第三方捣鬼或是一时的偶然误解。他暗示,既然可以把葡萄牙人赶出香料群岛,也可以把他们赶出澳门。他迎合皇帝的政治利益,这也是在运用共同的绅士礼节以及文雅的观念,虽然诸多事实,包括译员遇害,证明"自由贸易"总要付出不可估量的代价。

伊台斯和康熙朝的俄国使团

17世纪末欧洲来使觐见康熙帝的经历表明,中国国内政治形势的变化对中欧关系有着复杂影响,也表明对于如何将文化差异纳入和转译为精细的礼仪规则,大使们的看法一脉相承。1692年,俄国沙皇彼得大帝,遣使至北京,大使是德国人(一说为荷兰人)埃弗勒·伊斯布朗特·伊台斯。伊台斯的报告以荷文发表,1706年译为英文,题为《从莫斯科经陆路入华三年行纪》,部分是游记,部分是沙皇"欧洲之外大部分未知领地"的目录(A2v),部分是对17世纪末中国社会文化的记录。❹17世纪80年代中俄在一系列边界冲突后,于1689年签订了有利于中方的《尼布楚条约》,这次使团是这之后的第一次,表明俄国愿同清廷建立正式的贸易和外交关系。伊台斯记载的出使经历在当时颇不寻常，因为对他们一行骑马、坐雪橇和乘筏穿越西伯利亚，通过鞑靼地区到达中国途中遇到的不同民族和文化都有记录，从而以人类学的方式展现了中国文明所处的环境。这些亚洲文化，几乎无一例外，都被当作消极的"第三方"，以反衬欧洲和中国的共同利益。例如，西伯利亚中部的"奥斯加克人"（Ostiacs）"惊人的懒惰，只要有足够每年过冬的东西，他们就知足了……他们都是中等身材，大部分头发偏黄或红色；脸和鼻子宽得很；体弱，不认真劳作，也不愿打仗，完全不能从军"（20）。当然，亚洲人也膜拜偶像，见到"发条纽伦堡熊"①（20）便陷入宗教狂热。总而言之，半游牧民族的民族性——懒惰、外貌平平、不愿劳动和军事操练、崇拜偶像——划定了地理空间和观念空间，俄国使团必须穿越这一地带，找到与自己同心的文明。对奥斯加克人的贬斥表明了他们无法理解中亚游牧民族为何拒绝农业体系、封建土地所有制，以及相应的强制劳动的规训模式、募兵制度和定居生活。甚至连他们的好客热情都无法理解。据伊台斯的秘书亚当·布朗德（Adam Brand）记载："居民极为慷慨好客"，他们"给我们送来给养，有时是皮草，不求任何回馈或酬谢"。㊻伊台斯和布朗德对西伯利亚民族的描述，以不同方式重新确认了欧洲的文明观，这也是他们评价清朝政府和中国文化的标准。

在西伯利亚跋涉一年，详细点评了他遇到的其他民族的"野蛮"风俗后，伊台斯在长城以北遇到了一位清朝皇帝的使臣。这次相遇标志着回归文明，回到共同的社会行为准则，回到熟悉的——

① 发条纽伦堡熊是一种半自动机械玩具。上紧发条后，熊便会前后摇头，眼睛也会不停转动。17和18世纪，伴随着科学革命、启蒙运动和早期工业革命，自动和半自动的机械人偶风靡欧洲，成为机器人的雏形。

也就是等级制的——政治、经济和社会秩序:

> 这位大人,和蔼、有教养,十分礼貌地邀请我与他一同进餐……我受到了很好的迎接和丰盛款待,他们言谈举止和善……他的随从和士兵都秩序井然,各司其职,各就其位,如同在欧洲一样。唯一令我不适的,就是我要和他同坐在地毯上,将腿盘起置于身下。(53)

相比纽霍夫,伊台斯留心记载了更多上层社会的举止和着装,以及建筑、织绣和社会礼仪。伊台斯知道俄国曾败给清军,因而似乎愿意,甚至渴望承认满汉文化的魅力,虽然未必认为其优越。清朝官员体现了不同文化共同崇尚的文雅、荣耀和好客。他对仆从和士兵指挥有方,比起欧洲宫廷的仪节或有过之;他的管理体现了等级社会的理想景象。随从的秩序延伸为,实际上也有赖于,内化的自卑感和责任感,这使他的"随从和士兵"成了恭敬从命的典范。就此而言,这位大人的宫廷体现了伊台斯心目中的(或是他展现给沙皇的)普世社会政治理想——建立在牢不可破的阶级等级制度基础上的文雅。这里以及在他访华期间,文化差异仅仅是一些奇怪的风俗,例如盘腿坐地,或是后面提到的用筷子进餐。尽管伊台斯像纽霍夫一样必须依赖译员,但在其记载中,译员的身影并不多见。一种"直觉"的共同价值和假想的同情理解体现在社会声望和特权的话语中,他认为这种话语可以超越文化差异。

同样，种族差异是置于文雅的意识形态中来理解的。伊台斯的行纪写于纽霍夫之后三十余年，伊台斯认识到他遇见的满族官员的种族身份，却将满汉差异纳入上层社会举止的体系。观赏了长城后，伊台斯进入中国，受到本省总督的欢迎，总督是"一位极有气派的贵族，生为蒙古人，或东鞑靼人，十分和善，有教养……他隆重款待了我们"（65-66）。在伊台斯笔下，这位大人的"出身"单列一个从句表述，而后接着描述这位主人的"和善"性情。㊻虽说这位大人不是出身汉族，但他仍然"有教养"，接受了汉族传统，因此能够给予"隆重款待"。在17世纪50年代，荷兰使团溯河而上去往北京途中，纽霍夫注意到满人入主中原造成的破坏，目睹汉人像奴隶一样被驱使。在广州以北，"我们目睹汉人被最近的鞑靼之战［指清军入侵——中译者注］摧残的悲惨景象，鞑靼人驱使他们为奴，拉纤或划桨，他们无论是谁，无论老幼，都被肆意使唤，连牲畜（beasts）都不如"（48）。但对伊台斯和布朗德而言，战争和破坏的痕迹已经淡去。纽霍夫用一套超越文化差异的标准来淡化荷兰人、满人和汉人精英之间的差异，如今同样的标准又被用来抹去17世纪40年代至17世纪50年代战乱的痕迹。就此而言，对伊台斯来说，文雅成了协调文化差异的手段，以防文化差异拆散汉人、满人和荷兰人的关系；文雅是象征性通货，可以确保各方的服饰、举止和仪态反映相似的价值观，相似的追求荣耀和绅士风度的社会心态。在这些外交场合，文雅意味着愿意认可外来文化有着绅士品位、发展成熟、有审美鉴赏力和社会政治权威，文雅代表着相互需求，彼此相依，这可以将清朝督抚及其他满汉精英提升到跨越文化的绅士身份中。

由于伊台斯和纽霍夫一样不会说汉语（据布朗德记载，他甚至不会说拉丁文），他赋予文雅的虽未明言但重大的意义，不是来自欧洲中心的关于感性或同情心的话语。在当时的文学中，非欧洲社会要想表现深邃和高贵的情感，要么只能以腹语表达，要么上溯古罗马的荣誉观念（如奥鲁纳克［Oroonoko］的例子）——这是西方自我认同的原典（ur-texts），要么预示着后来的感伤英雄们特有的情感自觉。就像在德莱顿的英雄悲剧中，语言和文化差异被纳入了反经验的价值体系，反映的更多是17世纪后期欧洲的政治焦虑，而非亚洲文化和美洲印第安人文化。❹然而，文雅应当视作不同符号体系的复杂交接和重叠，常常取代或排挤强调内在性的语言，这种语言在表现心理活动的文学中尤为突出。伊台斯在宫中观看了一出中国戏剧，他的记载表明，如何借助文雅观念制造超越文化差异的阶级和性别观念：

> 首先入场的是一位极美的女士，身着绚丽的金衣，饰以珠宝，头戴冠冕，唱着她的词，嗓音动听，体态怡人，双手舞动，一手持扇。待序幕毕，正剧开场。故事说的是很久以前一位治国有方的中国皇帝，这部剧就是为了纪念他而作。时而这位皇上身着皇袍，手执象牙权杖；时而大臣们摆出各色旗子、兵器和锣鼓，而侍从们表演串场闹剧，他们服饰滑稽，花脸画得和我在欧洲见过的一样美；按照译员的介绍，这出闹剧非常诙谐，尤其是有一部分，说的是一位丈夫被放荡的妻子

蒙骗，以为她对自己一心一意，结果撞见了她和另一个男人交欢，当面受辱。(63)

伊台斯关注的是序幕和闹剧部分。这位大使仔细观察了女歌者的衣着、嗓音、舞蹈和手部动作，特别注意她的服饰和"冠冕"，这是她社会阶层的标志。伊台斯着迷于她动听的嗓音，怡人的体态，她展现的是理想的女性形象，和序幕故事的"主旨"无关。值得注意的是，对伊台斯而言，剧的"故事"没有围绕政治权力和社会地位的陈设和排场来得重要——权杖、"旗子、兵器和锣鼓"——这些呈现出帝制中国的皇室权威和文化及民族身份的细节。对于欧洲来使而言，这些陈设演绎出了跨文化、尚武和等级制的权威形象。在大使笔下，皇帝是"很久以前"的，没有故事，没有情节概述，只有"时而"一些场景令他注意到帝国权力和历史记忆。这出剧在以满人为主的宫廷面前称颂汉人的军威，用意微妙，表明了征服者的"汉化"。伊台斯对此不置一词。支线喜剧倒是吸引了他，因为这里他提到了需要译员帮忙，这在全书中为数不多。这些场景就好像来自复辟时期上演的性爱闹剧，之所以能逗乐伊台斯，正是因为讲述婚恋不忠的喜剧传达了他心目中自然甚至普世的价值观——父权对女性的统治，下人戏仿上层的社会等级制。实际上，绿帽公"受辱"重新演绎和确认了一套超越语言和文化藩篱的关于男子气概的价值观。从这个角度来看，伊台斯对戏剧的描述沿用了常见的对女性的二元化评价：女性要么是优雅的美人，要么是狡诈的荡妇。这些涂着花脸演出的"侍从"，既戏仿了主线情节严肃表现的冠冕堂皇的权力，也让超越文化的阶级和性别等级变得"名正言顺"。在大使心目中，这种等级观念表明了欧洲人、汉人和满人对文明行为和政治秩序的共识。

伊台斯对宫中宴席、演出、戏装和建筑的描绘最终压倒了此次出使的表面外交目的。当他获准觐见康熙皇帝时，他行了磕头礼，但他没有讲述清廷如何看待这个象征归顺的仪式，也没有讨论沙皇致康熙信中的失礼之处导致俄国的贡物和纪念品被退回。❽伊台斯笔下的中国满是志同道合而好客的绅士，这样的叙事手法最大程度遮掩了中俄两大帝国之间仍然存在的矛盾，也让他自己摆脱了康熙帝对俄国的消极评价：这个国家有"许多能人，但他们眼光短浅，固执，思维迟钝"。来使拒绝遵从适当的礼仪，这让俄国被当作潜在的敌人，"千百年后，中国恐受其累"。❾尽管俄国获准每三年遣200人的商队来华，但其贸易特权有限，只能留京80天。

像纽霍夫一样，伊台斯不擅长政治分析，却是一个不错的人类学家。他对皇帝的具体评价限于外貌："这位君主时年约50岁，他仪态和蔼，眼睛大而黑，鼻梁略挺；他留着黑色小胡子，但脸颊下部胡须很少；他脸上出了不少天花疹，身材中等。"（72）尽管像这样的描述满足并刺激了欧洲对中国消息的渴望，但也表明作者执迷于文雅的身体表现，这种执迷体现在两方面：皇帝的"和蔼"表明，对其性格的理解建立在共识甚或共情的基础上，但也说明，由于欧洲人是在解读他们不熟悉的复杂意义系统，他们对皇帝个性的任何印象都是单薄的。因此，伊台斯突出的文雅价值观想要超越跨文化阐释的障碍,把康熙的宫廷描写成无差别的特权场所,有着来自欧洲和满汉上层人士的同道情谊(camaraderie),这取代礼貌成了分析对象,并支撑着伊台斯对出使成功的信念。康熙代表了中央之国所拥有的理想美德。

如果说伊台斯与康熙帝之会是叙事的高潮,那么这一事件也表明,想用一次礼节性会面来缔结欧洲期待的跨文化纽带是不足的。悖论在于,这样简短的描述有许多留白,激起了对补充信息的渴望,而这只有少数几位在京耶稣会士才能告诉欧洲读者。在这一语境下,将伊台斯笔下的康熙帝和耶稣会士白晋(Joachim Bouvet)撰写的康熙帝全传进行比较,就颇有意义了。白晋的《康熙传》先于伊台斯的出使行纪数年出版,书中的康熙帝成为跨文化文雅观念的践行者。

据白晋记述,康熙帝有着"众多高尚品格",其"天赋罕有人能比,才思敏锐,记忆广博,悟性高……因此,在这世上,不独能开展而且能成就伟业的,他是最佳人选"。㊾对白晋来说,皇上行使的无上权威得到了臣民的拥戴,他们"感佩皇上的仁爱和公正……也慕其德化;他们素来顺从理性律令,因此认为皇上能完全驾驭其个人欲望"(2)。更有甚者,白晋吹嘘宫中耶稣会士"已经把欧洲各国的良好形象印入康熙的脑海",康熙帝已经摆脱了中国长久以来的排外和鄙夷外人的心态,他称颂康熙帝"在法纪荡然的〔中国〕内战期间"致力"重建良好秩序,压制政府的滥权",试图"恢复法律的古老生机,在臣民中推行众多新法",并"大量"投资建设公共设施,"维持河流、沟渠、桥梁、堤岸等类似设施良好运转，利商便民"（14，23，33）。康熙帝达到了理想皇室符合的数项传统要求：他恢复了疲于战乱的帝国昔日的荣光；他延续了耶稣会士称颂的政策，让新生的中国得以享受富贵繁华；白晋认为，康熙帝拒绝汉族的祖先崇拜，而是"公开祷告和祭拜天地之主（the Supream Lord of Heaven and Earth）"（28）。按照这一理想形象，康熙帝皈依基督教（几乎）指日可待，这种想象取代了荷兰对无尽贸易的想象，成了传教士的中国记述的重要内容。康熙帝恢复了古老一神教的纯洁性，也恢复了社会秩序和政治统一，这奠定了他的地位，在白晋看来：论政，康熙帝"无疑"是"世上最强大的君主，既有巨额岁入，又有广袤国土"；论德，康熙帝"最恰切地体现了俭朴和谦逊的品行"（29-30）。然而，如此理想化的清帝形象也有危险，因为如果北京的帝王品德代表了王权的绝对标准，欧洲似乎便落后于满汉的政治、社会和道德标准。清朝皇帝恰恰表现了欧洲皇室应当效仿的品格。在17世纪末饱受战争摧残的欧洲，康熙帝代表了历史上的榜样，引人想象如何结束战争、社会动荡、王朝矛盾以及仍在继续的血腥战事。埃卡纳·塞特（Elkannah Settle）在《鞑靼征服中国记》（1676）中不得不用荒唐的法子解决英格兰的继位危机，而白晋却可以就此写一部在世君主的传记。❺

伊台斯的叙事轨迹——从文明的欧洲穿越野蛮的异教西伯利亚来到富庶的中国——可谓代表了17世纪欧洲访华的典型心理，希望运用耶稣会士的融入策略获得经济回报。纽霍夫和伊台斯像黑林和韦伯一样，在中国身上找到了理想的文化、社会和政治理念。这几位作者都感受到了满汉同侪身上的文雅修养，这种文雅可能体现了欧洲的焦虑：统一的基督教西方沦为了对中国皇帝磕头的朝贡蛮夷。纽霍夫和伊台斯不断强调的特权观念掩盖了17世纪中国的政治现状，使得这些访客像其他欧洲人一样，在广州和北京拥挤的市场和奢华的宫殿中找到了帝国无尽财富的明证。

然而，现实中，成千上万中国商人和官员看守着这些财富，他们的逐利方式不同于欧洲期待的高额利润的"自由"贸易模式。1703年，汉密尔顿前往广州，当时，经过60年漫无计划的对华通商的尝试，英国驻印度商馆和广州之间刚刚正式通商，而他看准机会，想从中谋利。经过数月沮丧的拖延和谈判，汉密尔顿不得不以约合市价80%的价格清仓。算上关税和其他上缴官府的费用，最终他到手的只有预期收入的一半。汉密尔顿把对中国的不满转移到了耶稣会士身上，对于以新教徒为主的读者来说，这是故技重施。"基督教传教士"，汉密尔顿讥讽道，"在几任帝王尤其是康熙帝（Chunghee）的容许下，新收了许多信徒，这些传道者容许他们的信徒进行许多和西方基督教制度和经典相悖的行为，如一夫多妻、纳妾，以及同时供奉异教和基督教的圣徒，尊其为神，这在罗马引起了不小的争议"。㊾失望的汉密尔顿挑了软柿子出气，但他十分清楚居于弱势的欧洲人和广州的行商们谈判有多艰难。尽管荷属东印度公司和彼得大帝追求的自由贸易尚不明朗，但汉密尔顿、纽霍夫、伊台斯等商人以及白晋等耶稣会士仍然继续为读者们描绘着理想化的中国——中华帝国似乎一直愿意奖赏那些不懈努力的文明商人，开放其港口参与有着无穷利润的贸易。

注 释

❶ Jorge Arditi, *A Genealogy of Manners: Transformations of Social Relations in France and England from the Fourteenth to the Eighteenth Century* (Chicago: University of Chicago Press, 1998); Steven Shapin, *A Social History of Truth: Civility and Science in Seventeenth-Century England* (Chicago: University of Chicago Press, 1994), 3-42, 114-19; Anna Bryson, *From Courtesy to Civility: Changing Codes of Conduct in Early Modern England* (Oxford: Clarendon Press, 1999), 153-59.

❷ 这方面可参考 Janet Todd, *Sensibility: An Introduction* (London: Methuen, 1987); John Mullan, *Sentiment and Sociability: The Language of Feeling in the Eighteenth Century* (Oxford: Clarendon, 1988); Ann Jessie van Sant, *Eighteenth-Century Sensibility and the Novel: The Senses in Social Context* (Cambridge: Cambridge University Press, 1993); Nancy Armstrong and Leonard Tennenhouse, *The Imaginary Puritan: Literature, Intellectual Labor, and the Origins of Personal Life* (Berkeley: University of California Press, 1992); Deidre Shauna Lynch, *The Economy of Character: Novels, Market Culture, and the Business of Inner Meaning* (Chicago: University of Chicago Press, 1998)。

❸ 关于萨瑟恩的剧作, 见 Laura J. Rosenthal, "Owning Oroonoko: Behn, Southerne, and the Contingencies of Property," *Renaissance Drama* 23 (1992): 25-38 及 Felicity A. Nussbaum, *The Limits of the Human: Fictions of Anomaly, Race, and Gender in the Long Eighteenth Century* (Cambridge: Cambridge University Press, 2003), 151-88; 关于印克和雅丽可的角色, 见 *Colonial Encounters: Europe and the Native Caribbean 1492-1797* (New York: Routledge, 1986), 225-63。

❹ 对现代性的循环论证逻辑的批判, 见 Bruno Latour, *We Have Never Been Modern*, 和 Joseph Rouse, "Philosophy of Science and the Persistent Narratives of Modernity," *Studies in the History and Philosophy of Science* 22 (1991), 141-62。参见 Robert Markley, "The Rise of Nothing: Revisionist Historiography and the Narrative Structure of Eighteenth-Century Studies," *Genre* 23 (1990): 77-101, 和 *Fallen Languages*。

❺ 代表性论点见 Moira Ferguson, *Subject to Others: British Women Writers and Colonial Slavery, 1670-1834* (New York: Routledge, 1992); Firdous Azim, *The Colonial Rise of the Novel*（New York：Routledge，1993）；Laura Brown，*Ends of Empire：Women and Ideology in Early Eighteenth-Century English Literature*（Ithaca：Cornell University Press，1993）；Nussbaum，*Torrid Zones*；Joseph Roach，*Cities of the Dead：Circum-Atlantic Performance*（New York：Columbia University Press，1996）；Srinivas Aravamudan，*Tropicopolitans：Colonialism and Agency，1688-1804*（Durham：Duke University Press，1999）。

❻ 关于在华耶稣会士的研究，见 Arnold H. Rowbotham，*Missionary and Mandarin：The Jesuits at the Court of China*（Berkeley：University of California Press，1942）；Gregory Dunne，S. J.，*Generation of Giants：The Story of the Jesuits in China in the Last Decades of the Ming Dynasty*（Notre Dame：Notre Dame University Press，1962）；Mungello，*Curious Land*；Jensen，*Manufacturing Confucianism*，77-133。

❼ 除了上述两本著作（Mungello，*Curious Land*；Jensen，*Manufacturing Confucianism*），还可参考 Spence，*Memory Palace*。

❽ 关于卫匡国，见 Mungello，*Curious Land*，特别是 107-33，以及 van Kley，"News from China，"特别是第 563-68 页。卫匡国论述中国的拉丁文著作有：*De Bello Tartarico Historia*（Amsterdam，1655）；*Novus Atlas Siensis*（Amsterdam，1655；该书作为琼·布劳［Joan Blaeu］《大图集》［*Atlas Major*］第十一卷出版）；*Sinicae Historiae Decas Prima，Res a Gentis Origine ad Christum Natum in Extrema Asia，sive Magno Sinarum Imperio Gestas Complexa*（Amsterdam，1659）。

❾ 关于礼仪之争，见 George Minamiki，S. J.，*The Chinese Rites Controversy from Its Beginning to Modern Times*（Chicago：Loyola University Press，1985），25-66。

❿ 1611 年，金尼阁在利玛窦去世后数月抵达北京，他编订并扩充了利玛窦的日志；日志以 *De Christiana Expeditione apud Sinas* 为题出版（Augsburg，1615）并在 17 世纪广为翻译。见 Mungello，*Curious Land*，45-49，和 Willard Peterson，"Learning from Heaven：The Introduction of Christianity and Other Western Ideas into Late Ming China，" in *Cambridge History of China*，vol. Ⅷ，part 2：*The Ming Dynasty，1368-1644*，ed. Dennis Twitchett and Frederick W. Mote（Cambridge：Cambridge University Press，1998），pp. 810-14. 标准的英译本见 Louis J. Gallagher，S. J.，*China in the Sixteenth Century：The Journals of Matthew Ricci 1583-1610*（New York：Random House，1953）。

⓫ 关于中国的朝贡体系，见 Wills，*Embassies and Illusions*，42-44；更为总体性研究见

Wills, *Pepper, Guns, and Parleys*; Spence, *The Chan's Great Continent*; and James Hevia, *Cherishing Men from Afar: Qing Guest Ritual and the McCartney Embassy of 1793* (Durham: Duke University Press, 1995)。

⑫ 关于17世纪中国历史，见 Frederic Wakeman, Jr., *The Great Enterprise: The Manchu Reconstruction of Order in Seventeenth-Century China*, 2 vols. (Berkeley: University of California Press, 1985); Huang, *1587, A Year of No Significance*; Denis Twitchett and John K. Fairbank, gen. eds., *The Cambridge History of China*, particularly VIII, part 2, *The Ming Dynasty, 1368–1644*; Timothy Brook, *The Confusions of Pleasure: A History of Ming China* (1368–1644) (Berkeley: University of California Press, 1998); Roger V. Des Forges, *Cultural Centrality and Political Change in Chinese History: Northeast Henan in the Fall of the Ming* (Stanford: Stanford University Press, 2003); Oxnam, *Ruling from Horseback*; Lawrence D. Kessler, *K'ang-Hsi and the Consolidation of Ch'ing Rule 1661–1684* (Chicago: University of Chicago Press, 1976)。关于中国在17世纪"普遍危机"中的角色，见 Goldstone, *Revolution and Rebellion*, 349–89。

⑬ Heylyn, *Cosmographie*, 2nd edn (London, 1657), B1r.

⑭ Heylyn, *Cosmographie*, 865, 866.

⑮ Webb, *Historical Essay*, 86.

⑯ Webb, *Historical Essay*, 21. 见上述第二章。

⑰ 见 Ramsey, "China and the Ideal of Order in Webb's *An Historical Essay*," 483–503。

⑱ Ralegh, *History of the World*; Goodman, *The Fall of Man*.

⑲ [Olfert Dapper], *Atlas Chinensis: Being a Second Part of a Relation of Remarkable Passages in Two Embassies from the East-India Company of the United Provinces, to the Vice-Roy Singlamong and General Taising Lipovi, and to Konchi, Emperor of China and East-Tartary*, trans. John Ogilby (London, 1671), 438. 这部书的扉页误将编者记为阿诺都斯·蒙塔努斯（Arnoldus Montanus），他编纂了荷兰对日本的记载，由奥格尔比译为英文，在前一年出版（详见第七章的讨论）。

⑳ Dapper, *Atlas Chinensis*, 438.

㉑ Dapper, 440. 中国的3两白银（英文译为"tails.", "taehls." 或 "taels"）约合1英镑。

㉒ 西方对数学客观性的笃信，见 Theodore Porter, *Trust in Numbers: The Pursuit of Objectivity in Science and Public Life* (Princeton: Princeton University Press, 1995)。

㉓ Jan Nieuhoff, *An Embassy from the East-India Company of the United Provinces, to* the *Grand Tartar Cham Emperor of China; Delivered by their Excellencies Peter de Goyer, and Jacobs de Keyzer, At his Imperial City of Peking* (London, 1669), 3. 该版行纪由约翰·奥格尔比英译, 获得了当时国王允准的四个书籍许可证之一, 使用了与荷文版相同的 150 幅配图（包括地图和插图）。以下全部引文均出自这一版本。

㉔ 见 Wills, *Embassies and Illusions*, 42-44; Lach and van Kley, *Asia in the Making of Europe*, 3: 1685。

㉕ 关于外交礼赠的重要性, 见 Cynthia Klekar, "'Prisoners in Silken Bonds': Obligation, Trade, and Diplomacy in English Voyages to Japan and China," *Journal for Early Modern Cultural Studies*, 6(2006)。

㉖ 17 世纪中国技术的代表性论述是明人宋应星的著作《天工开物》(1637)[Sung Ying-Hsing, *Chinese Technology in the Seventeenth Century: T'ien-Kung K'ai-Wu*, trans. E-Tu Zen Sun and Shiou-Chuan Sun(1966; rpt. New York: Dover, 1997)]。李约瑟的《中国的科学与文明》[Joseph Needham et al., *Science and Civilisation in China*(Cambridge: Cambridge University Press, 1954-)]是中国科技研究的开山之作, 此后大量研究对李约瑟的论述进行扩充、修正和纠错, 这方面的著作有: Francesca Bray, *Technology and Gender: Fabrics of Power in Late Imperial China*(Berkeley: University of California Press, 1997), and Bray, "Technics and Civilization in Late Imperial China: An Essay in the Cultural History of Technology," *Beyond Joseph Needham: Science, Technology, and Medicine in East and Southeast Asia*, ed. Morris F. Law, *Osiris*, 2nd series 13(1998), 11-33。关于中国和欧洲科技的比较研究, 见 R. Bin Wong, *China Transformed: Historical Change and the Limits of European Experience*(Ithaca: Cornell University Press, 1997); Toby Huff, *The Rise of Modern Science: Islam, China, and the West*(Cambridge: Cambridge University Press, 1993); and Arnold Pacey, *Technology in World Civilization: A Thousand-Year History*(Cambridge, MA: MIT Press, 1990)。

㉗ 见 George Elison, *Deus Destroyed: The Image of Christianity in Early Modern Japan*(Cambridge, MA: Harvard University Press, 1973); C. R. Boxer, *The Christian Century in Japan: 1549-1650*(Berkeley: University of California Press, 1951); and Andrew C. Ross, *A Vision Betrayed: The Jesuits in Japan and China*(Maryknoll, NY: Orbis Books, 1994)。

㉘ 关于 17 世纪中国人口状况, 见 Mark Elvin（伊懋可）, *The Pattern of the Chinese Past*(Stanford: Stanford University Press, 1973), 310-11, 他的分析参考了 Ho Ping-t'i

（何柄棣），*Studies on the Population of China, 1368-1953*（Cambridge, MA: Harvard University Press, 1959）。据何估算，1600年中国人口为1.5亿，而伊懋可估计为1.75亿。还有更高的估计，见 Goldstone, *Revolution and Rebellion*; and Pierre-Etienne Will and R. Bin Wong, *Nourish the People: The State Civilian Granary System in China, 1650-1850*（Ann Arbor: University of Michigan Press, 1991）；关于清朝的人口和繁荣程度，见 Susan Naquin and Evelyn S. Rawski, *Chinese Society in the Eighteenth Century*（New Haven: Yale University Press, 1987）。

㉙ 可参见 Gallagher, *China in the Sixteenth Century*, 9-11。

㉚ 关于中国南方对清朝的抵抗，见 Lynn A. Struve, *The Southern Ming 1644-1662*（New Haven: Yale University Press, 1984），以及郑成功的事迹，见156-93。

㉛ Alexander Hamilton, *A New Account of the East-Indies*, 2 vols.（Edinburgh, 1727）, 2: 238。

㉜ Hamilton, *A New Account of the East-Indies*, 2: 238。

㉝ 利玛窦试图融汇耶、儒以吸引中国文人精英，见 Mungello, *Curious Land*, 63-65; and Spence, *Memory Palace of Matteo Ricci*. 关于儒家思想对莱布尼茨和伏尔泰等欧洲哲学家的影响，见 Yuen-Ting Lai, "Religious Scepticism and China," 11-41; and Perkins, *Leibniz and China*, 23-31。

㉞ 17世纪欧洲将中国人描述为"白人"的记载，见 Lach and van Kley, *Asia in the Making of Europe*, 3:1619。我认为，现藏大英图书馆的1657年的黑林《小宇宙志》第二版，或许是年迈的黑林在查理二世登基之际进呈的，该版本包括手工上色的地图和涡卷边框纹饰（cartouche）的亚洲人物形象。这些人物，无一例外都是用和欧洲人一样的粉色调绘制的，由此和非洲人、美洲印第安人区分开来。关于卫匡国的《图集》和《鞑靼战纪》中关于中国的图绘，见 Mungello, *Curious Land*, 117; and Timothy Billings, "Visible Cities: The Heterotropic Utopia of China in Early Modern European Writing," *Genre* 30（1997）, 105-34。关于早期的种族认知，见 Roxanne Wheeler, *The Complexion of Race: Categories of Difference in Eighteenth-Century British Culture*（Philadelphia: University of Pennsylvania Press, 2000）; David Bindman, *Ape to Apollo: Aesthetics and the Idea of Race in the Eighteenth Century*（Ithaca: Cornell University Press, 2002）; and Nussbaum, *The Limits of the Human*。

㉟ Michel Serres, *The Parasite*, trans. Lawrence Scher（Baltimore: Johns Hopkins University Press, 1982, 3-12）。关于18世纪文学叙事中的三角模式，见 Martha Koehler, "Epistolary

㉟ Closure and Triangular Return in Richardson's Clarissa," *Journal of Narrative Technique* 24 (1994), 153-72。

㊱ Rachel Attwater, *Adam Schall: A Jesuit at the Court of China 1592-1666*(London: Geoffrey Chapman, 1963).

㊲ Attwater, *Adam Schall*, 100; 参见 Dunne, *Generation of Giants*, 317-38。

㊳ Fo Lu-shu, comp. and trans., *A Documentary Chronicle of Sino-Western Relations, 1644-1820*, 2 vols.(Tucson: University of Arizona Press, 1966), 1:17.

㊴ 参见第一章相关讨论；关于铂切斯的评论，见 *Pilgrimmes*, 1:5。

㊵ 荷兰关于对华通商的"幻想"，见 Wills, *Embassies and Illusions*, 3; 关于荷兰的通商请求，见第42页。

㊶ Fo Lu-shu, *Documentary Chronicle*, 1:19-20。

㊷ Fo Lu-shu, *Documentary Chronicle*, 1:20。

㊸ 纽霍夫的行纪译为英语并收入 Awnsham and John Churchill, eds., *A Collection of Voyages and Travels, Some Now First Printed from Original Manuscripts. Others Translated out of Foreign Languages*, 4 vols.(London, 1704-05). 其中，纽霍夫造访巴西的经历，见2:1-156; 他在印度、东南亚和中国台湾的行旅，题为 *Mr. John Nieuhoff's Remarkable Voyages and Travels to the East-Indies*, 见2:181-366。

㊹ 所有引文均出自该版本。关于中俄关系，见 Mancall, *Russia and China*; Sechin Jagchid and Van Jay Symons, *Peace, War, and Trade along the Great Wall*(Bloomington: Indiana University Press, 1989); and Terrence Armstrong, "Russian Penetration into Siberia up to 1800," in *The European Outthrust and Encounter* ed. Cecil H. Clough and P. E. H. Hair(Liverpool: Liverpool University Press, 1994), 119-40。

㊺ Adam Brand, *A Journal of an Embassy from their Majesties John and Peter Alexowits, Emperors of Muscovy into China*(London, 1698), 30.

㊻ 关于清朝17世纪60年代的满汉关系，见 Oxnam, *Ruling from Horseback*, 3-16; Jonathan D. Spence, *Emperor of China: Self-Portrait of K'ang-Hsi*(1974; rpt. New York: Vintage, 1988); Helen Dunstan, *Conflicting Counsels to Confuse the Age: A Documentary Study of Political Economy in Qing China, 1644-1840*(Ann Arbor: Center for Chinese Studies, University of Michigan, 1996); and Pamela Kyle Crossley, *A Translucent Mirror: History and Identity in Qing Imperial Ideology*(Berkeley: University of California Press, 1999)。

㊼ 见 Edwin van Kley, "An Alternative Muse: The Manchu Conquest of China in the Literature of Seventeenth-Century Northern Europe," *European Studies Review* 6 (1976), 21-43。关于德莱顿,见 Derek Hughes, *Dryden's Heroic Drama*(Lincoln: University of Nebraska Press, 1982), and Bridget Orr, *Empire on the English Stage 1660-1714*(Cambridge: Cambridge University Press, 2001)。

㊽ 关于康熙帝对俄国使团的答复,见 Fo Lu-shu, *Documentary Chronicle*, 1:106-07。

㊾ Fo Lu-shu, *Documentary Chronicle*, 1:106。

㊿ J[oachim]Bouvet, *The History of Cang-Hy, the Present Emperour of China*(London, 1699), 2. 所有引文均出自该版本。

㈤ 见 Jeannie Dalporto, "The Succession Crisis and Elkanah Settle's *The Conquest of China by the Tartars*," *The Eighteenth Century: Theory and Interpretation* 45(2004), 131-46。

㊼ Hamilton, *New Account*, 2:270. 关于汉密尔顿的广州之行以及恢复东印度公司对华通商之举,见 Hosea B. Morse, *The Chronicles of the East India Company Trading to China 1635-1834*, 5 vols.(Oxford: Clarendon, 1926), 1:83-103; and Keay, *The Honourable Company*, 205-12。

第四章

商人英雄：
德莱顿剧作《安波纳》中的贸易、民族主义和屈辱叙事

演绎酷刑

德莱顿的悲剧《安波纳》于1672年首演，恰逢第三次英荷战争前夕，第五幕中，残忍的荷兰商人折磨高尚的英国商人，烧灼手指，用涂油的布裹住脖子，逼他们喝水，直到身子涨得不成人形。剧作家没有讳言，剧中描绘的是1623年英国同胞在安波纳这个东南亚岛屿上遭受的酷刑折磨；第五幕的舞台指示写道："本幕开场，荷兰人在折磨英格兰人"（Ⅴ i 85）。❶和同时代戏剧如埃卡纳·塞特的《摩洛哥女皇》中的酷刑场景不同，《安波纳》中的暴力场景没有因异域风情的故事背景而淡化。在新福柯主义者看来，酷刑的历史就是把施暴者的政治权力和司法权威铭刻在"他者"的身体上。❷而在德莱顿的笔下，英国人落入自己的死敌手中，这出悲剧让新福柯主义视角更为复杂。德莱顿笔下的主角、英国商馆负责人加布里埃尔·塔沃森（Gabriel Towerson）发表了激昂的演说，称颂同胞们的高贵和慷慨，但很大程度上，剧中英格兰民族主义来自商人被诬告叛国而遭折磨和处死的场景。德莱顿把英格兰在安波纳岛上的屈辱经历改写成民族美德、自由精神和高贵品格的殉难记，只能简化东南亚复杂的国际冲突史，写成一部商业道德剧，将英荷冲突的缘起和性质神秘化。荷属东印度公司驻巴塔维亚总督执掌着法律、政治和军事大权，但英属东印度公司权限较小，抛开他们表面上的爱国说辞，他们更忠于的不是理想化的民族观念，而是伦敦的公司董事们。德莱顿把詹姆斯一世时期处境凄惨的商人塑造成了爱国英雄，这一悖论证明了民族主义、自由贸易和绅士礼仪等剧中公然宣扬的话语是不稳固的。❸

德莱顿想要展现和称颂英格兰民族的内在品格，和荷兰人的残忍形成对照，这表明任何民族身份本质的观念都依赖于展演，最终建立在想象的基础上；这也是为什么尽管这部剧有着艺术缺点，近来却引起了较多批评者注意。例如詹姆斯·汤普森（James Thompson）认为，和《格林纳达征服记》相比，"这部剧可能显得可笑"，但他进而质疑了这种判断背后的审美和意识形态预设。❹在德莱顿的时代，英国在香料群岛遭遇的屈辱在第三次英荷战争期间可不是什么笑话。事实上，《安波纳》用英雄悲剧的形式和政治殉难的舞台表演传达出对英格兰经济实力和政治意志——实际上是国家统一——的深刻危机感。和耶稣会士描写的中国和日本不同，也不像黑林《宇宙志》等地理志，这些作品主要迷恋描写远东的民族、文明和风光，德莱顿的悲剧侧重欧洲势力之间的冲突，主线是高贵的英国人和暴虐的荷兰商人之间的道德冲突，而安波纳当地人，除了女主角伊莎宾达（Ysabinda）外，则被边缘化了。剧中，民族主义不是根本性话语，而是衍生的意识形态建构，试图抑制其他同辈作家的亚洲书写中透露出的焦虑，但并不完全成功：他们害怕商业利润会压倒民族利益、法律义务和正直人格；害怕欧洲对手们和亚洲人合谋垄断贸易；害怕外族风俗和对外接触会败坏民族身份；害怕远东的财富不像17世纪宣传的那样是取之不竭的，而是会走向匮乏，从而必然导致竞争、失去保障和引发暴力。❺民族主义在德莱顿剧中以及在剧作依据的历史记载中的呈现不完全成功，并没有发展成后来那种中央集权国家的看似统一的意识形态。相反《安波纳》体现了在建构一个本质性的超历史的民族身份的过程中伴随的矛盾、裂隙和焦虑。正如福柯所说，意识形态的运行是靠激发异见，利用个人和群体之间的断裂来证明需要继续书写一种永不完美、永远处于想象中的秩序——例如，统一的、无懈可击的民族、种族、阶级和性别身份。❻在这一意义上，理解民族主义在德莱顿剧中的呈现，需要仔细考察剧作家为了营造大众化民族主义艺术而压抑的复杂历史进程。在《安波纳》和1667年的诗歌《奇迹年》中，德莱顿要把民族屈辱转化为对民族的辩护。

对抗战略：强制和"闷声做贸易"

尽管《安波纳》的故事设定在1623年，该剧关注的却是东南亚的荷兰商业帝国，反映了17世纪后期的政治冲突。安东尼·瑞德认为，1600年，东南亚国家和欧洲人平等交往；到了1700年，军事和经济不平等开始出现了。❼1672—1673年，欧洲商人面对着国家、王朝的成熟网络，以及该地区的政治、军事和商业联盟，但荷属东印度公司把几个小岛建成了奴隶劳改营，用来种植香料；除安波纳以外，通过培植代理人和结盟，荷属东印度公司已经殖民或部分控制了几个该地区的国家：马来半岛的马六甲，西里伯斯岛［印尼苏拉威西岛之旧称——中译者注］上的孟加锡国，特尔纳特和蒂多雷；公司已攻占锡兰和马拉巴海岸上的葡萄牙要塞。❽斯佩特（O. H. K. Spate）分析了在18世纪末的亚洲，欧洲如何在军事和经济上逐渐占据主导，他说：

> 欧洲最强大的武器可能不是火炮、资本或财务簿记法，而是他们有着统一战略，以贸易扩张为第一要务……相形之下，东南亚邦国林立（如莫卧儿帝国解体后的印度），没有一个核心目标，不仅受到邦国之间冲突的困扰，还受到邦国内部王朝更迭的影响，常常是祸不单行。在这种"国际无政府状态"下，他们出于短期利益寻求欧洲援助，导致此后被"强大的友邦"逐渐蚕食，有时是印度的英属东印度公司，有时是东印度的荷属东印度公司。❾

"以贸易扩张为第一要务"可能是"统一战略"，但这种统一是两家贸易公司的投资者要求的，而不是一个强大的中央集权国家实施的。在英格兰，东印度公司的股东至多几百人，股东、雇员、公司董事和"国家"之间的关系复杂而棘手。在散落亚洲各处的遥远前哨,英属和荷属东印度公司的商人可能是在推动民族利益,宣传民族身份,但这些利益和话语是充满争议的,例如围绕英属东印度公司用金银换取布匹和奢侈品,支持者和反对者争论不休。《奇迹年》和《安波纳》就是想把民族利益和英属东印度公司的逐利行为统一起来。德莱顿这样做,部分困难在于他不得不承认,荷兰的财力和组织比英国更完善,捕捉贸易机遇的能力更强,因而更有利于公司盈利和发挥国家军事经济实力。

德莱顿为了宣传目的而重演安波纳岛上的悲剧,重新激起了60年前的争论和冲突。某种意义上,他唤醒了曾激怒弥尔顿的历史创伤:一是英国军事和经济的屈辱,二是驱动英国和荷兰企业奔赴东南亚的贸易观念受到了挑战。荷属东印度公司筹建于1602年,本金54万英镑,是两年前英属东印度公司资本的8倍;因此,不列颠人在亚洲的船只数量只有荷兰的三分之一。❿16世纪和17世纪英格兰的股份公司资金不足,他们的生意虽然常常盈利,但主要是赚取短期利润,未能像荷兰那样建立一套金融和行政体系,能够相对长期地进行多样化贸易。荷兰的投资规模表明,荷兰利用荷属东印度公司来推行统一的民族利益,或者换个角度看,公司的使命是通过贸易掠夺东印度财富,并在此基础上奠定民族身份认同。英属东印度公司的资产掌握在几百个富有的股东手里,但荷属东印度公司的融资则向全体公民开放,包括商人、学者、牧师、教师和工人——总投资达650万荷兰盾,单笔投资从50万到85万荷兰盾不等。⓫荷兰人资金更充足,准备更充分,有时间、耐心和协商技巧来应对复杂的贸易。荷兰人发现直接用从欧洲带来的白银购买胡椒等香料的成本越来越高,便在中国卖掉白银(价格比欧洲高),再用盈利购买中国丝绸,转销到日本换取铜和金。这些金属出口到印度购买纺织品,最终运到香料群岛换取丁香、肉豆蔻皮和肉豆蔻核仁。每一阶段荷属东印度公司都针对当地市场需求销售盈利,迫使其他欧亚商人接受公司代理商的定价。当荷属东印度公司的商船停泊在摩鹿加时,他们的货价已经大增。英属东印度公司不能在原产地购买日本白银和摩鹿加香料,处于劣势,只能通过荷兰中间商以高价购买丁香、肉豆蔻核仁、胡椒和肉豆蔻皮。❷

由于财力和战略不足,英属东印度公司的股东通常回避军事行动(除非用海盗方式袭击外国船只)或是长期的殖民计划。他们认为武力就算有效,也回报不大。1615—1618 年,托马斯·罗(Thomas Roe)受公司委派出使莫卧儿帝国,他的记载表明,在苏拉特等东印度地区——

>战争和贸易不可兼行……你只应该在海上[开战],这样胜算稍大。尽管葡萄牙人在印度有着富丽的宅邸和领地,他们士兵的开销却是靠借款。他们的据点条件差。葡人从未在东印度盈利,因为守备需要投入。这一点需要特别注意。荷兰人也犯了这个错误,他们靠武力开辟种植园。他们产出颇丰,四处搜掠,占据了不少上好的地方;但是他们的收入也消耗殆尽。我们要记住这个教训,如果要盈利,就要去海上,闷声做贸易(quiet trade)。❸

第四章
商人英雄

　　罗氏以及大部分英属东印度公司股东都认为,殖民据点和军事进攻代价高昂,难以为继。托马斯·孟有着类似的分析,他认为葡萄牙 - 西班牙势力的问题在于"战争的毒瘤""无止尽地消耗他们的财富"。❹罗氏和孟氏认为,英属东印度公司的局限导致了短期的商业战略,并且产生了道德感,不看好荷兰咄咄逼人的武力扩张。相反,后任荷属东印度公司亚洲总督的扬·皮特祖恩·科恩在1614年致信公司董事:"阁下应该有经验,亚洲贸易必须在阁下自己武装的保护下才能得到保障和推进,这些武器的开销必须出自贸易利润;因此,没有战争就无法贸易,没有贸易也就没有战争。"❺科恩的逻辑表明,战争、贸易、公司政策以及(至少有所暗指的)民族统一是互相依存的。巴塔维亚位于爪哇东北海岸,荷属东印度公司的十七人董事会(the Heren XVII)位于阿姆斯特丹,二者间往来通信周期较长,因此科恩和他的一些后继者都利用这一点,通过军事冒险、镇压和奴工制度来巩固自己辖区的政治权力。1620年,荷兰在香料群岛的扩张开始采用殖民体制,对此,荷属东印度公司的一些董事和很多股东虽然未必反对,但抱怀疑态度。❻科恩执政残暴,这说明他不像雇员和股东,他代表着许多荷兰人厌恶的"民族"利益。在这个意义上,民族不是先在的、本质化的主体,不以这种形态介入贸易、战争和金融交易等诸多活动;相反,经济交易和军事行动一直参与了塑造民族这个想象性整体的进程。❼罗和科恩,从这个角度来说,对当时的民族身份危机做出了不同回应,以不同方式排斥一种认识,即民族自身必须不断靠贸易活动来重述,靠自我认同叙事来补充。

148

英国主张在摩鹿加"和平贸易",这来自 1579 年德雷克造访特尔纳特,也来自英属东印度公司在班达群岛、爪哇和安波纳建立的一些商馆。像荷兰人一样,英国人想在葡萄牙人 16 世纪中期以来统治的丁香、胡椒、肉豆蔻核仁、肉豆蔻皮贸易市场中抢占一席之地。到 1606 年,荷兰已经把葡萄牙逐出该地区大部分区域,成为胡椒、肉豆蔻核仁和丁香的主要交易商。第一章讨论过,到 17 世纪 10 年代中期,荷兰正走向垄断。英国的枪炮和资金处于劣势,1619 年被迫签订条约确保荷兰掌握该地区贸易三分之二的份额;双方都承诺和平解决争端,各自提供十艘船保护双方在东南亚的利益,实际任务就是骚扰葡萄牙和西班牙的航运。但英属东印度公司没有条件履约,冲突几乎转眼就爆发了。

关于两家公司各自与当地商人、首领和种植者之间的贸易关系,发生了激烈的辩论。在阿姆斯特丹出版的小册子《荷兰关于东印度事务的宣言》(*Hollanders Declaration of the Affaires of the East Indies*,1622)中,荷兰作者指责英国人 1617 年支持班达当地人对荷属东印度公司"开战",这场冲突打断了荷兰与班达群岛的贸易。此前,"〔1609 年条约〕规定班达人供应水果和香料";还指责英国人未能履行 1619 年条约,没有出动十艘船"用于共同防务";最后还指责英国鼓励特尔纳特和安波纳当地人反抗荷兰。❸ 英国否认了这些"荒谬的谣言",声讨"荷兰对英国犯下的残忍和不人道的罪行",称他们只是在保卫大班达和内拉群岛上的村民,"他们〔和英国〕进行自由贸易和运输,为人友善,情愿把香料等货品卖给英国人,接受英格兰国王的保护"。❹ 英国的回应十分接近洛克的逻辑,强调当地首领认同、自由选择并自愿服从英国管理,这一主张看似公允,其实不然。英格兰推崇该地区的自由贸易,只是因为他们无力和荷兰在军事、财力和行政上竞争;荷兰坚持条约的条文,因为他们掌控着局势。只要严格履行1619年条约,就能把英格兰挤出香料贸易。英格兰和荷兰的小册子不仅是对班达局势的不同表述,而且表达了不同的贸易观念,由此可见两国在东印度的政治和经济命运的差异。到1623年,英属东印度公司正逐步放弃香料群岛和日本的贸易,转而重点发展莫卧儿帝国贸易,结果商人们发现自己卷入了印度次大陆的复杂政局,17世纪30年代几乎难以为继。❷在这个意义上,正如斯佩特所说,安波纳"不是不列颠撤离[东南亚]的开始,而是其血腥的尾声"。❹

小册子战争

安波纳事件后,关于英格兰商人受审和被处决的经历,英格兰和荷兰的檄文(小册子)作者有着不同描述。这些小册子的观点是对两年前《荷兰关于东印度事务的宣言》和《答荷兰小册子》中许多观点的拓展,实际上体现了想象民族身份的不同基础。此前《安波纳》的编者注意到,德莱顿读过英属东印度公司的著名股东达德利·迪格斯(Dudley Digges)的两部小册子《安波纳岛上英格兰人遭受不公、残忍和野蛮对待之实录》(伦敦,1624)和《答荷兰为安波纳岛英人遭受荷兰野蛮不公对待之辩词》(伦敦,1624),以及约翰·达乐尔(John Darrell)所作的《荷兰在安波纳残害英人之罪行摘要实录》(伦敦,1665)。㉒这些记载突出了荷兰的寡恩、偏执、伪善、残忍,认为荷属东印度公司关于英国袭击安波纳的荷兰要塞的记述不可信,公司事后对折磨处决英国商人行径的辩护是出于私心。

根据迪格斯的《实录》,荷兰人雇用的一位日本士兵向卫兵询问对方守卫要塞的具体职责是什么。荷兰卫兵以为日本士兵是在刺探情报,他或许是害怕英格兰、日本、特尔纳特和班达合谋对抗荷兰,或是想抓住这个机会削弱英国在香料贸易上的竞争力。在刑讯之下,日本士兵暗示英属东印度公司商人图谋攻占要塞,消灭荷兰人,在安波纳建立据点,以此侵扰荷属东印度公司的贸易。在两部小册子中,迪格斯驳斥了荷方对事件的解释,力图证明荷兰对英国和亚洲合谋抵抗安波纳要塞的担心是荒谬的。十位英格兰人和十位日本人,都手无寸铁,根本不可能拿下两三百人驻守的要塞。当荷兰人声称揭穿阴谋时,安波纳周围40里格之内,没有英国船只,更不用说日本船只了。没有任何证据表明英格兰人可以向荷兰人的对手求援:荷方认为"特尔纳特人"是塔沃森的同谋,但迪格斯称他们"不仅与荷兰为敌,也与英国为敌",接着尖锐地指出,"他们什么时候和好了?"㉓迪格斯接着指出,攻占要塞没有意义,因为这一地区的英国船只处于劣势,塔沃森也不可能向雅加达的英国商馆求援,因为英格兰人"受那里的荷兰要塞指挥,完全听命于荷兰人"(16)。迪格斯的说法依据其他欧洲商人目击者的记载以及英囚的无罪声明(写在钞票的背面和《圣经》的扉页上,这些物件在囚犯处决后送回了英属东印度公司,逃过一劫)。这样,英国的弱势变成了道德优越性:英国人要的是"公平自由的贸易"(A4r)。实际上,他说法的可信度取决于英国政治和军事的无能。

30年后,在第一次英荷战争后签署的《威斯敏斯特条约》(1654)中,荷兰默认了迪格斯的许多观点,同意就占领东南亚的英国商馆赔偿85000英镑,并向在安波纳被处决的英人后代赔偿3615英镑。❷这一对迪格斯说法的认可,对理解德莱顿为何把安波纳事件作为悲剧来书写是特别重要的。尽管作者没有直接点明故事就发生在英人定居的安波纳,但这段历史就是一块道德试金石,让塔沃森和其他英国受害者成为英雄,也让他们得以宣扬通过"和平贸易"促进民族富强的政治哲学。这也表明,德莱顿在创作剧本时不仅是要追寻迟到的正义,而且是要从民族屈辱的梦魇中解脱出来;和迪格斯、达乐尔一样,他只能把英国人在安波纳岛上的殉难当作确立道德和政治权威的关键,也就是他歌颂的统一民族认同。从这个角度来看,他创作的悲剧如《印第安女王》和《格林纳达征服记》中主人公的战功变成了殉难的表演,这是一种自我定位的策略。

尽管英国小册子的说法得到了《威斯敏斯特条约》的肯定,但也只说出了一半真相;《来自东印度的……关于安波纳岛阴谋的真实消息》(阿姆斯特丹,1624)提供了荷兰对此次事件的陈述,也表明荷属东印度公司正饱受不安全感和恐惧的折磨和刺激。这位荷兰作者坚称,在安波纳岛上被捕的日本同谋代表着欧洲势力的一盘大棋,试图打破荷兰逐渐形成的对香料贸易的垄断,这种看法反映了东南亚的欧洲势力博弈的三角模式。他认为,如果离开西方炮舰的支持独自行动,"东印度当地势力不可能有如此大谋[攻占荷兰驻安波纳的要塞和商馆],背后必定有某些欧洲势力相助,如西班牙、葡萄牙等"。为了证明这一点,他称其他港口的当地商人与首领"和英格兰商人有着大量秘密联络"。㉕这位荷兰作者似乎不太关心东印度的"他者"(东印度是虚弱欧洲的投影,被外化和丑化了),而是更关心摩鹿加和英国结盟,担心二者的"秘密联络"让经济交易带有阴险的政治和军事目的。荷兰作者的恐惧不是19世纪那种被"异类"污染和压倒的恐惧,而是表达了一种偏执的妄想症逻辑,这影响了科恩对待竞争的方式:作者认为荷兰人的策略——让敌对的苏丹国、朝廷各派系和商人们发生内讧——被用来对付荷兰自己了。英国和摩鹿加结盟的梦魇反映了科恩的军商一体的铁律,进而将之投射到他者身上。荷兰小册子作者把贸易扩张的问题转嫁到英格兰身上,就像一年前安波纳岛上的荷兰人那样,打破了英国自诩的负责任的国家形象,也暴露了英国不具备自诩的商业道德,如尊重契约、履行条约、恪守法律等,由此也质疑了英属东印度公司关于安波纳事件的说辞。

  针对迪格斯的说法,荷方坚决维护安波纳岛处决英人的合法性,以此夺取道德高地。和英属东印度公司不同,荷属东印度公司除了有权执法、审判和惩罚罪犯,以及签署贸易协定外,还有权宣战、攻占、吞并领土及缔结条约。他认为,根据荷兰法律,英国"囚犯都经过了合法合规的审问,根据他们(每个人亲笔所写)的供词做出判决"(6)。如果说这些供词是刑讯逼问出的,那也是因为"依据荷兰政府的法律","出格酷刑"有别于"普通刑讯"（16）。㉖这一区分在欧洲大陆常见，但英国没有，荷方依据这一区分认为一切"普通"刑讯产生的口供都是自愿的。囚犯的签名被视为他们良心的真实表达，是谋划破坏荷兰及其代理人财产的铁证。荷属东印度公司置常识于不顾，认为书面讯问记录和走过场的审判就能确凿体现事实、看法和意图。荷兰作者称，他"看过每一个人的供词，但没发现一句话提到如此［出格的］刑讯"。他说，"一些囚犯""未曾受刑"就坦白了阴谋，"其他人，稍加拷问也交代了"（18）。荷兰人的自辩归根结底就是一条可疑的看法，即英国人是自愿认罪的：作者认为"不像那些诽谤我们的人说的，我们没有用过出格刑讯；那些声称受到酷刑的，其实不过经受了'普通刑讯'，我们只是略加拷问，并未惩罚他们"（18-19）。对审问官来说，真相来自表面的法律流程，不用考虑犯人是在什么情况下供认罪行的：如果记录里没有提到刑讯逼供，那就没有发生。实际上，在荷兰作者的想象中，英国人是忏悔的政治犯，在良心谴责下签署了自己的死亡通知书；英国人仿佛在"普通刑讯"的推动下，克服自己的罪孽和败坏的民族性，形成了生命中的道德人格。就此而言，民族主义成了他们谋反的动力和罪恶之源。荷兰和英国自己用来宣扬民族统一理想的策略，一旦转移到他者身上，就成了敌人内部腐化的证据。

如果英国人用殉难证明"公平自由贸易"的道德理想，那么荷兰人宣传的理想民族性，不是靠在英国囚犯的身体打上权力的烙印，而是靠推行契约式的自我认同。作为一个上世纪刚刚摆脱西班牙暴政的共和国，荷兰的民族意识来自他们的物质繁荣，他们缔结条约、建立商馆、扩大贸易、提高利润、签订合同、智取欧洲对手，贸易和金融横跨半个地球之远。整个17世纪，荷兰作者们把荷兰人和其他西班牙殖民地居民相比（如美洲原住民），争论向阿姆斯特丹进口奢侈品是否会败坏宽容、理智、法律神圣等商业道德，这些正是形成民族认同的基础。㉗这种情形下，荷兰会淡化英属东印度公司商人被折磨一事，进而迫使英国接受基于契约的民族身份和国际责任，承认1619年条约白纸黑字的无上权威，而非不成文的绅士特权："自由公平贸易"。在荷兰人的想象中，英方自认与日本合谋夺取荷属东印度公司要塞，这成为荷兰塑造完美民族身份的法律基础。一个能让英方坦白的政府完全有道德和法律权威谴责英国人是海盗或者寄生者，进而可以否定英属东印度公司参与当地丁香和胡椒贸易的资格。如果说荷兰作者认为民族身份部分是在贸易的持续扩张中产生的，那么英国在东南亚的商业失利可以看成他们缺乏民族统一所需要的民族意志、远见卓识和经济敏感性。这一意义上，迪格斯（后来德莱顿）坚守的绅士道德的抽象理想对荷兰来说似乎是刺探经济情报的蹩脚借口，这说明英国人缺乏好的商业政策，不能证明英格兰民族是运行有序的营利性组织。

英荷战争和《奇迹年》

英属东印度公司放弃印度尼西亚群岛香料贸易对整个西欧的国际贸易都有政治经济影响。17世纪三四十年代英荷持续冲突，一种不稳定的事实分工形成了：荷兰的波罗的海贸易取得增长，如将手工制品和奢侈品销往俄国和斯堪的纳维亚换取原材料，而英国将印度胡椒和棉布销往西班牙、葡萄牙和意大利。英国可谓坐收渔翁之利，因为当时西班牙对荷兰实施禁运，西班牙和佛兰德海盗船也在袭击荷属东印度和西印度公司船只。现实中，荷兰垄断香料贸易让其坐拥明显资金优势。荷兰联省共和国得益于"船运量更大，运费更低，金融体系更完善、利率更低，以及……更丰富更优质的"手工制品。㉘17世纪40年代后期，形势剧变：英格兰内战进入尾声，伦敦对南欧的贸易受挫，荷兰迅速取代英格兰成为向西班牙出口布匹并从西班牙进口羊毛的主要经销商。到1651年，英格兰，尤其是伦敦，经济极度惨淡。在商人、航运公司和纺织品生产者的要求下，1651年3月，英国议会遣使至海牙，试图恢复16世纪80年代的情况，要求荷兰像苏格兰一样在政治上从属于英格兰。当荷兰用零碎的方案缓和冲突时，英格兰议会在1651年8月通过了《航海法案》，这是针对荷兰的，意在阻止荷兰船只运送的殖民地产品进口英格兰，如鱼、葡萄酒、橄榄及各类羊毛和丝绸，禁止荷兰与加勒比海的英格兰殖民地进行任何贸易。该法案也成功将英格兰海盗活动合法化：截至1651年年底，共有140位荷兰商人在大西洋、加勒比海和北海被英方抓获，1652年1月又有30人被捕。当月底，两国开战。尽管英格兰舰队的数量和火力占优，并在英吉利海峡和爱尔兰海的战役中取胜，但荷兰和丹麦控制了波罗的海，荷兰在地中海和印度洋战役中取胜，这是对困在苏拉特的英属东印度公司商人的沉重打击。到

1654年，参战双方已损失数千人和数百船只，荷兰贸易灾难性受挫。㉙17世纪40年代，荷属东印度公司从葡萄牙手中夺取了印度和东南亚的几处重要港口，包括马六甲，同时，香料贸易和波罗的海及英吉利海峡贸易的中断令荷兰联省共和国损失惨重。1654年条约缔结，双方都未大面积割让领土，荷兰的一大让步是同意赔偿英方安波纳事件损失，因为战争损失惨重，荷兰对这个结果已是求之不得了。

不过，赔偿安波纳遇害商人的遗孀和孤儿并未缓解伦敦和阿姆斯特丹之间的紧张关系。贸易竞争和政治冲突在17世纪50年代末酝酿，查理二世刚刚复辟并继承英格兰王位，随着海军军备竞赛开始，战火重燃。英国海盗船继续袭击加勒比海和地中海的荷兰船只，两国的东印度公司也继续冲突，1664年几乎演变成公开冲突。英格兰有更多参战船只和火炮，伦敦商界大体都预计次年便会宣战。1665年海战序幕在洛斯托夫特（Lowestoft）附近拉开，英格兰大胜；103艘荷兰战舰中，17艘被俘获或被击沉。但荷兰再次封锁波罗的海禁止英船进入，凭借雄厚财力，比英格兰更大力地整修海军舰只。两国的商船都损失惨重，但"英格兰的海上贸易近乎彻底瘫痪"。㉚对德莱顿而言，英格兰如要重整旗鼓再次开战，1666年是一道坎。继伦敦瘟疫和大火后，来自英格兰北方的煤炭供应也受阻，此时正值长诗《奇迹年》发表的同年冬天。1667年6月，荷兰海军上将米歇尔·德·鲁伊特（Michiel de Ruyter）在梅德维（Medway）①袭击英船，烧毁5艘船，劫走英格兰旗舰"查理皇室号"。英格兰别无他法，只得求和。1667年6

---

① 梅德维：历史上是罗切斯特市下辖地区，1567年，英国皇家海军造船厂在梅德维落成，这里成为军事要地。

月签订的《布雷达条约》确认英格兰对纽约的控制权，但让出了苏里南（Surinam），放弃了英属东印度公司一直主张所有权的班达群岛的朗姆岛，也将加勒比海和西非的港口让给了荷兰。德莱顿的诗作创作于条约签署前数月，他在诗中需要处理战争、瘟疫和大火的后果，同时也意识到双方的冲突强化了荷属东印度公司对远东贸易的控制。

《奇迹年》是献给伦敦城的，德莱顿在诗中赞美了"大不列颠的大都市"有着"无敌的勇气和不变的坚贞"，能够挺过"耗资巨大但势在必行的战争，消耗巨大的瘟疫，以及造成更大损失的火灾"，他甚至说伦敦是"受难神祇的重要象征"。㉛德莱顿将伦敦视作英格兰这个贸易民族的缩影，并与基督的受难和复活相提并论，这表明政治、商业和民族认同的语言是如何渗入了救赎史观甚至末世论的话语。㉜德莱顿把他的诗定义为"诗史（historical），而非史诗（epic）"，他承认1666年的"零碎行动"（broken action）没有史诗所要求的那种统一性；战争没有结果，没有胜利可言，只能期待商业成就。在对"英雄"人物的长篇辩护中，德莱顿解释，应该运用合适的诗歌样式来表达民族和精神重生的主题，认为他使用四行诗节（quatrain）最为"高贵"，"比我们流传的其他诗歌……更为体面"（51）。诗歌形式把1666年的种种灾难化为了英雄主义的，也是有利可图的民族未来的先驱。

《奇迹年》中德莱顿对伦敦的英雄颂歌，靠的是妖魔化荷兰，同时向他的读者呼吁，英格兰最终能够取代对手在香料贸易中的地位。荷兰的罪恶体现在其垄断东印度贸易：

> 贸易，本应如血液般循环流动，
> 却在管道中遇阻，失去了自由：
> 全世界的财富都去了荷兰那里，
> 仿佛船只失事在浅滩。
>
> 天国独为他们洒下和煦阳光，
> 在东方矿场，甘露般闪耀的宝石独为他们孕育：
> 以土买的香树膏独为他们而芬芳，
> 在炎热的锡兰，香料的森林独为他们生长。
>
> （Ⅱ.5-12）

这些前面部分的诗节表明，德莱顿在为讴歌英格兰民族的伟大而辩解。在那个时代，诗人要面对的现实是，半个世纪以来荷兰的东印度贸易超过了英格兰，近来又把葡萄牙赶出了锡兰，在马拉巴海岸建立商馆，并威胁英格兰在孟买的贸易。对此，德莱顿运用各种意象进行影射，预言英国尽管在 1666 年遇挫，但最终将取胜。他向国人宣告，"天国"不会一直钟情于荷兰。"满载货物……回到比利时海岸"的荷兰商船会成为迦太基舰队的翻版，"横扫远方世界的财富"，而英格兰是罗马，"富裕不足，但强大有余"（Ⅱ.16，18-19）。德莱顿在诗中接着描绘了血腥的海战——1666 年 6 月为时 4 天的战役——最终未分胜负，比之为"我们的第二次迦太基战争（Punick War）"（Ⅰ.20），这一典故令战争的暴力变得正当：英格兰注定要取胜。但德莱顿大体上是用了商业竞争的语言来讲

第四章
商人英雄

述英雄故事。英格兰无力打破荷兰对波罗的海贸易的钳制，但为了显示自己的威力，他们在夏末焚毁了一支藏身在北荷兰群岛后面的拥有150艘船的荷兰商船队。英国海军在"整垛的香料"上点起熊熊大火，砸毁中国"瓷器"，货物和船只尽数化为"芬芳的碎片"，漂荡在海面上（II.113，115，116）。大肆破坏的行径，用英雄四行诗体写就，便成了英格兰英雄主义的辩词。

整首长诗塑造出查理二世的固定形象：圣徒般的查理二世为胜利祷告，为伦敦大火祷告，塑造这一形象是为了给恶性贸易战和社会灾难以古典先例和神佑的光环。这首诗拥有绝对的道德律令："狡诈"的荷兰人好比"堕落天使"，他们"害怕新弥赛亚的降临"，也就是鲁伯特王子（Prince Rupert），查理二世之侄，来救援被围困的舰队（II.453-54）。如此一来，民族命运和神意支配的历史便表现为对无穷财富的期待。德莱顿的预言许诺，英国将会击败"载满旭日般光辉的"荷兰海军（II.93-94），但描述这般未来用的是炼金术的比喻：查理二世确信，当"时间消化了尚不完美的矿石/……有一天将会化为金子"，"不成熟的血脉"终将成熟（II.573，575-56）。17世纪的炼金术是一套隐秘而神秘的知识系统，只有一小部分同道掌握，同时，对于一些想筹措资金进行实验的人士来说，炼金术可以用来证明资本主义财富再生的法则：钱生钱。❸炼金术展现了精神和社会复兴的形象，但这种神话却体现在征服前的墨西哥的财富传说中。德莱顿将神秘重生和经济利润联结在一起，这表明了他诗歌创意的自指性——把卑微的行动化为英雄荣耀。伦敦会"从冶炼的火焰中"站起来，成为"一

209

座模样更可爱的城市：/ 这座令印度闻名的富有城市，地上铺着银，神圣之物铺着金"（II.1169-72）。这些诗行融道德、贸易、利润和预言于一体，因为唯其如此，德莱顿方能写出伦敦奇迹般的转变，从废墟的余烬化为超乎想象的大都市，按照神的旨意无止尽地积累财富。《奇迹年》的结尾只能是重提开篇所述的战争理由。德莱顿许诺的英格兰的光辉未来，取决于伦敦代替阿姆斯特丹成为"全世界"的贸易中心（I.1304），这场贸易围绕的是远东的财富。

> 向着东方的财富，我们冒着暴风雨而行；
> 但如今，一旦绕过好望角，便无所畏惧：
> 稳定的贸易风定会吹来，
> 将我们轻轻放在香料群岛的海岸。
>
> （II.1213-16）

德莱顿笔下的绕好望角至东印度的航线美化了贸易前景，仿佛田园诗般巡游热情而富有的岛屿。"稳定"的贸易风以比喻的方式超越了1666年"暴风雨"的不确定性和焦虑。关于如何战胜仇敌荷属东印度公司，末尾诗节没有提供任何计划，只是用意象再现英荷之间的正邪对决，胡椒和神意同为他们幻想中的崇敬之物。

在17世纪60年代的诗歌中，《奇迹年》最明显地暴露了绝对王权话语的经济基础，这体现了17世纪英格兰和荷兰之间的冲突。❸诗歌中的循环论证表明，即使在《布雷达条约》签订后，两国的经济冲突仍然在持续。德莱顿在世期间（1631—1700），英格兰的国际贸易总量在增长，性质也发生了剧变。1640年，羊毛占全国出口总额的92.3%；到1700年，这一比例跌至72.8%。铅和锡大量运往印度，用于换购香料和棉质衣物。1630—1700年，胡椒进口翻番；印度的"棉布"（calicoes，该词泛指所有棉质纺织品）进口同期增加了14倍。在这70年，东印度商品占总进口额的比例从11.3%增至16.2%，而美洲货品，主要是烟草和糖，增长了3倍多，从5.3%到18.5%。这些数据表明转口贸易在增长：基思·赖特森（Keith Wrightson）认为，三分之一的糖，三分之二的烟草和九成的胡椒是转销的。德莱顿写作《奇迹年》时，转口贸易占国内商品出口总额的28%及进口的20%；到德莱顿去世那年，相应数据分别为45%和34%。17世纪60年代，英格兰年均外贸总额为850万英镑；1700年，达到1220万英镑，到18世纪中叶增至2010万英镑。㉟随着国际贸易在英格兰经济中的地位日益重要，这就更要求政府一方面设法避免导致贸易中断的昂贵海战，一方面运用海军捍卫英国海外利益，抢占更多东印度地区的高利润商路。

重议安波纳

德莱顿赶在1672年把《安波纳》搬上舞台，是为了趁英格兰对荷兰备战之机，激起公众的反荷情绪。这次英格兰选择与法国结盟，这场权宜的盟约造成了荷兰在17世纪下半叶最大的军事危机。英国海军袭击一支荷兰护航舰队后，1672年3月，路易十四在没有预警的情况下对荷兰宣战，派遣包括骑兵在内的13万大军进攻人数远远落后的荷兰部队。法军速胜，荷兰败退，许多城镇不战而降。至6月，阿纳姆（Arnhem）、坎彭（Kampen）、兹沃勒（Zwolle）、乌得勒支（Utrecht）均告陷落。正式谈判开始，荷兰只能屈从法国要求。最后时刻，为了自卫，荷兰放水淹田，用巨大的"水堤"拦住了法军，拒其于阿姆斯特丹、多德雷赫特（Dordrecht）、鹿特丹和海牙之外。当法军在东线节节胜利之时，荷兰工匠、民兵、平民（其中包括许多女性）掀起了反政府暴动；暴动者希望采取更有力的措施保卫荷兰共和国。总体上，这些民众没有滥施暴力，而是集中力量推翻那些主张和路易十四谈判的城镇长官。但在海牙，暴动者谋杀、肢解、炙烤了荷兰省议长约翰·德·维特（Johan de Witt）（类似荷兰省的最高行政长官）及其兄弟科奈利斯（Cornelis），甚至食其肉。暴动者谴责这两位长官对战事未做准备，也未坚持作战。这场运动导致威廉三世（未来的英格兰国王）接任荷兰省和泽兰省（Zeeland）总督；威廉把未被占领的各省联合起来，荷兰开始在海上取胜。1673年夏，德·鲁伊特率领的一支较小的荷兰舰队在泽兰近海处经过三场战役，击败了英法联军，挫败了英法从海上入侵的计划。荷兰海盗活动阻碍了英格兰在大西洋和加勒比海的航运，同时西班牙和哈布斯堡帝国加入陆战，迫使路易十四向南分兵。几个月后，重整旗鼓、更为高效的荷兰军队将法军赶走，收复了失地。查理二世梦想着稳定的贸易风会将英格兰商人送回香料群岛，如今梦碎，不得不在1674年签订寸利未得的和约。㊱

第四章
商人英雄

在整个战争中,查理二世和法国结盟广受诟病,国王的支持者试图打消商人们的疑虑,主张国家的未来在于保持均衡。约翰·伊夫林(John Evelyn)把对海洋的军事控制和商业控制联系起来,称"谁掌握了海洋,谁就掌握了世界贸易,谁掌握了世界贸易,谁就掌握了世界的财富,谁掌握了世界的财富,谁就掌握了这个世界"。㊲英属东印度公司的股东们认为,掌握海洋是指实现东印度贸易的繁荣,而不是无休止地发动海战,徒费船只、资金和人力。罗伯特·弗格森(Robert Ferguson)写道:"大部分欧洲国家极力把东印度贸易收入囊中,荷兰在东印度的成功和取得的很大优势,增其财富和荣光,令邻国敬畏而嫉妒,这无疑证明了贸易的好处。"㊳转口贸易的重要性显露之后,德莱顿笔下英格兰商人勇冒风雨奔赴"香料海岸"的英雄形象就成了理智的经济思维的代表。英属东印度公司董事约书亚·柴尔德也曾任公司总裁,他在17世纪后期曾称,"保护"公司贸易是英格兰的财富和社会政治稳定的关键。"由于欧洲一切其他对外贸易都极大依赖东印度商品",他认为,荷兰的垄断对消费者个人和整个民族来说都是灾难:"[荷属东印度公司]对销往全欧洲的东印度商品要价会比现在更为高昂,他们会因此大发横财。进而他们就能在贸易和海军力量上超过我们和所有其他国家。"㊴60年前孟氏发表过类似观点,30年前,时任拉丁文秘书的弥尔顿代表英格兰要求荷兰赔偿安波纳事件损失,如今又回到了当年的状况:荷兰主宰香料贸易,威胁了英国的整体发展;英属东印度公司的股东和商人是商业霸权的主要反对者;英格兰未来的繁荣取决于对远东的投资。

《安波纳》首演后不足一个月，英格兰便对荷宣战了。在某些方面，该剧重复了德莱顿在《奇迹年》中的策略——新瓶装旧酒，借英雄悲剧进行无耻的政治宣传。该剧也老调重弹，运用了德莱顿早期殖民题材悲剧（如《印第安女王》和《印第安皇帝》）的部分元素，尤其是通过性别关系讲述欧洲和"他者"的冲突。按照布雷吉·奥尔（Bridget Orr）和海迪·亨特（Heidi Hunter）的分析，德莱顿在这些剧中凭借印第安女王这一惯用形象，将新大陆遭受殖民入侵的政治用围绕爱和荣誉的个体悲剧呈现出来。征服南美洲、掠夺当地资源通过当地女性的身体以隐喻的方式呈现出来——她的美丽象征着新大陆的富饶，她对白人征服者的爱证明了顺从欧洲男性是合乎道德的。[40]《安波纳》中"印第安"女性伊莎宾达为了商人英雄加布里埃尔·塔沃森屈尊的故事，实际来自宝嘉康蒂（Pochaontas）的传说，德莱顿将地点挪到了香料群岛。①剧开场时，我们知道改信基督的女主人公（这未见于迪格斯和达乐尔的记载）在爱人离开的3年中忠贞不渝；爱人回来后，他们互许爱誓，后来在第四幕中成婚。不过，一位荷兰人、总督之子哈曼·朱尼（Harman Junior）也爱上了伊莎宾达；遭拒绝后，他将她诱离婚宴，绑在树上强暴了她。强暴之举证明了荷兰人的背信弃义（性欲驱使的哈曼·朱尼，原先是塔沃森的朋友），同时也象征着德莱顿对安波纳事件的改编所关涉的政治主题：对伊莎宾达施暴指代了荷兰对东印度非法和暴虐的占有。就像她对塔沃森的爱，证明了英格兰的贸易和殖民是英国商人和东印度人之间对和谐的等级关系的"互相"需要。

① 宝嘉康蒂是印第安公主，与詹姆斯镇的英国人交好，是船长约翰·斯密的救命恩人，后被英国殖民者绑架，在狱中改信基督教，与烟草种植园主约翰·拉尔夫结婚。这个故事曾数次改编为同名电影和电子游戏，译为《风中奇缘》。

第四章
商人英雄

他想把伊莎宾达塑造成他笔下印第安女王的翻版,但这个人物却显得扁平,因为德莱顿要把英国稳定自身逐渐缩减的香料贸易份额的拙劣手法,以及塔沃森未能认识到荷兰决心垄断香料贸易这两点演绎为对暴政的伟大抵抗。德莱顿把英荷之间的商业竞争简化为塔沃森和哈曼在伊莎宾达面前争宠,德莱顿尽可能淡化了国际冲突的物质基础,把丰富的历史叙事变成了煽情的悲剧。按照德莱顿悲剧创作的惯例,他省略或简化的内容往往和搬上舞台的内容一样有价值。

历史上的塔沃森是一位幸存者。他曾随詹姆斯·兰开斯特参加英属东印度公司1601年的首航,是班塔姆的英国商馆经历火灾、疾病和暴力之后仅存的两位商人之一。英格兰货仓焚毁后,他参与用酷刑折磨纵火疑犯。㊶此后10年中,他主管东印度其他商馆,1613年率领东印度公司商船"海克特"(Hector)号返回英格兰。返航途中,英格兰商人威廉·霍金斯(William Hawkins)亡故,留下了年轻的遗孀。霍金斯曾在亚格拉的莫卧儿宫廷待过3年,成了莫卧儿皇帝贾汉季(Jehangir)的宠臣,皇帝除了给予高薪,还将一位信奉基督教的亚美尼亚"少女"赐予霍金斯成婚,当时女孩的富商父亲已过世。霍金斯写道,"她愿意跟我走,和我一起过日子",他妻子随他在"海克特"号上生活。㊷船抵达伦敦前,她已经典当了珠宝,准备返回印度,并嫁给了塔沃森。她随他返回东印度,显然是为了和家人团聚,而塔沃森则先后担任马卡萨(Macassar)和安波纳商馆的负责人。这个从铂切斯重印的霍金斯等人的书信中连缀出的塔沃森妻子的故事,至此便戛然而止了。一个女人被莫卧儿皇帝赐婚给一位年纪大出自己许多的英国人,随他渡海去英格兰,目睹丈夫死去,接着,她嫁给了中年发福的塔沃森,显然是为了能够顺利返回亚洲与家人团聚。我们无法确定她在霍金斯死后的选择是否出于自愿,但她的故事很重要,既表明了女性在散居东方的基督教商人小群体中面临哪些选择,也表明德莱顿在运用意识形态重塑原始材料。德莱顿把或许只是权宜之计的婚姻变成善恶冲突中的英雄殉难;他笔下的女性人物伊莎宾达所做的唯一决定就是对德莱顿的浪漫英雄忠贞不渝,这场悲剧是为了丑化荷兰强暴者。

德莱顿改写历史自有其用心,他的改写不仅是把职业商人变成悲剧英雄,把亚美尼亚妻子变成安波纳公主。值得注意的是,除了第一幕中出现的几位男性舞者,剧中没有安波纳当地的男性角色:唯有贞洁、美丽和富有的伊莎宾达代表了安波纳人、特尔纳特人和班达人等迪格斯小册子中的主角。东印度苏丹和商人不能出现在德莱顿的剧中,因为这部剧的核心是欧洲内部冲突的对立模式——英国好人对付荷兰坏人,如果讲述东南亚政治和商业文化的挑战,就会动摇这一模式。伊莎宾达正是一个症候,表明作者如何把国际经济冲突表现为二元政治道德。作者塑造英雄,不是要掩盖对非欧洲土地和民族的征服,而是要掩盖英国建立东印度贸易的失败尝试,以此宣传民族的内在品德:贸易、战争和政治的兴衰成败造就了民族,但无法抹杀民族品德。伊莎宾达的形象是将东南亚文化女性化,由此将当地男性(尤其是贾汉季这样的伊斯兰雄主,女性基督徒是他给臣下的赏赐)以及不按照英荷善恶对决思维行事的那部分欧洲人抹去。

德莱顿阅读的史料中，有一位极有意思的历史人物没有写入这部悲剧。除了诽谤荷兰人外，迪格斯还把安波纳暴行算在了一位英国外科医生亚伯·普莱斯（Abel Price）头上。一次撒酒疯时，普莱斯威胁要放火烧掉一个荷兰人的房子，这恶化了英国和荷兰商馆之间的关系，作者还暗示，此举刺激了荷兰人进行报复（*TR*5）。在迪格斯《答荷兰小册子》中，他把普莱斯写成了"沉湎酒色的醉鬼"，曾威胁塔沃森，称其是"全体英国人中唯一……和一些日本人（Iapons）交谈过的；具体说，他会和他们掷骰饮酒，也和其他黑人还有荷兰人这样"（11）。迪格斯这段话的句法结构颇能说明问题：描写普莱斯和"一些日本人"饮酒赌博，似乎表明他生活不检点，会给荷兰人留下口实；但除此污点之外，他还和"其他黑人"及荷兰人进行跨文化的滥交。❸就此而言，迪格斯认为，普莱斯代表了活跃在17世纪港口贸易中心的一类人物，他们赌博饮酒，跨越了语言和礼仪界定的临时身份。普莱斯对英国商馆和荷兰商馆都是威胁，因为他能自如地穿梭在不同民族之间，消解想象中的统一"民族"身份，威胁公司和国家都赖以生存的商业利润。普莱斯的存在打破了经济民族主义的道德优越感，动摇了迪格斯抬高英格兰的经济和道德地位而贬低荷兰所依据的那种看似坚固的区分。因此，普莱斯没有出现在德莱顿的悲剧中，因为他会打乱剧中的二元对立逻辑，即用妖魔化他者的策略来建立民族自我认同。

在德莱顿的剧中及其他情形下，民族身份建构成了一种理想化的描述，将亚伯·普莱斯这类人物赶出这个世界——他们是中介，是寄生物，如米歇尔·塞尔所说，寄生物让交流成为可能。㊹一旦承认东南亚的复杂政治，德莱顿就没法那样按照性别和阶级的自我/他者类型来划分英荷之间的"本质"区别——这些类型支撑着他们想象英格兰的英雄气概，这是在舞台展演民族的前提。和德莱顿重新想象的塔沃森不同，普莱斯无法被理想化：他的存在表明了"真实"的民族，伴随着东印度公司为安波纳的丁香讨价还价，始终被民族统一的神话所困扰；而这种想象的民族身份也困扰着德莱顿及其观众身处的后伊甸园世界，责备他们无可挽回的失败，无法实现那永远缺席、永远如幽灵般的理想。㊺

《安波纳》执意把复杂的经济和政治冲突转化为简单的道德问题：香料群岛的荷兰商业势力成了贪婪和伪善的代名词；英国的弱势成了"诚实"和"荣誉"；当地的苏丹国在故事中消失了。这些区别又投射为其他看似根本性的对立——例如，绅士风度和下层社会唯利是图的风气——这些对立本来是用来解释民族身份的，却又被说成是民族身份本质属性的产物。对于剧中的英国商人，特别是塔沃森，作者设计的是贵族的和崇尚相互扶持的语言，强化了英雄主义悲剧的价值观。在和海盗的海战中救下哈曼·朱尼的性命后，塔沃森对他朋友的感激不以为意：

> 我救了你，这不算什么
> 我想换作是你，也会如此待我：
> 我们宗教的共同纽带，

> 和那些，更具体的，和平的纽带
> 和我们两国之间紧密的贸易纽带，
> 要求我这么做，也只能这么做。
>
> （I i 20）

塔沃森的表态融合了上流社会品格、骑士风度和中产阶级道德，制造出民族荣誉和绅士风度的话语，诉诸新教国家团结和国际合作（至少是欧洲内部和新教内部的合作）的观念。塔沃森这个角色被安上了爱和荣誉感等英雄气概，但他却是一位东印度公司雇员，这类人似乎应该看待利益重于理想。历史上的塔沃森可能在班塔姆岛逃过一劫，但讽刺的是，最终他也主张对他认定的敌人严刑逼供。他忠于英格兰，同样忠于公司，自首航东印度后，他在英格兰只待过几个月。但是为反击邪恶的荷兰，德莱顿对这位东印度公司的老手赋予了贵族式的荣誉感和自我期许等传统美德。这种组合式人物形象——商人英雄——构成了一种民族主义话语，既抛弃了对荷兰的同胞之谊，也拒绝新教国家间"共同纽带"的观念；反之，这种民族主义话语也塑造了这一人物形象。塔沃森身上体现的民族身份，利用了历史悠久的绅士风度来维护自我指涉的理念。这位英雄的坚忍品格（stoicism）唤起了前两次英荷战争的记忆，也唤起了人们对贸易体制的记忆——到1672年，英国的东印度贸易已经从纯粹贸易（strict commerce）沦为野蛮的种植园制度。

和英国人不同，荷兰人被描绘成暴发户和粗人，"来自偏远的七省,加起来还没有英格兰一个郡大"(II i 38)。这种侮辱性言辞表明,德莱顿谴责荷兰的方式是驳斥他们自诩的超历史的理想化民族身份以及绅士身份。荷兰极度复杂的内部政治关系被简化为舞台上见钱眼开的恶棍形象。尽管荷兰表明他们信奉共和理念,但荷兰联省共和国实际上是由"一群狭隘、富有、根深蒂固的寡头"把持着,这些人自视为"良心自由"和财产安全的守护者。㊻这说明,德莱顿在《安波纳》中攻击荷兰人是"粗人",不是出于两国社会体制之间的巨大差异,而是由于半个世纪以来经济竞争、根深蒂固的意识形态仇恨以及交战带来的敌意。在第二幕中,另一位高尚的英国商人波蒙(Beaumont)与荷兰商馆主菲斯克(Fiscal)互相攻击对方的民族:"我们的商人活得像贵族;你们就算有绅士的话,也不过活得像乡下的粗人。你们买卖着世上一切稀罕物,自己却不敢动用一件,结果你们就成了拉磨的马,辛苦所得只是自己吃的那点可怜的草料"(II I 39)。按照波蒙的逻辑,奢华和风度成了内在美德的外饰。荷兰商人的经济成功成了他们的污点,因为波蒙指责他们缺乏重要的品位和教养,而这些是父系特权和绅士风度的意识形态基础。荷兰人不是攀高枝儿,而是吝啬;他们鄙视炫耀性消费方式,鄙视不遗余力甚至超前消费的生活方式,而这种生活正体现了复辟时期舞台上的绅士风度。作为"粗人",他们没法理解社会地位赋予的责任。由于他们在服饰、仪态和假发等尊贵穿戴方面没有开销,他们脱离了绅士风度,有着共和制带来的攻击性,没有绅士权势,便不能确立和保持自己民族的地位。离开了跨文化礼仪的表演,荷兰人满足不了"绅士"角色的要求,因此不能建立统一的民族身份。波蒙和菲斯克的交锋表明,剧中的民族身份——英格兰和荷兰道德经济学的差异——投射出的是多因素造成的戏剧化的社会阶层差异。英国商人体现了绅士生活的理想;荷兰人则是国际贸易负面效果的替罪羊。

就像他创作的其他悲剧如《印第安女王》《印第安皇帝》和《格林纳达征服记》那样,德莱顿把复杂而分裂的外国内部政治斗争改写为善与恶、荣誉和腐化之争。因为荷兰人缺乏内在修养,他们只能被描述成平面化的舞台恶棍。塔沃森最后谴责了荷兰试图为他们迫害和处决英格兰人的行为辩白,这位商人英雄嘲弄了关于英国袭击荷兰要塞的阴谋论,他宣布:

> 你等卑鄙的新兴的暴发户联邦理当羞愧,
> 因为你们让英格兰国王的臣民受难,
> 国王治下最卑微的商人也会鄙视
> 你们那儿狭隘和庸俗的生活,
> 哪怕是你们中的强邦。
>
> (vi 83)

无力自辩的塔沃森沦为了势利眼。他的表态明显交织着民族美德和阶级偏见的说辞,但用一套意识形态来支持另外一套显然不足以服人:荷兰"暴发户"以迫害英国人为能,把他们"本国的卑劣"当作共和的荣耀。对"卑鄙的新兴的暴发户联邦"的辱骂,让人想起17世纪50年代保皇党对护国公克伦威尔的谩骂。塔沃森运用了排外的话术如阶级分层、皇室统治和绅士风度来强化民族主义话语：在《安波纳》和《奇迹年》中，民族主义的意识形态——或者说一般的意识形态——表现为用乙话语来弥补甲话语的失败、腐化和无能，再用丙话语来弥补乙话语的缺陷，依此类推。从这个意义上说，塔沃森对命运的抗争证明了迪格斯和德莱顿未能找到强有力的声音把荷兰人从安波纳引出来。

德莱顿坚持英国的道德优越性，这点显得欲盖弥彰：不管是在 1623 年还是 1666 年，英国都无力抵抗强大的荷兰。这出剧的部分地方近乎歇斯底里，这是因为作者觉得，1672 年 5 月英格兰和法国结盟将迎来最终胜利，他要放狠话来刺激国人和路易十四联手，让"暴发户联邦"屈膝求饶。尾声部分，德莱顿改用讽刺来弥补英国的无能，用复辟时期观众熟悉的方式，严厉谴责荷兰人不讲风度的小市民习气：

> 对出身高贵者来说，更深更大的冒犯，
> 是被一个粗人欺侮和迷惑：
> 荷兰人龌龊的捣乱，
> 他们用心不良，也没有风度。
> 他们可以吹嘘自己是古老的民族，
> 因为他们长大时，礼仪未行；
> 他们的新联邦让他们摆脱的，
> 不过是荣誉和文雅。

第四章
商人英雄

德莱顿的点名辱骂掩盖不了一个事实：60年来英国人没能像荷兰那样取得垄断的商业利润。德莱顿采用复辟时期观众熟悉的阶级对立语言，他笔下"迷惑"的英格兰人似乎注定扮演笨伯或傻子的角色。他设定的是传统的被骗子愚弄的不够聪明的人；真正的智者，"出身高贵"但没有"被粗人迷惑"，在剧中没有出现。在搏命式的贸易竞争中，参与者别无选择，只能像荷兰那样自强，不可能动动嘴皮就免遭粗人的"迷惑"甚至是杀害。"荣誉和文雅"不能取代荷兰的商业扩张，只不过是一种失败和不完善的扩张。㊼德莱顿对荷兰的讥讽说明这部剧的英荷冲突象征的并非残余"贵族"势力与新兴"资产阶级"意识形态的对决。其善恶二元框架强调的是一组受到攻击的所谓"普世"的社会和道德观念。德莱顿请他的观众接受齐泽克所说的这种犬儒式思维：观众得假装无视英格兰期待的商业帝国的丰功伟绩取决于贸易、暴力和竞争——这些恶行被德莱顿安在了荷兰身上。㊽

德莱顿强调的英国宽容和荷兰贪婪之间的道德差异，也表明两国对竞相争夺的岛屿有着不同的理解——特别是对岛屿的自然和资源的理解大相径庭。剧中前期，塔沃森认为，英国在国际竞争中的宽宏大度和公平竞争观念取决于安波纳有足够香料能同时满足英荷两国需要。这座岛，"产出的香料足够[英荷]两国之用；并销往欧洲，以及各地港口和商贩"，塔沃森还表示，尽管"这世界永远不能满足贪欲和野心……但那些小富即安的人，便会合乎自然的目的，免于匮乏，这些地区有着大自然丰厚的赏赐，甚至可以过上奢侈生活"（I i 21, 22）。对英国商人来说，如果不是

168

那些没登上舞台的摩鹿加土著,东印度"丰厚的赏赐"便标志着回归黄金时代,无尽的资源让冲突和竞争失去意义,或者至少可以避免。民族美德的前提是,岛上资源可以无限开发,不会破坏环境,也不会妨碍生产香料外销并以土产为生的当地居民。相反,该剧不断告诉观众,荷兰人唯一的宗教就是"利益",香料和黄金是他们垂涎的稀缺资源,一定要守住资源,加以开发和节约利用。这样的自然观带来的道德影响是由多种因素决定的:德莱顿坚持荷兰贪婪和英国大度的看法,把意识形态的幻想落实为道德判断,这种意识形态认为持续的贸易增长和环境开发可以持续制造财富。

《安波纳》中民族主义、绅士风度和尊严的话语讽刺地淡化了英荷两国争夺的商品的价值,如香料、檀香木和丝绸,而且想象的民族身份正取决于它是购买、记账、拥有和转销商品的最终主体。这些商品可不是"丰裕的大自然"的天然礼物。早在葡萄牙人到达前,当地人就在种植、销售和使用香料,这是因为香料生产要通过复杂网络,包括资本投入、成熟的农业技术(包括品种培育)、海上运输、财务操作以及外交和贸易联盟。重要的是,德莱顿将《安波纳》演绎为民族身份的悲剧,这依赖于同时也制造一种自我分裂的意识形态。在他讨论的语境下,布鲁诺·拉图尔认为这种意识形态是现代性形成的关键:世界分为"纯粹"(essential)社会身份——这里就是"天生"的贵族和道德身份——以及永远不受人类干预的纯粹自然。㊾这部悲剧并未用一种简单的经济基础-上层建筑的模式来理解商品和价值、自然和文化的关系,而是先揭示而后又努力否认一种现象:对丰裕的大自然的想象和对纯粹的、超历史的、超物质的身份的想象是互相支撑的。德莱顿推崇“和平贸易”是为了确保民族繁荣和民族的道德身份，为此他情愿将劳动密集型的香料种植误认为大自然“丰厚的赏赐”。如果东印度不是财富遍地，那么英属东印度公司的商人们就别无选择，只能堕落到采用剥削手段，遵循荷兰人的霍布斯式道德：这个世界将容不得绅士风度的贸易，而是成为一个敌对空间，统治世界的将是匮乏、侵略和无尽的竞争。在这个意义上，既然所谓“真实”的自然是人们行动的资源，也是行动的限制，那么德莱顿只能否认那些一直在打破“真实”自然和社会本质的界限的中介活动。

安波纳落难记

研究早期现代殖民主义的历史学家和批评家，包括许多马克思主义者，可能倾向于将英荷冲突看作17世纪末资本主义兴起的寓言：旧的、残余的绅士或贵族道德的意识形态被迫让位于新的、 170
你死我活的经济秩序。我要批评的正是这种解读，我认为德莱顿极为赞扬的塔沃森和波蒙的“诚实”经商与其说是踌躇满志的中产阶级学来的贵族美德，不如说是在暗中承认，经济竞争现在是并且一直是贵族尊严和特权的组成部分。㊿拉图尔描述的现代性逻辑表明，如果要强行将自然和文化彻底分离，否认二者间中介的存在，必然会极大地强化相反的行动，在种种象征意义上将他者排斥和妖魔化。(51)这些行为最终证明，任何号称包容的系统都是不完善的，因为其整体性，如齐泽克所论，取决于"初始"的排斥。㊿在这一意义上，德莱顿对民族骄傲和荣耀观念的依赖在两个层面讽刺地崩溃了：首先，塔沃森口中文雅国家的话语要求观众无视他们所经历和了解的英格兰的社会差异和社会经济冲突；换句话说，"文雅"观念认为英国的商业利益和绅士利益是互补的，但复辟时期一出又一出的戏剧认为二者是不相容的。德莱顿将安波纳岛上被处决的商人塑造成英雄，是在重塑国家形象，想象国家能够超越和包容利益冲突，尤其是转嫁到荷兰"粗人"身上的阶级冲突。这种呈现"国家"的方式向来不完全有效。但悖论在于，德莱顿眼中构成民族主义的共同利益指向了英格兰的社会混乱、地位焦虑，因为他认为他的观众对商人"暴发户"的命运义愤填膺，许多人认为这些人服务的东印度公司成了冒险家的避难所，正在汲取英格兰的资源。其二，民族身份和宗教统一看似是基本价值观——英国和荷兰的新教对抗西班牙天主教——但当剧中人物面对个人经济发展良机时，这套价值观便解体了。

在第三幕，有一位西班牙人佩雷兹（Perez），是塔沃森手下的中尉，因薪酬过低而不满，哈曼·朱尼买通此人，令其乘英国人塔沃森熟睡时刺杀他。手持匕首俯身正欲行刺之际，佩雷兹正好撞见一本备忘录，上面写道，塔沃森"今晨头一件事就要找到我诚实而勇敢的中尉，船长佩雷兹；为感谢他的尽职工作，赠予他500英镑，对我此前未能尽我所能奖赏他而致歉"（III ii 41-42）。知道有赏赐等着他，佩雷兹立刻开始自责："哦，你这个卑鄙、堕落的西班牙人！如果你下手了，再怎么诅咒你都不为过：上天容

第四章
商人英雄

我及时看到这篇文字,上天对我的恩惠,比我对他的恩惠要多。睡吧,尊贵的英国人,我宁可刺穿自己的胸脯也不会伤你"(III ii 42)。不管上天有何旨意,佩雷兹改过自新显然是因为那笔意外之财;钱买到了坚定的德行,让佩雷兹效忠塔沃森,即使在这位西班牙人因被控参与英国人谋反而被荷兰人折磨和处决时也没有动摇。虽然该剧看似将民族身份统一的英国人和西班牙人团结在了一起对付"流氓七省"的外来暴发户,而且这些荷兰人连自己的民族独立都是靠英国人协力推翻前殖民主人西班牙得来的,但佩雷兹悔过的一幕点出了这种道德的经济基础。不意外的是,佩雷兹这个人物是德莱顿的创造,构成了历史人物亚伯·普莱斯的反面。普莱斯威胁了民族美德的话语,而佩雷兹肯定了这一话语。

为了抹黑他的新教伙伴,德莱顿把荷兰人塑造成对抗皇室正朔的反贼。塔沃森形容他的劫持者来自"一个臭名昭著的国家,他们本该是奴隶,后来摆脱了合法统治"(VI 79)。目睹刑讯的一幕,塔沃森大骂荷兰人,这像是英国内战期间的恐怖景象:"罪恶一开始就流淌在你们血液里 / 你们父辈作乱都该下地狱"(VI 85)。德莱顿坚称英国人和施刑者之间有着根本的道德差异,这是各自的民族性决定的,但他又把荷兰视为英国反叛者的先驱,这说明他的道德观并不稳固:他本人曾在克伦威尔政府任职,后来又如众人一样,从克伦威尔的支持者摇身一变为查理二世复辟的拥戴者。在这一语境下,不容否认,《安波纳》正是改写了长诗《正义女神归来》(*Astraea Redux*)和《奇迹年》的叙事逻辑:复活战败或被逐的贵族来召唤伟大的民族精神,靠殖民和商业冒险来超越内

227

部政治冲突。然而，在1623年、1660年、1666年和1672年这些年头，对民族统一的呼唤掩盖了英格兰内部的分歧，这正是民族的弱点。塔沃森秉持的美德的高标准象征的只是想象中的力量和统一，以及虚构的民族身份。

《安波纳》的时事性及悲剧的自我体裁定位掩盖了主导剧作的想象成分：东南亚和伊斯兰对手的消失；贸易活动中正邪二元对抗的道德观；拿荷兰人当替罪羊；香料群岛被描绘成资源充裕之地，可以供欧洲共享；贸易是交换礼物、友谊和彼此负责的结构，而非暴力和竞争。一方面，德莱顿推动的想象正是民族；另一方面，作为剧作家，他亟欲逃避和否认的也正是"民族是想象的产物"这一观念。就此而言，第五幕的舞台提示写道："本幕开场，出场的是受刑的英国人，以及施刑的荷兰人"，这是德莱顿在力推国家自我认同的化身；折磨的伤痕标志着殉国，以及对抽象理想的信仰。但在剧场中，这样的舞台暴力讽刺地表明，只有通过舞台表演，民族才能证明自身的"本质"特征。于是，这部剧想象的民族身份体现在民族代表人物遭受折磨的戏剧化表现中。德莱顿必须展现英国人受刑的景象，因为这一场面以其暴力性，使得民族成了想象性的构造物，并造成了实际后果——民族成了一个实体，会痛苦、记忆和实施复仇。因此，剧中1623年的英雄主义，只能通过高贵的受难来表现；英格兰民族的伟业，以及政治殉难之外的自我认同方式，都交给了观众期待的未来，但就像在《奇迹年》中那样，这个未来要等到东印度公司扩大"东方财富"的时候。而在1672年，英格兰即将对荷兰宣战，这又将是一场无果的战争,那些在安波纳受死的魂魄只能在舞台上摇动他们的锁链。一代人之后,当威廉三世这位荷兰"粗人"即位,笛福等人向皇室不断推销太平洋新殖民计划之际,锁链仍然在咯咯作响:这次,鬼魂来自在远东错失的机遇,以及在这个依旧堕落的世界游荡的无限利润的幽灵。

注 释

❶ Sir Walter Scott, ed.; rev. George Saintsbury, ed., *The Works of John Dryden*, vol. 5 (Edinburgh: William Paterson, 1883). 所有引文均出自该版本。

❷ 见 Michel Foucault, *Discipline and Punish: The Birth of the Prison*, trans. Alan Sheridan (New York: Pantheon, 1979)。

❸ 见 Richard Helgerson, *Forms of Nationhood: The Elizabethan Writing of England* (Chicago: University of Chicago Press, 1992), esp. 171-73, 作者讨论了伊丽莎白时期西班牙的威胁对塑造英格兰民族身份的作用; 林达·科利认为, 18 世纪英国的自我认同是以法国为敌, 见 *Britons: Forging the Nation 1707-1837* (New Haven: Yale University Press, 1992)。民族自我认同的建立常常是针对他者的威胁, 关于这一普遍现象的讨论, 见 Benedict Anderson, *Imagined Communities: Reflections on the Origin and Spread of Nationalism*, rev. edn (London: Verso, 1991)。

❹ James Thompson, "Dryden's *Conquest of Granada* and the Dutch Wars," *The Eighteenth Century: Theory and Interpretation* 31 (1990), 215. 参 见 Raman, *Framing "India"*; Derek Hughes, *English Drama 1660-1700* (Oxford: Clarendon Press, 1996), 91-92; and Bridget Orr, *Empire on the English Stage 1660-1714* (Cambridge: Cambridge University Press, 2001), 157-59。

❺ 除了后文讨论的小册子, 还可参见 Edmund Scott, *An Exact Discourse of the Subtilties, Fashions, Religion and Ceremonies of the East Indians* (London, 1606); Sir William Foster, ed., *The Voyage of Sir Henry Middleton to the Moluccas, 1604-06* (London: Hakluyt Society, 1943); 更多相关记述, 见萨缪·铂切斯选编的游记总集 *Purchas His Pilgrimmes* (London, 1625), 以及黑林《宇宙志》中的东南亚条目。

❻ 见 Michel Foucault, *The History of Sexuality: An Introduction*, trans. Robert Hurley (New York: Pantheon, 1978), 92-93。

❼ Reid, "Introduction: A Time and a Place," in *Southeast Asia in the Early Modern Era*, 17. 瑞德注意到, 17 世纪东南亚的衰落是历史学家激辩的问题。

❽ 见 M. A. P. Meilink-Roelofsz, *Asian Trade and European Influence in the Indonesian Archipelago Between 1500 and 1650* (The Hague: Martinus Nijhoff, 1962); C. R.

第四章
商人英雄

Boxer, *Jan Compagnie in War and Peace 1602-1799: A Short History of the Dutch East-India Company* (Hong Kong: Heinemann Asia, 1979); Jacobs, *In Pursuit of Pepper and Tea*, 73-82; Leonard Y. Andaya, "Cultural State Formation in Eastern Indonesia," in Reid, *Southeast Asia in the Early Modern Era*, 23-41; 以及同书收录的 Barbara Watson Andaya, "Cash Cropping and Upstream-Downstream Tensions: The Case of Jambi in the Seventeenth and Eighteenth Centuries," 91-122; and Israel, *The Dutch Republic*。

⑨ O.H.K. Spate, *The Pacific Since Magellan*, vol. II: *Monopolists and Freebooters* (Minneapolis: University of Minnesota Press, 1983), 87, 88.

⑩ 关于东印度公司，见 Chaudhuri, *The English East India Company*; Steensgaard, "The Growth and Composition of the Long-Distance Trade of England and the Dutch Republic"; Andrews, *Trade, Plunder and Settlement*; Brenner, *Merchants and Revolution*; and Keay, *The Honourable Company*, 3-18。

⑪ Schnurmann, "Wherever profit leads us," 478.

⑫ 见 Glamman, *Dutch-Asiatic Trade 1620-1740*; Steensgaard, *The Asian Trade Revolution of the Seventeenth Century*; and Israel, *Dutch Primacy in World Trade*。

⑬ 转引自 Andrews, *Trade, Plunder and Settlement*, 264。

⑭ Thomas Mun, *England's Treasure*, 59.

⑮ 转引自 Spate, *Monopolists and Freebooters*, 27。

⑯ Schnurmann, "Wherever profit leads us," 484-85.

⑰ 见 Slavoj Žižek, *The Sublime Object of Ideology* (London: Verso, 1989), esp.20-21, 72-75。

⑱ Anon., *The Hollanders Declaration of the Affaires of the East Indies* (Amsterdam, 1622), 2.

⑲ *An Answere to the Hollanders Declaration, Concerning the Occurents of the East Indies. Written by certaine Mariners, lately returned from thence into England* (London, 1622), 1, 10, 5.

⑳ 关于 17 世纪 30 年代印度的英国商馆，见 Keay, *Honourable Company*, 114-25。

㉑ Spate, *Monopolists and Freebooters*, 36. 关于英荷冲突，见 Wilson, *Profit and Power*, 24-57; Israel, *Dutch Primacy in World Trade*, 174-76, and Furber, *Rival Empires of Trade in the Orient*。

㉒ 见 Montague Summers, ed., *Dryden: The Dramatic Works* (1932; rpt. New York:

㉒ Gordian Press, 1968), 3:345. 据达雷尔在题词中所述，他和雷利 1615 年启航，旅居东印度 50 年。

㉓ Digges, *True Relation*, 14. 此后引文随文用括号标出。

㉔ Summers, Introduction, in *Works of Dryden*, 3:345. 参见 C. R. Boxer, *The Anglo-Dutch Wars of the 17th Century, 1652-1674* (London: National Maritime Museum, 1974), 16-17。

㉕ Anon., *A True Declaration of the News*, 3, 4. 此后引文均出自该版。

㉖ 关于这一区别，见 Elizabeth Hanson, "Torture and Truth in Renaissance England," *Representations* 34 (1991): 53-84; and Michael Neill, *Putting History to the Question*。

㉗ Benjamin Schmidt, *Innocence Abroad: The Dutch Imagination and the New World, 1570-1670* (Cambridge: Cambridge University Press, 2001), 241-75. 参见 Schnurmann, "'Wherever profit lead us,'" 474-93。

㉘ Israel, *Dutch Republic*, 713.

㉙ Israel, *Dutch Republic*, 716. 参见 Wilson, *Profit and Power*, 54-77; and Israel, *Dutch Primacy*, 209-13。

㉚ Israel, *Dutch Republic*, 773. 参见 Neal, "The Dutch and East India Companies Compared," 195-223。

㉛ *The Works of John Dryden*, vol. I: *Poems 1649-80*, ed. Edward Niles Hooker and H. T. Swedenberg, Jr. (Berkeley: University of California Press, 1956), 48. 所有引文均出自该版本。

㉜ 见 Michael McKeon, *Politics and Poetry in Restoration England: The Case of Dryden's Annus Mirabilis* (Cambridge, MA: Harvard University Press, 1975); Laura Brown, "Dryden and the Imperial Imagination," in *The Cambridge Companion to John Dryden*, ed. Steven N. Zwicker (Cambridge: Cambridge University Press, 2004), esp. 63-69; David Bruce Kramer, *The Imperial Dryden: The Poetics of Appropriation in Seventeenth-Century England* (Athens: University of Georgia Press, 1994), 66-74; 92-94; Steven N. Zwicker, *Politics and Language in Dryden's Poetry: The Arts of Disguise* (Princeton: Princeton University Press, 1984), 38-39; and Suvir Kaul, *Poems of Nation, Anthems of Empire: English Verse in the Long Eighteenth Century* (Charlottesville: University of Virginia Press, 2000), 75-82。

第四章
商人英雄

㉝ 关于炼金术对 17 和 18 世纪早期经济思想的影响，见 Pamela Smith, *The Business of Alchemy: Science and Culture in the Holy Roman Empire*（Princeton：Princeton University Press，1994）; and Rajani Sudan, "Mud, Mortar, and Other Technologies of Empire," *The Eighteenth Century: Theory and Interpretation* 45（2004）：147–69。

㉞ Steven C. A. Pincus, *Protestantism and Patriotism: Ideologies and the Making of English Foreign Policy, 1650–1668*（Cambridge：Cambridge University Press，1996），75，92–93，256–68。

㉟ Keith Wrightson, *Earthly Necessities: Economic Lives in Early Modern Britain*（New Haven：Yale University Press，2000），237–40。

㊱ Israel, *Dutch Republic*, 796–806. 参见 James R. Jones, "French Intervention in English and Dutch Politics, 1677–88," in *Knights Errant and True Englishmen: British Foreign Policy, 1660–1800*, ed. Jeremy Black（Edinburgh：John Donald，1989），1–23。

㊲ John Evelyn, *Navigation and Commerce, Their Original and Progress*（London，1674），17.

㊳ Robert Ferguson,*The East-India Trade a Most Profitable Trade to the Kingdom*（London，1677），6.

㊴ Sir Josiah Child, *A Treatise Wherein is Demonstrated . . . that the East-India Trade is the Most National of All Trades*（London，1681），26，27.

㊵ Orr, *Empire on the English Stage*; Hutner, *Colonial Women*.

㊶ 关于班塔姆的火灾和刑讯，见 Neill, *Putting History to the Question*, 285–310。斯科特对班塔姆事件的记载 *An Exact Discourse of the Subtilties, Fashions, Religion and Ceremonies of the East Indians*, 收入铂切斯的《朝圣》，重印出版。

㊷ 转引自 Keay, *The Honourable Company*, 78。

㊸ 最早从 16 世纪起，在印度的耶稣会士的通信中，"黑人"成为亚洲人的通称。见 Donald Lach, with Edwin J. van Kley, *Asia in the Making of Europe*, vol. 3（Chicago：University of Chicago Press，1993），1619。

㊹ Serres, *The Parasite.*

㊺ 见 Jacques Derrida, *Specters of Marx: The State of the Debt, the Work of Mourning, and the New International*（New York：Routledge，1994），41–56。

㊻ 见 Israel, *Dutch Republic*, 807–25; 此处引文出自第 809 页。

㊼ 荷兰是 17 世纪英国作家妒羡的榜样，相关讨论见 Appleby, *Economic Thought and*

Ideology。

㊽ Žižek, *Sublime Object of Ideology*, 30–33.
㊾ Latour, *We Have Never Been Modern*.
㊿ 见 J. G. A. Pocock, *Virtue, Commerce, and History: Essays on Political Thought and History, Chiefly in the Eighteenth Century* (Cambridge: Cambridge University Press, 1985), 103–23。
㊼ 见 Goux, *Symbolic Economies after Marx and Freud*。
㊽ Žižek, *Sublime Object of Ideology*, 66–68.

第五章

"我说完了我的岛，
以及有关的种种故事"：
鲁滨逊的远东漂流记

鲁滨逊三部曲

即使看过许多笛福的研究文献，读者也不太容易发现，就在《鲁滨逊漂流记》这部经典小说出版 4 个月后，笛福还发表了一部续作。❶大部分批评家都热衷于把《鲁滨逊漂流记》和鲁滨逊当作现代性萌芽的主角，并想当然地认为鲁滨逊的荒岛就是 18 世纪欧洲殖民世界的模版。评论家们把笛福想象的主人公 28 年困居热带荒岛的经历当作"现实主义"文学，但三部曲第二部中鲁滨逊在亚洲的历险却被冷落了，尤其是鲁滨逊对中国文化方方面面的大肆攻击。❷鲁滨逊在远东的历险和思考对三部曲的后两部（《鲁滨逊漂流续记》[1719]和《鲁滨逊沉思录》[1720，简称《沉思录》]）中鲁滨逊的形象建构起了关键作用，但却常常被忽视。在这两部作品中，笛福放弃了第一部的叙事策略，故意拒绝了"心理现实主义"、经济自立和万能的欧洲殖民模式的组合式话语，这是第一部中鲁滨逊荒岛求生的故事框架。

我没有把《续记》当作一部失败的续作，而是认真思考笛福的解释，他说"第二部（the second part）……（不同于二手零件［second parts］），各方面都和首作一样有趣，包括了各类新奇和意外的事件；同样认真得法地创作；对理智聪慧的读者来说，这部作品各方面都益趣兼备"。❸当时的读者对小说的评价显然和笛福一致：截至1747年，《续记》已有七个版本，直到19世纪都和首作一起定期再版。亨利·克林顿·哈钦斯（Henry Clinton Hutchings）注意到："把第一部的某个版本和第二部的某个版本合订出版，这样的做法贯穿了几乎整个18世纪。"如在1753年，出版了《续记》第八版和《鲁滨逊漂流记》第十版的合订本。在哈钦斯研究的所有例子中，两部的版本总是错开的——如第七版和第五版，第十版和第八版——这表明，第一部每次再版或重印，第二部也会随之再版或重印。罗伯特·W．洛维特（Robert W. Lovett）关于鲁滨逊系列小说的出版历史的论著出版于1991年，其中列举了1719—1979年出版的1198部不同的英语版本和节录本；梅丽莎·弗利（Melissa Free）研究了其中的1025部，证实了在1920年前大部分版本和节录本（约75%）都收录了鲁滨逊系列的第一部和第二部，有时是前两部组成的"历险记"，有时是包括《鲁滨逊沉思录》在内的三部曲。❹

通读这两部小说构成的系列历险记，可以发现《续记》对中国的关注标志着笛福创作生涯的重要转折。这部小说没有讲述欧洲必胜的殖民主义寓言，而是描述和反抗一个敌对世界中困扰英国身份的梦魇。在这意义上，笛福明确拒绝了鲁滨逊在虚构的加

第五章
"我说完了我的岛,以及有关的种种故事"

勒比海岛生活传达的相关价值观,这对我们理解中国对18世纪初期英国文学史的持久影响颇为重要。❺笛福没有将其首部小说《鲁滨逊漂流记》当作成功的创新,而是看作一次未必能重复的实验。

迄今对鲁滨逊身份最有力的分析来自汉斯·特里(Hans Turley),他重释鲁滨逊三部曲,勾勒出一个海盗式的、讲兄弟义气(homosocial)的自我身份,不同于英国本土的女性化、心理性的身份。❻特里认为,笛福把资本主义扩张和新教福音主义捆绑在一起,突出了鲁滨逊的基督教辩护者形象而淡化了其资产阶级代言人形象。顺着他的观点,我想强调的是这些小说有着一种至关重要的想象——这种想象随时可能崩溃,因此需要不断加固——其重点不是铺陈心理身份,而是重新确立经济自立的梦想。刘禾分析了笛福在《鲁滨逊漂流记》中对瓷器生产史的妄论,她注意到"原本一清二楚的文本和语境"中包含的特异之处;笛福笔下海难逃生的主人公鲁滨逊仿制了一件实用的中国瓷器,这是1719年的欧洲生产商尚不能完成的壮举。❼如果鲁滨逊的陶罐象征着经济自足的想象,那么陶罐也表明《鲁滨逊漂流记》的"语境"如何不受重视,尤其是其续作愈发关注远东对西方殖民主义、资本主义和民族身份提出的挑战。

通观鲁滨逊三部曲,鲁滨逊的荒岛和相应的价值观——主人公的清教式内省;殖民主义对自然界和非欧洲民族的剥削;"异教徒"自愿皈依基督教;经济自立——这只不过构成了辩证关系的一面。在《续记》中,一旦鲁滨逊半途离开了他的殖民地,笛福的叙事策略便有所发展,并解剖了影响其小说创作的意识形态。

首先，笛福的叙事抛弃了经济自足的观念，转变为对亚洲贸易至关重要的通信和信贷网络的话语——商人、银行家、放债人、代理商和中间人；虽说鲁滨逊不受英属东印度公司规约和监管，但鲁滨逊影响了这些网络，刺激了一种执念，即重建宗教和民族身份来保护主人公免受普世主义影响和外来文化污染。其二，《鲁滨逊漂流记》的殖民主义寓言被另一种想象取代了：《续记》是笛福首部宣传东印度和南洋贸易有着无穷利润前景的虚构作品。其三，"皈依的食人族"形象似是取悦欧洲技术和宗教权势的贡品，在《续记》中，取而代之的是主人公及小说家对更危险的"他者"的关注——荷兰和中国。最后，清教式内省在续作中不再那么迫切；鲁滨逊因"愚蠢"而自责的套路少了，而是狂热和近乎歇斯底里地鼓吹欧洲（尤其是不列颠和新教文化）较之亚洲文化的优越性。在《鲁滨逊沉思录》中，鲁滨逊注意到，"在我前两部记述的全部海陆旅行中，我从未涉足任何一个基督教国度，没有，虽然我环绕了全球三大地区，也没有去过"。这章名为"论世界的宗教现状"，在这章余下部分，鲁滨逊描写了新教在群敌环伺的世界中面临的困境。❽在三部曲的结尾，从心理性自我到狂热的十字军的身份转变表现在鲁滨逊为英国强盛开出的冷酷药方：在这个世界上，"异教徒占据广大地域，纯洁的宗教照耀着地球的一小角"，因此对待野蛮人，要么让他们皈依，要么让他们灭绝。❾但主人公的远东历险已经证明，在1720年的情况下，对东方的圣战只是书斋里的幻想，离中国长城有着千里之遥。

鲁滨逊在孟加拉交易钻石，在印度尼西亚群岛采购鸦片、丁

第五章
"我说完了我的岛,以及有关的种种故事"

香和肉豆蔻核仁,在中国交易丝绸和白银,这种不寻常的情景某种意义上标志着《续记》中17世纪游记叙事的复苏——矢志经商代表了民族荣耀和福音的传布,这以不同方式激励了铂切斯、黑林、弥尔顿和德莱顿。《续记》创作于南海公司股票狂热炒作之际,小说想唤起对当地"无穷"财富的憧憬,借此快速启动英国的太平洋贸易。在《续记》、《辛格尔顿船长》(1720)和《新环球航行记》(1724)等作品中,笛福笔下闯荡远东的故事令人既恐惧又迷恋。就像他的同时代人和两个世纪以来的欧洲人一样,笛福认识到欧洲与中日之间的贸易可能带来巨额回报;同时,由于在这一时期的贸易中,中国(其次是印度和日本)主导了世界贸易、白银和金融市场,以及欧洲上层社会消费和精英身份的主要标志——奢侈品(从香料到瓷器)——的交易,因此欧洲在贸易上有求于人,而笛福本能地回避这一难处。至18世纪初,英国在莫卧儿帝国治下的印度、奥斯曼帝国和波斯都有不少贸易,但与中国这位贸易伙伴之间仍然有着实际上的和意识形态上的障碍。⑩作为全球最为富庶的国家,中国可以制定英国商人在广东贸易的规则,征收关税,限制贸易权限,迫使商人和传教士顺应中国的要求、礼节和惯例。⑪距扬·纽霍夫进京约70年后,笛福仍然关注着传教士和游记的记载,并在《沉思录》中引用了包括耶稣会士李明(Louis Le Comte)和费尔南德斯·纳瓦热特(Fernandez Navarette)等人的记载。笛福拒绝接受这些记载对中国文明的赞颂,他意识到中国可能成为奢侈品的不竭源泉,也是英国商品的潜在消费市场。下一章中我们会看到,当时人们在致力探索未知大陆——也是长期追寻的理想消费市场,而笛福把东南亚和南海看作此外的另一个选择。这种憧憬一直持续到笛福小说出版半个世纪后,詹姆斯·库克(James Cook)发现澳洲。但笛福认识到,中国人不可能被欧洲商业资本主义统治或利用。在《续记》中,鲁滨逊遭遇了早期现代关于中国的记载中无处不在的梦魇:在中国中心的世界上,西方的身份观和神学观无足轻重。

鲁滨逊的无名岛

如果读者们期待鲁滨逊的《续记》和《沉思录》延续此前自我成长的主题,那就要失望了。《续记》前半部,笛福安排鲁滨逊回到了荒岛,让他处理这个殖民地的问题;后半部,主人公在东南亚、中国和西伯利亚有着一连串历险。鲁滨逊的岛外历险有着商业目标,憧憬着积累无穷的财富,笛福展现了殖民问题的另一面——也就是鲁滨逊回到"他的"岛上时面临的社会、神学和治理的难题。相较而言,《沉思录》对历险着墨不多,只是写了一个18世纪的梦境,题为"天使世界的景象"。三部曲的末篇对前两部作品进行了推演、扩充和注释,描写了岛上的其他故事,并引导读者关注宗教问题。在某些方面,《沉思录》之于《漂流记》相当于《克拉丽莎》第三版之于首版。不同的是,理查德森想要训斥或哄骗读者接受对小说人物和情节的"正确"解释,而《沉思录》则既是对前作的扩展,又是一种元批评——没有提供阐释小说的公式,而是提供了一组理解鲁滨逊历险故事的方法。要理解三部

第五章
"我说完了我的岛,以及有关的种种故事"

曲的结构,就要把握这部远东闯荡记中鲁滨逊和笛福反复出现的恐惧及其引发的矫枉过正的思维。

读《续记》,读者会惊讶,鲁滨逊并未从 28 年经营"他的"岛屿的经历中学到什么。这部小说中笛福反复使用愚蠢和罪孽的观念来形容主人公的痴迷、流浪癖以及对中产阶级闲适生活的拒绝,这些都是前作提及的。但小说中途突然从殖民地故事转向商人的异域冒险,这就需要新的叙事策略来描述和支撑个人和民族身份的建构。《续记》两部分之间的差别体现在鲁滨逊的两个梦境中:一是小说开头,描写了他渴望重回岛上;二是多年以后,描述了他在东南亚经商期间的"焦虑和困惑"(415)。回到英格兰 7 年后,尽管主人公生活优渥,但他仍挂念着他的岛,还想回去看看。这块"心病"(chronical distemper)不时入梦,困扰着他的日常生活:

> 我想去看我在岛上新建的种植园,还有我留在那里的居所,这个念头一直盘桓在我的脑海里。这事我昼思夜想,成了最大的牵挂,一直萦绕在心头,以致我都在梦呓;简言之,这个念头怎么都挥之不去;我说着说着就会冒出这个话头,絮叨得烦人;我根本无心言他,开口都是这件事,我自己也意识到,这已经过头了。(251–52)

"神游幻境"(such extasies of vapour)的鲁滨逊想象自己回到了岛上,他虽然说不上来这怪梦的病因,不知道"有什么灵怪在暗中捣鬼,把这些念头灌输到他脑子里,但许多情形倒是确有其事"（252）。鲁滨逊的梦可能预示了《续记》前半部的故事，梦和醒的边界崩塌，证实了《沉思录》中的警示："说起梦，这是种危险的东西……我们不该把梦当回事，但是现在有一种人不顾这些，他们做着白日梦，放纵自己沉迷于梦境，因此我们说梦的时候要非常小心。"（《沉思录》，260）这里没有明确提及鲁滨逊的执念和做"白日梦"的习惯；但如果"许多"关于岛的梦都成真了，那么他的"欲念"就是行使他自己所说的"父权"。他的梦想外化，半归于超自然力量，同时他想象中的施令者和执法者透露出他意欲重新占领岛屿，重新确立自我的社会素质和道德品格，以便投身殖民统治和宗教教化。但在小说中途，鲁滨逊关于岛屿的白日梦，让位给了远东的梦魇。这些暴烈的梦境唤起的恐惧甚于落入食人族之口——后者的身心瓦解的恐惧象征着基督教商人在危险世界上遭遇的威胁。

《续记》的前半段发生在鲁滨逊"殖民"的岛上，是个说教的故事，甚至是神学的训诫，因为主人公的管理和审判始终靠的是感化罪人，代表人物就是捣乱的威尔·阿特金斯（Will Atkins），并把他们纳入宣扬忏悔和正直的道德秩序中。和土著的战斗穿插着长篇对话，讨论宗教宽容的必要性和基督教婚姻的道德——土著女性必须皈依基督教并嫁给西班牙海盗以维系社会秩序和神学秩序。如果说《漂流记》的基本设定是自利与殖民是兼容的，靠个人奋斗可以改造荒野而不耗尽英格兰的财富或当地资源，那么《续记》中鲁滨逊遇到了前作中掩盖的矛盾：殖民地的经济利益竞争，政治权威面临的挑战，以及天主教徒、新教徒和异教徒之间的差异。

第五章
"我说完了我的岛,以及有关的种种故事"

  笛福关注殖民地政治和基督教传教,这点可以解释,在把亚历山大·塞尔柯克的记载改编为《漂流记》时,笛福为什么改变了鲁滨逊身处荒岛的位置。胡安·费尔南德斯群岛邻近智利海岸,是海盗窝点,欧洲远赴太平洋的经停处,也可作为海军基地。和塞尔柯克的故事一样,莫斯基托·印第安·威尔（Moskito Indian Will）的故事同样家喻户晓,他在17世纪70年代被困在岛上,似乎比那位欧洲受困者更足智多谋。❷颇令笛福懊恼的是,英格兰在太平洋没有"种植园",英属东印度公司前往南中国海的断断续续的远航,不是为了建立殖民地,而是要在区域贸易体系中谋得一块立足之地。❸笛福安排鲁滨逊在加勒比海遭遇海难,正是要把故事纳入新大陆的经济体系中,表现为奴隶贸易、蔗糖种植以及对殖民开拓的憧憬。这样一来,这让对岛屿的"殖民"计划变得可行,因为英格兰在该地区的发展有一定胜算,同时《沉思录》中鲁滨逊也告诉读者,这里他的梦境再次证实他对最终获救的信念:"在我最漫长、最无望的流亡生活中,我常常梦见自己得救,因此我总是坚信我最终将迎来好日子;一切困难都会过去。"（261-62）常常梦见的"得救"——这未见于《漂流记》——成了事后对笛福宣扬的道德和神学价值观的验证。这些价值观某种意义上和加勒比海世界的地理位置有关,到1719年,英格兰人熟知加勒比海,并十分憧憬,希望借此限制西班牙和法国在美洲的影响。转到东亚后,鲁滨逊发现英国在这里无足轻重,这是他在自己岛上不曾有的梦魇。

  鲁滨逊裁定的问题并不能掩盖一个事实:他的岛是一个无利

可图的偏僻闭塞之地。他的梦没有预示他将带领殖民地走向繁荣。笛福没有重搬前作中的历险故事,也没有继续《续记》前半部的道德说教,而是突然放弃了殖民和传教。哄骗、劝人改宗,羞辱岛上的欧洲男性娶当地女子为妻,并撮合争执不下的殖民者们达成协定,鲁滨逊拒绝任何国家层面的长期规划:"我从不准备以任何政府或国家的名义来经营;我甚至从未给这个地方起个名字"。(374)他的梦消失了,他随随便便就离开了这座无名岛,再未回去。他把殖民地的管理交给了一位不知名的伙伴和新长官威尔·阿特金斯。鲁滨逊宣布:"我说完了我的岛,以及有关的种种故事;谁要接着读我的回忆录,就不用再想这件事了。"(374)这一强烈的告诫令人吃惊,笛福的意思很明确:无论是作为殖民主义的实验还是示范,鲁滨逊的岛屿经营都失败了。不论是宽容精神还是内省,都不能防止无名岛出现这类殖民地常见的问题——资源枯竭,政治和宗教冲突,以及外部威胁:

> 岛上的人给我的最后几封信是我的合伙人转来的,他后来又派了一艘单桅帆船去岛上,并给我捎了信,不过那封信5年后我才收到。信里说,他们日子过得不好,不愿意一直待在那里;威尔·阿特金斯死了,有5位西班牙人离开了;尽管野人的侵扰不是很多,但也有过一些小冲突。他们托我的合伙人写信给我,提醒我要信守诺言,到时把他们接走,让他们死前能再看祖国一眼。(374-75)⓮

第五章
"我说完了我的岛,以及有关的种种故事"

这种对殖民主义话语和实践的彻底拒绝表明,鲁滨逊已经受了贸易的诱惑,笛福认识到行政管制的话语和追逐无限利润的话语是不相容的。回过头看,鲁滨逊对殖民主义观念的拒绝表明,《漂流记》的"现实主义"的预设是一个人就是一座岛——在经济上和心理上都是如此。

在介绍此后的历险时,鲁滨逊先自责了一番,就像40年前离家时那样:"[谁要是读了我后面的回忆录]会觉得我是个愚昧的老头,不计个人利害,更不顾别人,对危险不加提防;将近40年的苦难和挫折仍未让我冷静下来,意外的荣华富贵不令我满足,异乎寻常的磨难我也视同儿戏。"(374)但这种道德说辞不能解释他此后在东南亚和中国的历险。鲁滨逊离岛时,放弃了先前试图建立的道德-司法体系,也放弃了对自身"愚昧"的"内省"。尽管"星期五"在海战中丧生,鲁滨逊也因抗议船员屠杀马达加斯加岛上150位村民而被赶下他外甥的船,但他作为独立商人在闯荡亚洲期间发了财。他会"干许多新的蠢事,经历磨难以及疯狂的历险,这可以见证神意的公正,天主轻易便能令我们被自己的欲望反噬",这个故事里,长话的是欲望的吞噬,短说的是70多岁的主人公"瞎忙活"(wild-goose chase)对身心的影响(374)。鲁滨逊特有的自省和自责迅速转为了对他造访的文明的贬斥——东方的偶像崇拜——并最终诉诸暴力。这里,维系自我身份的似乎不再是道德律令和福柯式自我审查,而是神对基督教敌人表达愤怒的手段。

185

"非人的折磨和野蛮行径":鲁滨逊的梦魇

鲁滨逊的第二组梦来自他和合伙人发现他们不慎买了一艘海盗船,怕因此被巴塔维亚的荷兰当局逮捕并绞死。回忆这些梦魇时,鲁滨逊绝口不提基督教的忍耐和献身精神,也没有表示要把自己交到上帝手中:

> 我和合伙人几乎夜夜梦到绞索和桅杆端,也就是绞刑架;梦到一番打斗后被擒;梦到杀人和被杀。一晚,我梦到荷兰人上了我们的船,我击倒了其中一个海员,暴怒中我的双拳砸在寝舱的壁上,用力过猛,手重伤,指关节破损,皮肉瘀青。我痛醒了过来,一度担心我的双指保不住了。(414)

这个梦超越了个人"想象":鲁滨逊的合伙人也梦到了,并且致使鲁滨逊在睡梦中猛击舱壁,伤了指关节。在鲁滨逊看来,这种内心折磨并不意味着愧疚、罪孽和虚无。如果此前历险带着这些观念的话,那是表现在他发现岛上有人类活动痕迹后,曾有屠杀食人族的假想。但他这次梦中的"愤怒","杀人和被杀",不只威胁了荷兰人,也威胁到了鲁滨逊自己。鲁滨逊自损其手,这种危险比《漂流记》中对食人族的恐惧更令人不安。鲁滨逊和合伙人在荷兰统治的东南亚海域的经历的噩梦,标志着一个英国熟悉的怪物闯入了他们心里:一个世纪前荷属东印度公司在安波纳审判和处决12位英国商人的事件。

第五章
"我说完了我的岛,以及有关的种种故事"

德莱顿《安波纳》首演近50年后,处决加布里埃尔·塔沃森等英国商人的事件仍是英国的重大——可以说是决定性的——民族创伤:安波纳事件一直标志着英格兰被排除在暴利的香料贸易之外,凸显了不列颠海军力量的不足。此外,英格兰力图用商业成功来证明自己(而非荷兰)才是新教信仰的真正卫士,安波纳的挫折表明这种民族身份认同是脆弱和不稳的。❶在《商业海图》(*Atlas Maritimus & Commercialis*,1728)中,笛福谴责了荷兰对英国商人的"恐怖大屠杀","这一幕极度野蛮,不仅违背基督教教导,也是不人道的残忍行径",其间严刑逼供和处决的细节"无以言表"。❶民族身份建立在自利、文雅和宗教信仰等环环相扣的启蒙价值体系上,而笛福在《续记》中借影射安波纳事件想象出一种对民族身份的威胁:他在1728年表示,荷兰人"以最粗暴和最不人道的方式对待"牺牲的英国人,"不顾他们的人格和国家,不顾他们的商界名望和坚贞品格"。❶社会地位、民族、职业道德和道德廉洁都被安波纳的梦魇毁于一旦。虽然鲁滨逊还是循着耶稣上十字架受难的"苦路",认为"按照神意,这样的惩罚[商人闯荡亚洲]是一种报应"(415),但在梦中,他并非直面自身罪孽、不断自省的忏悔者,他在梦中关注的是赚钱、暴力和复仇。

《续记》继承了首作中鲁滨逊分析噩梦的方式:和被"生番"吃掉的恐惧相比,他在亚洲遭遇的噩梦更为恐怖。对于安波纳的文化记忆,他摇摆不定,一边"劝自己坚定信心,不会被[荷兰人]擒获",一边害怕"被一伙残忍冷血的卑鄙之徒野蛮虐待"。在鲁滨逊眼中,荷属东印度公司比新大陆的食人生番更可怕:

> 比起那些对我实施非人折磨和野蛮行径来泄愤的人,落在食人生番手里要好得多;……至少对我来说,想到会落在那些人手里,比想到被人吃掉要更害怕,因为生番们的规矩是,等人死了才会吃,他们会先把人杀了,就像我们宰牛一样;但这些人除了杀人之外,还有很多残忍的法子折磨人。(415)

荷兰人的"残忍"包含了死亡的恐惧,又超越了这种恐惧。"非人的折磨"威胁着政体的完整——因为商人的身体等同于民族的统一和自立。如果"他的"岛代表着殖民主义的失败,那么鲁滨逊对安波纳的关注表明,利欲至上驱使自己时带来的"焦虑和困惑"。酷刑揭开了国际贸易神佑和爱国面具下的贪婪、"野蛮"和非道德化倾向。结果,主人公对梦的反应和《漂流记》中灵魂剖析和道德自省大相径庭;他把罪孽的分歧外化了,把错误的"民族"身份当作捍卫身体、民族和利润的手段。笛福笔下的许多主人公打着冒牌旗帜,伪造"民族"身份以逃避"自由贸易"的纠缠和不确定性,鲁滨逊是第一个,但不是最后一个。从这个意义上说,他既怕被海盗加害,也怕被当成海盗,这代表了独立商人在东南亚的贸易站寻找货源和进行交易的复杂性:岛"主"必须不断协商和修正在东方世界的商业身份。

不过,被荷兰人折磨的梦魇可能是鲁滨逊在小说第二部分面临的最严重的威胁。巴塔维亚的殖民当局没有露面;没有和荷兰人的英勇交锋,没有和内心魔鬼的抗争,没有称颂鲁滨逊在邪恶的商业对手面前表现出的尊严和正直。一句话,他的梦无甚影响:

第五章
"我说完了我的岛，以及有关的种种故事"

鲁滨逊后来卖掉了船，去中国寻找贸易机会。按照安娜·尼尔（Anna Neill）的总结，《续记》中"鲁滨逊沉思的那种权威口吻越来越少，身份不再稳定"，但我同意特里的观点，鲁滨逊在中国和西伯利亚的游历是巩固笛福的民族和宗教身份的关键。❸偶像崇拜、天主教和绝望——鲁滨逊通过和这些主要威胁的斗争，确立了他在第一部分中的道德身份，而对续作中的鲁滨逊来说这些已经不再是什么困难。❹尽管荷兰人困扰着鲁滨逊，但他在《续记》和《沉思录》中的对手却是中国人，因为中国代表着笛福无法解释的根本性矛盾——一个贤德、繁荣的"异教"文明，威胁着英国自我中心式的对无穷利润、宗教热忱和稳定民族身份的向往。

笛福长期批评英国的印度贸易，他一贯甚至有些执迷地推动英国在南海的扩张；南美洲西海岸的贸易据点能够发展与西班牙殖民地和远东各国的贸易。笛福的《新环球航行记》的内容改编自笛福主编的杂志《英格兰国情评论》（*A Review of the State of the English Nation*）（1704—1713年刊行），我在下一章会论及，这部作品表现了他和他的文化对跨太平洋贸易的迷恋，以此实现梦想中的统一民族身份和国际经济力量。鲁滨逊三部曲诞生于英国开拓新市场和争论东印度贸易的价值的关键时期。一个多世纪以前，英格兰对印度、中国和东南亚的进口远高于对这些地区的出口，而且大部分出口还是支付银锭。1718年和1719年，在笛福创作鲁滨逊系列小说时，共有4艘东印度公司商船抵达广州，每艘船上90%的货品都是白银。这4艘船分别是卡诺万号（货物总值2796英镑，白银28000英镑）；哈特福德号（货物总值2482

英镑，白银总值28000英镑），桑德兰号（货物总值2688英镑，白银31000英镑），埃塞克斯号（货物总值2923英镑，白银总值31000英镑）。至1750年，只有一艘公司商船所携货物超过了三分之一，晚至1754年，英格兰向亚洲输出的80%还是银锭。❷笛福一贯批评东印度贸易输出白银，买进奢侈品和棉布，与英国的羊毛作坊形成直接竞争，而在《续记》中，萌芽中的茶叶贸易也受到了同样的指责。❷虽然东印度公司商人"有时能从无数自由贸易的港口和地方一次带着6万到7万甚至10万英镑的收入返航"（393），但对中国和印度的贸易赤字却威胁着整个国家。在小说的后半部，这些地区既是梦想中利润无穷的宝地，也是个体和民族身份面临瓦解的梦魇之地。荷兰控制了东南亚海上贸易，中国主导着北方贸易，为了抵抗中荷势力，《续记》的叙事带有心理补偿性质（compensatory narratives），否认和淡化了英格兰在远东的弱势地位。

鲁滨逊来华

　　鲁滨逊在中国和西伯利亚游历期间没有做梦，但由于小说中对新教势力和盈利的欧洲中心式想象取代了《漂流记》的道德现实主义，他对两地的描述带有幻觉。他对中国的谴责在本书第二章和第三章讨论的欧洲对华记载中是没有先例的。史景迁在讨论《续记》时注意到，"［耶稣会士等］此前描述的中国的每一处优点都被否定了，每一处缺点都得到强调"。❷笛福拒绝称颂中国的财

第五章
"我说完了我的岛,以及有关的种种故事"

富、经济社会稳定、善治和想象中的一神教,相比弥尔顿故意冷落耶稣会士和保皇党对中国的美化,笛福走得更远,他把外交和朝贡使团行纪变成智取落后的、不诚实的和愚钝的中国人的重商主义想象。

在17世纪末—18世纪初的其他作家眼中,清朝是古代帝国的升级版,如希腊、埃及、波斯和罗马。在17世纪90年代的英格兰,威廉·坦普尔爵士和威廉·沃顿就中国和印度在古今之争中的角色发生了激烈争论。坦普尔认为中国思想家不亚于古地中海地区最负盛名的哲学家。他称:

> 伟大而著名的孔夫子……和[苏格拉底]所见略同,主张人的改造,从对自然的无用且无尽的思考,变为对道德的思考。不同在于,希腊人主要考虑的是私人和家庭的幸福,而中国关注的是国家和政府的性情和福祉,这一传统已持续了数千年,可称为学者治国(a Government of Learned Men),因为其他人无权执掌国政。㉓

坦普尔强调中国的道德和政治权威代代相传,意在捍卫学问和语言的保守传统。孔子不是苏格拉底,却胜似苏格拉底。我在第二章和第三章讨论过,在这一逻辑影响下,英国保皇党把中国美化为欧洲榜样。㉔至17世纪末,埃卡纳·塞特《鞑靼征服中国记》(1676)等剧作把卫匡国所作的明朝覆亡史改写为一出悲喜剧,提供了对英格兰皇室继承问题的想象性解决。㉕耶稣会士评论家为反击多明我会士的批评，特别是对其调适策略的批评，对中国更是大加赞美。他们称颂在位的康熙皇帝，"从他治下巨额的岁入以及广袤和丰裕的疆土来看，堪称世界第一雄主"，耶稣会士白晋给欧洲读者提供了一部康熙皇帝的传记，或者像第三章所论，近乎一部圣徒传。❷白晋承认"中国政府是彻底的君主制"，但他认为皇帝的德行和一贯的敏锐令其统治"正直而清廉，远离各种腐败"。❷康熙帝被写成理想的君主，"才思敏锐，博闻强识，理解力强；意志坚定，不为任何险恶所动，这让他成为世上最适合开展和成就伟业的人选"。康熙帝抵制奢华感官享受和绝对专制的诱惑，得到满汉双方普遍的道德认可："他的子民称颂他，服膺他的仁爱、公义、对臣民的体恤以及他的仁德；这些都听从理性的召唤。"康熙帝的政治美德体现在白晋等认为的接近一神教的信念。康熙帝反对国人"钦羡物质天国"的"堕落"信仰，支持"对天地之主举行公开祈祷和祭祀……"❷在白晋笔下，康熙帝成了地道的调适论者，想要率领国人回到美德的正道。他代表着纯洁而古老的一神教和尚德的社会秩序，这和帝国的财富互相促进。

耶稣会调适论的批评者们认为，坦普尔和白晋激起了一种焦虑，满人在17世纪中期入主中原的战争中崛起，经济实力稳固，体现了建立在绝对皇权和绝对服从之上的理想社会秩序，威名远扬。在英格兰，威廉·沃顿批评坦普尔对中国和印度的评价，嘲讽东方医学和宗教。他说如果耶稣会士以自己的名义出版孔子的《论语》，它们"会被当作前后矛盾的道德格言的狂想曲……"❷但沃顿的看法并不普遍。白晋笔下的康熙帝继续推动着欧洲尤其

第五章
"我说完了我的岛,以及有关的种种故事"

是法国的中国热,中国君主代表着正统神学和保皇党之外的道路。皮埃尔·贝尔(Pierre Bayle)以及后来的伏尔泰认为,正如博达伟所分析的,中国提供了"批判西方霸权的安全的外来视角"。沃顿眼中,中国代表着落后的偶像崇拜和绝对王权,而坦普尔、贝尔和伏尔泰认为中国具备耶稣会士称颂的秩序和美德,并且是由"泛神论宗教信仰主导",更为世俗化。❸他们不断强调清朝治下中国的经济繁荣和社会政治稳定,推动了对中国的赞美。

笛福所见的亲历者记载几乎和耶稣会士李明的结论完全一致:"在地上诸国中,中国因其礼数和文明,宏伟壮丽的气魄,技艺和发明而最负盛名。"❸孔子著述译介为欧洲各国语言后,促使许多欧陆哲学家,著名的如莱布尼茨等,开始广泛地比较研究中国和欧洲的思想体系。刘玉(Yu Liu,音译)近期指出,儒家著作的节选本对莱布尼茨的后期作品有着根本性影响。❸对于笛福这样虔诚的新教徒,随着英属东印度公司的商船开始与广州开展半固定的贸易,18世纪早期的中国带来的问题超过了弥尔顿在17世纪50年代面临的问题。虽然笛福和那个时代的人一样认为英国对中国和东印度的贸易有着潜力,但这个"异教"帝国和他对暴政与偶像崇拜的批判相悖,这促使他执意进行论辩攻讦,反击中国对神圣贸易观念的挑战,在笛福心中,神圣贸易可以抵抗从巴黎到北京的"普世"王权的图谋。但这种贸易,不是英属和荷属东印度公司的垄断贸易,而是浪迹海上的商人冒险家的营生。

在《续记》和《沉思录》中,鲁滨逊对中国的苛责远甚他对其他文化的批评。事实上,他宕开一笔讨论中国及其文明程度,

255

是他唯一一次挑出一个国家加以直接点评,并且是严厉批评。鲁滨逊表示,"这是我的游记中唯一的一段题外话,因此下面我不会再记叙各国及其人民;此非吾任,亦非吾愿"(423)。在《沉思录》中,他两句话就交代了蒙古帝国的情况,用几页纸打发了整个伊斯兰世界,但花了23段,其中许多段落长达一页多,来批评中国的自大、不道德、技术落后、政府腐败、怪异艺术和专制政治。小说前半部中鲁滨逊只能在梦中实现的复仇——反击荷兰人——成了"补偿性想象"(compensatory fantasy)的修辞,突出欧洲的道德正义和先进科技,这主导了小说后半部的发展。鲁滨逊在界定他的政治、宗教和经济身份时,处处将中国作为"他者",他觉得这种想象的结构比他虚幻的梦境更真实。㉝

早在创作鲁滨逊系列小说十多年前,笛福就首次抨击了中国。在讽刺幻想故事《组装机》(*The Consolidator*,1705)中,他把中国当成自己推崇的政治和宗教价值观的对手。他的讽刺是欲抑先扬(mock-encomium),戏拟中国的学问、技术成就、绝对王权和号称比摩西更悠久的古代文明。为了讽刺约翰·韦伯"中国人是诺亚后代"之说,笛福笔下那个轻信的叙事者向读者信誓旦旦地"描绘了一艘有着十万面风帆的船队,谭哥罗(Tangro)皇帝十五世出资建造;他注意到了大洪水,备下了这些船只",逃过了洪水,因此保存了大洪水前的文化"成就"以及"极为精确的2000代帝王的历史"。㉞在笛福眼中,中国广受赞誉的悠久历史、美德和社会稳定掩盖了政治和宗教观念的败坏——特别是绝对皇权和消极服从,这正是笛福作为报人和小册子作家一贯抨击的。叙事者发誓,中国历史上没有任何"君主专制和臣民叛乱",并总结认为这些编年史证明"国王和皇帝头上戴着王冠从天而降,全体臣民生来都背着马鞍"(12,13-14)。如果这样的绝对王权是天命所授,那么专制的拥戴者便可用中国历史来"解释和拥护在自然正当受到侵犯时采取的强制手段"(14)。在《组装机》中,中国代替法国成了笛福一生抨击的政治压迫和宗教虚伪的象征。

15 年后,鲁滨逊对中国的关注和他对耶稣会的调适论的激烈批判结合在了一起。耶稣会士一厢情愿地将"孔子的格言"类比为欧洲的"神学",笛福接受了这一点,但他和沃顿一样,称这些文本(1720 年小说发表前已经广泛译为欧洲多国语言)是"一则词语的狂想曲,没有连贯性,而且实际上没有什么推理论证"。他随即宣称"美洲的一些印第安异教徒的行为比中国人更有秩序;如果我们相信墨西哥的蒙特祖玛政权的记载,或是秘鲁库斯科城的印加人(Uncas)的记载,他们的祭祀和宗教比中国更有规律"(《沉思录》,123)。就像他诋毁荷兰的手法一样,鲁滨逊认为中国不如美洲的"异教徒"。但中国"偶像崇拜"不只是无知或祭祀魔鬼,而且违反了西方表现现实的基本原则。在一处靠近南京的园林,鲁滨逊发现了一个可怕的中国"偶像":

> 它没有头,却有另外一个东西代替头;有一张嘴,扭曲得不成任何形状,没法当成一张嘴,只是一个不成形的裂口,这样的嘴在人、走兽、飞禽还有鱼类身上都找不到;这东西不属于这四类生物,是一个不协调的怪物;它有脚、有手、

> 有手指、有爪、有腿、有臂、有耳、有角,但是各样器官都混在一起,不是自然设定的样子或位置,而是融为一体,固定在一个大块上,这大块算不上是身体,没有分成合适的部件,只是一个不成形的躯干或是一块大料,我不知道是石头还是木头做的。(《沉思录》,126)

这只"天朝刺猬"极度畸形,"甚至超出了我们对魔鬼的想象";但如果读者要想象中国神祇的样子,鲁滨逊认为,"就想象一下任何可厌、可怕和惊人的畸形形象",中国人就要膜拜"这种严重残损、性别错乱的生物"(《沉思录》,126)。鲁滨逊的反应过度了。1720年,西方已经熟知中国艺术——瓷器是珍贵的进口货,丝绸、家具、屏风和扇子等商品让中国艺术风格流行起来,变得不再陌生。

到了18世纪后期,威廉·钱伯斯爵士解释了中国风景园林的美学和生态理念,并为之辩护,他的鉴赏让笛福的说辞显得近乎歇斯底里。在钱伯斯看来,中国园艺师没有按照预定的模式来建园,而是"师法自然;目的是模仿自然界的一切美丽的不规则性"。因此,"他们依着平缓或陡峭的地势建园,丘状或山状;狭小或面积可观;布满泉流或在缺水的情况下施工;林木茂密或未生草木;地质粗粝或平整、不毛或丰腴;此外,就地势变化而言,或生陡变,气势宏伟、狂野或庞大,或是变化平缓,整体态势平静、灰暗或是欢快"。㉟钱伯斯不像笛福那样脱离环境看待中国的"偶像",他(也许还有那些听从他意见的上层人士)认识到,鉴赏东方园林不仅要考虑生态因素和美学原则,还要考虑风景设计的心

第五章
"我说完了我的岛,以及有关的种种故事"

理效应。他描摹的园林的"性情",是一种亲身体验:漫步在风景中,关注我们今天所说的地质、物群和水文状况。钱伯斯欣赏理想中的中国的自然观,而鲁滨逊把"他的"岛当成使用价值的宝藏,等待着开发。

在笛福看来,这只"刺猬"在生理、性别和宗教上的混乱冲击了西方再现真实的伦理和意识形态,从而冲击了西方整体的世界观。令莱布尼茨、伏尔泰和钱伯斯以不同方式着迷的知识交流,被笛福拒绝了。这不简单地意味着,中国这个"不协调的怪物"代表着膜拜偶像的他者,恰好反衬出英格兰自身的新教身份,更说明中国的道德哲学和表征方式可能会改写神学、性别和自我认同的原则。像"星期五"这样的食人生番是会转变的;他们能听从理性和神启。天主教徒,像岛上帮助鲁滨逊的法国牧师,可以与之联手抵抗偶像崇拜的风气。甚至荷兰人,尽管有着"非人的折磨和野蛮行径",也是新教徒,只是在国家利益和国际贸易竞争的政治叙事中被当作对手。但中国**缺乏**对欧洲工艺品以及贸易提议的兴趣,这造成的威胁超过了食人的危险或是面对施刑者的心理崩溃。中国要将欧洲人纳入自己的文明标准,以及道德、贸易和社会秩序观念。尽管康熙皇帝容忍"善解人意的耶稣会士"居华,但他和臣民基本不为他们的传教所动,而是迫使传教士们"用他们的宗教模式适应孔子的哲学,几乎不提耶稣受难和神性,常常容忍祭拜佛塔(pagods)"。㊱清初中国耶稣会士的本土化策略并不意味着回归"野蛮",而是顺从一个强势文明的价值观和实践,而这个文明,尤其对笛福来说,是陌生的。

不过，就连笛福的辱骂，也表明他对18世纪早期传入欧洲的关于中国的大量文献十分熟悉。鲁滨逊穿越西伯利亚，从北京到阿尔汉格尔斯克（Archangel），这大体是沙皇派去觐见康熙帝的特使伊台斯在《从莫斯科经陆路入华三年行纪》中描述的路线，在本书第三章中有讨论。㊲笛福运用伊台斯的记载是有选择的。正如第三章所论，伊台斯不吝赞美中国的财富、文雅、建筑、宏伟气魄和女性，但在行纪的最后两页批评了"粗鲁和野蛮"的中国司法体制，并称中国宗教"完全是异教偶像崇拜"；他总结道，"许多作者大为称赞他们积累的智慧、技艺和科学，但远不如欧洲"（108-109）。这类迟到的谴责和敷衍的批评被耶稣会士摆了出来，让读者知道，中国对西方宗教、政治和文化霸权的冲击是可以缓和与调控的。无论商人和传教士多么想取悦清帝和大臣来确保贸易特权或建造教堂，他们很清楚，探险家和赞助人在远洋贸易和传教活动上都耗费巨资。伊台斯受聘于彼得大帝出使北京，但自己想在中俄陆路商队贸易上成就一番事业，他希望能取悦俄国皇室，以便成就自己的帝国壮志；因此他需要想出最好的办法来包装他从北京带回的消息：清廷允许有限的商队贸易，但礼部拒收沙皇致康熙帝的信，因为这违反了外夷贡使来朝的礼制。类似地，李明是这样奉承陷入欧战泥潭、财政吃紧的路易十四的，他提醒后者想想"倘若老天安排我们离中国的邻居再近一点，路易大帝可以怎样征服那些［和长城交界的］地带；欧洲最固若金汤的地方最多也只能抵挡路易大帝几天的进攻"。㊳鉴于李明在其他场合不吝赞美中国文明，这种迎合法国野心的说辞，与其说是冷静的

第五章
"我说完了我的岛,以及有关的种种故事"

军事评估,不如说是取悦国王继续资助耶稣会士在远东的活动。因此,李明歪曲了在华耶稣会士了解的情况。清朝西部和北部绵延数千里的边境遭到游牧民族入侵,治边困难重重,因此清朝沿用明制,尽可能避免长期作战和意义不大的作战。尽管双方陆续有冲突,但清政府认为相比军事征服,贸易才是平定疆土的良策:游牧部落获得中原的奢侈品,扩大边境贸易机会;长城南侧的满汉人群则从游牧民族进口马匹、肉、奶制品、兽皮和羊毛。㊴

笛福放大了伊台斯敷衍的批评和李明奉承路易十四的套话,以此全力批评中国文明。他颇为精明,知道他无法模仿关于中国的第一手记载中丰富的细节,因此他没有用绘图般的现实主义,而是代之以宽泛的指责。鲁滨逊称,人们吹嘘中国的威力只是因为欧洲对"一个异教徒的野蛮民族"期待不高:"他们的财富、贸易、政府权力和军力令我们吃惊,是因为……我们没想到他们具备这些条件;这就是向我们介绍中国强盛国力时他们占便宜的地方;否则,中国自身其实一无是处。"(421)在18世纪初,这样的论断有多么刺耳尚难定论:耶稣会士影响下的理想化的中华帝国形象被丑化为落后、专制和衰颓的国度。面对中国对其民族身份和经济观念的挑战,在笛福笔下,这个他从未目睹的国度总是与欧洲的宗教真理、军事力量和发达技术相形见绌。鲁滨逊进行了看似权威的详细比较,这构成了他(或者说小说作者笛福)对欧洲优越性的想象。"一百万中国步兵也不能抵挡我方一队严阵以待的步兵……三万德国或英格兰步兵,一万法国骑兵,足以击败全体中国军队。"(422)一方是训练有素、装备精良的欧洲联军,一方是中国军队,"像是一群轻贱的牲口或是无知卑鄙的奴隶"(422),这样的场景是对中华帝国"富强"的补偿性想象,更不用说中国有90万士兵沿北境驻防。东西之战只是纸上谈兵,想象的军事实力压倒了现实:18世纪初期,欧洲在亚洲的驻军至多数百人,而在北境周边2000英里范围内都没有英、法、德军队。在《东印度新录》中,汉密尔顿统计了广州以盐、米形式缴纳的赋税,认为广州的年度军费支出……或达100万两白银",约合30万英镑。亚当·布朗德写道:中国"凭着技术和地利,坚不可摧"。❹鲁滨逊的论述无法改变,也没有反思中英两国的力量对比,只是面对中国这样的经济强国时,为求得心理平衡而使用的修辞(complementary rhetorical gesture)。

鲁滨逊的长篇声讨掩盖不了这样一个事实:中国的奢侈品是欧洲渴求之物,如鲁滨逊自己带回欧洲销售的价值3500英镑的生丝、布匹和茶叶。他的大半在华时光在和奸商谈判,在他笔下,这些奸商代表了整个中国。这些场景,表面是现实主义叙事,实则表现了对财富和权力的幻想。汉密尔顿1703年在广州时不得不以市价的一半卖掉了船上的货物,像他这样的英格兰人清楚,他们面对的是颇能砍价的精明商人。❹在当时,笛福对中国的攻击听来颇为刺耳,甚至歇斯底里,这可以从与《组装机》同期出版的两部重要的亲历者著作看出来。一部是费尔南德斯·纳瓦热特的《中华帝国志》(*An Account of the Empire of China*),一部是乔万尼·弗朗西斯科·杰梅利·卡莱利(Giovanni Francisco Gemelli Careri)《环球之行》(*A Voyage Round the World*),这部作品最长的章节是关

第五章
"我说完了我的岛,以及有关的种种故事"

于中国的记载。㊷这些作者比伊台斯或纽霍夫更认同富裕而文明的中国社会,他们在日常贸易洽谈中建立起互相尊重的关系。

卡莱利是一位意大利法官,1695—1696 年,他在没有政府或教会资助的情况下,自行外出游历,穿过中亚来到中国,他的回忆录附和(有时是重述)早期传教士记载的评价,虽然有时他会改换成自己的看法。他注意到"极度聪明"的中国人"格外勤奋",承认他们的"才智超过了欧洲人"。㊸多明我派教士纳瓦热特也这么看,他在华20年,详细记载了清初的社会和经济生活。纳瓦热特认为,"中国政府的特性、管理方式和设置令人赞叹,可以成为世上许多国家的模范"。㊹中国的社会政治稳定体现在帝国的经济生活上。广州有着出色的工匠,生产异域风情的事物和欧洲商品的廉价仿制品,出口到欧洲,这些商品"仿制得十分精确,他们甚至用来冒充欧洲商品销往中国内地"。中国制品冲击了西方进口商品的市场,中国在奢侈品生产方面比欧洲更胜一筹:

198

> 他们制售的奇珍异宝让所有欧洲人惊叹。如果4艘大帆船运货到南京、苏州、杭州或类似城市,船上可能装着令世界羡慕的1000种珍宝和小玩意儿,如果正常出售,可以赚一大笔钱。所有用于皇室宅邸的装饰品,在上述城市的多个地方都有成品出售,想买就能买到,不用费其他功夫,并且和欧洲市价相比很低廉。㊺

纳瓦热特说得很明白:中国人比欧洲人更善于经商,中国商

263

品质量不亚于欧洲,且更为廉价。在他的记载中,引用了他购买的各类样品的定价,惊叹食物、纸张、服装和仆佣的价格之低。一句话,他对中国商业状况的看法和笛福小说所描述的情况大相径庭。在纳瓦热特笔下,中国的"商贾""都很知礼守信;如果[有利]可图,哪怕很微薄,他们也不会错过机会"。❹ 愿意议价,表明中国人属于文明的跨国商人阶层,和欧洲商人有着共同的道德、社会和财富观念。因此,这些价值观成了相似世界观的外在表现。卡莱利发现,和中国商人打交道时,"他们认为不可违誓,冒着掉脑袋的风险也要履行承诺"。❹ 这种"知礼守信"的行为确保中国人有着对利润和文雅的普世追求,最终纳瓦热特暗示,他们也愿意接受基督教的教化。从这点来说,纳瓦热特像卡莱利一样,认为在中国这个除了宗教之外,物产和文明都胜过西欧国家的帝国里,自己只是一位过客。

李明在许多方面确认了纳瓦热特对中国的记述,但他对中国商业的评价表明他意识到商业头脑的心理代价。逐利心态让中国商人沉迷于商贸并深受其害:

> 太阳底下没有哪个民族[比中国]更适合商贸和运输,更深谙其道:很难相信他们如何能找到窍门,巧妙地试探人心,创造公平机会,妥善做好谈判的铺垫:逐利心理一直折磨着他们,促使他们千方百计赚钱……物尽其用,对中国人来说,事事俱有宝贵之处,因为他们清楚如何改进每样事情……无穷的商贸,是中国人的灵魂所系,也是其人生原动力。❹

这段读来仿佛是笛福《英国经商全书》(*The Complete English Tradesman*)。在论勤奋一章中，他写道：“贸易是日常活动，必须全神贯注，全身心投入；除了生活必需的活动，不能有任何打扰，即使是生活所需，如果妨碍了生意也要加以限制。”[49]如果《续记》开篇鲁滨逊梦回他的岛屿有所指的话，那正意味着笛福的商人也会日思夜想，对生意“全神贯注”。中国商人体现了笛福笔下的男女主人公事业的方针。像摩尔和罗克珊娜这样的女性，为了赚钱，凭一己之力与欧洲男性周旋，同时沉迷于“千方百计赚钱”。李明警告欧洲读者，在中国，“外人单独行动，一定会被骗”。对笛福来说，中国“无穷的贸易”最大的威胁是，标志着资本主义自利原则的中国化，这意味着中国抢先运用了资产阶级自我身份建构的策略，包括鲁滨逊式执迷带来的心理“折磨”。李明说，如果欧洲人聘请一位“熟悉当地情况的可靠的中国人，了解各种窍门……那么你的采购人和卖家就不会合伙算计你，瓜分你的利润，你的日子就好过了”。[50]对中国的传统想象是经济自给自足、勤劳和忠仆式奉献，而鲁滨逊面对的中国是“无穷商贸”的混乱网络，两面派和依附关系 (dependency)，自私和靠不住的本地人。在中国，鲁滨逊面临从“主人”沦为冤大头的境遇，因为中国商人的富有和精明动摇了罪孽和匮乏、美德和富足之间的联系，从而动摇了新教的自我认同和民族强盛的观念。

面对中国威胁，小说家没有把鲁滨逊放到汉密尔顿遭遇的国际贸易的复杂局势中，以此淡化跨文化协商的难度，塑造出理想化的商人形象：在充满敌意的世界上自主行动。因此，笛福必须回避这个问题：一个在"航海、贸易和农业"方面"不完美和无能"（428）的帝国如何能统治欧洲的奢侈品市场以及转销美国的市场。鲁滨逊的谩骂只是空话；他声称英国可以"在10天内摧毁""这座唤作城墙的庞然无物"（this mighty nothing call'd a wall）（431），但无济于事，他也没有像数十年前击败食人生番时那样为自己辩护。他只有在离开清帝国，摆脱了自我身份建构的危机之后，在面对西伯利亚边陲的弱小对手，确立基督教文化优越性的时候，才能嘲弄中国。

复仇者鲁滨逊

当鲁滨逊要从北京返回欧洲时，笛福安排他加入了一支俄国商队。㉛1696—1719年，9支伊台斯访华使团的随行商队是沙皇专营的，为了向中国出售皮毛换取黄金、锦缎和丝绸。尽管伊台斯对国家投资的利润回报达48%，但到1710年，从中国进口的商品已经让俄国的奢侈品小市场饱和，需要转售到波罗的海地区，回报比先前要少很多。㉜横跨西伯利亚的商队没有带来鲁滨逊在《续记》里收获的可观财富。但无论鲁滨逊的"大冒险"有多么异想天开，笛福仍然痴迷于这段史诗之旅蕴含的叙事可能性。鲁滨逊不远万里横穿亚洲，笛福又让辛格尔顿领着一伙遭遇海难的海盗徒步横穿非洲。此外，在《新环球航行记》中，50名水手从秘鲁出发，徒步横穿南美洲抵达巴西。在后两部小说中，天方夜谭般的旅程让水手们赚取大量黄金，他们所到之地没有竞争：非洲

第五章
"我说完了我的岛,以及有关的种种故事"

当地人较少;亚马逊盆地是人烟稀少、田园牧歌般的乡村,青山依依,野味众多,金子流成了河。尽管三部小说都是想象和"野蛮人"的贸易,野蛮人通常都愿意用成堆黄金换取黄铜罐子和生锈的短柄斧头,但在《续记》中,鲁滨逊成了神奇的主角,为基督教世界商人们另辟西伯利亚这条相对安全的蹊径。简单说,中国引发的焦虑转移到了游牧的"鞑靼人"身上;抱怨在中国无济于事,但到了沙皇疆土的边境,却可以理直气壮地用暴力捍卫基督教信仰,那里"自诩的基督徒"人数远不及成千上万的"纯异教徒"(440)。从这点来看,中国引起的恐惧和欲望可以转化为神圣的怒火,发泄到游牧部落和落后的村民身上,这些人可以归类为基督教帝国的被殖民者,尽管这样分类不完全准确。

鲁滨逊途经一个村子时,发现村里的"异教徒"膜拜偶像,他抓住这个机会重申他的信仰。历经 70 年的艰辛、孤独和险阻,鲁滨逊宣称:"他们愚蠢而粗鄙地膜拜一个妖怪,然而此生没有什么让我这么感动;目睹上帝最荣耀和最佳的造物……沉沦堕落下去,不仅愚蠢,而且拜伏在可怕的空无(a frightful nothing)面前。"(441)面对这"粗鄙"的"膜拜",鲁滨逊的反应类似《漂流记》中他想象对食人生番大开杀戒的场景,且有过之。《续记》中早些时候,在马达加斯加岛,鲁滨逊手下的水手为了给死去的船员复仇,决定残忍屠戮当地村民,鲁滨逊试图阻止他们,不停地训斥水手们,结果在印度被赶下船、上了岸。如今,面对偶像崇拜的阴影,他对其中一位苏格兰同伴讲述了他的船员们如何"焚毁、劫掠那个村子,不分男女老幼一律杀死……完事后,我补充说,我认为我们就该这么对付这个村子"（443）。马达加斯加岛"血腥和残忍的行径"过头了，这让鲁滨逊当时陷入了"沉郁和悲伤"（386）；如今偶像崇拜却激起了他进行种族灭绝的念头。亚洲贸易并未让这位年迈的英雄变得文明，而是让他更不愿妥协，更少反省，更坚信任何行动——包括大屠杀——都可以站在新教的立场上加以辩护。所幸"因矢志［反对］魔鬼而闻名"的苏格兰同僚，船长理查森指出，由于膜拜的偶像是在该地区沿村传递的，更有效的办法是摧毁偶像，而非与商队途经的所有异教村落开战。在英国的想象中，施酷刑的荷兰人和精明的中国商人冒犯了英国，而这则故事便成了想象的复仇。

虽说鲁滨逊宣称他复仇是为了"捍卫上帝的荣耀，不被供奉魔鬼的仪式玷污"（442），他的冒险却并不合乎这近乎骑士精神的说辞。他和理查森以及另一位苏格兰商人夜袭村庄，把几位异教牧师绑了起来，逼着他们目睹他们的偶像被英国人付之一炬。打击了他们的信仰之后，鲁滨逊和同伴们跟着商队匆匆离去，从未对当地的俄国长官或他们的俄国同伴承认，正是他们的行动挑动了尼布楚官员和"3万名""鞑靼"强敌的冲突。游牧民族沿着大草原一路追赶鲁滨逊的商队，接下来便是一出横穿"无名的广袤沙漠"的漫长追击（447），在一处树林中形成战略对峙，英国商人再次死里逃生。某种意义上说，这次横跨西伯利亚的逃亡，是逃离文化与宗教冲突，也是逃避殖民统治的难题：焚毁偶像、装聋作哑、留下沙皇手下的官员去对付上千名愤怒的蒙古骑手。作为捍卫基督教信仰的行动，焚毁偶像后逃跑有点尴尬，像是在海船上冒用

第五章
"我说完了我的岛,以及有关的种种故事"

别国旗帜的行径:捍卫上帝的荣耀看上去像是搞破坏。讽刺的是,鲁滨逊采纳了耶稣会士的策略:按照李明《中国近事报道》的译者所言,耶稣会士们以"物理学家、画家、商人、占星术家和机械技师的身份进入亚洲各国的宫廷,各国都很讲究,不能容忍陌生宗教进行公开宣传"。❸像耶稣会士一样,鲁滨逊似乎只向轻信和未武装的人传教。他没有和西伯利亚游牧民族交流,他们也不会像"星期五"那样拜伏在西方技术和宗教脚下;他一个人也没救;在改造后的政治体制中,他没有宗教和政治权威。相反,《续记》展示的是冒险行动类作品的原型逻辑:靠幼稚的"英雄主义",对外来文化进行道德谴责,将西方道德观奉为普世真理,为此可以诉诸暴力手段。❹时年 71 岁的鲁滨逊,焚毁一块象征阳物的木头,宣告战胜偶像崇拜,以此确立了商人冒险家的超级男性气质。这些宣言最终没有对商队的安全或主角的收益造成威胁,因为我们认识到,一旦出了中国边境,上帝便会看着基督教商人发笑:他们靠欺骗谋求生存、收益率和自我身份认同,他们采用的策略其实和中国同行一样。

如果说《续记》让那些期待又一则"人类战胜自然"故事的读者糊涂了,那么这部作品也调整了传统上《漂流记》和现实主义小说"兴起"所蕴含的价值观。❺就此而言,值得注意的是,鲁滨逊三部曲的结局回到了中世纪的梦境,主角在想象中上升到"天使界"。鲁滨逊的梦境是现实主义的惯用形式:如果在想象中,热忱被用来掩盖在亚洲统治的世界中新教英格兰的相对弱势地位,那么鲁滨逊超越物质生活的姿态颇为讽刺地暴露了他对自己冒险的"沉思"是超现实的。自始至终，这场梦境表明的是，读者已经确信了虔信者回忆录这种体裁的真实性，于是回忆录成了鲁滨逊对他孤岛生活和游历亚洲的文学叙事手法的事后辩解。某种意义上，《沉思录》读来像是《续记》后半部略去的道德思考，这是迟来的努力，想要弥补空白，解决欧洲中心主义式的自我身份、经济个人主义和殖民掠夺问题。

如果如笛福所言，他在三部曲的前两部保持了同样的道德和审美原则，那么《续记》则代表了更广阔的叙事可能性，笛福在写作中一直加以利用：自我变化多端，相同之处仅仅是号称有信仰；一份只显示盈利，不计损失和代价的财务报表；一笔无利可图的生意，可以随时抛弃；精心挑选争论的对手。这部续作的"收益率"和"转向"都取决于相互竞争的体裁之间的对话和互动：道德辩解、行政公文、游记、贸易使团行纪以及我们可以称为新教复仇的幻想。1724年后，笛福不再创作小说，晚年写了大量论争性文字，从《英国经商全书》到《婚内淫亵》；这些作品的创作手法更接近《续记》的文学实验，而非《漂流记》的"现实主义"。在这部续作中，笛福为18世纪小说史尚未实践的别样写法勾勒了一个开篇，这样的历史靠冒险、利润和新教狂热来把读者的注意力从鲁滨逊无名岛的命运转移开去。1719年，笛福已经结束了岛屿的故事；他想描绘追求无穷贸易利润所需的条件，这就要求三部曲的第二部缓和这些幻想带来的"焦虑和困惑"。在他小说家生涯的尾声，在《新环球航行记》中，笛福的幻想更加迫切，焦虑集中在一片充满无限希望的广阔地区：南海。

第五章
"我说完了我的岛,以及有关的种种故事"

注　释

❶ 代表性解读有:Ian Watt, *The Rise of the Novel*(Berkeley: University of California Press, 1957); J. Paul Hunter, *The Reluctant Pilgrim: Defoe's Emblematic Method and the Quest for Form in Robinson Crusoe*(Baltimore: Johns Hopkins University Press, 1966), and *Before Novels: The Cultural Contexts of Eighteenth-Century English Fiction*(New York: Norton, 1990); John Richetti, *Defoe's Narratives: Situations and Structures*(Oxford: Clarendon, 1975); Paula Backscheider, *Daniel Defoe: Ambition and Innovation*(Lexington: University of Kentucky Press, 1986), and *Daniel Defoe: His Life*(Baltimore: Johns Hopkins University Press, 1989); Michael McKeon, *The Origins of the English Novel 1600-1740*(Baltimore: Johns Hopkins University Press, 1987); Nancy Armstrong and Leonard Tennenhouse, *The Imaginary Puritan: Literature, Intellectual Labor, and the Origins of Personal Life*(Berkeley: University of California Press, 1992); Thompson, *Models of Value*; William Beatty Warner, *Licensing Entertainment: The Elevation of Novel Reading in Britain, 1684-1750*(Berkeley University of California Press, 1998); Sandra Sherman, *Finance and Fictionality in the Early Eighteenth Century: Accounting for Defoe*(Cambridge: Cambridge University Press, 1996); and Wolfram Schmidgen, "Robinson Crusoe, Enumeration, and the Mercantile Fetish," *Eighteenth-Century Studies* 35(2001): 19-39。

❷ 关于鲁滨逊漂流记系列的第二部和第三部的新近研究有:Anna Neill, "Crusoe's Farther Adventures: Discovery, Trade, and the Law of Nations," *The Eighteenth Century: Theory and Interpretation* 38(1997): 213-30; Jeffrey Hopes, "Real and Imaginary Stories: *Robinson Crusoe* and the *Serious Reflections*," *Eighteenth-Century Fiction* 8(1996): 313-28; and Minaz Jooma, "Robinson Crusoe Inc(corporates): Domestic Economy, Incest and the Trope of Cannibalism," *Lit* 8(1997): 61-81。

❸ *The Farther Adventures of Robinson Crusoe*(New York: Peebles Classics, 1927), 250. 引文皆出自这一版本。

❹ Henry Clinton Hutchins, *Robinson Crusoe and Its Printing 1719-1731: A Bibliographical*

Study (New York: Columbia University Press, 1925), 113; Robert W. Lovett, assisted by Charles C. Lovett, *Robinson Crusoe: A Bibliographical Checklist of English Language Editions, 1719–1979* (New York: Greenwood, 1991); and Melissa Free, "Un-Erasing Crusoe: *Farther Adventures* in the Nineteenth Century," *Book History* 9 (2006): 89–130.

❺ 鲁滨逊求生的孤岛设定在加勒比海的意义，见 Peter Hulme, *Colonial Encounters: Europe and the Native Caribbean 1492–1797* (1986; rpt. New York: Routledge, 1992), 184–222; Aparna Dharwadker, "Nation, Race, and the Ideology of Commerce in Defoe," *The Eighteenth Century: Theory and Interpretation* 39 (1998): 63–84; Markman Ellis, "Crusoe, Cannibalism, and Empire," in *Robinson Crusoe: Myths and Metamorphoses*, ed. Lieve Spaas and Brian Stimpson (New York: St. Martin's Press, 1996), 45–61; and Roxanne Wheeler, "'My Savage,' 'My Man': Racial Multiplicity in *Robinson Crusoe*," *ELH* 62 (1995): 821–61。

❻ Hans Turley, "Protestant Evangelism, British Imperialism, and Crusoian Identity," in Kathleen Wilson, ed., *A New Imperial History: Culture, Identity and Modernity in Britain and the Empire, 1660–1840* (Cambridge: Cambridge University Press, 2004); "The Sublimation of Desire to Apocalyptic Passion in Defoe's Crusoe Trilogy," in Philip Holden and Richard J. Ruppel, eds., *Imperial Desire: Dissident Sexualities and Colonial Literature* (Minneapolis: University of Minnesota Press, 2003), 3–20; and *Rum, Sodomy, and the Lash: Piracy, Sexuality, and Masculine Identity* (New York: New York University Press, 1999).

❼ Lydia H. Liu, "Robinson Crusoe's Earthenware Pot," *Critical Inquiry* 25 (1999), 757.

❽ *Serious Reflections during the Life and Surprising Adventures of Robinson Crusoe*, introduced by G. H. Maynadier (Boston: Beacon Classics, 1903), 116. 所有引文均出自该版本。

❾ Daniel Defoe, *Vindication of the Press* (London, 1718), 4.

❿ Alexander Hamilton, *A New Account of the East Indies*, 2 vols. (Edinburgh, 1727), 2: 230–39.

⓫ 关于1800年前中国的经济统治地位，见第二章和第三章注释中引用的著述。

⓬ 关于威尔和塞尔柯克的故事，见 Glyndwr Williams, *The Great South Sea: English Voyages and Encounters 1570–1750* (New Haven: Yale University Press, 1997), 93–96, 176–77; and Philip Edwards, *The Story of the Voyage: Sea-Narratives in Eighteenth-*

第五章
"我说完了我的岛,以及有关的种种故事"

Century England (Cambridge: Cambridge University Press, 1994), 41–42。关于威尔足智多谋的记载,见 William Dampier, *A Collection of Voyages*, 4 vols. (London, 1729), 80–86。

⑬ 见 Spate, *Monopolists and Freebooters*, 155–65; 205–12; Glyndwr Williams, "'The Inexhaustible Fountain of Gold': English Projects and Ventures in the South Seas, 1670–1750," in *Perspectives of Empire: Essays Presented to Gerald S. Graham*, ed. John E. Flint and Glyndwr Williams (London: Longman, 1973), 27–53; Williams, *Great South Sea*; and Jonathan Lamb, *Preserving the Self in the South Seas, 1680–1840* (Chicago: University of Chicago Press, 2001), 174–76。

⑭ 这些"最后的来信"或许反映了笛福本人开展殖民贸易的困难;17世纪90年代,他两次被控未能兑现马萨诸塞和马里兰的商业计划,这导致他首次破产,负债达17000英镑。见 James Sutherland, "Some Early Troubles of Daniel Defoe," *Review of English Studies* 9 (1933): 275–90。

⑮ 关于东南亚的英荷冲突,见 Furber, *Rival Empires of Trade*, 以及第四章的注释。

⑯ [Defoe], *Atlas Maritimus*, 202, 226。关于笛福是该书作者的考证,见 Maximillian Novak, *Daniel Defoe: Master of Fictions* (Oxford and New York: Oxford University Press, 2001), 687–90。

⑰ Defoe, *Atlas Maritimus*, 226.

⑱ Neill, "Crusoe's *Farther Adventures*: Discovery, Trade, and the Law of Nations," 226; Turley, "The Sublimation of Desire to Apocalyptic Passion in Defoe's Crusoe Trilogy," 3–20.

⑲ 关于18世纪"英国性"的建构,见 Colley, *Britons: Forging the Nation 1707–1837*; and Colin Kidd, *British Identities before Nationalism: Ethnicity and Nationhood in the Atlantic World, 1600–1800* (Cambridge: Cambridge University Press, 1999)。

⑳ Hosea B. Morse, *The Chronicles of the East India Company Trading to China 1635–1834*, 5 vols. (Oxford: Clarendon, 1926, 1929), 1: 308; 1:122–23. 参见 Barrett, "World Bullion Flows, 1450–1800," in *Rise of Merchant Empires*, 224–53。

㉑ 1710—1720年,英格兰从亚洲进口价值1316534英镑的货物,贸易赤字逾30万英镑。迄至1719年,英国从广州进口了417000千克茶叶;其后20年,进口茶叶数量翻了超过一番。见 Steensgaard, "The Growth and Composition of the Long-Distance Trade of England and the Dutch Republic," 104–10。

㉒ Spence, *The Chan's Great Continent*, 67.

㉓ Sir William Temple, "An Essay Upon Ancient and Modern Learning," in *Miscellanea. The Second Part. In Four Essays* (London, 1690), 21–22.

㉔ 见 David Porter, *Ideographia: The Chinese Cipher in Early Modern Europe* (Stanford: Stanford University Press, 2001)。保皇党人认为英格兰应效法中国，见 Ramsey, "China and the Ideal of Order," 483–503。

㉕ 见 Dalporto, "The Succession Crisis," 131–46。

㉖ Bouvet, *History of Cang-Hy*, 29–30.

㉗ Bouvet, *History of Cang-Hy*, 23–24.

㉘ Bouvet, *History of Cang-Hy*, 2, 28.

㉙ William Wotton, *Reflections upon Ancient and Modern Learning*, 2nd edn (London, 1697), 156。关于坦普尔和沃顿的争辩，见 Eun Min, "China between the Ancients and the Moderns," *The Eighteenth Century: Theory and Interpretation* 45 (2004): 115–29。

㉚ Porter, *Ideographia*, 128.

㉛ Louis Le Comte, *Memoirs and Observations Topographical, Physical, Mathematical, Natural, Civil, and Ecclesiastical, Made in a Late Journey through the Empire of China* (London, 1697), A3r (translator's preface).

㉜ Yu Liu, "The Jesuits and the Anti-Jesuits."研究莱布尼茨对中国兴趣的文献很多。可参见 David Mungello, *Leibniz and Confucianism: The Search for an Accord* (Honolulu: University of Hawaii Press, 1977); Daniel J. Cook and Henry Rosemont, Jr., "The Pre-established Harmony between Leibniz and Chinese Thought," *Journal of the History of Ideas* 42 (1981): 253–67; and Perkins, *Leibniz and China*。

㉝ 关于幻想，可参见 Slavoj Žižek, *Tarrying with the Negative: Kant, Hegel, and the Critique of Ideology* (Durham: Duke University Press, 1993), 45–82。

㉞ Daniel Defoe, *The Consolidator* (London, 1705), 60–61, 13。全部引文均出自这一版本。

㉟ Sir William Chambers, *A Dissertation on Oriental Gardening* (London, 1772), 12–13.

㊱ Le Comte, *Memoirs and Observations* (translator's preface), A1r.

㊲ Ides, *Three Years Travels from Moscow Over-Land to China* (London, 1706).

㊳ Le Comte, *Memoirs and Observations*, 75.

㊴ Thomas J. Barfield, "The Shadow Empires: Imperial State Formation along the Chinese-

第五章
"我说完了我的岛,以及有关的种种故事"

Nomad Frontier," in Susan E. Alcock, Terrence N. D'Altroy, Kathleen D. Morrison, and Carla M. Sinopoli, eds., *Empires: Perspectives from Archaeology and History* (Cambridge: Cambridge University Press, 2001), 10–41, and C. Pat Giersch, "'A Motley Throng': Social Change on Southwest China's Early Modern Frontier, 1700–1880," *Journal of Asian Studies* 60 (2001): 67–94.

㊵ 见 Hamilton, *A New Account of the East Indies*, 2:239; Brand, *A Journal of an Embassy*, 102。关于这一时期亚洲的"欧洲军事力量边缘化"状况,见 Jeremy Black, *European Warfare, 1660–1815* (NewHaven: Yale University Press, 1994), 19–23。

㊶ 见 Hamilton, *New Account of the East Indies* 2:220–35, and Morse, *Chronicles of the East India Company*, 102–03。

㊷ 这两部著作的英译版都收入了书商奥恩莎木·丘吉尔和约翰·丘吉尔 (Awnsham and John Churchill) 整理出版的此前未曾发表的手稿或未曾翻译的外文记载: *A Collection of Voyages and Travels*, 4 vols. (London 1744–48)。在为纳瓦热特著作所作的序中,丘吉尔兄弟认为,"那些读过原文 [西班牙文] 的读者对作者的学问、见识和真诚大为赞许……他的信源都是最可靠的,或是他本人亲睹,或是来自他搜集并理解透彻的权威的中国历史书或是可靠人士的消息;甚至还说明,这些消息中,哪些是读者可以信赖,了解相关问题真相的"(11)。关于这套文集的影响,见 P. J. Marshall and Glyndwr Williams, *The Great Map of Mankind: British Perceptions of the World in the Age of Enlightenment* (London: Dent, 1982), 49–51。

㊸ Careri, in *Collection of Voyages and Travels*, 4:363.

㊹ Navarette, in *Collection of Voyages and Travels*, 1:52.

㊺ Navarette, in *Collection of Voyages and Travels*, 1:58.

㊻ Navarette, in *Collection of Voyages and Travels*, 1:60. 关于明末清初的中国市场,可参见 Adshead, *Material Culture in Europe and China*, and Xu Tan, "The Formation of an Urban and Rural Market Network in the Ming-Qing Period and Its Significance," *Social Studies in China* 22, 3 (2001): 132–39。关于欧洲的消费主义,见 Lisa Jardine, *Worldly Goods: A New History of the Renaissance* (London: Macmillan, 1996)。

㊼ Careri, in *Collection of Voyages and Travels*, 4:372.

㊽ Le Comte, *Memoirs and Observations*, 237.

㊾ Daniel Defoe, *The Complete English Tradesman* (New York: Alan Sutton, 1987), 39.

㊿ Le Comte, *Memoirs and Observations*, 237.

㉛ 见 Mancall, *Russia and China*。鲁滨逊所经之处，也是贸易活跃的地区，相关贸易史可参见 Jagchid and Symons, *Peace, War, and Trade*; Thomas J. Barfield, *The Perilous Frontier: Nomadic Empires and China, 221 BC to AD 1757* (Oxford: Blackwell, 1989); Terrence Armstrong, "Russian Penetration into Siberia up to 1800," in Cecil H. Clough and P. E. H. Hair, eds., *The European Outthrust and Encounter* (Liverpool: Liverpool University Press, 1994), 119–40; James A. Millward, *Beyond the Pass: Economy, Ethnicity, and Empire in Qing Central Asia, 1759–1864* (Stanford: Stanford University Press, 1998); Giersch, "A Motley Throng," 67–94; and Vermeer, "Population and Ecology," 235–81。

㉜ Mancall, *Russia and China*, 201。讽刺的是，当笛福创作《续记》时，苏格兰人约翰·贝尔（John Bell）正横穿西伯利亚去往中国。贝尔的回忆录直到 1763 年才发表。见 Spence, *The Chan's Great Continent*, 45–51。

㉝ Le Comte, *Memoirs and Observations*, A3r–A3v。

㉞ 关于动作冒险类故事，见 Martin Green, *Dreams of Adventure, Deeds of Empire* (New York: Basic Books, 1979)。

㉟ 见 Srinivas Aravamudan, "In the Wake of the Novel: The Oriental Tale as National Allegory," *Novel* 33 (1999): 5–31。

第六章

"这般取之不竭的金库"：
笛福、信贷和南海传奇[①]

[①] 在作家笛福和冒险家丹皮尔所处的16—18世纪，"南海"（the South Seas）主要指南太平洋和美洲西海岸，但在不同语境下，也包括"新荷兰"（即荷属美洲殖民地）西部、东南亚半岛地区，以及日本。这里的"南海"，和今天汉语中的"南海"和"南洋"所指的地域都不同。

笛福的新航程

如果说少有评论家关注《鲁滨逊漂流续记》，那么探讨笛福关于南海著作的就更少，尽管笛福花了大量时间精力创作时评和小说，敦促读者抓住南海的贸易机遇。17世纪90年代早期，笛福首次向国王献策，呼吁开拓英国至南美的贸易，1724年他出版了最后一部，也是鲜有人问津的小说《新环球航行记》。在此期间，他对南海贸易机遇的看法一以贯之。❶笛福立场一直未变，这点颇为引人注目，因为他和许多同辈人不同，没有被1720年的南海公司泡沫危机中的股价暴跌吓退；事实上，18世纪20年代，他对南太平洋和南美洲未开发区域的兴趣颇浓。❷本章聚焦笛福在南海公司泡沫事件前后对南海探索和贸易的看法，特别是1711年刊行的12期《英格兰国情评论》杂志（关注南海公司成立）以及他在《新环球航行记》中对太平洋的想象。相比鲁滨逊系列的前两部，在这部小说中，早期现代的经济、生态和民族身份之间的复杂关系体现的形式大为不同，在某些方面更为意识形态化。《续记》中的鲁滨逊和《辛格尔顿船长》中的鲍勃·辛格尔顿闯荡印度洋和西太平洋远端进行牟利和劫掠，他们投机取巧，在西伯利亚和非洲游荡是权宜之计，为了眼前利益，并不代表国家意志。笛福的《新环球航行记》是用小说演绎他支持南海殖民计划的政论，表明重商主义对无尽利润的幻想如何影响了小说极度反生态的经济学逻辑。

泡沫事件前后，笛福对南海的看法体现了16—19世纪欧洲的太平洋书写的观念——当地的土地和人口生产的财富回报能够超过开发资源所需的资本投入。《新环球航行记》的意义在于以小说的形式奠定了"金融狂热"的基础，体现了资本投机的不稳定性。❸尽管笛福的小说延续了17世纪欧洲对中国和东南亚的记述中对无限生产力的美化，但小说把读者的注意力从中国及其周边地区转向了较少探索的广袤的南海。从这个角度说，笛福没有梳理殖民和贸易的障碍或是海盗的道德困境，而是用游记和贸易记载的体裁来想象人类——或者说英国上层男性——可以永久繁荣的条件。

在许多方面，《新环球航行记》像《续记》一样，冲击了小说"兴起"及其与中产阶级兴起的关系的基本预设。❹这部小说也介入了互相勾连的话语，包括贸易，对黄金时代的憧憬，以及使用价值的无限延展，以确保经济繁荣和国家强盛的前景。这部小说通过四种互相关联的方式表明，早期现代文化中让-约瑟夫·古（Jean-Joseph Goux）所说的"象征经济"的缝隙和险阻——体现

在塑造道德、政治和货币价值的知识和信念的结构中。❺

首先,小说的根本理念是:自然资源——以及人类开发资源的能力——是取之不竭的,至少在南海是如此。笛福痴迷于地图上的空白——小说《辛格尔顿船长》中的非洲和《新环球航行记》中的太平洋和南美洲——表明了他意欲想象一个不会匮乏的自然界。在最后一部小说中,想象的无穷回报的状态把"自然"变成了黄金时代的象征性延伸,在黄金时代,借用洛克所言,"整个世界都是美洲"。❻笛福成了洛克式诗人和理论家,认为使用价值——被封装和禁锢在英国——可以无限制地扩展到殖民地,并移植到南海。如果说太平洋远端的自然界有着无穷的生产力,那就可以克服后伊甸园时代的匮乏和竞争的状态,霍布斯式所有人对所有人的战争——或是英格兰对荷兰和法国之战——就可以通过丰富经济资源而转移或缓解。例如,《新环球航行记》中的商人和船员只有在贸易无利可图时才会对当地人诉诸暴力。

第二,小说把劳动力转化为两种相关联的观念(这一点到1720年已经耳熟能详):资本自身足以生产财富,自然是取之不竭的无限资源,供资本开发。值得注意的是,笛福没有神化南海的牟利之道——海盗劫掠,在西班牙和荷兰的港口进行非法贸易,以及小金饰交易在小说中很常见。在笛福笔下,南海地区财富过剩、劳动力稀缺的状况可以缓解后伊甸园时代政治经济学背后的焦虑:资源一贯紧缺,竞争不可避免,谁控制了稀缺资源谁就掌握了权力,个人的权力以及财产总是面临危险。❼就此而言,丰裕的自然资源将"人类",至少是将小说的叙事者从劳作的诅咒中解放了出来，也从围绕匮乏的意识形态话语中解放了出来。

第三，在想象的富足世界中，财富并不是依靠新教的道德批判来为开发堕落的人世辩护。《新环球航行记》和《续记》《辛格尔顿船长》一样，都采用了散漫的叙事结构，但《新环球航行记》很少提及笛福的宗教信仰：没有忏悔的罪人，没有自我谴责，不喊道德口号，不要求用宗教良知来规约逐利行为。抹去道德观念，特意不描写小说的不知名叙事者的内心活动，这些都表明笛福专注于塑造戏剧化的角色，一种完美的商人形象，这种商人可以把商业和道德区分开来，能够战胜匮乏的严峻现实。道德自我意识让位给管理技术。叙事者的策略可能是复杂晦涩的，但总是服从利益最大化和风险最小化的原则。这位无名的商人支持笛福的理想，成了中层管理者中的大诗人。

《新环球航行记》中，人们扬帆行驶在想象中的富足之海，对困扰鲁滨逊亚洲之行的贸易风险和挫折没有连贯记载。从这个角度来看，这让本书第三章讨论的扬·纽霍夫和伊台斯的来华贸易使团的经历像是一部反乌托邦故事。最后，就笛福关于自然界和政治领域的观念而言，这部小说呈现了冒险资本主义的"兴起"过程，这并未背离先前的贵族精神，而是将其转移到商业活动上。笛福在设想，丰裕状态下的政治经济学将是什么样子。笛福展现给读者的贸易和探险活动将上层阶级心目中的理想状态推而广之：多数人劳动，少数人获利。❽笛福小说的核心是南海的梦想，吸引了探险家、海盗、商人和投资者——这个"白赚"的梦想并未随着泡沫危机而消失。

第六章
"这般取之不竭的金库"

南海创业史

　　和同辈人一样，笛福关于太平洋的著作与探险、贸易、海盗和泡沫危机这样的金融操控的历史纠缠在一起。要想理解笛福和他那个时代对南海的态度，必须考虑英国经营太平洋地区面临的经济和政治限制，特别是1711—1721年南海公司的复杂历史。对南海公司泡沫危机的探讨带我们进入镜中世界，意识到远航、利润和信贷都是虚幻的，因此需要分析的是，18世纪初英国对南海的贸易面临的困难，为何且如何被泡沫带来的金融迷梦掩盖了。

　　迄至18世纪初，英国人在远东贸易中所占份额不大。荷兰是东南亚和日本地区的欧洲商业霸主，而西班牙尽管受到英法海盗的袭扰，仍垄断着菲律宾和南美之间的贸易。❾安波纳劫后的一个半世纪中，英国断断续续尝试抢占远东和新西班牙①的贸易市场，通常是双管齐下：一是在西班牙和荷兰的势力范围之外寻找新的贸易伙伴，开发新的市场；二是袭击南美洲西海岸附近的西班牙航运。无论是探索活动还是海盗活动，都是为了牟取高额利润，以弥补横跨大西洋，绕过好望角，进入太平洋的远洋航行的成本。远航需要大量资本投入，包括薪水和物资支出，在智利和秘鲁贸易的货物、在中国经营所需的白银，此外还有海运保险，费率高达20%。金融风险由参股航运和货物的多位股东共同承担。❿

　　即使按照17或18世纪的标准，英国对太平洋贸易的盈利前景也是极为乐观的，这信心更多来自16世纪德雷克的海盗发迹史，而没有冷静评估贸易涉及的风险和困难。早在1604年，何

214

---

① 新西班牙，指新西班牙总督辖区，是西班牙在中北美洲和东南亚的殖民地。

塞·德·阿科斯塔（Jose de Acosta）的《东印度和西印度的自然和道德史》英译本就提出，西班牙"已经发现了他们称为所罗门王的岛屿，岛屿大而众多"，这些岛屿位于秘鲁以西800里格处，其他船只可能发现"坚实的陆地就在附近"。❶次年佩德罗·德·基洛斯（Pedro de Quiros）和路易斯·瓦斯·德·托雷斯（Luiz Varez de Torres）启航，寻找他们认为位于马克萨斯群岛以西的南方大陆。基洛斯在瓦努阿图岛登岸，他宣称该岛是这座大陆的南端，但他未能创建定居点，只得退回墨西哥。据格林杜尔·威廉斯（Glyndwr Williams）的描述，基洛斯在1615年去世前撰写的大量备忘录勾勒了探险活动的蓝图，"夸大了其史诗性和神秘性"。❷为了给探险活动筹集资金，他称南方大陆"很可能比目前对西班牙称臣的所有王国和领地的总和还要大两倍"。他到过的岛屿有着丰富的"白银和珍珠"，"据他身边的一位船长说，他见到了黄金"。❸1615年雅各布·勒梅尔（Jacob Le Maire）和伊萨克·舒顿（Issac Schouten）率领的荷兰远航队"计划从东边驶入太平洋，以避开荷属东印度公司垄断的地区"，这份异想天开的记载便是当着船上水手宣读的。❹荷兰人的远航和西班牙人一样没有多大胜算，虽然亚伯·塔斯曼（Abel Tasman）在17世纪40年代的航行标志着欧洲人首次系统绘制新西兰和澳洲的版图。❺英国读者如饥似渴地阅读这类记载，这种情况一直持续到18世纪。斯佩特认为这个巨富的梦想，即"幻想建立一处伟大殖民地，一个简单、神佑、盈利的臣属国，利用［南美］印第安人对西班牙的反抗，汲取西印度的一切财富"，"始自哈克鲁伊特，当时德雷克的南海探险点燃

第六章
"这般取之不竭的金库"

了热潮,雷利对几内亚的殖民计划更为具体,但夭折了,[约翰·]纳伯勒和海盗们重振这一梦想,这在整个 18 世纪是英国战略中不变的追求"。⓯结合这段历史来看,笛福《辛格尔顿船长》和《新环球航行记》的主人公赚取的巨额财富证明了笛福及其读者对南海贸易和掠夺的前景颇为痴迷。

英国闯荡太平洋,从未发现基洛斯和笛福想象中的宝藏。笛福写作《新环球航行记》时,不得不虚构出一段英雄般盈利的南海之旅,因为他的素材——约翰·纳伯勒(John Narborough)、威廉·丹皮尔(William Dampier)、乔治·谢尔沃克(George Shelvocke)与伍兹·罗杰斯(Woodes Rogers)等人极为流行的故事——证明了指挥和管理船只的困难,以及 18 世纪太平洋航行面临的特殊问题:保护船员免受无处不在的坏血病的感染,约束常常不守规矩的海员,保障生活用品尤其是淡水供给,还要在没有可靠海图的情况下导航。⓱这些记载大致可分为两类,互有重合:一类是王室资助的船长撰写的游记,一类是 17 世纪七八十年代袭击中南美洲沿海区域的海盗写的知无不言的回忆录。后一类读来更有意思。

纳伯勒记述了他 1670—1671 年在智利和秘鲁进行的笨拙的商业间谍活动,对此笛福曾在《新环球航行记》的开篇加以讽刺。在巴塔哥尼亚海岸,纳伯勒认为金矿就在附近,试图引诱当地人说出金矿的地点。由于没有翻译,无法和当地人交流,纳伯勒只得上演一出威廉斯说的"友好但徒劳的哑剧"进行沟通。纳伯勒演示他如何"把金子和亮铜埋进地下,再做出找到金子的样子,并来回查看地面,好像在寻找这些东西;当地人面面相觑,交谈了几句,但我不知道他们是否明白了我的意思"。❶ 这出勘探宝藏的哑剧不仅表明了翻译问题制约了英国在南海的发展,也说明了掘金和互惠贸易的语言看似是普遍行为,实则有其局限性。纳伯勒的哑剧要想成功,前提是巴塔哥尼亚当地人**已然**接受利己主义的商业观念。他在秘鲁的西班牙定居点的行动也不成功。纳伯勒1670年抵达智利沿海的瓦尔达维亚(Waldivia),试图与那些敌视西班牙的部族开展合作;他的行为激怒了殖民当局,部分手下被抓捕关押。尽管南海之行失败了,纳伯勒仍然认为,只要对每年的远航加大船只和资金投入,"那里可以进行世界上最好的贸易"——这点后来笛福也反复提及。❶

在这一带发财有更简单、成本更低的法子,17世纪七八十年代,英国政府对新西班牙西海岸一带的抢掠活动睁一只眼闭一只眼,甚至加以鼓励。1680—1681年,一伙海盗穿过巴拿马地峡,洗劫了巴拿马港,又乘坐他们抢来的西班牙船只,沿南美西海岸抢掠,随后向西横渡太平洋。巴塞洛缪·夏普(Bartholomew Sharp)率领的船共俘获了25艘船及约四百万比索,但其中最宝贵的战利品是,如海盗贝塞尔·林洛斯(Basil Ringrose)所说,"一份价值惊人的西班牙语手稿",这是一组海图和航道图,从阿卡普尔科到火地岛,纵贯美洲西海岸。❷ 威廉·丹皮尔等众多海盗于1684年重返南美西海岸,继续袭击西班牙航运。但他们发现巴拿马的防御工事已经加固,新西班牙殖民当局加强了防备。尽管如此,截至1686年,英国海盗们仍然俘获了72艘沿海商船,占南海地区西班牙商船的三分之二。亚历山大·奥利弗·埃克斯克梅林（A. O. Exquemelin）和林洛斯撰写的两部海盗劫掠史便取材自他们的战绩。㉑

　　这些记载中最有价值的来自丹皮尔，一位海盗出身的博物学家和民族志作者。丹皮尔因从事博物学闻名，因而一些历史学家不太注意他为英国开拓南海贸易的活动。尤其是17世纪80年代，他在加勒比海和中美洲地区断断续续进行劫掠，记载并保存了丰富的笔记，一次穿越巴拿马丛林时，他把笔记装在防水、封口的竹筒中。㉒1697年，丹皮尔出版了《新环球航行记》，这是他环球航行三部曲的首作，旋即成名；当年便出版了三个版本，1699年出版第四版，还有一部由剩余素材拼凑而成的文集《行纪》（1699）。虽说丹皮尔的名气大半来自他海盗经历带来的刺激，但威廉斯证实，在海盗记载中，水手撰写的手稿与出版物有着显著差别。约翰·考克斯（John Cox）、威廉·迪克（William Dick）、林洛斯、夏普、莱昂内·瓦夫（Lionel Wafer）的记载以及最具代表性的丹皮尔《新环球航行记》都表明，有一位或多位代笔人参与了"文稿扩充和润色的过程"。㉓自1680年起，直到近一个世纪后库克船长的航行，对南海的描述是将海员日志和零散记录改编成一种混合的文类，包括血腥的冒险、博物学观察和商业考察。丹皮尔首部记载的标题——《新环球航行记》——常常被后来的作家和出版商不加思考地挪用，除笛福外，还有罗杰斯、谢尔沃克、威廉·贝塔（William Betagh）以及丹皮尔第三次环球航行中那位不满的大副——威廉·方纳（William Funnel）。㉔这则常见标题明示了作家、代笔人和出版商都想利用这种流行体裁和英国政府及个人投资者的固有观念：绕过合恩角进入太平洋，可以袭击南美西海岸的西班牙航运，继而驶向东印度和广州。船队可以在那里用（部分）劫掠来的财物换取茶叶、丝绸、香料和瓷器，随后向西绕过好望角返回英格兰。

《新环球航行记》在文学上的成功使得丹皮尔可以指挥船队勘测未知的澳洲大陆——当时认为这片庞大的南方大陆位于印度尼西亚南面和东南面的温带地区——并评估太平洋远西地区的贸易前景。此前的1688年之行，丹皮尔登陆澳洲，他发表的报告并不乐观，对当地居民的评价不高。但对他和伦敦的支持者们来说，登陆行动足以表明，澳洲的地理位置可以绕过荷兰对香料群岛和东印度的贸易束缚。他对这次有争议、不盈利的使命的记载——《赴新荷兰之旅》（1704）——重复着17和18世纪一贯的流行主题，这些主题在笛福《新环球航行记》中也很突出——尤其是，新几内亚和印度尼西亚东部的岛屿有开发潜力，因为有自然资源，也是英国商品的外销市场。虽然丹皮尔没有探索过新不列颠内地，但他坚信"这座岛屿能提供和世界别处同样丰富的商品；当地人可能易于接受贸易，虽然就眼下的情况我还不能做到"。㉕在这一段以及整个《赴新荷兰之旅》中，丹皮尔来自"商品"和"贸易"的利润都是想象的。他经过的岛屿和他了解的西边的香料群岛是不一样的，香料群岛在17世纪末仍然是东南亚的荷兰商业网络中最强大的环节。在1709年出版的《赴新荷兰之旅续记》的首章中，丹皮尔告诉读者："我不由得盼望遇见物产丰富之地，大陆或岛屿，或二者兼有，盛产其他相同纬度的热带地区常见的水果、草药和香料（可能也有矿产等）。"㉖ 这些岛屿的商业潜力有待开发，当地人应该比较友善，可以洽谈贸易，并殖民；这些"物产丰富之地"尚待发现，这点更刺激了丹皮尔的读者们的想象。他想找到一项有利可图的贸易，远离法国、西班牙特别是荷兰的竞争，支撑这个的是他的信念，即认为商业具有炼金术般的力量，而事实上，自安波纳事件开始，英国在这一地区经历了一系列的错误谋划、灾难和失败。重要的是，这种信念——有着尚待发现的商机——是对信贷、投资的吁求和辩护，以求资助更多去"物产丰富之地"的远航。尽管他宣称相信商业的力量，但正如他之前和以后的英国冒险家一样，丹皮尔赚钱靠的是袭击西班牙船只，而不是发现"水果、草药和香料"的新产地。

自17世纪中期到19世纪，除了东印度公司的地下贸易，英国人在太平洋地区的商业活动并不成功；斯佩特认为，南海的"英国私人生意"，"意味着做海盗"。㉗ 但法国更成功，用新西班牙的贸易资助路易十四参与西班牙王位继承战争：1698—1725年，法国派遣168艘商船驶往南海（虽然有些未能抵达），据罗杰斯估计，该项贸易利润达2500万英镑。㉘ 关于这次贸易的记载只有三部付印，其中只有一部是英语的：弗雷泽尔（A. F. Frezier）《南海之旅》的1717年版英译本。㉙ 相比而言，英国汲取太平洋"不竭……财富"的唯一方式是国家许可的海盗活动——伍兹·罗杰斯（Woodes Rogers）以及其后乔治·安森的成功的海上袭击颇为鼓舞人心。在1711年南海公司承担国家债务之前，罗杰斯俘获了一艘马尼拉大帆船（每年定期航行于墨西哥阿卡普尔科和菲律宾之间的西班牙船队）的随行小船。横跨太平洋的"巡航"结束后，毛利148000英镑，投资人回报达100%，不过船员持股的法律纠纷持续了多年。㉚罗杰斯此行是18世纪早期对西班牙航运最成功的一次袭击，激发了爱国斗志，人们期待英国能在南海地区赶超法国，智取西班牙。相比丹皮尔的"丰富商品"的期许，罗杰斯的成功对经济投机刺激尤甚，进而导致了泡沫。对厌倦了20年来欧陆战争的投资者们来说，巨额利润的诱惑是难以抗拒的。

南海公司和信贷的想象

创立南海公司（The South Sea Company，简称SSC）的设想来自笛福的赞助人罗伯特·哈利（Robert Harley），因为托利党政权想归并价值900万英镑的国债。以短期政府证券形式持有国债者，会获得南海公司的股票，公司受权开展——

> 从1711年8月1日起，来往于美洲的王国、土地的贸易和运输，在东边，从奥利诺科（Aranoca）河到最南端的火地群岛，在西边，从最南端起，经南海，直到美洲最北部；以及来往于同一地区中隶属西班牙王室的国家，或是今后将会发现的地方。㉛

除了拥有贸易特许经营权，南海公司还有权收取国债偿付额

第六章
"这般取之不竭的金库"

的6%（每年568279英镑），以及管理费。实际执行中，公司开展贸易完全要靠贷款，因为议会划拨的6%国债收入要用来支付公司股东所持债券的利息。公司没有资本投入贸易——或是劫掠——虽然王室许可令中授权公司管辖远航所及的广袤领土；公司的合法贸易是严格限定的。1711年，英法和谈，希望结束西班牙王位继承之战，马修·普莱尔（Matthew Prior）所率英国代表团索要新西班牙的4座港口，2座在大西洋，2座在太平洋。法方一旦应允，英格兰便可大举进军——合法和非法的手段兼施——利润丰厚的加勒比海和太平洋贸易。但英方得到的是法国"奴隶专卖许可"（asiento）的30年使用权，在此期间可以向新西班牙地区贩卖奴隶。①这是一笔亏本买卖，法国毫不犹豫地拱手让与英国。这项买卖限定在巴拿马和秘鲁之间，必须在当地雇用船只，不得去往欧洲，并且西班牙国王分得29%的利润。这是南海公司唯一合法的生意，其实不过是公司"挤进庞大非法贸易市场的一把楔子"。❷
约翰·卡斯维尔（John Caswell）认为，以约翰·布朗特（John Blunt）为首的公司董事"想以其特权为幌子，继续金融操控"；"作为商业计划"，他认为，南海公司"从一开始就是一场骗局"。❸
相反，一些金融史学者尝试解释密西西比泡沫和南海公司泡沫背后证券投资（paper credit）和无担保贷款的逻辑。拉里·尼尔（Larry Neal）强调了18世纪金融市场的"有序"发展；他的研究广泛搜集了巴黎、阿姆斯特丹和伦敦的股价和汇率的数据，据此指出国际资本市场的融合现象，认为密西西比泡沫和南海公司泡沫既是流动性危机刺激产生的，又加剧了流动性危机。❹在对南海热情高

---

① 奴隶专卖许可，最初是西班牙1501年发售的奴隶贸易特许证。其他国家向西班牙政府购买特许证，并缴纳税金，便可将人口（主要来自非洲）作为奴隶贩卖到西班牙管辖的美洲殖民地。这是一种承包制的奴隶贸易。后来葡萄牙、法国也采纳了这一制度。

涨之际，这场泡沫成了经济学史上的重要时刻，这并不是因为它指明了理性经济机制的发展道路，而是因为它暴露了资本主义的核心：压制对"无限"生产的生态反思。

斯佩特留意到，现实中公司的活动"表现凌乱，有时甚至近乎前后不一"，"［特许奴隶贸易］的账目令各方俱不满意，尤其是西班牙国王"。㉟公司在 1712—1713 年筹划组建一支庞大舰队绕过好望角驶向太平洋，但该计划过于咄咄逼人，违反了 1711 年条约的规定，政府也未资助。此外，南海公司的活动被限定在距美洲海岸 300 里格范围内；势力庞大的东印度公司控制了其他岛屿和贸易机遇，决心将贸易拓展到广州以及位于暹罗与东南亚的其他港口。不过，人们偏爱套用丹皮尔的书名《新环球航行记》的现象表明，南海公司存在的唯一理由在于该地区的盈利前景，经营之道便是横渡太平洋，用抢来的西班牙黄金和商品投资广州、巴塔维亚和孟买的贸易。这些矛盾和花招被转移到了虚拟的金融投机领域：尽管南海公司没有一条船进过太平洋，但在 1720 年夏天的市场巅峰，其股价达到了面值的 10 倍。

尽管公司特许经营令的逻辑存在矛盾，南海公司却绝不是一家逃债机构。公司董事包括许多英格兰最富有的商人，还有无数贵族及其亲眷在交易商和公司董事的鼓动下重金投资公司股票，鼓动者认为公司股票在辉格党掌管的英格兰银行之外，为托利党提供了新的选择。在泡沫破灭前，两院议员和有声望的官员与交易所胡同①（Exchange Alley）的投机商、股票经纪人过从甚密：巨额利润的诱惑常常压倒了讽刺家对势利眼的股票经纪人和骗子们

---

① 交易所胡同：位于英格兰银行附近的小巷，18 世纪股票和证券交易迅速发展，这里的许多咖啡馆成为股票交易场所，因此得名。

的批评。英王乔治一世出任公司总裁（Governor of the Company）。公司以股份形式大量贿赂议员：议员无须出资购买股份，但可以并且常常出售股份，套取巨额利润。㊱

贵族和议员卷入南海泡沫，这点颇为重要，说明用"骗局"来解释这次事件有其道理，但不足以说明公司的"非法贸易"和"金融操控"背后的心态。南海公司既是海盗，也是金融大盗，这些公司活动旨在令财富产出超过资本和劳动力投入；二者都把笛福想象的"这般取之不竭的金库"投射到广阔的太平洋上。㊲公司一方面偏好金融操控，另一方面经过深思熟虑，在《乌特勒支和约》签订后，避免派船前往太平洋——这表明他们一面一厢情愿地认定丹皮尔的"物博之地"前景广阔，另一面董事和投资者们又以看破幻景的心态（cynicism）继续投机，虽然他们知道他们是在金融市场投机，而非对实实在在的贸易机遇投资。1713年后，公司似乎对建立南美基地的计划失去了兴趣，虽然董事们收到托马斯·鲍利（Thomas Bowrey）等人的建议，筹划在美洲的大西洋和太平洋两岸分别建造海军基地，并开辟二者间的陆路通道。㊳重要的是，公司是按照富有投资者的理念来运作的。公司的金融体系，不管事后看来多么不稳妥，并没有脱离地主阶级的思维，很大程度上反映了一种偏见，即把贸易投资当作上层社会特权的延伸：不干活就能赚钱。㊴

从这个角度来看，刺激南海公司股票炒作的，不是彻头彻尾的诈骗，也不是对新西班牙地区贸易和殖民机会的理性分析，而是一种信念，即相信股票证券能够准确反映自然界的无限生产力，在整个17世纪，这种想象笼罩着农业改革者、商人、投资者和政治经济学家。㊵1666年伦敦大火后最有名望的建造商（相当于今天的房地产开发商和贫民窟房东）尼古拉斯·巴彭（Nicholas Barbon）在1690年也阐述了农业生产力的无限潜力，用以证明更普遍的经济法则。他认为，"一国的资源（Stock）是无限的，取之不竭；因为无限之物不因吝啬而增，不以奢侈而减"。㊶从资源（Stock）到股票（stock）的喻义转换颇为重要：巴彭是一位不择手段的成功企业家，靠在伦敦建造劣质房屋发财，把地产经营的术语用到了所有形式的生产上。早在16世纪，stock一词就不只是一份现货清单，而且代表了潜在财富，代表了未来的回报。㊷在巴彭眼中，"无限"并非日日年年生产的地产和船坞，而是在假想的没有生态、社会和政治限制的条件下，可以持续无限生产的潜力。在这个意义上，金融和贸易领域无限生产的理想条件，是把理想中大自然的慷慨，有机的繁殖和生长，投射到股票这类工具上，仿佛工具本身蕴含了想象的财富，而非被动反映和保存财富。

由此可见，投机的逻辑是将事物抽象化，赋予股票不受生态资源限制的、无限增长的能力。1720年、1929年和20世纪90年代，金融市场相信股票价值可以自我持续增长，相信牛市的"金融热"象征着对投资炼金术的信心。这种信心一旦动摇，股价就会崩盘。一位匿名作者，也是18世纪20年代股市炒作初现端倪之际极少数批评者之一，在泡沫前夕写道：

[南海公司] 股价在真实资本 [每股面值100英镑] 之外的超额增长只是想象的。1加1，哪怕用最粗略的代数计

算，也不会得出 3.5 来；因此，一切虚拟价值必定给这人或那人带来损失，这不过是迟早的事。唯一避免损失的法子就是及时卖出，因此跑得慢的就会遭殃（let the Devil take the hindmost）。㊸

作者认识到，证券只能产生"虚拟"的票面财富。相信信用，"想象"钱生钱的能力，是从巴彭的大自然有无限生产力的观念发展而来。1 加 1 等于 3.5 的条件是，人们相信制造一支"股票"对生态无碍。正如大自然是取之不竭的，股票可以再生产，具有无限生产力。如果南海公司遵循这一逻辑，那么笛福或许是这一逻辑最重要的歌颂者。在他的时评和小说中，笛福用传奇的形式书写南海无限资源的开发活动——一则关于无穷利润的松散故事。《新环球航行记》否认匮乏的原则，否认《续记》中令鲁滨逊的殖民岛开发走向失败的冲突和限制，作品把金融热的梦想改写为探索和牟利的叙事：至少在小说里，谁想要更多财富，就有更多财富。

信贷和价值

1711 年七八月间，笛福编印了十二期《英格兰国情评论》以宣传南海公司，称其可以把法国逐出南美，并在南美大陆未被西班牙占领的广大地区发展英国贸易和殖民。有人认为公司特许经营权意味着英国和新西班牙地区的贸易不受限制，但笛福强调和西班牙交易的困难。"在［西班牙王位继承］战争中，新西班牙会阻碍［英国贸易，并且］议和后，老西班牙也绝不会同意协定。"㊹笛福嘲笑那些南海公司的支持者，说这些人"立即提议向南美输出你们严重剩余的产品，你们大放厥词，满口答应要载着金银回来"（VIII: 50，7月19日，1711年），笛福批评那些对公司计划的"臆想"，要求现实地评估贸易前景。但他揭穿不受约束的新西班牙贸易的幻想，本身就是基于对南美财富的想象，认为南美的财富足以同时满足英国和西班牙的需要。笛福认为，南美大陆未被殖民的区域资源充裕，有望建立"轻松、神圣、有利可图的保护国"。㊺

我曾经讨论过，笛福描写南海及邻近岛屿的关键词是"无限"。笛福在《评论》中宣传南海公司时，该词频频出现："贸易的大循环……有着无限利润空间，老西班牙和欧洲其余地方都是这样"；新老西班牙之间的贸易有"无限利润"（VIII: 42，6月30日，1711年）；法国国王认为战时他的新西班牙贸易"有着无限好处"（VIII: 45，7月7日，1711年）；如若英格兰代表大联盟在新西班牙占领一些港口，这些港口将"产生无穷利益"（VIII: 47，7月12日，1711年）；笛福称赋予南海公司特许经营权的议案是"在南海地区取代法国，给［英国］自己赚钱……我毫不怀疑这样的贸易坐拥无穷好处，就像我确信波托西有白银，智利有红辣椒"（VIII: 49，7月17日，1711年）。尚未建立的殖民地和尚待开展的贸易有着"无穷好处"，这让笛福憧憬着一个在不和新老西班牙开战的前提下确保英国利益的办法："美洲西部海岸有着足够空间，这就是南海，由此我们可以确定地点，安顿和定居，开展繁荣的贸易，而不损害、

第六章
"这般取之不竭的金库"

蚕食西班牙的财产和贸易,甚至可以说秋毫无犯(VIII: 49,7月17日,1711年)。在路易十四眼里,西班牙王位继承战争是诸国为控制"印度商贸和财富"的角逐,而笛福却展现了一派和平繁荣的景象,他修正了德·基洛斯和丹皮尔的论断,据此想象太平洋上未探明的区域:他沿用着那个神话——南海的岛屿和海岸有着无限的生产力。㊻在这方面,为了安慰那些担心"印度贸易"会再次引发战争的读者,他重申了心目中的共同信念:大自然是丰沃的,因而贸易和殖民的投资产生的回报"远远"(infinitely)超过装备船只、提供给养、雇用水手和俘获西班牙船只所需的成本。这种信念影响了笛福的其他作品,以及地理志作者赫曼·摩尔(Heraman Moll)18世纪前25年中绘制的地图和图册。㊼

笛福笃信贸易和利润可以无限扩张,但亦存焦虑,这不是因为怀疑南美是否有金银,而是由于在17—18世纪初,英国对自然的看法是矛盾的。一方面,自然哲学家伊萨克·牛顿、罗伯特·波义耳、约翰·雷等认为,自然的美和秩序证明上帝的至高智慧;另一方面,根据新教神学,自然又是堕落败坏的,是魔鬼的领地。㊽整个17世纪,这一矛盾被带入了经济学话语。自然的丰沃重申了《圣经》中人对自然界的"统治";富足,有如牛顿的彩虹,标志着慈爱的神与人类之约。相反,匮乏则是堕落的主要后果,而劳作标志着自然无可挽回的败坏,弥尔顿在《失乐园》的最后几章中就是这么表现的。㊾这些不稳定的,二元对立的自然观——同时从神学、生态和经济角度建构自然——和特定的价值观互相影响,持续制造对立结构,古氏(Goux)认为这是西方思想的关键特征。

225 古氏拓展了马克思对货币价值的论述，认为主体性的象征结构中的“父亲”、欲望的象征结构中的阳具，以及表征功能的象征结构中的语言发挥着黄金那种“一般等价物”的作用，成为“被排除的理想化成分”，作为普遍的价值尺度承载着一切形式的交易，但又和具体交易的结果无关。㊿这种二元逻辑和这种价值体系，总是不稳固的，不管是在17世纪还是21世纪：要把世界分成“性别化的对立面”，这是柏拉图以来西方形而上学的特征——男/女、理念/质料、形式/内容、心/身等等。但这些彻底的对立总是抽象化的，对立面之间有着“中介”（interposition），有“第三方介入”来取消和重塑理念和物质领域的分殊。(51)介入（interposition），就是我们所说的“文学”或“政治经济学”：永无止境地想象在怎样的条件下我们能够解决或逃脱这种对立的构造——例如，充裕和匮乏——这些对立构建了我们的行动、信念和自我认识。笛福对文学和政治经济学的贡献在于，他察觉到价值的逻辑，这是经济体系的基础，因为经济体系有赖于财富无限增长的愿景。经济体系时刻处于危机之中，因此必须想象一个理想世界，其中纯朴的自然和堕落的自然、信仰和绝望、激情和梦魇的诸多矛盾让位于“无穷好处”的幻想。

古氏描述的价值原理有助于理解两种结构的相似之处，一是笛福笃信大自然能够产生“取之不竭的金库”，二是笛福信赖信贷的系统和表意的系统，这构成了南海公司生产利润的潜力。对笛福而言，信贷就像自然界一样，永远是内部分裂的，一边是腐化的、女性化的交易形式（例如证券交易），一边是支撑投资的信念。

第六章
"这般取之不竭的金库"

波考克、桑德·舍曼（Sandra Sherman）、詹姆斯·汤普森、劳拉·曼代尔（Laura Mandell）以及凯瑟琳·英格拉西亚（Catherine Ingrassia）已经论及，笛福和同辈们将信贷女性化，加以贬损；但值得注意的是，笛福同时支持发行公债，尤其是当他推动南海贸易计划之时。㉜笛福把信贷与古老、尊贵和男性气概的体制联系起来，这构成了他对民族"宪法"的期待："公债，不多不少，正是人民对政府信念和荣誉的认可：这里我说的政府并不意味着各个部，不是这个或那个党派，不，不是女王本人——而是宪法，是在位的女王或国王，以及议会……我摆出这一不容置疑的真理，如前所述，我们信用的根基是宪法，其他都不算"（VIII: 59，8月9日，1711）。笛福笃信信贷，不仅把它打造为交易手段、货币形态，也视为一般等价物，反映着对自然和贸易的无限生产力的所谓绝对信心。于是，信贷表现为两种有着辩证联系但常常性别化的形态：信贷被女性化，或是成为奢侈和自满之兆，国运衰颓之肇因，或是期许落空、希望破灭的阴霾。但与此同时，信贷如黄金，也被当作男性气质，是一切交易不变的尺度，是"宪法"代表的象征秩序（宗教、政治、经济）统一性的保障，或是勤奋、交易和商业活力的标志。因其能够且确实行使了矛盾的功能，信贷超越了党争和机构的更迭，成为政治稳定和永恒繁荣的保障，即使这样的美好未来只能存在于交易所胡同的喧哗中。

　　由于信贷在一定程度上取代和辅助黄金成为一切经济交易的保障，信贷变得变幻不定，这在《新环球航行记》中有所表现。黄金不仅是支撑一切价值商洽的第一推动（the unmoved mover），而且是一种象征性承诺,承诺有着取之不竭的物质和金钱源泉。换言之,既然信贷意味着兑付黄金的许诺,黄金就成了信贷的无尽延伸,对"无穷益处"的未来的全面信仰,不管这样的未来显得多么遥不可及。于是,黄金和信贷构成了共生关系,各自都具备制造价值的能力,并且一方的商品地位获得信任会加强另一方的地位。黄金必定保障信贷,信贷必定保障黄金的价值。当然,把信贷看作黄金的必要补充是危险的,因为这表明货币形态的机制价值是变动的,取决于不断的协商,而不是绝对价值。如果黄金成了有赖市场议价的商品,那么信贷就成了想象稳定价值体系的手段——必须成为一般等价物,并且笛福似乎意识到,必须永无止境地自我复制,把偿付的承诺延迟,朝向不确定的、近乎千禧年派眼中的未来。但无限制造信贷,就像期待无限"资源"(Stock),其前提是具备取之不竭的自然资源,这是"宪法"代表的理想共识,是想象出来的。信贷无处在,又无处不在:这就是信贷跻身货币价值之列的悖论。在游记和股票交易中,信贷化身为想象中的财富,总在视线之外,例如丹皮尔所知的位于不列颠海外领地但尚未亲见的"商品",是纸面上的财富。看起来,只有在故事中,黄金的国度才能眼见为实。

黄金的国度

《新环球航行记》是对笛福 1711 年观点的故事演绎。那年夏天,他反问道:"[热带]国家,其土地之肥沃、作物之种类等优势,

第六章
"这般取之不竭的金库"

岂非远远胜出新英格兰的种植园吗？"（VIII: 58, 1711年8月7日）13年后，他的最后一部小说以开拓太平洋未知岛屿和南美内陆为题材，戏剧化地表现如何"远远胜出"北美殖民和股票交易的挫折。笛福的叙事者在小说开篇贬损他的前人，认为他们的环球航行故事证明"一个很好的水手可能只是一个极其不敏感的作家"（1）。这些"冗长的日志和烦琐的记载……没什么故事能对那些不想出海的读者有所裨益"（3）。相较而言，叙事者宣称他会"记载我的旅行，从评议的性质以及组织的方式，和我向来所阅皆有不同；此书形式全新，因此我相信细节颇为妥帖，一是此前没有哪次航行有如此丰富的际遇，可令读者寓教于乐，即使有，也无人想到要把这些记载以此形式出版"（3-4）。不过，这个故事与纳伯勒和丹皮尔（尽管未提其名）的故事不同之处，不在于其"形式"或是"丰富的际遇"，而是它重新界定了旅行文学的功用。叙事者认为，此前的环球航行记载"通常都是关于航线的，供同路水手参考，陆地的方位，海峡深浅，入口何在，几处港口的酒吧，港湾的泊船点，等等，对今后去那里的海员确实有用——可是这样的人有多少呢？——而如果我们想要从中了解航行的历史，则会一无所获"（2-3）。我们看到，17和18世纪英国至南海的航程，伴随着哗变、灾难、普通水手的困窘、疾病和死亡。❸这些航行的记载充满了坏血病、内斗、哗变和暴力冲突的故事；笛福只有掩盖这些"丰富的际遇"，才能发展出一种新的旅行文学。笛福要创造一种理想的经理人精神，关键在于去除丹皮尔等人关于航行指引、科学编目和种种险阻的记载。对叙事者和笛福来说，"历史"需要

301

情节，需要"形式"；但这种"形式"不太依赖于艺术设计或对鲁滨逊这样的人物心理和道德的描摹，而取决于统一、"有用"的目的。如果与《新环球航行记》同年出版的《罗克珊娜》可以理解为一部关于奢侈和罪孽之诱惑的警世之书，那么笛福的最后一部小说则呈现了一幅颠倒的画面：故事证明了个人"性格"如何顺从船只、投资者、自我和民族发展的需求。

在这一语境中，我们会想起诺斯洛普·弗莱（Northrop Frye）的论述，他认为传奇是一串并行的故事，只要叙事者接着讲，即可不断发展下去。㉞但传奇的形式虽然是开放的，也是有目的的；传奇描述自身产生的条件——阿卡迪亚式的世外桃源不断崩塌，成为历史现实。在《新环球航行记》中，传奇故事无关流亡，而是关乎持续的、反生态的开发自然。小说想象过去的黄金时代——取之不竭的自然资源——会在未来重现，而此后约翰·洛克等人又对此展开了想象。㉟在智利接待他的西班牙人告诉笛福的叙事者，"每年安第斯山……冲刷入海而流失的黄金，比二十年来从新西班牙运往欧洲的财富的总数还要多"，听到这些，叙事者直言，"这个说法点燃了我的想象"（217）。这个新西班牙"无穷财富"的故事映照出小说内部的统一目的，这驱动着作者和叙事者：点燃英国读者的想象，激励他们探索和开发小说描绘的土地。

《新环球航行记》可以加上一个副标题"快钱"（Easy Money）。和鲁滨逊系列第一部中的新教伦理不同，主导这部小说的是一场分毫不差的成功骗局。笛福改写了先前的旅行文学，把探险和贸易的危险和不确定性改写为追逐利润和行使权力的故事，

第六章
"这般取之不竭的金库"

这种权力近乎无形,持续有效。《新环球航行记》描写叙事者和船员们一路顺风,从胜利走向胜利,几乎令人不安。尽管他们做海盗时运气不错,打着法国旗号劫掠西班牙船只,但他们大部分利润来自三种途径:在马尼拉和圣地亚哥港口从事秘密贸易,当地西班牙殖民者花天价购买英国和亚洲货物;用"小玩意儿"(玻璃珠、针、便宜布料、生锈的短柄小斧)向太平洋岛民换取大堆黄金;在安第斯山脉捡黄金,叙事者称,那里遍地黄金,本地人都不屑弯腰去捡。水手潜水探取珍珠,把淡水拖上船,一旦靠岸便猎取大量野味,但在小说中,这些劳动不如积攒贵重商品和黄金。就像洛克笔下最初的有产者一样,笛福的叙事者及其手下采集橡子和苹果食用,由此获得了当地土地的所有权。㊻

《新环球航行记》贬低劳动,成了18世纪投资者轻松致富的指南。小说在宣传赴南海的新航程方面直截了当,但提供了复杂的模式来应对新的管理形式和新的权力策略。小说暗示,开发智利的物质财富需要一种权力来搜集资源,进行贸易,管理人员。这种权力必须揽于一人,能够带动船员和读者甘愿通过信贷和利润的权力网络找到自己的身份。《新环球航行记》的主人公能够劝导他的手下执行安排,而不是靠威吓迫其从命。有时,他像是福柯式权力运作的教科书式案例。㊼起初,他隐瞒自己的权威身份,装作一名商人,让法国船长担任远航指挥官。后来叙事者亮明了身份,但仍然是代表不知名的船主履职,而小说在最后一句告诉我们,这位船主已在途中去世,并将大部分新近赚得的财富传给了叙事者。策略似乎重于决策者。历史来看,船上的商人和船长的冲突往往较为激烈，分歧严重，但在笛福的小说中，政治权威、道德责任和心理现实主义转化为贸易的传奇故事。1713年，笛福曾写道："人们常说每个商人只关心他自己做的那一行当，此为大谬：贸易的每一部分都互相关联，每个分支都和整体有关，整体也和局部有关。"❺❽笛福这段话的用词已经接近玄学：贸易是自我指涉的，是一个复杂而协调的系统，整体和局部根本上是一致的。"商人"的内心活动不突出，更像是一枚莱布尼茨式的单子，成为整个系统的缩影。❺❾《新环球航行记》中，身份成了追逐无穷利润的手段，由于投身于个人和集体的目标，身份获得了统一。叙事者保证了无穷利润和自我持续的贸易传奇会演绎下去。

诚然，笛福的叙事者们数十年来都是学界的焦点，很大程度上，笛福小说批评的核心问题向来是围绕着可信度和心理维度展开的：我们能相信摩尔的话吗？罗克珊娜这个人物前后一致吗？笛福是否意识到，他在将道德问题内化为鲁滨逊的想象，也创造了（首个）现代的、小说式的意识？❻⓿如果这些在《新环球航行记》中不成问题，那是因为作者改变了心理性身份得以产生的条件。比起《续记》，笛福的最后一部小说进一步放弃了道德和宗教评论，使得权力的效应如福柯所说，"既有目的性，又消弭了主体性"（both intentional and nonsubjective）。❻❶在南海的冒险中，叙事者把《辛格尔顿船长》中贵格派教徒威廉的交易和计谋提升为一门高雅艺术。笛福早期作品中的主角的理性化——例如，鲁滨逊批评自己在亚洲的牟利活动是"老人做的荒唐事"——表明叙事者想呈现的是他掌权后回头构建的自我形象。统一的自我身份只能在倒推中确立，依据的是想象中个人未来的荣华富贵。《安波纳》中德莱顿笔下的角色塔沃森是一位有着传统英雄气概的商人，但《新环球航行记》与此不同，其叙事者要想证明自己行动和贸易观念的正当性，只能通过这一自指性叙事建构的古怪的未来。自我已经完成了任务，建立了统一的叙事声音，在它看来，谋略是自己生存的前提。大卫·休谟认为，记忆可以让个人"变化、断续"的零散感官印象，获得"完美的统一（identity）……成为不变的和连续的"，而笛福逆转了这种自我建构。㉜主人公凭借其管理意识有效操控他的船员和太平洋地区各部落，在此过程中，塑造了身份，而这一身份又使这种行为成为"完美身份"的证明，摒弃了内心活动。

在小说之前的部分，叙事者不得不平息一场水手的哗变，因为水手们不愿东渡印度洋去往太平洋。此时，叙事者还隐瞒着他的指挥官身份，并靠诡计和宽宏阻止了哗变："我一直认为，经验也告诉我，要让人们恪尽职守，靠的是恩慈（generous kindness），而不是专制和严厉。"（47）不过，"恩慈"指的不是多愁善感或好心肠，而是一种控制策略，以便强化并隐藏权力的本质和效果。叙事者只惩罚了两位哗变的船员，其中一位是船上的二副，哗变的策动者，他被派去侦察马达加斯加岛的海盗活动。小说这段冒险可以看成《辛格尔顿船长》中马达加斯加历险记的改编；《新环球航行记》中，海盗活动获利不如贸易，对二副来说，受托完成任务是悔改之道。登岸后，他很快明白"海盗怎样都将一事无成，因其只是一伙犹疑内讧的无赖；他们两天一个主意；没有主心骨，不听任何人号令；……简而言之，他们只会想尽办法为了一己之利摆布别人”（64-65）。叙事者利用这点，让他的二副策动一名炮手及其他不满这种损人不利己的谋生方式的海盗，劫了一艘海盗们偷来的船，加入接下来的远航。二副得以就任这艘船的船长，因为他掌握了叙事者传授的权力技术，从而证明了自己的领导能力：善用诡计，战略性欺骗，有远见，了解人的道德和责任是金钱驱动的，善于幕后操作，让被统治者自愿“肩负”责任。小说表现了不知名的船主和船长如何劝说手下接受他们行使和扩张权力。笛福察觉到了洛克不愿承认的一点：民众的同意可能不是社会经济权力不平等分配的动因，而是结果。

《新环球航行记》的叙事者不像笛福笔下的其他男女主人公，没有良心的刺痛，也不会反省自己的罪过。他问心无愧无悔。他
232 缺乏自省，这说明小说是如何现实地理解世界和人性的。跋涉于安第斯山脉，叙事者警告智利主人，他国家的财富成了敌人觊觎之物：

> 我说，先生，你生活在黄金国度；我们的人看到这么多黄金无人问津，彻底疯狂了。如果世界知道你这儿有这些财宝，我没法保证他们的大军不会涌来，把你们都赶走。他说，他们不用这么做，先生，这里的财宝足够他们和我们共享。（279）

这段话中，道德成了政治经济学的产物，本恩的“黄金时代”就是如此：匮乏带来罪孽、贪婪和战争；富足似乎能够保证和平与繁荣。(63)如果说摩尔·弗兰德斯和鲍勃·辛格尔顿发迹后有所悔改，

《新环球航行记》的叙事者则无须告别大肆搜刮财物的生活,因为他已经条件优渥,便可倒推出他行为和身份的合理性。

作为一位"生意人",做着"贸易……的一行",他参与构建一种关于富足的意识形态,并受其鼓舞:他们相信,在南海地图上的空白处,一定有着"足够他们和我们共享"的黄金,这成了一种流传的信条,成了我们熟悉的商业扩张逻辑的道德依据。在一个资源无限的世界上,人们如果仍然陷在霍布斯式竞争观念中,就"彻底疯狂了"。但是,用权力和财富积累来塑造道德和心理身份的问题是,个人道德品格就像支撑他们牟利的大自然形象一样,是想象出来的。虚构的富足、无限利润,一句话,构建了一个虽然暂时脱节但统一的自我:"生意人"总会富起来的。如果离开了"无穷好处"的前景,叙事者就无法庆祝战胜匮乏和动摇心志的罪孽,他大概会重新陷入辛格尔顿和摩尔的忏悔演说所身处的混沌中。割离了"整体",他会受制于道德观念,这是堕落世界的劳作、匮乏、罪孽和报应带来的必然结果。不过,就《新环球航行记》而言,主人公像是笛福掩盖道德、经济和生态矛盾的手段——如果个体和社会体系建立在"无穷好处"的憧憬上,那就必然产生这些矛盾。

想象的旅程

据拉康的理论,斯拉沃热·齐泽克认为一切系统都有破绽,因为体系的建立意味着要排除一个拒绝服从象征秩序的元素:真实界(the Real)。他提出,任何系统的整体性都是想象的,因为要想构建象征性的整体，必然排斥特定元素，这就是系统的破绽。遭遇真实界时，象征界（the Symbolic）便会崩塌，以新的方式投射出来——即想象界（the Imaginary）——但此时的想象界已然无可挽回地陷入了危机。㉞这样来看，《新环球航行记》似乎是资本主义（或曰"贸易"）这个系统的关键组件——小说要呈现资本主义体系，因此作为纯粹虚构，必须被这个体系排斥。如果真实界永远处于我们梦境的边缘，那么笛福的最后一部小说则呈现了经济学家从未记起的梦想：他们用想象的建构物代替了那些拒绝表现和分析的成分。意味深长的是，小说最异想天开的段落，正是叙事者专心介绍英格兰经济状况的事实的部分。

在印度尼西亚东南部的虚构岛屿上发财后，叙事者贬低印度贸易，这是当时经济学作者的普遍态度，他们谴责用白银买奢侈品，抱怨南亚进口商品冲击了英国本土产品。㉟印度贸易运回英格兰的"必需品和实用品"——"胡椒、硝石、药品……清漆……钻石……某些珍珠，以及生丝"——其影响远不及那些"浮华不实用"的进口商品，如"瓷器、咖啡、茶叶、日本漆器、图画、扇子、屏风等等"以及"损害英国生产的产品"："印花棉布、擦光印花棉布、加工丝绸、草药和树皮、锡锭、棉花、亚力酒、靛蓝。""这些货品，我们几乎都是用钱买来的，东印度的无数国家以及中国等，看不上我们的产品，却把他们的产品都卖给了我们。"(155-56)托马斯·孟发表为东印度公司贸易的辩护后一个世纪，笛福痛斥生产压倒英格兰的这些"无数国家"。他对贸易逆差的解决方案是，借叙事者之口宣布，英格兰的商业前景在于尚未发现的太平洋岛屿：

第六章
"这般取之不竭的金库"

> 在南部未知地区，人口众多，生活在温和的气候下，需要衣服，他们不生产，也没有生产的原材料，因此需要大量英国羊毛制品，尤其我们居于他们之中，教化他们，教他们如何穿着方便舒适；通过这些产品，显然我们应该换到黄金，或者香料，这是世上最合算的买卖……。无法否认，该国的这个角落［叙事者和船员们赚取了高额利润］，其他人都不太容易找到，只有我们因为去过才能找到……我定下一条原则，但凡在南海上行船，只要保持固定的距离，从赤道到南纬56至60度，向麦哲伦海峡东进，就一定能找到新世界、新国家、新的取之不竭的财富和贸易源泉，这是欧洲商人以前从未知晓的。(156)

关于这些未知陆地（大致位于今天新西兰的东南偏南方向）的记载，与其说是虚构，不如说是信念，不是欺骗，而是表明虚构与事实、投机与投资之间的边界在崩塌。这些尚未测绘的地区是资本主义扩张的意识形态想象出的关键风景，是"新的取之不竭的财富和贸易源泉"的梦想。这样的期许让贸易和探索的计划，甚至南海公司不一致的计划和夭折的项目，看上去像是理性的行动，而事实上，这些"新世界"处于真理、事实和资源掠夺的体系之外。这些"新国家"只能停留在想象中，因为一旦发现它们，就要纳入资源匮乏、私利和商业竞争的逻辑和经济结构。这样一来，经济理论史表明，他们发挥的关键作用——靠提供"无穷便利"构建贸易体系——需要转移到别处。对笛福来说，别处就是尚未探明的亚马逊盆地。

在《新环球航行记》的最后一部分,笛福把南美内陆想象成人烟稀少的田园风光,从安第斯山脉的东坡延伸到大西洋海岸。那里遍地是黄金和野味,代表着人们对一片有无限资源和财富的土地的憧憬——30年前笛福向威廉三世献策,在不触动西班牙在智利和秘鲁的利益的前提下殖民南海,而小说是对这一计划的虚拟演绎。小说中,叙事者一行结队翻越安第斯山脉——

> 我们这些英国人走过了一个国家,那里就像俗话说的,遍地黄金,但我们懒得停下来捡,想到这点我们就不禁相视而笑;很明确的是,在我们这儿,积攒黄金成为人活在世上的主要追求,但在某个生活环境下,黄金这东西变得一钱不值,不值得费劲儿从地上捡起来;黄金不配拿来送礼,这里就是这样。2—3码长的科尔切斯特(Colchester)产的台面呢,做工粗糙,像毯子一样,伦敦售价每码15.5便士,在这里可以拿来给体面人送礼,而同样的人,如果送上一撮金粉,对方都不会说个谢字。(266-67)

想想洛克是怎么描述黄金时代的:"全世界都是美洲。"霍布斯式一切人对一切人的战争的幽灵让位于理想的礼物交换的经济模式,这可以达到理想中的相互满足,对那些要返回伦敦的人来说,似乎还能带来无限利润。❻在这种想象界的背后,是洛克的逻辑——有着无限增长空间的使用价值:土地和相关资源可以利

第六章
"这般取之不竭的金库"

用,并且不会耗尽。价值的使用和结构取决于文化,这种文化差异——黄金在智利没有"价值";廉价英国布料在安第斯山区的"剩余"价值——让笛福相信,有利可图的商品交换不是不可企及的理想,而是取决于如何统筹规划。在人烟稀少的南美内陆,英国和西班牙能够双赢。

《新环球航行记》在未来不会有很多读者,更不太可能促使学者反思英国小说发展史的观念和南海探索史的观念。但它还是一部具有重要历史意义的文本,因为暴露了关于财产和政府起源的洛克式共识论的神话。中产阶级关于职业经理神话的核心是幻想富足,幻想使用价值的无限增长空间,幻想重构贵族观念——劳动价值低于其生产的财富。但是,只有在资源无限的情况下,金融狂热才能持续;当资源趋于稀缺,"无穷便利"的梦想就会成为一场场梦魇:贸易战、殖民主义和陷入"彻底疯狂"之辈。从某个角度来说,笛福的最后一部小说可以成为资本主义投机活动的"积极无意识",既承认也压抑焦虑——后伊甸园时代贸易和利润总是有限的。❻18 和 19 世纪欧洲对南海扩张的暴力和悲剧历史表明,原住民很快就识破了生锈短柄小斧换黄金的把戏。❽虽然在我们看来,笛福把亚马逊盆地想象成田园牧歌有些可笑,但我们也应该认识到,我们这个世纪对热带雨林的生态破坏部分是使用价值"无限"扩张造成的,我们仍然相信笛福传奇故事的经济前提:无尽的利润。

注　释

❶ 见 Defoe's *Review of the State of the English Nation*, 8:50, July 19, 1711。

❷ 关于笛福对贸易和游记的兴趣，参见 John McVeagh, "Defoe and the Romance of Trade," *Durham University Journal* 70(1978): 141-47; "Defoe and Far Travel," in *English Literature and the Wider World*, vol. 1:*1660-1780: All the World Before Them*, ed. McVeagh(London: Ashfield, 1990), 115-26; Joel Reed, "Nationalism and Geoculture in Defoe's History of Writing," *Modern Language Quarterly* 56(1995): 31-53; and Aparna Dharwadker, "Nation, Race, and the Ideology of Commerce in Defoe," *The Eighteenth Century: Theory and Interpretation* 39(1998): 63-84。

❸ 见 John Kenneth Galbraith, *A Short History of Financial Euphoria*(New York: Whittle, 1990), esp. 34-41, 他将南海公司泡沫与1929年美股大崩盘及20世纪80年代的垃圾债热潮联系起来。

❹ 特别参见 Watt, *Rise of the Novel*; McKeon, *The Origins of the English Novel*; and Thompson, *Models of Value*。关于中产阶级文学生产的研究，见 Nancy Armstrong, *Desire and Domestic Fiction: A Political History of the Novel*(New York: Oxford University Press, 1987), and Armstrong and Tennenhouse, *The Imaginary Puritan*。

❺ Goux, *Symbolic Economies after Marx and Freud*.

❻ John Locke, *Two Treatises of Government*, ed. Peter Laslett(Cambridge: Cambridge University Press, 1960), 2: par. 49.

❼ 见 Robert Markley, "'Credit Exhausted': Satire and Scarcity in the 1690s," in *Cutting Edges: Contemporary Essays on Eighteenth-Century Satire*, ed. James Gill(Knoxville: University of Tennessee Press, 1995), 110-26。

❽ 关于贵族意识形态，见 McKeon, *Origins of the Novel*, 206-11。在BBC出品的系列电视剧《黑爵士三世》中，有人问一位18世纪90年代在伦敦流亡的法国贵族，是否想要挣50英镑，他答道："不，我不想挣钱。我想其他人干活赚这笔钱，然后给我。"

❾ 关于国际贸易，见 Boxer, *The Dutch Seaborne Empire*, and Boxer, *Jan Compagnie*; Glamann, *Dutch-Asiatic Trade*; Furber, *Rival Empires of Trade in the Orient*;

第六章
"这般取之不竭的金库"

Israel, *Dutch Primacy in World Trade*; and Israel, *The Dutch Republic*。

⑩ 关于东印度贸易,见 Ralph Davis, *The Rise of the English Shipping Industry in the Seventeenth and Eighteenth Centuries* (London: Macmillan, 1962), 257–66; and Peter Klein, "The China Seas and the World Economy between the Sixteenth and Nineteenth Centuries: The Changing Structures of World Trade," in *Interactions in the World Economy: Perspectives from International Economic History*, ed. Carl-Ludwig Holtfrerich (Hemel Hempstead: Harvester, 1989), 61–89。

⑪ Jose de Acosta, *The Naturall and Morall Historie of the East and West Indies*, trans. Edward Grimstone (London, 1684), 83.

⑫ Williams, *South Sea*, 57.

⑬ Pedro Fernando de Quiros, *Terra Australis Incognita, or a New Southerne Discoverie, Containing a Fifth Part of the World* (London, 1617), 18.

⑭ Williams, *South Sea*, 59. 参见 J. C. Beaglehole, *The Exploration of the Pacific*, 3rd edn (Stanford: Stanford University Press, 1966), 58–80。

⑮ 见 William Eisler, *The Furthest Shore: Images of Terra Australis from the Middle Ages to Captain Cook* (Cambridge: Cambridge University Press, 1995)。

⑯ Spate, *Monopolists and Freebooters*, 158.

⑰ 除了威廉斯的《南海》(Williams, *South Sea*), 还可参见 Lamb, *Preserving the Self in the South Seas*, and Edwards, *The Story of the Voyage*, 17–43。

⑱ Williams, *South Sea*, 78. 纳博乐的日志刊于 William Hacke, ed., *A Collection of Original Voyages* (London, 1699); 引文出自第 63 页。

⑲ Anon., *An Account of Several Late Voyages & Discoveries to the South and North* (London, 1694), 110.

⑳ Derek Howse and Norman Thrower, eds., *A Buccaneer's Atlas: Basil Ringrose's South Sea* (Berkeley: University of California Press, 1992), 22. 此人绰号"车夫",名从荷兰制图师瓦根赫南尔(L. J. Wagenhenaer)。瓦氏于 1584 年出版了第一部此类地图的汇编本,此后不断重印(见 Williams, *South Sea*, 87–88)。关于海盗们袭击的船只情况,见 Peter T. Bradley, *The Lure of Peru: Maritime Intrusions into the South Sea* (New York: St. Martin's Press, 1989); 关于 1650—1800 年英国文学和文化中海盗的角色,见 Turley, *Rum, Sodomy, and the Lash*。关于海盗活动的情况,见 A. O. Exquemelin, *Bucaniers of America... Inlarged with two Additional*

313

Relations, viz. The One of Captain Cook, and the Other of Captain Sharp (London, 1684), and Basil Ringrose, *Bucaniers of America. The Second Volume Containing the Dangerous Voyage and Bold Attempts of Captain Bartholomew Sharp and Others; Performed upon the Coasts of the South Sea* (London, 1685).

㉑ Spate, *Monopolists and Freebooters*, 135, 152.

㉒ 见 Diana and Michael Preston, *A Pirate of Exquisite Mind: The Life of William Dampier: Explorer, Naturalist and Buccaneer* (Sydney: Doubleday, 2004)。

㉓ Williams, *South Sea*, 113.

㉔ 见 William Funnell, *A Voyage Round the World* (London, 1707); Woodes Rogers, *A Cruising Voyage Round the World* (London, 1712); George Shelvocke, *A Voyage Round the World by Way of the Great South Sea* (London, 1726); and William Betagh, *A Voyage Round the World* (London, 1728)。

㉕ Dampier, *A Voyage to New Holland: The English Voyage of Discovery to the South Seas in 1699*, ed. James Spencer (London: Alan Sutton, 1981), 224.

㉖ Dampier, *Voyage to New Holland*, 147.

㉗ Spate, *Monopolists and Freebooters*, 202.

㉘ Williams, *South Sea*, 135–36.

㉙ Fréier, *A Voyage to the South-Sea.* 关于法国在太平洋的势力，见 James Pritchard, *In Search of Empire: The French in the Americas, 1670-1730* (Cambridge: Cambridge University Press, 2004), 320–32; and Catherine Manning, *Fortunes à Faire: The French in the Asian Trade, 1719-48* (Aldershot: Variorum, 1996)。

㉚ 关于伍兹·罗杰斯，见 Spate, 198–99; Jonathan Lamb, "Eye-Witnessing in the South Seas," *The Eighteenth Century: Theory and Interpretation* 38 (1997): 201–12; and Williams, *South Sea*, 143–59。见 Glyn Williams, *The Prize of All the Oceans: The Dramatic True Story of Commodore Anson's Voyage Round the World and How He Seized the Spanish Treasure Galleon* (New York: Viking, 1999)。

㉛ Parliamentary Statutes: 9 Anne, cap. XXI. 转引自 John Carswell, *The South Sea Bubble* (Stanford: Stanford University Press, 1960). 关于南海泡沫，参见 John G. Sperling, *The South Sea Company: An Historical Essay and Bibliographical Finding List* (Boston: Baker Library, Harvard University, 1962); Neal, *The Rise of Financial Capitalism*, 62–117; Edward Chancellor, *Devil Take the Hindmost: A*

第六章
"这般取之不竭的金库"

  History of Financial Speculation（New York: Farrar, Strauss, Giroux, 1999），第一章和第二章；关于密西西比泡沫，见 Antoin E. Murphy, *John Law: Economic Theorist and Policy-maker*（New York: Oxford University Press, 1997）; and Janet Gleeson, *Millionaire: The Philanderer, Gambler, and Duelist Who Invented Modern Finance*（New York: Simon and Schuster, 1999）。

㉜ Walter Louis Dorn, *Competition for Empire 1740–63*（1940; rpt. New York, 1963），123。

㉝ Carswell, *South Sea Bubble*, 54–55, 56。

㉞ Neal, *Rise of Financial Capitalism*, 62–117. 关于债务和党派政治之间的复杂关系，见 David Stasavage, *Public Debt and the Birth of the Democratic State: France and Great Britain, 1688–1789*（Cambridge: Cambridge University Press, 2003），99–129。

㉟ Spate, 205。

㊱ Carswell, 121–24。

㊲ Defoe, *A New Voyage Round the World*, ed. George Aitkin（London, 1902），73. 该词以不同形式遍布在笛福的非虚构作品中，以及其他18世纪关于太平洋的著述中。可参见 Williams, "The Inexhaustible Fountain of Gold," 27–53。

㊳ 关于鲍瑞的情况，见 Williams, *South Sea*, 164–65。

㊴ 见 Appleby, *Economic Thought and Ideology in Seventeenth-Century England*, 135: "没有什么证据表明，[17世纪]从事贸易和制造业的资本家与持有地产的资本家之间有着一道鸿沟。经济作家们没有挑战时人的感知，而是准备把商业道德重新融入旧的社会价值观。"

㊵ 关于17世纪的农业进步的著述，见 McRae, *God Speed the Plough*。

㊶ Nicholas Barbon, *A Discourse of Trade*（London, 1690），6。

㊷ 见 Scott, *The Constitution and Finance of English, Scottish and Irish Joint-Stock Companies*, 1:4–17。

㊸ Anon., *Letter of Thanks from the Author of the Comparison to the Author of the Argument*（London, 1720），转引自 Carswell, 120。

㊹ Defoe, *Review of the State of the English Nation* 8:47（July 12, 1711）. 后文引述将随文标出期数和日期。

㊺ 见 Williams, *South Sea*, 167–69。

㊻ 转引自 Spate，184。

㊼ Defoe, *Essay on the South Sea Trade* (London, 1711), and Herman Moll, *A View of the Coasts, Countrys, & Islands within the Limits of the South-Sea Company* (London, 1711). 关于摩尔的情况，见 Dennis Reinhartz, "Shared Vision: Herman Moll and his Intellectual Circle and the Great South Sea," *Terrae Incognitae* 19 (1988): 1-10.

㊽ 见 Markley, *Fallen Languages*, 116-30, 144-53。

㊾ 可参见 Goodman, *The Fall of Man*。

㊿ Goux, *Symbolic Economies after Marx and Freud*, 4.

㉛ Goux, *Symbolic Economies after Marx and Frend*, 239.

㉜ Pocock, *Virtue, Commerce, and History*, 99-100; Sherman, *Finance and Fictionality*; Thompson, *Models of Value*; Laura Mandell, *Misogynous Economies: The Business of Literature in Eighteenth-Century Britain* (Lexington: University of Kentucky Press, 1999), and Catherine Ingrassia, *Authorship, Commerce, and Gender in Early Eighteenth-Century England: A Culture of Paper Credit* (Cambridge: Cambridge University Press, 1998). 关于信贷如何成为流行的商业手段，见 Patrick Brantlinger, *Fictions of State: Culture and Credit in Britain, 1694-1994* (Ithaca: Cornell University Press, 1996); Margot C. Finn, *The Character of Credit: Personal Debt in Eighteenth-Century Culture* (Cambridge: Cambridge University Press, 2003); William J. Ashworth, *Customs and Excise: Trade, Credit, and Consumption in England 1640-1845* (Oxford: Oxford University Press, 2003), 87-93; and Brewer, *The Sinews of Power*, 186-88。

㉝ 关于18世纪海船上的生活条件，见 Spate, 256-68, Davis, *Rise of the English Shipping Industry*, and Jonathan Lamb, "Minute Particulars and the Representation of South Pacific Discovery," *Eighteenth-Century Studies* 28 (1995): 281-94。大多数，至少许多英国赴太平洋的远航都伴随着哗变、中途放弃，当冲突双方回到英格兰后，他们对海上经历往往各执一词。例如，约翰·威尔比放弃了丹皮尔及威廉·方纳赴新荷兰的航行，撰文批评丹皮尔的无能，丹皮尔在《为南海远航一辩》中批评威尔比，后威尔比又出版《答丹皮尔船长之辩》做了回应。1713年，威尔比推动殖民南海的商业项目；1720年，该项目的股价达到了票面价值的32倍。见 Spate, 209, and Carswell, *South Sea Bubble*, 60。 威尔比的方案后来重印并收入 *Some Proposals for Establishing Colonies in the South Seas*, ed. G. Mackaness (Dubbo, New

South Wales：Australian Historical Monographs，1981），8-11。

(54) Northrop Frye，*An Anatomy of Criticism*（Princeton：Princeton University Press，1957），186-87.

(55) 见 Robert Markley，“‘Land Enough in the World’：Locke’s Golden Age and the Infinite Extensions of ‘Use’，” *South Atlantic Quarterly* 98（1999）；817-37。

(56) Locke，*Two Treatises of Government*，2，pars. 49，301.

(57) 见 Foucault，*History of Sexuality*，92-93。

(58) Daniel Defoe，*A Brief Account of the Present State of the African Trade*（London，1713），53.

(59) 关于莱布尼茨，见 Michel Serres，*Le Système de Leibniz et ses modèles mathematiques*（Paris：Presses Universitaires de France，1968），2 vols。

(60) 除了上述批评家，参见 Backscheider，*Daniel Defoe：Ambition and Innovation and Daniel Defoe：His Life*；Michael Boardman，*Defoe and the Uses of Narrative*（New Brunswick：Rutgers University Press，1983）；Richetti，*Defoe's Narratives*；David Trotter，*Circulation：Defoe，Dickens，and the Economies of the Novel*（New York：St. Martin's Press，1988）；and Robert Mayer，*History and the Early English Novel：Matters of Faction from Bacon to Defoe*（Cambridge：Cambridge University Press，1997）。对《新环球航行记》的短评，见 Paul K. Alkon，*Defoe and Fictional Time*（Athens：University of Georgia Press，1979），133；John Richetti，*Daniel Defoe*（Boston：Twayne，1987），62；John Robert Moore，*Daniel Defoe：Citizen of the Modern World*（Chicago：University of Chicago Press，1958），297；Peter Earle，*The World of Defoe*（New York：Athenaeum，1977），54-57；and Maximillian E. Novak，*Economics and the Fiction of Daniel Defoe*（Berkeley：University of California Press，1962），142-43。

(61) Foucault，*History of Sexuality*，93.

(62) David Hume，*A Treatise of Human Nature*，ed. David Fate Norton and Mary Norton（Oxford：Oxford University Press，2000），114.

(63) 见 Robert Markley and Molly Rothenberg，“The Contestations of Nature：Aphra Behn's ‘The Golden Age’ and the Sexualizing of Politics，” in *Rereading Aphra Behn：History，Theory，and Criticism*，ed. Heidi Hutner（Charlottesville：University of Virginia Press，1993），301-21。

(64) Žižek，*The Sublime Object of Ideology.*

(65) 见 Michel Morineau，"The Indian Challenge：Seventeenth to Eighteenth Centuries，" trans. Cyprian P. Blamire，in *Merchants，Companies，and Trade：Europe and Asia in the Early Modern Era*，ed. Sushil Chaudhury and Michel Morineau（Cambridge：Cambridge University Press，1999），243–75。

(66) 关于礼物的理论，见 Cynthia Klekar，"'Her Gift was Compelled'：Gender and the Failure of the Gift in *Cecilia*，" *Eighteenth–Century Fiction* 18（2005）：107–26。

(67) Michel Foucault，*The Order of Things*（New York：Vintage，1971），xi.

(68) 关于澳洲及周边地区的殖民活动，见 Nicholas Thomas，*Possessions：Indigenous Art/Colonial Culture*（London：Thames & Hudson，1999），and Alex Calder，Jonathan Lamb，and Bridget Orr，eds.，*Voyages and Beaches：Pacific Encounters，1769–1840*（Honolulu：University of Hawai'i Press，2000）。关于书写南海地区的文学热潮，见 Neil Rennie，*Far–Fetched Facts：The Literature of Travel and the Idea of the South Seas*（Oxford：Clarendon Press，1995）。

第七章

格列佛、日本人和欧洲受辱的想象

文明和文雅的民族常常把其他民族都看作是野蛮的……欧洲现在是学问和科学的大本营,建立了博学的学院,探索大自然隐藏的奥秘,因而在我们眼里,其余人类仅仅是野蛮人:但那些去过中国和日本的人,不得不承认那里的人在身心的天赋上远远超过我们。

让·克拉塞(Jean Crasser)①,1705

---

① 让·克拉塞(1618—1692)是法国耶稣会士,著有《日本西教史》(1689),翻译为多种语言出版。他未曾到过日本,该书信息主要源自弗朗索瓦·索列(François Solier)的著作。

斯威夫特和日本

和笛福的《鲁滨逊漂流续记》相比,《格列佛游记》的第二部和第四部得到关注较多,已经成为批评家探讨欧洲对南海探索和开发的态度的重要文本。❷而第三部则相对鲜有人问津——一是因为主人公松散的历险故事不符合欧洲和"野蛮"民族(爱尔兰人、美洲原住民和太平洋岛民)相遇的模式,二是因为斯威夫特的讽刺完全针对欧洲社会体制(英国皇家学会)和恶习(奢靡、政治腐败和荒唐的哲学)。❸故事主线是格列佛漫游西太平洋中虚构的岛屿,但故事的两头则是他和"现实"地域的居民的交往:在第三部开头,他被日本海盗船长和荷兰海盗抓获,该部分结尾时,他觐见了日本天皇,随后搭上一艘形迹可疑的荷兰船返回欧洲。1722年,斯威夫特已经开始起草《格列佛游记》,他注意到自己面对的是"许多供消遣的史书和游记",❹尽管学者都在猜测小说中日本游历的素材来源,但只有安娜·巴布·加德纳（Anne Barbeau Gardiner）将格列佛的日本经历和斯威夫特对荷兰的尖刻批评联系了起来。❺在本章中，我将结合18世纪早期广为流传的三类重要文献来讨论格列佛的日本之行：短命的英国驻平户贸易站的相关记载（1613—1623）；17世纪30年代日本驱逐耶稣会士和铲除天主教的历史；1638年后，荷兰接受"踏绘"（yefumi）仪式——即践踏耶稣受难像①——以保全其在日贸易特权的相关记载。格列佛和日本人的接触表明，斯威夫特了解这些文献，也十分清楚日本给欧洲中心的贸易观、历史观和神学观带来了深深的困扰。如果说笛福眼中的太平洋是坐待英国扩张的地区，那么斯威夫特对英国的谋事者、水手和商人接触一个强大而陌生的文明的前景则更多持讥讽态度。他未竟的讽刺作品——《日本宫廷和帝国记》——以这个远东民族为标准痛斥乔治一世和乔治二世宫廷的腐败，在《格列佛游记》中，斯威夫特更是借用日本来凸显英格兰的帝国野心。❻迄至1800年，南亚和远东的帝国仍然主导着世界经济，而在这一环境下，格列佛的日本故事结合了想象和政治讽刺，表明了英国对其经济权力、民族身份和道德局限的深刻焦虑。❼

日本像中国一样，在许多研究早期现代的后殖民批评中不太受关注。虽然许多学者认识到日欧关系不等同于直白的殖民主义和帝国主义叙事，但奇怪的是，很少有研究关注日本如何挑战或瓦解17和18世纪欧洲的自我认知。一定意义上，幕府时代自1638—1853年实施的"锁国"政策反而让批评家和历史学家低估了日本的意义，忽视了西方对重新打开日本市场的憧憬。中国一直是

---

① "踏绘"，罗马字母拼读为fumie（原文所注可能有误），指强迫别人用脚踩踏耶稣或圣母的画像以验明该人是否为基督徒，这是德川幕府禁止基督教运动中发明的仪式。

大部分欧洲商人的目标，也是大量关于远东文献的主题，但对于基督教世界的技术、军事和经济实力领先世界的欧洲中心论，日本同样构成了有力挑战，虽然形式有所不同。有鉴于此，弗兰克、佩林和彭慕兰等前述章节论及的历史学者提出的修正论述，对17世纪日欧关系史研究有着深刻影响，他们质疑的是在早期现代欧洲逐步称霸世界的叙事中，日本是如何被边缘化、被忽视的。❽斯威夫特描述格列佛的日本经历打破了这类欧洲中心的叙事，他提醒我们，将西方帝国主义视作铁板一块妨碍了我们理解现实的复杂性，如英国在太平洋西岸地区的弱势地位。即使是被妖魔化的荷兰，也只是"镀金的日本笼子中的鸟"，斯威夫特颇乐于讽刺荷兰这只笼中鸟为了取悦主人而吟唱。❾

且不论20世纪的批评家，斯威夫特和他的同辈人已经认识到英国的经济和海军实力在远东是不足的。但他不像笛福，在《续记》和《新环球航行记》中想象中国和南太平洋的贸易机遇，斯威夫特《格列佛游记》第三部的背景是英国未能撼动荷兰在日本和东南亚的贸易垄断地位。日本像中国一样对18世纪欧洲帝国主义的话语和实践提出了根本性挑战：日本这个"异教"帝国，在16世纪内战后，拒绝了基督教，几乎切断了一切与欧洲的联系，但仍然持续繁盛。①英国皇家学会会员约翰·加斯帕·肖伊启泽（John Gaspar Scheuchzer）将他翻译的恩格伯特·坎普夫的著作《日本史》（1727）献给乔治二世，他将该书主题概括为"一个英勇无敌的民族，人民文雅、勤劳和高尚，他们靠国内互贸致富，大自然将最贵重的珍宝慷慨赐予他们的国土"。❿肖伊启泽的

---

① 此处"16世纪内战"，指日本历史上的"战国时代"，自1467年应仁之乱起，至1615年德川家康消灭丰臣氏，正式统一日本而告终。其间群雄割据，混战不断，政局纷乱。下一节开篇论及"日本内战的一个世纪"，亦指这段历史。

言辞表明，欧洲评论家们已经达成共识，日本在生活水平、技术水准、文明程度、商业头脑和军事力量上可以与英、法、荷抗衡，或有过之。日本可能是早期现代城市化程度最高的国家，人口超过了欧洲任何一国，可以说日本的"城市的洁净和安全远远超过世界上任何地方"；水质、排污管道和垃圾处理胜过伦敦和巴黎。平民"识字率高"，饮食"多样而营养"，能享受"便宜的娱乐方式"、宗教自由（基督教除外）以及"相对质优价廉的医疗服务"。⓫第一章提到，威尔·亚当斯称赞日本人"极其彬彬有礼，同时作战英勇"，称"世界上没有哪个地方比日本治理得更好"。⓬无论是对于亚当斯，还是一个多世纪后的肖伊启泽，日本人都代表了超越文化差异的理想品格（善良、知礼），在英国人看来，这既是他们自己的民族性格，也是文雅的普遍要求。17—18世纪，欧洲各国饱经战争摧残，但1720年的日本已经享受了一整个世纪的和平且较为繁荣的生活。

在日本彻底禁止对欧贸易前后，日本被视为极为重要的经济强国。自16世纪以来，日本成为欧洲商人的目标，1638年后仍然是投机者的目标，他们认为日本具备中国那样的生产和消费能力。设想斯威夫特面对着当时最流行的地图册之一，他可能会这样评价日本："盛产各种生活必需品……有银矿等金属矿藏，大量完善的城镇和要塞。天皇的气派胜过一切欧洲皇室。王公贵族是天皇的封臣，他们的领地极为富有，生活奢华。"⓭这类描述刺激着英属东印度公司计划绕过荷兰，和德川幕府重新通商。虽然荷兰和日本联合入侵菲律宾的计划搁浅，但荷属东印度公司获准在重重限制之下用棉花、香料和丝绸换取日本的白银,其时正值南美银矿衰落,这成了一项重要特权。荷兰垄断欧洲对日贸易,这让正在寻找布匹外销市场的英国颇为恼火。曾任英属东印度公司总裁(Governor)的约书亚·柴尔德抱怨,荷属东印度公司"极力阻挠英国布匹进入[日本]。日本极为广阔、富庶,位于北方,能够购买西班牙和葡萄牙的产品,同样也能购买我们英国产品,只要我们能涉足这一贸易"。❹大费周章把英国羊毛卖到需要厚衣的北方国家,推行这一计划的前提是,这项贸易不仅能提高公司利润,也能促进民族兴盛。17 世纪,人们远航至哈德逊湾寻找西北通道,他们带着詹姆斯一世致日本天皇的信,信中向天皇示好,并列数了通过想象中的航道进行定期贸易对两国的好处。

英国关闭平户商馆 50 年后,英属东印度公司发起一次昂贵的远航,赴长崎恢复贸易。1677 年,罗伯特·弗格森(Robert Ferguson)记述了这项失败的行动,强调如果英国能恢复与广州和平户的贸易,会给股东和整个国家带来怎样的损失和收益:

> [东印度公司商人]的努力遇到了极大困难和挫折,三年前的通商计划虽然有着极为周密和慎重的安排,但终告失败,公司损失了至少 5 万英镑;虽然是一笔大数目,但参与者并不至于损失惨重,因为有众多人士共同分担。❺

日方拒绝让英国商船登岸。这次行动是英国长久以来的梦想,旨在为英国的宽幅绒布织品打开一处广阔的亚洲市场,可遏止伦敦的白银外流，并让英国积攒资金重返香料贸易。英属东印度公司给商人的指示称，"我们日本贸易最主要的目标是外销布匹和其他英国产品，换取金、银、铜以供应我们驻东印度的其他商馆，这样便不必［从英格兰］外运金银"。❻英国人，尤其是投资这次失败行动的"众多人士"，简而言之，是想模仿荷兰的成功策略：用印度棉布换取日本白银，再用白银换取中国的瓷器和丝绸，以及支付他们在远东的整体开销。行动失败50年之际，对斯威夫特的读者而言，德川幕府治下的日本是一块将英国人逐走的应许之地，也表明了英格兰商业力量的弱点。

斯威夫特安排格列佛远游日本，此行虽然短暂，却十分关键，因为它消解了欧洲中心的帝国主义话语和野蛮社会论。斯威夫特不像当时的莱布尼茨和伏尔泰那样把中国理想化，当作腐化的欧洲要模仿的榜样，他对解释或克服中国和日本等"异教文明"的悖论不感兴趣。❼相反，格列佛在东京觐见天皇①表明欧洲主导的贸易、英帝国的图谋和西方道德观的历史和理论局限。对斯威夫特而言，德川幕府的"锁国"政策让日本远离了他在《格列佛游记》中讽刺的现代欧洲的腐化状况。但天皇既不像大人国的国王那样受到讽刺，也不是慧骃国主那样遥不可及的理想。天皇是一种手段：格列佛的觐见故事，想象了英国与日本合谋对付荷兰——进而暴露了另一种想象：欧洲中心主义的话语如经济帝国主义、道德廉洁和技术优势。格列佛的日本之行是对英国民族自豪感的羞辱，故事表明，自鸣得意的欧洲中心论依赖的预设和逻辑是**不切实际**的。面对类似的威胁，笛福选择谴责中国，而斯威夫特则

---

① 须特别注意的是，本章所涉的"天皇"称谓，源于当时英国对日本政治体制的误解。当时英国尚不能明确区分幕府将军和日本天皇，因此在关于日本的文献中，往往将幕府将军称为"皇帝"（the emperor）。关于这点，原书后文注释亦有说明。为如实再现这一历史情形，中译本仍将英文著述中的 the emperor 译为"天皇"或"皇帝"。

用日本的孤立政策来抨击英国的冒险行动,抨击欧洲中心论对非西方文化的贬损。

日本和欧洲史学的危机

在记述日本时,1640年后的欧洲作家不得不面对一个现实,就是西方原先指望能轻易让日本皈依基督教并开放贸易,现在这个梦想破灭了。16世纪末,耶稣会士让22万日本人(约占当时日本人口的3%)皈依了基督教,来自澳门的葡萄牙商人通过对日贸易赚取了在亚洲各地非法交易所需的银锭。在日本内战的一个世纪中,耶稣会士和葡萄牙人频频向封建军阀提供物质和精神帮助,劝导他们及其家臣皈依基督教。在德川家康取胜并巩固政权后,一些传教士乐观地认为很快全日本便会皈依基督教。但自1587年开始,丰臣秀吉及继起的德川家康、德川秀忠(Hidetaka)颁布一系列谕令打压疑似从事政治颠覆活动的基督徒。⑱随后,幕府的打击愈发严厉,至1615年,外国传教士或被逐,或殉道,或退入地下活动;幕府逼迫日本基督徒要么公开弃教,要么受死。1637—1638年,面对饥荒和重税,此前基督教影响深厚的岛原(Shimabara)半岛地区爆发了农民起义,重新打出了基督教末世论的战斗口号。起义军表示要"杀光村官和异教教士,一个不留;因为审判日就要来了",但最终幕府军队在一艘荷兰战舰助阵下将其包围并屠杀。⑲一度繁荣的葡萄牙贸易中断了,荷兰商人的贸易活动被限制在出岛（Deshima）。①德国博物学家恩格伯特·坎普夫（1651—1716）在1691—1692年任荷属东印度公司随行医生，在他眼中，待在这座小小的人造岛上，"就像是永恒监禁"；贸易站通往长崎的桥上有武装岗哨把守，因此荷兰人"只得耐心而谦恭地忍受这些傲慢的异教徒的欺侮"（325）。就这样，亚洲最大的欧洲海上霸主栖身于商业贫民窟。

简而言之，日本触发了17和18世纪的史学危机，因为传教的挫败和荷兰在出岛的屈辱处境是对欧洲中心论的意识形态的讽刺。彼得·黑林笔下的日本戏剧化地呈现了这个岛国给欧洲带来的挑战。在《小宇宙志》初版中（*Microcosmos*，1621），黑林以其一贯的简洁风格记述耶稣会士在日本的经历。"该岛……常有耶稣会士来访，其中200位常居那里；依纳爵（Ignatius）②最早的同伴之一沙勿略（Xavier）就曾在日本传教。"❷在第8版（1639）中，黑林只字不差地复述了这一句及其所在的段落。字体和标点变了，但用词一致；黑林未提及幕府日益加重的压迫和1637—1638年的失败起义。更明显的是，在1652年初版《宇宙志》中，黑林增加了颇多16世纪耶稣会士传教的记述，但他**没有**提及任何1587年禁教后的情况，而这在黑林等17世纪历史学家大量引述的《日本信札》（*Epistolae Japanicae*）中是有记载的：

后来，随着耶稣会士尽心竭力的传教，基督教开始在这里生根，不过我不太确定是不是像《日本信札》中他们所说的增

---

① 出岛是长崎港附近的小岛。
② 圣依纳爵·罗耀拉是西班牙人，耶稣会主要创始人。16—17世纪，耶稣会士在印度、日本和中国等亚洲国家传教，成为欧洲和远东文化交流的重要中介。其中，在华耶稣会士引介中国思想进入欧洲，其对中国文明整体上持赞许态度，激发了18世纪欧洲的"中国热"，也成为笛福等抨击中国的英国文人的论敌。

第七章
格列佛、日本人和欧洲受辱的想象

长那么多。据他们说，他们让岛上的一些国王①皈依并受洗；在京都（Meaco）②方圆50英里内，他们建了50个教会，全日本教会总数达200个以上；1587年，信徒总数达20万人。即使以上所说只做到了一半，我们也该为此感谢上帝，赞颂他们的劳苦：没有忘记1556年率先登陆日本的首位开拓者，耶稣会奠基者之一（跟随创始人伊纳爵创立该修会）沙勿略神父。㉑

黑林的记载落后了60年，并且执意回避一切有关禁教的历史。在黑林引用的一部初版于1592年的地理志中，乔万尼·博泰罗注意到，许多日本人拒绝"耶稣会士的传教"，他准确记载了丰臣秀吉决意"彻底禁教，对相关地区［基督教］斩草除根"，以及禁教引发的日本基督徒的骚动。他的信源是"去年的通报"，即耶稣会士通信集《日本信札》，60年后黑林也是引用此书来介绍基督教在日本的传布史。㉒其他早于《小宇宙志》发表的同类著述也注意到了基督教在17世纪早期日本的曲折历程。1614年，皮埃尔·德·阿维蒂对此有所记载，在记述了1569—1590年皈依者数量后，他描述了刚刚发生不久的1609—1611年战争期间对基督徒的迫害："自此，大战开始，对基督徒的大迫害也开始了，即使是丰臣秀吉（Taicosama）③执政时也是如此：但信仰依然盛行，传布各地。"㉓虽然德·阿维蒂想淡化当时日本基督徒的艰难处境，并遵从基督教必胜的元叙事，但他也努力提供了最新信息。他的最后一句话是在为基督教的挫败寻找安慰，而黑林则对基督教的失败只字不提。黑林关于日本的记载部分来自博泰罗，我们可以据此推断，

① 此处的"国王"，可能是指日本各岛上的领主。
② 在早期现代欧洲的世界地图上，京都常被标记为Meaco。
③ Taicosama是当时英语文献中对丰臣秀吉的常用称谓，可能是由"太阁大人"音译而来，"太阁"是丰臣秀吉所任的官职。

329

在1621年出版《小宇宙志》时，黑林对已经持续三十余年的宗教迫害是知情的；到1652年，基督教在日本消亡的消息在欧洲知识界已广为人知。尽管黑林在书序中惋叹在王位空缺期的动荡中他的藏书受损，但《宇宙志》表明，他在第8版《小宇宙志》刊行后查阅了新资料，因为书中许多关于欧洲国家的词条提及了17世纪40年代的时事。他拒绝解释，甚至不愿承认那些按照欧洲观念无法解释的事件，因为这样便会颠覆犹太-基督教历史的宏大叙事。

黑林过时的日本记述证明了欧洲作家在处理——或逃避——基督教失败时面临的难题。当意识形态的预期遭遇残酷的现实，他们选择隐瞒近来的历史，却保留着一个梦想——与文明的岛国开展利润无穷的贸易。在《宇宙志》中，黑林重复着16世纪以来基督教胜利进军的故事，这是一段为人熟知但过时的历史，但他侧重记述日本其国其民适于未来开展贸易的特质。就像此后200年的那些作家一样，他笔下的日本有着道德文明，秩序井然，奉行法治，但不能简单地放到文明社会（也就是商业社会）的等级体系中，因为日本拒绝这种文明形态的基础：对贸易的憧憬和责任。

日本是一个极具诱惑的潜在贸易伙伴，不能一棍子打死，因此黑林必须找到一种说辞，解释日本为何不理解英国读者视为立国之本的原则。他告诉读者，日本人——

> 理解力强，好学，记忆力强；身强力壮，可以服役到60岁。皮肤呈橄榄色，胡须稀疏，半边脑袋头发剃去。能忍痛，

志在建功立业,不容过错,但能忍辱负重以待复仇。他们不责备穷人而谴责奸人,厌恶一切赌博,视其为不务农牧之正业,痛恨造谣、偷盗和谩骂……对我们来说,他们虽然不是正好在地球的背面,但习俗恰恰相反:他们是真正的老英格兰清教徒人物,行事方式和教皇派相反,不过这种区别常常显出他们的荒唐之处。(915)

黑林的描述构建了两组三角关系:日本人和"教皇派"相对立,而和"老英格兰清教徒"对等——这里的清教徒不是17世纪40年代的弑君者,而是詹姆斯一世时期剧台上的漫画式人物,如本·琼森剧作中的角色"世间至诚"比兹(Zeal-of-the-Land Busy)。这些形象让非清教读者,如黑林的保皇党同僚们得以"客观"评价日本人的长短——在反天主教方面站在日本一边,但又保持距离,因为日本也有着清教徒的傲慢、固执、道德自责和逐利习气。但这种三方对比未能解决的问题是:日本在西方的互惠互利和推动文明贸易的观念之外,走出了完全不同的道路。虽然日本人"做生意精明",但他们"志在建功立业",这和黑林在序言中称赞的英国人的"英雄之举"相似。这性格的两面都是自利驱动的,这面自我利益的镜子照出了民族的自我认知,又与之冲突。就像1613年在长崎登上萨里斯的船,膜拜维纳斯和丘比特的日本女基督徒一样,黑林笔下的日本人以自己的方式译解欧洲对"双边"贸易的欲望。日本没有如西方所愿,"他们的交易"用"精明"的方式达到自己的目的。虽说他们"[和欧洲]习俗恰恰相反",但他们拒绝赌博、谩骂和挥霍（这正是放纵的欧洲贵族们唯利是图的恶习）表明他们是值得尊敬的对手，监管着观念的边界，让欧洲商人、传教士和读者不能轻易跨越。黑林的类比最终遭遇的是世界观的局限：日本这个富有而高尚的国家挑战了欧洲，尤其是英国的自我认同的经济和宗教基础，因此无法被纳入既有的世界观体系中。

虽然在英格兰，黑林及后来的地理志作者可以借助反天主教的观念来缓和基督徒放弃信仰带来的惊骇，但欧洲大陆却没有什么现成的话语来解释镇压基督教的活动或是荷兰的屈辱处境。耶稣会士的通信讲述的那个年代已经一去不返，除此之外，荷兰方面关于日本的资料颇为稀少，并且受到荷属东印度公司董事们的严格审查，因为他们要维护对有利可图的贸易的垄断。荷兰在出岛的据点只能和一小部分日本人交往，只能通过一个世袭制的译员行会来交流，而译员们追求的是从红毛夷人手中榨取更多钱财。在1727年坎普夫的《日本史》出版前，自17世纪初以来唯一在英格兰出版的亲历者记载是荷属东印度公司商人弗朗西斯·卡戎（Francois Caron）撰写的一部简史，由阿诺都斯·蒙塔努斯汇编、约翰·奥格尔比翻译的荷兰方面的报道集，题为《日本图鉴》(*Atlas Japannensis*, 1728)。㉔笛福称卡戎的日本史是"冗长而不理想的记载"，而蒙塔努斯的汇编本从未再版，但出版后半个世纪内，各类地理志和图册常常引述该作，其中就有笛福的《航海和贸易图鉴》(*Atlas Maritimus & Commercialis*, 1728)。㉕据坎普夫所言，日本人受命宣誓，"不得和［荷兰人］交谈，也不得透露……关于日本的任何情况",因此关于日本的最新消息便奇货可居了(ii)。

不过,斯威夫特和他的同辈可以读到的几部关于日本的记载,都强调了一点:这是一个陌生、有魅力而强大的帝国。铂切斯的《朝圣》收录了威尔·亚当斯的信件和约翰·萨里斯的记载(萨里斯是1613年首位赴日开展贸易的船长,详见第一章的讨论),理查德·考克斯是1616—1623年平户的英国商馆负责人。除了英国开启对日贸易的努力受挫外,更棘手的是,17世纪30年代日本迫害基督徒的消息传到了欧洲,引发了震动。1633年,日本教省的副主教,奉教37年并居日二十多年的葡萄牙传教士克里斯托瓦·费雷拉(Christovao Ferreira),受酷刑后叛教,后来成为德川幕府的译员、反基督教宣传家和审判官。㉖费雷拉于1636年被开除出教门,但有两队从澳门出发的耶稣会士不顾幕府将军禁令试图潜入日本,被捕时遇到了费雷拉。第二队耶稣会士在1643年被监禁和折磨。在《日本图鉴》中,蒙塔努斯的记载令人痛心,一份荷兰贸易使团关于费雷拉的报道称,费雷拉已改名"沢野忠庵"(Sawano Chuan),而荷属东印度公司商人称他为"背教者沢野(Syovan)",他盘问了前来营救他的四位耶稣会士。这段精彩的记载讲述了这位基督教的背教者如何用腹语术奚落他老东家的成员:

哦绝望的耶稣会士们!你们的上帝可耻地抛弃了你们,你们对他还能有什么指望?他不是造物主和世界主宰吗?如今你们已经被折磨得不成人形,只剩一副骨架,为何他不来救你们脱难?日本天皇可以对你们为所欲为,难道还用征得

251

333

追慕与忧惧
英国的远东想象（1600—1730）

基督教上帝的同意吗？㉗

很难想象17世纪的读者看到这段会是什么反应：熟悉的讲述信仰的圣经语言反过来用于羞辱四位传教士，他们饱受折磨，像是摆上解剖台的尸身。而耶稣会士的回答符合当时欧洲的观念，上帝没有抛弃他们，他们是在为真正的信仰受难，尽管肉体任由皇帝摆布折磨，但灵魂完好。这表明了传教士们在事业无望的情况下如何坚定信仰：1615年后遣往日本的耶稣会士们都抱定了殉教的决心，教导日本教众一起准备好忍受折磨。

1643年，这四位牧师对自己的命运不抱任何幻想。但他们对信仰的坚守却招来了审判官的轻蔑、奚落和连篇累牍的指控，这些指控是这位背教者从此前日本对基督教的抨击中学来的。

他看着他们，神色极为严峻，不顾昔日同在修会奉教的情分，轻蔑地说道："呸！尔等耶稣会士令天下大乱，当遭唾弃。尔等怎么吹嘘尔等的神和救恩？是不是只有耶稣会士和赞同尔等观点的才能得救？尔等对天国信奉何在？莫非因为尔等私下瞒骗君主，搜刮、聚敛世间财宝？倘若尔等好自为之，日本狱中就不致装下这许多反基督者；不，日本从未流过这么多血：成千上万人，受尔等鼓惑，脱离了古代神祇阿弥陀（Amida）、释迦（Xaca）和观音（Canon），转而信奉基督教，最终因此惨死。尔等是想争取灵魂得救吗？然则尔等为何图谋将日本纳入西班牙暴君治下，如此尔等岂非即可

第七章
格列佛、日本人和欧洲受辱的想象

随心所欲？但现在，基督教上帝有何权柄？且看你们身子的惨象，莫非他无力帮助你们？那他的全能何在？抑或莫非他不愿助尔？然则其恩慈何在？哦，救赎之念何其愚蠢！尔等如若一意孤行，认为以一己之躯忍受这般折磨，便可领受上帝的赏赐，受到后辈的尊崇，便是误入歧途了。我再问一次，尔等之上帝为何不助尔？显然尔命不在他手，而在日本天皇手中，只要天皇愿意，就可以变本加厉地惩罚和折磨你们。"

这段话荷兰人听得很明白……但沢野忠庵对耶稣会士的怒斥似乎更是为了迎合在场的两位日本大臣。㉘

荷兰方面对费雷拉的部分指责严格遵循着17世纪英格兰和荷兰的反天主教论调。㉙对新教的死硬派而言，耶稣会士就像潜伏在日本的第五纵队，他们服务西班牙王室，依附腐化的体制，他们追求财富，从事政治颠覆活动的热忱不亚于传布信仰。但这位背教的教士也嘲弄了整个基督教：殉教是一种幻想，希望争取那遥远甚或并不存在的神恩；日本社会繁荣、政治稳定，希望自主发展，而殉教的流行会扰乱社会秩序和宗教习惯。基督教赏罚的形而上学外衣被剥去，唯余赤裸裸的唯物论：耶稣会士忍受酷刑折磨，不过换得在日传教事业的失败。虽然人们倾向于认为蒙塔努斯用这段记载（经约翰·奥格比译介进入英语世界）表明高傲的耶稣会士如何受辱，但在此后对基督教为何未能在日本和中国扎根进行解释或为之寻找借口的过程中，背教者费雷拉的声音似乎一直在回荡。此后60年中，许多关于日本的记载都取自蒙塔努斯，表明欧洲的日本观隐含的矛盾：身为文明国家，日本却拒绝贸易，禁止基督教哪怕有限的活动。

在制图师赫曼·摩尔绘制的图册中，英国读者能在译本中发现对日本的简介，它们摘自蒙塔努斯和耶稣会士的记载，如乌特勒支大学教授约翰·卢茨（Johann Luyts）于1701年撰写的拉丁文词条："日本人在手工艺方面颇有天赋，交易公平，温和、作战英勇、守信，但同时好伪饰、残忍，能对自己下狠手；他们公然膜拜偶像，尤其是膜拜太阳。"㉚在这一漫画式描述中，日本人是矛盾的：既有"文明"的美德（技术发达、行事克制、军事强大），也有"野蛮"之处，通常认为是"异教徒"的特性（自杀倾向、残忍、膜拜偶像）。日本人"守信"（信任他人，也值得他人信赖），但同时会伪饰。卢茨不想调和这些矛盾的印象，部分因为他引述的材料未能解释日本人如何制定他们和欧洲人交往的规则。他认为，只有"荷兰人"，"贬低圣母玛利亚的画像和图像，贬低葡萄牙人的纨绔习气；并……将他们的圣经付之一炬，以这些手段说服当地人相信他们不是基督徒，由此说服他们开放贸易"。㉛卢茨的策略是把新教破坏偶像当作背教行径，这既没有吸引英国作者，也不能吸引耶稣会士，他们指责荷兰人自愿背弃信仰以满足其对日本金银的贪欲。㉜

这些耶稣会士评论家中最重要的是让·克拉塞，著有两卷本耶稣会士传教史，1705年译为英文，题为《日本西教史》，未具名作家在摩尔的《地理体系》（1721）一书中撰写的关于日本的一节全盘袭用了该书。在耶稣会士被逐出日本半个世纪后，克拉

第七章
格列佛、日本人和欧洲受辱的想象

塞花了将近 1400 页的篇幅，以骇人的细节描写了基督教殉道者忍受的折磨，试图解释费雷拉为何变节。悖论在于，他对日本人的肯定要多于卢茨。他赞扬这个"极为礼貌和文雅"的民族，因为人们厌恶贪婪，"逆境中勇气可嘉"，教育发达，"极为克制"，随后，他宣称日本人"在身心的天赋上远远超过［欧洲人］"。㉝ 在克拉塞笔下，日本人成了英雄种族，取代了西方式优雅和高尚成为新的榜样；他们的身心修养体现了本书第二章论及的威廉·坦普尔眼中中国人的美德。克拉塞赞美日本人，称其语言"庄重、优雅、丰富，在词汇量和表达多样性上无疑超过了希腊文和拉丁文"（I: 6）。希腊人和罗马人是西方文明的鼻祖，但克拉塞没有把他们当作语言、文化和世俗权威的来源。㉞ 日本缺乏的只是犹太基督教的神启，天主教传教士正可指点这条救赎之路。克拉塞最终魔术般变幻出一个憧憬的未来，一旦"迫害停息"，日本的基督教便会复活（II: 547）。对一个在宗教之外领域都保持优势的文明，传布福音是欧洲所能做的**唯一**贡献。据克拉塞称，耶稣会士觉得他们是在重历基督教会的早期历史，那时，信徒们为将宗教的真义传布到古代世界的各大帝国，不惜殉道。由此观之，日本信徒面对令人发指的酷刑表现出的英雄气概，证明了其民族和种族身份建立在忠勇和斯多葛式坚忍之上；日本人成了使徒时代基督教的精神传人。其殉道之举是强大的榜样，而欧洲基督徒兄弟们此时已堕入异端（新教徒），陷入内斗（与多明我会之争）以及政治和军事冲突。

坎普夫和斯威夫特

　　作为编者，卢茨和克拉塞都未至各地走访，只是筛选关于日本的一手记载，改写这些材料，得出关于其国其民的宏大结论。和其他17世纪评论家一样，他们从各类素材采撷篇章，常常不注明出处，把教士、商人和官员的零散经历转化为看似权威的话语。相形之下，坎普夫对在日经历的记载强调了遭受"傲慢的异教徒"欺侮带来的心理创伤（325）。坎普夫通过他的译员贿赂官员，得到了所需的一些史料来源，因而提供了丰富的信息，超越了蒙塔努斯的杂烩式记载。他想让欧洲读者感受到下层人遭受的"惊人"屈辱（325）。㉟

　　按照坎普夫的记载，在日本人面前，出岛上的荷属东印度公司商人是**卑屈**的。㊱荷兰人不只顺从幕府大将军和地方当局的谕令，他们不断证明自己"甘愿屈就"，臣服于日本人的号令，其中，1638年日方命荷兰人协助"彻底消灭……[岛原半岛（Shimabarra）上的基督徒叛众]，然而其信仰之要义却与荷兰人一致"（324—325）。炮轰基督徒同袍并将船上的火炮上交日方，此举换来的好处是在一块棒球场大小的小岛上的有限贸易和居住权。尽管荷兰人认为，通过践踏圣像、焚毁圣经和放弃基督教礼拜，他们已经证明自己"忠于外国皇室"，但事实上他们从未打消日方对其来意的怀疑（325）。归顺不只是一年一度赴江户朝贡时的一次行为和精心设计的舞台表演，而是对其诚意的持续考验，看他们是否无论何时都情愿牺牲宗教、民族和个人荣誉以及上缴武器来迎合日

第七章
格列佛、日本人和欧洲受辱的想象

本当局。坎普夫是荷属东印度公司雇员,但不是荷兰人,他参与了荷兰卑屈的仪式,同时又对此提出批评。

虽然坎普夫的日本史在《格列佛游记》一年后出版,不过汉斯·斯隆爵士(Sir Hans Sloane)①在1723年就购得了手稿,肖伊启泽于1725年接手翻译。㊲当年年底,该书已开放订购,因此可以推测,如J. 利兹·巴罗(J. Leeds Barroll)所想,1726年斯威夫特在伦敦时小说主体已经完稿,在此基础上他又增加了日本部分的故事。斯威夫特可能早在1724年就通过朋友约翰·卡特雷勋爵(Lord John Carteret)得知了这份手稿,卡特雷勋爵订购了该书的初版;但卡特雷当年到爱尔兰时,肖伊启泽的译本尚未完成。斯威夫特接触坎普夫著作的唯一机会,就是两年后在伦敦修订《格列佛游记》终稿之时。㊳无论斯威夫特是否读过坎普夫的著作,他都读了相当多关于日本的资料,足以区分日本人的"异教"美德和荷兰人的腐化,并且意识到这一反差可以用来讽刺荷兰这个英格兰在远东贸易上的老对手。斯威夫特突出了荷兰的狠毒和虚伪,他向读者重点介绍的是这位英国昔日的新教盟友的道德缺陷,而不是日本的习俗、语言和宗教情况。他略去了许多关于日本的已有记载:16世纪的战事和政争,英国商馆的失败,以及日本基督教百年传播史的骤然终结。读者对小人国、巨人国、慧骃国、飞岛国和拉格奈格王国的了解,远甚他们对肖伊启泽笔下"英勇无敌的民族"的了解。斯威夫特笔下的日本体现了竞争和排斥的三角关系:某种意义上,日本是通过与荷兰的差异来呈现的。日本之所以难以描述,正是因为日本控制了和"红毛夷人"进行文化

---

① 汉斯·斯隆爵士,出生于爱尔兰,是内科医生、博物学家,并以收藏著称。去世后,他的71000件藏品捐赠给英国国会,为数年后大英博物馆的成立奠定了基础。

和经济交往的方式。介入日本的话语体系，意味着要承担各种风险，同化（亚当斯）、殉道（耶稣会士）、叛教（费雷拉）或归顺（荷兰）。因此，格列佛不能像和巨人国国王或慧骃国主人那样与日本天皇进行长篇对话；他只能撒谎、默认及回避荷兰人的卑屈、渎神之举，斯威夫特暗示，这类行为已经成为荷兰民族的"本性"。

觐见将军：真实与想象

第三卷中，格列佛的历险始自他试图进入有利可图的内亚地区从事贸易。他驾一艘单桅帆船从越南东京（Tonquin，今河内）启航，去往"邻近岛屿"。像其他历险一样，格列佛的商旅生涯骤然以失败告终，因为他的船被日本海盗俘获，这些海盗的原型是当时在中国海岸附近劫掠航船的倭寇。但这次遭遇中的反派角色却不是日本人，而是荷兰人：

> 他们之中，我发现了一位荷兰人，似乎有些地位，但他不是这两艘船的指挥官。他从面貌认出我们是英国人，就叽里呱啦地用荷兰语咒骂我们，说要把我们背靠背捆起来，扔进海里去。我的荷兰语说得还不错，便告诉他我们是什么人，求他看在同为基督徒和新教徒，英荷两国又是比邻盟邦的份儿上，向船长说情，放我们一马。这却激怒了他，他再次用同样的话威胁我们，并且回过头去和同伴极为激动地说起来。我猜他们说的是日本话，并且经常提到"基督徒"一词。[39]

第七章
格列佛、日本人和欧洲受辱的想象

在耶稣会士被逐后，德川幕府规定进行基督教活动是死罪，"基督徒"的标签意味着死刑。荷兰人叫嚣、威胁、诅咒，他的语言逾越了文雅社会的底线和新教同盟的共识。在第三卷涉及的历史时期（1707—1709），英格兰和荷兰在日益不得人心的对法战争中结盟。在1711—1712年发表的小册子中，斯威夫特抨击推动战争的辉格党，战争产生的惊人军费，以及荷兰奸诈自私的行径。他称，辉格党的"愚蠢、鲁莽、腐败和野心"正配上荷兰的"傲慢、不公和忘恩负义"，他认为荷兰扩大领土和贸易特权牺牲了英国利益，大部分是英国作战换来的。⑩斯威夫特对荷兰和这次战争的看法有一定代表性。他在1711年11月发表的小册子《盟国的表现》两个月内售出11000份，为托利党在议会上结束战争的呼吁奠定了基础。斯威夫特认为，在赢得议会投票，推动政府谈判达成停战协定方面，他是有功的。㊶简而言之，《格列佛游记》中嗜血的荷兰人，代表了傲慢、恶毒和贪婪，这在斯威夫特看来是荷兰的品性，因而才会在整个"东印度"对英格兰表现出"傲慢的敌意"。㊷不管斯威夫特和笛福在战争、国际贸易和英格兰帝国扩张等方面的政治立场如何不同，他们都认为荷兰是背信弃义之辈。和这位荷兰人不同，其中一艘"贼船"的日本船长的表现是文明乃至仁慈的。他"略通荷兰语，但说得不好"，盘问格列佛后，他不让荷兰人处决他。

我对船长行了一次深鞠躬，然后对荷兰人说，很遗憾，我发现异教徒比基督教兄弟更仁慈。但我后悔说了这些蠢话；因为这位恶棍，几番劝说两位船长把我扔进海里（船长们已经答应不杀我，当然就不会听他的），虽然没有得逞，可是究竟占了上风。他们竟想出一个比死还糟糕的法子来惩罚我……他们决定把我放在一只有桨有帆、配有四天给养的小独木舟上，任我随波逐流，那位日本船长出于好心，拿出自己的储备，给了我加倍的给养，并且不准任何人对我搜身。我上了小舟，那位荷兰人站在甲板上，把荷兰话中一切咒骂人的话都加在我头上。（139）

荷兰人和日本船长的行为差别再明显不过了。日本船长不仅言而有信，还有"好心"，"拿出自己的储备"给了格列佛加倍给养。他和基督教背教者正相反，一位"异教徒"却像是第三卷后文中那些复活的人物一样品德高尚①，用来反衬宣扬自利和剥削的现代哲学。荷兰人像是海盗中的阴谋家，诅咒无辜受害者，并要施以最严厉的惩罚。

后来格列佛在拉格奈格上岸，他要向"仔细盘问他的海关官员"撒谎。为了获准返回英格兰，他承认，"我想有必要隐瞒我的国籍，自称是荷兰人，因为我想去日本，而据我所知，欧洲人中只有荷兰人获准进入该国"（187）。巴罗认为，格列佛的拉格奈格之行的描述可能基于斯威夫特搜集的关于日本的资料：海关盘查是长崎和广州的欧洲商人熟悉的经历，格列佛觐见拉格奈格国王时，"肚子贴地向前爬，边爬边舔地板"，随后"磕了七个头"（189），这是对幕府朝堂礼仪的夸张讽刺。㊸格列佛假扮为荷兰人，因此可以免去屈辱的仪式——践踏十字架——这个仪式体现了荷兰对日本的顺从。讽刺的是，为了表明自己有别于敌人，他不得不伪

---

① 本卷后文中，格列佛来到马尔当纳达岛，岛上长官精通招魂之术。格列佛目睹诸多历史名人在他面前走马灯般的上场，包括恺撒、苏格拉底和托马斯·莫尔等。格列佛称，他看见的主要是"许多推翻了暴君和篡位者的人，和许多为被压迫被侮辱的民族争回自由的人"。

装成敌人。格列佛觐见日本天皇是对早先英国人在幕府经历的追怀,特别是亚当斯受到的接待,他是一艘荷兰商船上的英国引航员,穿越麦哲伦海峡,横渡太平洋,一路劫掠来到日本。面见德川家康时,亚当斯被朝中的耶稣会士指为间谍。但亚当斯感到将军"十分和善",经过几番盘问,最终说服将军,他既不是来自伊比利亚半岛的间谍,也不是海盗,并且英国(或荷兰)能帮助幕府有效制衡葡萄牙的耶稣会士(II: 127)。德川家康对亚当斯的询问表明他很快明白了可以利用英国和荷兰来对付葡萄牙,尽管日本人仍然对新教和天主教之间的神学纷争颇为不解。

亚当斯的余生都在日本度过,担任德川家康的翻译和参谋,对推动英国在平户建立商馆起了关键作用。❹建立商馆必须得到将军的正式首肯,于是1613年,萨里斯赴江户面见将军,这是史上首次詹姆斯一世的代表和日本统治者之间的官方会见。萨里斯笔下的觐见高度紧张,但却虎头蛇尾(anti-climactic)。萨里斯此行没有取得任何外交突破,英国人败给了资金更为充裕、更有韧劲的荷兰人。

尽管萨里斯在外交使臣的仪节方面得到了亚当斯的指点,但他还是把事情搞砸了。在进入觐见厅前,萨里斯进献了"我们国王赠予皇帝的礼物,(根据当地的习俗,)我亲手将礼物交给皇帝"。这些"礼物"(来自英格兰、南亚和东南亚的奢侈品)对英国使臣和日本天皇来说有着不同意味:对萨里斯而言,礼物代表了双向的礼仪,是理想的平等交流;对日方而言,礼物象征着又一个欧洲蛮邦前来朝贡,不过他们可以用来制衡葡萄牙商人、耶稣会士及其信徒。❹将军入座后,萨里斯简述了此次觐见的经过:

按照我们英国的礼数，此行拜访皇帝，我把我王的信进呈给陛下，他接过手中，举向前额，命坐在他身后颇远处的译员授意亚当斯先生告诉我，他欢迎我，因我路途劳顿，理应休息一二日，那时他便可答复我王。因此我便向皇帝告退，携随从回到住处。㊻

萨里斯举止荒唐，外交经验有限，他以为"英国的礼数"也符合日本礼节，显然是想亲手将詹姆斯一世的信呈交德川家康。㊼日本朝堂有着一整套严格的礼节性称谓和仪式，这是为了在萨里斯这个小小的船长面前，显示将军高高在上的地位。就连亚当斯也要通过官方译员进行交流，尽管他像耶稣会士一样，自诩为将军极为重要的参谋和心腹，但他的地位像他们一样，似乎近于一只宠物。㊽就地位而言，将军宫中的英国人就像来到巨人国宫中的格列佛。英方想当然地美化自己的处境，在他们看来，这次朝贡说明日本对英国商馆有兴趣，发展贸易有望。

作为一年一度的朝贡使团的一员，坎普夫对1692年觐见的记载表明了17世纪欧洲访问江户的礼节有多么严格。萨里斯呈交东印度公司上级的报告有所美化，营造出平等外交的形象，他的记载缺少经历和心理细节，而这是坎普夫版本所突出的。据坎普夫记载，荷兰使团一行穿过宫殿，进入会见厅，将军、朝臣和女性坐在格状屏风后面。荷兰贸易使臣暂时获准成为"小名"（daimyo，获得封地的军阀），这样便可名正言顺行使属臣的礼仪。到达会见厅后，四位荷属东印度公司代表"先依日本方式行礼，匍匐前行，

第七章
格列佛、日本人和欧洲受辱的想象

头垂向地面","对［将军］慷慨地赐予贸易自由"致以"最谦恭的谢意"（535）。礼毕，但"接下来，先前的庄重［成了］彻底的闹剧"。尽管将军没有向大使提出"荒谬可笑的要求"，但其他三位使臣受到"无数荒谬无礼的盘问"，随后又命他们当堂表演，供贵族取乐。坎普夫和商人们受命脱去他们的——

> 礼服，随后立正，以便［将军］完整打量我们；然后再走动、立定，彼此问候、起舞、跳跃、扮演醉汉、说蹩脚的日本话、用荷兰文朗诵、画画、唱歌、穿脱外套。我们竭力满足皇帝的要求，与此同时，我一边起舞，一边唱了一首高地德语情歌。就这样，再加上无数类似的耍猴般的把戏，我们屈就自己以供皇帝和宫中众人消遣。（535）

坎普夫的记载解答了一个问题：欧洲次等人（the European subaltern）在日本朝堂之上是否有发言权——他有，但只能按照其他人创作和编导的剧本来。日本对坎普夫和商人的要求让他们成了取乐的小丑，绘画、舞蹈、唱歌这些才艺本可显示他们是文明国家的绅士和模范公民，如今却沦为了荒唐的哑剧和闹剧。事后回首此行，坎普夫方才得以一吐心中愤懑。

但随文所附的全页插图却又消解了他的愤懑。这是一把复杂的钥匙（图中的字母和数字在书中有另页解释），指点欧洲读者认识幕府的复杂关系。在侍臣和官员面前，坎普夫跪在画面近景，位于荷兰大使的左边（观者角度），演唱"［自己］创作的高地德语情歌"（535）并起舞。一位译员跪坐在面向他的高台上，将军和宫中女性隐于格栅屏风之后，是一群看不见的观众。如安奈特·基奥（Annette Keogh）所论，坎普夫的歌词是要通过欧洲爱情抒情诗的传统来重新确立荷兰人的男性气概。㊾要"猴戏"的坎普夫将自己投射到四处游荡但忠贞不渝的恋人身上，为了爱人，他对远方的财富弃之不顾。曲终之际，对将军的财富流露出彻底的不屑：

> 大统领，天子，
> 这些遥远土地的主人，
> 黄金富足，权力尊贵，
> 我以你王座的名义起誓：
> 一切光辉
> 无论来自你的财富和显赫
> 还是来自你宫中浓妆的女子
> 在我眼中都不及我的天使。
> 去吧，你与这空图享乐的宫廷！
> 去吧，你与这巨富的土地！
> 没什么能给我这俗世的快乐
> 只有这位贞洁的美人，
> 我心爱的芙洛丽美娜。①
> 我们深念着对方，
> 她念着我，我念着她。㊿

---

① 《芙洛丽美娜》是英国国王查理一世的法国王后亨利埃塔·玛丽亚 1635 年委托创作的一出田园剧，剧中主人公芙洛丽美娜是一位美丽的牧羊姑娘，该剧讲述的是她和两位牧羊倌的恋爱故事。

第七章
格列佛、日本人和欧洲受辱的想象

虽然坎普夫的情歌歌词带着充沛的爱意，但却强化了歌曲的视觉效果，把这位医生出身的诗人变成了伶人。因此，这首歌没有收入肖伊启泽1727年版的英译本以及其后18世纪其他欧洲语言译本，也就不足怪了，因为作者的配图强调的是坎普夫受命表演的戏剧性，而破坏了爱和忠贞的价值观。幕府的"观众厅"像是舞台前部，观众位于画面前景，观者的左侧；读者仿佛是从戏院的楼座俯视舞台。会客厅内部的巨大空间让欧洲来客相形见绌，画面边缘陈列的兵器表明，舞台被权力包裹和收纳，这象征着将军的无上权威。贯穿诗歌的对比——宫廷的财富和显赫反衬出"心爱的芙洛丽美娜"的地位——指向了理想中的浪漫爱情，但这只能存在于遥远的回忆中；坎普夫遍游中东，中途在奥穆兹病倒，此间他逾六年未曾返回欧洲。从这个角度看，他放弃显赫的宫廷生活去追寻远方的爱，是运用熟知的抒情主题，如此来说，他对芙洛丽美娜的忠贞表白说明了荷兰使团在江户建功乏术，也象征着使团对远在荷兰的东印度公司董事和股东的忠诚。对遥远理想的追慕成了护身符，这样一来，献艺取悦将军、嫔妃和侍臣的不光彩便得以化解。

如果坎普夫的经历反过来——欧洲王室命令远来的小国"说蹩脚"的英语或荷兰语，跳舞，用宫中无人懂的语言唱情歌，因演"猴戏"而蒙羞——后殖民批评家自然会分析（及谴责）这一场面。此情此景会成为欧洲帝国主义史的缩影，表现了帝国如何娴熟地化用非西方社会的文化和身份。但坎普夫的觐见记指出，在远东，欧洲中心的"殖民主义"或"帝国主义"叙事存在着局限。

日本对待坎普夫和使团成员的方式不仅颠覆了后殖民主义对欧亚关系的解读，而且证明了欧洲在远东的卑屈经历和心态如何反映出弗兰克、彭慕兰、冈和佩林从不同角度揭示的更广阔的历史现实。在这种情况下，格列佛觐见天皇是一个重要文本，体现了欧洲一贯秉持的文化想象：将自己的"顺服"转译为友谊和互惠——即荷兰借以自辩的"贸易自由"。但讽刺在于，这一文本同时也动摇了这样一种文化想象。

安波纳往事

在第三卷结尾，格列佛乘船从想象的拉格奈格王国去往滨关（Xamoschi），该地位于"日本东南部"（东京附近地区，在摩尔的地图上有标注，斯威夫特认为是"一个小港口城市"[199]）。不过，斯威夫特描摹的日本，尽管没有了讽刺性描写，但和拉格奈格一样都是空想。有了拉格奈格国王给日本天皇的介绍信，日本以"大臣"之礼接待格列佛，"备下马车和侍从"，并承担他江户之行的开销。小说中没有此行的记载，也没有记载当地的情况。格列佛从滨关登岸到觐见天皇的过程，小说只是一句带过。萨里斯和坎普夫长篇记述的日本宫廷的陈设和繁复的仪式，在斯威夫特笔下也只一语带过：格列佛的信"经隆重仪式拆封"。格列佛没有蒙受跪舔地板的羞辱，也未经历漫长的拖延，天皇告诉他"可以提出请求；不管是什么请求，看在拉格奈格王兄的面上，都会照准"（200）。在斯威夫特的情节安排下，真实的帝国和想象中的岛国结

第七章
格列佛、日本人和欧洲受辱的想象

为盟邦，避开了"践踏十字架"这个问题。在他笔下，日本并不排外，也未激烈反对国际贸易和友谊，而是和拉格奈格王国缔结了"永久贸易"关系，且皇室之间的友谊巩固了这一关系（200）。斯威夫特的故事远远脱离了史料，有着两方面的效果：一方面，日本（至少天皇本人）被纳入了克拉塞描绘的理想价值观——正如此前海盗船长所为，格列佛再次受到文明和慷慨的接待；另一方面，这也唤起了百年前亚当斯被日本文化接纳的记忆。

虽然格列佛冒充荷兰人，但他博得天皇同情却是靠着牺牲荷兰人。获准可以乘坐荷兰船只返回欧洲之后，格列佛请求天皇——

> 开恩豁免我执行践踏十字架的仪式，我的同胞是要执行这种仪式的，但我是不幸误入他的王国，并不想做买卖。译员把我的第二个要求翻译给天皇听后，他似乎略为吃惊，他说他相信我是我的国人中第一个顾忌这种仪式的。因此他开始怀疑我是不是真正的荷兰人，更怀疑我是不是基督徒。但是，根据我说的理由，更主要是看在拉格奈格国王的面上，他会格外开恩，照顾我的怪脾气。但此事需要巧妙安排，要命令官员装作忘了此事，放过我。他告诉我，如果我的荷兰同胞得知这个秘密，他们一定会在半路上要了我的命。（200-01）

经天皇默许，格列佛避免了叛教。"踏绘"是所有日本人和在日外国人都要履行的仪式，以便证明他们拒绝基督教，进而表明效忠德川幕府。反基督教行为和不道德行为安在了"荷兰人"的头上,这延续了17世纪70年代及其后遣责荷兰"甘愿顺服"并践踏天主教圣像之举。重要的是,正如天皇警告的那样,"真正的荷兰人"履行这一仪式并非权宜之计,他们的屈辱已经内化为自我身份,把叛教上升为一种扭曲的信念。

船出发之前,"有几位水手一直问[格列佛]是否进行了那种仪式",他避开试探,没有撒谎,而是"含糊其辞地回避问题,说我已经满足了天皇和朝廷的种种要求"(201)。荷兰水手和商人对"踏绘"的执念表明,他们怨恨日本人,也恨己不争,自取其辱,但这种怨恨未能减缓他们内心的堕落。荷兰人不再自认为基督徒,而是自居为异教君主治下的顺民。尽管格列佛入宫觐见是通过一位虚构的和天皇交好的国王达成的,但最根本的幻想——斯威夫特对此未有明显的讽刺——体现在期待天皇愿意对格列佛法外开恩,以避免其叛教。这种仁义之举,虽然主要是给拉格奈格国王面子,但得以表明(在想象中)英国可以智取荷兰人,而且是在利润颇丰的东方贸易的一处关键据点得手。

于是,通过格列佛的日本之行,斯威夫特抓住叽里呱啦的荷兰人这个公敌做替罪羊,从而掩盖了英格兰的内部政治分歧。虽然德莱顿在《安波纳》中用类似手法来巩固民族统一的想象,但斯威夫特却是用拒绝贸易和帝国冒险扩张的理想来反衬当时英格兰的腐化。格列佛从日本返航时乘坐的是一艘名为"安波纳"的荷兰船,对时人来说,这分明是冷酷的影射。对斯威夫特而言,就像对弥尔顿、德莱顿和笛福一样,书写远东意味着面对荷兰贸易和海军霸权的幽灵;在整个17和18世纪,安波纳的幽灵始终

第七章
格列佛、日本人和欧洲受辱的想象

困扰着英国的民族身份，其身份的统一性部分来自商业成就，这也是得到救赎的标志。安波纳既吹响了战斗号角，也是英国在南海屈辱经历的梦魇，超越了英格兰的政教派系分歧。在斯威夫特笔下，格列佛和天皇联手智胜荷兰人，这是针对百年耻辱的讽刺性的复仇想象。

第三卷中格列佛的漫游，贯穿着此前大人国和慧骃国游记中对欧洲不道德、欺骗、暴政、暴力和伪善的讽刺。格列佛讲述英格兰的美德后，巨人国国王告诉他："你的国人大部分"定是"自然界存在的地上爬着的为害最甚的那种讨厌的小虫豸。"（116）格列佛和日本人的短暂交往提出了一个问题：在小说营造的想象或观念空间里，在多大程度上这些讽刺性论断投射了欧洲人揣测（或担心的）日本人（和中国人）的想法。在一代代西方作者笔下，江户、北京和亚格拉的朝廷对"红毛夷人"的态度多少折射出欧洲眼中"野人"的形象，即商人和传教士在美洲、太平洋和非洲遇到的原住民。作为"极其庞大、富庶"的国家，日本迫使欧洲作家想象一种与美洲殖民的价值观和说辞恰好颠倒的状况。

对斯威夫特而言，日本成了他讽刺性反荷宣传的理想反衬：一片富庶之地，真实而几乎不可及，并且执意迫使荷兰自取其辱。日本成了斯威夫特笔下一种陌生化的讽刺手段，颠覆了欧洲自我陶醉的贸易观念：《格列佛游记》第三卷结尾展现了这样一种可能：在江户和北京，"为害的"红毛"虫豸"遇到了一个异类，其对欧洲自我认知的冲击甚于巨人和能言的慧骃。

追慕与忧惧
英国的远东想象（1600—1730）

注 释

❶ Jean Crasset, *The History of the Church of Japan*, trans. N. N., 2 vols. (London, 1705), 5.

❷ 见 Clement Hawes, "Three Times Round the Globe: Gulliver and Colonial Discourse," *Cultural Critique* 18 (1991): 187-214; Brown, *Ends of Empire*, 170-200; Claude Rawson, *God, Gulliver, and Genocide: Barbarism and the European Imagination, 1492-1945* (New York: Oxford University Press, 2001); Bruce McLeod, *The Geography of Empire in English Literature, 1580-1745* (Cambridge: Cambridge University Press, 1999), 181-86; and Anna Neill, *British Discovery Literature and the Rise of Global Commerce* (London: Palgrave, 2002), 110-19。

❸ Douglas Lane Patey, "Swift's Satire on 'Science' and the Structure of *Gullivers Travels*," *ELH* 58 (1991): 809-39; Robert Fitzgerald, "Science and Politics in Swift's Voyage to Laputa," *Journal of English and Germanic Philology* 87 (1988): 213-29; and William Freedman, "Swift's Struldbruggs, Progress, and the Analogy of History," *Studies in English Literature* 35 (1995): 457-72.

❹ Harold Williams, ed., *The Correspondence of Jonathan Swift* (Oxford: Clarendon Press, 1963), 2:430.

❺ Anne Barbeau Gardiner, "Swift on the Dutch East India Merchants: The Context of the 1672-73 War Literature," *Huntington Library Quarterly* 54 (1991): 234-52. 参见 Rennie, *Far-Fetched Facts*, 76-82; John A. Dussinger, "Gulliver in Japan: Another Possible Source," *Notes and Queries* 39, n.s. (1992): 464-67; and Herman Real and Heinz Vienken, "Swift's 'Trampling upon the Crucifix' Once More," *Notes and Queries* 30, n.s. (1983): 513-14。

❻ 见 Maurice Johnson, Kitagawa Muncharu, and Philip Williams, *Gulliver's Travels and Japan* (Doshisha, Japan: Doshisha University, Amherst House, 1977); Williams, *South Sea*, 208-12; and Gunn, *First Globalization*, 55-56。

❼ 见 Frank, *ReOrient*; Pomeranz, *Europe, China, and the Making of the Modern World Economy*; Chaudhuri, *Asia before Europe*; Goldstone, *Revolution and Rebellion*; and

Perlin, "The Invisible City."

⑧ Wallerstein, *Mercantilism and the Consolidation of the European World Economy*; Braudel, *Civilization and Capitalism*. 关于经济史话语的欧洲中心论，可参见 Perlin, "The Other 'Species' World," 145-73。

⑨ Schnurmann, "Wherever profit leads us," 489.

⑩ Engelbert Kaempfer, *The History of Japan*, trans. J. G. Scheucher (London, 1727), N.p.

⑪ Louis G. Perez, *Daily Life in Early Modern Japan* (London: Greenwood, 2002), 13, 15. 日本的人口从 1600 年的 1700 万人增长到 1700 年的 3000 万人。关于对日本的经济和人口分析，见 Hanley, "Tokugawa Society," 660-705; Hanley and Yamamura, *Economic and Demographic Change*; Katsuhisa Moriya, "Urban Networks and Information Networks," trans. Ronald P. Toby, in *Tokugawa Japan: The Social and Economic Antecedents of Modern Japan*, ed. Chie Nakane and Shinzaburo Oishi (Tokyo: University of Tokyo Press, 1990), 97-123; Conrad Totman, *Early Modern Japan* (Berkeley: University of California Press, 1993); and Gary Leupp, *Servants, Shophands, and Laborers in the Cities of Tokugawa Japan* (Princeton: Princeton University Press, 1991)。

⑫ Samuel Purchas, *Purchas His Pilgrimmes*, 2:128.

⑬ [Herman Moll], *Atlas Geographus*, 5 vols. (London, 1712-17), 3:818. 摩尔的地图集以不同书名，不同版本再版，各国的记载常有更新。见下文注释 30。

⑭ Child, *A Treatise Wherein is Demonstrated*, 9.

⑮ Ferguson, *The East-India Trade*, 22.

⑯ 转引自 Massarella, *A World Elsewhere*, 356; 另见 355-69; and Keay, *Honourable Company*, 198-99。

⑰ 不同观点见 Frank Boyle, *Swift as Nemesis: Modernity and its Satirist* (Stanford: Stanford University Press, 2000), 61-77。博伊尔认为，斯威夫特呼应了威廉·坦普尔爵士对中国的论述，但同时也借用慧骃讽刺了理想化的儒家形象。关于伏尔泰和莱布尼茨，见 Porter, *Ideographia*。

⑱ 见 Mary Elizabeth Berry, *Hideyoshi* (Cambridge, MA: Harvard University Press, 1982), 92-94. 对基督教在日本遇挫并衰落的代表性论述，见 George Elison, *Deus Destroyed: The Image of Christianity in Early Modern Japan* (Cambridge, MA: Harvard University Press, 1973); 埃里森 (Elison) 对一些基督教传教领军人物的陈述提出了怀疑。见 Boxer, *The Christian Century in Japan*; Ross, *A Vision*

Betrayed; Kazuyoshi Enozawa, "Missionaries' Dreamsand the Realities in the Land of Warriors-Some Problems in the Early Jesuit Missions to Japan, 1549-1579," *The Hiyoshi Review of English Studies* 23(1994): 54-73; and Ohashi Yukihiro, "New Perspectives on the Early Tokugawa Persecution," trans. Bill Garrad, in *Japan and Christianity: Impacts and Responses*, ed. John Breen and Mark Williams (New York: St. Martin's Press, 1996), 46-62。

⑲ 来自 1638 年一份传单, 译文引自 Elison, *Deus Destroyed*, 220。

⑳ Heylyn, *Microcosmos*, 2nd edn (Oxford, 1625), 695.

㉑ Heylyn, *Cosmographie*, 916.

㉒ Botero, The *Travellers Breviat*, 159.

㉓ D'Avity, *The Estates, Empires, & Principalities of the World*, 750.

㉔ François Caron and Joost Schorten, *A Description of the Mighty Kingdoms of Japan and Siam*, trans. Roger Manley (London, 1671); Arnoldus Montanus, *Atlas Japannensis: Being Remarkable Addresses by Way of Embassy from the East-India Company of the United Provinces to the Emperor of Japan*, trans. John Ogilby (London, 1670).

㉕ [Defoe], *Atlas Maritimus*, 200.

㉖ 关于费雷拉的经历, 见 Hubert Cieslik, "The Case of Christovão Ferreira," *Monumenta Nipponica* 29(1974): 1-54; Elison, *Deus Destroyed*, 185-88; and Jacques Proust, *Europe through the Prism of Japan: Sixteenth to Eighteenth Centuries*, trans. Elizabeth Bell (Notre Dame: University of Notre Dame Press, 2002), 44-56。

㉗ Montanus, *Atlas Japannensis*, 357.

㉘ Montanus, *Atlas Japannensis*, 357-58.

㉙ Raymond D. Tumbleson, *Catholicism in the English Protestant Imagination: Nationalism, Religion, and Literature, 1660-1745* (Cambridge: Cambridge University Press, 1998).

㉚ Herman Moll, *A System of Geography: or a New and Accurate Description of the Earth*, 4th edn (London, 1723), 2:51. 原作初版于 1721 年。

㉛ Ibid.

㉜ Gardiner, "Swift on the Dutch East India Merchants," 243-47.

㉝ Crasset, *History of the Church of Japan*, 1:5; 1:13. 所有引文均出自该版本。

㉞ 关于欧洲心目中日本语言的纯洁性, 见 Annette Keogh, "Oriental Translations:

Linguistic Explorations into the Closed Nation of Japan," *The Eighteenth Century: Theory and Interpretation* 45（2004）：171-91。

㉟ 见 Paul van der Velde, "The Interpreter Interpreted: Kaempfer's Japanese Collaborator Imamura Genemon Eisei," in Bodart-Bailey and Massarella, eds., *The Furthest Goal: Engelbert Kaempfer's Encounter with Tokugawa Japan*（Folkestone, Kent: Japan Library, 1995），44-70。此外，同书收录的论文讨论了坎普夫如何使用荷属东印度公司资料，见 Beatrice M. Bodart-Bailey, "Writing *The History of Japan*," 17-43. 关于坎普夫的在日经历，见 Detlef Haberland, *Engelbert Kaempfer, 1651-1716: A Biography*, trans. Peter Hogg（London: British Library, 1996），65-82。

㊱ 关于这个术语的复杂内涵，见 Julia Kristeva, *Powers of Horror: An Essay on Abjection*, trans. Leon S. Roudiez（New York: Columbia University Press, 1982）。

㊲ 见 Derek Massarella, "The History of *The History*: The Purchase and Publication of Engelbert Kaempfer's *The History of Japan*," in Bodart-Bailey and Massarella, eds., *The Furthest Goal*, 96-131。见 J. Leeds Barroll, "Gulliver in Luggnagg: A Possible Source," *Philological Quarterly* 36（1957）：504-08，关于斯威夫特和卡特勒（Carteret），见 Irvin Ehrenpreis, *Swift: The Man, His Works, and the Age*, 3 vols.（London: Methuen, 1962-83），3:437。

㊳ 见 Johnson, Muncharu, and Williams, *Gullivers Travels and Japan*。

㊴ Herbert Davis, ed., *Gullivers Travels*, in *Prose Works of Jonathan Swift* 14 vols.（Oxford: Shakespeare's Head Press, 1941），11:138. 所有引文都出自该版本。

㊵ Swift, *Conduct of the Allies*（1711）in *Political Tracts 1711-1713*, vol. 6 of *Prose Works of Jonathan Swift*, ed. Herbert Davis（Oxford: Basil Blackwell, 1939-68），15。

㊶ Jeremy Black, *Parliament and Foreign Policy in the Eighteenth Century*（Cambridge: Cambridge University Press, 2004），34；见 Davis, *Prose Works of Swift*, 16:480-82。

㊷ *Some Remarks on the Barrier Treaty*（1712），in Davis, *Prose Works*, 6:97. 关于斯威夫特的反荷态度，见 Ian Higgins, *Swift's Politics: A Study in Disaffection*（Cambridge: Cambridge University Press, 1994），183-90。

㊸ Barroll, "Gulliver in Luggnagg," 504-08。

㊹ 见 Massarella, *A World Elsewhere*, 71-130, and Giles Milton, *Samurai William*, 106-14；291-97。对于他们会见的幕府将军（德川家康、德川家光），英国人一律称为"皇帝"。

㊺ 关于外交赠礼的政治，见 Cynthia Klekar, "'Prisoners in Silken Bonds': Obligation and Diplomacy in English Voyages to Japan and China," *Journal for Early Modern Cultural Studies* 6 (2006): 84–105。

㊻ John Saris, *The First Voyage of the English to Japan*, ed. Takanobu Otsuka (Tokyo: Toyo Bunko [The Oriental Library], 1941), 184. 关于萨里斯记载的不同手稿版本，见 Otsuka 的导言，vii–xix。 欧洲人觐见将军的记载后重印并收录在 Michael Cooper, ed., *They Came to Japan: An Anthology of European Reports on Japan, 1543–1640* (Berkeley: University of California Press, 1965), 109–27。

㊼ 见 Giles Milton, *Samurai William*, 194–97。

㊽ 关于宠物文化，参见斯利尼瓦·阿拉瓦穆丹对阿芙拉·贝恩的小说《奥鲁诺克》的讨论，见 *Tropicopolitans*, 33–49。

㊾ Keogh, "Oriental Translations: Linguistic Explorations into the Closed Nation of Japan," 171–91。

㊿ 尽管坎普夫的情歌未收入 1727 年的初版，但收入了《日本史》的现代译本，见 Beatrice Bodart-Bailey, *Kaempfer's Japan: Tokugawa Culture Observed* (Honolulu: University of Hawaii Press, 1999)。参见 Bodart-Bailey, "Kaempfer Restor'd," *Monumenta Nipponica* 43 (1988): 1–33。

尾 声

贸易的意识形态

1745年，八位书商联合出版了约翰·哈里斯1704年的文集《游记总集》(*Navigantium atque Itinerantium Biblioteca*)。在致"大不列颠商人们"的献词中，编者约翰·坎贝尔（John Campbell）重申了两个世纪以来英格兰奉行的对国际贸易的看法："我们的财富来自贸易；劳动可以发展一个国家，军备可以扩张一个国家，但只有贸易能富裕一个国家。"❶进入18世纪，地图册、地理志、文集和编著等对亚洲的关注要远甚美洲，坎贝尔的增订版《游记总集》表明了远东贸易的诱惑在多大程度上仍然统御着国际贸易的观念。很明显，文集中最长的一卷（有615页）题为"东印度的发现、定居和贸易"，坎贝尔在导语中告诉读者："没有多少话题比印度地区历史更长见识，更有趣，并且由这样的能人执笔"（I: 369）。这些"能人"（able Men）似乎对西印度的兴趣要小许多：书中只有187页的篇幅是关于英国、法国、荷兰在北美的探索、定居和贸易活动的。关于欧洲旅行的五部中有一部实际上是关于寻找经哈德逊湾进入太平洋的西北通道的徒劳探索（篇幅长79页）。坎贝尔称,"如果这样能找到一条通道进入南海,以前12或15个月都到不了的地方,我们现在很可能6周就能抵达"。(II: 399)❷即使是这种堂吉诃德式的、近乎悲剧的寻觅,其目标也是那些曾经点燃弥尔顿、德莱顿和笛福的想象的地方。西北通道不仅是通往日本的捷径,而且"更方便我们……去往东印度地区,我们和东印度尚无书信往来,就此而言,绝对是一个新的商业领域,给我国带来的收益可能超过目前我们整个的东印度贸易"。就在普拉西之战(the Battle of Plassey)的十年前,东印度的吸引力还远远超过印度,在新的地方通商和开拓市场的希望刺激着书商们"不惜巨大财力和人力"追逐两个多世纪以来的梦想。

为了将上百个文本按照"自然而清楚的体系"和"一定次序"编排出来,坎贝尔将芜杂的商旅行纪整合为一部自圣经时代以来的商贸史。他用普遍历史的体裁来表达商业意识形态——这是一种融合了神意论和进化论的意识形态。和此前的游记汇编不同,坎贝尔只收录了商人和早期探险家的记载;虽然伊台斯的使团占有重要地位,但所有耶稣会士对中国的记载都未收录。尽管贸易要适应传统的继承和财产转移的体制,但贸易成了一种绝对尺度,用来衡量国家和民族在追求繁荣、自由和"财产平等公正分配"的理想状态下取得的进步。坎贝尔重申伊丽莎白致信亚齐苏丹以来的流行观念:"国家之间最大的差异,来自其商业的性质和发展程度,大小、开放还是封闭;人民文明还是粗鲁、富还是穷、强还是弱、英勇还是卑劣,最后,是自由还是奴隶。"财富的流转意味着"贸易能作恶,亦能改邪归正",这句认为——鉴于经济法则的客观存在——国际贸易的准则是真正超历史和超文化的。远东奢侈品的进口和转口贸易让财富滚滚而来，这让坎贝尔得以巧妙应对甚至化解一对矛盾：一边是进步论史观，一边则唯恐世界要么在兴衰中循环，要么陷入无可挽回的衰退。在这一语境下，国际贸易能超越神学上原罪导致匮乏的观念，消除边际效益递减、价格上涨和环境退化等问题带来的焦虑。由于贸易继续成为判断道德和社会进步的终极标准，因而对于那些拒绝贸易的国家，要么无视，要么找借口搪塞：在坎贝尔的汇编本中没有关于日本的记载。仿佛此前基督教在日本传教事业的失败无法计入国际贸易的考量因素。

18世纪下半叶常常被视为分水岭，标志着欧洲对中国文明的失望，同时也是"中国风"的兴起，指的是主导西欧精英阶层的消费潮流的奢侈品。❸本书以笛福和斯威夫特作结，此后，自18世纪40年代起，大量文献涌现。对许多学者来说，18和19世纪影响欧洲对中国和远东看法的重要人物，要比彼得·黑林或亚历山大·汉密尔顿更为知名：如乔治·安森、伏尔泰、阿瑟·墨菲、奥利弗·戈德史密斯、威廉·钱伯斯、阿贝·雷奈、威廉·罗伯森和乔治·马戛尔尼。然而，坎贝尔决定重印17—18世纪早期的旅行文学，这应该能提醒学者们，不能把西欧和远东之间的复杂关系简化为一部自1640年、1700年甚或1740年开始的线性进步的叙事。中国对雷奈的意义正如其之于杜赫德的意义；亚当·斯密对中国在世界经济中的角色的看法和19世纪中期的卡尔·马克思截然不同；学者们越深入探究18世纪中国甚至印度的历史，叙事似乎便越发复杂。❹至少可以这么认为，在一个不少人认为创造或发现了全球化的时代里，从安森及其写手到马克思及其追随者，对这些作家我们需要重新解读，这样方能理解棘手的东方主义意识形态的兴起、发展及不满。1740—1810年欧洲对东方的想象是至为重要的课题，这篇结语无法囊括，对黑林、金尼阁和笛福的后继者们需要另行研究。

注 释

❶ *John Harris, Navigantium atque Itinerantium Biblioteca. Or a Complete Collection of Voyages and Travels Consisting of Above Six Hundred of the Most Authentic Writers*, rev. edn [ed. John Campbell](London, 1744-48). 所有引文均出自该版本。

❷ 关于 18 世纪对"西北通道"的热衷，见 Glyn Williams, *Voyages of Delusion: The Quest for the Northwest Passage* (New Haven: Yale University Press, 2002)。

❸ 见 Maxine Berg and Helen Clifford, eds., *Consumers and Luxury: Consumer Culture in Europe 1650-1850* (Manchester: Manchester University Press, 1999); Maxine Berg and Elizabeth Eger, eds., *Luxury in the Eighteenth Century: Debates, Desires and Delectable Goods* (New York: Palgrave, 2003); and Beth Kowaleski-Wallace, "Tea, Gender, and Domesticity in Eighteenth-Century England," *Studies in Eighteenth-Century Culture* 23 (1994): 131-45。

❹ 可参见 Hevia, *Cherishing Men from Afar*; and Jeng-Guo S. Chen, "The British View of Chinese Civilization and the Emergence of Class Consciousness," *The Eighteenth Century: Theory and Interpretation* 45 (2004): 193-205。

参考文献

一手文献

Acosta, Jose de. *The Naturall and Morall Historie of the East and West Indies*. Trans. Edward Grimstone. London, 1604.
Anon. *An Answere to the Hollanders Declaration, concerning the Occurents of the East Indies*. London, 1622.
Anon. *The Hollanders Declaration of the Affaires of the East Indies. Or a True Relation of That Which Passed in the Island of Banda, in the East Indies: In the Yeare of Our Lord God, 1621 and Before. Faithfully Translated According to the Dutch Copie*. Amsterdam, 1622.
Anon. *A True Declaration of the News that came out of the East-Indies . . . concerning a Conspiracy discovered in the Island of Amboyna, and the punishment following thereupon, according to the course of iustice, in March 1624, comprehended in a letter-missive; and sent from a friend in the Low-Countries, to a friend of note in England, for information of him in the truth of those passages*. N.p., 1624.
Anon. *An Account of Several Late Voyages & Discoveries to the South and North*. London, 1694.
Anon. *Atlas Geographus: or, a Compleat System of Geography. Ancient and Modern*. 5 vols. London, 1712 [-17].
Barbon, Nicholas. *A Discourse of Trade*. London, 1690.
Barnard, John. *Theologico-Historicus, or the True Life of the Most Reverend Divine, and Excellent Historian Peter Heylyn*. London, 1683.
Betagh, William. *A Voyage Round the World*. London, 1728.
Blaeu, Joan. Atlas Maior. 11 vols. Amsterdam, 1662.
Botero, Giovanni. *The Travellers Breviat, or An Historicall Description of the Most Famous Kingdomes in the World*. Trans. Robert Johnson. London, 1601.
Bouvet, J[oachim]. *The History of Cang-Hy, the Present Emperour of China*. London, 1699.
Boyer, Abel. *The History of the Life and Reign of Queen Anne*. London, 1722.
Brand, Adam. *A Journal of an Embassy from their Majesties John and Peter Alexowits, Emperors of Muscovy into China*. London, 1698.

Careri, Francis Gemelli, *A Voyage Round the World.* In Awnsham and John Churchill, comp. *A Collection of Voyages and Travels, Some Now First Printed from Original Manuscripts. Others Translated out of Foreign Languages.* 4 vols. London, 1704-05, 4:1-605.

Caron, François and Joost Schorten. *A Description of the Mighty Kingdoms of Japan and Siam.* Trans. Roger Manley. London, 1671.

Chambers, Sir William. *A Dissertation on Oriental Gardening.* London, 1772.

Child, Sir Josiah. *A Treatise Wherein is Demonstrated . . . that the East-India Trade is the Most National of All Trades.* London, 1681.

Churchill, Awnsham and John, eds. *A Collection of Voyages and Travels, Some Now First Printed from Original Manuscripts. Others Translated out of Foreign Languages.* 4 vols. London, 1704-05.

Crasset, Jean. *The History of the Church of Japan.* Trans. N. N. 2 vols. London, 1705, 1707.

Dampier, William. *A New Voyage Round the World.* London, 1697.

Dampier, William. *A Voyage to New Holland: The English Voyage of Discovery to the South Seas in 1699.* Ed. James Spencer. London: Alan Sutton, 1981.

[Dapper, Olfert]. *Atlas Chinensis: Being a Second Part of a Relation of Remarkable Passages in Two Embassies from the East-India Company of the United Provinces, to the Vice-Roy Singlamong and General Taising Lipovi, and to Konchi, Emperor of China and East-Tartary.* Trans. John Ogilby. London, 1671.

Darrell, John. *A True and Compendious Narration; Or (the Second Part of Amboyna) of Sundry Notorious or Remarkable Injuries, Insolences, and Acts of Hostility which the HOLLANDERS Have Exercised from Time to Time against THE ENGLISH NATION in the East Indies.* London, 1665.

d'Avity, Pierre. *The Estates, Empires, & Principalities of the World.* Trans. Edward Grimstone. London, 1615.

Defoe, Daniel. *Review of the State of the English Nation,* 9 vols. London, 1704-13.

Defoe, Daniel. *The Consolidator.* London, 1705.

Defoe, Daniel. *Essay on the South Sea Trade.* London, 1711.

Defoe, Daniel. *A Brief Account of the Present State of the African Trade.* London, 1713.

Defoe, Daniel. *Vindication of the Press. London, 1718.*

Defoe, Daniel. *Captain Singleton.* London, *1720.*

Defoe, Daniel. *The Farther Adventures of Robinson Crusoe.* 1720. New York: Peebles Classics, 1927.

Defoe, Daniel. *Serious Reflections during the Life and Surprising Adventures of Robinson Crusoe.* Intro. G. H. Maynadier. 1721. Boston: Beacon Classics, 1903.

Defoe, Daniel. *A New Voyage Round the World by a Course Never Sailed Before.* 1724. Ed. George A. Aitkin. London: Dent, 1902.

Defoe, Daniel. *Atlas Maritimus & Commercialis; or a General View of the World.* London, 1728.

Defoe, Daniel. *The Complete English Tradesman.* New York: Alan Sutton, 1987.

Digges, Dudley. *The Answer unto the Dutch Pamphlet, Made in Defence of the Unjust and Barbarous Proceedings against the English at Amboyna in the East-Indies, by the Hollanders there.* London, 1624.

Digges, Dudley. *A True Relation of the Vniust, Cruell, and Barbarous Proceedings against the English at Amboyna.* London, 1624.

Dryden, John. *Dryden: The Dramatic Works.* Ed. Montague Summers. 1932. 3 vols. Rpt. New York: Gordian Press, 1968.

Dryden, John. *The Works of John Dryden, vol. 1: Poems, 1649-80.* Ed. Edward Niles Hooker and H. T. Swedenberg, Jr. Berkeley: University of California Press, 1956.

du Halde, Jean Baptiste. *The General History of China.* 4 vols. London, 1736.

Eden, Richard. Newly Set in Order, Augmented, and Finished by Richarde Willes. *The History of Trauayle.* London, 1577.

Evelyn, John. *Navigation and Commerce, Their Original and Progress.* London, 1674.

Exquemelin, A. O. *Bucaniers of America . . . Inlarged with two Additional Relations, viz. The One of Captain Cook, and the Other of Captain Sharp.* London, 1684.

Ferguson, Robert. *The East-India Trade a Most Profitable Trade to the Kingdom. And Best Secured and Improved in a Company and a Joint-Stock.* London, 1677.

Forster, John Reinhold. *Observations Made during a Voyage Round the World on Physical Geography, Natural History, and Ethic Philosophy.* London, 1778.

Frézier, A. F. *A Voyage to the South-Sea, and Along the Coasts of Chili and Peru.* London, 1717.

Funnell, William. *A Voyage Round the World.* London, 1707.

Gallagher, Louis, S. J., ed. *China in the Sixteenth Century: The Journals of Matthew Ricci 1583-1610.* New York: Random House, 1953.

Goodman, Godfrey. *The Fall of Man: Or the Corruption of Nature.* London, 1616.

Hacke, William, ed. *A Collection of Original Voyages.* London, 1699.

Hakluyt, Richard. *The Principall Navigations, Voyages & Discoveries of the English Nation.* London, 1598-1600.

Hale, Matthew. *The Primitive Origination of Mankind, Considered and Examined According to the Light of Nature.* London, 1677.

Hamilton, Alexander. *A New Account of the East Indies. 2 vols.* Edinburgh, 1727.

Harris, John. *Navigantium atque Itinerantium Biblioteca. Or a Complete Collection of Voyages and Travels Consisting of Above Six Hundred of the Most Authentic Writers.* Rev. edn [by John Campbell] . London, 1744-48.

Heylyn, Peter. *Microcosmos: Or, A Little Description of the Great World.* 1621. 2nd edn. Oxford, 1625.

Heylyn, Peter. *Cosmographie.* 2nd edn. London, 1657.

Horn, Georg. *Arcae Noae sive historia imperiorum et regnorum a condito orbe ad nostra temporum.* Leiden, 1666.

Howse, Derek and Northan Thrower, eds. *A Buccaneer's Atlas: Basil Ringrose's South Sea.* Berkeley : University of California Press, 1992.

Hume, David. *A Treatise of Human Nature.* Ed. David Fate Norton and Mary Norton. New York : Oxford University Press, 2000.

Ides, Evret Ysbrants. *Three Years Travels from Moscow Over-Land to China.* London, 1706.

Isaacson, Henry. *Saturni Ephemerides.* London, 1633.

Kaempfer, Engelbert. *The History of Japan.* Trans. J.G. Scheuchzer, FRS. London, 1727.

Kircher, Athanasius. *China Illustrata*. Amsterdam, 1667.
La Peyrere, Isaac. *A Theological Systeme upon that Presupposition That Men were before Adam*. London, 1655.
La Peyrere, Isaac. *Men Before Adam*. London, 1656.
Le Clerc, Jean. *Compendium Historiae Universalis: A Compendium of Universal History from the Beginning of the World to the Reign of Charles the Great*. London, 1699.
Le Comte, Louis. *Nouveaux mémoires sur l'état présent de la Chine*. 3 vols. Paris, 1696-98.
Le Comte, Louis. *Memoirs and Observations Topographical, Physical, Mathematical, Natural, Civil, and Ecclesiastical, Made in a Late Journey through the Empire of China*. London, 1697.
Linschoten, Jan van. *Iohn Huighen van Linschoten his Discours of Voyages into ye Easte and West Indies*. London, 1598.
Lockyer, Charles. *An Account of the Trade in India*. London, 1711.
Magaillans [Magalhães], Gabriel. *A New History of China*. London, 1688.
Malynes, Gerald. *Consuetudo vel Lex Mercatoria, or the Ancient Law-Merchant*. London, 1629.
Martin, François. *Description du Premier Voyage Facit aux Indes Orientales par les François en l'an 1603*. Paris, 1604.
Martini, Martinus. *Sinicae Historiae Decas Prima, Res a Gentis Origine ad Christum Natum in Extrema Asia, sive Magno Sinarum Imperio Gestas Complexa*. Amsterdam, 1659.
Martini, Martinus. *De Bello Tartarico Historia*. Amsterdam, 1655.
Martini, Martinus. *Novus Atlas Siensis*. Amsterdam, 1655. Published as vol. XI of Joan Blaeu's Atlas Maior.
Mendoza, Gonzalez de. *The Historie of the Great and Mightie Kingdome of China*. Trans. R[obert] Parke. London, 1588.
Mendoza, Juan de Palafox y. *The History of the Conquest of China by the Tartars*. London, 1671.
Milton, John. *Works of John Milton*. Ed. Frank Allen Patterson, et al. 18 vols. New York : Columbia University Press, 1931-38.
Milton, John. *The Complete Poetical Works of John Milton*. Ed. Harris Francis Fletcher. New York : Houghton Mifflin, 1941.
Milton, John. *Complete Prose Works of John Milton*. Ed. Don M. Wolfe. 8 vols. New Haven : Yale University Press, 1953-82.
Milton, John. *Paradise Lost*. Ed. Merritt Y. Hughes. New York : Odyssey Press, 1962.
Milton, John. *Miscellanea Curiosa. Containing a Collection of Curious Travels, Voyages, and Natural Histories of Countries, as They Have Been Delivered to the Royal Society*. Vol. 3. 2nd edn. Ed. W. Derham, F.R.S. London, 1727.
Moll, Herman. *A View of the Coasts, Countrys, & Islands within the Limits of the South-Sea Company*. London, 1711.
Moll, Herman. *Atlas Geographus*. 5 vols. London, 1712-17.
Moll, Herman. *A System of Geography: or a New and Accurate Description of the Earth, in all its Empires, Kingdoms and States*. 4th edn. London, 1723.
Moll, Herman. *The Compleat Geographer: or, the Chorography and Topography of all the

Known Parts of the Earth. 4th edn. London, 1723.

Montanus, Arnoldus. *Atlas Japannensis: Being Remarkable Addresses by Way of Embassy from the East-India Company of the United Provinces to the Emperor of Japan*. Trans. John Ogilby. London, 1670.

Mun, Thomas. *A Discovrse of Trade, from England vnto the East-Indies: Answering to diuerse Obiections which are usually made against the same*. London, 1621.

Mun, Thomas. *England's Treasure by Forraign Trade*. London, 1660.

Navarette, Domingo Fernandez. *An Account of the Empire of China, Historical, Political, Moral, and Religious*. In Awnsham and John Churchill, comp. *A Collection of Voyages and Travels, Some Now First Printed from Original Manuscripts*. 4 vols. London, 1704, 1:1-424. Translation of the first edition [Madrid, 1676].

Nieuhoff, Jan. *An Embassy from the East-India Company of the United Provinces, to the Grand Tartar Cham Emperour of China; Delivered by their Excellencies Peter de Goyer, and Jacobs de Keyzer, At his Imperial City of Peking*. Trans.John Ogilby. London, 1669.

Ogilby, John. *Asia, The First Part being An Accurate Description of Persia, and the Several Provinces thereof. The Vast Empire of the Great Mogol, and other Parts of India: and Their Several Kingdoms and Regions*. London, 1673.

Pinto, Fernão Mendes. *The Travels of Mendes Pinto*. Ed. Rebecca D. Catz. Chicago : University of Chicago Press, 1989.

Purchas, Samuel. *Purchas His Pilgrimmes*. 5 vols. London, 1625.

Quiros, Pedro Fernando de. *Terra Australis Incognita, or a New Southerne Discoverie, Containing a Fifth Part of the World*. London, 1617.

Ralegh, Sir Walter. *The History of the World*. London, 1614.

Ricci, Matteo. *China in the Sixteenth Century: The Journals of Matthew Ricci, 1583-1610*. Ed. Louis J. Gallagher, S. J. New York : Random House, 1953.

Ringrose, Basil. *Bucaniers of America. The Second Volume Containing the Dangerous Voyage and Bold Attempts of Captain Bartholomew Sharp and Others; Performed upon the Coasts of the South Sea*. London, 1685.

Rogers, Woodes. *A Cruising Voyage Round the World*. London, 1712.

Saris, John. *The First Voyage of the English to Japan*. Ed. Takanobu Otsuka. Tokyo: Toyo Bunko [The Oriental Library], 1941.

Scott, Edmund. *An Exact Discourse of the Subtilties, Fashions, Religion and Ceremonies of the East Indians*. London, 1606.

Scott, Sir Walter, ed. *The Works of John Dryden*. Rev. edn. Ed. George Saintsbury. Vol. 5. Edinburgh : William Paterson, 1883.

Semedo, Alvarez. *The History of that Great and Renowned Monarchy of China*. London, 1655.

Senex, John. *A New General Atlas of the World*. London, 1721.

Settle, Elkannah. *The Conquest of China by the Tartars*. London, 1676.

Shelvocke, George. *A Voyage Round the World by Way of the Great South Sea*. London, 1726.

Sung Ying-Hsing. *Chinese Technology in the Seventeenth Century: T'ien-Kung K'ai-Wu*. Trans. E-Tu Zen Sun and Shiou-Chuan Sun. 1966. Rpt. New York : Dover, 1997.

Swift, Jonathan. *Prose Works of Jonathan Swift*. 14 vols. Ed. Herbert Davis. Oxford : Basil Blackwell, 1938-51.

Swift, Jonathan. *The Correspondence of Jonathan Swift*. Ed. Harold Williams. Oxford: Clarendon Press, 1963.
Tallents, Francis. *A View of Universal History*. London, 1695.
Temple, Sir William. "An Essay Upon Ancient and Modern Learning." *Miscellanea. The Second Part. In Four Essays*. London, 1690.
Temple, Sir William. *Miscellanea. The Third Part*. London, 1701.
Thomas, Pascoe. *A True and Impartial Journal of a Voyage to the South Seas*. London, 1745.
Toland, John. *Propositions for Uniting the Two East-India Companies*. London, 1701.
Toland, John. *The Destiny of Rome, or the Probability of the Speedy and Final Destruction of the Pope*. London, 1718.
Toland, John. *A Collection of Several Pieces of Mr. John Toland*. 2 vols. London, 1726.
Vernon, George. *The Life of the Learned and Reverend Dr. Peter Heylyn*. London, 1682.
Vossius, Gerard. *De Theologia Gentili et Physiologia Christiana*. 1641. Rpt. New York: Garland, 1976.
Vossius, Isaac. *Dissertatio de vera aetate mundi, qua ostenditur Natale mundi tempus annis minimum 1400 vulgarem aeram anticipare*. The Hague, 1659.
[Walter, Richard and Benjamin Robins]. *A Voyage Round the World, in the Years MDCCXL, I, II, III, IV. By George Anson, Esq*. London, 1748.
Webb, John. *An Historical Essay Endeavoring a Probability That the Language of the Empire of China is the Primitive Language*. London, 1669.
Welbe, John. *An Answer to Captain Dampier's Vindication*. London, 1707.
Wotton, William. *Reflections upon Ancient and Modern Learning*. 2nd edn. London, 1697.
Wotton, William. *A Defense of the Reflections upon Ancient and Modern Learning*. London, 1705.

二手文献

Abu-Lughod, Janet. *Before European Hegemony: The World System A.D. 1250-1350*. New York: Oxford University Press, 1989.
Achinstein, Sharon. *Literature and Dissent in Milton's England*. Cambridge: Cambridge University Press, 2003.
Adams, Percy. *Travel Literature and the Evolution of the Novel*. Lexington: University of Kentucky Press, 1983.
Adas, Michael. *Machines as the Measure of Men: Science, Technology, and Ideologies of Western Dominance*. Ithaca: Cornell University Press, 1989.
Adshead, S. A. M. *Material Culture in Europe and China, 1400-1800: The Rise of Consumerism*. London: Palgrave, 1997.
Alkon, Paul. *Defoe and Fictional Time*. Athens: University of Georgia Press, 1979.
Amorose, Thomas. "Milton the Apocalyptic Historian: Competing Genres in *Paradise Lost*, Books XI-XII." In *Milton Studies* 17.Ed. Richard S. Ide and Joseph Wittreich. Pittsburgh: University of Pittsburgh Press, 1983, 141-62.
Andaya, Barbara Watson. "Cash Cropping and Upstream-Downstream Tensions: The Case of Jambi in the Seventeenth and Eighteenth Centuries." In *Southeast Asia in the Early Modern*

Era: Trade, Power, and Belief. Ithaca: Cornell University Press, 1993, 91-122.

Andaya, Leonard Y. "Interactions with the Outside World and Adaptation in Southeast Asian Society, 1500-1800." In *The Cambridge History of Southeast Asia.* Vol. *I From Early Times to c. 1800.* Ed. Nicholas Tarling. Cambridge: Cambridge University Press, 1992, 345-401.

Andaya, Leonard Y. "Cultural State Formation in Eastern Indonesia." In Anthony Reid, ed., *Southeast Asia in the Early Modern Era: Trade, Power, and Belief.* Ithaca: Cornell University Press, 1993, 23-41.

Anderson, Benedict. *Imagined Communities: Reflections on the Origin and Spread of Nationalism,* rev. edn. London: Verso, 1991.

Andrea, Bernadette. "Columbus in Istanbul: Ottoman Mapping of the 'New World.'" *Genre* 30 (1997), 135-65.

Andrews, Kenneth R. *Trade, Plunder and Settlement: Maritime Enterprise and the Genesis of the British Empire, 1480-1630.* Cambridge: Cambridge University Press, 1984.

Appleby, Joyce Oldham. *Economic Thought and Ideology in Seventeenth-Century England.* Princeton: Princeton University Press, 1978.

Arasaratnam, Sinnappah. *Maritime Trade, Society and the European Influence in Southern Asia, 1600-1800.* Aldershot : Variorum, 1995.

Aravamudan, Srinivas. "In the Wake of the Novel : The Oriental Tale as National Allegory." *Novel* 33 (1999), 5-31.

Aravamudan, Srinivas. *Tropicopolitans: Colonialism and Agency,* 1688-1804. Durham: Duke University Press, 1999.

Archer, John Michael. *Old Worlds: Egypt, Southwest Asia, India, and Russia in Early Modern English Writing.* Stanford: Stanford University Press, 2001.

Arditi, Jorge. *A Genealogy of Manners: Transformations of Social Relations in France and England from the Fourteenth to the Eighteenth Century.* Chicago : University of Chicago Press, 1998.

Armitage, David. *The Ideological Origins of the British Empire.* Cambridge: Cambridge University Press, 2000.

Armstrong, Nancy. *Desire and Domestic Fiction: A Political History of the Novel.* New York : Oxford University Press, 1987.

Armstrong, Nancy and Leonard Tennenhouse. *The Imaginary Puritan: Literature, Intellectual Labor, and the Origins of Personal Life.* Berkeley : University of California Press, 1992.

Armstrong, Terrence. "Russian Penetration into Siberia up to 1800." In Cecil H. Clough and P. E.H. Hair, eds., *The European Outthrust and Encounter.* Liverpool : Liverpool University Press, 1994, 119-40.

Ashworth, William J. *Customs and Excise: Trade, Production, and Consumption in England 1640-1845.* Oxford : Oxford University Press, 2003.

Attwater, Rachel. *Adam Schall: A Jesuit at the Court of China 1592-1666.* London: Geoffrey Chapman, 1963.

Azim, Firdous. *The Colonial Rise of the Novel.* New York : Routledge, 1993.

Backscheider, Paula. *Daniel Defoe: Ambition and Innovation.* Lexington: University of Kentucky Press, 1986.

Backscheider, Paula. *Daniel Defoe: His Life.* Baltimore: Johns Hopkins University Press, 1989.

Bairoch, Paul. *Economics and World History: Myths and Paradoxes*. Hemel Hempstead: Harvester/Wheatsheaf, 1993.

Banerjee, Pompa. "*Milton's India and Paradise Lost.*" *Milton Studies* 37 (1999): 142-65.

Barfield, Thomas J. *The Perilous Frontier: Nomadic Empires and China, 221 BC to AD 1757*. Oxford: Blackwell, 1989.

Barfield, Thomas J. "The Shadow Empires: Imperial State Formation along the Chinese-Nomad Frontier." In Susan E. Alcock, Terrence N. D'Altroy, Kathleen D. Morrison, and Carla M. Sinopoli, eds., *Empires: Perspectives from Archaeology and History*. Cambridge: Cambridge University Press, 2001, 10-41.

Barroll, J. Leeds. "Gulliver in Luggnagg: A Possible Source." *Philological Quarterly* 36 (1957): 504-08.

Bartlett, Beatrice S. *Monarchs and Ministers: The Grand Council in Mid Ch'ing China, 1723-1820*. Berkeley: University of California Press, 1991.

Beaglehole, J. C. *The Exploration of the Pacific*. 3rd edn. Stanford: Stanford University Press, 1966.

Berg, Maxine and Helen Clifford, eds. *Consumers and Luxury: Consumer Culture in Europe 1650-1850*. Manchester: Manchester University Press, 1999.

Berg, Maxine and Elizabeth Eger, eds. *Luxury in the Eighteenth Century: Debates, Desires and Delectable Goods*. New York: Palgrave, 2003.

Berry, Mary Elizabeth. *Hideyoshi*. Cambridge, MA: Harvard University Press, 1982.

Bhattacharya, Nandini. *Reading the Splendid Body: Gender and Consumerism in Eighteenth-Century British Writing on India*. Newark: University of Delaware Press, 1998.

Bhattacharya, Nandini. "James Cobbs, Colonial Cacophony, and the Enlightenment." *Studies in English Literature 1500-1900* 41 (2001): 583-603.

Billings, Timothy. "Visible Cities: The Heterotropic Utopia of China in Early Modern European Writing." *Genre* 30 (1997): 105-34.

Bin Wong, R. *China Transformed: Historical Change and the Limits of European Experience*. Ithaca: Cornell University Press, 1997.

Bindman, David. *Ape to Apollo: Aesthetics and the Idea of Race in the Eighteenth Century*. Ithaca: Cornell University Press, 2002.

Black, Jeremy. *European Warfare 1660-1815*. New Haven: Yale University Press, 1994.

Black, Jeremy. *Parliament and Foreign Policy in the Eighteenth Century*. Cambridge: Cambridge University Press, 2004.

Blackmore, Josiah. *Shipwreck Narrative and the Disruption of Empire*. Minneapolis: University of Minnesota Press, 2002.

Blaut, J. M. *The Colonizer's Model of the World: Geographical Diffusionism and Eurocentric History*. New York: Guilford Press, 1993.

Boardman, Michael. *Defoe and the Uses of Narrative*. New Brunswick: Rutgers University Press, 1983.

Bodart-Bailey, Beatrice M. "Kaempfer Restored." *Monumenta Nipponica* 43 (1988): 1-33.

Bodart-Bailey, Beatrice M., ed. *Kaempfer's Japan: Tokugawa Culture Observed*. Honolulu: University of Hawai'i Press, 1999.

Bodart-Bailey, Beatrice M. and Derek Massarella, eds. *The Furthest Goal: Engelbert Kaempfer's*

Encounter with Tokugawa Japan. Folkestone, Kent: Japan Library, 1995.

Boxer, C. R. *The Christian Century in Japan: 1549-1650.* Berkeley: University of California Press, 1951.

Boxer, C. R. "A Note on Portuguese Reactions to the Revival of the Red Sea Spice Trade and the Rise of Acheh, 1540-1600." *Journal of Southeast Asian History* 10(1969): 416-19.

Boxer, C. R. *The Anglo-Dutch Wars of the 17th Century, 1652-1674.* London: National Maritime Museum, 1974.

Boxer, C. R. *The Dutch Seaborne Empire 1600-1800.* 1965; rpt. London: Hutchinson, 1977.

Boxer, C. R. *Jan Compagnie in War and Peace 1602-1799: A Short History of the Dutch East-India Company.* Hong Kong: Heinemann Asia, 1979.

Boyle, Frank. *Swift as Nemesis: Modernity and its Satirist.* Stanford: Stanford University Press, 2000.

Bradley, Peter T. *The Lure of Peru: Maritime Intrusions into the South Sea.* New York: St. Martin's Press, 1989.

Brantlinger, Patrick. *Fictions of State: Culture and Credit in Britain, 1694-1994.* Ithaca: Cornell University Press, 1996.

Braudel, Fernand. *Civilization and Capitalism: 15th-18th Century.* Vol. 2. *The Wheels of Commerce.* Trans. Siân Reynolds. Berkeley: University of California Press, 1982.

Braudel, Fernand. *Civilization and Capitalism: 15th-18th Century.* Vol. 3. *The Perspective of the World.* Berkeley: University of California Press, 1992.

Bray, Francesca. *Technology and Gender: Fabrics of Power in Late Imperial China.* Berkeley: University of California Press, 1997.

Bray, Francesca. "Technics and Civilization in Late Imperial China: An Essay in the Cultural History of Technology." In *Beyond Joseph Needham: Science, Technology, and Medicine in East and Southeast Asia.* Ed. Morris F. Law, *Osiris,* second series 13(1998), 11-33.

Brenner, Robert. *Merchants and Revolution: Commercial Change, Political Conflicts, and London's Overseas Traders, 1550-1633.* Cambridge: Cambridge University Press, 1993.

Brewer, John. *The Sinews of Power: War, Money and the English State, 1688-1783.* Cambridge, MA: Harvard University Press, 1990.

Brook, Timothy. *The Confusions of Pleasure: A History of Ming China (1368-1644).* Berkeley: University of California Press, 1998.

Brotton, Jerry. *Trading Territories: Mapping the Early Modern World.* Ithaca: Cornell University Press, 1998.

Brown, Laura. *Ends of Empire: Women and Ideology in Early Eighteenth-Century English Literature.* Ithaca: Cornell University Press, 1993.

Brown, Laura. "Dryden and the Imperial Imagination." In *The Cambridge Companion to John Dryden.* Ed. Steven N. Zwicker. Cambridge: Cambridge University Press, 2004.

Bryson, Anna. *From Courtesy to Civility: Changing Codes of Conduct in Early Modern England.* Oxford: Clarendon Press, 1998.

Buck-Morss, Susan. "Envisioning Capital: Political Economy on Display." *Critical Inquiry* 21 (1995): 434-67.

Burton, Jonathan. "English Anxiety and the Muslim Power of Conversion: Five Perspectives on 'Turning Turk' in Early Modern Texts." *Journal for Early Modern Cultural Studies* 2(2002),

35-67.

Burton, Jonathan. *Traffic and Turning: Commerce, Conversion, and Islam in English Drama.* Newark: Delaware University Press, 2005.

Calder, Alex, Jonathan Lamb, and Bridget Orr, eds. *Voyages and Beaches: Pacific Encounters, 1769-1840.* Honolulu: University of Hawai'i Press, 2000.

Carswell, John. *The South Sea Bubble.* Stanford: Stanford University Press, 1960.

Catz, Rebecca. "The Portuguese in the Far East." In Cecil H. Clough and P. E. H. Hair, eds., *The European Outthrust and Encounter.* Liverpool: Liverpool University Press, 1994, 97-117.

Cavanaugh, Michael. "A Meeting of Epic and History: Books XI and XII of Paradise Lost." *English Literary History* 38 (1971): 206-22.

Cawley, Robert Ralston. *Milton and the Literature of Travel.* Princeton: Princeton University Press, 1951.

Chancellor, Edward. *Devil Take the Hindmost: A History of Financial Speculation.* New York: Farrar, Strauss, Giroux, 1999.

Chaudhuri, K. N. *The English East India Company: A Study of an Early Joint Stock Company, 1600-1640.* New York: Kelley, 1965.

Chaudhuri, K. N. *Asia before Europe: Economy and Civilisation of the Indian Ocean from the Rise of Islam to 1750.* Cambridge: Cambridge University Press, 1990.

Chaudhuri, K. N. "The English East India Company in the 17th and Early 18th Centuries: A Pre-Modern Multinational Organization." In *The Organization of Interoceanic Trade in European Expansion, 1450-1800.* Ed. Pieter Emmer and Femme Gaastra. Aldershot, Hampshire: Variorum, 1996, 187-204.

Chen, Jeng-Guo S. "The British View of Chinese Civilization and the Emergence of Class Consciousness." *The Eighteenth Century: Theory and Interpretation* 45 (2004): 193-205.

Chen Yuan. "A Study of the Israelite Religion in Kaifeng." In *Jews in Old China: Studies by Chinese Scholars.* Rev. edn, ed. and trans. Sidney Shapiro. New York: Hippocrene Books, 2001, 15-45.

Ching, Julia and Willard Oxtoby, eds. *Discovering China: European Interpretations in the Enlightenment.* Rochester, NY: Rochester University Press, 1992.

Cieslik, Hubert. "The Case of Christovão Ferreira." *Monumenta Nipponica* 29 (1974): 1-54.

Clark, Gregory, Michael Huberman, and Peter H. Lindert. "A British Food Puzzle, 1770-1850." *Economic History Review* 48 (1995), 215-37.

Clay, C. G. A. *Economic Expansion and Social Change: England 1500-1700.* 2 vols. Cambridge: Cambridge University Press, 1984.

Coffey, John. "Pacifist, Quietist, or Patient Militant? John Milton and the Restoration." *Milton Studies* 42 (2002): 149-74.

Cohn, Bernard S. *Colonialism and Its Forms of Knowledge: The British in India.* Princeton: Princeton University Press, 1996.

Colley, Linda. *Britons: Forging the Nation 1707-1837.* New Haven: Yale University Press, 1992.

Cook, Daniel J. and Henry Rosemont, Jr. "The Pre-established Harmony between Leibniz and Chinese Thought." *Journal of the History of Ideas* 42 (1981): 253-67.

Cooper, Michael, ed. *They Came to Japan: An Anthology of European Reports.* London:

Thames and Hudson, 1965.

Cooper, Michael. *This Island of Japan*. New York and Tokyo: Kodansha, 1973.

Crosby, Alfred W. *Ecological Imperialism: The Biological Expansion of Europe, 900-1900*. New York: Cambridge University Press, 1986.

Crosby, Alfred W. *The Measure of Reality: Quantification and Western Society*. Cambridge: Cambridge University Press, 1997.

Crossley, Pamela Kyle. "Thinking about Ethnicity in Early Modern China." *Late Imperial China* 11 (1990): 1-34.

Crossley, Pamela Kyle. *A Translucent Mirror: History and Identity in Qing Imperial Ideology*. Berkeley: University of California Press, 1999.

Crouzet, François. *A History of the European Economy, 1000-2000*. Charlottesville: University Press of Virginia, 2001.

Crumley, Carole. "Historical Ecology: A Multidimensional Ecological Orientation." In *Historical Ecology: Cultural Knowledge and Changing Landscapes*. Ed. Carole Crumley. Santa Fe: School of American Research Press, 1994, 1-11.

Curtin, Philip D. *Cross-Cultural Trade in World History*. Cambridge: Cambridge University Press, 1984.

Dalporto, Jeannie. "The Succession Crisis and Elkanah Settle's *The Conquest of China by the Tartars*." *The Eighteenth Century: Theory and Interpretation* 45 (2004): 131-46.

Das, Harihar. *The Norris Embassy to Aurangzib (1699-1702)*. Calcutta: K. L. Mukhopadhyay, 1959.

Dash, Mike. *Batavia's Graveyard*. New York: Crown, 2002.

Daunton, Martin and Rick Halpern, eds. *Empire and Others: British Encounters with Indigenous Peoples, 1600-1850*. Philadelphia: University of PennsylvaniaPress, 1999.

Davis, James. *The Rise of the English Shipping Industry in the Seventeenth and Eighteenth Centuries*. London: Macmillan, 1962.

Davis, Mike. *Late Victorian Holocausts: El Niño Famines and the Making of the Third World*. London: Verso, 2001.

de Bary, William Theodore and Richard Lufrano, comps. *Sources of Chinese Tradition*. Second edn. Vol. 2. New York: Columbia University Press, 2000.

Dening, Greg. *Performances*. Chicago: University of Chicago Press, 1996.

Derrida, Jacques. *Specters of Marx: The State of the Debt, the Work of Mourning, and the New International*. Trans. Peggy Kamuf. New York: Routledge, 1994.

Des Forges, Roger V. *Cultural Centrality and Political Change in Chinese History: Northeast Henan in the Fall of the Ming*. Stanford: Stanford University Press, 2003.

Dharwadker, Aparna. "Nation, Race, and the Ideology of Commerce in Defoe." *The Eighteenth Century: Theory and Interpretation* 39 (1998): 63-84.

Dobbs, Betty Jo Teeter. *The Janus Faces of Genius: The Role of Alchemy in Newton's Thought*. Cambridge: Cambridge University Press, 1992.

Dorn, Walter Louis. *Competition for Empire 1740-63*. 1940. Rpt. New York, 1963.

Duchesne, Ricardo. "Between Sinocentrism and Eurocentrism: Debating Andre Gunder Frank's *Reorient: Global Economy in the Asian Age*." *Science and Society* 65 (2001-02): 428-63.

Dunne, Gregory, S. J. *Generation of Giants: The Story of the Jesuits in China in the Last*

Decades of the Ming Dynasty. Notre Dame: Notre Dame University Press, 1962.

Dunstan, Helen. *Conflicting Counsels to Confuse the Age: A Documentary Study of Political Economy in Qing China, 1644-1840.* Ann Arbor: Center for Chinese Studies, University of Michigan, 1996.

Dunstan, Helen. "Official Thinking on Environmental Issues and the State's Environmental Roles in Eighteenth-Century China." In *Sediments of Time: Environment and Society in Chinese History.* Ed. Mark Elvin and Liu Ts'ui-jung. Cambridge: Cambridge University Press, 1998, 585-615.

Dussinger, John A. "Gulliver in Japan: Another Possible Source." *Notes and Queries 39*, n.s. (1992): 464-67.

Earle, Peter. *The World of Defoe.* New York: Athenaeum, 1977.

Edney, Matthew. "Cartography without Progress: Reinterpreting the Nature and Historical Development of Mapmaking." *Geographia* 30, 3 (1993): 54-68.

Edwards, Philip. *The Story of the Voyage: Sea-Narratives in Eighteenth-Century England.* Cambridge: Cambridge University Press, 1994.

Ehrenpreis, Irvin. *Swift: The Man, His Works, and the Age. 3* vols. London: Methuen, 1962-83.

Eisler, William. *The Furthest Shore: Images of Terra Australis from the Middle Ages to Captain Cook.* Cambridge: Cambridge University Press, 1995.

Elison, George. *Deus Destroyed: The Image of Christianity in Early Modern Japan.* Cambridge, MA: Harvard University Press, 1973.

Ellis, Markman. "Crusoe, Cannibalism, and Empire." In *Robinson Crusoe: Myths and Metamorphoses.* Ed. Lieve Spaas and Brian Stimpson. New York: St. Martin's Press, 1996, 45-61.

Elvin, Mark. *The Pattern of the Chinese Past.* Stanford: Stanford University Press, 1973.

Enozawa, Kazuyoshi. "Missionaries' Dreams and Realities in the Land of Warriors -Some Problems in the Early Jesuit Missions to Japan, 1549-1579." *Hideyoshi Review of English Studies* 23 (1994): 54-73.

Farrington, Anthony. *The English Factory in Japan, 1613-23.* 2 vols. London: British Library, 1991.

Farrington, Anthony. *Trading Places: The East India Company and Asia 1600-1834.* London: British Library, 2002.

Fausett, David. *Writing the New World: Imaginary Voyages and Utopias of the Great Southern Land.* Syracuse: Syracuse University Press, 1993.

Ferguson, Arthur B. *Utter Antiquity: Perceptions of Prehistory in Renaissance England.* Durham: Duke University Press, 1993.

Ferguson, Moira. *Subject to Others: British Women Writers and Colonial Slavery, 1670-1834.* New York: Routledge, 1992.

Fernández-Armesto, Felipe. *Civilizations: Culture, Ambition, and the Transformation of Nature.* New York: Free Press, 2001.

Finn, Margot C. *The Character of Credit: Personal Debt in Eighteenth-Century Culture.* Cambridge: Cambridge University Press, 2003.

Fischer, David Hackett. *The Great Wave: Price Revolutions and the Rhythm of History.* New

York: Oxford University Press, 1996.

Fitzgerald, Robert. "Science and Politics in Swift's Voyage to Laputa." *Journal of English and Germanic Philology* 87 (1988): 213-29.

Fo Lu-shu, comp. and trans. *A Documentary Chronicle of Sino-Western Relations, 1644-1820*. 2 vols. Tucson: University of Arizona Press, 1966.

Foss, Theodore N. "A Western Interpretation of China: Jesuit Cartography." In *East Meets West: The Jesuits in China, 1582-1773*. Ed. Charles E. Ronan, S. J. and Bonnie B. C. Oh. Chicago: Loyola University Press, 1988, 209-51.

Foster, Sir William, ed. *The Voyage of Sir Henry Middleton to the Moluccas, 1604-06*. London: Hakluyt Society, 1943.

Foucault, Michel. *The Order of Things*. New York: Vintage, 1971.

Foucault, Michel. *The History of Sexuality: An Introduction*. Trans. Robert Hurley. New York: Pantheon, 1978.

Foucault, Michel. *Discipline and Punish: The Birth of the Prison*. Trans. Alan Sheridan. New York: Vintage, 1979.

Frank, Andre Gunder. *ReOrient: Global Economy in the Asian Age*. Berkeley: University of California Press, 1997.

Free, Melissa. "Un-erasing Crusoe: *Farther Adventures* in the Nineteenth Century." *Book History* 9 (2006): 89-130.

Freedman, William. "Swift's Struldbruggs, Progress, and the Analogy of History." *Studies in English Literature 1500-1900* (1995): 457-72.

Frye, Northrup. *An Anatomy of Criticism*. Princeton: Princeton University Press, 1957.

Furber, Holden. *Rival Empires of Trade in the Orient, 1600-1800*. Minneapolis: University of Minnesota Press, 1976.

Galbraith, John Kenneth. *A Short History of Financial Euphoria*. New York: Whittle, 1990.

Gao Xiang. "On the Trends of Modernization in the Early Qing Period." *Social Sciences in China* 22, 4 (2001): 108-27.

Gardiner, Anne Barbeau. "Swift on the Dutch East India Merchants: The Context of the 1672-73 War Literature." *Huntington Library Quarterly* 54 (1991): 234-52.

Gernet, Jacques. *China and the Christian Impact: A Conflict of Cultures*. Trans. Janet Lloyd. Cambridge: Cambridge University Press, 1985.

Giersch, C. Pat. "'A Motley Throng': Social Change on the Southwest China's Early Modern Frontier, 1700-1880." *Journal of Asian Studies* 60 (2001): 67-94.

Glamman, Kristof. *Dutch-Asiatic Trade 1620-1740*. 1958, Rpt.'s-Gravenhage: Martinus Nijhoff, 1981.

Gleason, John B. "The Nature of Milton's *Moscovia*." *Studies in Philology* 61 (1964): 640-49.

Gleeson, Janet. *Millionaire: The Philanderer, Gambler, and Duelist Who Invented Modern Finance*. New York: Simon and Schuster, 1999.

Goldstone, Jack A. *Revolution and Rebellion in the Early Modern World*. Berkeley: University of California Press, 1991.

Goux, Jean-Joseph. *Symbolic Economies after Marx and Freud*. Trans. Jennifer Curtiss Gage. Ithaca: Cornell University Press, 1990.

Green, Martin. *Dreams of Adventure, Deeds of Empire*. New York: Basic Books, 1979.

Grossman, Marshall. *"Authors to Themselves": Milton and the Revelation of History.* Cambridge: Cambridge University Press, 1987.

Guibbory, Achsah. *The Map of Time: Seventeenth-Century English Literature and Ideas of Pattern in History.* Urbana: University of Illinois Press, 1986.

Gunn, Geoffrey. *First Globalization: The Eurasian Exchange, 1500-1800.* Lanham MD: Rowman & Littlefield, 2003.

Haberland, Detlef. *Engelbert Kaempfer, 1651-1716: A Biography.* Trans. Peter Hogg. London: British Library, 1996.

Hadden, Richard W. *On the Shoulders of Merchants: Exchange and the Mathematical Conception of Nature in Early Modern Europe.* Albany: SUNY Press, 1994.

Hamilton, Gary D. "*The History of Britain* and its Restoration Audience." In *Politics, Poetics, and Hermeneutics in Milton's Prose.* Ed. David Loewenstein and James Grantham Turner. Cambridge: Cambridge University Press, 1990, 241-55.

Hanley, Susan B. *Everyday Things in Premodern Japan: The Hidden Legacy of Material Culture.* Berkeley: University of California Press, 1997.

Hanley, Susan B. "Tokugawa Society: Material Culture, Standard of Living, and Life-Styles." In John W. Hall and James L. McCain, eds., *Early Modern Japan*, vol. 4 in the *The Cambridge History of Japan.* Cambridge: Cambridge University Press, 1997, 660-705.

Hanley, Susan B. and Kozo Yamamura. *Economic and Demographic Change in Preindustrial Japan, 1600-1868.* Princeton: Princeton University Press, 1977.

Han Qi. "Sino-British Scientific Relations through Jesuits in the Seventeenth and Eighteenth Centuries." In *La Chine entre Amour et Haine: Actes du VIIIe Colloque de Sinologie de Chantilly.* Ed. Michel Cartier. Paris: Desclée de Brouwer, 1998.

Hanson, Elizabeth. "Torture and Truth in Renaissance England." *Representations* 34 (1991): 53-84.

Harris, Marvin. *Cannibals and Kings: The Origins of Cultures.* New York: Random House, 1977.

Hawes, Clement. "Three Times Round the Globe: Gulliver and Colonial Discourse." *Cultural Critique* 18 (1991): 187-214.

Hay, Jonathan. "Ming Palace and Tomb in Early Qing Jiangning: Dynastic Memory and the Openness of History." *Late Imperial China* 20 (1999): 1-48.

Helgerson, Richard. *Forms of Nationhood: The Elizabethan Writing of England.* Chicago: University of Chicago Press, 1992.

Heuschert, Dorothea. "Legal Pluralism in the Qing Empire: Manchu Legislation for the Mongols." *International History Review* 20 (1998): 310-24.

Hevia, James. *Cherishing Men from Afar: Qing Guest Ritual and the McCartney Embassy of 1793.* Durham: Duke University Press, 1995.

Higgins, Ian. *Swift's Politics: A Study in Disaffection.* Cambridge: Cambridge University Press, 1994.

Holmes, Geoffrey. *The Making of a Great Power: Late Stuart and Early Georgian Britain 1660-1772.* London: Longman, 1993.

Ho Ping-t'i. *Studies on the Population of China, 1368-1953.* Cambridge, MA: Harvard University Press, 1959.

Hopes, Jeffrey. "Real and Imaginary Stories: *Robinson Crusoe* and the *Serious Reflections.*" *Eighteenth-Century Fiction* 8 (1996): 313-28.

Hoskins, Janet. "Spirit Worship and Conversion in Western Sumba." In *Indonesian Religions in Transition*. Ed. Rita Kipp and Susan Rodgers. Tucson: University of Arizona Press, 1987, 144-58.

Hostetler, Laura. "Qing Connections in the Early Modern World: Ethnography and Cartography in Eighteenth-Century China." *Modern Asian Studies* 34 (2000): 623-62.

Hostetler, Laura. *Qing Colonial Enterprise: Ethnography and Cartography in Early Modern China*. Chicago: University of Chicago Press, 2001.

Huang, Ray. *1587, A Year of No Significance: The Ming Dynasty in Decline*. New Haven: Yale University Press, 1981.

Huff, Toby. *The Rise of Modern Science: Islam, China, and the West*. Cambridge: Cambridge University Press, 1993.

Hughes, Derek. *Dryden's Heroic Drama*. Lincoln: University of Nebraska Press, 1982.

Hughes, Derek. *English Drama 1660-1700*. Oxford: Clarendon Press, 1996.

Hulme, Peter. *Colonial Encounters: Europe and the Native Caribbean 1492-1797*. New York: Routledge, 1986.

Hummel, Arthur W., ed. *Eminent Chinese of the Ch'ing Period (1644-1912)*. 2 vols. Washington, D.C.: Government Printing Office, 1943.

Hung-Kay Luk, Bernard. "A Serious Matter of Life and Death: Learned Conversations at Foochow in 1627." In *East Meets West: The Jesuits in China, 1582-1773*. Ed. Charles E. Ronan, S. J. and Bonnie B. C. Oh. Chicago: Loyola University Press, 1988, 173-206.

Hunter, J. Paul. *The Reluctant Pilgrim: Defoe's Emblematic Method and the Quest for Form in Robinson Crusoe*. Baltimore: Johns Hopkins University Press, 1966.

Hunter, J. Paul. *Before Novels: The Cultural Contexts of Eighteenth-Century English Fiction*. New York: Norton, 1990.

Hutchins, Henry Clinton. *Robinson Crusoe and its Printing 1719-1731: A Bibliographical Study*. New York: Columbia University Press, 1925.

Hutner, Heidi. *Colonial Women: Race and Culture in Stuart Drama*. New York: Oxford University Press, 2001.

Ingrassia, Catherine. *Authorship, Commerce, and Gender in Early Eighteenth-Century England: A Culture of Paper Credit*. Cambridge: Cambridge University Press, 1998.

Israel, Jonathan. *Dutch Primacy in World Trade, 1585-1740*. Oxford: Clarendon Press, 1989.

Israel, Jonathan. *The Dutch Republic: Its Rise, Greatness, and Fall 1477-1806*. Oxford: Oxford University Press, 1995.

Jacob, Els M. *In Pursuit of Pepper and Tea: The Story of the Dutch East India Company*. 3rd edn. Amsterdam: Netherlands Maritime Museum, 1991.

Jagchid, Sechin and Van Jay Symons. *Peace, War, and Trade along the Great Wall*. Bloomington: Indiana University Press, 1989.

Jardine, Lisa. *Worldly Goods: A New History of the Renaissance*. London: Macmillan, 1996.

Jensen, Lionel. *Manufacturing Confucianism: Chinese Traditions and Universal Civilization*. Durham: Duke University Press, 1997.

Johnson, Chalmers. *The Sorrows of Empire: Militarism, Secrecy, and the End of the Republic.*

New York: Metropolitan Books, Henry Holt, 2004.
Johnson, Maurice, Kitagawa Muncharu, and Philip Williams. *Gulliver's Travels and Japan.* Doshisha, Japan: Doshisha University, Amherst House, 1977.
Jones, James R. "French Intervention in English and Dutch Politics, 1677-88." In *Knights Errant and True Englishmen: British Foreign Policy, 1660-1800.* Ed. Jeremy Black. Edinburgh: John Donald, 1989, 1-23.
Jooma, Minaz. "Robinson Crusoe Inc (corporates): Domestic Economy, Incest and the Trope of Cannibalism." *Lit* 8 (1997): 61-81.
Joseph, Betty. *Reading the East India Company, 1720-1840: Colonial Currencies of Gender.* Chicago: University of Chicago Press, 2004.
Kamps, Ivo. "Colonizing the Colonizer: A Dutchman in *Asia Portuguesa.*" In *Travel Knowledge: European "Discoveries"in the Early Modern Period.* Ed. Ivo Kamps and Jyostna G. Singh. London: Palgrave, 2001, 16-84.
Kathirithamby-Wells, Jeyamalar. "Restraints on the Development of Merchant Capitalism in Southeast Asia before c. 1800." In *Southeast Asia in the Early Modern Era: Trade, Power, and Belief.* Ed. Anthony Reid. New York: Cornell University Press, 1993, 123-48.
Katz, David S. "Isaac Vossius and the English Biblical Critics 1670-1689." In *Scepticism and Irreligion in the Seventeenth and Eighteenth Centuries.* Ed. Richard H. Popkin and Arjo Vanderjagt. Leiden: Brill, 1993, 142-84.
Kaul, Suvir. *Poems of Nation, Anthems of Empire: English Verse in the Long Eighteenth Century.* Charlottesville: University of Virginia Press, 2000.
Keay, John. *The Honourable Company: A History of the English East India Company.* New York: Macmillan, 1991.
Keay, John. *India: A History.* New York: Atlantic Monthly Press, 2000.
Keogh, Annette. "Oriental Translations: Linguistic Explorations into the Closed Nation of Japan." *The Eighteenth Century: Theory and Interpretation* 45 (2004): 171-91.
Kessler, Lawrence D. *K'ang-Hsi and the Consolidation of Ch'ing Rule 1661-1684.* Chicago: University of Chicago Press, 1976.
Kidd, Colin. *British Identities before Nationalism: Ethnicity and Nationhood in the Atlantic World, 1600-1800.* Cambridge: Cambridge University Press, 1999.
Klein, Peter. "The China Seas and the World Economy between the Sixteenth and Nineteenth Centuries: The Changing Structures of World Trade." *In Interactions in the World Economy: Perspectives from International Economic History.* Ed. Carl-Ludwig Holtfrerich (Hemel Hempstead: Harvester, 1989), 61-89.
Klekar, Cynthia. "'Her Gift was Compelled': Gender and the Failure of the Gift in *Cecilia.*" *Eighteenth-Century Fiction* 18 (2005): 107-26.
Klekar, Cynthia. "'Prisoners in Silken Bonds': Obligation and Diplomacy in English Voyages to Japan and China." *Journal for Early Modern Cultural Studies*, 6 (2006): 84-105.
Knoespel, Kenneth B. "Milton and the Hermeneutics of Time: Seventeenth- Century Histories and the Science of History." *Studies in the LiteraryImagination* 22 (1989): 17-35.
Knoespel, Kenneth B. "Newton in the School of Time: *The Chronology of Ancient Kingdoms Amended* and the Crisis of Seventeenth-Century Historiography." *The Eighteenth Century: Theory and Interpretation* 30 (1989): 19-41.

Knoppers, Laura Lunger. *Historicizing Milton: Spectacle, Power, and Poetry in Restoration England*. Athens: University of Georgia Press, 1994.

Koehler, Martha. "Epistolary Closure and Triangular Return in Richardson's *Clarissa*." *Journal of Narrative Technique* 24 (1994): 153-72.

Koeman, Cornelius. *Joan Blaeu and His Grand Atlas*. Amsterdam: Theatarum Orbis Terrarum, 1970.

Kowaleski-Wallace, Elizabeth. "Tea, Gender, and Domesticity in Eighteenth-Century England." *Studies in Eighteenth-Century Culture* 23 (1994): 131-45.

Kramer, David Bruce. *The Imperial Dryden: The Poetics of Appropriation in Seventeenth-Century England*. Athens: University of Georgia Press, 1994.

Kristeva, Julia. *Powers of Horror: An Essay on Abjection*. Trans. Leon Roudiez. New York: Columbia University Press, 1982.

Kutcher, Norman. *Mourning in Late Imperial China: Filial Piety and the State*. Cambridge: Cambridge University Press, 1999.

Lach, Donald, with Edwin J. van Kley. *Asia in the Making of Europe*. 3 vols. Chicago: University of Chicago Press, 1965-93.

Lamb, Jonathan. "Minute Particulars and the Representation of South Pacific Discovery." *Eighteenth-Century Studies* 28 (1995): 281-94.

Lamb, Jonathan. "Eye-Witnessing in the South Seas." *The Eighteenth Century: Theory and Interpretation* 38 (1997): 201-12.

Lamb, Jonathan. *Preserving the Self in the South Seas, 1680-1840*. Chicago: University of Chicago Press, 2001.

Latour, Bruno. *We Have Never Been Modern*. Trans. Catherine Porter. Cambridge, MA: Harvard University Press, 1993.

Leslie, D. D. "The Chinese-Hebrew Memorial Book of the Jewish Community of K'aifeng, " part three. *Ab-Nahrain* 6 (1965-66): 1-52.

Leupp, Gary P. *Servants, Shophands, and Laborers in the Cities of Tokugawa Japan*. Princeton: Princeton University Press, 1991.

Lewalski, Barbara. *The Life of John Milton: A Critical Biography*. Oxford: Blackwell, 2000.

Li Bozhong. "Changes in Climate, Land, and Human Efforts: The Production of Wet-Field Rice in Jiangnan during the Ming and Qing Dynasties." In *Sediments of Time: Environment and Society in Chinese History*. Ed. Mark Elvin and Liu Ts'ui-jung. Cambridge: Cambridge University Press, 1998, 447-85.

Lieb, Michael. *Milton and the Culture of Violence*. Ithaca: Cornell University Press, 1994.

Lin Jinshui. "Chinese Literati and the Rites Controversy." Trans. Hua Xu and ed. D. E. Mungello. In *The Chinese Rites Controversy: Its History and Meaning*. Ed. D. E. Mungello. Nettetal: Steyler Verlag, 1994, 65-82.

Liu, Lydia H. "Robinson Crusoe's Earthenware Pot." *Critical Inquiry* 25 (1999): 728-57.

Locke, John. *Two Treatises of Government*, ed. Peter Laslett. Cambridge: Cambridge University Press, 1960.

Loewenstein, David. *Milton and the Drama of History: Historical Vision, Iconoclasm, and the Literary Imagination*. Cambridge: Cambridge University Press, 1990.

Loewenstein, David. *Representing Revolution in Milton and His Contemporaries: Religion,

Politics, and Polemics in Radical Puritanism. Cambridge: Cambridge University Press, 2001.

Loomba, Ania. "'Break her will, and bruise no bone sir': Colonial and Sexual Mastery in Fletcher's *The Island Princess*." *Journal for Early Modern Cultural Studies* 2 (2002): 68-108.

Lovett, Robert W., assisted by Charles C. Lovett. *Robinson Crusoe: A Bibliographical Checklist of English Language Editions, 1719-1979*. New York: Greenwood, 1991.

Lynch, Deidre Shauna. *The Economy of Character: Novels, Market Culture, and the Business of Inner Meaning*. Chicago: University of Chicago Press, 1998.

Macauley, Melissa. *Social Power and Legal Culture: Litigation Masters in Late Imperial China*. Stanford: Stanford University Press, 1998.

McCloskey, Donald N. "The Economics of Choice: Neoclassical Supply and Demand." In *Economics and the Historian*. Ed. Thomas G. Rawski, Susan B. Carter, Jon S. Cohen, Stephen Cullenberg, Peter H. Lindert, Donald N. McCloskey, Hugh Rockoff, and Richard Sutch. Berkeley: University of California Press, 1996, 122-58.

MacKaness, G., ed. *Some Proposals for Establishing Colonies in the South Seas*. Dubbo, New South Wales: Australian Historical Monographs, 1981.

McKeon, Michael. *Politics and Poetry in Restoration England: The Case of Dryden's Annus Mirabilis*. Cambridge, MA: Harvard University Press, 1975.

McKeon, Michael. *The Origins of the English Novel 1600-1740*. Baltimore: Johns Hopkins University Press, 1987.

MacLean, Gerald. *The Rise of Oriental Travel: English Visitors to the Ottoman Empire, 1580-1720*. London: Palgrave, 2004.

McLeod, Bruce. *The Geography of Empire in English Literature, 1580-1745*. Cambridge: Cambridge University Press, 1999.

McRae, Andrew. *God Speed the Plough: The Representation of Agrarian England, 1500-1660*. Cambridge: Cambridge University Press, 1996.

McVeagh, John. "Defoe and the Romance of Trade." *Durham University Journal* 70 (1978): 141-47.

McVeagh, John. "Defoe and Far Travel." In *English Literature and the Wider World*. Vol. I: *1660-1780: All the World Before Them*. Ed. McVeagh. London: Ashfield, 1990.

Mancall, Mark. *Russia and China: Their Diplomatic Relations to 1728*. Cambridge, MA: Harvard University Press, 1971.

Mandell, Laura. *Misogynous Economies: The Business of Literature in Eighteenth-Century Britain*. Lexington: University of Kentucky Press, 1999.

Manning, Catherine. *Fortunes à Faire: The French in the Asian Trade, 1719-48*. Aldershot: Variorum, 1996.

Markley, Robert. "The Rise of Nothing: Revisionist Historiography and the Narrative Structure of Eighteenth-Century Studies." *Genre* 23 (1990): 77-101.

Markley, Robert. *Fallen Languages: Crises of Representation in Newtonian England, 1660-1740*. Ithaca: Cornell University Press, 1993.

Markley, Robert. "'Credit Exhausted': Satire and Scarcity in the 1690s." In *Cutting Edges: Contemporary Essays on Eighteenth-Century Satire*. Ed. James Gill. Knoxville, TN: University of Tennessee Press, 1995, 110-26.

Markley, Robert. "'Gulfes, deserts, precipices, stone': Marvell's 'Upon Appleton House' and the Contradictions of 'Nature.'" In *The Cultural Life of the Country and City: Identities and Spaces in Britain, 1550-1860*. Ed. Donna Landry, Gerald Maclean, and Joseph Ward. Cambridge: Cambridge University Press, 1999, 89-105.

Markley, Robert. "'Land Enough in the World': Locke's Golden Age and the Infinite Extensions of 'Use'." *South Atlantic Quarterly* 98 (1999): 817-37.

Markley, Robert. "Newton, Corruption, and the Tradition of Universal History." In *Newton and Religion*. Ed. James E. Force and Richard Popkin. Dordrecht: Kluwer Academic Press, 1999, 121-43.

Markley, Robert and Molly Rothenberg. "The Contestations of Nature: Aphra Behn's 'The Golden Age' and the Sexualizing of Politics." In *Rereading Aphra Behn*. Ed. Heidi Hutner. Charlottesville: University of Virginia Press, 1993, 301-21.

Marks, Robert B. *Tigers, Rice, Silk, and Silt: Environment and Economy in Late Imperial South China*. Cambridge: Cambridge University Press, 1997.

Marks, Robert B. "'It Never Used to Snow': Climatic Variability and Harvest Yields in Late-Imperial South China, 1650-1850." In *Sediments of Time: Environment and Society in Chinese History*. Ed. Mark Elvin and Liu Ts'ui-jung. Cambridge: Cambridge University Press, 1998, 411-46.

Marshall, P. J. and Glyndwr Williams. *The Great Map of Mankind: British Perceptions of the World in the Age of Enlightenment*. London: Dent, 1982.

Massarella, Derek. *A World Elsewhere: Europe's Encounter with Japan in the Sixteenth and Seventeenth Centuries*. New Haven: Yale University Press, 1990.

Massarella, Derek. "The History of *The History*: The Purchase and Publication of Engelbert Kaempfer's *The History of Japan*." In *The Furthest Goal: Engelbert Kaempfer's Encounter with Tokugawa Japan*. Ed. Beatrice Bodart-Bailey and Derek Massarella. Folkestone, Kent: Japan Library, 1995, 96-131.

Matar, Nabil I. *Islam in Britain, 1558-1685*. Cambridge: Cambridge University Press, 1998.

Matar, Nabil I. *Turks, Moors, and Englishmen in the Age of Discovery*. New York: Columbia University Press, 1999.

Matar, Nabil I. "The Maliki Imperialism of Ahmad al-Mansur: The Moroccan Invasion of Sudan, 1591." In *Imperialisms: Historical and Literary Investigations, 1500-1900*. Ed. Balachandra Rajan and Elizabeth Sauer. London: Palgrave, 2004, 147-62.

Mayer, Robert. *History and the Early English Novel: Matters of Fact from Bacon to Defoe*. Cambridge: Cambridge University Press, 1997.

Meilink-Roelofsz, M. A. P. *Asian Trade and European Influence in the Indonesian Archipelago between 1500 and 1650*. The Hague: Martinus Nijhoff, 1962.

Mignolo, Walter. *The Darker Side of the Renaissance: Literacy, Territoriality, and Colonization*. Ann Arbor: University of Michigan Press, 1995.

Millward, James A. *Beyond the Pass: Economy, Ethnicity, and Empire in Qing Central Asia, 1759-1864*. Stanford: Stanford University Press, 1998.

Milton, Giles. *Nathaniel's Nutmeg: Or, the True and Incredible Adventures of the Spice Trader Who Changed the Course of History*. New York: Penguin, 2000.

Milton, Giles. *Samurai William: The Adventurer Who Unlocked Japan*. London: Hodder and Stoughton, 2002.

Milward, Peter, ed. *Portuguese Voyages to Asia and Japan in the Renaissance Period*. Tokyo: Renaissance Institute, Sophia University, 1994.

Min, Eun. "China between the Ancients and the Moderns." *The Eighteenth Century: Theory and Interpretation* 45 (2004): 115-29.

Minamiki, George, S. J. *The Chinese Rites Controversy from Its Beginning to Modern Times*. Chicago: Loyola University Press, 1985.

Mintz, Sidney. *Sweetness and Power: The Place of Sugar in Modern History*. New York: Penguin, 1985.

Mirowski, Philip. *More Heat than Light: Economics as Social Physics, Physics as Nature's Economics*. Cambridge: Cambridge University Press, 1989.

Mokyr, Joel. *The Lever of Riches: Technological Creativity and Economic Progress*. New York: Oxford University Press, 1990.

Momigliano, Arnaldo. *On Pagans, Jews, and Christians*. Middletown, CT: Wesleyan University Press, 1987.

Moore, John Robert. *Daniel Defoe: Citizen of the Modern World*. Chicago: University of Chicago Press, 1958.

Moreland, Carl and David Bannister. *Antique Maps*. 3rd edn. London: Phaidon, 1989.

Morineau, Michel. "The Indian Challenge: Seventeenth to Eighteenth Centuries." Trans. Cyprian P. Blamire. In *Merchants, Companies, and Trade: Europe and Asia in the Early Modern Era*. Ed. Sushil Chaudhury and Michel Morineau. Cambridge: Cambridge University Press, 1999, 243-75.

Moriya, Katsuhisa. "Urban Networks and Information Networks." Trans. Ronald P. Toby. In *Tokugawa Japan: The Social and Economic Antecedents of Modern Japan*. Ed. Chie Nakane and Shinzaburo Oishi. Tokyo: University of Tokyo Press, 1990, 97-123.

Morse, Hosea B. *The Chronicles of the East India Company Trading to China, 1635-1834*. 5 vols. Oxford: Clarendon, 1926, 1929.

Mullan, John. *Sentiment and Sociability: The Language of Feeling in the Eighteenth Century*. Oxford: Clarendon, 1988.

Mungello, David E. *Leibniz and Confucianism: The Search for an Accord*. Honolulu: University of Hawai'i Press, 1977.

Mungello, David E. *Curious Land: Jesuit Accommodation and the Origins of Sinology*. Studia Leibnitiana, Supplementa XXV. Stuttgart: Steyler Verlag, 1985.

Murphy, Antoin E. *John Law: Economic Theorist and Policy-maker*. New York: Oxford University Press, 1997.

Nagtegaal, Luc. *Riding the Dutch Tiger: The Dutch East Indies Company and the Northeast Coast of Java, 1680-1743*. Trans. Beverley Jackson. Leiden: Koninklijk Instituut voor Taal-, Land- en Volkenkunde, 1996.

Naquin, Susan and Evelyn S. Rawski. *Chinese Society in the Eighteenth Century*. New Haven: Yale University Press, 1987.

Neal, Larry. "The Dutch and English East India Companies Compared: Evidence from the Stock and Foreign Exchange Markets." In *The Rise of Merchant Empires, Long-Distance Trade in the Early Modern World*. Ed. James D. Tracy. Cambridge: Cambridge University Press, 1990, 195-223.

Neal, Larry. *The Rise of Financial Capitalism: International Capital Markets in the Age of*

Reason. Cambridge: Cambridge University Press, 1990.

Needham, Joseph et al., *Science and Civilisation in China*. Cambridge: Cambridge University Press, 1954-.

Neill, Anna. "Crusoe's *Farther Adventures*: Discovery, Trade, and the Law of Nations." *The Eighteenth Century: Theory and Interpretation* 38 (1997): 213-30.

Neill, Anna. "Buccaneer Ethnography: Nature, Culture, and Nation in the Journals of William Dampier." *Eighteenth-Century Studies* 33 (2000), 165-180.

Neill, Anna. *British Discovery Literature and the Rise of Global Commerce*. London: Palgrave, 2002.

Neill, Michael. *Putting History to the Question: Power, Politics, and Society in English Renaissance Drama*. New York: Columbia University Press, 2000.

Norbrook, David. *Writing the English Republic: Poetry, Rhetoric, and Politics, 1627-1660*. Cambridge: Cambridge University Press, 1999.

Novak, Maximilian E. *Economics and the Fiction of Daniel Defoe*. Berkeley: University of California Press, 1962.

Novak, Maximilian E. "Friday: Or, The Power of Naming." In *Augustan Subjects: Essays in Honor of Martin Battestin*. Ed. Albert J. Rivero. Newark: University of Delaware Press 1997, 110-22.

Novak, Maximilian E. *Daniel Defoe: Master of Fictions*. New York: Oxford University Press, 2001.

Nussbaum, Felicity. *Torrid Zones: Maternity, Sexuality, and Empire in Eighteenth-Century English Narratives*. Baltimore: Johns Hopkins University Press, 1995.

Nussbaum, Felicity. *The Limits of the Human: Fictions of Anomaly, Race, and Gender in the Long Eighteenth Century*. Cambridge: Cambridge University Press, 2003.

Nussbaum, Felicity. "Introduction." In *The Global Eighteenth Century*. Ed. Felicity Nussbaum. Baltimore: Johns Hopkins University Press, 2003, 1-18.

Orr, Bridget. *Empire on the English Stage 1660-1714*. Cambridge: Cambridge University Press, 2001.

Osborne, Anne. "Highlands and Lowlands: Economic and Ecological Interactions in the Lower Yangzi Region under the Qing." In *Sediments of Time: Environmentand and Society in Chinese History*. Ed. Mark Elvin and Liu Ts'ui-jung. Cambridge: Cambridge University Press, 1998, 203-34.

Oxnam, Robert B. *Ruling from Horseback: Manchu Politics in the Oboi Regency 1661-1669*. Chicago: University of Chicago Press, 1975.

Pacey, Arnold. *Technology in World Civilization: A Thousand-Year History*. Cambridge: MIT Press, 1990.

Pagden, Anthony. *Lords of All the World: Ideologies of Empire in Spain, Britain and France c. 1500-1800*. New Haven: Yale University Press, 1995.

Parker, Kenneth, ed. *Early Modern Tales of Orient: A Critical Anthology*. New York: Routledge, 1999.

Parker, William Riley. *Milton: A Biography*. 2 vols. Oxford: Clarendon, 1968.

Patey, Douglas Lane. "Swift's Satire on 'Science' and the Structure of *Gullivers Travels*." *English Literary History* 58 (1991): 809-39.

Pearson, M. N. "The People and Politics of Portuguese India during theSixteenth and Early

Seventeenth Centuries." In *The Organization of Interoceanic Trade in European Expansion, 1450-1800*. Ed. Pieter Emmer and Femme Gaastra. Aldershot, Hampshire: Variorum, 1996, 25-49.

Pei-kai Cheng and Michael Lestz, with Jonathan D. Spence, eds. *The Search for Modern China: A Documentary Collection*. New York: Norton, 1999.

Perdue, Peter. *Exhausting the Earth: State and Peasant in Hunan, 1500-1850*. Cambridge, MA: Harvard University Press, 1987.

Perdue, Peter. "Comparing Empires: Manchu Colonialism." *International History Review* 20 (1998): 255-61.

Perez, Louis G. *Daily Life in Early Modern Japan*. London: Greenwood, 2002.

Perkins, Franklin. *Leibniz and China: A Commerce of Light*. Cambridge: Cambridge University Press, 2004.

Perlin, Frank. *"The Invisible City": Monetary, Administrative and Popular Infrastructure in Asia and Europe 1500-1900*. Aldershot: Variorum, 1993.

Perlin, Frank. *Unbroken Landscape. Commodity, Category, Sign, and Identity: Their Production as Myth and Knowledge from 1500*. Aldershot: Variorum, 1994.

Perlin, Frank. "The Other 'Species' World: Speciation of Commodities and Moneys, and the Knowledge-Base of Commerce, 1500-1900." In *Merchants, Companies, and Trade: Europe and Asia in the Early Modern Era*. Ed. Sushil Chaudhury and Michel Morineau. Cambridge: Cambridge University Press, 1999, 145-73.

Peterson, Willard. "Learning from Heaven: The Introduction of Christianity and Other Western Ideas into Late Ming China." In *Cambridge History of China*, vol. 8, part 2: *The Ming Dynasty, 1368-1644*, ed. Denis Twitchett and Frederick W. Mote (Cambridge: Cambridge University Press, 1988), 810-14.

Philip, Kavita. *Civilizing Natures: Race, Resources, and Modernity in Colonial South India*. New Brunswick, NJ: Rutgers University Press, 2004.

Pincus, Steven C. A. *Protestantism and Patriotism: Ideologies and the Making of English Foreign Policy, 1650-1668*. Cambridge: Cambridge University Press, 1996.

Pluvier, Jan M. *Historical Atlas of South-east Asia*. Leiden: Brill, 1995.

Pocock, J. G. A. *Virtue, Commerce, and History: Essays on Political Thought and History, Chiefly in the Eighteenth Century*. Cambridge: Cambridge University Press, 1985.

Pollak, Michael. *Mandarins, Jews, and Missionaries: The Jewish Experience in the Chinese Empire*. 1980. Rpt. New York and Tokyo: Weatherhill, 1998.

Pomeranz, Kenneth. *The Great Divergence: China, Europe, and the Making of the Modern World Economy*. Princeton: Princeton University Press, 2000.

Porter, David. *Ideographia: The Chinese Cipher in Early Modern Europe*. Stanford: Stanford University Press, 2001.

Porter, Theodore. *Trust in Numbers: The Pursuit of Objectivity in Science and Public Life*. Princeton: Princeton University Press, 1995.

Prakash, Om. "Asian Trade and European Impact: A Study of Trade from Bengal, 1630-1720." In *The Age of Partnership: Europeans in Asia before Dominion*. Ed. Blair Kling and M. N. Pearson. Honolulu: University Press of Hawai'i, 1979, 43-70.

Prakash, Om. "The Portuguese and the Dutch in Asian Maritime Trade: A Comparative

Analysis." *Merchants, Companies, and Trade: Europe and Asia in the Early Modern Era.* Ed. Sushil Chaudhury and Michel Morineau. Cambridge: Cambridge University Press, 1999, 175-88.

Preston, Diana and Michael. *A Pirate of Exquisite Mind: The Life of William Dampier, Explorer, Naturalist, and Buccaneer.* Sydney: Doubleday, 2004.

Pritchard, James. *In Search of Empire: The French in the Americas, 1670-1730.* Cambridge: Cambridge University Press, 2004.

Proudfoot, D. S. and D. Deslandres. "Samuel Purchas and the Date of Milton's *Moscovia*." *Philological Quarterly* 64 (1985): 260-65.

Proust, Jacques. *Europe through the Prism of Japan: Sixteenth to Eighteenth Centuries.* Trans. Elizabeth Bell. Notre Dame: University of Notre Dame Press, 2002.

Radzinowicz, Mary Ann. "'Man as a Probationer of Immortality': Paradise Lost XI-XII." In *Approaches to Paradise Lost: The York Tercentenary Lectures.* Ed. C. A. Patrides. London: Edward Arnold, 1968, 31-51.

Rajan, Balachandra. *Under Western Eyes: India from Milton to Macaulay.* Durham: Duke University Press, 1999.

Rajan, Balachandra and Elizabeth Sauer. "Imperialisms: Early Modern to Premodernist." In *Imperialisms: Historical and Literary Investigations, 1500-1900.* Ed. Balachandra Rajan and Elizabeth Sauer. London: Palgrave, 2004, 1-12.

Raman, Shankar. *Framing "India": The Colonial Imaginary in Early Modern Culture.* Stanford: Stanford University Press, 2001.

Ramsey, Rachel. "China and the Ideal of Order in John Webb's *An Historical Essay*." *Journal of the History of Ideas* 62: 3 (2001): 483-503.

Rawski, Evelyn S. "Reenvisioning the Qing: The Significance of the Qing Period in Chinese History." *Journal of Asian Studies* 55 (1996): 829-50.

Rawski, Evelyn S. *The Last Emperors: A Social History of Qing Imperial Institutions.* Berkeley: University of California Press, 1998.

Rawson, Claude. *God, Gulliver, and Genocide: Barbarism and the European Imagination, 1492-1945.* New York: Oxford University Press, 2001.

Real, Herman and Heinz Vienken. "Swift's 'Trampling upon the Crucifix' Once More." *Notes and Queries* 30, n. s. (1983): 513-14.

Reed, Joel. "Nationalism and Geoculture in Defoe's *History of Writing*." *Modern Language Quarterly* 56 (1995): 31-53.

Reid, Anthony. *Southeast Asia in the Age of Commerce.* 2 vols. New Haven: Yale University Press, 1988-93.

Reid, Anthony. "Economic and Social Change, c. 1400-1800." In *The Cambridge History of Southeast Asia.* Vol. I: *From Early Times to c. 1800.* Ed. Nicholas Tarling. Cambridge: Cambridge University Press, 1992, 460-507.

Reid, Anthony, ed. *Southeast Asia in the Early Modern Era: Trade, Power, and Belief.* New York: Cornell University Press, 1993.

Reinhartz, Dennis. "Shared Vision: Herman Moll and his Intellectual Circle and the Great South Sea." *Terrae Incognitae* 19 (1988): 1-10.

Rennie, Neil. *Far-Fetched Facts: The Literature of Travel and the Idea of the South Seas.*

Oxford: Clarendon Press, 1995.
Richetti, John. *Defoe's Narratives: Situations and Structures*. Oxford: Clarendon, 1975.
Richetti, John. *Daniel Defoe*. Boston: Twayne, 1987.
Ricklefs, M. C. *War, Culture, and Economy in Java 1677-1726: Asian and European Imperialism in the Early Kartasura Period*. Sydney: Allen and Unwin, 1993.
Roach, Joseph. *Cities of the Dead: Circum-Atlantic Performance*. New York: Columbia University Press, 1996.
Roll, Eric. *A History of Economic Thought*. 5th edn. London: Faber and Faber, 1992.
Rosenthal, Laura J. "Owning Oroonoko: Behn, Southerne, and the Contingencies of Property." *Renaissance Drama* 23 (1992): 25-38.
Ross, Andrew C. *A Vision Betrayed: The Jesuits in Japan and China*. Maryknoll, NY: Orbis Books, 1994.
Rossi, Paolo. *The Dark Abyss of Time: The History of the Earth and the History of Nations from Hooke to Vico*. Trans. Lydia G. Cochrane. Chicago: Universityof Chicago Press, 1984, 141-67.
Rotman, Brian. *Ad Infinitum: The Ghost in Turing's Machine. Taking God Out of Mathematics and Putting the Body Back In*. Stanford: Stanford University Press, 1993.
Rouse, Joseph. "Philosophy of Science and the Persistent Narratives of Modernity." *Studies in the History and Philosophy of Science* 22 (1991): 141-62.
Rowbotham, Arnold H. *Missionary and Mandarin: The Jesuits at the Court of China*. Berkeley: University of California Press, 1942.
Rubiés, Joan-Pau. *Travel and Ethnology in the Renaissance: South India through European Eyes 1250-1625*. Cambridge: Cambridge University Press, 2000.
Said, Edward. *Orientalism*. London: Routledge, 1978.
Sandiford, Keith. *The Cultural Politics of Sugar: Caribbean Slavery and Narratives of Colonialism*. Cambridge: Cambridge University Press, 2000.
Sandiford, Keith. "Vertices and Horizons within Sugar: A Tropology of Colonial Power." *The Eighteenth Century: Theory and Interpretation* 42 (2001): 142-60.
Saussy, Haun. *Great Walls of Discourse and Other Adventures in Cultural China*. Cambridge, MA: Harvard University Press, 2001.
Scammell, G. V. *The World Encompassed: The First Maritime Empires, c. 800-1650*. Berkeley: University of California Press, 1981.
Scammell, G. V. *The First Imperial Age: European Overseas Expansion, c. 1400-1715*. London: Unwin Hyman, 1989.
Schmidgen, Wolfram. "Robinson Crusoe, Enumeration, and the Mercantile Fetish." *Eighteenth-Century Studies* 35 (2001): 19-39.
Schmidt, Benjamin. *Innocence Abroad: The Dutch Imagination and the New World, 1570-1670*. Cambridge: Cambridge University Press, 2001.
Schnurmann, Claudia. "'Wherever profit leads us, to every sea and shore ...': The VOC, the WIC, and Dutch Methods of Globalization in the Seventeenth Century." *Renaissance Studies* 17 (2003): 474-93.
Scott, W. R. *The Constitution and Finance of English, Scottish and Irish Joint-Stock Companies to 1720*. 3 vols. Cambridge: Cambridge University Press, 1910.
Sen, Sudipta. *Empire of Free Trade: The East India Company and the Making of the Colonial*

Marketplace. Philadelphia: University of Pennsylvania Press, 1998.

Serres, Michel. *Le Système de Leibniz et ses modèles mathématiques*. 2 vols. Paris: Presses Universitaires de France, 1968.

Serres, Michel. *The Parasite*. Trans. Lawrence Scher. Baltimore: Johns Hopkins University Press, 1982.

Shaffer, Lynda Norene. *Maritime Southeast Asia to 1500*. London: Sharpe, 1996.

Shapin, Steven. *A Social History of Truth: Civility and Science in Seventeenth-Century England*. Chicago: University of Chicago Press, 1994.

Sherman, Sandra. *Finance and Fictionality in the Early Eighteenth Century: Accounting for Defoe*. Cambridge: Cambridge University Press, 1996.

Shoulson, Jeffrey S. *Milton and the Rabbis: Hebraism, Hellenism, and Christianity*. New York: Columbia University Press, 2001.

Singh, Jyotsna G. *Colonial Narratives/Cultural Dialogues: "Discoveries" of India in the Language of Colonialism*. London: Routledge, 1996.

Singh, Jyotsna G. "History or Colonial Ethnography: The Ideological Formation of Edward Terry's *A Voyage to East India* (1655 & 1665) and *The Merchants and Mariners Preservation and Thanksgiving* (1649)." In *Travel Knowledge: European "Discoveries" in the Early Modern Period*. Ed. Ivo Kamps and Jyotsna G. Singh. London: Palgrave, 2001, 197-210.

Smith, Pamela. *The Business of Alchemy: Science and Culture in the Holy Roman Empire*. Princeton: Princeton University Press, 1994.

Spate, O.H.K. *The Pacific Since Magellan*. Vol. 2: *Monopolists and Freebooters*. Minneapolis: University of Minnesota Press, 1983.

Spence, Jonathan D. *Emperor of China: Self-Portrait of K'ang-Hsi*. 1974. Rpt. New York: Vintage, 1988.

Spence, Jonathan D. *The Memory Palace of Matteo Ricci*. New York: Penguin, 1984.

Spence, Jonathan D. *The Chan's Great Continent: China in Western Minds*. New York: Norton, 1998.

Spence, Jonathan D. *Treason by the Book*. New York: Viking, 2001.

Sperling, John G. *The South Sea Company: An Historical Essay and Bibliographical Finding List*. Boston: Baker Library, Harvard University, 1962.

Stasavage, David. *Public Debt and the Birth of the Democratic State: France and Great Britain, 1688-1789*. Cambridge: Cambridge University Press, 2003.

Steensgaard, Neils. *The Asian Trade Revolution of the Seventeenth Century: The East India Companies and the Decline of the Caravan Trade*. Chicago: University of Chicago Press, 1974.

Steensgaard, Neils. "The Growth and Composition of the Long-Distance Trade of England and the Dutch Republic before 1750." In *The Rise of Merchant Empires*. Ed. James D. Tracy. Cambridge: Cambridge University Press, 1990, 102-52.

Struve, Lynn A. *The Southern Ming 1644-1662*. New Haven: Yale University Press, 1984.

Struve, Lynn A., ed. *Voices from the Ming-Qing Cataclysm: China in Tigers' Jaws*. New Haven: Yale University Press, 1993.

Stulting, Claude N., Jr. "'New Heav'ns, new Earth': Apocalypse and the Loss of Sacramentality in the Postlapsarian Books of Paradise Lost." In *Milton and the Ends of Time*. Ed. Juliet

Cummins. Cambridge: Cambridge University Press, 2003, 184-201.

Suárez, Thomas. *Early Mapping of Southeast Asia*. Hong Kong: Periplus Editions, 1999.

Subrahmanyam, Sanjay. "Written on Water: Designs and Dynamics in the Portuguese Estado da India." In *Empires: Perspectives from Archaeology and History*. Ed. Susan E. Alcock, Terrence N. D'Altroy, Kathleen D. Morrison, and Carla M. Sinopoli. Cambridge: Cambridge University Press, 2001, 42-69.

Sudan, Rajani. *Fair Exotics: Xenophobic Subjects in English Literature, 1720-1850*. Philadelphia: University of Pennsylvania Press, 2002.

Sudan, Rajani. "Mud, Mortar, and Other Technologies of Empire." *The Eighteenth Century: Theory and Interpretation* 45 (2004): 147-69.

Sussman, Charlotte. *Consuming Anxieties: Consumer Protest, Gender, and British Slavery, 1713-1833*. Stanford: Stanford University Press, 2000.

Sutherland, James. "'Some Early Troubles of Daniel Defoe.'" *Review of English Studies* 9 (1933): 275-90.

Thomas, Nicholas. *Possessions: Indigenous Art/Colonial Culture*. London: Thames & Hudson, 1999.

Thompson, James. "Dryden's Conquest of Granada and the Dutch Wars." *The Eighteenth Century: Theory and Interpretation* 31 (1990): 211-26.

Thompson, James. *Models of Value: Eighteenth-Century Political Economy and the Novel*. Durham: Duke University Press, 1996.

Todd, Janet. *Sensibility: An Introduction*. London: Methuen, 1987.

Totman, Conrad. *Early Modern Japan*. Berkeley: University of California Press, 1993.

Trotter, David. *Circulation: Defoe, Dickens, and the Economies of the Novel*. New York: St. Martin's Press, 1988.

Tumbleson, Raymond. *Catholicism in the English Protestant Imagination: Nationalism, Religion, and Literature, 1600-1745*. Cambridge: Cambridge University Press, 1998.

Turley, Hans. *Rum, Sodomy, and the Lash: Piracy, Sexuality, and Masculine Identity*. New York: NYU Press, 1999.

Turley, Hans. "The Sublimation of Desire to Apocalyptic Passion in Defoe's Crusoe Trilogy." In *Imperial Desire: Dissident Sexualities and Colonial Literature*. Ed. Philip Holden and Richard J. Ruppel. Minneapolis: University of Minnesota Press, 2003, 3-20.

Turley, Hans. "Protestant Evangelism, British Imperialism, and Crusoian Identity." In *A New Imperial History: Culture, Identity and Modernity in Britain and the Empire, 1660-1840*. Ed. Kathleen Wilson. Cambridge: Cambridge University Press, 2004.

Turnbull, George Henry. *Hartlib, Drury, and Comenius: Gleanings from Hartlib's Papers*. Liverpool: University Press of Liverpool, 1947.

Twitchett, Denis and Frederick W. Mote, eds. *The Ming Dynasty, 1368-1644*. Part 2 of *The Cambridge History of China*. Gen. eds. Denis Twitchett and John K. Fairbank. Cambridge: Cambridge University Press, 1998.

van der Velde, Paul. "The Interpreter Interpreted: Kaempfer's Japanese Collaborator Imamura Genemon Eisei." In *The Furthest Goal: Engelbert Kaempfer's Encounter with Tokugawa Japan*. Ed. Beatrice M. Bodart-Bailey and Derek Massarella Folkestone, Kent: Japan Library, 1995, 44-70.

van Kley, Edwin. "Europe's 'Discovery' of China and the Writing of World History." *American Historical Review* 76 (1971): 358-85.

van Kley, Edwin. "News from China: Seventeenth-Century Notices of the Manchu Conquest." *Journal of Modern History* 45 (1973): 361-82.

van Kley, Edwin. "An Alternative Muse: The Manchu Conquest of China in the Literature of Seventeenth-Century Northern Europe." *European Studies Review* 6 (1976): 21-43.

van Opstall, M. E. "Dutchmen and Japanese in the Eighteenth Century." In *Trading Companies in Asia 1600-1830*. Ed. J. van Goor. Utrecht: HES Utigevers, 1986, 107-26.

van Sant, Anne Jessie. *Eighteenth-Century Sensibility and the Novel: The Senses in Social Context*. Cambridge: Cambridge University Press, 1993.

Vermeer, Eduard B. "Population and Ecology along the Frontier in Qing China." In *Sediments of Time: Environment and Society in Chinese History*. Ed. Mark Elvin and Liu Ts'ui-jung. Cambridge: Cambridge University Press, 1998, 235-81.

Villiers, John. "'A Truthful pen and an impartial spirit': Batolome" Leonardo de Argensola and the Conquista de las Islas Malucas." *Renaissance Studies* 17 (2003): 449-73.

Vitkus, Daniel. "Introduction: Toward a New Globalism in Early Modern Studies." *Journal for Early Modern Cultural Studies* 2 (2002): v-viii.

Vitkus, Daniel. *Turning Turk: English Theater and the Multicultural Mediterranean, 1570-1630*. London: Palgrave, 2003.

von Glahn, Richard. *Fountain of Fortune: Money and Monetary Policy in China, 1000-1700*. Berkeley: University of California Press, 1996.

von Maltzahn, Nicholas. *Milton's History of Britain: Republican Historiography in the English Revolution*. Oxford: Clarendon Press, 1991.

Wakeman, Frederic, Jr. *The Great Enterprise: The Manchu Reconstruction of Order in Seventeenth-Century China*. 2 vols. Berkeley: University of California Press, 1985.

Waley-Cohen, Joanna. *The Sextants of Beijing: Global Currents in Chinese History*. New York: Norton, 1999.

Walker, William. "Typology and Paradise Lost, Books XI and XII." *Milton Studies* 25, ed. James D. Simmonds. Pittsburgh: University of PittsburghPress, 1989, 245-64.

Wallerstein, Immanuel. *The Modern World-System*, vol. 1: *Capitalist Agricultureand the Origins of the European World-Economy in the Sixteenth Century*. New York: Academic Press, 1974.

Wallerstein, Immanuel. *The Modern World-System*, vol. 2: *Mercantilism and the Consolidation of the European World-Economy, 1600-1750*. New York: Academic Press, 1980.

Wallerstein, Immanuel. *The Modern World-System*, vol. 3: *The Second Era of Great Expansion of the Capitalist World-Economy, 1730-1840s*. San Diego: Academic Press, 1989.

Warner, William Beatty. *Licensing Entertainment: The Elevation of Novel Reading in Britain, 1684-1750*. Berkeley: University of California Press, 1998.

Watt, Ian. *The Rise of the Novel*. Berkeley: University of California Press, 1957.

Wheeler, Roxanne. "'My Savage,' 'My Man': Racial Multiplicity in Robinson Crusoe." *English Literary History* 62 (1995): 821-61.

Wheeler, Roxanne. *The Complexion of Race: Categories of Difference in Eighteenth-Century British Culture*. Philadelphia: University of Pennsylvania Press, 2000.

Wilcox, Donald. *The Measure of Times Past: Pre-Newtonian Chronologies and the Rhetoric of Relative Time.* Chicago: University of Chicago Press, 1987.

Wilding, Michael. *Dragon's Teeth: Literature in the English Revolution.* Oxford: Clarendon, 1987.

Will, Pierre-Etienne. *Bureaucracy and Famine in Eighteenth-Century China.* Stanford: Stanford University Press, 1990.

Will, Pierre-Etienne and R. Bin Wong. *Nourish the People: The State Civilian Granary System in China, 1650-1850.* Ann Arbor: University of Michigan Press, 1991.

Williams, Glyn [Glyndwr]. *The Prize of All the Oceans: The Dramatic True Story of Commodore Anson's Voyage Round the World and How He Seized the Spanish Treasure Galleon.* New York: Viking, 1999.

Williams, Glyn [Glyndwr]. *Voyages of Delusion: The Quest for the Northwest Passage.* New Haven: Yale University Press, 2002.

Williams, Glyndwr. "'The Inexhaustible Fountain of Gold': English Projects and Ventures in the South Seas, 1670-1750." In *Perspectives of Empire: Essays Presented to Gerald S. Graham.* Ed. John E. Flint and Glyndwr Williams. London: Longman, 1973, 27-53.

Williams, Glyndwr. "Anson at Canton, 1743: 'A Little Secret History.'" In Cecil H. Clough and P. E. H. Hair, eds., *The European Outthrust and Encounter.* Liverpool: Liverpool University Press, 1994, 270-90.

Williams, Glyndwr. *The Great South Sea: English Voyages and Encounters 1570-1750.* New Haven: Yale University Press, 1997.

Wills, John E., Jr. *Pepper, Guns, and Parleys: The Dutch East India Company and China, 1662-1681.* Cambridge, MA: Harvard University Press, 1974.

Wills, John E., Jr. *Embassies and Illusions: Dutch and Portuguese Envoys to K'ang-hsi, 1667-1687.* Cambridge, MA: Council on East Asian Studies, Harvard University, 1984.

Wills, John E., Jr. *1688: A Global History.* New York: Norton, 2001.

Wilson, Charles, *Profit and Power: A Study of England and the Dutch Wars.* London: Longmans, 1957.

Worden, Blair. "Politics and Providence in Cromwellian England." *Past and Present* 109 (1985): 55-99.

Wrightson, Keith. *Earthly Necessities: Economic Lives in Early Modern Britain.* New Haven: Yale University Press, 2000.

Wu, Silas Hsiu-liang. *Communication and Imperial Control in China: Evolution of the Palace Memorial System, 1693-1735.* Cambridge, MA: Harvard University Press, 1970.

Wu, Silas Hsiu-liang. *Passage to Power: K'ang-hsi and His Heir Apparent, 1661-1722.* Cambridge, MA: Harvard University Press, 1979.

Xu Tan. "The Formation of an Urban and Rural Market Network in the Ming-Qing Period and Its Significance." *Social Studies in China* 22, 3 (2001): 132-39.

Yin Gang, "The Jews of Kaifeng: Their Origins, Routes, and Assimilation." In *Jews in Old China: Studies by Chinese Scholars.* Rev. edn, ed. and trans. Sidney Shapiro. New York: Hippocrene Books, 2001, 217-38.

Yu Liu, "The Jesuits and the Anti-Jesuits: The Two Different Connections of Leibniz with China." *The Eighteenth Century: Theory and Interpretation* 43 (2002): 161-74.

Yuen-Ting Lai. "Religious Scepticism and China." In *The Sceptical Mode in Modern Philosophy: Essays in Honor of Richard H. Popkin*. Ed. Richard A. Watson and James E. Force. Dordrecht: Martinus Nijhoff, 1988, 11-41.

Yukihiro, Ohashi. "New Perspectives on the Early Tokugawa Persecution." Trans. Bill Garrad. In *Japan and Christianity: Impacts and Responses*. Ed. John Breen and Mark Williams. New York: St. Martin's Press, 1996, 46-62.

Zelin, Madeleine. *The Magistrate's Tael: Rationalizing Fiscal Reform in Eighteenth-Century China*. Berkeley: University of California Press, 1984.

Žižek, Slavoj. *The Sublime Object of Ideology*. London: Verso, 1989.

Žižek, Slavoj. *Tarrying with the Negative: Kant, Hegel, and the Critique of Ideology*. Durham: Duke University Press, 1993.

Zürcher, Erik. "Jesuit Accommodation and the Chinese Cultural Imperative." In *The Chinese Rites Controversy: Its History and Meaning*. Ed. D. E. Mungello. Nettetal: Steyler Verlag, 1994, 31-64.

Zwicker, Steven N. *Politics and Language in Dryden's Poetry: The Arts of Disguise*. Princeton: Princeton University Press, 1984.

索　引

（所列数字为原书页码，即本书边码）

Account of the Court and Empire of Japan，*An*（Swift）《日本宫廷和帝国记》（斯威夫特）242

Account of the Empire of China，*An*（Navarette）《中华帝国志》（纳瓦热特）197-98

Adams，Williams 威廉·亚当斯 52-53，55，243，250，255，257-59，263

Agra 亚格拉 4，162，265

Ai T'ien 艾田 86-87，88-89

Amboyna 安波纳 17-18，57，83，148，150，151，153，155，160 186-87，213，264

　　execution on 处决 17，82，150，152，186-87

　　martyrdom and 殉难 153

　　reparations for 报复 82，155

　　torture on 刑讯 17，150，153

　　see also *Amboyna*（Dryden）另参见《安波纳》（德莱顿）

Amboyna（Dryden）《安波纳》（德莱顿）17，19-20，143-45，146，150-51，160，161，230，264

　　civility in 文雅 144，165，168，169

　　class in 阶级 170，171

　　Dutch vilified in 贬斥荷兰人 70，144，145，164，165-68，171

　　English 英国人

　　　　abjection in 受辱 151

　　　　heroism in 英雄主义 143，144，151，164-65，166-67，170-71，172

　　　　martyrdom in 殉难 143，144，151，172

　　　　nationalism/national identity in 民族主义/民族身份 143，144-45，151，163，164，165，167，169，170-72

　　fantasy 想象 172

　　　　of infinite wealth 无穷财富 144，168-69，172

　　as a mercantile morality play 商业道德剧 19，20，143

　　natives in 原住民 144，159，161-63，168

　　Protestantism in 新教 165

　　sources for 相关史料 162

　　Spanish in 西班牙人 170-71

　　torture in 刑讯 143，172

394

trade in 贸易 144，168-69
America 美国
 Americocentrism 美国中心主义 21-22
 colonies 殖民地 13
 as empire 帝国 22
Amorose, Thomas 托马斯·阿莫罗斯 89
ancient civilizations 古代文明 9，74，75，114，189-90，253
Annus Mirabilis（Dryden）《奇迹年》（德莱顿）19，145，146，155-58，171
 alchemy in 炼金术 157
 dedication of 献词 155
 heroism in 英雄主义 156-57
 prophecy in 预言 156，157，158
 providentialist history in 救赎历史 156，157
 trade in 贸易 156-59
 vilification of the Dutch in 诋毁荷兰人 156
Anson, George 乔治·安森 218，271
Answer unto the Dutch Pamphlet, The（Digges）《答荷兰小册子》（迪格斯）149，163-64
Aravamudan, Srinivas 斯利尼瓦斯·阿拉瓦穆丹 10
Archer, John Michael 约翰·迈克尔·阿克 9
Armitage, David 大卫·阿米蒂奇 9
Asia 亚洲 59
 see also Southeast Asia 另参见东南亚
Astraea Redux（Dryden）《正义女神归来》（德莱顿）171
Atlas Chinensis（Dapper）《中国地图集》（达帕）85
Atlas Japannensis（Montanus）《日本图鉴》（蒙塔努斯）250
Atlas Maior（Blaeu）《大地图集》（布劳）96
Atlas Maritimus & Commercialis（Defoe）《航海和贸易图鉴》（笛福）250
Atlas Siensis（Martini）《中国地图集》（卫匡国）96-97
Australia *see* Terra Australis Incognita 澳洲，见"未知的澳洲大陆"

Balion, Father 巴里昂神父 126
Ball, George 乔治·鲍尔 56-57
Baltic 波罗的海 62-63，154，155
Barbon, Nicholas 尼古拉斯·巴彭 221-22
Batavia 巴塔维亚 52，123，127-29，143，185，187
Bayle, Pierre 皮埃尔·贝尔 191
Bedwell, William 威廉·贝德维尔 39
Behn, Aphra 阿芙拉·本恩 232
Betagh, William 威廉·贝塔 217
Bible《圣经》72，73，76-77，88
 biblical history 圣经历史 72，73，75，76-77，78，89，108
 dating of 年代测算 3，73
Blaeu, Joan 琼·布劳 96
Blaut, J. M.，J. M. 布劳特 2
Blunt, John 约翰·布朗特 219
Botero, Giovanni 乔万尼·博泰罗 57，58，62，63，247
Bouvet, Joachim 白晋 134-35，190
Boyle, Robert 罗伯特·波义耳 224
Brand, Adam 亚当·布朗德 130，131，197
Braudel, Fernand 费尔南德·布罗代

尔 11, 21
Brief History of Moscovia, A（Milton）《莫斯科大公国简史》（弥尔顿）80-81
Brook，Timothy 卜正民 27, 98, 138
Brunei 文莱 35
Buddhism 佛教 91, 92
bullion 金（银）锭 12, 40, 42, 43, 46, 47, 52, 64, 112, 146, 180, 188, 213, 233, 245

Cabinet-Council（Raleigh）《内阁会议》（雷利）73
Canada 加拿大 13
Captain Singleton（Defoe）《辛格尔顿船长》（笛福）180, 201, 210, 211, 214, 230, 231, 232
Caribbean 加勒比海 42
Careri，Giovanni Francisco Gemelli 乔万尼·弗朗西斯科·杰梅利·卡莱利 197, 198
Carteret，Lord John 约翰·卡特雷勋爵 255
Catholicism 天主教 21, 38, 40, 106, 187, 194; 249;
　　see also Dominicans; Jesuits 另参见多明我会士; 耶稣会士
Central America 中美洲 215
Chambers，Sir William 威廉·钱伯斯爵士 193-94, 271
Charles Ⅰ, King of England 查理一世，英格兰国王 15, 64
Charles Ⅱ, King of England 查理二世，英格兰国王 76, 110, 150, 155, 157, 160, 171
Chaudhuri，K. N.，K. N. 乔杜里 2
Cheng Ch'eng-kung（Coxinga）郑成功（国姓爷）111, 112, 114, 122, 124, 128
Child，Sir Josiah 约书亚·柴尔德爵士 4-5, 18, 160, 244
China（Cathay）中国（契丹）1, 12, 13, 15, 70, 74-81, 121-29
　agriculture 农业 12, 14
　art and culture 艺术和文化 3, 193-94
　Beijing 北京 19, 111, 124
　Board of Rites 礼部 125
　Canton 广州 4, 14, 111, 116-18, 136, 180, 188, 191, 197, 244, 257
　as challenge to Eurocentrism 挑战欧洲中心论 18, 71
　chinoiserie 中国热 193, 271
　Christianity in 基督教 88, 91, 92, 135, 252
　ecological problems and values 生态问题和观念 12, 14, 16, 193-94
　economic crisis 经济危机 15
　as "economic engine" of early modern world 早期现代世界的"经济引擎" 11
　European 欧洲对华认识和交往
　　disillusionment with 失望 271
　　embassies to 使团 19, 107, 108, 110, 112-29
　　familiarity with 熟悉 3, 75, 104
　　fascination with 迷恋 64, 70-71, 180
　　idealization of 理想化 107-10, 134-35, 136
　　perceptions of 感知 2-4, 59, 104, 189, 195-96, 197-99;
　　as civilized 文明 4, 198; as

infinitely profitable 拥有无穷利润 3，18，64，70-71，75，78，79，84，85，105，107，110，116，135，136，180，199；as insatiable market for European exports 欧洲出口的无尽市场 4，117，118，180；as model for Europeans 欧洲的榜样 107，190；as similar to ancient world 接近古代世界 189-90；as wealthy 富裕 197；see also Jesuits and China 另参见耶稣会士和中国 3，180，214

praise of 赞扬 59，71，75，78，113-14，189，241

government expenses and revenues 政府开支和岁入 15，85，109-10，135

ignored by postcolonial critics 被后殖民批评家忽视 8-9

industry 勤劳 12，14，198

and Japan 与日本关系 54

and Jesuits 与耶稣会士关系 59，71，72，75，76，77，78，81，88，90-95，104，106，135，144

Jews in 在华犹太人 87-88

see also Ai T'ien; Jesuits and China; Jews of Kaifeng 另参见艾田；耶稣会士与中国；开封的犹太人

labor 劳动 12

literati 文人 89，91，92，93，106，107

literature about Europeans 关于欧洲的文献 18

Macao 澳门 111-12，121，122

merchants 商人 198-99

military 军事 196

Ming Dynasty 明朝 89，93，109，121，124，195

fall of 明朝覆亡 3，94，107，190

natural resources of 自然资源 3

as a neoclassical economy 新古典经济模式 12-13

Qing Dynasty 清朝 6，12，19，70，107，111，114，121，189，195，197，201

role in global economy 全球经济中的角色 2

and Southeast Asia 与东南亚关系 35，50

technology 技术 12-13

trade 贸易 19，42，97，125，180，193，199

exports 出口 84-85，201，217；gold 黄金 85，201；luxury goods 奢侈品 42，83-84，112，193，196，198；（damask 锦缎 201；porcelain 瓷器 12，42，83-84，112，117，125，193，217，245；silk 丝绸 12，42，112，117，125，180，193，201，217，245；silver 白银 11，42，55；spices 香料 42，217；see also luxury goods 另参见奢侈品）；tea 茶 12，42，83-84，112，117，125，217；textiles 纺织品 42；see also China, chinoiserie 另参见中国，中国热

imports 进口 42，49，196；bullion 金（银）锭 112，213

see also China, European embassies to; China, tributary rituals; silver 另参见中国，欧洲使团；中国，朝贡礼仪；白银

397

tributary rituals in 朝贡礼仪 107，111，112，121，122，123-29，133-35，136
wealth of 财富 3，85，109-10，113-14
western acculturation to 西方的融入 72
see also Confucianism；Manchus 另参见儒家；满族
Christianity 基督教 74，78.88，109，118，122，135，252
conversion to 皈依 54，88，92，94，106，112，122，135，136，270
missionary narratives 传教士叙事 180
triumphalism 必胜信念 3，248
see also Catholicism；China；Japan；Jesuits 另参见天主教；中国；日本；耶稣会士
civility 文雅 19，104，105-06，108，115-16，119，122，124，125，127，128-29，130-36，166-67，170
ideology of 文雅的意识形态 115，128，131
see also Amboyna（Dryden）；China, tributary rituals in 另参见《安波纳》（德莱顿）；中国，朝贡礼仪
Clarissa（Richardson）《克拉丽莎》（理查德森）181
Cocks, Richard 理查德·考克斯 49，55，56，57，250
Coen, Jan Pieterszoon 扬·皮特祖恩·科恩 51，147-48，151
colonialism 殖民主义 12，18，79，104，147，148，153，169，183
commerce see trade 商业，见贸易

Commonwealth 英格兰共和国 64
Complete English Tradesman, The（Defoe）《英国经商全书》（笛福）199，204
Conduct of the Allies, The（Swift）《盟国的表现》（斯威夫特）256
Confucianism 儒家 3，88，90，91，92，106，109，118，122，191
Conjugal Lewdness（Defoe）《婚内淫亵》（笛福）204
Conquest of China by the Tartars, The（Settle）《鞑靼征服中国记》（塞特）135，190
Conquest of Granada, The（Dryden）《格林纳达征服记》（德莱顿）144，151，166
Consolidator, The（Defoe）《组装机》（笛福）192，197
Continuation of A Voyage to New Holland（Dampier）《赴新荷兰之旅续记》（丹皮尔）217-18
Cook, James 詹姆斯·库克 180
Cosmographie（Heylyn）《宇宙志》（黑林）18，60，61，62-63，74，96，144，247，248-49
trade in 贸易 60-63
Courthope, Nathaniel 纳撒尼尔·考特霍普 51-52
Cox, John 约翰·考克斯 216
Crasset, Jean 让·克拉塞 21，241，253，254
Crisis 危机
"general crisis" of the seventeenth century 17世纪"总体危机" 5，15，22
see also ecology；intensification 另参见生态；密集型

Cromwell 克伦威尔 82，171
Crumley, Carole 卡罗尔·克朗普利 15，16

d'Avity, Pierre 皮埃尔·德·阿维蒂 57，58，62，63，75，79，84-85，247-48
da Cruz, Gaspar 加斯帕·达·克鲁兹 84
Dampier, William 威廉·丹皮尔 215，216-18，220，224
Dapper, Olfert 奥夫特·达帕 85，109-10
Darrell, John 约翰·达乐尔 149，151
Davis, Mike 迈克·戴维斯 22
de Argensola, Bartolome Leonardo 巴托洛梅·莱昂纳多·德·阿亨索拉 48
de Goyer, Peter 彼得·德·豪伊尔 111
　　see also Nieuhoff 另参见纽霍夫
de Keyzer, Jacobs 雅各布·德·凯泽尔 111
　　see also Nieuhoff 另参见纽霍夫
de Mendoza, Gonzalez 冈萨雷斯·德·门多萨 63
de Quiros, Pedro 佩德罗·德·基洛斯 214，224
de Ruyter, Michiel 米歇尔·德·鲁伊特 155
Defoe, Daniel 丹尼尔·笛福 3，17，18，143，172，180，188，192，199，201，204，210，211，214，223-24，225，228，230，231，232，250
　　and Amboyna 安波纳 17，18
　　and China 中国 180，192

and colonialism 殖民主义 177，179，204
and credit 信贷 225-27
Crusoe trilogy 鲁滨逊三部曲 179，188，203
and economic self-sufficiency 经济自给自足 177，178，204
and fantasy of infinitely profitable trade 想象利润无穷的贸易 204
　　with the Far East 远东 179，180，188，214，221
　　nature's role in 自然界的角色 225
　　with the South Seas 南海 222-25
and Japan 日本 242
narrators 叙事者 230-31
and "realism" "现实主义" 177，184，189
and the South Seas 南海 188，210-13，214，234
and trade 贸易 20，72，180，188，201
　　as advocate of British expansion into South Seas 推动英国在南海扩张 188
　　as critic of India Trade 印度贸易的批评者 188
　　"Trading Man" "商人" 229-30，232
see also Captain Singleton ; Farther Adventures of Robinson Crusoe ; A New Voyage Round the World ; Robinson Crusoe 另参见《辛格尔顿船长》;《鲁滨逊漂流续记》;《新环球航行记》;《鲁滨逊漂流记》
Dening, Greg 格雷格·邓宁 6，16，21
Digges, Sir Dudley 达德利·迪格斯

爵士 149，150-51，153，163-64
Discourse of Trade, from England unto the East-Indies, A（Mun）《贸易论，从英格兰到东印度》（托马斯·孟）18，42，43-47，60
Dominicans 多明我会教士 190
Drake, Sir Francis 弗朗西斯·德雷克爵士 30，31，148，214
Dryden, John 约翰·德莱顿 3，14，17，19，122，132，144，151，153，161，166，169，171，180
 see also Amboyna；*Annus Mirabilis* 另参见《安波纳》；《奇迹年》
du Halde, Jean-Baptiste 让-巴普蒂斯特·杜赫德 271
Durette（Duretti）, Paul 保罗·杜莱蒂 127

East India Company（EIC）英属东印度公司 10，43，44，46，47-48，49，53-54，56，82，143，145-47，148，149，150，183，220，233，244-45，259
 commodities traded 交易商品 47，188
  bullion 金（银）锭 12，42，43，46，47，146，188
  coth（布料；原文疑为 cloth 之误——中译者注）46，146
  indigo 靛蓝 46
  silk 丝绸 46，47
  silver 白银 188
  spices 香料 43，46，47，147
  see also luxury goods 另参见奢侈品
 early history of 早期历史 33，43，64

first joint-stock offering 首次募股 43
fleets 船队 4，43，191
investors in 投资者 145，150，160
merchants 商人 38，39，40，42，56，145，218
officials 官员 80，82
rivalry with Dutch 与荷兰的竞争 41，155
second joint-stock offering 第二次募股 43
East Indies 东印度 44，147，149，158-59，160-61，169，188，269-70
 England vs. United Provinces in 英格兰与荷兰的竞争 83，84，148-49，167
 see also Far East 另参见远东
eco-cultural materialism 生态文化唯物主义 5，13，17-18
ecology 生态 4，7-8，15-16，46-47，74，179，219，220
 anti-ecological economics 反生态经济学 5，179
 and China 中国 16，75，193-94
 crises of 危机 5，22
 degradation 退化 4，7-8，235，270
 and fantasy 相关想象 108，168-69，183，222
 natural world as feminized 女性化的自然界 16
 pollution 污染 7，8
 and religion 相关宗教观念 224
economic theories 经济理论
 and ecology 生态 6-9
 imaginary conditions of infinite production 无限生产的想象性条件 78，82，221-22
 logic of abstraction 抽象的逻辑 222

see also Marxist economic theory;
neoclassical economic theory 另参见
马克思主义经济理论；新古典主义
经济学

economic treatises 经济论述 3

Elizabeth I, Queen of England 英格
兰女王，伊丽莎白一世 5，12，15，
18，33，34，58
 correspondence with Sultan Ala'ad-
din Ri'ayat Syan al-Mukammil 与苏
丹的通信 12，18，34，37-39，39-
40，40-41，57，123，270

Elvin, Mark 伊懋可 27，140

*Embassy from the East-India Company
of the United Provinces, to the Grand
Tartar Cham Emperour of China, An*
(Nieuhoff)《荷使初访中国记》(纽
霍夫) 107，116-18，119-20，121，
122，125，126-29，136

Empress of Morocco (Settle)《摩洛哥
女皇》(塞特) 143

England 英格兰
 abjection in South Seas 南海的屈辱
经历 143，144，145，243，264
 agriculture 农业 6，13，15
 Catholicism 天主教 252
 and China 对华关系 3，76，78，
136，242
 see also China, European percep-
tions of 另参见欧洲的中国观
 Civil War 内战 14，154，171
 demography 人口状况 13，14-15
 economic slump 经济萧条 154
 as exceptional 英格兰例外论 5-6，
12
 food and diet 饮食 13
 and France 与法国关系 110，159

industrialization of 工业化 5-6,
13-14
Interregnum 王位空缺期 14
limitations of in East Asia 在东亚扩
张的限制 3，80，186，243，245
and Japan 与日本关系 52-57
national identity of 民族身份 80,
144-45，248
naval power 海军势力 155，186,
243
Navigation Act (1651)《航海法案》
(1651) 154
parliamentary mission to The Hague
赴海牙的议会代表团 154
privateering 海盗活动 154，155,
213，215-17
resources 资源 13
 coal 煤炭 13，14，16，155
 grain 谷物 14
 "real resources" "实实在在的资
源" 13
 wool 羊毛 13
textiles 纺织品 5，6，188
trade 贸易 15，53，158-59
 to alleviate crises of intensification
缓解密集型经济危机 17; *see
also* intensification 另参见密集型
 exclusion from Spice Trade 被逐
出香料贸易 82，97，154，172,
186
 exports 出口 188，233; bullion
金（银）锭 40，42，56，64,
112，188，213，245; cloth 布
匹 38，40，54-55，56，158；
attempt to find market for 试图寻
找市场 53，63，80，114，244,
245; metals 金属 55，56，158,

401

188
with East Indies 与东印度关系 40-41，148-49，158-59，160-61
with Far East 与远东关系 15，80，81，213-18，269
free trade 自由贸易 149，153
imports 进口 14，188
    from America 从美洲 13-14，16，158
    from China 从中国 193；cotton 棉布 13，158，188；spices 香料 40，41，158；sugar 糖 13；tea 茶叶 188；timber 木材 13；see also luxury goods 另参见奢侈品
with Moghul India 莫卧儿帝国治下印度 180
in the Moluccas 摩鹿加群岛 148
with New Spain 新西班牙 213-18
with Ottoman Empire 奥斯曼帝国 180
with Persian empire 波斯帝国 180
re-exportation 转口 82，158-59，160
rivalries 竞争 19，33，39-40，41，51-52，53，66，84，148-49，154，155，183，188，213，223，256
in Southeast Asia 东南亚 50，66，153
in South Seas 南海 213
trading post in Hirado, Japan 日本平户的贸易站 21
see also exports of individual countries（i.e. China, England）and regions：（i.e. Europe, Far East）；imports of individual countries（i.e. China, England）and regions（i.e. Europe, Far East）；luxury goods 另参见具体国家（如中国、英格兰）和地区（如欧洲、远东）的出口；具体国家（如中国、英格兰）和地区（如欧洲、远东）的进口；奢侈品
as a world power 世界大国 5-6，11
see also East India Company 另参见英属东印度公司
England's Treasure by Forraign Trade（Mun）《英格兰的外贸财富》（孟）43
Epistolae Japanicae《日本信札》247
Estates, Empires, Principalities of the World, The（d'Avity）《全球庄园、帝国和公国》（德·阿维蒂）57，58
euhemerism "神话源于历史" 观念 72-73，77
Eurocentrism 欧洲中心论 1-2，3，5-6，8-9，10-11，17，18，94，105，110，126，129-30，189，204，242
    challenges to 挑战 1-3，10-17，18，71，104，105，126，242，262
    economic theory and 相关经济理论 16
    origins of 起源 22
    paradigm shift away from 脱离欧洲中心论的范式转移 22
    see also progress, narrative of 另参见进步论叙事
Europe 欧洲 5，11，12，13
    abjection in Far East 在远东的屈辱经历 262
    desire for trade with China 对华通商的欲望 107，125
    labor 劳动 12
    limitations of 局限 18，114，245
    military garrisons in Asia 在亚洲的

军事要塞 196
and Southeast Asia 与东南亚关系 145
and Spice Islands 与香料群岛关系 51
technology 技术 12-13
　　military technology 军事技术 36
trade 贸易 30-31
　　exports 出口 4, 11, 42, 56;
　　bullion 金（银）锭 12, 112
　　imports 进口 44-47, 193
　　rivalries 竞争 12, 33, 39-40, 41, 50, 122, 144
　　see also individual countries 另参见各国状况
Evelyn, John 约翰·伊夫林 160
Exchange Alley 交易所胡同 220
Exquemelin, A.O. 亚历山大·奥利弗·埃克斯克梅林 216

Far East 远东
　　as competitors（to Europeans）in trade 作为（欧洲人的）贸易对手 5, 188
　　European 欧洲的
　　　　abjection in 远东屈辱经历 262
　　　　fascination with 对远东的迷恋 4, 18, 59-63
　　　　perceptions of 对远东的认识 3-4, 7-8, 71; as infinitely profitable 可以带来无穷利润的远东 4-5, 8, 9, 18, 70-71, 144, 172; as insatiable consumers of European goods 欧洲商品 10; as producers of desirable commodities 4, 8
　　hardships of voyages to 远东之旅的艰险 31

exports 出口 233
　　luxury goods 奢侈品 4, 42, 270
　　raw materials 原材料 4, 43
　　spices 香料 4, 42, 43; see also luxury goods 另参见奢侈品
Far Lands Company 远地公司 33
Farther Adventures of Robinson Crusoe, The（Defoe）《鲁滨逊漂流续记》（笛福）19, 20, 107, 177-204, 210
　　China/Chinese in 中国和中国人 20, 178, 179, 187, 188, 189, 192-93, 199, 202
　　　　luxury goods 奢侈品 197, 199
　　　　vitriol against 贬损 177, 189, 191-94, 196-97, 199-201
　　and colonialism 殖民主义 20, 177, 178, 179, 181, 183, 184, 201, 204
　　Crusoe's dreams 鲁滨逊的梦境 181-82, 183, 185-86, 187; see also Crusoe's nightmares 另参见鲁滨逊的梦魇
　　Crusoe as merchant 鲁滨逊经商 20, 181, 182, 185, 197, 201
　　Crusoe's nameless island 鲁滨逊的无名岛 179, 181-83, 204
　　　　abandonment/failure of 放弃岛屿/经营失败 20, 178, 181, 184, 185, 223
　　Crusoe's nightmares 鲁滨逊的梦魇 180-81, 182, 186, 187
　　see also Crusoe's dreams 另参见鲁滨逊的梦境
　　Crusoe's obsessions 鲁滨逊的执念 199
　　　　amboyna 安波纳 187, 202
　　　　China/Chinese 中国/中国人

403

178，179，188，192-93
European superiority to Asia 欧洲相对亚洲的优越性 177；179，185，196，201
Far East 远东 179
United Provinces/Dutch/VOC 荷兰/荷兰人/荷属东印度公司 179，187，188，192，193，194
Crusoe's self-scrutiny 鲁滨逊的自省 179，181，185，187
and ecological exploitation 生态破坏 179
and economic self-sufficiency 经济自给自足 20，177，178，179，189-91
fantasies of revenge and compensation 对复仇和赔偿的想象 186，189，192，197，201-03，204
Far East in 远东 177，179，181，182，185，186
Indonesian archipelago in 印度尼西亚群岛 180
Madagascar in 马达加斯加 185，202
Moghul empire 莫卧儿帝国 192
and morality 道德 8，189，204
and national identity 民族身份 179，181，187，188
and "psychological realism" "心理现实主义" 20，177，178
and religion 宗教 179，181，182-83，185，187，189，194，201，203
 Catholicism 天主教 192-93，194
 "idolatry" "偶像崇拜" 193，194，202-03
 Islam 伊斯兰 192

Protestantism 新教 194，202，204
Russian caravan in 俄国商队 201
Siberia in 西伯利亚 185，187，189，195，201，202
supernatural in 超自然 182
trade 贸易 199，204
with the Far East 远东 179，180-81，187，189
as infinitely profitable 带来无穷利润 20，179，180，181，188，189，199，200；rivalries 竞争 188，189，204
as travel narrative 游记叙事 204
violence in 暴力 185，186，187，194
westward (homeward) journey in 西行返回故土之旅 201-03
Ferguson，Robert 罗伯特·弗格森 160，244
Fernandez-Armesto，Felipe 菲利普·费尔南德斯-阿梅斯托 1，11
Ferreira，Christovao (Sawano Chuan) 克里斯托瓦·费雷拉（沢野忠庵）250，255
First Dutch War 第一次英荷战争 82，83，122，150，154-55
Fleet of Defence 自卫舰队 57
Fletcher，John 约翰·弗莱彻 48-49
Foucault，Michel 米歇尔·福柯 143，144，185，229，230
 techniques of power 权力的技术 231
France 法国 15，110，159，195，218，219，220
 asiento 奴隶专卖许可 219，220
 trade rivalries 贸易竞争 183，256

as a world power 世界大国 11，230
Frank，Andre Gunder 安德烈·冈德·弗兰克 2，8，10，11，14，21，242，262
Frye，Northrop 诺斯洛普·弗莱 228

geographies 地理志 3，33，57，71，247，269
  see also d'Avity；Blaeu；Botero；Heylyn 另参见德·阿维蒂；布劳；博泰罗；黑林
George Ⅰ，King of England 乔治一世，英格兰国王 220，242
George Ⅱ，King of England 乔治二世，英格兰国王 242，243
Gernet，Jacques 谢和耐 91，92
"ghost acres" "影子用地" 13
ghostwriting 代笔 216，217
global economy 全球经济 2，3，10，11，271
globalization 全球化 271
gold 黄金 20，36，42，85，146，201，215，220，221，225，226-27
"Golden Age, The"（Behn）"黄金时代"（本恩）232
Goldsmith，Oliver 奥利弗·戈德史密斯 271
Goldstone，Jack A. 杰克·A. 戈德斯通 5，8，9，10，11，14，15，16，17，22
Goodman，Godfrey 戈德弗雷·古德曼 73-74，109
Goux，Jean-Joseph 让·约瑟夫·古 211，224-25
Gujarat 古吉拉特 35，64
Gullivers Travels（Swift）《格列佛游记》（斯威夫特）20-21，241-42，243，245，255-57，262，263-65
  Amboyna in 安波纳 17，18，264
  anxiety about the limitations of English identity and power 对英国身份和权力局限的焦虑 242
  as challenge to Eurocentrism 挑战欧洲中心论 21，243，245-46
  Dutch 荷兰人 241，245，255-56，265
    abjection in 屈辱经历 263，264-65
    Gulliver's pretense as 格列佛假扮荷兰人 263
    reviled in 遭辱骂 20，241，243，255，256-57，263-65
  imaginary islands in 想象的岛屿 241
  Japan/Japanese in 日本和日本人 242，243，245-46，255，262
    contrasted with Dutch 与荷兰对比 241，242，255，262-63，265
    as fantasy 想象的 262
    pirates 海盗 241，255，256-57
    yefumi（trampling-on Christian icons）踏绘（践踏基督教圣像）263
  as satiric revenge fantasy 讽刺性的复仇想象 264
  trade in 贸易 255
Gunn，Geoffrey 杰弗里·冈 2，262

Hakluyt 哈克鲁伊特 58，80，214
Hale，Matthew 马修·黑尔 72-73
Hamilton，Alexander 亚历山大·汉密尔顿 116，118，136，196-97，206
Hapsburg Empire 哈布斯堡帝国 160
Hartlib，Samuel 萨缪·哈特利布 81

405

Heimbach, Peter 彼得·亨巴赫 95-96
Hevia, James 何伟亚 138, 272
Heylyn, Peter 彼得·黑林 3, 9, 18, 58-59, 76, 107-08, 136, 180, 247, 248-49
    see also Cosmographie ; Microcosmos 另参见《宇宙志》;《小宇宙志》
Hideyoshi, Emperor of Japan 丰臣秀吉, 日本皇帝 ["皇帝" 是当时英国人士的误称——中译者注] 247
Historical Essay Endeavoring a Probability, An (Webb)《试论中华帝国语言或为原始语言的历史研究》(约翰·韦伯) 76-78
histories 历史 3
    natural histories 自然史 3
    see also Bible, biblical history; universal history 另参见《圣经》, 圣经历史; 普遍历史
History of Cang-Hy, The (Bouvet)《康熙传》(白晋) 134-35
History of the Church of Japan, The (Crasser)《日本西教史》(克拉塞) 21, 253
Historie of the Great and Mightie Kingdome of China, The (de Mendoza)《大中华帝国史》(德·门多萨) 63, 80
History of Japan, The (Kaempfer)《日本史》(坎普夫) 21, 243, 250
History of the World, The (Ralegh)《世界历史》(雷利) 73, 77, 78
Hobbes, Thomas 托马斯·霍布斯 211
Hollanders Declaration of the Affairs of the East Indies, The《荷兰关于东印度事务的宣言》148, 149
Horn, Georg 乔治·洪 72-73

Huang, Ray 黄仁宇 22
Hume, David 大卫·休谟 230
Ides, Evret Ysbrants 埃弗勒·伊斯布朗特·伊台斯 3, 19, 105-06, 107, 129, 132-33, 136, 270
Ieyasu, Shogun 德川家康将军 257-58
Imperialism, comparative 帝国主义的比较 21
India 印度
    Bengal 孟加拉 180
    British and 与英国关系 8-9, 136, 180
    European perception of as apex of civilization 欧洲眼中的文明巅峰 4
    as model for postcolonial criticism 后殖民批评的模板 8, 9
    Moghul India 莫卧儿帝国治下的印度 2, 60, 61, 145
    Moghul War 莫卧儿战争 64
    trade 贸易 42, 64, 145, 180
        exports 出口 12, 40, 42, 146, 154, 245; see also luxury goods 另参见奢侈品
Indian Emperor, The (Dryden)《印第安皇帝》(德莱顿) 161, 166
Indian Queen, The (Dryden)《印第安女王》(德莱顿) 151, 161, 166
Indonesian archipelago 印度尼西亚群岛 17, 30, 43, 127
    Java 爪哇 41, 148
        Bantam 班塔姆 41, 56, 162
    Sumatra 苏门答腊 34, 36-37
        Aceh 亚齐 4, 14, 34, 35; naval power 海军力量 35-36; trade 贸易 37, 39-40, 40-41; exports 出口 37, 40

see also Sultan Ala'ad-din Ri'ayat Syan al-Mukammil 另参见苏丹阿拉丁·利雅得·思安·阿尔木坎米尔

European perception of as infinitely profitable 在欧洲眼中能带来无穷利润 4

and foreign merchants 外商 38，40

Islamic conversion in 伊斯兰教传播 35

Moluccas 摩鹿加群岛 30，51-52，55，60，61，147，148；exports 出口 30，51

    resources 资源 17，180

Ternate 特尔纳特 31，35，48，49，50，51，52，83，145，148，150

Tidore 蒂多雷 48，49，50，51，52，83，145

intensification 密集型 15-16，17，18

Islam 伊斯兰 2，35

Jakarta 雅加达 48，150

James I, King of England 詹姆斯一世，英格兰国王 47，244

Japan 日本 12-13，21，112，243，244，246-47

    as challenge to rhetoric of European imperialism 挑战欧洲帝国主义的话语 21，243

    Chinese in 中国人 54

    civil wars in 内战 246

    civility in 文雅 4，243-44

    contacts with Europe 与欧洲的来往 1

    Deshima 出岛 246，250，254

    Dutch in 荷兰人 53，54，55-57，242，252，253，254，260，261

    English in 英国人 53，57，258-59

    European perceptions of 欧洲对日本的认识 2-3，255

        admiration for 赞赏 53，241，243-44，253

        as alien 异类 250

        comparison to ancient civilizations 与古代文明比较 253

        as infinitely profitable 带来无穷利润 18，64，248

        as an insatiable market for European exports 欧洲出口商品的无尽市场 4

    Hirado 平户 21，52-57，242，250，258

    ignored by postcolonial critics 被后殖民主义批评家忽视 8-9

    Nagasaki 长崎 4，14，244，257

    Portuguese in 葡萄牙人 53，54，55，246，252，258

    Religion 宗教

        ancient 古代 251

        Christianity in 基督教 21，53，54，112，242，243，246，247-53，256，258

        Jesuits in 耶稣会士 21，112，144，242，246，250，256，257-58

    resources 资源 55

        cloth 布匹 55

        precious metals 贵金属 55，146，244；gold 金 146，253；silver 银 54，55，56，147，244，245，246，253

    role in global economy 全球经济中的角色 2

    sakoku（closed country）锁国政策

242, 243, 245, 246, 263
Shogunate 幕府将军 53, 261
and Southeast Asia 东南亚 35
as threat to Eurocentrism 威胁欧洲中心论 242
trade 贸易 31, 112, 180, 246
and United Provinces 与荷兰关系 21
uprising of 1637-38, 1637—1638 年起义 112, 246
yefumi（trampling on Christian icons）踏绘（践踏基督教圣像）242
Java *see* Indonesian Archipelago 爪哇，见印度尼西亚群岛
Jensen, Lionel 詹启华 93, 106
Jesuits 耶稣会士 18, 136, 194, 203, 250-52
 accommodationism 调适；迁就 18, 19, 90, 106-07, 109, 118, 136, 192-93
 and China 与中国关系 19, 59, 71, 72, 75, 76, 77, 78, 81, 90-95, 106, 107, 111, 112, 121-26, 134, 135, 144, 179, 195, 246;
 and Chinese Jews 与在华犹太人关系 87-88
 and Japan 与日本关系 21, 53, 144, 250-52, 253, 255, 257-58
 see also "Epistle of Father John Adams"; Bouvet; Le Comte; Martini; Ricci 另参见"神父约翰·亚当斯通信"; 白晋; 李明; 卫匡国; 利玛窦
Jews of Kaifeng 开封犹太人 19, 72, 86-89, 93
jihad 圣战 36, 179

Jonson, Ben 本·琼森 249
Judaism *see* China, Jews in; Jews of Kaifeng 犹太教，见在华犹太人；开封犹太人

Kaempfer, Engelbert 恩格伯特·坎普夫 21, 243, 246, 250, 254, 260-61
Kaifeng *see* Jews of Kaifeng 开封，见开封犹太人
Kangxi, Qing Emperor 康熙帝，清朝皇帝 123, 129, 133-35, 190, 194, 195

Lacan, Jacques 雅克·拉康 233
Lach, Donald 唐纳德·拉赫 3
Lancaster, James 詹姆斯·兰开斯特 31, 33, 34, 39, 41
Latour, Bruno 布鲁诺·拉图尔 169, 170
Laud, William, Archbishop of England 威廉·劳德，英格兰大主教 58
Le Comte, Louis 耶稣会士李明 180, 191, 194, 195, 196, 198-99, 203
LeClerc, Jean 让·勒克莱 72-73
Leibniz, Gottfried Wilhelm 戈特弗里德·威廉·莱布尼茨 191, 245
Linschoten, Jan Huygen van 扬·惠根·范·林希霍腾 17, 18, 33-35, 36-37, 78
Liu, Lydia 刘禾 178
Locke, John 约翰·洛克 8, 211, 228, 231, 235
Loomba, Ania 安妮亚·伦巴 48
Louis XIV, King of France 路易十四，法国国王 159, 195, 196
Lusiads（Luis Vas de Camoés）《卢济

塔尼亚人之歌》(路易·德·卡蒙斯)
34，36
luxury goods 奢侈品 12，42，45，83-84，112，146，153，180，188，193，196，197，233，258，270，271
　chinoiserie 中国热 193
　cloth, Chinese 中国布匹 42，188，197
　cotton, Indian 印度棉布 12，245
　indigo, Southeast Asian 东南亚靛蓝 45，46
　porcelain, Chinese 中国瓷器 12，83-84，112，125，193，245
　precious stones 宝石 36，254
　　diamonds 钻石 177
　silks, Chinese 中国丝绸 12，46，56，112，125，180，193，197，245
　silks, Southeast Asian 东南亚丝绸 36，38，45，47，56
　spices 香料 30-31
　　Indian 印度产 12，154，158
　　Southeast Asian 东南亚产 12，17，30，36，38，41，45，47，111，145，146：cloves 丁香 30，31，45，46，49，50-51，83-84，146，147，180; mace 肉豆蔻皮 30，45，46，49，146，147; nutmeg 肉豆蔻核仁 30-31，45，46，49，51，83-84，146，147，180; pepper 胡椒 30，45，46，47，83-84，146，147
　tea, Chinese 中国茶叶 12，83-84，112，125，197

Maatzuiker, John 约翰·马祖克 123
Macartney, George 乔治·马戛尔尼

271
Magalhães, Gabriel 安文思 74，75，85，90，91，92
Malay Peninsula 马来半岛
　Malacca 马六甲 34-35，145，155;
　resources 资源 36，254
Manchus 满族 19，70，94，109，112，114-16，129，131，133，196
　see also China, Qing dynasty 另参见中国清朝
Martini, Martino 卫匡国 3，18，70-71，75-76，77，94-95，96，106，107，113，190
　see also China, Ming dynasty, collapse of 另参见中国明朝的覆亡
Marxist economic theory 马克思主义经济理论 2，8，16，169，271
mathematical theory 数学理论 7-8，45-46
Memoirs and Observations (Le Comte)《中国近事报道》(李明) 203
Mendoza, Juan de Palafox y 胡安·德·帕拉福克斯·伊·门多萨 94
Mercantilism 重商主义 1
Microcosmos: A Little Description of the Great World (Heylyn)《小宇宙志：大世界小记》(黑林) 58-64，247，248-52
Milton, John 约翰·弥尔顿 3，14，17，19，58，72-73，80-81，82，90，95-97
　on China 论中国 75-76，79，80-81
　and ecology 生态观 15
　and Jesuits 与耶稣会士关系 18，19
　letter to Peter Heimbach 致彼得·亨巴赫的信 95-96，97

and republican politics 与共和派政治的关系 18
Sonnet 16(on his blindness)第 16 首十四行诗（论弥尔顿本人失明经历）96-97
and theology 神学立场 18，180
and trade 贸易观 18，80，83，180
see also Paradise Lost 另参见《失乐园》
Mississippi Bubble 密西西比泡沫 219-20
modernity 现代性 2，5，6，9，10，17，21-22，94，104，169，170，177
Moll, Herman 赫曼·摩尔 224，252，253
Montanus, Arnoldus 阿诺都斯·蒙塔努斯 111，250，252
Mun, Thomas 托马斯·孟 3，15，18，42-47，57，60，80，110，147，160，233
Murphy, Arthur 阿瑟·墨菲 271
Muscovy Company 莫斯科公司 31，63，80

Narborough, John 约翰·纳伯勒 214，215
nationalism/national identity 民族主义/民族身份 144-45，148，149
 see also Amboyna(Dryden); England; United Provinces 另参见《安波纳》(德莱顿)；英格兰；荷兰
Navarette, Fernandez 费尔南德斯·纳瓦热特 180，197-98
Navigantium atque Itinerantium Biblioteca (Harris)《游记总集》(哈里斯) 269-70
neoclassical economic theory 新古典主义经济学 6-8，265
 challenges to 挑战 7，187
New Account of the East Indies, A (Hamilton)《东印度新录》(汉密尔顿) 196-97
New Britain 新不列颠 217
New Spain 新西班牙 215，216，218，228
New Voyage Round the World, A (Defoe)《新环球航行记》(笛福) 20，188，201，204，210-13，214，215，217，223，226，227-35
 aristocratic ethos in 贵族精神 212-13
 and colonialism 殖民主义 210，235
 and ecology 生态 210
 anti-ecological economics 反生态经济学 210，212，228，232
 fantasy of infinite profits 想象无穷利润 210，211-12，228，230，232，234，235
 gold in 黄金 20，201，212，228，229，232，234-35
 imaginary islands in 想象的岛屿 233
 Madagascar in 马达加斯加 231
 materialist view of 唯物主义观念 231
 narrator as merchant 商人叙事者 212，229
 and national identity 民族身份 210
 piracy in 海盗 231
 privateering in 海盗劫掠 229
 religion in 宗教 212
 South America in 南美洲 20，201，211，217，227，229，232，234-35
  as site for English colonization 英

国殖民地 20
    as site of infinite resources 无限资源之地 234-35
    as unpeopled 无人定居 234，235
South Seas 南海 214，227，233-34
Southeast Asia 东南亚 20，145，180
    as good site for English colonization 英国殖民的上佳地点 20
    as infinitely profitable 带来无穷利润的 20
    trade 贸易 212，230，233
        clandestine trading in 秘密贸易 229
        "positive unconscious" of capitalist speculation 资本主义投机的"积极无意识" 235 romance of trade 贸易的传奇 229
        violence in 暴力 212
    as voyage literature 旅行文学 227-28
New Voyage Round the World, A（Dampier）《新环球航行记》（丹皮尔）216
New World economy 新世界经济 183
New Zealand 新西兰 214
Newton, Isaac 伊萨克·牛顿 73-73，224
Nieuhoff, Jan 扬·纽霍夫 3，19，105-06，107，109，110，112，113-20，124，131，136
Northwest Passage 西北通道 244，269-70

Ogilby, John 约翰·奥格尔比 76，85，121，125，127，250
Oldenburg, Henry 亨利·奥登堡 75-76

orientalism 东方主义 271
Ottoman Empire 奥斯曼帝国 2，15，35，44-45，180

Pagden, Anthony 安东尼·佩金 9
Paradise Lost（Milton）《失乐园》（弥尔顿）70-71，73，79，83，84，89
"parasite"（"third man"）"寄生虫"（"第三方"）120，129
    see also Serres 另参见塞尔
Parke, Robert 63，80 罗伯特·帕克
Perlin, Frank 弗兰克·佩林 2，5，8，11，16-17，242，262，266
Persian Empire 波斯帝国 2，180
Peter the Great, Czar of Russia 彼得大帝，俄国沙皇 129，136，195
    letter to Kangxi Emperor 致康熙皇帝的信 133
Phillip II, King of Spain 腓力二世，西班牙国王 30
physics 物理学 7
piracy 海盗活动 31，57，112，122，126，187，201
Pocock, J. G. A. 波考克 225
Pomeranz, Kenneth 彭慕兰 2，5，10，11，12-14，16，17，21，22，242，262
Porter, David 博达伟 3，76，77，106，191
Portugal 葡萄牙 80，112-13，147，156
    and China 对华关系 121，128
    in Japan 在日本的活动 54，55，246，252，258
    limitations of in East Asia 在东亚的局限 3
    in Malacca 在马六甲的活动 34，

155
and Southeast Asia 对东南亚关系 35-36，50-51，111-12，128，145
trade 贸易 97
　　rivalries 竞争 33，39-40，51，121，128
postcolonial criticism 后殖民批评 1，2，5，8-10，11，104-05，169，242，262
Prelaticall Episcopacy, Of（Milton）《论高级教士的主教职位》（弥尔顿）73
Price, Abel 亚伯·普莱斯 163-64，171
progress, narrative of 进步论叙事 6，8，11，17，270，271
　　see also Eurocentrism 另参见欧洲中心论
Purchas, Samuel 萨缪·铂切斯 3，9，49，52，57，58，63，71，80-81，83，85，89，94，123，180
　　see also Purchas's *Pilgrimmes* 另参见铂切斯的《朝圣》
Purchas's *Pilgrimmes*（Purchas）铂切斯的《朝圣》（铂切斯）42，81-82，250

Rajan, Balachandra 巴拉钱德拉·拉詹 8，83
Ralegh, Sir Walter 沃特·雷利爵士 72-73，76，77，78，109，214
Rawski, Evelyn S. 罗友枝 140
Reid, Anthony 安东尼·瑞德 35，145
Review of the State of the English Nation（Defoe）《英格兰国情评论》（笛福）188，210，223-24
Richardson 理查德森 181
Ricci, Matteo 利玛窦 3，18，71，77，84，85，89，90-91，92-94，

105，106，107，109，113
Ringrose, Basil 贝塞尔·林洛斯 215，216
Rites Controversy 礼仪之争 106
　　see also Jesuits 另参见耶稣会士
Robinson Crusoe（Defoe）《鲁滨逊漂流记》（笛福）179，183，184，186，187，189，202，204，230
Roe, Thomas 托马斯·罗 147，148
Rogers, Woodes 伍兹·罗杰斯 215，217，218
Roxana（Defoe）《罗克珊娜》（笛福）228，230
Royal Society 英国皇家协会 241
ru 儒 93
Russia 俄国 62-63，80，129-36
　　and China 对华关系 19，62，80-81，97，107，129-36
　　Siberia 西伯利亚 129，201
　　see also Tartary 另参见鞑靼
　　trade 贸易 19，62-63，201
　　　desire for silver 对白银的需求 62，63
　　　exports 出口 62

Saris, John 约翰·萨里斯 18，50-51，52，53-55，56，250，258
Schall, Adam von Bell 汤若望 113，121，122
Schedel, Frederick 弗里德里克·施合德尔 112
Second Dutch War 第二次英荷战争 122，155
Selkirk, Alexander 亚历山大·塞尔柯克 183
Semedo, Alvarez 曾德昭 71，87-88，113

Serious Reflections of Robinson Crusoe（Defoe）《鲁滨逊沉思录》（笛福）177，179，180，181，182，183，188，191-92，203-04

Serres, Michel 米歇尔·塞尔 39，120，164

Settle, Elkannah 埃卡纳·塞特 190

Sharp, Bartholomew 巴塞洛缪·夏普 215-17

Shelvocke, George 乔治·谢尔沃克 215，217

Sherman, Sandra 桑德·舍曼 225

Shun-chih, Emperor of China 顺治帝，中国皇帝 121，122，123

silver 白银 55，56，147，214，244，245，246
    Chinese desire for 中国的需求 11，42，55，125
    Japanese desire for 日本的需求 62，63
    from New World 来自新世界的 42，49，55，244

Sinicae historiae（Martini）《中国上古史》（卫匡国）75-76

sinocentrism/sinification 中国中心论／汉化 3，11，22，70，77，86，93，114，126，133，181，199

slavery 奴隶制 13，42，50，131，145，147，219

Sloane, Sir Hans 汉斯·斯隆爵士 254

Smith, Adam 亚当·斯密 12，271

South America 南美洲 42，161，215，221，244
    Chile 智利 213，215
    Panama 巴拿马 215，216
    Patagonia 巴塔哥尼亚 215

    Peru 秘鲁 213，215

South Sea Bubble 南海泡沫 210，213，218，219-20

South Sea Company（SSC）南海公司（SSC）180，210，213-23

South Seas 南海 210-18，235
    European perceptions of 欧洲的认知 211，215，216

Southeast Asia 东南亚 1，36，50
    trade 贸易 18
        exports 出口：indigo 靛蓝 45；silk 丝绸 45；spices 香料 12，42，45，49，50；*see also* luxury goods imports 另参见奢侈品进口 52

Spain 西班牙 114，147，153，160
    colonialism 殖民主义 153，215
    limitations of in East Asia 在东亚的局限 3，39-40
    privateering 海盗劫掠 154
    and slavery 奴隶制 42
    in South Seas 在南海的活动 219
    trade 贸易 30，64，154
        imports 进口 42，154
        rivalries 竞争 39-40，154，183，213
    War of Spanish Succession 西班牙王位继承战争 218，219-20，223-25

Spate, O. H. K. 斯佩特 50，145，149，214，220

Spence, Jonathan D. 史景迁 189

Spice Islands 香料群岛 51，111，146，217-18
    Banda Islands 班达群岛 49-50，51-52，148，149，155
    Celebes 西里伯斯岛 145
    European perceptions of 欧洲的认知

413

as infinitely profitable 带来无穷利润的 18
as insatiable market for European exports 欧洲出口商品的无尽市场 4
spice trade in 香料贸易 18, 43, 59-60, 72, 82, 147, 154, 155, 161, 186, 217, 245
 domination by Portuguese 葡萄牙统治 31
 exclusion of English 英国被排挤 43, 186, 245
spices see luxury goods；Spice Islands, spice trade in 香料，见奢侈品；香料群岛，香料贸易
Sudan, Rajani 拉贾尼·苏丹 9-10
Sultan Ala'ad-din Ri'ayat Syan al-Mukarnmill 阿拉丁·利雅得·思安·阿尔木坎米尔 18, 34
 correspondence with Elizabeth I 与伊丽莎白女王的通信 12, 18, 34, 37-41, 57, 123, 270
Sumatra see Indonesian archipelago 苏门答腊，见印度尼西亚群岛
Swift, Jonathan 乔纳森·斯威夫特 3, 17, 18, 242, 254-55, 256
 see also Gulliver's Travels 另参见《格列佛游记》
System of Geography, A（Moll）《地理体系》（摩尔）253

Tallents, Francis 弗朗西斯·塔伦茨 72-73
Tartary 鞑靼 20, 112, 114, 129-30, 131, 201, 202, 203
 see also Russia, Siberia 另参见俄国，西伯利亚

Temple, Sir William 威廉·坦普尔爵士 9, 189, 191, 253
Terra Australis Incognita 未知的澳洲大陆 4, 180, 214, 217
Third Dutch War 第三次荷兰战争 122, 143, 144, 159-60
Thompson, James 詹姆斯·汤普森 144, 225
Three Years travels from Moscow Over-Land to China（Ides）《从莫斯科经陆路入华三年行纪》（伊台斯）107, 129-36, 195
Tianxue Chuangai（Xu Zhijiang）《天学传概》（许之渐）91
Tienzhu shiyi（Ricci）《天主实义》（利玛窦）90-91
torture 刑讯 51, 112, 143, 150, 152, 153, 162, 165, 186, 187, 194, 202, 250, 251, 253
 see also Amboyna 另参见安波纳
Towerson, Gabriel 加布里埃尔·塔沃森 150, 160, 162, 165, 186
 see also *Amboyna*（Dryden）另参见《安波纳》（德莱顿）
trade 贸易 4, 6, 108, 248
 circumatlantic trade 环大西洋贸易 13
 defenses of 辩护 5
 expansionist policy 扩张主义政策 58
 free trade 自由贸易 118, 123-29, 136, 149, 153
 history of 历史 270
 ideologies of 意识形态 5, 19, 58-59, 81, 128, 146, 149, 168-69, 230, 269-71
 international 国际 5, 43-47, 72, 81, 82, 108, 114, 123, 158,

159，180，187，188，269-70
as mutually profitable 互惠 4-5，38，82，110，124，235
as providential 神意 4，14，38，108，123，186，187，191，270
"quiet trade" "和平贸易" 148，151，169
re-exportation 转口贸易 61，62-63，82
rivalries 竞争 5，12，19，33，37，39-40，41，51，55，66，183，233，244，256
    see also trade, triangular relationships 另参见贸易，三角关系
slave trade 奴隶贸易 42
tea trade 茶叶贸易 188
triangular relationships 三角关系 39，255，258
    see also individual countries (i.e. China, England) and regions (i.e. Europe, Far East); luxury goods; Spice Islands, spice trade 另参见具体国家（如中国、英格兰）和地区（如欧洲、远东）；奢侈品；香料群岛，香料贸易
transcultural understanding/imagined communities of sympathy 跨文化理解/以同情为基础的想象共同体 105-06，118-20，130-36
    see also civility 另参见文雅
travel narratives 游记叙事 3，180，214
    voyage narratives 航海叙事 70，215，227-28
    see also Heylyn; Purchas 另参见黑林；铂切斯
Travellers Breviat, or An Historicall Description of the Most Famous Kingdomes, The (Botero) 《游记摘编：最负盛名的王国的历史记载》（博泰罗）57，58
Treaty of 1619 《1619年条约》57
Treaty of Breda 《布雷达条约》155，158
Treaty of Westminster 《威斯敏斯特条约》150，151
Turley, Hans 汉斯·特里 178，187

United Provinces 荷兰联省共和国 2，48，50，52，97，111-12，147，154，194
    Catholicism and 天主教 252
    and China 对华交往 72，97，110-11，112，121-29，135
        embassies to China 赴华使团 19，110，111，112-29
    and colonialism 殖民主义 148
    Dutch Wars see First Dutch War; Second Dutch War; Third Dutch War; 荷兰战争，见首次英荷战争；第二次英荷战争；第三次英荷战争
    and Japan 对日本关系 21，54，55-57，72，112，243，244，246，249
    limitations of in East Asia 在东亚的局限 3
    military adventurism 军事冒险 147
    national identity 民族身份 146，153
    naval supremacy 海军霸权 264
    privateering 海盗劫掠 160
    slavery 奴隶制 147
        and trade 贸易 42，72，114，146-49，153，154，245
        "catastrophic slump" "灾难性经济萧条" 154

with the East Indies 与东印度关系 33，83

exports 出口 12，42，52，154

in the Moluccas 在摩鹿加群岛的活动 148

rivalries 竞争 5，19，33，41，51-52，66，84，121，122，148-49，150，154，156，256

in Southeast Asia 在东南亚活动 50，51，52，55，66，146，156，185-86，213-18，214，243

and the spice trade 香料贸易 33，59-60，72，83，147，154，161，217

as world power 世界强国 11，114

see also Jesuits；VOC 另参见耶稣会士；荷属东印度公司

universal history 普遍历史 72，73，74

Ussher, Achbishop 大主教阿舍 73

Villiers, John 约翰·维利埃斯 48

Voltaire 伏尔泰 191，245，271

VOC（Dutch East India Company）荷属东印度公司（VOC）42，47-48，52，54，55，107，110，115，123，127，128，129，136，145，146-48，153，155，244，250，254

charter 许可令 33

desire for trade with China 对华贸易的需求 19

exports 出口 12，146，244

legal authority of 法律权威 152

merchants 商人 145

monopoly rights 垄断权力 214

and slavery 奴隶制 145

Voyage to New Holland（Dampier）《赴新荷兰之旅》（丹皮尔）217

Voyage Round the World, A（Careri）《环球之行》（卡莱利）197

Voyages and Descriptions（Dampier）《行记》（丹皮尔）216

Wafer, Lionel 莱昂内·瓦夫 216

Wallerstein, Immanuel 伊曼努尔·沃勒斯坦 11，21

Webb, John 约翰·韦伯 9，18，72-73，76，79，89，90，108-09，136，192

William III, King of England 威廉三世，英格兰国王 159，172

Williams, Glyndwr 格林杜尔·威廉斯 214，216

Williams, Hawkins 威廉·霍金斯 162

Wong, R. Bin 王国斌 2，14

world systems theory 世界体系理论 10-14

Wotton, William 威廉·沃顿 189，190-91

Wrightson, Keith 基思·赖特森 158

xenophobia 仇外情绪 10

Xifang, Yaoji《西方要纪》92

Xu Zhijian 许之渐 91

yefumi（trampling on Christian icons）踏绘（践踏基督教圣像）21，263

Yu Liu 刘玉（音译）191

Zhang Chao 张潮 92

Zhang Erqi 张尔岐 92

Žižek, Slavoj 斯拉沃热·齐泽克 168，170，233

译后记

英国史家琳达·科利曾以《鲁滨逊漂流记》为例，指出了我们对英帝国认识的一处盲点：我们熟知鲁滨逊荒岛称王、教化生番的殖民霸业，但甚少留意的是，鲁滨逊成就传奇之前，出海经商曾几番受挫，先是为北非海盗所俘，掳至摩洛哥为奴，后又遭遇海难，流落荒岛。纵使在荒岛立足之后，他仍然感叹，这座岛"不知是我的领地，还是我的监牢，爱怎么说都行"。科利指出，鲁滨逊遭遇的挫折其实是 17 至 18 世纪初期英国海外拓殖者的普遍遭遇。在北非、北美和南亚，许多单枪匹马的白人"鲁滨逊"和"格列佛"出师未捷便沦为当地人的阶下囚，有的甚至长达数十年。换言之，当时的奴隶群体并不限于黑奴。颇有意思的是，英国教会时常发起募款赎回海外英奴，而后组织得救者巡回游行，化"国耻"为"国威"。跳出 19 世纪以来形成的殖民主义叙事，回到英国人闯荡世界的历史现场，琳达·科利揭示了帝国脆弱的一面，而本书则将这种东方主义叙事的"倒置"状态展现得更为淋漓尽致。在马克利笔下，帝国的另一种形态浮出水面：它尚无力征服远方和主宰世界,只是依托着零星的商船、港口、要塞,"寄生"于当地错综复杂的政治势力和贸易网络,在夹缝中求生和谋利。本书通过爬梳其时小说、戏剧、游记、书信、地理志和海图中透露出的对亚洲的微妙态度,改写了欧洲中心的历史叙事。无论是想了解还是想进而反思这段亚欧文化交流史,阅读本书都不无裨益。

2018—2019年,我在美国伊利诺伊大学香槟分校随罗伯特·马克利教授访学,借此机会对早期现代中英文化交流研究的著述略作梳理,感到这一领域研究的中文译介尚有较大空白。目前与此主题相关的中译书籍,以资料性和通论性著作为主(如中华书局2006年译介出版的"西方的中国形象"丛书),批判性分析的专题论著较少,就我所见,主要有何伟亚《怀柔远人》(1995;社科文献出版社,2002)和《英国的课业》(2003;社科文献出版社,2007)、刘禾《帝国的话语政治》(2004;生活·读书·新知三联书店,2009、2014)、韩瑞(Eric Hayot)《假想的满大人》(2009;江苏人民出版社,2013)、奇迈可(Michael Keevak)《成为黄种人》(2011;浙江人民出版社,2016)和韩瑞(Ari Larissa Heinrich)《图像的来世:关于"病夫"刻板印象的中西传译》(2008;生活·读书·新知三联书店,2020)等数种。相较近年来西方汉学著作的大量译介,我国对中西文化交流史著作的引进尚显不足,此亦翻译本书的缘起。

爱德华·萨义德的《东方学》(1978;生活·读书·新知三联书店,1999、2007、2019)问世后,推动了以"后殖民研究"

为代表的比较文学研究和文化研究,但由于中国不属于典型的殖民地,因此并未迅即进入西方学界视野。《维多利亚时代的中国想象》(剑桥大学出版社,2013)作者罗斯·佛曼(Ross Forman)回忆,他在20世纪90年代撰写博士论文时,可供参考的维多利亚时期中英文化关系的著作寥寥。随着比较文学研究视野向广义的第三世界延伸,特别是20世纪末以来中国迅速崛起,中西文化交流研究自2000年后渐趋活跃,其中较具代表性的英语学术专著有十余部先后问世。新一代研究在理论上对以萨义德为代表的后殖民研究传统做出修正,并将讨论扩展到贸易、神学、医学、科技、风景、情感等各个方面,本书即是这方面的开拓性著作。借助"加州学派"的经济史研究,马克利修正了萨义德提出的东方主义的权力关系论述。在17至18世纪初的早期现代世界,中国、日本和香料群岛仍然占据着自然资源、财富和技术优势,主导着全球贸易,这一时期的英国远东想象并不同于19世纪侵略性的殖民话语,而是带着对远东财富和权力的追慕和忧惧,甚至时而表现出一种"精神胜利法"的论调。同萨义德强调的欧洲主宰式、压迫式东方主义不同,马克利展现的是羽翼未丰的英国如何在与亚洲强国的贸易、外交、传教和文化交流中遇挫,勾勒分析了一种"脆弱"的东方主义。由此出发,马克利志在书写一部"亚洲主宰时代的英国文学史"。因此,尽管全书七章均围绕这一时期的英国经典作家展开,但论述却远远超越了传统文学批评的范畴。从经济学到神学,从海图到环境史,从拉康的象征秩序到拉图尔的科学批判,马克利力求用一种整体性的时代性视野来审思我们对文化他者的想象。这与他多年以来秉持的跨学科思考一脉相承。马克利的早年著作即开始探讨牛顿和波义耳的语言观，在《追慕与忧惧：英国的远东想象（1600—1730）》前一年出版的专著《濒死的星球》中研究文学和科学中的火星叙事，目前他在研究早期现代全球气候变化的文化史。在本书的启发下，近十余年英语世界逐渐摆脱传统的"中国形象"研究，转而更为深入地探讨中国的思想、商品和风尚如何塑造了现代英国文化身份（Englishness）的诸多面向（如道德观、审美观、消费习惯等），对研究范式的影响颇为深远。

我着手译书的这两年，全球风波迭起，中美贸易争端方息，新冠肺炎疫情又起，特朗普败选引发的冲击国会山事件余波未了，拜登执政后的对华政策再掀波澜。其间诸多涉华的国际公案似乎印证了本书呈现的历史经验：中国既是充满诱惑的财富和文化之源，又是难以完全纳入西方游戏规则的另类"玩家"。聚讼纷纭之际，无论是在现实中还是在隐喻层面上，中国仍然是西方话语体系中一个庞大的"他者"。昔日富甲一方的"异教帝国"如今再度崛起，以今日之中美关系重度昨日之中英关系，颇有似曾相识之感。欧美一面渴望中国的资本和市场，一面又忧心中国带来的经济竞争和价值观挑战，这岂非一种新的脆弱的东方主义？借用萨义德的学生提摩西·布勒南（Timothy Brennan）对《东方学》的评价，本书所论虽是英国文学史，但就其问题意识和现实感而言，亦可谓一本"美国之书"（an American book）。

阅读本书时，有两点要请读者留意：一是语言，二是地理。

本书讲述的是17至18世纪初的中西交往史，时过境迁，一些历史词汇的含义与今日之理解已相去甚远，较易望文生义，引起误解，如factory（商馆）、the South Seas（南海）、the Japanese Emperor（日本天皇）等，我在译注中都做了说明，望读者留意。此外，本书中有三个章节的讨论和中国紧密相关，作者引用了许多中文史料的英译文，为尽可能再现当时的历史语境，我尽力查找到了其中大部分中文史料的原文，少数难以确定出处的，则回译为中文。这是一部地理意识极强的书，当时远东航线尚在开拓，地名译法繁杂不一，需要结合当时的地图才能充分理解欧洲对远东的空间想象。幸运的是，2019年底恰逢广州图书馆和澳门科技大学图书馆合作举办"世界地图中的广州"展览，其中展出了约60幅16—18世纪西方绘制和出版的世界地图和远东地图，对我系统了解当时西方对亚洲的地理认知颇有帮助。读者如对相关地图感兴趣，可以浏览澳门科技大学图书馆的"全球地图中的澳门"数据库，亦可参考图录丰富的地图文化史著作《天朝大国的景象：西方地图中的中国》（华东师范大学出版社，2015）。

  本书翻译过程中，有劳时任中山大学外国语学院日语系的陈童君老师审读了第七章的译稿，他对许多日本历史名词的翻译提出了宝贵的修改意见，在此由衷致谢。我指导的硕士研究生姜依玲、魏延智、袁婷婷、陈佳艺和林心琪、吴恩婕、周纯玲协助我编辑了全书的注释和索引，并细细校对书稿，在此一并致谢。同时，也要感谢三联书店编辑周玖龄和王晨晨提供的帮助。这项翻译是我开展的早期中英文化交流研究的一部分，译著得到广东省社科规划 2021 年度一般项目（GD21CWW02）、广东外语外贸大学阐释研究院 2021 年度创新研究项目（CSY-2021-YA-08）及广东外语外贸大学学术精品翻译项目（19FY02）的资助。

王冬青

2021 年 11 月